Zum Buch:

Auf dem abgeschiedenen Anwesen in Cornwall hofft die junge Rose, einen sicheren Hafen für sich und ihre Kinder gefunden zu haben. Doch dann kehrt der Hausherr Thomas Glendower zurück, den sie nie zuvor gesehen hat. Plötzlich muss sie bangen, dass er herausfindet, warum sie tatsächlich hier ist. Sie weiß nicht, wie lange sie ihm etwas vorspielen kann, denn seine Nähe weckt ungeahnte Gefühle in ihr. Mit jedem Tag gewinnt Thomas mehr und mehr ihr Herz, und ihr Wunsch, sich ihm anzuvertrauen, wird immer stärker. Aber wenn sie ihm ihr Geheimnis verrät, bringt sie ihn in allergrößte Gefahr …

Zur Autorin:

Stephanie Laurens wurde in Ceylon (dem heutigen Sri Lanka) geboren. Sie begann mit dem Schreiben, um ihrem wissenschaftlichen Alltag zu entfliehen. Bis heute hat sie mehr als 50 Romane verfasst und gehört zu den erfolgreichsten Autorinnen historischer Liebesgeschichten. Die preisgekrönte New-York-Times-Bestsellerautorin lebt mit ihrem Mann und zwei Töchtern in Melbourne.

Lieferbare Titel:

Im Feuer der Nacht
Wenn ein Gentleman in Liebe entbrennt

Stephanie Laurens

Heiß lodert die Sehnsucht

Roman

Aus dem Englischen von
Alexandra Kranefeld

mtb

MIRA® TASCHENBUCH

1. Auflage: Juli 2020
Deutsche Erstausgabe

Originaltitel :»Loving Rose: The Redemption of Malcolm Sinclair«
Erschienen bei: Avon Books, New York

Published by arrangement with Avon Books,
an imprint of HarperCollins*Publishers* L.L.C., New York

Umschlaggestaltung: HarperCollins Germany / Birgit Tonn
Umschlagabbildung: Harlequin Books S.A.
Lektorat: Eva Westphal
Satz: GGP Media GmbH, Pößneck
Printed in Germany
Dieses Buch wurde auf FSC®-zertifiziertem Papier gedruckt.
ISBN 978-3-7457-0088-6

www.mira-taschenbuch.de

Prolog

1833
An der Küste von Bridgewater Bay, Somerset

Schmerz.

Quälend und erbarmungslos setzte er ihm zu, löschte seine Sinne aus und grub sich mit glühenden Klauen in seinen Verstand. Wahre Höllenqualen, die ihn gleißend hell durchfuhren und seine Gedanken vernichteten, ihm alles Wissen und jede Erinnerung nahmen.

Tod.

Er hatte ihn gewählt, ihn angenommen – ihn willkommen geheißen.

Das war seine gerechte Strafe, sein Leiden auf dem Weg zur Hölle.

Genau das hatte er verdient.

Er konnte sich nicht bewegen und wusste nicht länger zu sagen, ob sein Körper noch existierte, ob er diese sterbliche Hülle noch bewohnte.

Dann verlor sein Geist auch den letzten Halt und entglitt ihm, sein Bewusstsein flatterte wie ein Stoffband im Wind, das sich nicht mehr einfangen ließ.

Auch seine Wahrnehmung begann, vom steten unerbittlichen Schmerz ermüdet, allmählich nachzulassen. Sie geriet ins Stocken. Und dann …

Vergessen breitete sich vor ihm aus, die Leere des Nichts, in die er sich sinken ließ.

Jenseits davon erwartete ihn das Fegefeuer, die Flammen

der ewigen Verdammnis.

Er brauchte bloß zu warten.

»Bruder Roland – sehen Sie!«

Mit einem stillen Seufzer wandte Roland, Krankenbruder der Priorei von Lilstock, sich von dem Büschel Seetang ab, in dem er gerade herumgestochert hatte. Wie zu dieser Jahreszeit üblich, hatte er die jüngsten Novizen mit an den Strand genommen, damit sie ihm dabei halfen aufzulesen, was das Meer ihnen an Heilmitteln so reichlich schenkte. Es war eine wöchentliche Routine, und so froh er um ihre Hilfe war, fragte er sich bisweilen, ob es den Aufwand wert war, ließen die Jungen sich doch nur zu gern von der Arbeit ablenken.

So rechnete Roland auch jetzt, als er aufschaute und den Strand hinabblickte, mit einem verirrten Schaf, das es einzutreiben, oder einem seltenen Vogel, den es zu bestimmen galt.

Stattdessen sah er die ganze Schar der Novizen aufgeregt die Dünen hinabklettern und auf ein Bündel nasser Kleider zueilen, das im groben Sand lag.

Roland richtete den Blick auf das klägliche Bündel. Seit über zehn Jahren lebte er jetzt schon in dem an einer Bucht des Bristol Channel gelegenen Kloster – er wusste genau, was es mit solchem Treibgut auf sich hatte. »Halt!«, brüllte er.

Als sie seinen strengen Befehl vernahmen, blieben die Jungen wie angewurzelt stehen. Alle drehten sie sich mit verdutzter Miene nach ihm um. Keiner von ihnen war näher als zwanzig Meter an den angeschwemmten Leichnam herangekommen.

Roland ignorierte die fragenden Blicke und eilte mit flatternder Kutte die Düne hinab. Für ihre unschuldigen Seelen war es besser, wenn er den Toten zuerst in Augenschein nahm. Der Herr allein wusste, in welchem Zustand sich die sterblichen Überreste befanden.

Der Bristol Channel war eine der meistbefahrenen Wasserstraßen der Welt. Schiffskapitäne hatten ihre Toten auf offener See zu bestatten, ehe sie einen Hafen anliefen. Wenn stürmische See dies verhinderte, warteten sie gern die ruhigeren Wasser des Kanals ab, um das Ritual zu vollziehen. Da dessen Gewässer zwar tief, doch von einem Labyrinth starker, schneller Strömungen durchzogen waren, wurden die Toten regelmäßig an den südlichen Gestaden angespült, nicht fern der Priorei.

Rolands Glaube gebot es, diesen Toten mit gebührendem Respekt die letzte Ehre zu erweisen, doch es galt auch die Gefahren ansteckender Krankheiten zu bedenken.

Außerdem ließen sich längst nicht alle der angeschwemmten Leichen mit der gängigen Praxis des Seemannsbegräbnisses erklären.

Während er also den Strand entlangstapfte und den grobkörnigen Sand unter seinen Stiefeln nachgeben spürte, nahm Roland das angespülte Bündel näher in Augenschein. Er sah dunklen Anzugstoff, aus dem es schmutzig weiß hervorblitzte, und fragte sich unweigerlich, ob dieser Leichnam in letztere Kategorie fiel.

Bis er sich dann über den Toten beugte, war er sich dessen fast sicher. Bei dem Mann – denn ein Mann war es – handelte es sich allem Anschein nach um einen Engländer. Das helle Haar, das ihm nass und strähnig am Kopf klebte, war gut geschnitten, und die breite Stirn und die hohen Wangenknochen zeugten von einer noblen Geburt.

Jetzt jedoch …

Mit erfahrenem Blick nahm Roland wahr, in welch unnatürlicher Lage sich die langen, einst eleganten Gliedmaßen befanden, eine Haltung, in die ein menschlicher Körper nur mit äußerster Gewalt gebracht werden konnte – überhaupt nie gebracht werden sollte. Roland wurde von einer

Mischung aus Mitleid, Entsetzen und schierem Grauen erfasst.

Welche Folter hatte dieser Mann erleiden müssen?

Er war auf dem Bauch angespült worden, den Kopf zum Meer, die Schultern verrenkt, das Kreuz gekrümmt. Arme und Beine standen unnatürlich ab wie gebrochene Zweige. Roland blickte hinab auf das Gesicht des Mannes. Die einst schönen, noblen Züge waren entstellt, die Haut fahl vom Hauch des Todes.

Dieser Mann war zerstört, auf grausamste Weise gebrochen worden, ehe der Tod ihn zu sich genommen hatte.

Roland bekreuzigte sich und sprach ein leises Gebet für die arme, unbekannte Seele. Doch dann – er wollte sich gerade umdrehen und den Novizen entsprechende Anweisungen geben –, ließ das flüsternde Rauschen des Meeres ihn innhalten.

Eine Welle rollte heran, kräftiger als die vorherigen; die Gezeiten hatten gewechselt, und die Flut kam.

Die Welle erreichte den Mann, umspülte seinen Körper und klatschte gegen seine durchnässten Kleider. Das Wasser stieg so hoch, dass es kurz über die schorfigen Lippen und seine Nase hinwegfloss. Roland hatte keine Notwendigkeit mehr gesehen, das zu verhindern.

Doch dann sah er feine Luftbläschen aus dem Mund des Mannes aufsteigen.

»Der Herr stehe uns bei!« Roland sprang auf. Das Herz schlug ihm bis zum Hals.

Aber wozu war er der Krankenbruder?

Kaum dass die See sich zurückzog, hatte Roland sich wieder gefangen und drehte sich nach den Novizen um, die das Geschehen aus einigen Schritten Entfernung gespannt verfolgten. »Du … Godfrey.« Roland zeigte auf den sehnigsten und sportlichsten der Gruppe. »Lauf zurück zur Priorei und hol die Krankentrage. Ned und Will, ihr geht mit und bringt meinen Arztkoffer sowie die Tasche mit den Bruchschienen und dem Verbandszeug. Los, lauft – und beeilt euch!«

Mehr der Ermahnung brauchte es nicht; schon schossen die Jungen los wie die Hasen, sprangen die Dünen hinauf und sprinteten zurück zu dem schmalen Weg, der zum Kloster führte. Als er sich wieder dem Fremden zuwandte, kamen Roland Zweifel, ob er richtig handelte – ob es überhaupt einen Sinn hatte, ob noch Hoffnung bestand. Ob das, was bevorstand, den Preis wert war … Doch er war ein Mann Gottes; ihm blieb keine Wahl. Er musste es versuchen.

Niemand konnte ihm garantieren, dass der Mann überleben würde. Aber darum ging es nicht. Ebenso wenig darum, dass der Versehrte, sollte er es denn schaffen, ihm kaum dafür danken würde, dass er in ein Leben zurückgeholt worden war, das fortan voller Schmerz und Leid wäre.

Der Mann war Roland quasi vor die Füße gespült worden, ein menschliches Wrack, aber noch am Leben. Es war nicht an Roland, darüber zu urteilen oder zu entscheiden oder auch nur zu zweifeln. Er war bloß der Krankenbruder, und als solcher kannte er seine Pflicht.

Seine Aufgabe war es, dieses Leben zu retten.

Roland atmete tief durch und machte sich ans Werk. Zu den Novizen sagte er: »Ich möchte ihn nicht bewegen, bevor wir ihn nicht bestmöglich stabilisiert haben.« Dazu brauchte es die Bruchschienen und das Verbandszeug. Im Geiste ging er durch, wie viele Schienen in seiner Tasche waren und wie er sie einsetzen könnte, doch es würde nicht reichen. »Ben und Cam, habt ihr eure Messer dabei?«

Beide nickten.

»Gut.« Roland zeigte den Strand hinunter. »In dieser Richtung ist ein kleiner Fluss, der weiter vorn ins Meer mündet.

Folgt seinem Lauf ein Stück zurück, bis ihr an eine dicht mit Röhricht bewachsene Uferstelle kommt, und bringt mir so viel davon mit, wie ihr tragen könnt.«

»Ja, Bruder Roland«, kam es von den beiden, ehe sie sich auch schon umdrehten und losliefen.

»Brian und Kenneth, sammelt alle Körbe ein und stapelt sie vorn am Weg zum Kloster, damit wir sie später nur noch mitzunehmen brauchen. Wenn ihr damit fertig seid, kommt ihr wieder zurück.«

»Aye, Bruder Roland.«

Roland wandte sich den verbliebenen sechs Jungen zu. »Wir können ihn noch nicht von der Stelle bewegen, aber wir sollten versuchen, das Wasser bestmöglich von ihm fernzuhalten. Am besten, wir bauen einen Damm aus Sand, um die Flut zurückzuhalten, bis die anderen mit dem Verbandsmaterial zurückkommen und ich ihn schienen kann.«

Er brauchte ihnen bloß zu zeigen, wo sie den Damm bauen sollten. Der Rest war beinahe ein Kinderspiel, denn die Novizen waren noch jung genug, dass sie Spaß daran fanden, im Sand zu buddeln.

Eigentlich müsste er das Höllentor längst passiert haben, aber nein. Der Schmerz ließ nicht nach.

Stoisch, gefangen in einem Geist, der ihn wider Erwarten noch immer nicht im Stich gelassen hatte, harrte er aus.

Wartete geduldig, dass der Tod ihn holte.

Dass die Qual ein Ende nahm.

Aber es nahm kein Ende. Hin und wieder kam er flüchtig zu Bewusstsein. Tauchte kurz auf und nahm in der Ferne etwas wahr.

Doch wen oder was er da spürte, hätte er nicht sagen können.

Allmählich begann er zu begreifen, dass er noch in der Welt der Sterblichen weilte. Dass sein Körper noch immer existierte, wenn auch nur als dumpfer Schmerz. Dass sein Verstand, gefangen in einem Schädel, den er kaum spürte, noch funktionierte.

Er lebte, immer noch.

Warum, war ihm ein Rätsel.

Der Schmerz hatte nachgelassen; verschwunden war er nicht, eher zu einem Bestandteil seiner selbst geworden.

Ein Teil seines neuen Selbst.

Wenn dieses Dasein, dieser seltsame Zustand zwischen Leben und Tod, anhielt, würde er irgendwann die Augen öffnen und sich der Frage stellen müssen, was mit ihm passiert war. Aber genau wie der Rest seines Körpers schienen seine Lider sich seiner Gewalt zu entziehen.

Und so wartete er.

Harrte der Dinge, die da kommen würden.

Endlich brachte er die Augen auf. Nur einen Spaltbreit, und das Licht blendete so sehr, dass er sie gleich wieder schloss.

Aber jemand war dort; jemand, der, wie ihm jetzt bewusst wurde, oft bei ihm gewesen war und dessen Gegenwart er vage durch den Nebel seiner Schmerzen wahrgenommen hatte. Dieser Jemand hatte ihn ebenfalls bemerkt.

Wasser benetzte seine trockenen Lippen. Er öffnete sie ein wenig, und das Gefühl, wie es kühl und belebend seine Kehle hinabrann, war so überwältigend, dass sämtliche seiner Sinne aus ihrem Dämmerschlaf erwachten.

»Können Sie mich hören?«

Sein Gehör schien also auch intakt. Die Stimme, die an seine Ohren drang, war die eines Mannes, tief und ruhig, tröstend und fürsorglich. Doch mehr als ein Flattern der Lider brachte er als Antwort nicht zustande.

»Ihr Name«, hörte er die Stimme sagen. »Wenn Sie sich an Ihren Namen erinnern und sprechen können, so sagen Sie ihn – um mehr bitte ich Sie gar nicht.«

Sein Name … Natürlich, sie brauchten irgendetwas, das sie auf den Grabstein setzen konnten. Aber der Mann, der er gewesen war, war längst gestorben. Nicht einmal im Tod wollte er unter diesem Namen ruhen.

Wieder wurde ihm Wasser hingehalten, und er trank es dankbar, während er überlegte, welche Antwort er diesem um sein Wohl besorgten Menschen geben sollte.

In seinem Gedächtnis arbeitete es, Erinnerungen tauchten auf, und allmählich begann seine Vergangenheit Gestalt anzunehmen. Plötzlich stand ihm wieder vor Augen, was er, den es nicht mehr gab, getan hatte – wie es so weit gekommen war und was zuvor passiert war …

Es gab tatsächlich einen Namen – ein Alter Ego, das er sich vor langer Zeit zugelegt und von dem er immer mal wieder Gebrauch gemacht hatte. Den Mann, der er gewesen war, gab es nicht mehr, der war tot, aber jenen anderen … den hatte er fast vergessen.

Nun, da er sterben würde – und in Anbetracht seiner Sünden erwartete er keinen anderen Ausgang –, wollte das Schicksal ihm vielleicht Gelegenheit geben, auch mit diesem Kapitel abzuschließen.

Er mochte es, wenn alles nach Plan ging und er die Dinge ordentlich zu Ende bringen konnte.

»Thomas.« Seine Stimme klang rauer, schroffer als er sie in Erinnerung hatte, als hätten seine Qualen alles Sanfte, Melodische zunichte gemacht. Das Sprechen verlangte ihm eine bewusste Anstrengung ab und verstärkte den Schmerz abermals ins Unermessliche. Doch als er merkte, dass der andere Mann sich über ihn beugte, zwang er sich die Worte mit mehr Deutlichkeit von den Lippen. »Thomas Glendower.«

Greller Schmerz durchzuckte ihn, dann wurde es dunkel um ihn, und er ließ sich in der Flut treiben.

»Wird er durchkommen?« Prior Geoffrey, weißhaarig und betagt, legte seine Hand auf Rolands Schulter.

Roland, der in der schmalen Zelle im hinteren Teil des Krankentraktes am Bett des Mannes saß, den sie Wochen zuvor mehr tot als lebendig am Strand gefunden hatten, schaute auf. Wahrheitsgemäß antwortete er: »Das kann ich nicht sagen, Pater Prior, aber nachdem er so lange durchgehalten und das alles überstanden hat«, er deutete auf die zahllosen Schienen und Verbände, die äußerlichen Zeichen der unzähligen Eingriffe, die nötig gewesen waren, um den Mann zumindest so weit wieder zusammenzuflicken, wie es in Rolands Macht stand, »gehe ich davon aus, dass er so weit genesen wird, wie es unter den Umständen möglich ist.«

Er warf einen Blick auf das versehrte Gesicht ihres Patienten, dann fasste Roland sich ein Herz. Er musste jenen Gewissenskonflikt ansprechen, mit dem er seit jenem Tag rang, als sie den Mann vor den Fängen der See gerettet hatten. »Ich frage mich noch immer, ob wir richtig gehandelt haben … ob es richtig war, ihn zu retten.«

Prior Geoffrey antwortete nicht sogleich, doch dann legten seine knorrigen Finger sich sanft auf Rolands Schulter. »Die Wege des Herrn sind unergründlich, mein Sohn. Wenn Thomas Glendower überlebt, kannst du dir gewiss sein, dass es genauso hat sein sollen und du getan hast, was von dir verlangt wurde.«

Roland wollte es hoffen. Demütig neigte er das Haupt und beließ es dabei.

Thomas saß im Klostergarten der Priorei Lilstock, die sonnenbeschienene Südwand der Krankenstation im Rücken, und betrachtete gedankenverloren die Fülle der Pflanzen in den ordentlich angelegten Beeten.

Er spürte die Sonne in seinem Gesicht und eine laue Sommerbrise, die den Geruch frisch umgegrabener Erde sowie das säuerliche Aroma der Früchte zu ihm trug, die drüben im Obstgarten reiften.

Aus dem hinteren Teil des Gartens, wo zwei Mönche bei der Arbeit waren, nahm er ferne Geräusche wahr, hörte die Vögel in den Bäumen zwitschern und singen. Obwohl das eine Augenlid jetzt leicht herabhing, hatte er in beiden Augen wieder normale Sehkraft erlangt und konnte dem Flug der Schwalben folgen, die im weiten Blau des Himmels ihre Kreise zogen.

Er war sich nicht sicher, ob das alles – die Wiedererlangung seiner Sinne und Fertigkeiten – am Ende eher Fluch oder Segen wäre.

Monate waren vergangen seit dem Tod des Mannes, der er gewesen war.

Er indes lebte, und das war schwer zu begreifen.

Er war mehr als bereit gewesen, diese Welt für immer zu verlassen und es dem Rest der Gesellschaft fortan zu ersparen, seine Person ertragen zu müssen.

Aber das, so schien es, hatte nicht sein sollen.

Glaubte man Bruder Roland, jenem Mann, der wochenlang an seinem Bett gesessen und ihn gepflegt hatte, der ihn gerettet und auch den Mann, der er jetzt war, vor dem Tode bewahrt hatte, so war Thomas stetig auf dem Wege der Besserung und würde mit der Zeit fast vollständig genesen.

Auch wenn er beim Gehen noch auf Hilfe angewiesen war, waren Körper und Geist doch weitgehend wiederhergestellt.

Noch immer litt er unter Schmerzen, aber obwohl er den Schmerz spürte, schenkte er ihm keine Beachtung mehr. Er war sein ständiger Begleiter geworden, ein bisschen lästig vielleicht, aber irgendwann nahm man ihn ganz selbstverständlich hin und ließ sich nicht länger von ihm ablenken oder in seinem Tun einschränken.

Schritte näherten sich auf dem Kies, und an der ruhig bemessenen Gangart erkannte er Bruder Roland, noch ehe dieser aus dem Durchgang zum Klosterhof hervortrat.

Roland schaute sich um, entdeckte dann Thomas auf seiner Bank und kam zu ihm herüber.

Thomas rang sich ein angestrengtes Lächeln ab und wartete, während Roland, nachdem er seinen Gruß mit einem Nicken erwidert hatte, seine Robe raffte und sich neben ihn setzte.

Einige Minuten sahen sie schweigend hinaus in den Garten und genossen die Stille und den Frieden, der hier herrschte, ehe Roland, recht unvermittelt, wie es seine Art war, fragte: »Und wer ist Thomas Glendower?«

Thomas spürte ein Lächeln um seine Lippen spielen. Mit diesem Gespräch hatte er gerechnet. Es war bloß eine Frage der Zeit gewesen.

Und weil er Roland mochte, wollte er ihm die Antwort gerne geben.

Roland gehörte zu jenen Menschen, in denen Thomas sich selbst wiedererkannte; ein Mann, der mit großer Wahrscheinlichkeit einen ähnlichen Hintergrund hatte wie er, der aber einen anderen Weg gegangen war. Vieles an Roland kam Thomas vertraut vor, und jetzt, mit seinem neuen, aus dem Tod geborenen Verständnis, vermochte er das auch zu schätzen, wenn nicht gar zu bewundern.

Ohne den Blick vom Grün des Gartens und den blühenden Beeten zu nehmen, erwiderte Thomas: »Ich wurde in den niederen Adel geboren, aber als ich sechs Jahre alt war, kamen meine Eltern bei einem Unfall ums Leben. Da ich keine nahen Verwandten hatte, gab man mich in die Obhut eines Vormunds, eines Freundes meines Vaters, der politisch und gesellschaftlich sehr angesehen, doch alles andere als ein guter Mensch war. Unter seinem Einfluss entwickelte ich mich auf eine Weise, wie ich es, wäre ich in einem anderen Umfeld aufgewachsen, wohl eher nicht getan hätte. Aber da er sich das Leben nahm, kaum dass ich volljährig war, trage natürlich ich allein die Verantwortung dafür, wie sich meine Entwicklung fortan gestaltete.«

Er hielt inne und überlegte einen Moment, ehe er fortfuhr. Seine Stimme klang noch immer rau, doch fest und klar. »Man hat mich damals gewarnt, mich vorzusehen und den Bogen nicht zu überspannen, aber wie junge Männer nun einmal sind, schlug ich den Rat in den Wind. Ich glaubte, es besser zu wissen, und schöpfte alle Möglichkeiten aus, die das Leben mir bot. In materieller Hinsicht war ich sehr erfolgreich, aber die meiste Zeit blieb ich allein, wenn auch aus freien Stücken. Damals habe ich nicht das Bedürfnis nach persönlichen Bindungen verspürt. Letztlich sollte mir das, mehr noch als alles andere, zum Verhängnis werden. Weil ich nie gelernt hatte, an andere zu denken, habe ich großen Schaden angerichtet. Ich habe andere Menschen verletzt, auch wenn es nicht meine Absicht war. Mehr noch, ich habe Kummer und Leid über sie gebracht … sogar den Tod. Ich war schuld am Tod anderer und deshalb … deshalb musste ich sterben.«

Roland schwieg eine Weile, dann fragte er: »Sie haben jemanden getötet?«

»Ja.«

»Mit eigener Hand?«

Thomas war versucht zu lügen, doch er schuldete Roland die Wahrheit. »Nein. Ich selbst habe niemanden getötet, aber ich war der Grund, dass Menschen ihr Leben verloren.«

Die Stirn in tiefe Falten gelegt, sah Roland ihn von der Seite an. »Dann haben Sie den Auftrag gegeben, jemanden zu töten?«

Lügen, dachte Thomas, wäre so viel einfacher gewesen. Er lehnte sich zurück, ließ den Kopf an der Hauswand ruhen und meinte: »Nein, aber ich habe Anweisungen gegeben, die letztlich zum Tod von Menschen führten.« Nachdem er sich derart offenbart und Roland damit in Verwirrung gestürzt hatte, sah er sich zu einer Erklärung genötigt. »Ich war nicht direkt beteiligt. Aber ich wollte bestimmte Dinge für mich – wollte im Lauf der Jahre immer mehr –, und so habe ich anderen den Auftrag gegeben, mir diese Dinge zu besorgen. Von den Todesfällen erfuhr ich erst später, aber wenn ich das Ganze vorher durchdacht hätte … Doch das habe ich nicht, verstehen Sie? Ich habe nie an andere gedacht – das war mein Fehler. Ich habe immer so gehandelt, als würden andere von meinem Tun unberührt bleiben, was natürlich nicht der Fall war – es war falsch. Und als mir das endlich klar wurde, habe ich dem ein Ende gemacht.«

Wieder folgte eine längere Pause, in der Roland über das Gehörte nachzudenken schien. »Thomas Glendower ist nicht Ihr richtiger Name, oder?«, fragte er schließlich.

Thomas nickte. »Aber der Name, mit dem ich geboren wurde, starb mit dem Mann, der ich war. Ich habe ihn aus dem Weg geräumt, und das in jeder Hinsicht. Ich habe dafür Sorge getragen, dass Wiedergutmachung geleistet wird, wo es der Wiedergutmachung bedarf – und weit darüber hinaus.« Einen Moment hielt er inne und genoss die Genugtuung, die richtige Entscheidung getroffen zu haben, dann fuhr er fort: »Der Mann, der ich war, ist tot, und glauben Sie mir, niemandem wäre damit gedient, ihn wieder zum Leben zu erwecken. Ganz im Gegenteil. Das würde ich sogar auf die Bibel der Priorei schwören.«

Roland räusperte sich.

Mit aller Geduld, die er in den letzten Monaten auf dem Krankenlager erworben hatte, wartete Thomas ab, welches Urteil seiner harrte, nun, da er die Sünden seiner Vergangenheit gebeichtet hatte.

Schließlich beugte sich Roland, den Blick wie Thomas auf den Garten gerichtet, auf beide Arme gestützt vor und verschränkte die Hände zwischen den Knien. »Es gab Zeiten, vor allem in den ersten Tagen, die Sie bei uns waren, als ich nicht davon ausging, dass Sie überleben würden. Ich musste Ihnen Knochen brechen und Sehnen zerren, um Ihre Glieder wieder einzurenken; ich musste Ihnen etwas gegen die Entzündungen geben und gegen den Schmerz. Ich musste Ihr Rückgrat richten und habe schon befürchtet, dass ich Ihnen damit den Todesstoß geben würde. Sie waren bei alledem nicht bei Bewusstsein, und ich hätte nicht sagen können, ob Sie leben oder sterben wollten. Und so hielt ich es denn auch: Ich hoffte weder auf Ihren Tod noch betete ich für Ihr Leben.«

Die Hände fest verschränkt, fuhr Roland fort: »Prior Geoffrey war anderer Ansicht. Er hielt es für sehr wahrscheinlich, wenn nicht gar sicher, dass Sie überleben würden, denn er sah ein Zeichen Gottes darin, dass Sie, zumal in Ihrem Zustand, ausgerechnet mir in die Hände gefallen sind.«

Thomas blinzelte ungläubig. »Eine Ansicht, die ich nur schwerlich teilen kann.«

Roland nickte nur. »Nach allem, was Sie mir gerade erzählt haben, kann ich verstehen, warum Sie das so sehen, aber … Ich kenne Geoffrey seit Jahren. Während meines Noviziats war er mein Mentor. Er ist sehr klug und weitsichtig, gerade auch was seine Mitmenschen und deren Eigenarten angeht.« Roland hielt einen Moment inne. »Je länger ich darüber nachdenke, desto mehr muss ich ihm recht geben.«

»Wie bitte?« In seiner Verwunderung konnte Thomas seinen verbitterten Tonfall kaum verbergen. »Der klägliche Versuch, meine Sünden wiedergutzumachen, soll mir göttliche Vergebung eingebracht haben?«

Roland lachte trocken. Er wandte den Kopf und sah Thomas an. »Nein, so einfach ist es nicht. Geoffrey glaubt, dass Sie nicht ohne Grund verschont wurden. Er glaubt, dass Gott noch etwas mit Ihnen vorhat, eine Aufgabe, für die nur Sie infrage kommen, und Ihnen Gnade gewährt hat. Weil Sie hier auf Erden noch etwas zu vollbringen haben.«

In Rolands Augen sah Thomas eine neue Gewissheit aufleuchten.

Als wolle er ihm dies bestätigen, nickte Roland. »Und nach allem, was Sie mir gerade erzählt haben, neige ich noch mehr dazu, Geoffreys Ansicht zu teilen. Sie können es damit halten, wie Sie wollen, aber glauben Sie mir, unser Herr ist noch nicht fertig mit Ihnen.«

Thomas wusste nicht recht, was er damit anfangen sollte. Er hätte entgegnen können, dass er nicht religiös, ja nicht einmal sicher war, ob es irgendwelche himmlischen Mächte gab. Ans Walten des Schicksals konnte er vielleicht noch glauben, aber an Gott? Eine solche Überzeugung war ihm nicht gegeben.

Doch wie er hier in der Sonne saß und Rolands ruhigem Blick begegnete, war er sich auch dessen auf einmal nicht mehr sicher. So hob er nur eine Schulter – die weniger versehrte – und meinte: »Nun, wir werden sehen.«

Monate sollten vergehen, ehe Thomas es, auf Krücken gestützt, bis in die Bibliothek des Klosters schaffte. Dort fand er, wie erhofft, einige Tageszeitungen, die jeden Nachmittag aus London geliefert wurden, auch wenn fraglich war, für wen. Außer ihm schien niemand im Hause die neuesten Nachrichten zu verfolgen.

Nach einem weiteren Monat bat er Prior Geoffrey um Erlaubnis, sich entgeltlich zu zeigen, indem er das Kloster bei der Verwaltung dessen Vermögens unterstützte. Geoffrey, der von Roland völlig richtig als klug und weitsichtig, wenn nicht gar ein wenig gerissen beschrieben worden war, willigte ein, und zum ersten Mal seit Langem hatte Thomas das Gefühl, wieder zu leben und nicht bloß von einem Tag zum nächsten zu existieren.

Dem Prior gegenüber erklärte er, wenn sein Leben denn aus einem bestimmten Grund verschont worden sei, dann würde sich dieser Grund vermutlich im Laufe der Zeit offenbaren. Bis dahin wolle er sich, ganz im Geist der Bruderschaft, nützlich machen. Und sein einziges Talent war nun einmal die Wahrung und Vermehrung von Vermögen.

Nachdem der Prior ihm einen Eid abverlangt hatte, dass Thomas zu diesem Zwecke nur legale und moralisch einwandfreie Geschäfte tätigen würde, hatte Geoffrey sich sehr umgänglich, ja, geradezu begeistert gezeigt und Thomas die Bücher und Konten der Priorei vorgelegt.

Wiederum einige Monate später ging es dann auch mit den klostereigenen Vermögenswerten stetig bergauf.

Eines Tages, als Thomas an seinem üblichen Platz in der Bibliothek saß und im fahlen Licht des Wintertages, das durch die bleigefassten Fenster hereinfiel, das Angebot des offiziellen Vermögensverwalters der Priorei durchging – seit es jemanden gab, der seine Vorschläge tatsächlich guthieß und umsetzte, ging der Verwalter seinen Aufgaben mit einem völlig neuen Enthusiasmus nach –, betrat Roland die Bibliothek. Als er Thomas an seinem Tisch sitzen sah, kam er herüber.

Mit einem gutmütigen Lächeln zog er sich einen Stuhl heran und setzte sich zu ihm.

Thomas quittierte es mit einem Hochziehen der Augenbraue und ging erst noch in Ruhe die Zahlen durch, bis er am Ende der langen Reihe angelangt war.

Dann schaute er auf und erwiderte den Blick aus Rolands grauen Augen. Wie üblich hatte der große, breitschultrige Mann – so groß wie Thomas war er, aber von kräftigerer Statur und mit dunklem Haar und blasser Haut, was französische Vorfahren vermuten ließ – wie immer also hatte er beide Arme auf den Tisch gestützt und die Hände vor sich verschränkt. Thomas lehnte sich in seinem Stuhl zurück und hob erneut, diesmal fragend, die Brauen.

Rolands Lächeln wurde breiter, ehe er zu seinem Anliegen kam. »Als ich Sie nach Ihrem Namen gefragt habe, waren Sie nicht ganz bei Bewusstsein und halb von Sinnen vor Schmerz, und doch haben Sie mir ohne zu zögern geantwortet. Bevor Sie mich eines Besseren belehrt haben, bin ich davon ausgegangen, dass Ihr Name Thomas Glendower sei. Seit Monaten nutzen Sie diesen Namen und reagieren ganz selbstverständlich darauf, weshalb ich mich frage …« Er sah Thomas unverwandt an. »Gehe ich recht in der Annahme, dass es Thomas Glendower tatsächlich gibt?«

Thomas nickte. »Ja, es gibt ihn. Er ist«, er gestikulierte vage, wozu er endlich wieder in der Lage war und das sogar mit einer gewissen Anmut, »ein Alter Ego von mir, das ich mir in jungen Jahren zugelegt habe. Aber ich habe nur selten davon Gebrauch gemacht, zumindest nicht für jene Vorhaben, die letztlich mein Verderben waren – oder vielmehr das Verderben dessen, den ich hinter mir gelassen habe.« Er hielt kurz inne und überlegte, wie er es am besten erklären sollte. »Will ich mich hinaus in die Welt begeben, um jene Aufgabe zu erfüllen, für die Gott oder das Schicksal mich ausersehen haben, dann brauche ich eine neue Identität, und Thomas ist vielleicht nicht perfekt, auch nicht frei von Sünde, aber doch schon … da. Er ließe sich leicht wieder zum Leben erwecken und böte sich für diesen Zweck geradezu an.«

Roland nickte. »Sie haben erwähnt, dass Sie, zumindest als der, der Sie waren, dazu neigten, andere nicht zu bedenken und sich nicht um die Folgen zu kümmern, die Ihr Tun für andere Menschen hat.« Den Blick fest auf Thomas gerichtet, setzte er nach: »Deshalb würde ich mich gern vergewissern, ob Thomas Glendower Angehörige hat, Bediente, Menschen, für die sein – oder vielmehr Ihr – Verschwinden und Ihre lange Abwesenheit Schwierigkeiten bedeuten könnten.«

Thomas stutzte einen Moment und setzte sich langsam auf. »Nun, nicht sofort, aber früher oder später vermutlich schon, ja.«

»Verstehe«, meinte Roland. »Dann verstehen Sie dies als Aufforderung, sich am besten unverzüglich darum zu kümmern. Auch wenn Sie lieber in der Weltabgeschiedenheit unserer Priorei auf den Wink des Schicksals warten wollen, so könnten Sie doch wenigstens schreiben«, er deutete auf die Feder, die Thomas beiseitegelegt hatte, »um besagten Menschen zu versichern, dass es Ihnen gut geht, und dafür zu sorgen, dass Ihre weltlichen Belange geregelt sind.«

Schweigend sann Thomas darüber nach, dann nickte er. »Sie haben recht. Danke.«

Roland bedachte ihn mit einem Lächeln und schob seinen Stuhl zurück. »Dann will ich Sie nicht länger aufhalten. Die ausgehende Post wird auf dem kleinen Tisch vor Geoffreys Studierzimmer gesammelt.«

Thomas nickte.

Während Roland hinausging, rang Thomas noch mit sich, aber schließlich nahm er ein frisches Blatt Papier und begann zu schreiben.

Eine halbe Stunde später humpelte er, auf seine Krücken gestützt, zum Priorszimmer. Keuchend vor Anstrengung blieb er bei dem kleinen Tisch stehen und ließ die beiden Briefe, die er mühsam in einer Hand hielt, auf das silberne Tablett fallen. Beide trugen Londoner Adressen; der erste ging an Drayton, Thomas Glendowers Geschäftsverwalter, der andere an Marwell, seinen Anwalt.

Nachdem er sich einen Moment ausgeruht hatte, stützte er sich wieder auf seine Krücken und blickte noch ein letztes Mal auf die zwei Briefe, die ganz zuoberst auf dem kleinen Poststapel lagen. Sie waren sein erster Vorstoß hinaus in die Welt – und er war sich sicher, dass Roland sich der Größe dieses Schrittes bewusst gewesen war.

Aber er hatte recht, es musste getan werden; diese Briefe wollten geschrieben, der Schritt gewagt werden.

Noch immer etwas schwerfällig drehte Thomas sich um und schleppte sich zurück zur Bibliothek.

Die Bibliothek war jetzt sein angestammter Arbeitsplatz, und so verging die Zeit. Auf den Winter folgte der Frühling, und mit ihm gab sich auch der Abt des Hauptklosters ein Stelldichein, um bei den Brüdern in Lilstock nach dem Rechten zu sehen. Nachdem Prior Geoffrey ihm die Bücher und Konten der Priorei vorgelegt hatte, zeigte der Abt sich sehr beeindruckt und ließ anfragen, ob Thomas mit dem Vermögen der Abtei nicht ein ähnliches Wunder vollbringen könne.

Thomas nahm die Herausforderung gerne an. Weitere Gelder zu verwalten würde ihn noch eine Weile beschäftigen, seinen Verstand schärfen und ihn davor bewahren, in Trübsal zu verfallen. Auch kam er so mit mehr Menschen in Kontakt, und allmählich begann er zu begreifen, dass er sich üben musste in der Kunst, an andere zu denken, wie Roland es in ergreifender Schlichtheit genannt hatte.

Für andere mochte das eine Selbstverständlichkeit sein, Thomas indes hatte seine Schwierigkeiten damit. Auch jetzt noch. Stets musste er sich bewusst dazu anhalten, sein Handeln und dessen Folgen in Hinblick auf alle Beteiligten zu durchdenken.

Und da er noch immer nicht wusste, zu welchem Zweck sein Leben verschont geblieben war, sah er seine erste Aufgabe darin, so leben zu lernen, dass er anderen durch seine selbstbezogene Art nicht ungewollt Schaden zufügte. Das war etwas, das er selbst hier, in der kleinen Gemeinschaft der Priorei, erlernen konnte.

Die Priorei Lilstock gehörte zum Benediktinerorden, und etwas überrascht stellte Thomas fest, wie er sich allmählich in das Klosterleben einfügte. Der festgeschriebene Tagesablauf hatte etwas Beruhigendes. Roland blieb sein engster Vertrauter, doch auch mit Geoffrey verbrachte er viele Stunden. Beide Männer waren ihm, wenn vielleicht nicht ebenbürtig, in ihren geistigen Interessen doch ähnlich genug, dass man sich gegenseitig zu schätzen wusste.

Langsam heilte auch sein Körper. Sein Gesicht würde nie mehr so aussehen wie früher, und er würde für den Rest seines Lebens gezeichnet bleiben, aber mit der Zeit konnten die zahlreichen Schienen, Schlingen und Bandagen, mit denen Roland Thomas' Brüche gerichtet und seine verrenkten Gelenke gestützt hatte, abgenommen werden, da er sie nicht mehr brauchte. Zwei Jahre, nachdem Roland ihn in der Bucht gefunden hatte, konnte Thomas wieder selbstständig laufen und war dazu bloß noch auf einen Gehstock angewiesen.

Allen Qualen zum Trotz hatte seine einst so robuste Gesundheit ihn nicht verlassen. Immer öfter verbrachte er die Nachmittage nicht wie sonst in der Bibliothek, sondern half im Garten, in den Ställen und Werkstätten. Er machte sich überall da nützlich, wo gerade mit angepackt werden musste, und gewann so jeden Tag etwas mehr an Kraft und neuen Fertigkeiten hinzu. Letzteres bereitete Thomas ein fast diebisches Vergnügen, hatte er in seinem früheren Leben doch nie Gelegenheit gehabt, zu Hammer, Axt oder Spaten zu greifen. Und sollte er tatsächlich verschont worden sein, weil eine bestimmte Aufgabe auf ihn wartete, so konnte es sicher nicht schaden, sich beizeiten die dazu nötige Kraft anzueignen.

Drei Jahre, nachdem Thomas in die Priorei gekommen war, starb Geoffrey. Etwas überrascht stellte Thomas fest, wie nah ihm der Tod des alten Mannes ging. Er empfand aufrichtige Trauer und Bedauern bei dem Verlust seines Freundes, Gefühle, die ihm bislang eher fremd gewesen waren. Natürlich hatte er auch um seine Eltern getrauert, aber da war er noch ein Kind gewesen. Thomas nahm es als ein Zeichen, dass er mehr und mehr lernte, sich den Menschen verbunden zu fühlen.

Nachdem man Geoffrey mit allen Ehren beigesetzt hatte, fanden die Brüder sich zur Wahl des nächsten Priors zusammen. Es überraschte Thomas nicht, dass man sich einhellig für Roland entschied.

»Auf Sie, Prior Roland.« Thomas lehnte sich in einen der beiden Sessel zurück, die am Kamin des Priorszimmers standen, und erhob sein Glas auf Roland, der ihm auf Geoffreys altem Platz gegenübersaß.

Roland lächelte wehmütig. »Sosehr ich diese Ehre zu schätzen weiß, wünschte ich doch, Geoffrey wäre noch bei uns.«

Das konnte Thomas ihm nur zu gut nachfühlen. Er blickte zu Boden. »Allerdings.«

Einen Moment schwiegen sie, dann hob Roland sein Glas. »Auf jene, die von uns gegangen sind.«

»Auf Geoffrey«, erwiderte Thomas.

Nachdem sie beide einen Schluck getrunken hatten, lehnte Roland sich zurück und sah Thomas an. »Und auf Sie, denn Ihnen gebührt unser Dank, der meine und der meiner Brüder, dass die Priorei finanziell so gut dasteht und wir uns keine Sorgen um ihr Fortbestehen mehr machen müssen.«

Thomas winkte ab. »Ich war nun mal hier, die Tage wurden mir lang – da schien es mir mehr als recht, Ihnen und dem Kloster etwas zurückzugeben für alles, das Sie für mich getan haben.« Er deutete an sich hinab. »Was meinen Sie, muss ich mich damit abfinden oder werde ich mit der Zeit noch etwas flotter auf den Beinen?«

Roland schmunzelte. »Sie werden kräftiger werden, das konnte ich schon während der letzten Monate beobachten. Aber Sie werden Ihren Körper anders beanspruchen. Ihre Hände packen fester zu, weil sie Ihr ganzes Gewicht stemmen müssen, und auch Ihre Arme und Ihre Schultern werden kräftiger als früher, wohingegen Ihre Beine immer etwas schwächer bleiben werden als zuvor. Und ob sie Sie in Zukunft schneller tragen ...«, Rolands Stimme wurde milder, »Nun, Sie werden das eine Bein immer ein wenig nachziehen, das konnte ich leider nicht ändern. Vermutlich werden Sie auch immer einen Stock brauchen, aber dessen ungeachtet können Sie, wie Sie ja schon festgestellt haben, wieder reiten, und im Laufe der Zeit werden Sie auch weitere Strecken zu Fuß zurücklegen können als jetzt noch.«

Thomas senkte den Blick auf sein linkes Bein, das schwächere, und nickte.

»Aber«, fuhr Roland in forscherem Tonfall fort, »um auf den Punkt zurückzukommen, den ich eigentlich hatte ansprechen wollen, ehe Sie mich so geschickt davon abgebracht haben ...«

Ertappt lächelte Thomas.

Roland räusperte sich und hob erneut an. »Um auf mein eigentliches Anliegen zurückzukommen: Ich habe ja nun meinen Platz gefunden, mein weiterer Weg ist vorgegeben. Wie Geoffrey werde ich bis ans Ende meiner Tage Prior dieses Klosters sein. Ein Weg, den ich bewusst gewählt und auf den ich hingearbeitet habe, damit ich, wenn die Zeit so weit wäre und meine Mitbrüder es so wollten, Prior werden und mein Lebensziel erreichen konnte. So wie auch Geoffrey es vor mir getan hat. Aber was ist mit Ihnen, Thomas? Seit Sie hier sind, scheinen Sie auf etwas zu warten, dabei sind Sie doch niemand, der das Leben einfach auf sich zukommen lässt. Sie sind in dieser Hinsicht wie Geoffrey und wie ich, Sie wollen die Dinge selbst in die Hand nehmen. Was also haben Sie vor, was ist Ihr Ziel?«

Mit einem Seufzen hob Thomas den Blick und sah den neuen Prior an. »Ich dachte, ich würde sterben. Aber ich habe überlebt. Indem ich mir Ihre und Geoffreys Überzeugung zu eigen gemacht habe, dass ich aus einem ganz bestimmten Grund verschont wurde, dass ich eine Aufgabe zu erfüllen habe, die vielleicht nur ich erfüllen kann …« Er breitete die Hände aus. »Vermutlich warte ich darauf. Auf einen Wink des Schicksals, einen Fingerzeig Gottes, der mir diese Aufgabe offenbart.« Als er merkte, dass Roland auf den Rest seiner Erklärung wartete, fuhr er fort: »Mein Plan war es, und daran hat sich wenig geändert, den Mann sterben zu lassen, der ich einst war. Sein Tod sollte Strafe und Wiedergutmachung für die Sünden sein, die ich unter seinem Namen begangen habe. So gesehen scheint es mir gar nicht so abwegig, dass ich verschont wurde, um etwas zu tun, das nur mir möglich ist.« Thomas trank sein Glas aus und ließ es wieder sinken. »Mir kommt es vor«, setzte er leiser nach, fast wie zu sich selbst, »als sei mein Weg einer der Buße. Fast wäre ich gestorben, doch so leicht sollte ich nicht davonkommen. Dann meine lange

Genesung und schließlich diese Aufgabe, die sich mir stellen wird. Meinen Frieden, so sehe ich es mittlerweile, werde ich erst finden, wenn diese Aufgabe erfüllt ist. Erst dann werden die Taten aus meiner Vergangenheit gesühnt sein.«

Roland betrachtete ihn schweigend. Eine Minute verstrich, dann noch eine, schließlich meinte er: »Ich kann nachvollziehen, warum Sie das so sehen und daran glauben wollen. Wäre ich an Ihrer Stelle, würde ich es wohl genauso sehen, weshalb ich Ihrer Überzeugung auch nichts entgegenzusetzen habe. Allerdings möchte ich einwenden, und damit komme ich auf jenen Punkt zurück, den ich hatte ansprechen wollen, dass Sie mittlerweile weit genug genesen sind, um Ihren Weg aktiv zu suchen, statt lediglich auf Ihre Bestimmung zu warten. Denn – verzeihen Sie mir, sollte mein Eindruck täuschen – so kommt es mir vor: dass Sie untätig abwarten, statt Ihr Schicksal selbst in die Hand zu nehmen.«

Seine Irritation konnte Thomas nicht ganz verhehlen. Stirnrunzelnd sagte er: »Ich bin immer davon ausgegangen, dass genau dies der tiefere Sinn wäre – dass Gott oder das Schicksal mich finden würde, wenn es so weit ist … Wenn ich dafür bereit bin. Ich habe angenommen, dass es bloß eine Frage der Zeit ist, bis meine Aufgabe sich mir offenbart.«

Ein Lächeln spielte um Rolands Lippen. »Das wäre eine Möglichkeit, aber eine von vielen. Die Priorei ist letztlich eine doch sehr begrenzte Welt. Daher scheint es mir durchaus möglich, dass Ihre Aufgabe sich jenseits dieser Mauern findet und sich Ihnen erst dann offenbaren wird, wenn Sie selbst danach suchen.«

Schweigend und mit leerem Blick schaute Thomas zu Boden.

Roland gab ihm ein wenig Zeit, dann setzte er milde nach: »Ziehen Sie diese Möglichkeit zumindest in Betracht. Mit der Zeit werden Sie Klarheit gewinnen, da bin ich mir sicher.«

In jener Nacht wälzte Thomas sich in seinem schmalen Krankenbett hin und her. Rolands Worte und deren tiefere Bedeutung – dass er, um wirklich Wiedergutmachung zu leisten und Frieden zu finden, die sicheren Grenzen der Klostermauern verlassen und die ihm bestimmte Aufgabe draußen in der Welt suchen musste – wollten ihm keine Ruhe lassen.

Roland hatte natürlich recht. Eigentlich gehörte Thomas zu jenen Menschen, die gern die Zügel in der Hand hielten und selbst über ihr Schicksal bestimmten. Auch war er nie davor zurückgescheut, dem Schicksal nachzuhelfen, wenn es denn sein musste. Und das gab ihm vielleicht am meisten zu denken. Versuchte er, indem er scheinbar tatenlos der Dinge harrte, lediglich auf andere Weise seinen Willen durchzusetzen?

Wollte er das Schicksal dazu zwingen, nach seinen Regeln zu spielen?

Eines indes wusste er ganz sicher: Er wagte sich nicht gern ins Ungewisse. Es war ihm immer ein Gräuel gewesen, sich Situationen auszusetzen, die er nicht unter Kontrolle hatte.

Und er hatte noch immer keine Ahnung, nicht den leisesten Schimmer, worin die ihm bestimmte Aufgabe bestehen könnte.

Die Ungewissheit zu akzeptieren und das Risiko, sich einfach auf den Weg zu machen und darauf zu vertrauen, dass seine Bestimmung ihn schon finden würde, wenn er sich nur auf die Suche begab …

Es war Thomas nie leichtgefallen, auf etwas zu vertrauen, das er nicht beeinflussen konnte.

»Es ist an der Zeit, dass ich die Priorei verlasse.« Auf seinen Gehstock gestützt ließ Thomas sich in Rolands Studierzimmer in einen der beiden Kaminsessel sinken.

Roland setzte sich ihm gegenüber und betrachtete ihn lange, dann nickte er. »Sie haben alles erreicht, was Sie hier erreichen wollten.«

Mit grimmiger Entschlossenheit nickte Thomas ebenfalls. »Ich habe einen Pakt mit mir selbst geschlossen. Sollte meine vermeintliche Bestimmung sich mir bis zu dem Zeitpunkt nicht gezeigt haben, da ich genügend Gelder für die Priorei und die Abtei zusammenhabe, damit Sie und der Abt jene baulichen Maßnahmen ausführen können, die Sie schon so lange im Blick hatten, dann ist das ein Zeichen, dass ich mich auf den Weg und die Suche machen sollte. Heute Mittag war es dann so weit. Wie es aussieht, hatten Sie von Anfang an recht damit, dass meine Berufung hinter diesen Mauern nicht zu mir finden wird.«

Den Kopf leicht geneigt blickte Roland suchend in sein Gesicht. »Mir war Ihr Zögern, wieder hinaus in die Welt zu gehen, nie ganz verständlich. Es ist ja keineswegs so, als sei Ihnen das Weltliche fremd.«

»Das stimmt, und um ganz offen mit Ihnen zu sprechen, ist mir selbst nicht ganz klar, woher mein Widerwillen rührt.« Thomas dachte über seine Worte nach und fuhr dann mit einem sarkastischen Lächeln fort: »Ich kann bloß vermuten, dass es eine Art Schutzmechanismus ist, der mich in diesem sicheren Hafen hält, statt zuzulassen, dass ich mich den Herausforderungen des Lebens stelle in einer Welt, in der viele Menschen allen Grund hätten mich zu hassen, ja, mich hängen sehen zu wollen.«

Ruhig blickte Roland ihn an; und Thomas spürte seinen Blick mit einem Gewicht auf sich ruhen, das stetig gewachsen war im Laufe der letzten zwei Jahre, die Roland nun das Amt des Priors bekleidete.

»Eines indes gibt es«, meinte Roland schließlich, »das Sie oft zu vergessen scheinen.«

Als er nicht sogleich weitersprach, schaute Thomas auf und hob fragend die Brauen.

»Sie sind nicht mehr der, als den die Welt Sie kannte. Glauben Sie mir, Ihr Tod, wie Sie es nennen, und Ihre Jahre hier bei uns haben Sie von Grund auf verändert.«

Thomas ließ den Kopf wieder sinken. »Vielleicht. Und vielleicht ist das ja auch der Grund, warum ich meinen Aufbruch immer wieder hinauszögere. Warum ich es nicht wage, mich in der echten Welt auf die Bewährungsprobe zu stellen.«

Roland stutzte. »Ich kann Ihnen nicht folgen.«

»Um es ganz simpel zu sagen: Ich weiß selbst nicht, wer Thomas Glendower heute ist und wie er außerhalb dieser Mauern zurechtkommen wird.«

Ein leises Lächeln spielte um Rolands Lippen. »Aber was wäre das Leben ohne solche Herausforderungen? Macht das nicht gerade den Reiz aus?«

Erneut hob Thomas die Brauen. »Zum Teil, sicherlich. Und ich denke, wir wissen beide, dass es erst der Anfang dessen ist, was mich erwartet, wenn ich die Kraft aufbringe, das Kloster zu verlassen.« Er ließ einen Moment verstreichen, ehe er, nun mit mehr Bedacht, fortfuhr: »Aber um meine Aufgabe zu finden, so viel ist mir jetzt klar, werde ich diesen Schritt wagen und mich auf die Suche machen müssen. Oder mich zumindest hinausbegeben in die Welt, um dem Schicksal Gelegenheit zu geben, mich zu finden.«

1. Kapitel

März 1838
Priorei Lilstock, Somerset

Als Thomas zum Tor der Priorei hinausritt, schillerte der raubereifte Rasen in der Morgensonne und Tautropfen funkelten wie Kristalle an den noch winterkahlen Ästen.

Sein Pferd hatte er vor einigen Monaten gekauft, als er Roland auf einem von dessen Besuchen zur Abtei begleitet hatte. Ihre Route hatte sie durch Bridgewater geführt, wo er besagten Apfelschimmel entdeckte, einen nicht mehr ganz jungen Wallach, aber robust und verlässlich. Angesichts von Thomas' körperlichen Einschränkungen gab das den Ausschlag, konnte er sich doch nicht mehr darauf verlassen, mit den Knien genügend Kraft aufzubringen, um ein unruhiges Pferd zu beherrschen.

Silver – so hatten die Novizen ihn genannt – ließ sich durch nichts mehr aus der Ruhe bringen. Wenn ihm etwas nicht passte, blieb er einfach stehen, was Thomas alles in allem lieber war, als abgeworfen zu werden.

Seine Knochen waren für die nächsten fünf Leben oft genug gebrochen worden.

Als Thomas jetzt die Straße nach Bridgewater entlangritt, ging er ganz automatisch alle Schmerzen und Zipperlein durch, die ihn momentan plagten. Ganz frei würde er nie davon sein, aber im Großen und Ganzen hatten seine Beschwerden so weit nachgelassen, dass er sie kaum noch bemerkte. Oder er war mittlerweile abgestumpft, seine Nerven unempfindlich geworden gegen den ständigen Reiz.

In Vorbereitung auf seine Reise war er während des letzten Monats jeden Tag ausgeritten, um seine Kraft und Kondition zu verbessern, aber auch, um sich zu vergewissern, ob er überhaupt in der Lage wäre, die vier oder fünf Tage im Sattel durchzuhalten, die es brauchte, um an sein Ziel zu gelangen.

Die erste Anhöhe lag vor ihm, und jäh überkam ihn das Gefühl, etwas Unschätzbares hinter sich zu lassen. Oben angekommen, ließ er Silver anhalten und schaute zurück.

Dort unten lag die Priorei, schmiegte sich mit ihren grauen Steinmauern ins blasse Grün der Landzunge, darüber der blaue Himmel und in der Ferne die bleigrauen Wasser des Bristol Channel. Versonnen erinnerte sich Thomas an die ungezählten Stunden, die er mit Roland, mit Geoffrey und all den anderen Mönchen verbracht hatte, die ihn, ohne zu fragen, ohne sich ein Urteil anzumaßen, bei sich aufgenommen hatten.

Sie waren es, mehr noch als er selbst, die ihm diese Chance ermöglicht hatten – hinauszugehen in die Welt, um seine Vergangenheit zu sühnen und so seinen Frieden zu machen.

Seinem Verwalter Drayton hatte Thomas es zu verdanken, dass er mit ausreichend Barem ausgestattet war, und in seinen Satteltaschen fand sich alles, was er für die nächsten Tage brauchen würde.

Endlich war der erste Schritt getan auf der Suche nach seiner Bestimmung. Im Grunde lieferte er sich damit seinem Schicksal aus. Doch er war bereit für alles, was ihn erwarten mochte.

Thomas warf noch einen letzten Blick zurück auf die Priorei, dann nahm er Silvers Zügel wieder auf und setzte seinen Weg fort.

Seine Reise führte ihn durch Taunton, einen Ort voller Erinnerungen und Menschen, die ihn, so sehr die Zeit und seine Verletzungen ihn auch verändert haben mochten, erkennen könnten; also ritt er zügig durch das kleine Städtchen und verbrachte die Nacht in Waterloo Cross, ehe er bei Tagesanbruch weiter gen Westen ritt.

Am späten Nachmittag des vierten Tages erreichte er Breage Manor. Er war durch Helston geritten und erst der Straße Richtung Penzance gefolgt, dann einem Fuhrweg, der nach Süden zu den Klippen führte. Die Zufahrt zum Anwesen hätte man leicht übersehen können: ein schlichter Schotterweg, der sich zwischen geduckten Bäumen hindurchwand und über eine kleine Anhöhe bis zum Haus führte.

Im Grunde hatte er sich das Anwesen vor Jahren aus einer Laune heraus gekauft. Es hatte ihm gefallen, und ausnahmsweise hatte er nicht lange gezögert und dem Impuls einfach nachgegeben. Ein schlichtes, aber solides Landhaus in der Abgeschiedenheit Cornwalls, dessen Erwerb er dennoch nie bereut hatte. In den zweiundvierzig Jahren seines Lebens war es sein erster eigener Besitz und kam einem Zuhause damit am nächsten.

Der massive, wenn auch etwas einfallslose Bau aus dem hiesigen Sandstein verfügte über zwei Stockwerke und ein Mansardengeschoss mit niedrigen Fenstergauben im bleigedeckten Dach. Die Empfangs- und Wohnräume gingen nach Süden, mit einem weiten Blick über die Klippen und auf die See.

Während er die Auffahrt hinaufritt, nahm Thomas das Haus in Augenschein. Zu seiner Zufriedenheit fand er es noch genauso vor wie in seiner Erinnerung. Er war seit Jahren, länger als jene fünf, die er in der Priorei verbracht hatte, nicht mehr hier gewesen. Doch die Gattings, das ältere Ehepaar, das er als Haushälterin und Hausmeister beschäftigte, schienen sich weiterhin so gut um alles gekümmert zu haben, als sei das Haus ihres. Die Fenster waren blitzend sauber, die Stufen vor dem Haus gefegt, und selbst aus der Ferne konnte er den Türklopfer mit mattem Glanz in der Abendsonne schimmern sehen.

Thomas wollte Silver direkt zu den Stallungen führen, aber aus Respekt vor dem alten Ehepaar, das er über sein Kommen nicht in Kenntnis gesetzt hatte, ließ er Silver doch bis zum Haus traben und stieg dort ab. Trotz seines lahmenden Beins und der Blessuren, die seine linke Gesichtshälfte davongetragen hatte, würden die Gattings ihn gewiss noch erkennen, aber er brauchte sie ja nicht unnötig zu erschrecken, indem er unangemeldet zur Hintertür hereinspazierte.

Wenngleich hereinpoltern in seinem Fall wohl zutreffender wäre.

Nachdem er seinen Gehstock aus dem Sattelhalter gezogen hatte, den der Stallmeister der Priorei eigens für ihn angefertigt hatte, machte er Silvers Zügel locker und sah dem gutmütigen Grauen zu, wie er auf den Rasen neben der Auffahrt trottete und das saftige Gras zu weiden begann. Thomas, der Silver die nächste halbe Stunde gut beschäftigt wusste, wandte sich zum Haus.

Als er die paar Stufen hinaufging, spürte er die Müdigkeit in seinen Knochen. In Anbetracht der zurückgelegten Strecke und der ständigen Anstrengung, mit seinen Verletzungen zurechtzukommen, verwunderte ihn das kaum. Aber er hatte es geschafft. Jetzt war er hier, an dem einzigen Ort, den er Zuhause hätte nennen können, und durfte sich ausruhen. Zumindest so lange, bis das Schicksal an seine Tür klopfte.

Entschlossen betätigte er den Klingelzug.

Während es in den Tiefen des Hauses läutete, versuchte er Haltung anzunehmen, die Schultern straff, die Hand fest auf dem silbernen Knauf seines Gehstocks, und sich auf das Wiedersehen mit Gatting vorzubereiten.

Leichte, schnelle Schritte näherten sich, und ehe er sich darüber noch wundern konnte, tat sich die Tür auch schon auf.

Eine junge, wenn auch nicht mehr ganz junge Frau stand vor ihm und sah ihn mit unverwandtem Blick an. »Ja, bitte? Sie wünschen?«

Diese Frau hatte Thomas noch nie gesehen. Er stutzte und runzelte die Stirn. »Wer sind Sie?« *Wer zum Henker sind Sie?* lag es ihm eigentlich auf der Zunge, aber die Jahre in der Priorei hatten ihn gelehrt, auf seine Wortwahl zu achten.

Sie reckte das Kinn. Für eine Frau war sie recht groß, gerade mal einen halben Kopf kleiner als er. Auch wenn sie deutlich jünger war als die Gattings, so war sie für ein Hausmädchen doch weder jung noch zurückhaltend genug. »Das sollte wohl eher ich Sie fragen«, entgegnete sie.

»Nein«, erwiderte er, »die Frage ist sehr wohl an mir. Ich bin Thomas Glendower, und mir gehört dieses Haus.«

Sie verzog keine Miene, doch ihre Hand schloss sich fester um den Türgriff. Nach einigen Sekunden beiderseitigen Schweigens räusperte sie sich. »Da ich Sie leider nicht persönlich kenne, müsste ich Sie um einen Beweis für Ihre Identität bitten, ehe ich Sie hereinlasse.«

Seine Stirn legte sich in noch tiefere Falten. Er versuchte an ihr vorbei ins Haus zu schauen. »Wo sind die Gattings? Das ältere Ehepaar, das sich in meiner Abwesenheit um alles kümmern sollte?«

»Sie haben sich zur Ruhe gesetzt – schon vor zwei Jahren. Und in den beiden Jahren davor bin ich ihnen bereits zur Hand gegangen, weshalb ich die Stelle dann einfach von ihnen übernommen habe.« Der Argwohn, der, wie ihm jetzt bewusst wurde, von Beginn an da gewesen war, wurde jetzt deutlich in ihren Augen sichtbar. »Wären Sie tatsächlich Mr. Glendower, sollten Sie das wissen. Es wurde alles ordnungsgemäß abgesprochen mit … Ihrem Verwalter in London. Der hätte Sie über die Änderung eigentlich in Kenntnis setzen müssen.«

Sehr klug von ihr, ihm den Namen des Verwalters nicht zu nennen. Als sie die Tür gerade wieder schließen wollte, erwiderte er, nun doch schon etwas deutlicher: »Falls Sie Drayton meinen, so wird er diesem Wechsel nicht genug Bedeutung beigemessen haben, um mich davon in Kenntnis zu setzen.« Er deutete kurz an sich hinab. »Zumal ich die letzten fünf Jahre wahrlich andere Sorgen hatte.«

Immerhin hielt sie das davon ab, ihm die Tür vor der Nase zuzuschlagen. Stattdessen betrachtete sie ihn mit wachsender Irritation, wie ihm schien. Ihre Lippen – die im Übrigen sehr hübsche Lippen waren – zogen sich zu einer schmalen Linie zusammen. »Es tut mir leid, Sir, aber Sie werden sich dennoch irgendwie ausweisen müssen, ehe ich Sie ins Haus lassen kann.«

Versuche es aus der Perspektive des anderen zu sehen. Selbst bei Männern tat er sich damit noch schwer genug; sie aber war eine Frau – wie sollte das gehen? Thomas schaute sie an, sie schaute zurück. Sie würde nicht nachgeben, so viel war sicher. Na gut. Dann musste er eben eine kreative Lösung finden. »Stauben Sie in der Bibliothek ab?«

Sie blinzelte. »Natürlich.«

»Dann kennen Sie ja den Schreibtisch – er steht vor dem Fenster, das auf den seitlichen Garten hinausgeht.«

»Das stimmt, aber jeder könnte das von außen sehen.«

»Korrekt, aber das meinte ich auch nicht. Wenn Sie den Schreibtisch abstauben, wissen Sie sicher auch, dass die mittlere Schublade abgeschlossen ist.« Er hob die Hand, damit sie sich den Hinweis sparen konnte, dass das bei solchen

Schreibtischen häufig der Fall sei. »Wenn Sie zum Schreibtisch gehen, sich mit dem Rücken zu eben dieser Schublade stellen und dann nach rechts schauen, blicken Sie direkt auf ein Bücherregal, und in der Reihe, die …«, er sah sie abschätzend an, »… sich ungefähr auf Höhe Ihres Kinns befindet, steht auf der Ihnen näheren Seite eine Reiseuhr. Unten an der Uhr befindet sich vorn ein schmales Paneel, das aufspringt, wenn Sie leicht darauf drücken. In dem Fach dahinter liegt der Schlüssel zu der Schreibtischschublade. Wenn Sie die Schublade öffnen, werden Sie ein in schwarzes Leder gebundenes Notizbuch vorfinden. Darin steht mein Name, zusammen mit einem Datum – 1816. Auf den folgenden Seiten stehen Listen mit den Fördermengen der beiden Kupferminen, die ich seinerzeit gepachtet hatte.« Er hielt inne und hob fragend eine Braue. »Genügt Ihnen das als Ausweis meiner Person?«

Ohne eine Miene zu verziehen, hielt sie seinem Blick stand und erwiderte mit geradezu vorbildlicher Ruhe: »Wenn Sie hier warten, will ich mal eben nachsehen.«

Damit ließ sie ihn stehen und schloss die Tür.

Thomas seufzte. Als er dann hörte, wie sie den Riegel vorlegte, nahm er das bereits wieder als Affront.

Was dachte sie denn von ihm? Dass er sich gewaltsam Zutritt verschaffen wollte?

Wie zum Beweis seiner Invalidität meldete sich sofort sein linkes Bein; wenn er es nicht wenigstens für ein paar Minuten entlastete, würde aus dem leichten Ziehen ein pulsierender Schmerz, und der hatte ihm gerade noch gefehlt. Er ging die drei Stufen wieder hinunter, setzte sich auf einen Vorsprung und streckte die Beine aus, den Stock ans linke Knie gelehnt.

Nicht mal ihren Namen hatte er erfahren, und trotzdem empfand er es als Beleidigung, dass sie ihn für eine Bedrohung zu halten schien. Wie kam sie bloß auf den Gedanken?

Er könnte sie ja nicht einmal verfolgen, wenn sie vor ihm davonrannte! Und selbst wenn er es versuchte, brauchte sie ihm bloß etwas vor die Füße zu werfen, und schon würde er stolpern und der Länge nach hinschlagen.

Manche Menschen fanden den Anblick körperlich Versehrter schwer zu ertragen, aber obwohl sie seine Narben bemerkt hatte, schien es ihr nichts auszumachen. Zumindest hatte sie seiner Verletzungen wegen keinerlei Nachsicht walten lassen. Aber um ehrlich zu sein, sah er so schlimm auch gar nicht aus. Seine linke Gesichtshälfte war zwar etwas mitgenommen – das linke Augenlid hing nun immer halb herab, das Jochbein war leicht eingedrückt und quer über die Wange zog sich eine hässliche Narbe –, aber rechts hatte er bloß ein paar kleinere Schrammen abbekommen und sah aus wie eh und je. Deshalb war er sich ja so sicher gewesen, dass Gattings ihn sofort wiedererkennen würde.

Um den Rest seines Körpers war es ähnlich bestellt: ein Flickwerk stark vernarbter Stellen und solche, die vergleichsweise glimpflich davongekommen waren. Aber das wurde ja dankenswerterweise durch seine Kleider verdeckt. Seine Hände hatten alles gut überstanden, oder waren doch, nachdem Roland sich ihrer angenommen hatte, wieder voll funktionstüchtig. Das einzig äußerlich sichtbare Zeichen seiner Verletzungen war sein linkes Bein, das von der Hüfte abwärts steif war, und der Stock, den er brauchte, um beim Gehen das Gleichgewicht zu halten.

Er versuchte, sich mit ihren Augen zu sehen. Gewiss, er war noch immer ein Mann in den besten Jahren, aber wie konnte sie in ihm eine Bedrohung sehen?

An diesem Punkt seiner fruchtlosen Überlegungen angelangt, merkte er, dass er beobachtet wurde. Er sah sich um und entdeckte zwei Kinder, einen Jungen von ungefähr zehn

Jahren und ein Mädchen, das ein paar Jahre jünger war, die hinter der Hausecke hervorspähten.

Da sie sich, nachdem er sie entdeckt hatte, nicht eilends aus dem Staub machten, nahm er an, dass sie hierher gehörten … Eventuell erklärte das die Vorsicht seiner neuen Haushälterin.

Das Mädchen musterte ihn weiter völlig ungeniert, doch der Blick des Jungen hatte sich jetzt auf Silver gerichtet.

Selbst von hier sah Thomas den sehnsuchtsvollen Gesichtsausdruck des Jungen. »Du kannst ihn ruhig streicheln«, rief er. »Er ist schon alt und an Menschen gewöhnt, er tut niemandem etwas.«

Der Junge schaute Thomas an. Seine Augen, sein ganzes Gesicht, strahlten vor Freude. »Danke.« Er kam hinter dem Haus hervor und ging langsam auf Silver zu, der ihn zwar kommen sah, aber, wie Thomas prophezeit hatte, ganz ruhig und friedlich blieb und sich geduldig die Mähne streicheln ließ.

Thomas schaute den beiden zu, denn natürlich hatte das Mädchen nicht lange auf sich warten lassen und war seinem Bruder gefolgt. Zumindest war er sich den Gesichtszügen nach fast sicher, dass es Geschwister waren, die zudem verwandt sein mussten mit seiner neuen Haushälterin. Auch war ihm die klare Aussprache des Jungen aufgefallen, die wiederum jener der Frau glich, die ihm die Tür geöffnet hatte. Wer immer die drei sein mochten und woher sie auch kamen – sie waren ganz sicher nicht von hier.

»Genauso wenig kommen sie aus einfachen Verhältnissen«, murmelte Thomas leise vor sich hin.

Dafür konnte es allerdings viele Gründe geben. Für einen Gentleman vom Stande eines Thomas Glendower den Haushalt zu führen, war für eine Dame aus finanziell bedrängtem Landadel eine durchaus achtbare Position.

Als er hinter der Tür erneut ihre leichten Schritte hörte – langsamer, verhaltener als zuvor –, griff Thomas nach seinem Stock und mühte sich hoch. Kaum hatte er sich zur Tür umgewandt, wurde sie auch schon geöffnet. Die Frau hielt sein schwarzes Notizbuch aufgeschlagen in der Hand.

Rose blickte hinaus auf den Mann, der ihr bis ins Detail erklärt hatte, was sie in jenem ledergebundenen Notizbuch finden würde, das sich wiederum in der verschlossenen Schreibtischschublade ihres bislang abwesenden Dienstherrn fand – einer Schublade, die während all der Jahre, die Rose jetzt schon im Haus war, noch kein einziges Mal geöffnet worden war. Mit einem leisen Seufzer hielt sie ihm die Tür auf, klappte das Buch zu und winkte ihn damit herein. »Willkommen zu Hause, Mr. Glendower.«

Sie sah ein belustigtes Zucken in seinen Mundwinkeln, doch versuchte er, sich seinen Triumph nicht anmerken zu lassen, und neigte höflich den Kopf. »Vielleicht können wir ja noch einmal von vorn beginnen, Mrs. …?«

Rose nahm die Hand von der Tür und hob das Kinn. »Sheridan. Mrs. Sheridan. Ich bin Witwe.« Mit einem Blick hinaus auf Homer und Pippin, die Mr. Glendowers Pferd hätschelten, fügte sie hinzu: »Meine Kinder und ich sind vor vier Jahren zu den Gattings gekommen. Ich suchte Arbeit, und die Gattings wurden alt und brauchten Hilfe.«

»Allerdings, ja. Ich habe eben kurz nachgerechnet und hätte mir so etwas fast denken können. Es ist schon eine Weile her, dass ich zuletzt hier war.«

Warum musste er dann ausgerechnet jetzt zurückkommen? Aber Rose wusste, es wäre müßig, mit dem Schicksal zu hadern. Ihr blieb gar nichts anderes übrig, als ihn hereinzulassen, damit er sein Haus wieder in Besitz nehmen konnte. Denn seines war es, daran hatte sie nun keinen

Zweifel mehr. Von seinen genauen Angaben zum Inhalt des Notizbuches abgesehen, hätte sie das kleine Geheimfach in der Uhr niemals gefunden, wenn er ihr nicht davon erzählt hätte. Wie oft hatte sie die Uhr beim Abstauben schon in der Hand gehabt, aber sie wäre nicht einmal auf den Gedanken gekommen, nach einem solchen verborgenen Mechanismus zu suchen. Die Uhr hatte sich, seit Rose und die Kinder im Haus waren, unverändert an ihrem Platz befunden – wie also sollte er davon wissen? Nein, er musste tatsächlich Thomas Glendower sein, und sie konnte ihm ja kaum den Zutritt zu seinem eigenen Haus verwehren. Zumal alles noch viel schlimmer hätte kommen können.

Sie trat beiseite und wartete, während er sich auf seinen Stock gestützt die Stufen vor dem Haus hinaufmühte. »Homer – das ist mein Sohn – wird Ihr Gepäck nach oben bringen und das Pferd im Stall versorgen.«

»Danke.« Oben angekommen, hob er den Blick und sah sie an.

Sie schaute in seine warmen braunen Augen, entdeckte ein wenig Grün darin – und spürte einen leisen Schauer des Erkennens. Kurz stockte ihr der Atem. Warum, hätte sie nicht sagen können. Aber plötzlich war da die Gewissheit, dass sich hinter diesen Augen ein scharfer Verstand verbarg, dem nichts entging.

In Anbetracht der Umstände war das für Rose nicht gerade von Vorteil. Trotzdem fühlte sie sich in keiner Hinsicht durch ihn bedroht. Sie hatte gelernt, sich in ihrem Urteil über Männer auf ihren Instinkt zu verlassen, der sie nur selten trog. Und ihr Instinkt sagte ihr, dass das plötzliche Auftauchen ihres bislang durch Abwesenheit glänzenden Dienstherrn längst nicht die Katastrophe war, die sie zunächst befürchtet hatte.

Trotz seines verwüsteten Gesichts wirkte er recht sympathisch – ja, auf der unversehrten Seite strahlte sein Antlitz eine fast himmlische Ruhe und Reinheit aus. Obwohl seine Verletzungen ihn ganz offensichtlich in seinen Bewegungen einschränkten, konnte Rose doch die unglaubliche Stärke spüren, die er ausstrahlte. Wie ein Erzengel mit gebrochenen Flügeln, der nur wenig von seiner Kraft eingebüßt hatte.

Im Stillen schalt sie sich für den albernen Vergleich. Ausgerechnet jetzt sollte sie sachlich bleiben! »Wenn Sie mir nur ein paar Minuten geben, will ich Ihr Zimmer zurechtmachen und Ihnen warmes Wasser hinaufbringen, damit Sie sich nach der Reise erfrischen können.«

Thomas neigte den Kopf, dann beugte er sich vor und griff nach dem schwarzen Notizbuch, das sie noch immer in der Hand hielt. Dabei streiften seine Finger die ihren, und wieder stockte ihr kurz der Atem. Rasch ließ Rose das Buch los.

Ach, sieh an, dachte er bei sich, als er erneut jene Anziehung spürte, die er vorhin schon bemerkt hatte. Wie es schien, beruhte sie auf Gegenseitigkeit.

Ein wenig schockierte ihn das, denn damit hätte er niemals gerechnet. Langsam richtete er sich wieder auf, atmete tief durch – und nahm einen feinen, flüchtigen Rosenduft wahr.

Die Wirkung auf ihn war so unmittelbar, ja überwältigend, dass Thomas richtiggehend erschrak.

Brüsk schob er seinen Empfindungen einen Riegel vor, schließlich wollte er Mrs. Sheridan keine Angst machen. Er brauchte sie als seine Haushälterin, und nichts wäre gewonnen, wenn er sie in die Flucht schlug. Er steckte sein Notizbuch ein und meinte ruhig: »Ich werde mich solange in der Bibliothek umschauen.«

Denn ein Blick auf die Treppe hatte ihn zu der Einsicht gebracht, dass er sich erst ein wenig ausruhen musste, ehe er sich an den beschwerlichen Aufstieg wagte.

»Wie Sie wünschen, Sir.« Seine neue Haushälterin schloss die Tür hinter ihm und teilte ihm in ihrer nüchternen, forschen Art mit: »Das Abendessen wird um sechs so weit sein. Da ich nicht wusste, dass Sie kommen …«

»Machen Sie sich keine Umstände, Mrs. Sheridan.« Er humpelte bereits Richtung Bibliothek davon. »Ich habe die letzten fünf Jahre im Kloster gelebt und bin in kulinarischer Hinsicht recht genügsam geworden.«

Zwar drehte er sich nicht noch einmal nach ihr um, doch hätte er schwören können, dass sie ihm einen finsteren, argwöhnischen Blick hinterherschickte. Aber er beließ es dabei, wie er auch das Rätsel, vor das sie und ihre Kinder ihn stellten, vorerst auf sich beruhen ließ. Er betrat die Bibliothek und schloss leise die Tür hinter sich. Jetzt galt es erst einmal, sich wieder in sein Leben als Thomas Glendower einzufinden und zu schauen, was das Schicksal für ihn bereithielt.

Frisch gewaschen und umgezogen machte Thomas sich wieder an den Abstieg aus dem oberen Stockwerk. Er schaffte es fünf Minuten vor der Zeit und vertrieb sich selbige damit, den Salon in Augenschein zu nehmen, den er in der Vergangenheit zwar nur selten genutzt hatte, der jedoch, wenn seine Erinnerung ihn nicht trog, kaum verändert schien.

Punkt sechs tat sich die Tür auf, und Mrs. Sheridan bat zum Dinner. »Wenn Sie bitte ins Speisezimmer kommen möchten, Sir – das Essen ist aufgetragen.«

Er nickte. Schwer auf seinen Stock gestützt – die Treppen waren doch eine ziemliche Herausforderung, die er aber zu meistern gedachte –, kam er zur Tür, bedeutete Mrs. Sheridan, ihm vorauszugehen, und folgte ihr durch die Halle. Dort wie auch im Speisezimmer warfen die Lampen ihr warmes Licht auf seine mysteriöse Haushälterin, und er fand Gelegenheit, sie genauer in Augenschein zu nehmen. Als er ans obere Ende des Tisches humpelte und sich setzte, beobachtete er mit verstohlenem Blick, wie sie hinüber zur

Anrichte ging. Ihr Kleid war aus dunkelbraunem Tuch von durchaus passabler Qualität, aber mit dem hohen Kragen und den langen, schmalen Ärmeln nicht bloß schlicht, sondern geradezu züchtig geschnitten. Ihr Haar – tiefbraun und leicht gewellt – trug sie im Nacken zu einem Knoten zusammengefasst.

Als sie mit der Suppenterrine an den Tisch kam, senkte er den Blick auf seinen Teller. Dass ihre Augen von einem hellen Braun waren, umkränzt von dichten Wimpern und von dunkel geschwungenen Brauen überwölbt, wusste er bereits. Ihre Haut war hell wie Milch mit einem rosigen Hauch auf den Wangen, ihre Züge zart und fein geschnitten, das Gesicht herzförmig mit einem sanft gerundeten Kinn.

Auch ihre klassisch gerade Nase und ihre vollen rosigen Lippen waren ihm schon vorhin aufgefallen, doch als sie sich nun vorbeugte, damit er sich von der Suppe nehmen konnte, fand er eben diese reizenden Lippen wie zuvor zu einer schmalen Linie zusammengepresst.

Ein Anblick, der ihm nicht recht gefallen wollte, was ihn dann doch verwunderte. Die Gefühle anderer kümmerten ihn nur selten. Und wenn er sie doch bedachte, war es eine bewusste Anstrengung, die er sich abverlangen musste.

»Danke.« Er griff nach der Schöpfkelle und tat sich auf.

Sowie er den Suppenlöffel zur Hand nahm, trug Mrs. Sheridan die Terrine zurück zu den anderen Speisen und hielt sich dann, die Hände duldsam verschränkt, neben der Anrichte bereit, um ihm die nächsten Gänge zu servieren.

Während er den ersten Löffel Suppe aß, überlegte er, wie er es ihr sagen sollte. Am Ende entschied er sich für: »Die Suppe ist köstlich. Mein Kompliment an die Köchin.«

»Danke.«

»Wenn ich einen Vorschlag machen dürfte, Mrs. Sheridan: Sie brauchen mich nicht zu bedienen. Stellen Sie einfach alles hier auf den Tisch, sodass ich leicht herankomme, und dann können Sie gerne gehen und gemeinsam mit Ihren Kindern zu Abend essen.« Er schaute kurz auf und warf ihr einen fragenden Blick zu. »Ich nehme an, die beiden sitzen gerade in der Küche beim Abendbrot, oder?«

Aus ihrer Miene schloss er, dass er richtig lag. Auf dem Land wurde üblicherweise um sechs zu Abend gegessen, auch und gerade in den Häusern des Landadels. Und er war sich sicher, dass sie und die Kinder aus einem solchen Hause stammten.

Sie zögerte so lange, dass er sich schon fragte, ob sein gut gemeinter Vorschlag in irgendeiner Weise beleidigend oder herabsetzend gewesen war, doch dann begriff er, dass sie lediglich mit sich rang. Sie musste entscheiden zwischen dem, was sie wollte, und dem, was ihr geboten schien.

Mit einem stillen Lächeln setzte er nach: »Wirklich, es macht mir nichts aus.« *Außerdem kratzt es ein bisschen an meiner Ehre, eine Dame stehen zu lassen, während ich hier sitze.* Er schluckte die Worte rasch herunter, ehe sie ihm unbedacht herausrutschten, aber … genauso empfand er. War das allein nicht schon aufschlussreich? Seine Menschenkenntnis war trotz allem immer erstaunlich gut gewesen; gerade wenn es darum ging, die gesellschaftliche Stellung seines Gegenübers einzuschätzen. Zwar mochte sein Gespür ihn mangels Übung ein wenig verlassen haben, aber hier zumindest schlug es sofort wieder an.

»Wenn es Ihnen auch wirklich nichts ausmacht, Sir …«

»Wenn dem so wäre, hätte ich es nicht vorgeschlagen.«

»Na gut.« Sie drehte sich zur Anrichte um und brachte zwei abgedeckte Servierplatten an den Tisch. Zwei weitere Male musste sie hin- und zurückgehen, ehe er samt Salz, Pfeffer und Saucen alles, was er brauchte, in Reichweite hatte.

Noch immer stand seine Haushälterin unschlüssig herum, als traue sie es ihm nicht so ganz zu, sich selbst zu bedienen.

Ein wenig ärgerte ihn das. Ja, er mochte ein lahmes Bein haben, aber deshalb war er noch lange nicht unfähig, alleine eine Mahlzeit einzunehmen! Mit knapper Geste winkte er sie hinaus. »Danke, Mrs. Sheridan. Das wäre dann alles.«

Sein brüsker Ton traf sie. Etwas verschnupft wandte sie sich ab, ehe ihr noch einfiel, einen kurzen Knicks zu machen. Dann verließ sie das Zimmer.

Nun konnte Thomas in Ruhe seine Suppe essen und in Gedanken die diversen Szenarien durchspielen, die erklären würden, wer sie war und was sie dazu bewegt hatte, in einem abgeschiedenen Landhaus die einfache Haushälterin zu geben.

Er war mit der Suppe fertig und hatte sich gerade Lammkeule als zweiten Gang aufgetan, als ihm die Stille auffiel. Nachdem er sie erst einmal bemerkt hatte, begann er von Minute zu Minute unruhiger zu werden, rastloser, unzufriedener. Obwohl er nicht allein im Haus war, musste er schon sehr die Ohren spitzen, um hin und wieder einen Laut aus der Küche zu hören – mal ein leises Klirren, dann ein gedämpfter Satz. Aber seine Wahrnehmung richtete sich jetzt allein darauf, und es brauchte wiederum ein paar Minuten, bis er begriff, wo das Problem lag.

Es zu beheben war im Grunde ganz einfach, und doch zögerte er. Vielleicht, weil er wusste, was der Mann, der er gewesen war, getan hätte. Aber dieser Mann war er nicht mehr, und anscheinend hatte der, der er jetzt war, andere Bedürfnisse.

Der Wunsch war so beharrlich, dass Thomas ihm schließlich nachgab. Wenigstens waren es nicht mehr die Gattings, die weitaus schockierter gewesen wären über das, was er vorhatte. Rasch nahm er seinen Teller und was er für den

Rest seiner Mahlzeit noch zu brauchen glaubte und stapelte alles auf das große Tablett, das Mrs. Sheridan an der Anrichte hatte stehen lassen. Dann stemmte er das Tablett mit einer Hand hoch – eine Kunst, die er in der Priorei gelernt hatte –, stützte sich mit der anderen auf den Gehstock und machte sich auf Richtung Küche.

Natürlich hörten sie ihn kommen.

Er stieß die Schwingtür am hinteren Ende der Halle auf und folgte dem schmalen Flur zu den Wirtschaftsräumen. Als er in dem offenen Durchgang stand, hinter dem sich die Küche auftat – ein überraschend großer Raum, in dessen Mitte ein einfacher Holztisch stand, an dem, wie erwartet, sämtliche der drei anderen Hausbewohner beim Essen saßen –, wandten sie sich nach ihm um. Zumindest bei den Kindern mischte sich in das Erstaunen auf ihren Gesichtern auch eine unverhohlene Neugier.

Mrs. Sheridan, die am Tischende saß, legte ihr Besteck beiseite und machte Anstalten, aufzustehen.

»Nein, nein, es ist alles in Ordnung«, beeilte er sich zu sagen und trat aus dem Dunkel des Korridors in die helle Küche. »Das Essen ist ganz ausgezeichnet.« Er kam näher und setzte sein Tablett auf dem blank gescheuerten Tisch ab. »Es ist nur so, dass ich die letzten fünf Jahre in einem Kloster verbracht habe, weil ich mich von einem … Unglück erholt habe. Dort war ich es gewohnt, meine Mahlzeiten im Refektorium einzunehmen – gemeinsam mit den Mönchen.« Als er aufsah, begegnete er Mrs. Sheridans Blick. »Und nachdem ich soeben feststellen musste, dass es mir wenig behagt, allein zu essen, habe ich mich gefragt, ob Sie etwas dagegen hätten, wenn ich mich bei den Mahlzeiten zu Ihnen geselle.«

Das war sogar die Wahrheit, wenn auch nicht die ganze. Thomas wollte auch mehr über die kleine Familie erfahren, die er so unerwartet unter seinem Dach angetroffen hatte.

Rose ließ sich wieder auf ihren Stuhl sinken, betrachtete ihn einen Moment und überlegte derweil, welche Wahl ihr blieb. Seine Bitte war mehr als ungewöhnlich, um nicht zu sagen vermessen. Andererseits war es sein Haus; und wer war sie, ihm Vorschriften zu machen? Sie war angewiesen auf diese Stelle und auf die Sicherheit, die das Haus ihr – und mehr noch den Kindern – bot. Das wollte sie wegen einer solchen Lappalie nicht aufs Spiel setzen. Außerdem hatte er ja recht schlüssig erklärt, warum er sich Gesellschaft wünschte, und sie konnte das gut nachempfinden. Wie lange war es her, seit sie zuletzt ein Gespräch mit einem Erwachsenen geführt hatte? Oh ja, niemand verstand dieses Bedürfnis nach Gesellschaft besser als sie, und doch ... Sie warf einen Blick auf die Kinder.

Seit vier Jahren lebten sie jetzt hier, und ihre Geschichte war ihnen längst zur zweiten Natur geworden. Homer, drei Jahre älter als die sechsjährige Pippin, war verständig genug, sich vorzusehen, und Pippin konnte sich kaum verplappern, weil sie damals noch zu klein gewesen war und sich an kaum etwas erinnerte.

Über den Tisch hinweg blickte Rose zu Glendower, nahm ihn noch einmal in Augenschein, vergewisserte sich, dass diese Präsenz, die sie trotz seiner Gebrechen an ihm wahrgenommen hatte, noch da war – und noch immer eine solche Wirkung auf sie hatte. Sie horchte auf ihren Instinkt, und wie zuvor regte sich kein Einspruch. Die Situation mochte etwas ungewöhnlich sein, aber sie empfand diesen Mann nicht als Bedrohung. Schließlich nickte sie. »Wenn Sie es so wünschen, können Sie sich gern zu uns setzen.« Sie sah Homer an. »Holst du bitte einen Stuhl für Mr. Glendower?«

Mit einem erfreuten Lächeln im Gesicht sprang Homer auf und brachte noch einen der Stühle, die seitlich an der Wand standen.

Glendower nahm ihn lächelnd in Empfang und bedankte sich mit einem Nicken, dann setzte er sich ihr gegenüber und wandte sich an Homer. »Homer, nicht wahr?«

»Ja, Mr. Glendower«, erwiderte der Junge strahlend. »So heiße ich.«

»Da wir nun gemeinsam bei Tisch sitzen, Homer, kannst du mich ruhig Thomas nennen.« Glendower schaute hinüber zu Pippin, die ihn nicht minder gespannt ansah, dabei aber etwas zurückhaltender war. Glendower lächelte sie an, ein freundliches, natürliches Lächeln, das trotz der Verletzung in seinem Gesicht nichts von seinem Charme verloren hat. »Und wer bist du?«

Rose wartete schweigend ab, ob Pippin Glendower für würdig genug befand, um mit ihm zu sprechen.

Nachdem sie ihn eine Weile betrachtet hatte, was Glendower geduldig über sich ergehen ließ, ohne sich von der stillen Musterung aus dem Konzept bringen zu lassen, fiel Pippins Entscheidung. Sie strahlte ihn an und verkündete: »Ich bin Pippin – wie die Äpfel!«

Glendower musste schmunzeln. In tiefem Ernst neigte er das Haupt. »Es freut mich, deine Bekanntschaft zu machen, Pippin. Und bitte sag du auch Thomas zu mir.«

»Mache ich«, versicherte ihm Pippin.

Glendowers Blick wanderte weiter zu Rose, doch ehe er bei ihr angelangt war, beugte sie sich vor und gab vor, sein Tablett in Augenschein zu nehmen. »Haben Sie alles, was Sie brauchen?« Als sie aufschaute, blickte sie direkt in seine braunen Augen.

Er sah sie mit derselben unbefangenen Miene an wie eben die Kinder, und sie erwiderte seinen Blick, ohne mit der Wimper zu zucken. Nun gut, keine Vornamen zwischen ihnen. Vermutlich war es besser so. Er schaute wieder auf sein Tablett und nickte. »Doch, ich glaube schon.« Ihm war nicht daran gelegen, sie zu verstimmen oder gegen sich aufzubringen. Er begann, alles vom Tablett zu nehmen, stellte den Teller vor sich und verteilte den Rest auf dem Tisch, was als Einladung an Homer, Pippin und die seltsam hochmütige und reservierte Mrs. Sheridan gemeint war, sich von den Speisen zu bedienen.

Alle wandten sich wieder ihrem eigenen Essen zu.

Thomas wartete ab. Das kleine Mädchen, Pippin – wie alt mochte sie sein, sechs oder sieben? –, hatte dieselben braunen, leicht gelockten Haare wie die Mutter, und auch ihre Augen waren ähnlich. Die Züge des Kindes wirkten wie ein jüngeres Abbild – sanfter, noch nicht so ausgeprägt –, aber die familiäre Ähnlichkeit zwischen den beiden war nicht zu übersehen. Der Junge hatte dunkleres Haar, fast schon schwarz, und tiefblaue Augen, die etwas anders in seinem breiten Gesicht standen als bei Mutter und Schwester. Obwohl seine Züge kräftiger waren, war die Ähnlichkeit mit seiner Mutter doch zu erkennen.

Bisher hatte Thomas recht wenig mit Kindern zu tun gehabt, aber er erinnerte sich noch gut, wie er selbst als Kind gewesen war – wie Jungs nun mal so waren. Deshalb setzte er jetzt ganz auf Homer, und der Junge enttäuschte ihn nicht.

»Haben Sie wirklich fünf Jahre im Kloster gelebt?« Voller Neugier strahlten Homers blaue Augen ihn an.

Mrs. Sheridan öffnete den Mund, vermutlich, um das anstehende Kreuzverhör zu unterbinden.

Thomas kam ihr zuvor. »Ja, oben am Bristol Channel.« Bislang hatte er die Erfahrung gemacht, dass man Menschen am ehesten dazu brachte, Dinge von sich preiszugeben, wenn man selbst damit den Anfang machte.

»War das so eine schaurige alte Burg, in der es gespukt hat?«, wollte Pippin wissen.

Thomas lächelte. »Nein, es wurde erst vor dreißig Jahren erbaut. Die Mönche kamen nach den … Unruhen in Frankreich ins Land.« Dem *Terreur*. »Das ist bald fünfzig Jahre her.«

Nun, da der Bann gebrochen war, waren die Kinder kaum noch zu bremsen und bestürmten ihn mit Fragen zu seinem Leben im Kloster. Beide bezeugten eine, wie Thomas fand, gesunde Neugier, und so gab er ihnen bereitwillig Auskunft.

Aufmerksam und noch immer mit leisem Argwohn verfolgte Rose, wie ihr Dienstherr die Kinder mehr und mehr für sich einnahm; doch es gab nichts an seinem Verhalten, das Anlass zur Sorge hätte geben müssen. Immer wieder hielt er inne und dachte nach, ehe er auf eine der vielen Fragen antwortete – etwas, das ihr zuvor schon bei ihm aufgefallen war. Seine Reaktionen fielen meist sehr besonnen und überlegt aus.

Was die Kinder anging, so sollten sie, nachdem er sie ja geradezu dazu aufgefordert hatte, ruhig nach Herzenslust fragen – auf diese Weise erfuhr sie wenigstens auch etwas über ihn.

Denn neugierig war sie mindestens genauso sehr wie die beiden.

Als sie ihm vorhin die Tür geöffnet hatte, hatte sie ganz instinktiv seine Kleidung, seine Frisur, seine Haltung, seine Manieren, seine Aussprache und all die anderen kleinen Hinweise eingeordnet, die Auskunft über den gesellschaftlichen Rang eines Menschen gaben, und ihn im gehobenen Landadel verortet – vielleicht war jemand in der Familie in den Ritterstand erhoben worden oder in den Rang eines Baronet –, und das entsprach genau dem, was sie bislang über Thomas Glendower wusste. Jetzt jedoch, während seine Unterhaltung mit den Kindern sich ganz ungezwungen fortspann und sie ihn in Ruhe in Augenschein nehmen konnte;

die Kleider, die er für den Abend angelegt hatte, und wie vornehm er darin auf einmal wirkte; als sie hörte, wie gut er sich auszudrücken verstand, seine Stimme rau und doch geschliffen, seine Manieren und sein ruhiges Selbstbewusstsein wahrnahm, begann sie sich zu fragen, ob seine Herkunft nicht ein, zwei Stufen höher anzusiedeln wäre.

Ein wenig überraschte es sie, wie harmonisch und angenehm die unerwartete gemeinsame Mahlzeit ablief.

Schlussendlich gab es den Ausschlag, dass er ihr zunächst anbot und dann regelrecht darauf bestand, wenn auch sehr nett und charmant, seine Sachen selbst abzuräumen und ihr und den Kindern beim Abwasch zu helfen. Somit hatte er sich endgültig Roses Anerkennung verdient.

»Es scheint mir das Mindeste, wenn ich mit euch am Tisch sitzen darf.« Seine Bemerkung war zwar an die Kinder gerichtet, aber dann schaute er auf und sah fragend sie an.

Da sie wohl nicht recht überzeugt wirkte, setzte er mit dem Anflug eines Grinsens, gerade so, als verstehe er ihr Dilemma genau, nach: »Schreiben Sie es einfach meinen Jahren im Kloster zu – da hilft jeder, wo er sich nur nützlich machen kann.«

Weil die Kinder gespannt zuschauten, konnte sie es ihm unmöglich abschlagen, und so machten sie sich alle vier daran, die Küche aufzuräumen.

Nachdem alles gespült, abgetrocknet und weggeräumt war, gingen die Kinder nach oben auf ihre Zimmer, um noch ein wenig zu lesen. Rose holte ihren Nähkorb und stellte ihn neben ihren Stuhl auf den Boden. Als sie kurz aufschaute, stand Glendower noch immer in der Küche herum und sah sie an. Auf ihren fragenden Blick hin neigte er den Kopf.

»Ich bin in der Bibliothek, falls Sie mich brauchen«, sagte er.

Sie nickte. »Soll ich Ihnen noch einen Tee bringen?«

»Später.« Er schaute auf die Uhr an der Wand. »Vielleicht irgendwann nach neun?«

»Gut, ich bringe ihn dann.«

Er wandte sich zum Gehen und humpelte mit Hilfe seines Stocks davon, aber am Durchgang zum Korridor blieb er noch einmal stehen und wandte sich zu ihr um. »Vermutlich wird es einige Zeit brauchen, bis ich mich an das Leben außerhalb des Klosters gewöhnt habe. Ich wüsste es sehr zu schätzen, wenn Sie mir bis dahin meine etwas exzentrisch anmutenden Launen nachsehen könnten.«

Ebenso direkt erwiderte sie seinen Blick. »Solange diese Launen keine Gefahren für mich oder die Kinder bergen, wüsste ich nicht, was dagegen sprechen sollte.«

Wieder spielte dieses entwaffnende Lächeln um seine Lippen. Nachdem er sich noch einmal verneigt hatte, wandte er sich um und ging.

Mit einer Faszination, die sie selbst verwirrte, schaute Rose ihm noch einen Moment hinterher. Was mochte es mit Mr. Thomas Glendower wohl auf sich haben?

Thomas' erster Tag auf Breage Manor war weit interessanter gewesen als erwartet.

Nachdem er den Tee getrunken, den Mrs. Sheridan ihm wie vereinbart kurz nach neun gebracht hatte, und dazu zwei köstliche Butterkekse verspeist hatte, ließ er seinen Blick einmal mehr über seine kleine Bibliothek schweifen, die er vor Jahren selbst zusammengestellt hatte. Sehr umfangreich war sie nicht, aber alle Werke, die er für wesentlich erachtete, waren da.

Er stellte seine leere Tasse ab und schaute zum Fenster hinaus, doch draußen war es bereits zu dunkel, als dass er noch viel erkennen konnte. Der Mond stand blass am Himmel und erhellte nur wenig.

Schließlich griff er nach seinem Stock, hievte sich aus dem Sessel und ging zur Tür.

Die Treppe erwies sich erneut als Herausforderung. Erst setzte Thomas den rechten Fuß auf, zog dann den linken auf dieselbe Stufe nach und wiederholte das Prozedere Schritt um Schritt. Vielleicht lag es daran, dass er zuvor schon einmal hinauf- und hinuntergegangen war, dass es ihm diesmal leichter fiel und weniger Anstrengung kostete.

Oben angekommen, sammelte er kurz seine Kräfte und humpelte dann weiter zu seinem Zimmer. Es war das größte Schlafzimmer und ging hinaus nach Süden. Als er die Tür hinter sich schloss, machte er kein Licht, sondern bahnte sich seinen Weg durch das nur von fahlem Mondschein erhellte Zimmer, trat ans Fenster und blickte über die Klippen auf das weite Dunkel der See.

Der Mond schien zwischen den Wolken hervor, schickte einen silbernen Strahl hinab auf die tanzenden Wellen und tauchte die weißen Schaumkämme in gespenstisch gleißendes Licht. Wolken hatten sich wie dunkle Schemen am schwarzen Zelt des nächtlichen Firmaments zusammengebraut und schluckten das ferne Glimmen der Sterne.

Oft bot sich dem Betrachter an diesem Küstenabschnitt ein raueres Bild, das Meer eine tosende, aufgewühlte Masse in dunklem Grün und Grau. Doch heute wehte der Wind nur schwach, die See war vergleichsweise ruhig. Ein stiller Frieden lag über allem.

Er schaute hinaus in die Nacht, auf das Meer, und sog diesen Frieden in sich auf.

Er hatte sich dem Schicksal gefügt und war den nächsten Schritt gegangen, hatte sich hinausbegeben in die Welt, und hier war er nun.

Aber was nun? lautete die unvermeidliche Frage. Hier war er und wartete, willens und bereit, das zu tun, was das

Schicksal als letzten Akt seiner Buße für ihn ausersehen hatte.

Was sollte er noch tun, nachdem er diesen Schritt gegangen war und sich der Welt gestellt hatte? Brauchte es noch mehr, um seine eine Aufgabe, seine wahre Bestimmung zu finden? Oder würde sie ihn früher oder später finden?

Nachdem er sich noch ein paar Minuten in den Ausblick versenkt, aber keine erhellenderen Einsichten gewonnen hatte, wandte Thomas sich seufzend ab und ging hinüber zum Bett. Bis es so weit wäre, war er hier sicher, und die unerwartete Dreingabe einer Haushälterin und ihrer Kinder – die es ihm abverlangte, mit ihnen auszukommen und zu lernen, wieder in der Welt, unter Menschen, zu leben – dürfte ihm einstweilen genug Abwechslung und Herausforderung bieten.

Und wenn es etwas gab, womit er den dreien helfen konnte, dann wollte er es tun.

Währenddessen konnte er weiter auf den Ruf des Schicksals warten.

Nachdem sie ihre abendliche Runde durchs Haus beendet und festgestellt hatte, dass ihr Dienstherr sich bereits zurückgezogen hatte, begab auch Rose sich nach oben. Ihr Zimmer und die der Kinder befanden sich unter dem Dach.

Erst ging sie in Pippins Zimmer, dann in Homers und vergewisserte sich, dass beide tief und fest schliefen. Wie still und friedlich ihre Gesichter im Schlaf aussahen! Lächelnd blickte sie auf die beiden hinab, um sie dann ihren Träumen zu überlassen.

Als sie vorhin hochgekommen war, um die zwei ins Bett zu scheuchen, hatten sie noch immer über Mr. Glendower geredet – oder Thomas, wie sie ihn jetzt nannten. Sie selbst hielt es für wenig ratsam, die förmliche Anrede aufzugeben;

und er war so klug gewesen, es ihr gar nicht erst vorzuschlagen. Aber bei den Kindern war er längst über den Rang des »unbekannten Dienstherrn« hinaus. Die beiden platzten schier vor neugierigen Fragen, die ihm, so vermutete sie, keine Schwierigkeiten bereiten dürften. Und wenn Rose ganz ehrlich war, so war auch sie neugierig.

Wenn jemand sie gefragt hätte, wie sie sich ihren bis dato nicht in Erscheinung getretenen Dienstherrn denn vorstelle, so hätte sie sich niemals einen solchen Mann erträumt, der ebenso rätselhaft wie faszinierend war.

Seltsamerweise spielten seine Gebrechen, die doch so offensichtlich waren, kaum eine Rolle dabei, wie sie und die Kinder ihn sahen. Wahrscheinlich lag das daran, dass er sich selbst nicht als versehrt und gebrechlich wahrnahm. Seine Verletzungen konnten ihm nichts anhaben. Diese Zuversicht und sein Selbstvertrauen waren es, worauf sein Umfeld reagierte. Sie bestimmten, wie andere ihn sahen; das war den Abend über ganz deutlich geworden.

Und doch zwang sie sich, als sie ins Bett schlüpfte und die Decke über sich zog, im Geiste einen Schritt zurückzutreten und sich ganz nüchtern und objektiv zu fragen, ob Thomas Glendowers plötzliches Auftauchen in ihrem Leben nicht eine Bedrohung darstellte und ihre Tarnung – ihre und die der Kinder – auffliegen lassen könnte.

Längst hatte sie die Möglichkeit ausgeschlossen, dass er selbst ihr oder den Kindern zur Gefahr werden konnte. Ihre Intuition war mittlerweile so verlässlich, dass sie nicht an ihrem Urteil zweifelte, und bei Thomas Glendower fiel dieses Urteil einhellig zu seinen Gunsten aus: Er stellte keine direkte Bedrohung für sie oder die Kinder dar.

Davon aber einmal abgesehen … Sie ging alle denkbaren und undenkbaren Möglichkeiten durch, malte sich alle Szenarien aus, die nur irgend vorstellbar waren, und gelangte letztlich zu dem Schluss, dass die Anwesenheit des Eigentümers von Breage Manor eigentlich nur zu ihrem Vorteil sein konnte. Obwohl er seit Jahren nicht hier gewesen war, kannte man doch seinen Namen und seinen Ruf, und das dürfte ihre Situation alles in allem eher verbessern denn verschlechtern.

Er würde quasi wie ein Schutzschild fungieren und die Fassade nur noch glaubhafter machen, hinter der sie Zuflucht gesucht hatte. Dass er hier war und sie und die Kinder für das nahm, als das sie sich ausgaben, gab ihrer Geschichte den letzten Schliff, um völlig unverdächtig zu wirken.

Einige Minuten sann sie noch über das Fazit ihrer Überlegungen nach und befand es schließlich für bestechend klar und folgerichtig.

Zufrieden drehte sie sich auf die Seite, zog die Decke hoch bis über die Schultern und kuschelte sich ein. An Thomas Glendowers Rückkehr nach Breage Manor könnte also doch etwas Gutes sein.

Dass sie es so empfinden würde, wenn ein im Grunde völlig Fremder mit ihr und den Kindern unter einem Dach schlief, hätte sie nun wirklich nicht erwartet.

Mit einem verwunderten, leicht amüsierten Lächeln auf den Lippen schloss Rose die Augen und ließ sich in den Schlaf sinken.

2. Kapitel

Am nächsten Morgen, noch ehe Rose sein Frühstück vorbereiten und nach oben bringen konnte, kam ihr Dienstherr in die Küche und setzte sich an denselben Platz wie gestern Abend.

»Guten Morgen.« Er nickte Homer und Pippin zu, die beide zurückgrinsten, dann hob er den Blick zu Rose, die völlig verdattert am Herd stand. »Was gibt es denn Gutes zum Frühstück?«

Rose rief sich den gestrigen Abend noch einmal in Erinnerung und kam zu dem Schluss, dass er es ernst gemeint haben musste, als er davon sprach, die Mahlzeiten gemeinsam einzunehmen – und anscheinend hatte er damit wirklich *alle* Mahlzeiten gemeint. Sie griff zur Kaffeekanne. »Möchten Sie erst mal einen Kaffee?«

Als er nickte, goss sie ihm eine Tasse ein und brachte sie ihm.

Er nahm sie ihr ab, wobei ihre Finger sich kurz streiften, und wieder spürte sie diesen leisen Schauer sinnlicher Erregung.

Empfindungen, die sie sich rigoros versagte, denn Gefühle welcher Art auch immer für ihren Dienstherrn zu entwickeln, gehörte ganz sicher nicht zu ihrem Plan.

Ohne sich anmerken zu lassen, ob er sich seiner verheerenden Wirkung auf sie bewusst war, hob Mr. Glendower die Tasse an die Lippen, und Rose kehrte erleichtert an den Herd zurück. »Eier und Speck sind in ein paar Minuten fertig«, erklärte sie über ihre Schulter hinweg. »Ist Ihnen Rührei recht oder möchten Sie lieber Spiegeleier?«

»Rührei klingt ausgezeichnet«, meinte er und fragte dann, an Homer und Pippin gewandt: »Was habt ihr beide denn heute vor?«

Während Rose den kross gebratenen Speck aus der Pfanne hob und die verrührten Eier hineingoss, hörte sie die beiden hinter sich erzählen und ihm bis ins kleinste Detail ihren Tagesablauf schildern.

Keine drei Minuten später stellte sie einen Teller mit einem ganzen Berg goldgelben Rühreis vor ihn hin, das mit drei knusprigen Speckstreifen belegt war.

»Oh, das sieht aber gut aus.« Er griff zu Messer und Gabel und ließ es sich schmecken.

Rose stellte Homer und Pippin ebenfalls je einen Teller mit etwas kleineren Portionen hin, womit auch hier erst mal für Stille gesorgt war.

Als Letztes tat sie sich selbst auf, ließ sich zufrieden auf ihren Stuhl sinken und widmete sich gleichfalls ihrem Frühstück. Doch etwas in ihr blieb wachsam, denn sie konnte das Gefühl nicht loswerden, dass alles viel zu gut und reibungslos lief. Sicher musste es doch irgendwo einen Haken geben, etwas, das jede Minute alles zunichtemachen könnte! Es geschah jedoch … nichts.

Außerdem musste sie sich eingestehen, dass sie, wenn er jede Mahlzeit zusammen mit ihnen einnehmen wollte, deutlich weniger Arbeit hätte, als wenn sie ihm immer alles eigens servieren müsste.

Als wolle er ihr gleich noch einen weiteren Vorteil dieses Arrangements vor Augen führen, schob er, als er mit Essen fertig war, seinen Teller von sich, griff nach der Kaffeekanne, goss sich nach, trank einen Schluck und richtete seine braunen Augen dann auf sie. »Ich wollte heute Vormittag nach Breage reiten und dann weiter nach Helston. Soll ich Ihnen irgendetwas mitbringen – frische Eier, Butter, Schinken?«

Sie stutzte. »Eier, Fleisch und was wir sonst noch an Lebensmitteln brauchen, wird einmal die Woche geliefert – die letzte Lieferung kam gerade Anfang der Woche –, aber …« Da hatte sie auch noch nicht gewusst, dass er kommen würde, und eben hatte sie fast den halben Wochenvorrat an Eiern verbraucht. »In Anbetracht der Umstände könnte ich Ihnen vielleicht eine Liste mitgeben, damit wir bis nächste Woche versorgt sind. Bei der nächsten Lieferung würde ich dann gleich entsprechend mehr bestellen.«

Einen Moment sah er sie nur schweigend an, sodass sie sich fragte, ob sie gerade etwas Verfängliches gesagt hatte, aber dann nickte er bloß und schob seinen Stuhl zurück. »Geben Sie mir auf jeden Fall eine Liste mit allem, was wir zusätzlich brauchen. Aber Sie können mir auch eine Liste der Händler mitgeben, die Sie regelmäßig beliefern, dann würde ich dort kurz vorbeischauen und die Bestellungen entsprechend anpassen. Damit wären die Lieferungen für die kommende Woche gleich ausreichend.« Sein Blick schweifte kurz in die Ferne, ehe er ihn wieder auf sie richtete. »Wenn ich mich recht entsinne, hatte ich ursprünglich vereinbart, dass alle Händler die Rechnungen an Drayton schicken sollten. Wird das noch immer so gehandhabt?«

Rose nickte. Wie sollte sie die Frage anbringen, die seine Worte aufgeworfen hatten?

Wieder spielte dieses leise Zucken um seine Mundwinkel – und diesmal wusste sie, dass es in wissendem Verständnis geschah. Es war, als hätte er ihr die Frage vom Gesicht abgelesen – und so überraschte es sie nicht, als er meinte: »Ich weiß noch nicht, wie lange ich bleibe. Es könnten ein paar Wochen sein, vielleicht auch Monate.«

Sie versuchte, sich nichts anmerken zu lassen. »Sie haben keine festen Pläne?«

Ohne den Blick von ihr abzuwenden, schüttelte er den

Kopf. »Nein.« Und einen Moment später setzte er nach: »Sagen wir einfach, ich warte auf eine Art Ruf, kann aber noch nicht absehen, wann er mich ereilen wird.«

Dann würde er also auf unabsehbare Zeit hier sein. Rose seufzte stumm und senkte den Blick. Denn was blieb ihr anderes übrig, als es so hinzunehmen?

Er stand auf, nickte den Kindern mit einem Lächeln zu und wandte sich dann an sie. »Ich werde für ein paar Stunden in der Bibliothek sein. Bevor ich aufbreche, melde ich mich.«

Wieder nickte sie bloß und sah ihn den Korridor hinab in den vorderen Teil des Hauses verschwinden. Er humpelte noch immer, benutzte noch immer seinen Stock, aber ihr fiel auf, dass er sich nicht mehr so schwer darauf stützte wie tags zuvor.

Während die Kinder ihr Frühstück beendeten und ihr dann beim Aufräumen halfen, ging Rose in Gedanken noch einmal ihr Gespräch mit Glendower durch.

Am Ende musste sie sich eingestehen, dass durchaus die Möglichkeit bestand, dass er der Wahrheit auf die Spur kam oder ihre Tarnung zumindest zum Teil durchschaute. Ihm entging nur wenig, und intelligent genug, so schätzte sie ihn ein, war er zudem. Ein wacher Blick, ein scharfer Verstand; genau das, was sie überhaupt nicht brauchen konnte.

Natürlich könnte sie sich mit den Kindern aus dem Staub machen, ehe er überhaupt dazu kam, mehr über sie zu erfahren. Dagegen sprach allerdings, dass sie sich hier gut eingelebt hatte und das Haus ihnen Sicherheit bot. Wollte sie das wirklich aufgeben? Zumal ihr Instinkt ihr noch immer sagte, dass es keinen Grund gab, sich vor ihm zu fürchten. Nichts deutete darauf hin, dass er ihnen schaden wollte, selbst wenn er alles wüsste.

Außerdem hatte er die letzten fünf Jahre im Kloster zugebracht; es stand also zu vermuten, dass er Richtig von Falsch und Gut von Böse zu unterscheiden wusste.

Nachdem das Geschirr abgewaschen und weggeräumt war, drehte Rose sich zu den Kindern um und blickte lächelnd in ihre strahlenden Augen und munteren Gesichter. Noch war für die zwei jeder Tag ein neues Abenteuer. »Na, dann kommt«, meinte sie und strich beiden kurz übers Haar. »Fangen wir mit dem Unterricht an.«

Bis es einen Grund gab, sich anders zu entscheiden, würden sie alles so lassen, wie es war. Aber sie wollte nicht mehr allein auf ihren Instinkt vertrauen. Sie würde wachsam bleiben.

Zwei Stunden später begab sich Thomas, im Gepäck die beiden erbetenen Listen, stockend und mit einigen Pausen hinüber zu den Ställen. Der kompakte Ziegelbau am Ende der Auffahrt schien gut in Schuss zu sein; er nahm an, dass es zu Homers Aufgaben gehörte, hier nach dem Rechten zu schauen.

Nachdem er das Holztor aufbekommen hatte, humpelte er hinein und blieb im Mittelgang stehen, bis seine Augen sich an das schummrige Licht gewöhnt hatten. Sein großer Grauer stand gleich in der ersten Box und beäugte ihn friedfertig, wenn auch ein bisschen erwartungsvoll. Nebenan stand ein kleineres Pferd, fast ein Pony, das vermutlich dazu da war, den leichten Einspänner zu ziehen, der weiter hinten im Stall stand. Die dritte Box war derzeit leer. Im Winter wurde hier wohl die Kuh eingestellt, die er auf der kleinen Wiese hinter dem Herrenhaus hatte weiden sehen. Auf der anderen Stallseite, gegenüber den Boxen, lagen Heu- und Strohballen sowie einige Getreidesäcke gestapelt.

Sattel- und Zaumzeug wurden gleich bei der Tür aufbewahrt. Thomas legte sich seinen Sattel über den Arm und nahm das Zaumzeug von der Wand.

Er war gerade dabei, Silver zu satteln, als draußen schnelle Schritte über den Hof getrappelt kamen und Homer zur Tür hereinflitzte. Vor Thomas und dem Grauen blieb er stehen.

Silver schnaubte. Thomas grinste.

Mit großen Augen blickte Homer auf das Pferd. »Ma hat mich geschickt, damit ich Ihnen helfe«, platzte es aus ihm heraus; dann schaute er genauer hin und meinte: »Aber Sie haben es ja ganz allein geschafft.«

»Das habe ich.« An die Flanke des Pferdes gelehnt, zurrte Thomas geübt den Sattelgurt fest. »Wie du siehst, bekomme ich so etwas sehr gut allein hin.« Er schaute den Jungen an, der plötzlich ganz niedergeschlagen wirkte. »Aber sag deiner Mutter vielen Dank, das war sehr aufmerksam von ihr. Und dir danke ich, dass du mir zu Hilfe geeilt bist.«

Homers Miene hellte sich auf. »Ach, das hab ich doch gern gemacht.« Er trat vor den Schimmel und strich ihm über die Nüstern. »Da konnte ich wenigstens mal kurz raus.«

Thomas stutzte, ließ sich aber nichts anmerken. Dann, während er das Zaumzeug anlegte, fragte er: »Wie alt bist du?« Gestern Abend, unter dem argwöhnenden Blick von Mrs. Sheridan, hatte er sich vorgesehen, nicht zu viele Fragen zu stellen, und seien sie noch so banal.

»Neun«, sagte Homer, dem solcher Argwohn fremd schien. »Pippin ist erst sechs.«

Thomas zögerte, dann brachte er seine eigentliche Frage an. »Warum geht ihr beide nicht zur Schule? Wenn ich mich recht entsinne, gibt es in Breage eine Dorfschule.«

Als hätte er die Frage erwartet, nickte Homer. »Ma unterrichtet uns zu Hause. Wenn wir nach Helston oder Exeter fahren, besorgt sie uns neue Bücher.« Er zuckte mit den Schultern. »Es ist schon ganz in Ordnung, aber …« Sein Gesicht verzog sich. »Ich könnte bestimmt noch viel mehr lernen. Latein und Sachen wie Geografie und Geschichte. Oder Arithmetik. Am liebsten hätte ich Astronomie, dann könnte ich alles über die Himmelskörper und Planeten lernen.«

Während er den Jungen so betrachtete, die Wissbegier in seinen Augen aufscheinen sah und den Eifer in seiner Stimme hörte, fiel Thomas auf, dass Homer keinen Widerspruch darin zu sehen schien, dass er der Sohn einer Haushälterin war und gleichzeitig Zugang zu solchen Unterrichtsfächern erhalten könnte. »Hast du dir schon mal die Bücher in der Bibliothek angeschaut?«, fragte er und deutete mit dem Kopf hinüber zum Haus.

»Nein.« Homer seufzte. »Da lässt Ma uns nicht rein.«

Thomas griff nach den Zügeln und führte den Schimmel aus dem Stall heraus. Homer eilte neben dem Pferd her. Im Hof ließ Thomas den Grauen halten und hielt Homer seinen Stock hin. »Nimm den bitte für mich, während ich aufsitze.«

Homer nahm den Stock entgegen und schaute interessiert zu, wie Thomas den rechten Fuß in den Steigbügel setzte. Es hatte eine Weile gedauert, bis Silver sich daran gewöhnt hatte, dass er von rechts aufsaß, aber mittlerweile ertrug der Graue es mit stoischer Geduld, und angesichts von Thomas' Verletzungen war es eine schiere Notwendigkeit. Sich am Sattel haltend, zog er sich hinauf, schwang sein steifes linkes Bein über den Pferderücken und setzte sich zurecht. Links hing der Steigbügel zudem tiefer als rechts, aber wenn man es nicht so genau nahm, machte Thomas im Sattel eine ebenso gute Figur wie jeder andere Reitersmann auch.

Er nahm seinen Stock wieder an sich. »Danke.« Nachdem er die Gehhilfe in den Sattelhalter geschoben hatte, meinte er zu Homer: »Wenn du möchtest, kann ich dir nachher ein paar Bücher heraussuchen, die für dich von Interesse sein könnten.«

»Aus Ihrer Bibliothek?«, fragte der Junge, und als Thomas nickte, strahlte er übers ganze Gesicht. »Das wäre wunderbar!«

Thomas grinste zurück. Er konnte sich noch gut daran erinnern, dass er in dem Alter genauso wissbegierig gewesen war. Ihm war dieses Bedürfnis sozusagen als Teil seines Geburtsrechts erfüllt worden. In Homers Fall könnte Thomas dem Jungen helfen, sein Wissen und seinen Horizont zu erweitern. Er war mehr als hinreichend qualifiziert, sich als Tutor eines knapp Zehnjährigen zu betätigen. Aber natürlich musste er das zunächst mit Mrs. Sheridan abklären, ehe er Homer Hoffnungen machte.

Schließlich hatte er ja bereits beschlossen, während seiner Zeit auf Breage Manor den Sheridans zu helfen, wo er nur konnte. Und Homer ein paar Bücher aus seiner Bibliothek lesen zu lassen, schien ihm eine recht unverfängliche Art, seine Hilfe anzubieten.

Der Graue begann unruhig zu werden und wollte weiter. Thomas hielt Silver etwas kürzer, um sich noch von dem Jungen zu verabschieden. »Abgemacht«, meinte er und nickte Homer zu. »Wenn ich zurück bin, suche ich dir ein paar Sachen heraus.«

Dann ließ er die Zügel schießen, und Silver preschte los. Hinter sich hörte Thomas noch das Jauchzen des Jungen und musste schmunzeln.

Nach einem Tag im Stall stand dem Grauen wohl der Sinn nach ordentlich Auslauf, und auf der Straße nach Breage legte er gar einen leichten Galopp vor. Obwohl Thomas' eigentliches Ziel Helston war und er die Stadt auf anderem Wege schneller hätte erreichen können, wählte er den Umweg über Breage, denn er war lang nicht dort gewesen – und es konnte gewiss nicht schaden, die Lage ein wenig zu sondieren.

Wie sich herausstellte, befand sich auch der Bäcker, von dem Mrs. Sheridan Mehl und andere Vorräte bezog, in dem kleinen Dorf. Thomas ging also zuerst dort vorbei und konnte gleich seine eingerosteten Umgangsformen ein wenig aufpolieren, während er die Lieferungen fürs Herrenhaus den neuen Gegebenheiten anpasste.

Als er die Backstube verließ, blieb er einen Moment auf der Dorfstraße stehen, an der sich gerade mal eine Handvoll Läden und ein einziges Wirtshaus entlangzogen. Die Bäckersfrau hatte in ihrem Gespräch kaum mehr als das landläufig zu erwartende Interesse an dem jahrelang abwesenden Grundherrn bekundet, der nun mit Narben im Gesicht und einem lahmen Bein zurückgekehrt war. Verständlich, wenn man bedachte, dass Thomas seine Beziehungen zu den Dorfbewohnern immer in sehr überschaubaren Grenzen gehalten hatte. Wahrscheinlich gab es längst niemanden mehr, der sich noch an ihn erinnerte – daran, wie er einst gewesen war.

Damals, im Jahr 1816, als ganz junger Mann, hatte er sich an einem Plan beteiligt, die ortsansässigen Minenpächter mittels Einschüchterung dazu zu bringen, an ihn zu verkaufen. Er hatte lediglich ein paar falsche Gerüchte streuen müssen, das war alles gewesen. Das einzige zwielichtige Geschäft, an dem Thomas Glendower sich jemals beteiligt hatte. Alles andere war unter seinem anderen, seinem Geburtsnamen, geschehen, den er mit seinem früheren Selbst zu Grabe getragen hatte.

Nachdem er sich also zu seiner Zufriedenheit vergewissert hatte, dass in Breage nicht mit Problemen zu rechnen sein dürfte, stieg Thomas wieder in den Sattel und kehrte auf die Landstraße nach Helston zurück.

Vier ruhige und ereignislose Meilen später trappelte Silver über die Brücke, die das kleine Flüsschen Cober überspannte, und Thomas lenkte den Grauen die steile Coinagehall Street hinauf. Eigentlich gab es nur einen Ort in Helston, an dem er sich 1816 öfter hatte sehen lassen, und das war das Blue Anchor, in dem damals die Grubenarbeiter gern nach Feierabend eingekehrt waren. Im Schritttempo ritt er an dem strohgedeckten Haus vorbei und weiter die Straße hinauf, bis er schließlich in den Hof des Angel Hotel einbog, das von einer deutlich besseren Klientel frequentiert wurde und sich zudem in unmittelbarer Nähe des Postamts befand, zu dem er eigentlich wollte.

Nachdem er Silver in Obhut des Stallmeisters zurückgelassen hatte, ging Thomas über die Straße zur Post. Er gab Briefe an Drayton und Marwell in London auf und schickte auch Roland eine kurze Nachricht in die Priorei. Nach einem netten kleinen Plausch mit dem Schalterbeamten begab er sich ein Haus weiter in den Tabakwarenladen, um zu veranlassen, dass ihm die wichtigsten Londoner Finanzblätter sowie die *Times* täglich zugestellt würden, sobald sie aus der Hauptstadt einträfen. Hier in Cornwall bedeutete das, dass er die Morgenausgaben frühestens am späten Nachmittag erhalten würde. Die zeitliche Verzögerung war nicht optimal, aber er war sie schon aus der Priorei gewohnt und hatte gelernt, damit umzugehen.

In den letzten Jahren hatte er Thomas Glendowers Kapitalanlagen zu einer Art philanthropischer Stiftung umgewandelt. Auch wenn er sich aufgemacht hatte, seine Bestimmung zu suchen und damit Buße zu tun, sah er keinen Grund, darüber die Verwaltung seiner Fonds zu vernachlässigen. Während er darauf wartete, dass das Schicksal bei ihm anklopfte, gab es immer noch genügend zu tun. Er hatte nicht vor, untätig zu warten.

Nicht zuletzt, weil Untätigkeit jemanden wie ihn immer in Schwierigkeiten brachte.

Sein Verstand war rastlos, und er fand aus dem Grübeln und Spekulieren nie ganz heraus. Was, wenn er dieses tat oder jenes? Zu welchem Ergebnis würde es führen? Worin läge der Gewinn? Und würde er so hoch ausfallen wie kalkuliert? Es war eine ständige Beschäftigung, mit der er sich längst abgefunden hatte. Mittlerweile fand er es ganz normal, geistig niemals zur Ruhe zur kommen.

Aber genau darin, so hatte eine sehr vorausschauende alte Dame ihn einst gewarnt, lag die Gefahr. Sein Verstand mochte wie geschaffen dafür sein, mit Zahlen zu jonglieren und Vermögen zu mehren, aber leider fehlte es ihm dabei am nötigen Bewusstsein für Recht und Moral. Wenn es bei bloßen Gedankenspielen blieb, so würde niemand Schaden nehmen, aber war ein Plan erst mal gefasst, wäre die Versuchung groß, ihn in die Tat umzusetzen, zu prüfen, wie er sich in der Praxis bewährte … Daran hatte sich bis heute nur wenig geändert, und Thomas hatte auf die harte Tour lernen müssen, dieser steten Versuchung etwas entgegenzusetzen.

Am besten gelang ihm das, indem er seinen rastlosen Verstand für rechtmäßige, dem Gemeinwohl dienende Methoden der Geldvermehrung einspannte. Seine Tage mit solcher Arbeit zu füllen war daher kein bloßer Zeitvertreib, sondern eine schiere Notwendigkeit.

Als er mit einigen Zeitungen vom Vortag unter dem Arm wieder auf dem schmalen Gehweg stand, zückte Thomas seine Taschenuhr und sah, dass es bereits nach zwölf war. Der Wunsch, auf direktem Wege zurück nach Hause zu reiten, war überraschend stark, aber bis er dort ankäme, hätten Mrs. Sheridan und die Kinder gewiss schon zu Mittag gegessen. Gewiss dürfte seine Haushälterin kaum erfreut sein, wenn sie ihm dann noch mal etwas kochen müsste.

Also steckte er seine Uhr wieder ein, fasste seinen Stock fester und ging über die Straße zurück zum Angel Hotel, dessen Küche einen ausgezeichneten Ruf genoss.

Am Tag darauf räumte Rose nach dem Frühstück gerade die Küche auf, als sie durchs Fenster sah, wie Glendower auf dem Grundstück herumging.

Ein einfacher Spaziergang schien es nicht zu sein, denn er hielt ein Notizbuch in der Hand und blieb immer wieder stehen, um das Haus in Augenschein zu nehmen.

Neugierig stellte sie sich ans Fenster und beobachtete ihn. Nach einem weiteren dieser prüfenden Blicke aufs Haus zückte er einen Bleistift und schrieb etwas in sein Notizbuch.

Er trug Breeches und Reitstiefel, ein schlichtes Leinenhemd mit ordentlich gebundener Krawatte und darüber eine Reitjacke. Vorhin hatte sie deswegen angenommen, er würde heute wieder ausreiten, aber dem war wohl nicht so. Während sie ihn beobachtete, fuhr ihm ein leichter Wind durchs Haar. Der goldene Schimmer darin war es, der ihr ins Auge gefallen sein musste und sie ans Fenster gelockt hatte.

Das Geschirrtuch in der Hand, stand Rose am Spülbecken und konnte sich nicht entscheiden, was sie jetzt tun sollte. Natürlich wollte sie wissen, was er da machte, was er vorhatte; schon wegen der Kinder war es unerlässlich, von möglichen Bedrohungen möglichst früh zu erfahren. Von allem, was die Gefahr ihrer Entlarvung in sich barg. Andererseits war sie auch ehrlich genug, sich einzugestehen, dass ihr Interesse an Glendower zumindest zum Teil einem weit weniger selbstlosen Impuls entsprang. Sie wusste kaum, was sie mehr beunruhigte.

Bislang hatte sie sich noch nie auf so intensive Weise zu einem Gentleman hingezogen gefühlt. Manch einer mochte leises Interesse bei ihr geweckt haben, aber nichts war mit dem vergleichbar, was sie jetzt bei Glendower empfand.

Auch jetzt zog es Rose zu ihm, und sei es bloß, um sich zu vergewissern, ob da noch immer diese sinnliche Erregung war, die sie bei seiner Berührung gespürt hatte.

Doch um ehrlich zu sein, brauchte sie sich dessen eigentlich nicht mehr zu vergewissern. Jedes Mal, wenn seine

Finger flüchtig die ihren gestreift hatten, war es ihr durch Mark und Bein gegangen. Warum sollte das plötzlich aufhören?

Natürlich konnte sie nicht wissen, ob er dabei überhaupt irgendetwas gespürt hatte, und sie konnte ihm sein Verhalten auch nicht zum Vorwurf machen. Es waren flüchtige, zufällige Berührungen gewesen, und nie hatte er auch nur versucht, sich ihr auf eine Weise zu nähern, die unschicklich oder zudringlich gewesen wäre.

Er hatte durch nichts erkennen lassen, dass er in diesen kurzen, flüchtigen Momenten dasselbe empfand wie sie – dass er sie begehrte – und sollte es sie nicht beruhigen, dass er auch in dieser Hinsicht keine Bedrohung darstellte?

Wäre es sehr verwerflich von ihr, ihn auf die Probe zu stellen?

War es allzu leichtfertig von ihr, dass sie mehr über ihn – als Mann – erfahren wollte? Würde sie damit die Vorteile aufs Spiel setzen, die seine Anwesenheit auf Breage Manor ihnen beschert hatte? Nicht nur ihr, sondern vor allem auch den Kindern.

Gestern Abend, als die Kinder nach dem Essen auf ihre Zimmer gegangen waren, hatte er mit ihr über Homer gesprochen und angeboten, einige Bücher aus seiner Bibliothek herauszusuchen, um den Wissensdurst des Jungen zu stillen. Rose war sich nur zu gut bewusst, dass sie dazu schon jetzt nur noch bedingt in der Lage war. Glendower hatte es wie eine Kleinigkeit klingen lassen, wie etwas, das ihm keine Umstände machen würde; aber für Homer, und damit auch für sie, machte es einen ganz gewaltigen Unterschied. Dazu hatte sie heute Morgen bloß in Homers strahlendes Gesicht schauen müssen, als Glendower ihn nach dem Frühstück mit in die Bibliothek genommen und dann, mit Büchern beladen, hinüber ins Speisezimmer geschickt hatte, wo er sich in

Ruhe an dem großen Esstisch, den Glendower seit Neuestem ohnehin nicht mehr nutzte, in seine Lektüren vertiefen konnte.

Homer hatte sein Glück kaum fassen können.

Rose selbst fand sich zutiefst erleichtert und wusste kaum, wie sie ihren Dank in Worte fassen sollte. Aber als sie Glendower später seinen Tee in die Bibliothek gebracht und versucht hatte, ihm zu danken, tat er seinen bescheidenen Beitrag als nicht weiter der Rede wert ab und sagte ihr nur, sie solle sich nicht weiter den Kopf zerbrechen.

Er hatte in keinster Weise versucht, ihre Dankbarkeit auszunutzen, nicht einmal annähernd …

Rose reckte ein wenig den Kopf, um ihn im Blick zu behalten, als er hinten am Haus entlangging. Erneut blieb er stehen, schaute hinauf und machte sich wieder ein paar Notizen in sein Buch. Rose runzelte die Stirn. »Was zum Teufel treibt er da?«

Sie warf das Geschirrtuch auf die Küchenbank, strich sich mit beiden Händen erst über den Rock, dann übers Haar und vergewisserte sich, dass ihr Knoten adrett und ordentlich saß. Dann nahm sie sich ihren Schal, der über der Stuhllehne hing, und ging zur Hintertür.

Herrlicher Sonnenschein empfing sie, als sie hinaustrat, doch der Wind wehte noch recht frisch. Der Frühling schickte seine ersten Vorboten, traute sich aber noch nicht so ganz heraus. Sie schlang sich ihr Tuch um die Schultern und ging ein Stück den schmalen Weg entlang, der zum Stall führte, verließ ihn aber gleich wieder, um die Abkürzung über die Wiese zu nehmen und ihren Dienstherrn einzuholen, der fast um die Ecke des Hauses verschwunden war.

Als er sie kommen hörte, schaute er kurz auf, fuhr dann aber einfach in seinen Notizen fort.

Ein paar Schritte von ihm entfernt blieb sie stehen, wandte

sich zum Haus und schaute wie er die Fassade hinauf, um zu sehen, was seine Aufmerksamkeit erregt hatte.

»Die Regenrinnen«, meinte er, ohne von seinem jüngsten Vermerk aufzusehen, und wieder kam es ihr vor, als könne er ihre Gedanken lesen. »Sie müssen dringend gereinigt werden. Wenn Sie genau hinschauen, können Sie da oben das Gras wachsen sehen.«

Mit einer Hand beschirmte sie ihre Augen gegen die Sonne und stellte fest, dass er recht hatte. Dann sah sie ihn an. »Dann machen Sie also so eine Art Bestandsaufnahme?«

Er nickte, klappte sein Buch zu und nahm das Haus erneut in Augenschein. »Ich notiere alles, was erledigt werden muss.«

Nachdem er die Hand um den Silberknauf seines Gehstocks geschlossen hatte, der zuvor an seinem Bein gelehnt hatte, setzte er seinen Rundgang ums Haus fort, besah sich dabei jedes Fenster, jeden Abfluss und was ihm noch an baulichen Maßnahmen ins Auge fiel.

Rose folgte ihm in gemessenem Abstand.

Als er stehen blieb, um den Anstrich einer Fensterbank zu prüfen, meinte sie: »Es gibt im Dorf einen Handwerker, den wir – ich und die Gattings – seit Jahren mit solchen Arbeiten betraut haben. Er ist recht günstig und absolut zuverlässig. Wenn Sie möchten, gebe ich ihm Bescheid, sowie Sie mit Ihrer Liste fertig sind.«

Zu ihrer Überraschung schüttelte Thomas Glendower den Kopf. »Nein, nicht nötig.« Und fügte dann, als sei es ihm erst nachträglich eingefallen, hinzu: »Solche Arbeiten erledige ich selber.«

Rose glaubte, sich verhört zu haben. Wenn sie sich anschaute, wie hoch oben die Regenrinne und wie unsicher er auf den Beinen war … Und warum sollte ein Gentleman solche Arbeiten überhaupt selbst erledigen wollen?

Erneut blieb Glendower stehen, um die Standfestigkeit eines an der Hauswand angebrachten Pflanzgitters zu prüfen.

Rose wartete ein paar Schritte entfernt, betrachtete ihn schweigend und überlegte, wie sie die Frage am besten formulieren sollte, die sich unweigerlich stellte.

Er trat zurück, lehnte den Stock wieder an sein Bein und zückte Bleistift und Notizbuch.

Während er es aufklappte, sah sie ein feines, fast amüsiertes Lächeln um seine Lippen spielen. »Doch«, meinte er, den Blick beim Schreiben vor sich auf das Buch geheftet. »Ich habe genügend Geld.« Er schrieb weiter, um dann, als er merkte, dass es wohl mehr der Erklärung bedurfte, anzufügen: »Ich brauche die körperliche Betätigung, wenn ich verhindern will, dass meine Muskeln sich wieder zurückbilden. Es war ein weiter Weg, um überhaupt hierher zu kommen, und ich sollte sie jeden Tag einsetzen, auf möglichst verschiedene Weise.«

Sie hörte ihm durchaus mit Interesse zu, aber … »Körperliche Betätigung ist das eine, Schwerstarbeit das andere«, rutschte es ihr heraus.

Er lachte und steckte sein Notizbuch weg. »Was Sie nicht sagen.« Ihre Bemerkung schien ihn eher zu belustigen, während ein anderer Dienstherr sich sicher über diese Unverschämtheit geärgert hätte.

Derart ermutigt, heftete Rose sich weiter an seine Fersen, während er das Gebäude abschritt, bis sie schließlich an der Vorderseite ankamen, die nun ebenfalls gründlich taxiert wurde. Die ganze Zeit wartete sie, hoffte …

Als er stehenblieb und mit zusammengekniffenen Augen die Fassade hinaufschaute, sagte er: »Das Kloster, in dem ich fünf Jahre gelebt habe, gehörte zum Benediktinerorden. Dort war es üblich, dass alle, einschließlich der im Hause lebenden Laien, zum Unterhalt des Gebäudes und der Gärten beitragen. Jeder hat getan, wozu er nach Kräften und Fähigkeiten in der Lage war.« Er warf ihr einen kurzen Blick zu, schaute dann aber gleich wieder am Haus hinauf. Der Anflug von Selbstironie in seinen Augen war Rose jedoch nicht entgangen. »Am Anfang konnte ich wenig zum Gemeinwesen beitragen, schließlich verfügte ich damals in dieser Hinsicht über kein einziges brauchbares Talent. Aber die meisten der Brüder konnten vieles und waren bereit, mich in ihren praktischen Tätigkeiten zu unterweisen. Dabei habe ich festgestellt, dass ich ein unerwartetes Geschick dafür habe, mit meiner eigenen Hände Arbeit etwas herzustellen oder zu reparieren. Ehrliches Handwerk, bei dem man am Ende ein Ergebnis sieht.«

Während sie weitergingen, fuhr er fort: »Mir ist bewusst, dass es für einen Gentleman eine eher unübliche Beschäftigung ist, aber mir bereitet es große Freude und Genugtuung, selbst anzupacken und etwas zu erschaffen oder einfach wieder in Ordnung zu bringen.«

Thomas ließ seine Worte in sich nachklingen. Es war sein erster Versuch, jemandem seine Vorliebe für solch vermeintlich einfache Tätigkeiten zu erklären. Plötzlich erkannte er die Verbindung zwischen der Beschäftigung seiner Morgenstunden – dem Anlegen und Verwalten von Kapital, um damit ebenfalls etwas wiedergutzumachen – und seinem jüngsten Projekt, mit dem er sich nun die Nachmittage vertrieb. Das eine war eher geistige, das andere ehrliche körperliche Arbeit, doch beides schien ihm nun wie zwei Seiten derselben Medaille.

Zehn Meter von der Eingangstür entfernt blieb er stehen und wartete, bis seine Haushälterin zu ihm aufschloss. »Deshalb«, meinte er und blickte in ihre sanften braunen Augen, »werde ich alle nötigen Reparaturen selbst ausführen.«

Einen Moment lang erwiderte sie seinen Blick, dann nickte sie und schaute zum Haus. »Wissen Sie schon, in welcher Reihenfolge Sie sich ans Werk machen wollen?«

Auch er richtete den Blick wieder aufs Haus; sie standen dicht beieinander, kaum ein Fußbreit war zwischen ihnen. »Die Malerarbeiten werden warten müssen, bis das Wetter beständiger ist, weshalb dieser Punkt ganz ans Ende der Liste wandert.«

In die Betrachtung der Fassade versunken, hatte sie kaum bemerkt, wie er einen Schritt nach vorn gemacht hatte, und als auch sie sich nun zum Haus wandte, streifte ihre Schulter die seine.

Funken sprühten. Genauso fühlte es sich zumindest an. Thomas konnte förmlich spüren, wie die Luft zwischen ihnen vor gegenseitiger Anziehung knisterte.

Ein Zittern lief durch seinen Körper, der durch die ständige Anspannung ohnehin mehr zu solchen Reaktionen neigte. Fest schloss Thomas die Hand um den Knauf seines Stocks, sodass die Knöchel weiß hervortraten, und kämpfte gegen den Impuls an, dem instinktiven Drang nachzugeben, dieser Anziehung zu folgen. *Ihr* zu folgen.

Niemandem wäre damit geholfen, wenn er ihr jetzt Avancen machte.

Weil auch sie plötzlich wie erstarrt stand und kaum zu atmen wagte, nahm er an, dass sie auf ähnliche Weise mit sich rang, dass auch sie die Macht ihrer gegenseitigen Anziehung spürte.

Dann holte sie zitternd Luft und bewegte sich kaum merklich, sodass ihre Schulter die seine nicht mehr berührte. »Nun denn.« Ihre Stimme klang ein wenig außer Atem. Sie hob das Kinn und setzte umso bestimmter nach: »Dann will ich Sie nicht länger aufhalten.«

Höflich neigte sie den Kopf, wandte sich um, ohne ihm

einen weiteren Blick zuzuwerfen, und ging langsam den Weg zurück, den sie gekommen waren – ums Haus herum und zum hinteren Eingang.

Er schaute ihr hinterher und fragte sich, ob diese Schlacht, ihrer beider Mühen zum Trotz, nicht längst verloren war.

Dann gab er sich einen Ruck.

Wenn sie verleugnen konnte, was sich zwischen ihnen anbahnte, wenn sie es weiterhin fertigbrachte, seine Wirkung auf sie so kühl zu unterbinden, dann konnte und sollte er es zweifelsohne genauso halten.

Am Ende der ersten Woche nach Mr. Thomas Glendowers Rückkehr nach Breage Manor setzte Rose sich abends zu den anderen an den Küchentisch und lauschte der Unterhaltung, die bereits zwischen Glendower – sie schrak noch immer kurz zusammen, wenn die Kinder ihn einfach Thomas nannten – und Homer in vollem Gange war. Es ging um irgendeine Theorie, die besagte, dass der Mond sich um die Erde drehte.

Pippin widmete sich still ihrer Mahlzeit, schien die Diskussion aber dennoch aufmerksam zu verfolgen, auch wenn Rose annahm, dass ihr Interesse eher durch die angeregten Stimmen und lebhaften Gesten geweckt wurde als durch den konkreten Inhalt.

Rose blickte auf ihren Teller, aß den ersten Löffel Suppe und schaute dann wieder den Tisch hinab.

Da saß er also, in Fleisch und Blut, ihr einst so mysteriöser Dienstherr. Ein Mann, der, wie sich nun zeigte, trotz seiner Gebrechen und Narben, ihr Augenmerk auf sich zu ziehen und ihr Interesse zu wecken verstand wie ein Magnet, der sämtliche ihrer Gefühle an sich sog. Seltsamerweise fühlte sie sich ganz wohl damit. Ruhig und gelassen, wie sie es lange nicht gewesen war, und dabei instinktiv sicher, dass alles so seine Ordnung hatte und dass es … gut war.

Fast fühlte es sich an, als gehöre es so. Als gehöre er dazu – nicht nur zum Haus, das ja letztlich seines war, sondern zu ihrem kleinen Haushalt.

Er machte aber auch wirklich keine Umstände und schien ein Gewohnheitsmensch, der rasch in eine tägliche Routine gefunden hatte. Nachdem er mit ihnen gefrühstückt hatte – er war noch kein einziges Mal zu spät gekommen und schaffte es meist sogar vor den Kindern nach unten –, zog er sich in die Bibliothek zurück, wo er den ganzen Vormittag arbeitete. Wenn sie ihm gegen elf seinen Tee brachte, saß er meist über irgendwelche Zahlen gebeugt oder er las seine Zeitungen, die er sich aus London kommen ließ. In den letzten Tagen hatte er sich angewöhnt, am späten Vormittag noch eine halbe Stunde bei Homer vorbeizuschauen, der im Esszimmer über seinen Büchern saß, und beide tauchten meist erst dann wieder auf – in eine recht angeregte Diskussion vertieft –, wenn sie zum Mittagessen rief.

Nach dem Essen – er ließ es sich nicht nehmen, jedes Mal beim Abräumen zu helfen – ging er nach draußen, um entweder auszureiten oder seine lange Liste der Reparaturen am Haus abzuarbeiten. Wenngleich sie eine gewisse Arroganz darin sah, dass es ihn ganz offensichtlich nicht kümmerte, was andere von ihm dachten, fand sie seine Einstellung im Grunde doch sehr löblich und konnte sie vorbehaltlos gutheißen.

Auch an Homer ging das nicht spurlos vorüber. Seit Glendower im Haus war, schienen ihm beispielsweise das Ausmisten des Stalls und ähnliche leidige Pflichten, an die Rose ihn zuvor immer wieder hatte erinnern müssen, auf einmal völlig annehmbare Aufgaben, die eines Mannes würdig waren.

Pippin hatte, wie es ihre Art war, zunächst nur schweigend alles beobachtet. Nachmittags war sie oft mit ihrer Puppe unterm Arm hinter Glendower hergeschlichen, um ihm aus sicherer Entfernung bei seinen Arbeiten am Haus zuzuschauen. Rose hatte sie gewähren lassen, da sie annahm, dass er die Kleine ohnehin nicht beachten würde, und das keineswegs aus bösem Willen, sondern weil sie eben ein Mädchen war – aber weit gefehlt. Kein Tag verging mehr, an dem Pippin nicht irgendetwas Aufregendes zu erzählen hatte, was Thomas sie heute hatte machen lassen – sei es, dass sie ihm die Schachtel mit den Nägeln halten oder ihm den Hammer anreichen durfte, stets war sie stolz darauf, dass sie zu seinem Erfolg beigetragen hatte.

Wenn Rose ehrlich war, so überraschte sie das. Ebenso wie die Tatsache, dass sie es trotz der fatalen Anziehung, die sie noch immer wie ein Blitz traf, wenn sie sich zufällig berührten, beide schafften, recht unverfänglich und ohne größere Zwischenfälle miteinander umzugehen. Mittlerweile schwante ihr, dass er ebenfalls längst gemerkt hatte, was in ihr vorging. Zumindest war nie etwas zwischen ihnen vorgefallen, über das man nicht leicht hätte hinwegsehen können oder das man nicht wenigstens so behandeln konnte, als wäre es nie geschehen.

Was das anging, wusste sie selbst nicht recht, was sie davon halten sollte, aber alles in allem musste sie sich eingestehen, dass sie nach der ersten Woche, die er bei ihnen war, wider Erwarten ein Gefühl tiefer Zufriedenheit empfand.

Ganz sicher würde ihr auch kein Zacken aus der Krone brechen, wenn sie zugab, wie sehr es sie erleichterte und freute, dass sie alle vier so gut miteinander auskamen.

Am anderen Ende des Tisches zog Thomas ein ganz ähnliches Resümee. Auch er war zufrieden mit dem, was er in dieser einen Woche erreicht hatte. Seine Tage hatten in einen Rhythmus gefunden, bei dem sich das Verwalten seiner Finanzen mit geistig anregendem Unterricht und körperlicher Arbeit abwechselte, was ihm sehr entgegenkam. Nach Breage Manor zurückzukehren und trotz der unerwarteten

Situation dort zu bleiben, war genau das Richtige gewesen. Hier hatte er es ruhig und behaglich und konnte abwarten, bis das Schicksal sich bei ihm meldete und ihm seine Buße auftrug. Zwar regte sich in den Abgründen seiner Seele eine gewisse Ungeduld, da nicht abzusehen war, wann es damit so weit wäre, was er zu tun bekäme und was ihn danach erwartete, doch stellte er mit nicht geringer Verwunderung fest, dass die kleinen Zerstreuungen des Alltags – das Haus, die Kinder und nicht zu vergessen die betörende Mrs. Sheridan – ausreichend Gewicht zu haben schienen, jene Ungeduld zu unterdrücken.

Im Augenblick empfand er nichts weiter als eine tiefe, fast schläfrige Ruhe und die Gewissheit, dass er heute gute Arbeit geleistet hatte.

Pippin sprang auf, um reihum die leeren Suppenteller abzuräumen. Mrs. Sheridan verteilte flache Teller und stellte eine große Kasserole auf den Tisch.

Als sie sich wieder setzte, bedeutete sie ihm, sich zu bedienen. Es war einer dieser Momente, in denen er gern widersprochen hätte, aber er hatte sich damit abgefunden, dass sie lieber den Weg des geringsten Widerstands gehen wollte. Sein Instinkt und seine Erziehung beharrten zwar darauf, dass sie als Dame – ganz gleich welchen Ranges – zuerst bedient werden sollte, aber um den häuslichen Frieden zu wahren, nahm er sich zuerst und reichte den Löffel dann an Homer weiter.

Das Fleisch war köstlich. Er hatte nicht nur eine größere Liefermenge bestellt, sondern dafür Sorge getragen, dass ihnen gleich bessere Ware ins Haus kam. Mrs. Sheridan war das natürlich nicht entgangen, aber sie hatte sich jedes Kommentars enthalten und die Zubereitung einfach den neuen, besseren Zutaten angepasst.

Über den Tisch senkte sich ein behagliches Schweigen, in dem nur das Klappern des Bestecks zu hören war und

Pippins leise Bitte an Homer, ihr den Brotkorb zu reichen. Thomas konnte sich nicht helfen; er schaute kurz auf und ans andere Ende des Tischs, wo er dem Blick von Mrs. Sheridans schönen braunen Augen begegnete. Hatten sie etwa bereits auf ihm geruht?

Sie sahen sich den Bruchteil einer Sekunde zu lang an, einen Herzschlag länger als entschuldbar, dann senkten beide den Blick wieder auf ihre Teller.

Thomas widerstand dem Impuls, sich auf seinem Stuhl zurechtzusetzen. Ihr würde es auffallen und … nein. Das war der einzige Wermutstropfen seiner Tage hier – diese fatale Anziehung zwischen ihnen, die, uneingestanden und ungestillt, stetig wuchs bis ins Unermessliche. Ein solches Gefühl würde sich nicht von selbst legen, das wusste er. Nicht solange sie unter demselben Dach lebten und ständig in der Nähe des anderen waren.

Allerdings war es ihnen bislang erfolgreich gelungen, ein Überkochen ihrer Gefühle zu verhindern, sozusagen den Deckel auf dem Topf zu halten, in dem es stetig vor sich hin brodelte. Irgendwann wäre der Siedepunkt indes erreicht, und dann …

Bis es so weit wäre, hatte er hoffentlich den Ruf seines Schicksals erhalten, und damit hätte die Sache sich vermutlich von selbst erledigt.

Der Gedanke führte ihn zurück zu seinen drei Tischgefährten. Er schaute auf Homer, dann zu Pippin. Vermutlich würde er nur kurz in ihrem Leben sein, in ihrem und dem ihrer Mutter. Auch wenn er seine Entscheidung zuvor recht ausführlich abgewogen hatte, gelangte er doch mit jedem Tag mehr zu der Einsicht, dass es richtig gewesen war und er gut daran tat, die Zeit, die ihm auf Breage Manor blieb, mit den dreien zu verbringen und sie nach Kräften zu unterstützen.

Allem voran dadurch, dass er Homer unterrichtete – und Pippin auch, wenn er es recht bedachte. Ansonsten galt es, sein Leben so normal wie möglich zu führen, sich beschäftigt zu halten, wie es seinen Bedürfnissen entsprach, und dabei am besten nicht an das zu rühren, was zwischen ihm und ihrer Mutter gärte …

Als sein Teller leer war und er selbst angenehm satt, lehnte er sich mit einem zufriedenen Seufzer zurück und schaute ans andere Ende des Tischs. »Das war ein ganz vorzügliches Mahl, Mrs. Sheridan. Mein Kompliment an die Köchin.«

Da lachte sie, völlig unerwartet und sichtlich erfreut. Zwar gelang es Thomas, eine freundlich unverbindliche Miene zu wahren, doch in seinem Innersten wurde es auf einmal ganz still.

Jetzt strahlte sie die Kinder an, bezog sie ein in ihre Freude, aber als sie den Blick dann auf ihn richtete, neigte er höflich lächelnd den Kopf, damit sie nicht das plötzliche Verlangen in seinen Augen sah.

3. Kapitel

Tage vergingen, dann Wochen. Einen Monat nach seiner Ankunft in Breage Manor saß Thomas wie jeden Morgen in der Bibliothek, hatte mit der Arbeit aber noch nicht begonnen. Er hatte seinen Stuhl so gedreht, dass er mit dem Rücken zum Schreibtisch saß, auf dem sich Briefe, Zahlenblätter und Zeitungen stapelten, und schaute nachdenklich zum Fenster hinaus.

Noch spürte er tief in seiner Seele diese Ungeduld, doch meist überwog ein Gefühl der Ruhe, das er vermutlich den kleinen Freuden und Routinen verdankte, die jeder Tag bereithielt. Jeder Tag, den er hier verbrachte, im Kreise dieser kleinen Familie, die ihn so selbstverständlich aufgenommen hatte.

Manchmal kamen ihm Zweifel, ob er sich darüber wirklich so sehr freuen sollte. Ob es denn so einfach sein könnte, ihm so wenig Mühen abverlangen sollte.

Der Mann, der er einst gewesen war, hätte auf seine wachsende Ungeduld gehört, er hätte ihr nachgegeben und versucht, das Ganze irgendwie voranzutreiben. Der Mann, der er einst gewesen war, hätte nicht lange gefackelt und wäre losgezogen, um sich die Geschicke der Welt untertan zu machen, vielleicht gar das Schicksal nach seiner Pfeife tanzen zu lassen.

Doch als der, der er jetzt war, hatte Thomas einiges über Demut gelernt und sich mit der Erkenntnis versöhnt, dass die Welt sich nicht allein um ihn drehte. Auf der Liste der zu klärenden Angelegenheiten – unweigerlich stellte er sich vor, dass die Schicksalsgöttinnen, oder seinetwegen auch Gott, eine solche führten – dürfte seine eigene Bestimmung recht weit unten rangieren.

Wenn es an der Zeit wäre, würden sie – oder er – sich schon um Thomas kümmern.

Geduld. Auch dies war eine Tugend, so schien es, die er erst erlernen musste.

Vielleicht war das ja das Gebot der Stunde.

Er sann über diese Folgerung nach. In gewisser Weise schien das ein wenig selbstgerecht, doch sprach im Grunde nichts dagegen. Er musste den Ruf des Schicksals abwarten, und Breage Manor, dessen war er sich zunehmend gewiss, war der Ort, an dem er so lange seine Zeit verbringen und sich nützlich machen sollte. Indem er das Haus instand setzte, damit Mrs. Sheridan und die Kinder ein sicheres Dach über dem Kopf hätten, wenn er sie wieder verließ. Indem er Homer unterrichtete und auch Pippin half, ihren Horizont etwas zu erweitern.

Und indem er seine Arbeit als Thomas Glendower fortsetzte.

Eine vorläufige Entscheidung, mit der er sich gut abfinden konnte. Er drehte seinen Stuhl herum und nahm sich die Post vor. Danach schlug er eines seiner Wirtschaftsbücher auf und machte sich an die Arbeit, die immer wieder darin bestand, seine Gelder bestmöglich anzulegen und die Gewinne jenen zukommen zu lassen, die nicht für sich selbst sorgen konnten: die Schwachen, die Hilflosen, Menschen in Not.

Auch dies war eine Aufgabe, der er sich verschrieben hatte, um etwas wiedergutzumachen und die Sünden seines früheren Lebens zu tilgen. Wider Erwarten fand er darin Halt und Ruhe, ein Gefühl des Friedens, das frei war von Schuld.

Der Tag darauf ließ sich im Grunde genauso an wie der vorhergehende. Den Morgen verbrachte Thomas in der Bibliothek, wo er die Finanznachrichten der gestrigen Londoner Zeitungen analysierte und sich die Berichte durchlas, die er von Drayton oder aus anderer Quelle regelmäßig erhielt. Auf dieser Grundlage entschied er, welche Änderungen an den zahlreichen von ihm verwalteten Portfolios vorgenommen werden mussten, und bat Drayton in einem kurzen Schreiben, sich darum zu kümmern.

Aber die Uhren der Finanzwelt gingen recht langsam; an den meisten Tagen hatte er keine Briefe zu schreiben.

Heute war ein solcher Tag. Rundum zufrieden mit dem gegenwärtigen Zustand seiner diversen Fonds räumte er seine Unterlagen zusammen und lehnte sich in seinem Stuhl zurück. Nachdem er einen Moment vor sich auf den Schreibtisch geschaut hatte, drehte er seinen Stuhl und schaute mit ebenso leerem Blick aus dem Fenster.

Aus dem analytischen Korsett der Zahlenfuchserei befreit, suchte sein rastloser Verstand sich das nächste Rätsel, das er lösen konnte – naheliegenderweise seine Haushälterin und deren Kinder.

Mrs. Sheridan hatte so gar nichts gemein mit den üblichen Haushälterinnen, die man auf Landsitzen, Familiensitzen, ja selbst in Londoner Stadtresidenzen antraf. Sie hatte einen eisernen Willen, der immer wieder aufblitzte, und einen scharfen Verstand. Ganz offensichtlich scheute sie nicht vor direkten Worten zurück, was sich nur schwerlich mit ihrer Stellung als Dienstbotin vereinbaren ließ.

Rose. Pippin hatte einmal fallen lassen, dass dies ihr Name war. Sonst nannten die beiden Kinder sie immer Ma, was an sich schon ungewöhnlich war, denn in Anbetracht ihrer nur schlecht verschleierten vornehmen Herkunft hätte er »Mama« erwartet, aber nein. Und die Kinder selbst …

Weshalb lebte eine kleine Familie aus vermutlich gutem Hause in solchen Umständen? Weshalb hatte Rose, die ja ganz offensichtlich die treibende Kraft hinter alledem war, sich für dieses Leben entschieden?

Seltsam war auch die weitgehende Isolation, in der sie lebten. Beide Kinder waren in einem Alter, dass sie die Schule im Dorf hätten besuchen können, doch sie bekamen zu Hause von ihrer Mutter Unterricht. Weder Homer noch Pippin schienen zudem mit anderen Kindern Umgang zu haben, und, was er ausgesprochen aufschlussreich fand, keiner der beiden schien es anders zu kennen.

Zugegeben, Homer brauchte einen anspruchsvolleren, weit gefächerten Unterricht, wie nur eine Lateinschule oder ein guter Hauslehrer ihn bieten konnten, aber Pippin war noch in dem Alter, wo sie mit den anderen Kindern aus der Gegend in der Dorfschule gut aufgehoben wäre, auch wenn ihre Herkunft vermutlich alles andere als dörflich war.

Ein fernes Läuten riss ihn aus seinen Gedanken. Das war Roses ... Mrs. Sheridans Küchenglocke, die zum zweiten Frühstück rief. Wenn er sich nicht bald in der Küche einfand, würde sie ihm seinen Tee auf dem Tablett nach oben bringen.

Also griff er nach seinem Stock.

Er traf direkt nach Homer in der Küche ein. Der Junge kam gerade aus dem Speisezimmer, das er auf Thomas' Vorschlag hin jetzt täglich zum Lesen und Lernen benutzte.

Homer ließ sich auf seinen Stuhl fallen, seine Miene ungewohnt mürrisch und verschlossen, als er sich Brot und Butter nahm. Pippin saß bereits und futterte vergnügt ein dick mit Himbeermarmelade bestrichenes Brot.

Rose wandte sich um, in einer Hand die Teekanne und in der anderen den Milchkrug, und nickte Glendower kurz zu, als sie ihn in die Küche kommen sah. Sie stellte Tee und Milch auf den Tisch und räumte die Tasse und den Teller wieder vom Tablett, das sie schon bereitgestellt hatte. Dieser Tage wusste sie nie so genau, ob er sich zum zweiten Frühstück einfinden würde oder nicht.

Homer nahm den Krug und goss erst sich und dann seiner Schwester ein.

Da ihr natürlich auffiel, dass den Jungen etwas bedrückte, fragte sie ihn, als er die Milch wieder abgestellt hatte: »Bist du mit den Rechenaufgaben fertig geworden?«

Homer verzog gequält das Gesicht. »Ja, bin ich. Aber Arithmetik ist so schrecklich langweilig.«

Rose wollte schon etwas erwidern, aber da fing Thomas – nein, *Glendower*, ermahnte sie sich – ihren Blick auf. Sie hielt inne. Was hatte er wohl zu dem Thema zu sagen?

»Damit hast du nicht ganz unrecht«, meinte er zu dem Jungen, »aber Arithmetik, diese ganze langweilige Rechnerei, ist die Grundlage meiner Arbeit als Investor.«

Schon hatte er Homers ungeteilte Aufmerksamkeit.

»Ohne Arithmetik«, fuhr Glendower fort, »könnte ich niemals so viel Geld verdienen. Auch als Grundbesitzer braucht man Arithmetik, um Erträge und die Preise für die gutseigenen Erzeugnisse zu kalkulieren, damit man ein rentables Geschäft macht. Ohne Arithmetik wäre überhaupt kein Handel denkbar. Es gäbe keine Banken, keine Handelshäuser, keine Läden, keine Regierung. Ohne Arithmetik könnte man auch nichts bauen – keine Häuser, keine Eisenbahn, keine Schiffe, ja, nicht einmal Straßen, zumindest keine, die ihren Namen verdient hätten.« Er hielt den Blick des Jungen fest und schloss: »Wenn du etwas Vernünftiges mit deinem Leben anfangen willst, wirst du dich wohl oder übel den Herausforderungen der Arithmetik stellen müssen.«

Rose hätte ihn küssen können. Sie schaute Homer an – genau in dem Moment, als der schon die nächste Schnute zog.

»Aber Addition und Subtraktion kann ich längst und das Einmaleins kenne ich auch.« Homer sah Glendower fast flehentlich an. »Das kann aber doch nicht alles sein, oder?«

Glendower stutzte, dann schaute er über den Tisch zu Rose und wieder zurück zu Homer. »Nein, natürlich nicht. Als Nächstes kämen dann Multiplikation und Division und das Rechnen mit Summen, die viel größer sind als beim Einmaleins. Das Einmaleins zu kennen ist nur die Grundlage, auf der alles Weitere aufbaut. Man kann mit Zahlen noch einiges mehr anfangen, keine Sorge.«

Rose verließ ein wenig der Mut, als Homer und Glendower sie nun beide ansahen. Weiter reichten ihre Mathematikkenntnisse nicht, aber sie hatte gehofft, Homer zumindest noch ein paar Jahre anleiten zu können. Längst hatte der Junge sie überholt, zumindest in Arithmetik. Unter Glendowers aufmerksamem, um nicht zu sagen durchdringendem Blick wäre sie am liebsten im Erdboden versunken. Stattdessen erwiderte sie den Blick unerschrocken und versuchte, nachzudenken.

Als habe er genug gesehen und beginne langsam zu begreifen, lehnte Glendower sich in seinem Stuhl zurück. Den Blick noch immer auf sie gerichtet, meinte er: »Ich erwähnte ja bereits, dass ich auf eine Art Ruf warte und hier auf Breage Manor zu bleiben gedenke, bis er mich ereilt. Neben meiner Investitionstätigkeit und den Arbeiten am Haus bleibt mir da noch genügend Zeit.« Er schaute kurz zu Homer, der wie gebannt an seinen Lippen hing. »Vielleicht könnte ich ja, natürlich mit Ihrer Zustimmung, Mrs. Sheridan, Homer ein wenig bei seinen Studien behilflich sein?«

Thomas konnte sich noch gut an das Gefühl erinnern, als er die intellektuellen Kapazitäten seines Hauslehrers ausgereizt hatte und der arme Mann nichts mehr dazu hatte beitragen können, seinen Horizont zu erweitern oder seinen unersättlichen Wissensdurst zu stillen. Wie anders sein Leben wohl verlaufen wäre – wie viele Menschen noch am Leben sein könnten –, hätte sich zu diesem Zeitpunkt irgendjemand für ihn interessiert, sich seiner angenommen und ihn angeleitet? So hatte er selber zusehen müssen, wo er blieb, hatte sich seinen eigenen Weg gesucht. Letztlich hatte sich gezeigt, dass das weder für ihn noch für seine Mitmenschen zum Vorteil gewesen war.

Und nun war Homer, der Thomas in mancher Hinsicht an sich selbst in jungen Jahren erinnerte, an eben diesem Punkt angelangt – und das noch weitaus früher, da ihm nicht einmal ein Hauslehrer zur Verfügung stand. Thomas hingegen hatte Zeit und durchaus die Fähigkeiten, um die Entwicklung des Jungen in geordnete Bahnen zu lenken.

Er schaute den Tisch hinauf zu seiner Haushälterin. Seine Miene so freundlich und unverbindlich wie möglich, hob er fragend eine Braue.

Sie nahm sein Angebot nicht sogleich an – dabei hätte es auf einen Streich das Problem gelöst, von dem er wusste, dass sie es längst erkannt hatte. Stattdessen war ihr Blick fragend, prüfend auf ihn gerichtet. Er meinte ihren inneren Widerstreit förmlich zu hören.

Auf gar keinen Fall wollte sie in seiner Schuld stehen. Andererseits rangierte Homers Wohl für sie ganz weit oben, auf jeden Fall über ihren eigenen Befindlichkeiten. Dafür würde sie auch Opfer bringen – wie sie es ganz gewiss schon früher getan hatte.

Einen Moment später breitete Thomas die Hände aus. »Ganz ohne Bedingungen.« Er schaute kurz zu Homer, und um den Jungen von dieser Bemerkung abzulenken, fügte er hinzu: »Nicht bloß in Arithmetik, sondern in allen anderen Fächern auch. Vorausgesetzt, du versprichst, dich auch ordentlich anzustrengen.«

Mit großen Augen sah der Junge ihn an, und seine Miene ließ erkennen, dass er kaum zu hoffen wagte. Doch dann nickte er und schaute gemeinsam mit Thomas wieder hinüber zu Rose.

Die erwiderte Thomas' Blick einen Moment und gab sich dann noch immer recht verhalten. »Sind Sie denn sicher, dass Sie die Zeit erübrigen können?«

Thomas lächelte zuversichtlich. »Bin ich.« Er schaute zu Homer, der schnell seine Milch austrank; zwei Marmeladenbrote hatte er bereits verputzt. Als Homer den Becher abstellte, fragte Thomas: »Bereit für eine neue Runde Arithmetik – diesmal etwas anspruchsvoller und nicht ganz so langweilig?«

»Ja!«, rief der Junge strahlend und schob seinen Stuhl zurück.

Mit einem kurzen Nicken in Richtung Rose stand auch Thomas auf und folgte dem völlig aufgekratzten Jungen zurück zum Speisezimmer.

Dort ließ er sich von Homer die letzten Aufgaben zeigen, die Rose ihm gestellt hatte – sehr einfache und in der Tat langweilige Grundübungen. Dann stellte er eine Folge von Übungen zusammen, deren Schwierigkeitsgrad sich stetig steigerte, sodass Homer Schritt für Schritt mit anspruchsvolleren mathematischen Berechnungen vertraut gemacht wurde.

Während Homer sich an den ersten Aufgaben versuchte, ging Thomas im Geiste die anderen Fächer durch, die er in seinem Alter gehabt hatte. Da fiel ihm ein Buch ein, das damals sein Interesse an Geografie geweckt hatte, und er ging hinüber in die Bibliothek. Er fand das Gesuchte, wenn auch etwas versteckt in der untersten Regalreihe, und nahm es mit ins Speisezimmer.

Homer saß noch immer an seinen Aufgaben, die ihn sicher die nächste Stunde beschäftigen dürften.

Thomas legte das Buch auf den Tisch. Als Homer aufschaute, deutete Thomas auf den Band. »Als ich in deinem Alter war, habe ich das gelesen – eine Abenteuergeschichte, die in Afrika spielt. Du kannst es ruhig mit auf dein Zimmer nehmen oder meinetwegen auch nach draußen. Es ist kein Schulbuch im eigentlichen Sinne, sondern ein Buch, nach dessen Lektüre du noch mehr dazu erfahren willst.«

Der Junge grinste und zog sich das Buch heran. Er las den Titel und schaute dann fragend zu Thomas auf. »Haben Sie auch zu Hause gelernt, so wie hier, oder sind Sie zur Schule gegangen?«

»Sowohl als auch. Meine Eltern sind gestorben, als ich sechs Jahre alt war. Danach habe ich bei meinem Vormund gewohnt. In deinem Alter hatte ich Hauslehrer, aber bald schon wurde ich nach Harrow geschickt und später dann nach Oxford.«

Homers Augen waren immer größer geworden. »Dann sind Sie auch Waise?«

Thomas stutzte, dann versuchte er es zu erklären. »Ich war Waise, ja, weil ich beide Elternteile verloren habe: Meine Mutter und mein Vater sind beide gestorben. Du hast ja immerhin noch deine Mutter, womit du eine Halbwaise wärest.«

Homer sah ihn einen Augenblick völlig entgeistert an, dann blinzelte er und nickte mit abwesendem Blick, ehe er sich wieder über seine Aufgabe beugte. »Stimmt. Ich habe immerhin noch Ro– Ma.«

Thomas sah, wie er die Lippen fest zusammenpresste – vermutlich war der Junge sehr klug beraten damit.

Während er nachdenklich auf Homer hinabblickte, ließ er sich dessen Worte noch einmal durch den Kopf gehen.

Kinder waren meist keine versierten Lügner.

Am nächsten Nachmittag schwang Thomas sich die Axt über die Schulter und machte sich auf den Weg zur Obstwiese, die, von flachen Bruchsteinmauern eingefasst, längs des hinteren Gartens lag, gegenüber den Stallungen.

Seinen Stock trug er noch immer bei sich, doch war er ihm mittlerweile mehr Gewohnheit denn Notwendigkeit, und als er hinter dem Haus über den Rasen lief, machte er kaum von ihm Gebrauch. Der Sommer rückte nun unaufhaltsam näher, und das wärmere Wetter half, den Schmerz in seinen Knochen zu lindern. Da er sich seit seiner Rückkehr nach Breage Manor jeden Tag körperlich betätigt hatte, wurde er zudem von Woche zu Woche kräftiger, seine Bewegungen geschmeidiger.

Durch eine Lücke in der Mauer gelangte man auf die Wiese, und Thomas blieb einen Moment stehen, um sich umzusehen. Acht Bäume waren es, allesamt schon alt, aber gut gepflegt, und die Knospen, die an den zurückgeschnittenen Ästen austrieben, ließen vermuten, dass sieben der Bäume sich bester Gesundheit erfreuten und im Spätsommer reiche Früchte tragen würden. Thomas erinnerte sich noch, wie sehr Gatting diese Bäume am Herzen gelegen hatten. Wie es aussah, hatte Mrs. Sheridan die Arbeit des alten Mannes fortgeführt, und das durchaus mit Erfolg.

Doch der Apfelbaum, der als vorletzter in der rechten Reihe stand, war vom Feuerbrand befallen.

Mit der Axt auf der Schulter ging Thomas los, um sich ans Werk zu machen, vorbei an zwei prächtigen Pflaumenbäumen sowie einer Kirsche, zwei Birnbäumen und einer Walnuss in der gegenüberliegenden Reihe.

Während seiner Jahre in der Priorei hatte er so viel Zeit wie möglich draußen verbracht, meist in einem der Gärten des Klosters: dem Heilpflanzen-, dem Küchen- oder eben dem Obstgarten. Er hatte viel gelernt in diesen Jahren, so auch, woran man die verschiedenen Baumkrankheiten erkannte und wie man sie am besten behandelte.

Als er nun vor dem Apfelbaum stehen blieb, sah er, dass bereits ganze Äste von den dunklen brandigen Stellen befallen waren.

Mit einem stummen Seufzer ließ Thomas seinen Stock ins Gras fallen und hob die Axt von der Schulter. Er ging um den Baum herum und duckte sich dann unter einem der tieferen Äste hindurch zu der Stelle, wo er die Axt am besten an den Stamm setzen konnte. Beide Füße fest in den Boden gestemmt, holte er aus …

»Nein!«

Langsam ließ er die Axt wieder sinken und schaute hinüber zum Haus, von wo der Schrei gekommen war.

Pippin kam mit fliegenden Zöpfen und flatternder Schürze durch den Garten gerannt. »Nein!«, schrie sie erneut. »Das ist mein Baum, Thomas – den darfst du nicht fällen!«

Sie klang völlig außer sich. Thomas stützte den Axtkopf auf den Boden und richtete sich auf. Das Mädchen musste ihn vom Fenster ihres Zimmers aus gesehen haben.

Pippin stürmte durch das hohe Gras und blieb genau dort stehen, wo sein Stock auf dem Boden lag. Mit flehender Miene sah sie ihn an, die großen braunen Augen dabei fest auf ihn gerichtet. »Bitte, Thomas, den darfst du nicht fällen, das ist mein Namensbaum! Von ihm habe ich meinen Namen.«

Thomas hörte es mit einer gewissen Verwunderung, auch wenn ihn mittlerweile nichts mehr wundern sollte. Schließlich meinte er: »Ich dachte immer, Pippin wäre eine Abkürzung für Philippa …«

Pippin schüttelte heftig den Kopf. »Nein, ist es nicht. Als ich mir einen Namen aussuchen sollte, habe ich Pippin genommen, weil ich die von allen Äpfeln am liebsten mag.« Sie deutete auf den Baum. »Und deshalb ist das mein Baum.«

»Ah ja.« Wie hieß sie denn dann richtig? Und warum hatte sie sich einen neuen Namen aussuchen müssen? Thomas betrachtete sie noch einen Moment, dann sah er sich wieder den Baum an, in dessen Fall die radikalste wohl die beste Behandlung sein dürfte. Er wandte sich wieder an Pippin. »Aber er ist krank, das siehst du doch, oder?«

Pippin nickte mit ernster Miene. Langsam kam sie näher und strich über einen der verdorrten Zweige. »Ihm geht's nicht so gut, nicht wahr?«

»Nein, ihm geht es gar nicht gut.« Thomas duckte sich unter dem Ast hindurch, um sich neben sie zu stellen. »Und wenn wir jetzt nichts unternehmen, wird es ihm nur immer schlechter gehen und irgendwann stirbt er dann ganz ab – vermutlich noch vor Ende des Jahres.«

Pippin schaute ihn an, und einmal mehr dachte er, wie ähnlich ihre braunen Augen denen von Rose waren, zumal jetzt, als sie seinem Blick sanft, doch beharrlich begegneten. »Aber deshalb müssen wir ihn nicht gleich fällen, oder? Können wir ihn denn nicht wieder gesund machen?«

Thomas erwiderte ihren Blick, dann tat er einen stillen Seufzer und nahm sich wieder den Baum vor, besah sich das Ausmaß des Schadens und wie weit sich der Brand schon in die Pflanze gefressen hatte. Vielleicht bestünde noch eine, wenn auch geringe Chance, den Baum zu retten, wenn man ihn ganz radikal zurückschnitt. Was wäre besser – es zu versuchen und Pippin damit möglicherweise falsche Hoffnungen zu machen, oder ihr klipp und klar zu erklären, dass der Baum krank war und gefällt werden musste?

Er schaute sich um. »Die anderen Bäume sehen alle gesund aus, weshalb diese Krankheit wohl nur Apfelbäume befällt. Das ist die gute Nachricht.« Wieder nahm er den Baum ins Visier und spürte Pippins Blick auf sich, die Hoffnung in ihren Augen und ihre unerschütterliche Überzeugung, dass er ganz sicher eine Lösung finden würde.

»Wenn wir«, begann er und sah sie ernst an, »alle kranken Äste abschneiden, und zwar wirklich alle, die auch nur Anzeichen von Brand zeigen, sie dort hinten auf die Wiese tragen und verbrennen, damit sie den Baum nicht erneut anstecken, dann könnten, und ich sage wirklich bloß *könnten*, wir deinen Baum vielleicht retten.«

Ihre kleine Hand griff nach seiner und drückte sie fest. »Können wir das dann so machen? Bitte.«

Wir. Eigentlich hatte er das schnell allein erledigen wollen, aber dann begriff er, wie viel mehr es ihr bedeuten würde, wenn sie den Baum retteten und sie daran teilgehabt hatte. Sollte es doch noch zum Äußersten kommen, so konnte sie sich immerhin sagen, dass sie ihr Möglichstes versucht hatte. »Also gut.«

Pippin klatschte in die Hände und jauchzte.

Bei diesem Überschwang musste Thomas sich ein Grinsen verkneifen. Wie lang ihre Begeisterung angesichts der vor ihnen liegenden Arbeit wohl vorhalten würde? Mit dem Kopf deutete er zum Stallgebäude. »Dann komm. Bringen wir die Axt zurück und holen uns stattdessen die Säge und ein paar Astscheren.«

Und wie sie so neben ihm einher hüpfte, musste er dann doch lächeln.

Nachdem er die Axt zurück an ihren Platz gestellt hatte, suchte er alle Werkzeuge zusammen, die sie brauchen würden, und legte sich eine alte, farbbekleckste Plane über den Arm. Er ließ Pippin die kleinere der Astscheren tragen, bündelte den Rest in die Plane zusammen und warf sich das Ganze wie einen Sack über die Schulter. So kehrten sie in den Obstgarten zurück.

Dort breitete er alles hinter dem Apfelbaum aus, wo die Wiese sich leicht abschüssig bis zur Bruchsteinmauer erstreckte, nahm die beiden Sägen und die große Astschere und meinte: »So. Am besten gehen wir wie folgt vor …«

Er erklärte ihr, dass er die kranken Äste jetzt Stück für Stück zurückschneiden und ihr anreichen würde. Ihre Aufgäbe bestünde darin, jeglichen Baumschnitt sicher auf die Plane zu befördern. »Dabei ist es ganz wichtig, dass alles auf einem großen Stapel in der Mitte landet und nicht mit dem Gras in der Nähe des Baums in Berührung kommt. Wenn wir den Baum von allen kranken Teilen befreit haben, ziehen wir die Plane dort hinten in die äußerste Ecke des Gartens und verbrennen das verdorbene Holz.«

Eifrig nickte Pippin. Er griff zur Schere, doch gerade als er sich den ersten Ast vornehmen wollte, schlüpfte sie an ihm vorbei, hockte sich an den Baumstamm und legte die Hand an die glatte Rinde. »Ich verspreche dir, dass wir alles versuchen werden, damit du wieder gesund wirst und weiter wachsen kannst und leckere Äpfel für uns trägst.«

Sie tätschelte den Baum, als wollte sie ihm Mut zusprechen, dann sprang sie auf und stellte sich neben Thomas. »Jetzt können wir anfangen.«

Mit einem ernsten Nicken gab Thomas sein Einverständnis und schnitt den ersten Ast zurück.

Schnell fanden sie in einen Rhythmus und arbeiteten sich stetig um den Baum herum, wobei sie mit jedem Durchgang tiefer in das Astwerk vordrangen. Thomas verlor jedes Zeitgefühl, doch als er die Krone schließlich auf die Hälfte ihres ursprünglichen Umfangs zurückgeschnitten hatte, waren mit bloßem Auge keine Anzeichen des Feuerbrands mehr zu erkennen.

Er trat einen Schritt zurück und besah sich den Baum noch mal von allen Seiten, um ganz sicher zu sein. Pippin trat neben ihn. »Siehst du noch irgendwelche brandigen Stellen?«, fragte er sie. Sicher waren ihre Augen noch etwas schärfer als seine.

Es war ihr hoch anzurechnen, dass sie nicht sofort antwortete, sondern den Baum ganz genau absuchte. Schließlich jedoch tat sie einen Seufzer tiefer Zufriedenheit. »Nein, ich glaube, wir haben alles erwischt.«

Thomas nickte. »Gut. Dann zu unserer nächsten Aufgabe: Jetzt müssen wir das schadhafte Holz vollständig beseitigen.«

»Brennen soll es!«, sang Pippin vergnügt.

Aus ihrer kindlichen Begeisterung schloss er, dass sie einem kleinen Freudenfeuer genauso wenig abgeneigt war wie die meisten ihrer Altersgenossen, was ihn irgendwie beruhigte. Grinsend bückte er sich nach dem den Bäumen abgewandten Rand der Plane. »Nein«, sagte er, als Pippin sofort herbeisprang, um ihm zu helfen. »Du gehst auf die andere Seite und hebst die Plane dort an. Auf diese Weise verhindern wir, dass, wenn ich gleich alles den Hang hinunterziehe, etwas von dem Tuch auf die Wiese fällt.«

Ihrer Vorfreude schien das keinen Abbruch zu tun. »Ja, hab ich verstanden.«

Zusammen zogen sie die Plane hinunter in die äußerste Ecke des Obstgartens, wo genügend freie Fläche für ein Feuer war. Thomas kam herüber zu Pippin, und dann hoben sie, unter viel Gelächter von ihr und stillvergnügten Lächelns von ihm, alle beide die Plane hoch, sodass alles Holz herunterfiel und sie das Tuch darunter wegziehen konnten.

Thomas sah sich den doch recht verstreuten Haufen an und meinte: »Lass uns das mal alles aufstapeln, wie bei einem richtigen Lagerfeuer. Dann holen wir erst noch unsere Werkzeuge und bringen sie in den Schuppen zurück, und danach machen wir ein schönes Feuer.«

»Ja!«, rief Pippin und fing an, kleine Zweige und Blätter aufzusammeln und auf die größeren Aststücke zu legen.

Thomas packte schnell mit an, um dem Ganzen den nötigen Halt zu geben, dann ließ er Pippin weiter herumtoben und ihren Spaß haben.

Ihr Frohsinn war wirklich ansteckend.

Als sie einen ordentlichen Scheiterhaufen errichtet hatten, brachten sie, wie er es gesagt hatte, erst noch das Werkzeug zurück in den Stall. Auf dem Weg holten sie sich ein paar Kienspäne aus der Holzkiste und kehrten damit in den Obstgarten zurück.

Da es die letzte Zeit wenig geregnet hatte und die abgeschnittenen Äste um diese Jahreszeit noch nicht in vollem Saft standen, fing der Stoß schnell Feuer.

Sowie die Flammen an den ersten Zweigen züngelten und sich dann mit einem leisen Prasseln in das aufgeschichtete Holz fraßen, trat Thomas zurück, vergewisserte sich, dass auch Pippin genügend Abstand hielt, und beobachtete das Ganze aus sicherer Entfernung.

Stück für Stück breiteten die gierigen Flammen sich aus, bis schließlich der ganze Stoß hell aufloderte.

Pippin war immer weiter zurückgewichen, bis sie schließlich neben Thomas stand.

Ohne jede Vorwarnung schob sie ihre kleine Hand in seine.

Noch während er verwundert hinabschaute, schlossen seine Finger sich instinktiv um ihre. Nicht zu fest, nur so, dass er ihre Hand hielt, die Geste erwiderte.

Pippin lehnte sich seufzend an ihn und kuschelte ihren Kopf an seine Jacke.

Plötzlich wurde etwas in ihm ganz still.

Dieses unschuldige, bedingungslose Vertrauen … Es warf ihn schier um.

Etwas verunsichert holte er Luft, dann hob er den Blick wieder und schaute weiter ins Feuer.

Eine Minute später ertönte eine fragende Stimme hinter ihm: »Was verbrennen Sie denn da?«

Er drehte sich um und sah seine Haushälterin – Pippins Mutter – durch den Garten kommen. Wobei … Er war sich längst nicht mehr sicher, wie genau die beiden eigentlich zueinander standen.

Pippin drehte sich kaum um, richtete sich aber auf und begann an seiner Seite auf und ab zu hüpfen. »Thomas und ich verbrennen die ganzen kranken Äste von meinem Baum.« Pippin zeigte zu dem arg gestutzten Apfelbaum. »Schau! Wir mussten so lang alles abschneiden, bis die schlechten Stellen alle weg waren, und jetzt«, mit einer großen Geste deutete sie auf das Feuer, »verbrennen wir es, damit mein Baum wieder gesund werden kann und sich nicht noch mal ansteckt.«

Sie schaute kurz zu ihm auf, strahlte übers ganze Gesicht und schaute dann wieder konzentriert auf das Feuer, um auch ja keinen Moment zu verpassen.

Ihre Mutter stellte sich neben sie und suchte über Pippins Kopf hinweg seinen Blick.

Sie betrachtete ihn schweigend, dann neigte sie den Kopf, doch die Dankbarkeit in ihren Augen war nicht zu übersehen.

Sanfte braune Augen, die denen Pippins so ähnlich waren, aber … Langsam kamen ihm wirklich Zweifel.

Rose stand still neben Pippin und schaute zu, wie der Haufen aus Apfelbaumästen zügig niederbrannte.

Es rührte sie, und sie war Thomas – Glendower – wirklich dankbar, dass er sich die Zeit genommen hatte, auf die Wünsche eines kleinen Mädchens Rücksicht zu nehmen. Dass er Verständnis gezeigt hatte für ihre kindlichen Gefühle und seine Pläne ihr zuliebe geändert hatte. Vorhin hatte Rose ihn mit der Axt durch den hinteren Garten gehen sehen, hatte sich dann aber ins Wohnzimmer im vorderen Teil des Hauses begeben und sich nichts weiter dabei gedacht. Kurz darauf hatte sie Pippin hinausrennen hören, aber nicht gewusst, wohin sie wollte.

Ihr war ebenfalls nicht klar gewesen, dass er es auf den alten Apfelbaum abgesehen hatte.

Ein leichter Wind kam auf und wehte den Rauch in ihre Richtung. Sie würde ihm gern danken, wusste aber nicht wie.

Er deutete auf das Feuer. »Jetzt ist es so weit heruntergebrannt, dass wir es ruhig unbeaufsichtigt lassen können.« Dann sah er Rose an. »Gehen wir zurück ins Haus. Es müsste langsam Zeit für unseren Tee sein, oder?«

Sie lächelte, dann fasste sie sich ein Herz und nickte. »Allerdings, ja – und danke, Thomas.« Bevor einer von ihnen sich darüber Gedanken machen konnte, dass sie ihn beim Vornamen genannt hatte, wandte sie sich rasch an Pippin. »Es gibt frische Scones mit Sahne und Brombeermarmelade zum Tee. Nach dieser Arbeit müsst ihr beide einen Bärenhunger haben.«

Pippin jubelte. Aber statt schnurstracks zum Haus zu laufen, wie Rose es erwartet hätte, flitzte Pippin den Hang zu den Bäumen hinauf, hob Thomas' Gehstock aus dem Gras auf und kam damit zurückgesprungen. »Komm, Thomas.« Sie wartete, bis er den Stock genommen hatte, dann griff sie nach seiner freien Hand. Mit der anderen schnappte sie sich Rose und zog sie beide die leichte Böschung zum Haus hinauf. »Ich bin so hungrig wie mindestens zwei Bären!«

Rose schaute etwas verdutzt zu Thomas. Ihr Dienstherr, der ihr immer neue Rätsel aufgab. Schweigend folgte sie ihm und Pippin zum Haus, während sie ihn nachdenklich betrachtete.

Curtis, seines Zeichens kein Geringerer als Eigentümer von Londons unbestritten renommiertester Ermittlungsagentur, trat hinter seinen Schreibtisch, zog den Stuhl hervor und sah sich seinen Klienten noch einmal an, ehe er sich setzte.

»Und?«, drängte ihn Richard Percival. »Sie schrieben, dass Sie Neuigkeiten hätten.«

Elegant gekleidet, die noblen Züge in eine Maske höflicher Langeweile gelegt – die langsam, wenn auch kaum merklich, zu bröckeln begann –, das dunkle Haar modisch frisiert, sodass es wie vom Wind zerzaust wirkte und eine ungezähmte Locke, die ihm in die Stirn fiel, so wirkte Percival auf den ersten Blick wie der Inbegriff des vornehmen Wüstlings, für den die bessere Gesellschaft ihn hielt. Curtis hingegen wusste, dass Percival ein Besessener war, wusste, wie weit Percival gegangen war – und was er es sich hatte kosten lassen –, um seine vermissten Verwandten ausfindig zu machen. Er kannte den Mann schon seit vielen Jahren.

Curtis kannte auch den Grund für seine Besessenheit, und so überraschten ihn weder das Drängen noch die Hoffnung, die aus dem knappen Ton des Mannes sprachen. »Wir glauben, dass sie in Cornwall sind.«

»Cornwall?« Percival runzelte die Stirn. »Warum zum Teufel sollte sie mit ihnen bis nach Cornwall?«

»Hat sie keine Verbindungen dorthin? Entfernte Verwandte, alte Freunde, ein ehemaliges Kindermädchen – nichts in der Art?«

Richard Percival überlegte, dann schüttelte er langsam den Kopf. »Nicht dass ich wüsste. Und ganz ehrlich, es würde mich überraschen, schließlich ist sie in Leicestershire geboren und aufgewachsen.«

Curtis zögerte einen Moment, ehe er einwandte: »Cornwall ist tatsächlich weitestmöglich von Lincolnshire entfernt. Könnte es nicht sein, dass sie, nachdem sie Seddington

Grange verlassen hat, so viel Abstand wie nur möglich gewinnen wollte und dann einfach dort geblieben ist?«

Richard Percival verzog das Gesicht. Schließlich sah er Curtis wieder an. »Sie sagten, Sie *glauben*, dass sie in Cornwall sind – gibt es dafür irgendwelche Anhaltspunkte?«

»Eine Frau, auf die ihre Beschreibung zutrifft, wurde mit zwei Kindern in Exeter gesehen, aber das ist schon ein paar Jahre her. Wie lang genau, lässt sich jetzt nicht mehr mit Sicherheit sagen. Indes sind wir uns recht sicher, dass sie es war – mein Mann vor Ort versteht sein Geschäft. Seitdem wurden sie nicht mehr gesehen. Ob sie jetzt noch dort sind …« Curtis zuckte mit den Schultern. »Wenn die Spur erst mal kalt geworden ist, lässt sich so etwas nur schwer sagen.«

Ärger und Frustration brachen hinter Richard Percivals kühler Maske hervor. »Verdammt! Es muss doch möglich sein, die Sache entschlossener und mit deutlich mehr Nachdruck zu verfolgen!«

Ungerührt von diesem untypischen Gefühlsausbruch betrachtete Curtis seinen Klienten schweigend, verschränkte dann die Hände vor sich und fragte ruhig: »Ihre Anweisungen lauteten, dass wir mit absoluter Diskretion vorgehen und keinen Staub aufwirbeln sollen.« Curtis blickte direkt in Percivals tiefblaue Augen. »Gilt das weiterhin?« Er ließ einen Moment verstreichen, ehe er nachsetzte: »Denn wenn nicht, kann ich natürlich mit deutlich mehr Nachdruck ermitteln. Ich könnte landauf, landab Leute ausschicken, die drei praktisch zur Fahndung ausrufen. Wenn es das ist, was Sie wollen.«

Richard Percival atmete laut aus. »Nein. Nein, das will ich nicht. Auf gar keinen Fall.« Nachdem er sich kurz gesammelt hatte, meinte er: »Solange ich nicht weiß, aus welchem Grund sie damals mit den Kindern geflohen ist … Ich will sie einfach bloß in Sicherheit wissen und von ihr selbst erfahren, warum …« Mit ernstem Blick starrte er auf einen Punkt vor sich auf der Tischplatte. »Wenn irgend möglich, möchte ich, dass nichts davon an die Öffentlichkeit gelangt.«

Curtis nickte. »Gut. Ich schicke morgen trotzdem ein paar zusätzliche Männer. Wir werden sehr diskret vorgehen, aber letzter Stand der Dinge ist, dass sie von Exeter weiter Richtung Westen gezogen sind. Nach Cornwall.«

Schweigend blieb Richard Percival einen Moment sitzen, dann erhob er sich und nickte knapp. »Gut, schicken Sie Ihre Leute los – und halten Sie mich über alles auf dem Laufenden.« Damit drehte er sich um und ging zur Tür.

Curtis schaute ihm hinterher. Selbst nachdem die Tür wieder geschlossen war, saß er noch eine Weile so da, bevor er seufzend den Kopf schüttelte und sich wieder an die Arbeit machte.

4. Kapitel

So gingen die Tage ins Land, und da das Schicksal noch immer keine Anstalten machte, sich bei ihm zu melden, fand Thomas sich ständig auf der Suche nach Beschäftigung, um Körper und Geist beschäftigt zu halten.

Die Gattings kamen ihm wieder in den Sinn, die ihm, seit er das Haus 1816 erworben hatte, seine unregelmäßigen Aufenthalte auf Breage Manor stets sehr ruhig und angenehm gestaltet, ja ihm fast ein Gefühl der Heimkehr bereitet hatten, und er beschloss, ihnen einen Besuch abzustatten und sich für all die Jahre vorbildlicher Arbeit zu bedanken.

Am nächsten Morgen, als sie alle zusammen beim Frühstück saßen, fragte er Rose – sie waren beide inzwischen dazu übergegangen, sich beim Vornamen anzusprechen –, ob sie wusste, wo das alte Ehepaar jetzt lebte.

»Unten in Porthleven, in einem kleinen Fischerhaus in der Shute Lane, gleich hinter dem Hafen, bevor es im Osten den Hang hinaufgeht. Sie wohnen in Hausnummer vier.«

Er versuchte sich das kleine Küstenstädtchen in Erinnerung zu rufen. Viel dürfte sich dort nicht geändert haben. »Wenn ich die Zeitungen durchgesehen habe, wollte ich ohnehin in die Richtung reiten. Ich würde den beiden gern einen Besuch abstatten und mich für ihre treuen Dienste bedanken.«

Mit einer Miene, aus der angenehme Überraschung sprach, setzte Rose ihre Tasse ab. »Oh ja, die beiden werden sich gewiss freuen, Sie wiederzusehen …« Dann stockte sie kurz und zuckte leicht die Achseln. »Dann wissen sie wenigstens, dass Sie überhaupt noch leben.«

Plötzlich war ihr bewusst geworden, dass die Gattings sich natürlich so an ihn erinnern würden, wie er früher gewesen war. Das musste auch ihm klar sein, denn er lächelte trocken und meinte: »Dass ich wenigstens noch lebe, genau.«

Rose errötete ein wenig und griff nach der Teekanne. »Nun, Sie sind ja nicht im eigentlichen Sinne versehrt. Welcher Art Ihr Unfall auch gewesen sein mag, Sie haben überlebt und versuchen jeden Tag, das Beste aus Ihrem Leben zu machen. Wenn ich ehrlich bin, merkt man es Ihnen kaum noch an.«

Aufmerksam betrachtete Thomas sie. Er wusste gar nicht, was ihn am meisten verwundern sollte – dass sie blind zu sein schien für seinen noch immer lahmenden Gang und für die Narben, die seine linke Gesichtshälfte entstellten, oder ihre Behauptung, dass er etwas aus seinem Leben machte.

Seiner eigenen Einschätzung nach verharrte er untätig auf der Stelle – kein Leben, sondern ein Existieren von einem Tag zum nächsten, ein beständiges Warten darauf, dass seine wahre Bestimmung sich ihm offenbarte und er die Sünden der Vergangenheit begleichen konnte.

Wer von ihnen hatte nun recht – er oder sie?

Oder konnte es sein, dass sie beide recht hatten?

Eine müßige Frage, von der er sich abzulenken versuchte. Thomas räusperte sich. »Ich hatte mir überlegt, ob Homer nicht mitkommen will. Ein kleiner Tagesausflug.« Ihm war aufgefallen, dass den Jungen der Hafer zu stechen begann; ein bisschen körperliche Betätigung würde ihm guttun.

Ruckartig hob Homer den Kopf, und ein Strahlen breitete sich über sein Gesicht aus. Er richtete seine blauen Augen auf Rose. »Oh, bitte! Ich erledige später auch noch meine Aufgaben, versprochen.«

Rose zögerte. Dabei war sie nicht gefeit gegen die flehentliche Bitte in Homers Augen; sie konnte seinen Wunsch gut verstehen – wenn sie ihn nicht gar teilte –, ab und an über die engen Grenzen des Anwesens hinauszukommen. Auch wusste sie, dass Jungen seines Alters mehr draußen, mehr unterwegs sein sollten, aber sie konnte das Risiko einfach nicht eingehen, mit ihm zusammen gesehen zu werden. Sie beide wären noch viel leichter zu erkennen als jeder für sich allein. Andererseits konnte sie ihn auch nicht allein losziehen lassen …

»Einverstanden.« Bei Thomas wäre Homer in Sicherheit, davon war sie zutiefst überzeugt. Wenn sie Thomas erlaubte, Homer mit auf einen kleinen Tagesausflug zu nehmen, war das die perfekte Lösung all ihrer diesbezüglichen Probleme. Denn wenn man die beiden zusammen sah, würde jeder sie allein aufgrund der unbefangenen Art, wie sie miteinander umgingen, für Vater und Sohn halten.

Ein weiteres Ablenkungsmanöver, das für ihre Sicherheit und die der Kinder sorgen würde.

Homer jubelte.

Rose schaute zu Pippin, die sichtlich zu schmollen begann, und wandte sich dann an Homer: »Sieh deinen Ausflug mit Thomas einfach als Belohnung dafür, dass du so fleißig gelernt hast die letzten Wochen. Und dein Geburtstag ist ja auch bald.«

Homer grinste bloß, stopfte sich den Rest Toast in den Mund, leerte seine Tasse und stand auf. »Ich kümmere mich dann mal schnell um die Kuh und den Stall.« Fragend schaute er zu Thomas. »Wann brechen wir auf?«

»Sagen wir, in einer Stunde?« Thomas wandte sich an Rose. »Wir essen unterwegs zu Mittag und sind nachmittags zum Tee wieder zurück.«

Sie nickte knapp und stellte mit einem Blick auf Pippin erleichtert fest, dass die Kleine schon versöhnlicher gestimmt schien. Die Erwähnung von Homers Geburtstag hatte wohl den Ausschlag gegeben.

Homer flitzte zur Hintertür und verschwand nach draußen.

Thomas schob seinen Stuhl zurück, blieb aber noch einen Moment sitzen. Rose sah ihn an und merkte, dass ihm ihr Blick auf Pippin nicht entgangen war. »Pippin«, meinte er nun, »du wolltest mir doch das Kleid zeigen, das du für deine Puppe genäht hast. Wenn du magst, kannst du es mir jetzt zeigen – wir haben ja noch etwas Zeit, ehe wir aufbrechen.«

Pippins Miene hellte sich auf. Sie nickte eifrig, trank schnell ihre Milch aus, strahlte dann Rose an und sprang auf. »Dann geh ich Dolly holen – bestimmt schläft sie noch!«

Thomas nickte ernst. »Und ich gehe schon mal in die Bibliothek. Ihr könnt dann einfach hereinkommen.«

Pippin rannte los wie der Blitz, und das Trippeln ihrer Schritte war erst im Flur, dann auf der Treppe zu hören.

Über den Tisch hinweg sah Rose Thomas an. »Das war sehr … tapfer von Ihnen.«

Ein Lächeln spielte um seine Lippen. »Ich bin recht zuversichtlich, dass ich es überleben werde.«

Damit stand auch er auf und begann, die Teller abzuräumen.

Rose nahm sich den Rest und trug das Geschirr zur Spüle.

Mittlerweile hatte sich eine Art häusliches Ritual eingespielt: Sie machte den Abwasch, er trocknete ab und räumte das Geschirr weg.

Manchmal wurde ihr dabei bewusst, dass weder sie noch er zu solch niederen Pflichten geboren waren, und doch kamen sie ihnen jetzt ganz selbstverständlich und ohne zu klagen nach. Ihr Leben und die Entscheidungen, die sie getroffen hatten, ließen ihnen gar keine andere Wahl.

So war es zumindest bei ihr, und sie spürte instinktiv, dass es sich bei ihm genauso verhielt.

Heute Morgen jedoch …

Sie hatte die Tassen schon ins Spülbecken gestellt und wartete darauf, dass er ihr das restliche Geschirr brachte.

Das tat er auch, doch dann blieb er neben ihr stehen und musterte sie. Sie brauchte nicht aufzuschauen, sie spürte seinen Blick auch so auf sich.

Schon begehrten ihre Sinne auf – dieses sehnende Verlangen, das sie beide spürten und so sorgsam zu verbergen, zu unterdrücken suchten. Dessen Existenz allein ihr dennoch half, sich lebendig zu fühlen.

So lebendig, wie sie sich vielleicht nie zuvor gefühlt hatte.

Obwohl nichts daraus werden konnte, raubte es ihr doch den Atem, brachte ihr Blut in Wallung.

Sie schaute zum Fenster hinaus in den Garten, widerstand der Versuchung, seinen Blick zu erwidern, sich in seinen faszinierenden Augen zu verlieren.

Ihre Kehle war wie zugeschnürt, und sie brachte die Worte nur mit Mühe heraus. »Ich mache das eben schnell allein. Gehen Sie jetzt lieber in die Bibliothek, sonst ist Pippin enttäuscht.«

Er reagierte nicht sogleich, doch schließlich meinte er: »Ehrlich gesagt kenne ich mich mit Puppen herzlich wenig aus.«

Sie musste lächeln. »Aber mit Kleidern doch bestimmt.« Flüchtig sah sie ihn an. »Sie müssen sich einfach vorstellen, die Puppe sei echt, eine richtige Dame, und ihr die entsprechenden Komplimente machen.«

»Ah.« Er nickte und verneigte sich. »Wenn dem so ist, will ich tunlichst meiner Pflicht nachkommen und die Damen nicht länger warten lassen.«

Er wandte sich zum Gehen und war schon fast an der

Tür, als sie sich ein Herz fasste und sich nach ihm umdrehte. »Thomas.« Als er stehenblieb und sie ansah, erwiderte sie seinen Blick ganz offen. »Danke. Sowohl von mir als auch von den beiden.« *Aber ganz besonders von mir.*

»Keine Ursache«, meinte er mit einem leise amüsierten Lächeln. »Ich hätte es nicht angeboten, wenn mir nicht danach gewesen wäre. Ich glaube, ich werde an Homers Gesellschaft dieselbe Freude haben wie er daran, mal ein wenig rauszukommen.«

Ihr war schon aufgefallen, dass es eine Marotte von ihm war, seine guten Taten herunterzuspielen. Deshalb hob sie mit demselben leisen Amüsement eine Braue. »Und Pippin?«

Sein Lächeln vertiefte sich. Er hatte sich schon wieder zum Gehen gewandt, ehe er erwiderte: »Das können wir, glaube ich, als einen Versuch sehen, den Frieden zu wahren.«

Rose schnaubte und sah ihm kopfschüttelnd nach. Über diesen Mann konnte sie sich nur wundern. Sie griff nach dem Wasserkessel und machte sich an den Abwasch.

Ein paar Stunden später lenkte Thomas seinen Grauen die Anhöhe hinunter nach Porthleven. Homer trabte auf dem Pony neben ihm her.

Die Strecke vom Herrenhaus oben an den Klippen entlang war wie geschaffen für einen kleinen Ausritt, und Silver hatte sofort einen leichten Galopp anschlagen wollen, aber weil das Pony mit seinen kurzen Beinen kaum mithalten konnte, hatte Thomas sein Pferd kürzer halten müssen. Nun schien es, als habe er es sich mit Silver verscherzt, der den Rest des Weges recht beleidigt einher getrottet war.

Der steile Abstieg zum Hafen weckte indes wieder die Lebensgeister, und selbst Silver hatte ein wachsames Auge auf seine Umgebung und seinen Schritt.

Der Tag hatte strahlend schön begonnen, doch nun waren leichte Wolken aufgezogen, die sich immer mal wieder vor die Sonne schoben. Direkt am Wasser frischte auch der Wind etwas auf, wehte aber eher spielerisch denn kraftvoll.

Sie waren von Westen gekommen; Hafen und Dorf schmiegten sich in die schmale Bucht zwischen den beiden schroff ins Meer abfallenden Landzungen.

Weiß gekalkte Häuser säumten die engen Gassen um den Hafen. Eine Ufermauer erstreckte sich von der Westküste in die Bucht und bot den kleinen Segel- und Fischerbooten, die draußen vor Anker lagen, Schutz vor der teils kräftigen Brandung des Ärmelkanals. Von Osten her schwang sich ein Wellenbrecher in die See, der das Hafenbecken schützen sollte und die Lücke zwischen Ufermauer und Kai schloss.

Das Dorf war um den Hafen herum gewachsen, wobei die meisten Häuser jetzt an den weiten Hängen der östlichen Landzunge standen.

Die Shute Lane, auf der Ostseite gleich oberhalb des Hafens gelegen, war daher leicht zu finden. Vor der Hausnummer vier, einer kleinen Fischerkate mit bunten Blumen vor dem Fenster, ließen Thomas und Homer ihre Pferde halten.

Auf Thomas' Klopfen öffnete Mr. Gatting ihnen die Tür. Mittlerweile war er ein alter, gebeugter Mann mit schlohweißem Haar, der sich schwer auf einen Stock stützte, und Gatting versuchte sich den Schreck über Thomas' Verletzungen nicht anmerken zu lassen, überwog doch bei Weitem die Freude darüber, ihn nach so langer Zeit wiederzusehen.

Eigentlich hatte Thomas nicht hereinkommen wollen, mochte er den beiden doch keine Umstände bereiten, aber davon wollte Gatting nichts hören. Als dann noch Mrs. Gatting an die Tür kam und sie ihn ebenfalls hereinbat, konnte Thomas die Bitte unmöglich abschlagen.

Manchmal tat er sich immer noch schwer damit einzuschätzen, wie man sich in einer bestimmten Situation angemessen verhielt.

So war es denn auch Homer, der die Sache praktisch in die Hand nahm; und sowie Thomas merkte, wie sehr die Gattings sich freuten, auch den Jungen wiederzusehen, den sie von ihren gemeinsamen Jahren auf Breage Manor kannten, beschloss er, einfach Homers Beispiel zu folgen.

So saßen sie nun in der guten, wenn auch arg beengten Stube der alten Leute und ließen sich von ihnen bewirten. Homer und Gatting redeten in einem fort, bis Gatting sich an Thomas wandte und nach dessen Plänen für das Anwesen fragte. Glücklicherweise kam in diesem Augenblick Mrs. Gatting, die gute Seele, mit Tee und einem Kuchenteller, was Thomas davor bewahrte, sich eine allzu elaborierte Ausrede einfallen lassen zu müssen.

Sobald sie es sich auf der Kaminbank bequem gemacht hatte, begann Mrs. Gatting dem Schicksal zu zürnen, das ihn derart zugerichtet hatte, fand sich dann aber, in der Art der einfachen Leute, mit seinem Los ab – denn das Leben müsse ja weitergehen, nicht wahr? – und behandelte ihn danach wie auch früher mit einer Mischung aus höflicher Ehrerbietung und angemessen zurückhaltender mütterlicher Fürsorge.

Alles in allem gestaltete sich der Besuch sehr angenehm und weit herzlicher, als Thomas es erwartet hätte. Als sie dann wieder an der Tür standen und sich von den Gattings verabschiedeten, drückte er dem alten Mann einen Bankwechsel in die Hand. »Eine kleine Geste der Anerkennung für alles, was Sie im Laufe der Jahre für das Haus und für mich getan haben.«

Beide Gattings strahlten ihn an. »Danke, Sir«, sagte der Alte.

»Wir wünschen Ihnen alles Gute und viel Glück«, sagte Mrs. Gatting.

Mit einem letzten Abschiedsgruß drehte Thomas sich um und folgte Homer zurück zu den Pferden. Nachdem er aufgesessen war, wandte er Silver wieder Richtung Hafen. Ohne sich anmerken zu lassen, dass er die erschrockenen Mienen der Gattings bemerkt hatte, als sie die ihnen zugedachte Summe gesehen hatten – genug, um ihnen einen behaglichen Lebensabend zu bescheren –, ritt er Homer voraus stadtauswärts.

Während sie ihre Pferde im Schritt am Kai entlanggehen ließen, schaute Thomas zu Homer hinüber und sah den Jungen mit großen Augen die Segelboote betrachten, die auf den Wellen schaukelnd im Hafenbecken vor Anker lagen.

Thomas wartete darauf, dass der Junge sich zu ihm umwenden und etwas sagen würde, aber er war wie gebannt. An der Westseite des Hafens stieg die Straße, die sie gekommen waren, in einer sanften Kurve zu den Klippen hin an, und gleich hinter der Hafenmauer lag, weiß gekalkt und behäbig, das Ship Inn.

Thomas schaute zu Homer, der noch immer in die Betrachtung der Boote versunken war. »Stellen wir die Pferde dort vorn im Ship Inn unter und machen noch einen kleinen Rundgang durchs Dorf, ehe wir in dem Gasthaus zu Mittag essen.«

Homer schien mit dem Vorschlag mehr als einverstanden und trieb sein Pony ein wenig an, damit es mit Silver Schritt hielt, den Thomas die Straße hinauf Richtung Wirtshaus lenkte.

Viel zu sehen gab es in dem kleinen Ort eigentlich nicht. Beim Hufschmied erstand Thomas ein paar Nägel, die ihm bei seinen Arbeiten am Haus ausgegangen waren, und als er wieder auf die Straße trat, fiel ihm gleich gegenüber ein kleiner Kurzwarenladen auf. Nach kurzem Zögern fasste er sich ein Herz und ging hinein. Mit Homers Hilfe suchte er ein

Paar Spitzenhandschuhe für Rose aus und drei Ellen bunte Bänder für Pippin. Nachdem er die beiden Päckchen in seinen Jackentaschen verstaut hatte, folgte er Homer wieder hinaus in die strahlende Mittagssonne.

Obwohl der Junge zu wohlerzogen war, um den Wunsch laut zu äußern, ließ sein immer wieder zum Hafen und zu den Booten wandernder Blick doch unschwer erkennen, was ihn am meisten interessierte. Thomas konnte diese Faszination für die Seefahrt gut nachvollziehen, und so deutete er mit seinem Stock hinunter zum Hafen. »Lass uns doch noch ein Stück die Bucht entlanglaufen, ehe wir zum Gasthaus zurückkehren.«

Homers Grinsen reichte von einem Ohr bis zum anderen. »Einverstanden!«

Und so liefen sie los. Selbst nach den paar Meilen, die er bis hierher geritten war, wusste Thomas die Gelegenheit zu schätzen, sich die Beine ein wenig zu vertreten. Über das Kopfsteinpflaster der kleinen Gassen zu laufen, war etwas ganz anderes als über den zwar unebenen, aber eher weichen Grund des Anwesens zu spazieren. Der andere Untergrund beanspruchte auch andere Muskeln.

Als sie die Spitze der Landzunge erreichten, waren auch die letzten Wolken wie weggeblasen, und die Sonne schickte ihre wärmenden Strahlen zu ihnen hinunter. Sie blieben stehen, um über den Hafen zu schauen, auf das Dorf mit seinen weißen Häusern und den grau gedeckten Dächern und die grüne Anhöhe der westlichen Landzunge, hinter der sich endlos weit das Blau des Himmels und die See erstreckten. Licht tanzte auf den Wellen, Möwen ließen sich auf dem Wind tragen, und ihre gellenden Schreie bildeten einen Kontrast zum sanften Murmeln der Wellen, dem steten, unablässigen Rauschen des Meeres.

Thomas stand einfach nur da und genoss den Ausblick,

atmete tief durch und spürte, wie ein ungewohntes Gefühl der Zufriedenheit sich in ihm ausbreitete. Er schaute zu Homer hinüber – und stellte fest, dass der Junge selbst jetzt bloß Augen für die Boote im Hafen hatte.

Eine solch unverbrüchliche Begeisterung verlangte Thomas ein Lächeln ab.

»Dann komm«, meinte er und zeigte mit seinem Stock zurück zur Straße. »Zeit fürs Mittagessen.«

Homer ließ sich nicht lange bitten, aber Thomas hätte nicht sagen können, ob die Aussicht auf ein warmes Essen ihn antrieb oder der Umstand, dass ihr Weg sie einmal mehr an der Kaimauer und den Booten entlangführen würde.

Eine halbe Stunde später saßen sie an einem der Fenstertische im Ship Inn, von wo aus man den ganzen Hafen überblicken konnte, den Kai, die auf den Wellen dümpelnden Jollen …

Eine dicke Scheibe Kaninchenpastete und ein großes Glas Limonade vermochten Homer ein paar Minuten erfolgreich abzulenken, aber sobald er alles verputzt hatte, wanderte sein Blick wieder zum Fenster und hinaus zu den Booten.

Thomas, der sich seine Kaninchenpastete noch schmecken ließ, musste lächeln. »Bist du schon mal gesegelt? Oder fasziniert dich der Reiz des Unbekannten?«

Homer schaute nur flüchtig zu ihm herüber. »Nein.« Den Blick auf die kleine Flottille gerichtet, seufzte er, und in seinem Seufzer lag jene ungestillte Sehnsucht, wie sie nur Kinder aufbringen können. »Ich war noch nie segeln, zumindest kann ich mich nicht dran erinnern. Aber ich würde es so gerne mal ausprobieren.« Ein paar Augenblicke lang schaute er weiter verträumt hinaus, dann sah Homer Thomas an. »Sind Sie schon mal gesegelt? Auf so einem kleinen Boot?«

Thomas legte seine Gabel beiseite und nickte. »Vor meinem Unfall, ja.«

Homers Augen wurden groß wie Untertassen. »Das heißt, Sie *können* segeln? Sie wissen, wie es geht?«

Leicht belustigt griff Thomas nach seinem Bierglas. »Ja, ich weiß, wie es geht. Es ist zwar schon eine Weile her, dass ich es gelernt habe, aber so etwas vergisst man nicht.«

»Könnten Sie es mir beibringen?« Die Hände vor sich auf den Tisch gelegt, richtete Homer seinen Blick flehentlich auf Thomas. »Bitte …«

Thomas versuchte eine neutrale Miene zu wahren, während er das Für und Wider dieser unvorhergesehenen Situation abwog.

Die Begeisterung des Jungen lag beinahe greifbar in der Luft, und er drückte sich fast die Nase am Fenster platt. »Man kann dort auch Boote leihen. Ich habe Leute damit rausfahren sehen – einfach nur so, zum Spaß.«

Thomas wüsste keinen Grund, warum er dem Jungen seinen Wunsch abschlagen sollte. Wenn er ganz ehrlich war, reizte es ihn ja selbst, mit einem der kleineren Boote hinauszufahren. Es war schon viel zu lang her, dass er zuletzt richtige Meeresluft geschnuppert und sich den Wind um die Nase hatte wehen lassen. Er versuchte, sich in Roses Lage zu versetzen, fand jedoch nichts, was aus ihrer Sicht dagegensprechen sollte.

Homers Blick war nun geradezu flehend. »Außerdem habe ich bald Geburtstag. Das könnte ja Ihr Geschenk für mich sein.«

Fast hätte Thomas laut gelacht. Sein Schützling ließ ja wirklich nichts unversucht! Aber es stimmte – da er von dem anstehenden Geburtstag nichts gewusst hatte, war er tatsächlich um ein Geschenk verlegen. »Na gut.«

Hätte er noch Zweifel daran gehabt, wie groß Homers Wunsch zu segeln wirklich war, so hätte der Ausdruck im Gesicht des Jungen diese endgültig beseitigt. Überwältigt vor Freude, stieß Homer ein atemloses »Danke!« hervor. Nach einem letzten Blick auf die Boote sah er Thomas an und grinste. »Können wir jetzt gleich gehen?«

Thomas lachte; doch dann nickte er, schob seinen Stuhl zurück und stand auf.

Nachdem er für sie beide gezahlt hatte, gingen sie wieder Richtung Hafen. Thomas sprach einen der älteren Männer an, die an der Kaimauer saßen und ihre Netze flickten. Fünf Minuten regen Feilschens später hatte er eine kleine Jolle gemietet. Der Sohn des alten Seemanns ruderte hinaus zu dem Boot, das draußen in der Bucht vor Anker lag, und zog es bis an die Treppe, die von der Westmole hinab zum Wasser führte.

Trotz seines steifen Beins gelang es Thomas recht gut, in das sachte auf den Wellen dümpelnde Boot zu steigen. Er legte seinen Stock beiseite und winkte Homer heran. Im Nu war der Junge an Bord gesprungen.

Der Sohn des Seemanns hielt sich in seinem Ruderboot bereit, schien aber beruhigt, als er hörte, wie Thomas Homer die Grundlagen des Segelns erklärte. Mit einem knappen Gruß verabschiedete er sich, legte sich in die Ruder und kehrte zum Anleger zurück.

»Also dann.« Nachdem er alles Nötige erklärt hatte, setzte Thomas sich auf die schmale Mittelbank. »Wir werden erst ein Stück hinausrudern müssen – zumindest, bis wir aus dem Hafenbecken heraus sind. Sobald wir draußen in der Bucht sind, können wir die Ruder einholen und das Segel setzen, aber erst mal müssen wir das Boot sicher aus dem Hafen navigieren.« Thomas klopfte auf den Platz neben sich. »An sich sollte ich beide Ruder bemannen, aber da ich im linken Arm nicht so viel Kraft habe, wäre es gut, wenn du das linke Ruder übernimmst, während ich den Kurs vorgebe.«

Das brauchte der Junge sich nicht zweimal sagen zu lassen; schon hatte er sich zu ihm gesetzt und nach dem Ruder gegriffen. Thomas zeigte ihm, wie er es halten musste, damit er die größtmögliche Kraft ausübte, dann stieß er sich mit dem anderen Ruder von der Hafenmauer ab.

Am Anfang haperte es ein bisschen mit der Koordination, aber bald hatten sie ihre Schläge aufeinander abgestimmt, und fünf Minuten später zogen sie schon durch die Hafenmündung, umschifften die Ufermauer – und wurden vom ersten richtigen Seegang begrüßt.

»Oh!«, rief Homer aus. Helle Begeisterung strahlte aus seinen Augen, breitete sich über sein ganzes Gesicht aus.

»Jetzt holen wir die Ruder ein«, sagte Thomas und zog sein Ruder an Deck. Geschwind tat Homer es ihm nach.

Derweil war Thomas auf die hintere Bank gewechselt, und zeigte, die eine Hand hinten an der Pinne, mit der anderen vor auf den Mast. »An dem Seil dort musst du ziehen – fest, aber nicht zu rasch.«

Homer folgte den Anweisungen und zog das Segel langsam und stetig in die Höhe.

»Das reicht«, rief Thomas. »Jetzt machst du das Seil so fest, wie ich es dir vorhin gezeigt habe, dann setzt du dich wieder hier zu mir, und wir warten einfach ab, was passiert.«

Er hatte das Segel so gesetzt, dass die leichte Meeresbrise ihnen gerade genügend Antrieb gab. Das Segel flatterte im Wind, blähte sich, und schon setzte das Boot sich in Bewegung, schnitt sauber und geschmeidig durch die Wellen und nahm langsam an Fahrt auf.

»Oh ja.« Homers Augen glänzten.

Thomas grinste. Besser hätte er es selbst nicht sagen können.

Es war ein perfekter Tag zum Segeln – die See war ruhig, der Wind genau richtig, um sie über die grünblau schimmernden Wellen gleiten zu lassen. Das Wetter hatte wieder aufgeklart, und die Sonne schien strahlend auf sie herab, als sie die Bucht in Richtung Trewavas Head durchkreuzten.

Sie brauchten keine Worte, um ihre Freude zu teilen: Ein Blick in Homers Gesicht, in dem helle Begeisterung und staunende Verwunderung abwechselten, gab Thomas Gewissheit, dass er sich richtig entschieden hatte – die Freude des Jungen war Belohnung genug.

Nachdem die erste Aufregung sich gelegt hatte, zeigte Thomas ihm, wie man den Kurs halten oder ändern konnte, wie man die Jolle wendete und sie erneut in den Wind legte. Über eine Stunde kreuzten sie so durch die Bucht, dann steuerte Thomas wieder den Hafen an.

Bis sie das Boot zurückgegeben, ihre Pferde geholt und einmal mehr den Weg über die Klippen eingeschlagen hatten, der zurück nach Breage Manor führte, war der Tag schon recht weit vorgerückt, aber Thomas ging davon aus, dass sie, wenn sie ein stetes Tempo vorlegten, gerade noch pünktlich zum Tee zurück wären.

Den ersten Teil der Strecke redete Homer in einem fort, dann wurde er plötzlich still. Thomas warf einen besorgten Blick auf seinen Schützling. Aber dessen glücklich versonnene Miene zeigte ihm, dass Homer noch immer dem Erlebten nachhing und einfach nur vom Reden zum Tagträumen übergegangen war.

Mit einem Lächeln auf den Lippen blickte Thomas wieder nach vorn, und so ritten sie in einvernehmlichem Schweigen heimwärts.

Rose hatte gerade die Teekanne auf den Tisch gestellt, als die beiden die Küche betraten.

Erfreut schaute sie auf. »Hervorragend«, meinte sie, »ich habe nämlich Scones gebacken«, sie deutete auf den großen

Teller in der Mitte des Tisches, »und frisch aus dem Ofen schmecken sie am besten.«

Pippin saß bereits am Tisch. Sichtlich versöhnt und gut gelaunt grinste sie Thomas und Homer an und schnappte sich eins der süßen Gebäckstücke.

Rose indes ließ ihren Blick erst auf Thomas ruhen, dann auf Homer, registrierte das vom Wind zerzauste Haar, die noch immer etwas feuchten Kleider. Sie wartete, bis Homer sie ansah. »Hattet ihr einen schönen Ausflug?«

Sie wandte sich kurz ab, um ihre Tasse zu holen, dieweil Homer sich mit fast schon verklärtem Blick an den Tisch setzte. »Es war herrlich!«, antwortete er. »Thomas war mit mir segeln, und es war einfach *fantastisch*.«

»Wie bitte?« Entgeistert fuhr Rose zu ihnen beiden herum. Alles Blut war aus ihren Wangen gewichen.

Scheppernd setzte sie den Becher auf die Untertasse. Wie benommen stellte sie beides ab. In blankem Entsetzen, so schien es, schaute sie erst Homer an, dann Thomas, der sich nun ebenfalls an seinen Platz gesetzt hatte.

»Sie sind mit ihm allen Ernstes aufs Meer hinausgefahren?«, fragte Rose mit heiserer Stimme und klammerte sich an die Lehne ihres Stuhls. »Mit einem Segelboot?«

Thomas konnte sich beim besten Willen nicht erklären, was los war. Früher hätte er wohl gelogen, alles abgestritten, und die Versuchung war immer noch da – aber so viel hatte er immerhin schon gelernt. »Ja«, sagte er und setzte nach: »Nur in der Bucht. Das Wetter war perfekt zum Segeln, die See ruhig, der Wind nicht zu stark. Homer meinte, er war noch nie …«

»Wie konntest du nur?«, fuhr Rose nun Homer an. Jedes Wort schien sie Mühe zu kosten, sie wirkte völlig außer sich. »Du weißt, dass ich das nicht möchte! Und du weißt auch, warum.«

Stirnrunzelnd schaute Thomas zu Homer.

Doch der Junge ließ sich nicht einschüchtern. Fest und unnachgiebig, wohl auch ein wenig trotzig, erwiderte er Roses anklagenden Blick. Schließlich machte er auch den Mund auf. »Ich musste einfach wissen, wie es ist und ob es mir gefallen würde. Und das tut es.« Die letzten Worte sagte er mit besonderem Nachdruck, und dann setzte er noch einmal nach: »Es war absolut fantastisch.«

Der Junge wollte Rose unbedingt begreiflich machen, wie wichtig diese Erfahrung ihm gewesen war.

Doch sie holte nur tief Luft und stieß sie dann laut wieder aus. »Darum geht es aber nicht!«

»Doch.« Homer würde nicht nachgeben, so viel war gewiss. Seine ernste Miene ließ ihn älter aussehen, als er war. Ohne Roses Blick auszuweichen, sagte er in einem harten, entschlossenen Ton, den Thomas noch nie bei ihm gehört hatte: »Ich werde schon nicht so sterben wie sie.«

Schweigen senkte sich über die Küche, ein lähmendes Schweigen, das sie alle einschloss. Thomas merkte, dass er den Atem angehalten hatte. Er schaute hinüber zu Pippin. Das Mädchen hielt den Kopf gesenkt; ihre Finger, die eben noch das Brötchen zerkrümelt hatten, waren reglos, wie erstarrt.

Dann schaute er zu Rose. Sie starrte Homer an, als wären ihm plötzlich zwei Köpfe gewachsen.

Homer starrte in trotziger Entschlossenheit zurück.

Die Welt schien stillzustehen, auf Messers Schneide.

Leise seufzte Thomas. Die Arme vor sich auf den Tisch gestützt, wandte er sich an Rose und meinte ruhig: »Wäre wohl jemand so freundlich, mir zu erklären, worum es hier geht?«

Wie aus weiter Ferne drang seine Stimme zu Rose. Sie sah ihn an, blinzelte, holte angestrengt Luft. »Homers Vater und … ein Freund sind bei einem Segelunfall ums Leben gekommen.« Nachdem sie noch einmal tief durchgeatmet hatte, setzte sie sich ganz aufrecht hin und richtete ihren Blick wieder auf Homer. »Deshalb bin ich so außer mir.«

Soeben hatte er einen Teil der Wahrheit erfahren, aber Thomas glaubte nicht, dass sie ihm alles gesagt hatte. Wie dem auch sei … »Ich bin ein hinlänglich guter Segler, verfüge über ausreichend Erfahrung, und es war wirklich ein ausgesprochen ruhiger Tag. Weder Homer noch ich waren zu irgendeinem Zeitpunkt in Gefahr.«

Sein Beschwichtigungsversuch scheiterte kläglich. Mit vor Zorn blitzenden Augen fuhr Rose ihn an: »Und wenn nun irgendetwas passiert wäre, dort draußen, auf offener See …« Sie deutete vage Richtung Küste. »Glauben Sie denn wirklich, dass Sie …«, ihr Blick fiel auf seine linke Schulter und seinen versehrten Arm, »sie beide überhaupt in Sicherheit hätten bringen können?«

Es war erschreckend, wie sehr ihre Worte, ihr Blick ihn verletzten, aber er wollte ihr zugutehalten, dass sie aus einem Grund, den er nicht ganz nachvollziehen konnte, völlig außer Fassung war. Thomas versuchte, einen kühlen Kopf zu bewahren, und erwiderte so ruhig, wie es ihm möglich war: »Hätte ich auch nur angenommen, dass Homer zu irgendeiner Zeit oder in irgendeiner Weise eine Gefahr drohte, die ich nicht würde abwenden können, so wäre ich ganz sicher nicht mit ihm hinausgefahren.«

Ehe er noch hinzufügen konnte, was seiner Ansicht nach der entscheidende Punkt war – dass nämlich überhaupt keine Gefahr gedroht hatte, geschweige denn eingetreten war –, schob Homer seinen Stuhl zurück und stand auf.

Der Junge sah Rose mit festem Blick an. »Ich weiß, dass du Angst hast, mir könnte beim Segeln etwas passieren. Aber ich wollte es wenigstens einmal ausprobieren, um zu wissen, ob es mir gefällt. Heute war die Gelegenheit dazu und ich habe sie ergriffen. Ich werde mich nicht dafür entschuldigen, dass ich Thomas gebeten habe, mit mir rauszufahren, denn ich müsste lügen, wenn ich sagen würde, dass es mir leidtut. Mir tut bloß leid, dass du dich deswegen so schrecklich aufregst, obwohl wir einfach nur einen schönen Tag hatten.«

Damit trat er vom Tisch zurück und wandte sich um. Im Hinausgehen streifte sein Blick Thomas mit einer stummen Entschuldigung, aber dann hatte Homer die Küche auch schon verlassen.

Mit trüber Miene schaute Rose dem Jungen hinterher.

In ihren Augen spiegelte sich ein solcher Aufruhr, ein Widerstreit der Gefühle, dass Thomas beim besten Willen nicht schlau daraus wurde.

Eine Sekunde verstrich, dann schaute er hinüber zu Pippin. Wiederum eine Sekunde später nahm auch er sich ein Scone. »Was habt du und Dolly denn heute Schönes gemacht?«

Erst sah Pippin ihn bloß schief von der Seite an, dann setzte sie sich gerade hin, rückte Dolly auf ihrem Schoß zurecht und fing an zu erzählen.

Rose verharrte einen Moment, dann tat sie einen schweren Atemzug und ließ sich auf ihren Stuhl sinken.

Schließlich griff sie nach der Kanne und schenkte sich Tee ein.

Thomas gab Homer ein paar Stunden, dann machte er sich auf die Suche nach dem Jungen. Er fand ihn schließlich hinten beim Obstgarten, wo er auf dem Zauntritt saß und über die Wiesen aufs Meer blickte. Zumindest verstand Thomas jetzt seine Faszination für den weiten Ausblick, der sich einem von hier auf die in der Ferne schimmernden Wellen von Mount's Bay bot.

Sich unter den zartgrün belaubten Ästen durchduckend, ging Thomas hinüber, lehnte sich an die Bruchsteinmauer und blickte ebenfalls hinaus aufs Meer. Wenn der Junge reden wollte, würde er es schon tun.

Nach einer Weile geschah genau das. Beide Arme um die Knie geschlungen und den Blick weiter in die Ferne gerichtet, sagte Homer: »Ich musste es einfach wissen, verstehen Sie das?« Ohne eine Antwort abzuwarten, fuhr er fort, sich zu erklären, seine Gründe darzulegen.

Thomas hörte zu, ohne ihn zu unterbrechen, und fühlte sich ein wenig daran erinnert, wie er selbst in jungen Jahren seine zahlreichen Fehltritte zu rechtfertigen versucht hatte.

Schließich verstummte Homer. Das Kinn auf die Knie gestützt, wartete er Thomas' Urteil ab.

Thomas fand sich in einem Dilemma, denn er hatte kaum Erfahrung im Umgang mit Kindern. Am Ende kam er zu dem Schluss, dass seine Perspektive auf die Dinge das Einzige war, was er dem Jungen anbieten konnte. »An deinem Wunsch, segeln zu gehen, ist überhaupt nichts auszusetzen. Aber die Art und Weise, wie du dir diesen Wunsch erfüllt hast, war leider falsch.«

Erst reagierte Homer nicht, dann wandte er langsam den Kopf und schaute Thomas fragend und ein wenig verständnislos an.

Mit der leisen Selbstironie dessen, der sich derselben Schuld bewusst ist, versuchte Thomas es ihm zu erklären. »Andere Menschen zu etwas zu überreden und sich dabei ihre Unwissenheit zunutze zu machen, ist nicht richtig, auch dann, wenn es auf den ersten Blick niemandem zu schaden scheint.«

Den Blick in unergründliche Fernen gerichtet, ließ Homer diese Worte auf sich wirken. Dann seufzte er und sagte etwas kleinlaut: »Es tut mir leid, dass ich Sie dazu überredet habe.«

Insgeheim staunte Thomas ein wenig. Selbst hatte er sich nie zu einer solchen Entschuldigung durchringen können, weshalb er Homers Redlichkeit umso mehr zu würdigen wusste. Er nickte als Zeichen, dass er die Entschuldigung annahm, und bevor er weitersprach, überlegte er sich ganz genau, was er als Nächstes sagen sollte. »Diesmal lasse ich es dir noch durchgehen, aber versuche nie wieder, mich oder Rose derart hinters Licht zu führen. Du wärst im Übrigen klug beraten, dir solche Tricks ganz abzugewöhnen und *niemanden* auf diese Weise zu hintergehen.«

Homer war aufgeweckt genug, um den bedeutungsschwangeren Unterton aus den letzten Worten herauszuhören. Abwartend sah er Thomas an.

Thomas musste schmunzeln. Die Arme vor sich auf die Mauer gestützt, sammelte er kurz seine Gedanken, ehe er fortfuhr. »Wenn man etwas Bestimmtes möchte, ist es völlig legitim, wenn nicht gar löblich, dass man dieses Ziel auch erreichen will. Dass man es auch gegen Widerstände verfolgt – vorausgesetzt, man tut es offen, ohne List und Täuschung. Solange du zu deinen Zielen stehst. Wenn du dich daran hältst, wirst du dich mit deinen Errungenschaften gut fühlen und nicht so, als hättest du sie dir erschlichen wie ein gemeiner Dieb, verstehst du? Dieses Gefühl, wenn man sich eigentlich freuen sollte, weil man etwas geschafft hat, der Erfolg aber einen schalen Beigeschmack hat und einem alles vermiest.«

Darüber musste Homer erst mal eine Weile nachdenken, aber schließlich nickte er bedächtig.

Plötzlich schien ihm ein Licht aufzugehen. »Aber das schließt ja nicht aus, dass ich Ro… Ma weiterhin zu überzeugen versuche, dass sie mich segeln gehen lässt, oder?«

Thomas grinste. Er richtete sich auf und zauste Homer das strubbelige Haar. »Vorausgesetzt du spielst mit offenen

Karten. Und an deiner Stelle würde ich erst mal ein paar Wochen vergehen lassen, bevor du wieder davon anfängst.«

Vom Haus her war ein Gong zu hören – Rose, die zum Abendessen rief.

»Dann komm«, sagte Thomas. »Wir sollten uns vorher besser noch ein bisschen frisch machen. Bis R… deine Ma uns verziehen hat, tun wir gut daran, uns von unserer besten Seite zu zeigen. Aber ich bin sehr zuversichtlich, dass sie es uns nicht lange nachträgt.«

Grinsend kletterte Homer über den Zauntritt. Nachdem er neben Thomas im Gras gelandet war, zögerte er den Bruchteil einer Sekunde, dann schlang er die Arme um seine Mitte und drückte ihn, so fest er konnte. »Danke.«

Die Worte gingen halb in Thomas' Jacke unter, aber er hörte sie dennoch. Im ersten Moment wusste er überhaupt nicht, wie er sich verhalten sollte, doch dann legte er Homer die Hand auf die Schulter und drückte sie sanft.

Kurz blieben sie so stehen, dann atmete Homer tief durch und ließ ihn wieder los.

Thomas lockerte seinen Griff, ließ den Arm aber um die schmalen Schultern des Jungen gelegt.

Als sie zurück zum Haus gingen, passte Homer seine sonst so raschen, übermütigen Schritte wie von selbst Thomas' notgedrungen eher verhaltenem Gang an.

Erst als die Kinder im Bett waren, machte Thomas sich bereit, seinem nächsten Waterloo ins Auge zu sehen.

Er traf Rose in der Küche an, wo sie am Herdfeuer über eines von Pippins Kleidern gebeugt saß und einen Riss flickte.

Im Durchgang blieb er stehen, doch sie schaute nicht auf, und ihre Hand, die stetig die Nadel führte, geriet nicht ein einziges Mal aus dem Takt, gerade so, als bemerke sie ihn gar nicht.

Oder als wollte sie ihn nicht bemerken.

Einen entschlossenen Zug um den Mund, eine Hand in der Jackentasche, die andere fest um den Griff seines Stocks gelegt, humpelte er durch den Raum, blieb am Spülstein stehen und blickte aus dem Fenster auf die im Dunkel liegenden Weiden und den fahlen Mondschein, der jedes Blatt, jeden Grashalm mit flüchtigem Glanz versilberte.

Er hatte sich vorher überlegt, was er sagen wollte, aber die richtigen Worte zu finden, war nicht leicht gewesen. Sie tatsächlich auszusprechen war noch schwerer. Als er dann schließlich doch Roses Blick auf sich spürte, atmete er tief durch und begann: »Wie Homer fällt es auch mir nicht leicht, mich dafür zu entschuldigen, dass ich etwas getan habe, bei dem ich keinen Grund sah, es nicht zu tun. Nichtsdestotrotz tut es mir aufrichtig leid, dass ich Ihnen damit unwissentlich so viel Kummer bereitet habe. Das war nie meine Absicht, ja, der Gedanke wäre mir nicht einmal gekommen. Im Nachhinein denke ich, dass ich vielleicht etwas … vorschnell gehandelt habe. Vielleicht hätte ich Homer explizit fragen sollen, ob Sie es ihm denn erlauben würden, segeln zu gehen, aber …«

Kurz hielt er inne und zwang sich dann, weiterzusprechen. »Ich tue mich bisweilen etwas schwer im Umgang mit anderen Menschen. In der Regel bedenke ich nicht, wie mein Handeln sich auf andere auswirkt, welche Konsequenzen es haben kann. Es braucht jedes Mal eine bewusste Willensanstrengung, mir darüber Klarheit zu verschaffen. Ich weiß um diese Schwäche, und deshalb versuche ich, bevor ich handele, innezuhalten und die Sache von verschiedenen Seiten zu bedenken. So auch, bevor ich mit Homer auf dem Boot hinausgefahren bin. Allerdings hat mir jenes Wissen gefehlt, das mich davon hätte abhalten können – ich wusste nicht, dass Sie es ihm verboten hatten.«

Wieder machte er eine kurze Pause, um sich seine Worte zurechtzulegen. »All das vorausgeschickt, möchte ich mich für das heutige Versehen entschuldigen und Ihnen versichern, dass ich mich künftig in einer ähnlichen Situation erst dann darauf einlassen werde, wenn ich mich vergewissert habe, dass Sie auch einverstanden sind mit dem, was Homer oder Pippin machen wollen.«

Er wusste selbst nicht, warum es ihm so wichtig war, ihr diese Zusicherung zu geben oder auch künftig etwas mit den Kindern zu unternehmen. Es bedeutete ihm einfach sehr viel.

Ebenfalls erschien es ihm ausgesprochen erstrebenswert, wenn nicht gar unverzichtbar, auch Rose weiterhin um sich zu haben und bei ihr wieder gut angeschrieben zu sein.

Er hörte sie seufzen, dann leise raschelnden Stoff. Kurz darauf stand sie neben ihm.

Wie er schaute sie in die Nacht hinaus. »Ich nehme Ihre Entschuldigung an – und muss mich gleichfalls entschuldigen.« Flüchtig schaute sie in sein Gesicht – auf die linke Seite, die versehrte; er spürte ihren Blick kurz verweilen. Dann atmete sie tief durch und schaute wieder nach vorn. »Ich hätte wissen sollen, dass Sie so etwas nicht hinter meinem Rücken machen würden. Sie konnten ja nicht wissen, wie unwohl mir bei der Vorstellung ist, dass Homer aufs Meer hinaussegelt. Ich habe unausgesprochene Erwartungen an Sie gestellt, die Sie gar nicht erfüllen konnten. Es tut mir leid, dass ich Sie deshalb so angefahren habe.« Leiser fuhr sie fort: »Und weit mehr noch tut es mir leid um meine Bemerkungen über Ihre Fähigkeit, seine Sicherheit zu gewährleisten. Seit Wochen sehe ich Sie hier am Haus arbeiten, und diese Spitze war völlig ungerechtfertigt und unnötig.«

Als sie erneut innehielt, wusste Thomas nicht recht, ob er ihr Letzteres jetzt verzeihen sollte. Schließlich hatte sie doch bloß das Offensichtliche ausgesprochen.

Ehe er sich entschließen konnte, was er erwidern sollte, fuhr sie auch schon fort: »Homer und Pippin bedeuten mir alles, wie Ihnen vermutlich schon aufgefallen ist. Ich habe mein Leben den beiden gewidmet, und deshalb bin ich wohl manchmal etwas überfürsorglich. Aber ich weiß auch, dass ich Ihnen vertrauen kann – dass ich Ihnen die beiden anvertrauen kann und nicht um ihr Wohl besorgt sein muss.«

Er nickte. »Das können Sie ohne Vorbehalte. Ich würde nie zulassen, dass einem der Kinder etwas geschieht.«

Die Art, wie er es sagte, nahm Rose einen Teil ihrer Anspannung. Ihre Schultern und ihr Rücken entspannten sich, als sei eine schwere Last von ihr genommen.

Thomas zögerte, dann meinte er: »Um alle Missverständnisse auszuräumen und damit wir beide wissen, wie jetzt der Stand der Dinge ist: Ich habe Homer erklärt, dass sein Wunsch zu segeln völlig legitim war, dass es jedoch falsch war, sich diesen Wunsch zu erfüllen, indem er andere hinters Licht führt und für seine eigenen Zwecke einspannt. Ich habe ihm den Rat gegeben, auch künftig weder mich noch Sie noch überhaupt irgendjemanden auf diese Weise zu hintergehen.«

Rose drehte sich zu ihm um. Im warmen Schein der Lampe, die auf dem Küchentisch brannte, sah sie die Aufrichtigkeit in seinem Blick, diese unverbrüchliche Ehrlichkeit. Sie ließ seine Worte in sich nachklingen, dann neigte sie langsam den Kopf. »Was das Segeln angeht, kann ich mich Ihrer Meinung nicht ganz anschließen, aber dem Rest pflichte ich bei.« Sie schaute ihm in die Augen. »Danke, dass Sie mit ihm gesprochen haben.«

Denn auf einmal war ihr klar, dass Homer eher auf Thomas hören würde als auf sie.

Sie wandte sich zum Gehen, doch er hielt sie zurück, indem er – ganz leicht nur – ihren Arm berührte.

»Heißt das«, fragte er, und sein Blick suchte den ihren, »dass wir uns wieder einig sind?«

Sie standen so nah beieinander, dass sie die Wärme seines Körpers spüren konnte. Einerseits fühlte es sich seltsam tröstlich an, andererseits wühlte die Nähe ihre Sinne auf und verwirrte sie. Die Verletzungen taten Thomas' Ausstrahlung keinen Abbruch; stark und doch beherrscht brannte das Feuer des Lebens in ihm. Seine körperlichen Unvollkommenheiten hatten dem nichts anhaben können, ja fast schien es, als verstärkten sie seine Wirkung auf Rose noch.

Die Erkenntnis war wie eine Offenbarung. Dass Thomas, obgleich lahm und versehrt, eine so starke Wirkung auf Rose hatte, unterstrich nur, wie stark die Anziehungskraft zwischen ihnen war; es bewies, dass seine Ausstrahlung solche Hindernisse ohne Schwierigkeiten überwinden konnte; dass etwas von ihm ausging, das mühelos an ihr Innerstes rührte und sie völlig gefangen nahm.

Jetzt, wo ihr das klar wurde, spürte Rose seine Nähe so deutlich wie nie zuvor, und ihre gerade abklingende Nervosität wich einer Spannung ganz anderer Art.

Ihr Atem ging so rasch, dass es ihr schwerfiel zu sprechen, doch war sie ihm noch eine Antwort schuldig. Sie befeuchtete sich die Lippen – sein Blick hing dabei an ihrem Mund – und nickte brüsk. »Ja.« Im Stillen verfluchte sie sich für ihre atemlose Antwort und hoffte, dass er es nicht bemerkt hatte. Sie versuchte sich zu fassen und sah ihn an. »Ja, wir sind uns wieder einig, wie zuvor.«

»Gut.« Auch seine Antwort war denkbar knapp, und seine Stimme klang tiefer als sonst, das eine Wort wie eine sanft grollende Liebkosung.

Rose wusste nichts über seine Vergangenheit oder seine Herkunft, aber ihr Gefühl sagte ihr, dass er mehr als genug

Erfahrung haben dürfte, um seine unfehlbare Wirkung auf sie zu bemerken.

Zuvor hatte er sich in solchen Situationen immer diskret zurückgezogen, doch jetzt, wie sie in der nachtstillen Küche so nah beieinander standen, war sie sich auf einmal nicht mehr sicher, was sie wollte – wollte sie, dass er sich auch diesmal zurückzog, oder wollte sie, dass er einen Schritt weiterging?

Die Faszination, die er in ihr weckte, nahm langsam bedrohliche Ausmaße an.

Sein Blick schweifte ab, und wieder schien er zu zögern – nachzudenken, wie er es ihr gerade gesagt hatte. Jetzt verstand sie wenigstens, was hinter seinem oft befremdlichen Zaudern steckte.

Dann wich er zurück, und sie wusste nicht, wann sie je so ernüchtert, so enttäuscht gewesen war.

Vorfreude, Hoffnung, bange Erwartung – alles dahin.

Thomas griff in seine Jackentasche und brachte zwei kleine Päckchen zum Vorschein. »Das ist für Sie und Pippin«, meinte er und hielt sie ihr hin.

Sie nahm sie entgegen und sah ihn fragend an. »Warum …?«

Er zuckte die Schultern. »Homer und ich haben uns einen schönen Tag gemacht, aber Sie beide waren nicht dabei … Eine kleine Entschädigung schien mir nur fair.« Er griff nach seinem Stock und wandte sich zum Gehen. »Das rosafarbene ist für Pippin.«

»Danke.« Sie hob den Blick und schaute ihm hinterher. »Ich lege es ihr morgen beim Frühstück neben ihren Teller.«

Ohne sich noch einmal umzusehen, neigte er nur zum Abschied den Kopf. »Danke.«

Nein, ich habe zu danken. Sie spürte leisen Verdruss in sich aufsteigen. Nie konnte er Dank annehmen – nicht ohne Weiteres und schon gar nicht, wenn er wirklich verdient war.

Sie strich über das grün verpackte Geschenk, das wohl ihres war, und hörte, wie seine Schritte und das Klopfen seines Stocks plötzlich verstummten. Als sie aufschaute, sah sie ihn unschlüssig am Durchgang zum Flur stehen.

Als könnte er ihren Blick spüren, wandte er leicht den Kopf, sah sie aber nicht an. »Es birgt eine gewisse Gefahr, einem Jungen wie Homer zu enge Grenzen zu setzen.« Er hielt inne, aber diesmal nur ganz kurz, als müsste er nicht lange überlegen, um das Nachfolgende zu sagen. »Ich war in seinem Alter ganz ähnlich – klug, aufgeweckt, wissbegierig. Sie können meinem Urteil also vertrauen, denn niemand kennt die Fallstricke eines regen und rastlosen Geistes besser als ich.«

Rose blinzelte und wartete schweigend ab, aber für ihn schien damit alles gesagt. Seinen Stock fest aufsetzend, ging er den Korridor hinab. Die Schatten schluckten ihn, bis er ihrem Blick entschwunden war, doch fern war noch das Klopfen seines Stocks zu hören, stet und irgendwie beruhigend, als er durch die Halle und dann, Schritt für Schritt, die Treppe hinaufging.

Eine Weile stand Rose so da und lauschte, sein Geschenk in den Händen, und die Falte zwischen ihren Brauen wurde immer steiler, je länger ihr seine letzten Worte – und mehr noch der Ton, in dem er sie gesagt hatte – durch den Kopf gingen.

Erst als sie hörte, wie er oben die Tür seines Schlafzimmers schloss, und sie zu ihrer Näharbeit zurückgekehrt war, wurde ihr bewusst, dass sie weder über Homer noch über sich selbst nachgrübelte, sondern über ihn.

5. Kapitel

Einige Tage später stand Thomas mit seinem Skizzenbuch vor dem Haus und entwarf einen Plan für die Anlage einiger Blumenbeete, von denen er meinte, dass sie den vorderen Rasen verschönern könnten, da drang von fern das Rattern von Kutschenrädern an sein Ohr.

Leicht verwundert hob er den Blick und schaute die Auffahrt hinunter, war heute doch nicht der übliche Tag, an dem die Lieferungen nach Breage Manor gebracht wurden. Zudem klang dieses Gefährt nicht nach dem rumpelnden Karren des Fuhrmanns.

Thomas ließ das Skizzenbuch sinken, griff nach seinem Stock und ging die paar Schritte zur Auffahrt.

Ein Einspänner kam aus dem Schutz der Bäume, die das Anwesen von der Straße abschirmten. Auf dem Bock saßen zwei Männer, und noch ehe der Fahrer sein Pferd gezügelt und den Wagen zum Stehen gebracht hatte, wusste Thomas schon, mit wem er es zu tun hatte.

Männern dieses Metiers war er nicht nur bereits begegnet, sondern hatte ihre Dienste bisweilen selbst in Anspruch genommen. Er wusste also, was ihn erwartete.

»Morgen, Sir.« Der andere Mann, der Beifahrer, zog seinen Hut vor Thomas. Beide waren in den mittleren Jahren, ordentlich gekleidet, und doch von einer Durchschnittlichkeit, dass sie einem, würde man ihnen auf der Straße begegnen, nicht weiter auffallen würden.

Es sei denn, man schaute ihnen zufällig in die Augen und bemerkte diese ständige Wachsamkeit, den kühl beobachtenden Blick, der alles wahrnahm und so sehr zum Rüstzeug ihres Metiers gehörte, dass er irgendwann zur Gewohnheit wurde, die sich so leicht nicht mehr abstreifen ließ.

Thomas erwiderte den höflichen Gruß des Mannes, wartete dann aber, wie es bei den eher wortkargen Menschen des West Country üblich war, ab, bis die beiden ihr Anliegen vortrugen. Die Menschen dieses Landstrichs verloren keine unnötigen Worte, was ihm gerade sehr zupass kam.

Der Blick der beiden war über die Fassade des Herrenhauses geschweift. Der Beifahrer deutete brüsk mit dem Kinn auf das Gebäude und fragte: »Sind Sie der Eigentümer?«

Thomas wartete, bis beide Männer ihn wieder ansahen. »Wer will das wissen?«

Sein Ton und Gebaren waren Antwort genug und zudem ein kleiner Wink mit dem Zaunpfahl, dass die zwei nicht seines Standes waren und somit kein Recht hatten, Forderungen an ihn zu stellen. Nicht einmal seinen Namen war er ihnen schuldig.

Sofort verlegten beide sich auf höfliche Ehrerbietung. »Verzeihen Sie vielmals, Sir«, sagte der Fahrer. »Wir suchen nach ein paar Leuten und wollten bloß fragen, ob Sie oder sonst jemand im Haus uns zufällig weiterhelfen können.«

Genau wie Thomas angenommen hatte, handelte es sich bei den beiden um zivile Ermittler, die gern mit der Fahndung nach Personen beauftragt wurden, die, aus welchen Gründen auch immer, nicht gefunden werden wollten. »Verstehe«, meinte er und mäßigte seinen Ton. Mildes Interesse vorschützend, hob er die Brauen. »Und wen suchen Sie?«

»Eine junge Dame – oder na ja, Sie war jung, als sie verschwand, müsste jetzt aber schon Ende zwanzig sein – und zwei Kinder. Der Junge neun, und das Mädchen etwas jünger.« Der Fahrer hatte ein vertrauenerweckendes Gesicht, das geradezu dazu einlud, sich etwas von der Seele zu reden.

»Sie sind vor vier Jahren aus Leicestershire verschwunden, und wir haben Grund zu der Annahme, dass sie sich bereits geraume Zeit hier in der Gegend aufhalten.«

Thomas nahm eine entspanntere Haltung ein, und sein Ton ließ allenfalls höfliches Interesse erkennen. »Warum suchen Sie denn nach ihnen?«

»Der Junge erbt wohl irgendeinen Besitz, weiß aber noch nichts von seinem Glück«, gab der Beifahrer Auskunft.

»Wir sollen sie finden, um die Nachricht zu überbringen«, setzte der Fahrer nach.

Thomas legte die Stirn in Falten, als denke er angestrengt nach – und als sei er dem wohl ältesten Trick aus dem Ermittler-Arsenal auf den Leim gegangen. »Eine Dame mit zwei Kindern, aus Leicestershire …« Schließlich schüttelte er in vorgeschütztem Bedauern den Kopf. »Ich wüsste niemanden, auf den diese Beschreibung passen würde.«

Der Fahrer hielt das Pferd so kurz, dass es unruhig zu tänzeln begann.

Thomas schaute zu, wie der Mann das Tier beruhigte, und dachte nach. Es stand zu vermuten, dass die beiden nicht rein zufällig hier waren – jemand musste ihnen gegenüber seine Haushälterin und die Kinder erwähnt haben.

Nachdem er das Pferd wieder unter Kontrolle hatte, musterte der Fahrer ihn mit einem scharfen Blick, der eindeutig den Ermittler erkennen ließ, doch sein Ton blieb höflich. Fast beiläufig fragte er: »Was ist denn mit Ihrer Haushälterin und ihren Kindern? Uns wurde gesagt, dass sie die Gesuchten sein könnten.«

Thomas machte gute Miene zum bösen Spiel und gab alles, damit sein Lächeln auch seine Augen erreichte. Nichts sollte den beiden Männern, geübte Beobachter, die sie waren, Anlass geben, an seinen Worten zu zweifeln. »Ah«, meinte er, »jetzt verstehe ich, was Sie herführt. Da muss es sich um eine Verwechslung handeln, meine Herren. Meine Haushälterin hätte zwar das entsprechende Alter und ihre Kinder auch, aber die Familie stammt aus der Nähe von Penzance und hat meines Wissens die Grafschaft noch nie verlassen. Ihr Mann war bei der Marine und sie ist über sieben Ecken mit dem älteren Ehepaar verwandt, das mir früher den Haushalt geführt hat, weshalb sie die Stelle übernommen hat, als die beiden sich zur Ruhe gesetzt haben. Sie ist seit ein paar Jahren Witwe, müssen Sie wissen.«

Die Männer zögerten. Seine souveräne Beteuerung hatte ihre Entschlossenheit ins Wanken gebracht.

Einen Moment später versuchte der Beifahrer es erneut. »Wir haben gehört, dass sie sich sehr gewählt auszudrücken versteht, Ihre Haushälterin – wie eine Dame.«

Thomas nickte knapp. »Natürlich. Sie kommt aus dem Landadel, hat aber unter ihrem Stand geheiratet. Jetzt, da sie ihren Mann verloren hat, hält sie an diesen Äußerlichkeiten verständlicherweise umso mehr fest, verbessern sich so doch ihre Aussichten, eine gute Stelle zu finden – beispielsweise als meine Haushälterin.«

Kurz erwog er, seine Haushälterin zu holen, damit sie sich selbst ein Bild machen könnten, aber für einen Gentleman seines Standes wäre das wohl ein Schritt zu viel des Entgegenkommens. Stattdessen fasste er seinen Stock mit beiden Händen, richtete sich auf und meinte: »Bestünde auch nur die geringste Wahrscheinlichkeit, dass es sich bei meiner Haushälterin um die von Ihnen gesuchte Dame handelt und bei ihrem Sohn um den mutmaßlichen Erben, würde ich die beiden kurz holen, damit Sie selbst mit ihnen sprechen können. Aber da ich weiß, dass dem – schon wegen ihrer Herkunft – nicht so sein kann, sehe ich keinen Grund, sie unnötig zu behelligen.«

Damit, fand er, hatte er genau den richtigen Ton getroffen.

Die Männer schienen das auch so zu sehen, denn sie wirkten recht ernüchtert.

»Wüssten Sie sonst noch jemanden in der Gegend, auf den die Beschreibung passen könnte, Sir?«, fragte der eine resigniert.

Wieder gab Thomas vor, gründlich nachzudenken, ehe er den Kopf schüttelte. »Nein, tut mir leid.« Er hielt kurz inne, ehe er die Frage hinterherschickte, die ihm tatsächlich unter den Nägeln brannte: »Ich nehme an, dass jemand Sie beauftragt hat, hier nach diesen Leuten zu suchen – ist man denn sicher, dass die Dame und ihre Kinder überhaupt noch in der Gegend sind?«

Der Fahrer griff nach den Zügeln und verzog das Gesicht. »Nach allem, was ich gehört habe, weiß der Gentleman selbst nicht allzu viel, aber die Agentur hat die Spur der drei bis hierher verfolgt, und da sie sonst nirgends gesehen wurden …« Er zuckte mit den Schultern und nickte Thomas höflich zu. »Danke für Ihre Hilfe, Sir.«

Sein Beifahrer deutete eine knappe Verneigung an.

Thomas blieb an der Auffahrt stehen und wartete, bis die beiden ihr Gespann gewendet hatten und zurück zur Straße fuhren.

Am einem der Fenster im Salon hatte er Rose bemerkt, wie sie verstohlen zwischen den Vorhängen hindurchspähte. Er wusste nicht, wie lange sie schon da stand, und schaute auch nicht zu ihr hinüber.

Nachdem er noch einen Augenblick über diese Begegnung nachgesonnen hatte, nahm er sein Skizzenbuch wieder zur Hand und setzte seine Arbeit fort.

Er konnte schlecht einschätzen, ob die beiden Agenten ihm geglaubt hatten, wollte aber auf keinen Fall das Risiko eingehen, sich durch unbedachtes Handeln zu verraten und damit die Sicherheit von Rose, Homer und Pippin aufs Spiel zu setzen. Gut möglich, dass die beiden Männer ihm seine Geschichte nicht abgekauft hatten und ein Stück die Auffahrt hinunter gehalten hatten, um sich im Schutz der Bäume heranzupirschen und zu prüfen, wie er auf ihre Nachricht reagierte.

Vermutlich war es die Macht der Gewohnheit. Er war einfach zu routiniert darin, andere hinters Licht zu führen und sie das glauben zu lassen, was er sie glauben machen wollte, als dass er seine Rolle nicht zu Ende gespielt hätte.

Eine halbe Stunde blieb er noch vorn auf dem Grün und gab vor, an seinen Verschönerungsplänen zu arbeiten.

Dabei kamen ihm alle paar Minuten neue Antworten auf die alles entscheidende Frage in den Sinn, wer seine Haushälterin und ihre Kinder eigentlich waren und warum sie hier auf Breage Manor Zuflucht gesucht hatten.

Schließlich klappte er sein Skizzenbuch zu, nahm seinen Stock und ging gemessenen Schrittes zurück zum Haus.

Es überraschte ihn nicht, dass Rose ihn gleich in der Halle abfing.

Sie wartete gar nicht erst ab, dass er die Tür hinter sich schloss, sondern fragte sofort: »Diese beiden Männer – wer waren sie?«

Thomas schloss die Tür, drehte sich dann nach Rose um und sah sie an. Sah ihre Anspannung, die aus jeder ihrer Bewegungen sprach, aus ihren verhärteten Zügen und ihrem ungewohnt scharfen Tonfall. Beschwichtigend ging er auf sie zu und senkte die Stimme. »Sie suchen nach einer Dame, die mit zwei Kindern aus Leicestershire verschwunden ist.«

Rose wurde totenbleich.

Ruhig fuhr er fort: »Ich habe ihnen gesagt, dass die Beschreibung der Gesuchten auf meine Haushälterin und ihre Kinder passt, dass ich aber sicher weiß, dass meine Haushälterin aus der Nähe von Penzance stammt, und dass weder sie noch ihre Kinder je über die Grenzen der Grafschaft hinausgekommen sind.«

Um Rose herum brach ihre Welt zusammen. Alle Sicherheit war dahin, das Gefühl von Schutz und Geborgenheit. Einfach so, von einem Augenblick auf den anderen. Sie rang nach Luft, sah Thomas in heller Panik an … und so brauchte es einen Moment, bis die Bedeutung seiner Worte zu ihr durchdrang.

Er hatte gelogen, um sie zu schützen.

Die unerschütterliche Ruhe seines Blicks, hinter dem sich ein wacher Verstand verbarg, dem nichts entging, ließ sie keinen Augenblick daran zweifeln, dass er genau wusste, um wen es sich bei den drei Personen handelte, nach denen die Männer gesucht hatten.

Nach denen sie noch immer suchten.

Sie holte tief Luft und zwang sich zu fragen: »Haben sie Ihnen geglaubt?«

Er zögerte, und sie merkte, dass er überlegte, was er ihr antworten sollte – wie viel er ihr sagen sollte; was ihm überhaupt zustand, ihr zu sagen. Schließlich meinte er: »Fürs Erste ja. Zumindest sind sie wieder abgezogen.«

Die nüchterne Wahrheit, nicht mehr und nicht weniger.

Mit einem stummen Seufzer auf den Lippen neigte sie den Kopf. »Danke.«

Ein Augenblick verstrich, und sie wusste, dass er darauf wartete, mehr zu erfahren, eine Erklärung von ihr zu bekommen … Aber es war nicht ihre Geschichte. Es stand ihr nicht zu, ihm davon zu erzählen. Nicht sie war es, der die eigentliche Bedrohung galt.

Wie sie so vor ihm stand und nichts preisgab, neigte er mit einem schmalen Lächeln den Kopf. »Wir haben alle unsere Geheimnisse, Mrs. Sheridan.«

Damit ging er an ihr vorbei zur Treppe. Mit leiser Verwunderung schaute Rose ihm nach.

Im Laufe des Tages spielte Rose das Gespräch vom Morgen immer wieder in Gedanken durch. Die erste Erleichterung darüber, dass die Männer Thomas' Beteuerungen geglaubt und ihren Rückzug angetreten hatten, war recht schnell der ernüchternden Einsicht gewichen, dass sie – oder andere ihres Schlags – über kurz oder lang wiederkommen würden.

Nachdem sie einmal Witterung aufgenommen hatten und ihrem Ziel so nah waren, würden sie jetzt kaum aufgeben. Man schien nach ihr und den Kindern zu fahnden. Und beim nächsten Mal wäre Thomas vielleicht nicht da, um die Ermittler auf die falsche Spur zu locken.

Um sich schützend vor sie und die Kinder zu stellen.

Hatte er nicht gesagt, dass er sich bloß deshalb in Breage Manor aufhielt, weil er irgendeinen Ruf erwartete, der jederzeit kommen könnte?

In Gedanken anderswo, brachte sie reichlich zerstreut das Mittagessen hinter sich, dann das Abendessen, und schließlich die Kinder zu Bett.

Danach ging sie in ihrer kleinen Schlafkammer unter dem Dach ruhelos auf und ab und überlegte, was jetzt zu tun sei. Früher hatte sie sich beim ersten Anzeichen, dass Gefahr im Verzug sei, die Kinder geschnappt und ihre Zelte hinter sich abgebrochen. Auch jetzt drängte ein tief sitzender Instinkt sie dazu, mit den beiden schnellstmöglich das Weite zu suchen.

Aber diesmal war es anders. Diesmal war Thomas ihnen zu Hilfe gekommen. Sein beherztes und überlegtes Eingreifen hatte ihr etwas Aufschub verschafft. Zeit, um in Ruhe nachzudenken, einen Plan zu fassen.

Sie würden Breage Manor verlassen müssen, das stand außer Frage. Insgeheim hatte Rose sich schon in Sicherheit gewogen und geglaubt, dass es mit dem Leben auf der Flucht nun ein Ende hatte. Sie hatte gehofft, hier in Frieden mit Homer und Pippin leben zu können, bis die Zeit gekommen war, in ihre alte Welt zurückzukehren und dort die Schlacht zu schlagen, die es um der Kinder willen zu schlagen galt. Doch sie hatte sich geschworen, nichts unnötig aufs Spiel zu setzen; all die Mühen, die sie auf sich genommen, die zahlreichen Opfer, die sie während der letzten vier Jahre erbracht hatte. Sie mussten fort von hier, da half alles nichts. Aber dank Thomas' selbstlosen Eingreifens würden sie zumindest nicht völlig überstürzt aufbrechen müssen.

Um aus der Zeit, die er ihnen geschenkt hatte, das Beste zu machen, sollte sie sich irgendein Szenario überlegen, mit dem ihre Abreise sich erklären ließe, irgendeinen belanglosen Grund, der sie fortgerufen hatte. Keine kopflose Flucht mit den Häschern auf den Fersen! Sie tat besser dran, sich einen Plan zurechtzulegen.

Rose hielt inne und horchte in sich hinein, ob es sich richtig anfühlte. Sie merkte, wie sie ruhiger und sich ihrer Sache sicherer wurde. Die Entscheidung war getroffen; um die Einzelheiten der Ausführung würde sie sich später kümmern.

Denn zunächst …

Sie zog sich ihren Schal um die Schultern, öffnete leise die Tür und ging hinüber in Pippins Zimmer, um nach der Kleinen zu schauen. So tief und fest schlummernd sah sie wie ein Engel aus.

Lautlos zog sie die Tür wieder zu und sah dann nach Homer, der ebenfalls friedlich zu träumen schien. Ehe sie es sich anders überlegen konnte, stieg sie die Treppe hinunter und machte sich auf die Suche nach Thomas.

Die Treppe führte hinaus auf den Korridor im ersten Stock, den sie nun forschen Schrittes hinablief. Eine Kerze hatte sie nicht mitgenommen, aber der Mond warf durch die

Fenster an beiden Enden des Ganges genug Licht herein, damit sie sicher einen Fuß vor den anderen setzen konnte.

Erklären konnte sie es ihm zwar nicht, denn um Homers willen musste sie ihr Geheimnis wahren, aber sie wollte Thomas zumindest noch einmal richtig danken für seine vorbehaltlose Unterstützung. Nicht auszudenken, was jetzt mit ihr und den Kindern geschehen könnte, hätte er nicht um ihretwillen gelogen. Er hatte sie beschützt, und das, wenn sie es recht gesehen hatte, ohne lang zu zögern. Ein aufrichtiges Dankeschön war das Mindeste, was sie ihm schuldete, und da er längst zu wissen schien, dass sie etwas vor ihm verbarg, auch eine Zusicherung, dass es keineswegs fehlendes Vertrauen war, wenn sie ihm ihr Geheimnis nicht offenbarte. Es stand ihr schlicht nicht zu, ihn einzuweihen.

Sie war fast an der Haupttreppe angelangt, als sich von unten das vertraute *tock, tock* seines Stocks vernehmen ließ. Erst ging sie langsamer, dann blieb sie ganz stehen und wartete, dass Thomas die Treppe heraufkam.

Oben angelangt, bemerkte er sie nicht sogleich.

Das war sogar noch besser, als Rose es sich erhofft hatte. Viel besser, als in der Bibliothek mit ihm zu sprechen, wo er den ganzen Raum für sich hatte und ihr jederzeit ausweichen konnte … Nein, die räumlichen Grenzen des Korridors kamen ihr sehr entgegen.

Erhobenen Hauptes und die Hände vor der Brust verschränkt stand sie da, mitten auf dem Korridor. Links von ihr befand sich ein Vitrinenschrank und zu ihrer Rechten eine kleine Konsole, die den Durchgang noch weiter einengten.

Jetzt hatte er sie bemerkt und ging nach kurzem Zögern weiter. Ruhig und fest spürte sie seinen Blick auf sich, was sie in der Vermutung bestärkte, dass er wusste, was sie wollte. Ehe sie nicht alles gesagt hatte, was zu sagen war, käme er hier nicht vorbei.

Als er vor ihr stehenblieb, meinte sie fast, seinen stummen Seufzer zu hören. Fragend hob er eine Braue. »Ja?«

Dass er die Anrede wegließ und etwas unduldsam klang, davon ließ sie sich nicht schrecken. Den Blick auf seine halb im Schatten verborgenen Augen gerichtet, holte sie einmal tief Luft und begann: »Ich wollte Ihnen noch einmal danken für alles, was Sie heute getan haben …«

Doch schon winkte er ab. »Aber das hatten Sie bereits, wenn ich mich recht entsinne.«

»Nein, nicht richtig.«

»Ihre Worte des Danks waren mehr als hinreichend. Es ist wirklich nicht nötig …«

»Oh doch, und ob es das ist.«

Sein Blick bohrte sich in ihren. Rose spürte seinen Willen wie eine Kraft, die nur darauf aus war, sie von sich zu weisen, sie zurückzudrängen, aber sie würde nicht nachgeben. Fest schaute sie ihm in die Augen und rührte sich nicht von der Stelle, parierte seinen Starrsinn mit ihrer Entschlossenheit.

Seine Lippen wurden schmal. Kurz und hörbar holte er Luft. »Mrs. Sheridan.« Seine Stimme war kühl, doch nicht schneidend: Er wollte, dass sie ihm aus dem Weg ging, ohne ihr dabei zu nahe zu treten. Er wollte sie nicht verletzen, nur ein paar Dinge klarstellen. »Gestatten Sie mir den Hinweis, dass mein Handeln nicht von dem Wunsch geleitet war, mir Ihren Dank zu verdienen. Ich habe so gehandelt, weil es richtig war, so zu handeln, und weder will noch brauche ich dafür Ihren Dank …«

»Herrje, Sie können einen wirklich in den Wahnsinn treiben!« Nun verlor Rose doch die Geduld. In den letzten Wochen hatte sie seine Neigung zur Selbstverleugnung zur Genüge kennengelernt, aber jetzt reichte es ihr. »Ist Ihnen eigentlich schon mal der Gedanke gekommen, dass es anderen ein Bedürfnis sein kann, sich bei Ihnen zu bedanken – und dass Sie diesen Dank gefälligst großherzig anzunehmen haben, um einem so das Gefühl zu nehmen, für immer in Ihrer Schuld zu stehen?«

Noch während ihre Worte zwischen ihnen nachklangen, fiel ihr ein, was er ihr Tage zuvor gestanden hatte. In Gedanken hörte sie ihn, zaghaft, zögerlich, sagen: *Ich tue mich bisweilen etwas schwer im Umgang mit anderen Menschen. In der Regel bedenke ich nicht, wie mein Handeln sich auf andere auswirkt – welche Konsequenzen es haben kann.*

Seine Miene wurde ausdruckslos, und als er den Blick senkte, wusste sie, dass sie den Nagel auf den Kopf getroffen hatte. Er war sich einfach nicht bewusst gewesen … hatte nicht gemerkt … Ihre eigene Miene wurde sanfter und auch ihre Stimme, als sie fortfuhr: »Sie machen das dauernd – selbst kleine, ganz harmlose Dankesbezeugungen lehnen Sie ab. Sie versuchen, sie zu umgehen oder weisen sie von sich und spielen all das Gute, das Sie tun, damit herunter. Sie werten Ihre Taten ab, schmälern ihre Bedeutung und wollen nicht anerkennen, welch positiven Anteil Sie am Leben anderer haben …« Alles davon entsprach der Wahrheit. Verwirrt sah sie ihn an. »Warum tun Sie das?«

Erst hielt er den Blick noch gesenkt, dann wurden seine Züge ernst und er sah Rose an. »Wenn Sie dann fertig wären …?«

Kalt waren seine Worte keineswegs. Sie spürte die Gefühle darunter, spürte sie brodeln und schwelen, doch er gestand sie sich einfach nicht zu.

Und wie sie ihn noch so ansah, ihn zu ergründen, zu verstehen versuchte, schaute er auch schon wieder weg und wollte sich an ihr vorbeistehlen.

»Nein.« Beherzt machte Rose einen Schritt zur Seite und verstellte ihm den Weg. Nun standen sie so dicht voreinander, dass seine Hemdbrust bei jedem Atemzug ihren Schal streifte. »Ich bin noch nicht fertig.« Ärger, auf ihn und um seinetwillen, mischte sich mit einem ganzen Durcheinander anderer Gefühle und brachte ihr Blut zum Kochen. »Da wäre dann noch das.«

Sie legte die Hände an seine Wangen, zog seinen Kopf zu sich herab und drückte ihre Lippen fest auf seine.

Ein für alle Mal sollte Thomas Glendower verstehen, dass er nicht so wertlos war, wie er sich immer hinstellte!

Sie küsste ihn, um all die Gefühle auszudrücken, die er ihr versagte: tiefe Dankbarkeit, aber auch unendliche Erleichterung über seine Anwesenheit hier sowie über die unzähligen kleinen Aufmerksamkeiten, mit denen er sie und die Kinder bedachte, kleine Gesten oft nur, die sie aber umso mehr zu schätzen wusste.

Er mochte sich im Umgang mit anderen Menschen schwertun, aber zumindest versuchte er es – und das mit Erfolg.

So viel immerhin konnte sie ihm sagen. Und weil er auf ihre Worte nicht hören wollte, ließ sie eben ihren Körper sprechen.

Unter ihrer rechten Hand spürte sie flüchtig seine Narben, und es fühlte sich fremd und seltsam vertraut an. Doch schon bald nahm sie es kaum mehr wahr, während sie tat, was sie nie zuvor in ihrem Leben getan hatte, und ihr ganzes Herz, ihre Seele, in einen Kuss legte.

Es war mutig von ihr, vielleicht gar verwegen, aber in vielerlei Hinsicht schlicht vonnöten.

Und Thomas zeigte sich durchaus empfänglich.

Ihr Herz tat einen Sprung, als sie seine Lippen, so unerwartet sinnlich und warm, unter den ihren nachgeben spürte.

Ganz kurz nur, einen flüchtigen Herzschlag.

Dann hielt er inne, fing sich – und hörte auf.

Oh nein, das kam jetzt überhaupt nicht infrage!

Mit einer geschmeidigen Bewegung, so entschlossen und

entschieden, dass er sich kaum würde entziehen können, drängte sie sich an ihn und küsste ihn fester.

Der Damm brach.

Rose frohlockte.

Und Thomas verlor den Boden unter den Füßen.

In staunender Verwunderung fand er sich von einer Welle der Gefühle überrollt, von Empfindungen, die ein verzweifeltes Sehnen trieb, das schon immer in ihm gewesen sein musste, sich aber erst jetzt bemerkbar machte.

Wo kam das alles plötzlich her? Was hatte Rose in ihm entfesselt?

Antworten hatte er keine. Er wusste nur, dass es sich verdammt gut anfühlte, wie ihre Lippen sich auf seinen bewegten und eine Reaktion von ihm einforderten, die er ihr nicht länger vorenthalten konnte.

Er spürte nichts mehr außer der Wärme ihres Körpers, ihrer Berührung, lockende Sirenenrufe in der düsteren Ödnis, die sein Leben geworden war.

Längst war er nicht mehr Herr seiner Sinne, seine Lippen öffneten sich ohne sein Zutun. Leicht und mühelos – ohne jeden Gedanken, ohne Absicht oder gar eine bewusste Willensanstrengung – erwiderte er ihren Kuss, und dann küsste er sie mit all der Sehnsucht, all dem Verlangen, das sich in den letzten Monaten in ihm angestaut hatte.

Seit er sie das erste Mal gesehen hatte.

Wie von fern nahm er einen dumpfen Schlag wahr, als sein Stock zu Boden fiel. Doch es kümmerte ihn nicht. Wie aus eigenem Antrieb, oder so kam es ihm vor, hoben sich seine Arme und schlangen sich um sie, zogen sie sanft, doch verlangend, an sich.

Rose.

Eine letzte Ungewissheit blieb, ob sie ihn nicht von sich weisen würde, aber nein, sie ließ sich gegen ihn sinken, in seine Arme, genau wie er gefangen in der Flut ihrer Gefühle.

Leidenschaften, die, so jäh freigesetzt, nun mit ungehemmter Kraft zwischen ihnen strömten.

In triumphaler Hingabe bot sie ihm ihren Mund dar, eine Trophäe, die nur ihm zugedacht war; ein Fest der Sinne, das es zu kosten, zu schmecken und, auf ihr Drängen, zu plündern galt, und sie gab ihm reichlich, lockte und lenkte ihn mit fester Hand.

Kein Nachlassen, keine Atempause – auch nicht für einen Moment.

Natürlich waren ihm körperliche Freuden nicht fremd, aber das hier war anders, es war mehr – schöner vielleicht, bedeutsamer, ohne dass er hätte sagen können, warum.

Ihre Lippen verschmolzen, und Rose war bei ihm in allem, was er tat. Wollte er innehalten, so drängte sie ihn weiter, verlangte mehr, nahm sich mehr und brachte sie beide schier um den Verstand.

Sie verloren alle Hemmungen, ihr Kuss wurde wild und verlangend. Die Bande ihrer Lust wurden stärker, mächtiger und fesselten sie in einem Maße, mit dem sie nicht gerechnet hatten.

Ihre Zungen umspielten einander, neckten und lockten; ihre Lippen suchten und fanden.

Immer wieder neu flammte das Verlangen auf, eine Urgewalt, die tief aus ihrem Innern aufstieg, sich mit ihren Liebkosungen und Leidenschaften verquickte und Funken schlug.

Das Feuer loderte in ihm – und es loderte in ihr.

Thomas hatte geglaubt, dieses Feuer der Leidenschaft verloren zu haben, aber nein, hier war es. Es musste in ihm geschlummert haben, eine schwelende Glut, bis sie es entfachte.

Rose drängte sich an ihn, und die Flammen schlugen über ihnen zusammen.

Eine verzehrende Hitze, Ströme glühenden Verlangens, die wie Lava durch seine Adern rauschten. Er schloss die Arme fester um sie, zog sie an sich; beugte sich über sie und vertiefte den Kuss.

Sinnbildlich gesprochen reichte er ihr die Hand und zog sie mit sich ins flammende Inferno.

Und Rose folgte ihm freudig, denn kein Zweifel, keine Gedanken kamen an gegen dieses Frohlocken, sich von ihm begehrt zu wissen. Zu spüren, wie seine Männlichkeit sich hart und verlangend an ihren Bauch drängte, war ihr hinreichender Beweis für sein Verlangen.

Er wollte sie, und bei Gott, ihr war nicht klar gewesen, wie sehr auch sie ihn wollte. Sie war sich nicht bewusst gewesen, dass ihre wunderlichen Reaktionen auf seine Nähe nichts anderes waren als die Anzeichen eben dieser Begierde, dieses drängenden, maßlosen, alles verzehrenden Hungers.

Sie grub die Finger in sein Haar, stellte sich auf die Zehenspitzen und erwiderte seinen Kuss heiß und innig. Welch eine Lust es war, welch eine Wonne! Das war es, wonach es sie verlangt hatte, wonach sie sich im tiefsten Innern sehnte.

Diese Nähe.

Mit ihm.

Begierde und Leidenschaft, Lust und Verlangen wurden eins und erfüllten sie, jagten wirbelnd durch ihre Adern, eine Glut, die sie verzehrte und jeden Gedanken zunichtemachte. Bis nur noch ein Wunsch blieb, ein instinktives Streben nach *mehr*.

Thomas fand keinen Halt mehr in diesem taumelnden Tumult ihrer Leidenschaften. Die Erkenntnis kam wie aus dem Nichts; ihr folgte jähe Panik, so hoffnungslos, hilflos seinen Gefühlen ausgesetzt zu sein, ganz kurz nur, doch es genügte.

Es genügte, um einen Funken Klarheit durch den Nebel ihres Verlangens dringen zu lassen und ihn daran zu erinnern, wer sie waren.

Er, in so vielerlei Hinsicht gezeichnet, versehrt, und sie …

War ihre Leidenschaft, so wenig sie der seinen auch nachstehen mochte, echt? Oder glaubte sie, ihm etwas schuldig zu sein, weil sie ihm zu Dank verpflichtet war für seinen Schutz und seine Fürsorge und alles, was er für sie und die Kinder getan hatte?

Sein Verstand sträubte sich gegen diesen Gedanken, aber konnte er sich in dieser Hinsicht ganz sicher sein? Allein die Möglichkeit, dass sie nicht wirklich das fühlte und empfand, was er wie selbstverständlich angenommen hatte, ließ ihn innehalten und brachte ihn zu der Erkenntnis …

Dass sie eine Grenze überschritten hatten, die niemals hätte überschritten werden dürfen. Im Grunde hatten sie das, was zwischen ihnen war, alles, was sie trennte, ausgelöscht, hatten sich ohne nachzudenken darüber hinweggesetzt …

Sie hatten sich verletzlich gemacht, alle beide.

Schwer atmend wich er zurück, löste seine Lippen von den ihren und hob den Kopf.

Flatternd öffneten sich ihre Lider, und ihre Blicke trafen sich. Noch immer waren sie einander so nah, dass ihr Atem sich mit seinem mischte.

Mehrere Herzschläge lang sah er sie an, schaute tief in ihre Augen. Dann, und er konnte einfach nicht anders, hob er die Hand und strich ganz sacht mit dem Finger über ihre Wange. Noch immer verzehrte er sich danach, sie zu berühren, zu wissen, wie sie sich anfühlte.

Wie es sich anfühlte, was er empfand.

Und er empfand so viel mehr als je zuvor. Dieser Ansturm teils widerstreitender Gefühle erschütterte ihn zutiefst.

Er versuchte tief durchzuatmen, wobei seine Brust sich schwer hob gegen die sanften Rundungen ihres Busens und er kurz die Augen schließen musste, um sich zu besinnen.

Nachdem er sich wieder halbwegs beruhigt hatte, fühlte er sich noch immer seltsam haltlos, als habe er seine Mitte, seinen inneren Anker verloren und triebe hinaus auf offene See.

Noch immer außer Kontrolle.

Er war nicht mehr der Mann, der er einst gewesen war und noch nicht sicher, wer er jetzt war.

Auch hier, auf diesem im Grunde doch vertrauten Terrain, wie es schien.

Aber vielleicht lag es daran, dass er noch immer nicht seine letzte Buße getan hatte, und ehe diese Schuldigkeit beglichen war, lag sein Leben nun mal nicht in seiner Hand.

Dabei wusste er nicht einmal, ob er danach überhaupt noch am Leben wäre.

Er wollte sie nicht gehen lassen, aber … Langsam ließ er sie los und trat einen Schritt zurück. Ihre Nähe, diese sinnliche Wärme zu missen, erschütterte ihn erneut, doch er widerstand der Versuchung, so stark und mächtig sie auch war, die Hand nach ihr auszustrecken und sie wieder an sich zu ziehen.

Mit noch von ihrem Kuss verklärtem Blick hatte sie ihn angeschaut, fragend, ein wenig verständnislos, doch jetzt spiegelte sich das ganze Durcheinander ihrer Gefühle in ihren matt schimmernden Augen.

Sie wollte etwas sagen, doch er kam ihr zuvor: »Das war sehr … unangemessen.«

Ein ungläubiges Blinzeln, und dann, einen Herzschlag später, wiederholte sie in seltsamem Ton: »Unangemessen.«

Sofort begriff er, dass er wieder mal das Falsche gesagt hatte. »Von mir«, betonte er. »Ich hätte das nicht tun dürfen.«

Suchend richtete sie den Blick auf ihn, als verstünde sie nun gar nichts mehr.

Er fuhr sich mit der Hand durchs Haar – eine Geste, die seine ganze Hilflosigkeit offenbarte, seine Zweifel, seine Schwäche und seine Verletzlichkeit. Im Stillen schimpfte er sich einen Narren, dass er sich auch noch diese Blöße gab. »Es ist nicht … deine Schuld.« Er räusperte sich und deutete mit vager Geste zwischen sie. »Das, was sich zwischen uns entwickelt hat …«, und das nicht einmal er noch länger leugnen konnte, »… es darf nicht sein – weil nichts daraus werden kann. Nicht deinetwegen, sondern weil ich …« Er musste sich zwingen, es auszusprechen. »Weil ich der bin, der ich bin.«

Rose neigte den Kopf zur Seite, betrachtete ihn nachdenklich und meinte dann, ihre Stimme noch immer sinnlich und tief: »Und was für ein Mann glaubst du zu sein, dass ich dich nicht begehren könnte?«

Jetzt galt es, nicht zu zögern. »Ein Mann ohne Zukunft«, beschied er ihr, »ein Mann, dessen Seele bis in alle Ewigkeit verdammt ist. Weshalb ich ganz sicher nicht der Richtige für dich bin.«

Rose erwiderte seinen Blick und wog seine Worte ab. Wie er sie ansah, so ruhig und gefasst, seine Miene ernst und unnachgiebig, konnte kein Zweifel daran sein, dass er selbst an seine Worte glaubte – dass er der Überzeugung war, die Wahrheit zu sagen.

Aber war es tatsächlich die Wahrheit? Rose war sich nicht sicher.

Einerseits konnte sie verstehen, warum er, trotz der unbestreitbaren Anziehung zwischen ihnen, dem beiderseitigen Hunger und Verlangen, sich ihr – ihnen beiden – versagte.

Weil es besser so wäre für sie.

Und in Anbetracht dessen, dass sie zwei Kinder hatte, für

die zu sorgen und die zu beschützen sie sich geschworen hatte, galt es, seine Haltung durchaus zu berücksichtigen.

Dennoch … es genügte ihr nicht. Sie wollte es wissen. Fragend hob sie eine Braue. »Nicht mal für eine einfache Haushälterin vom Lande wärst du der Richtige?«

Sein Blick verfinsterte sich. »Wir wissen beide, dass du keine einfache Haushälterin bist.«

Obwohl sie sich längst von ihm durchschaut glaubte, erschütterte es sie zutiefst, als sie ihre Vermutung bestätigt fand, und rief ihr umso dringlicher das Wohl ihrer beiden Schützlinge ins Bewusstsein.

Als könne er ihre Gedanken lesen, fuhr er im selben leisen, vertraulichen Ton fort: »Dazu kommt, dass du Verantwortung für zwei Kinder trägst … Nein, das zwischen uns kann und darf nicht sein. Glaub mir, ich bin ganz sicher nicht der passende Mann für dich.«

Thomas sah, wie sie endlich begriff, dass er es nicht nur für sie tat, wenn er sich und ihr versagte, was sein könnte zwischen ihnen, und deshalb wollte er die Diskussion so schnell wie möglich beenden. »Du hast dein ganzes Leben vor dir und musst an das Wohl der Kinder denken, wohingegen ich …«

Die Erkenntnis kam so plötzlich und mit einer solchen Macht, dass es ihm die Sprache verschlug. Ungläubig starrte er sie an.

Als sie ob seines plötzlichen Schweigens verwundert die Brauen hob, rang er sich mühsam ein paar Worte ab: »Ich muss meinen eigenen Weg finden.«

Aber hatte er ihn womöglich längst gefunden? War sein Schicksal die ganze Zeit hier gewesen, direkt vor seiner Nase?

Er musste nachdenken, konnte es aber nicht, solange sie so vor ihm stand und ihn ansah, als wolle sie ganz entschieden widersprechen, und das Verlangen nach ihr noch immer in seinen Adern pulsierte.

So sagte er, vielleicht etwas brüsk: »Und davon werde ich mich auch nicht abbringen lassen.« Dann bückte er sich nach seinem Stock, ehe er sie ansah und sich einmal mehr in Förmlichkeiten flüchtete: »Wenn Sie mich dann bitte entschuldigen.«

Als sie nicht sogleich reagierte, biss er die Zähne zusammen und schickte fast verzweifelt hinterher: »Dürfte ich bitte vorbei?«

Rose spürte, wie ernst es ihm war, und noch ehe sie überlegen konnte, was sie tun sollte, war sie auch schon beiseitegetreten.

Mit dem Rücken zur Wand blieb sie stehen und schaute ihm nach, wie er zu seinem Zimmer ging und hinter der Tür verschwand.

Sie indes konnte sich noch nicht zum Gehen bewegen.

Zu heiß pulsierte ihr noch das Blut in den Adern, zu heftig war das Verlangen, das sie erfüllte. Und zu wissen, dass er genauso empfand, machte die Versuchung nur noch größer, auch den nächsten Schritt zu wagen, nachdem sie schon so weit gegangen war. Und doch … Er hatte ganz recht daran getan, ihr in Erinnerung zu rufen, dass sie nicht allein über ihr Leben entscheiden konnte. Sie trug, auch wenn sie sich bewusst dafür entschieden hatte, eine Verantwortung, der sie gerecht werden musste.

Erst einmal würde Rose in Ruhe nachdenken müssen, und bei aller Entschiedenheit, die er an den Tag gelegt hatte, konnte sie sich doch des Gefühls nicht erwehren, dass auch ihm ein wenig Bedenkzeit guttun würde. Vielleicht würde er dann seine Meinung ändern.

Nachdem sie noch einige Momente versonnen auf seine Tür gestarrt hatte, wandte sie sich ab und zwang sich, genau in die andere Richtung zu gehen, die Treppe hinunter und in die Küche.

Eine Stunde Näharbeiten am längst erloschenen Herdfeuer half zumindest, ihre aufgewühlte Leidenschaft etwas abzukühlen.

Schließlich löschte Rose das Licht und begab sich wieder nach oben auf ihr Zimmer. Unterwegs gestattete sie sich nicht auch nur einen Blick auf Thomas' Tür. Es war richtig von ihm gewesen, sich zurückzuziehen. Sie mussten beide nachdenken.

Dazu brauchte sie einen klaren Kopf und würde warten müssen, bis der Nebel des Verlangens sich verzogen hatte.

Rose legte ihre Kleider ab, schlüpfte in ihr Nachthemd und begann ihre Haare auszubürsten, wie sie es jeden Abend tat, ein festes Ritual. Danach legte sie die Bürste beiseite und schlüpfte unter die Bettdecke.

Sie streckte sich lang aus, zog sich das Plumeau bis zum Kinn und schaute im Dunkel zur Decke hinauf – erst dann gestattete sie ihren Gedanken, zu ihrem drängendsten Problem zurückzukehren. Erleichtert stellte sie fest, dass sie mittlerweile genügend Abstand gewonnen hatte, um die Sache einigermaßen nüchtern betrachten zu können.

Mehr konnte sie wohl kaum erhoffen, denn unter den Umständen war es höchst unwahrscheinlich, dass sie die Angelegenheit mit kühler Distanz und Objektivität betrachtete.

Wo sollte sie anfangen? Vielleicht erst einmal bei ihm und seiner Sicht der Dinge. Nachdem sie eine Weile darüber nachgesonnen hatte, fand sie es auch nicht weiter überraschend, wie er seine Entscheidung begründet hatte, denn er schien tatsächlich davon überzeugt, er sei nicht gut genug für sie – eine Einschätzung, die zu dem Mann passte, als den sie ihn kennengelernt hatte.

Was er indes nicht zu begreifen schien, war, dass ihn das in ihren Augen nur noch attraktiver machte. Für sie gewann er dadurch mehr, als dass er verlor. Gewiss, seine ständige … gut, vielleicht war Selbstverleugnung ein zu hartes Wort. Aber er neigte dazu, sich ständig herabzusetzen, sich kleiner zu machen, als er war, und das ärgerte Rose nicht gerade wenig, gab es dazu doch wahrlich keinen Grund. Aber … zeigte ihre Reaktion nicht gerade, wie viel er ihr bedeutete, was sie für ihn empfand? Denn sonst würde es ihr wohl kaum etwas ausmachen, dass er sich selbst nicht so schätzte, wie er es ihrer Ansicht nach tun sollte.

So wie sie ihn schätzte.

Das war ihr bislang nicht bewusst gewesen, aber ja, es stimmte: Sie war nur deshalb so verärgert, weil sie ihn mochte – und allem Anschein nach mehr als er sich selbst. So gesehen mussten die Gefühle für ihn wohl schon länger bestanden haben, auch wenn sie sich schwertat, sie genau zu benennen.

Wenn Rose einen Makel hatte, dann den, dass sie zu fürsorglich war. Menschen, die ihr ans Herz gewachsen waren, verteidigte sie mit Klauen und Zähnen. So wie die Kinder. Und wie es aussah, war Thomas in diesen erlesenen Kreis aufgenommen worden – ob ihm das nun passte oder nicht.

Sie spürte ein spöttisches Lächeln um ihre Lippen spielen. Der Arme! Nichts konnte ihm weniger lieb sein, aber es war nicht an ihm, darüber zu entscheiden.

Nun, da ihr Verstand wieder so herrlich klar war, versuchte sie sich alles zu vergegenwärtigen, was sie über ihn wusste und wie sie ihn bislang erlebt hatte. Das Leben hatte sie gelehrt, dass man Menschen eher an ihren Taten als an ihren Worten messen sollte, und Thomas' Taten … Er mochte nach eigenem Bekunden immer erst kurz nachdenken müssen, wie er sich anderen gegenüber verhalten sollte, aber dessen ungeachtet war sein Verhalten ihr und den Kindern gegenüber ausnahmslos freundlich, hilfsbereit und wohlwollend. Er tat alles, um sie zu unterstützen – weit mehr, als er müsste. Und Rose würde nur einen solchen Mann in ihrer Nähe zulassen, der auch den Kindern gegenüber Anteil nähme. Oder sie zumindest darin unterstützte, für die beiden zu sorgen.

Thomas, das wusste sie, würde das fraglos tun. Er würde an ihrer Seite stehen und sie und die Kinder beschützen, wie er es erst heute wieder getan hatte.

Wenn sie sich auf ihn einließe, musste sie nicht fürchten, die Kinder leichtfertig in Gefahr zu bringen – genau das Gegenteil wäre der Fall.

Wenn sie sich auf Thomas einließe. Das war die Frage – sollte sie oder sollte sie nicht?

So wie sie ihn einschätzte, sprach zumindest aus ihrer Sicht nichts dagegen. Das noch immer nachwallende Sehnen; die leise lockende Versuchung, wann immer sie an ihn dachte; die Erinnerung an seine Lippen auf den ihren taten ein Übriges. Alles in allem zog Rose diesen nächsten Schritt ernsthaft in Erwägung.

Ein Außenseiter schien er zu sein, doch nach allem, was sie von ihm wusste, war er ebenso hochgeboren wie sie. Sein Vermögen, seine Bildung, sein souveränes Auftreten wiesen ihn als einen Mann aus, der ihr gleichrangig war. Beide hatten sie sich, aus jeweils ganz eigenen Gründen, aus ihrem angestammten Milieu entfernt, und auch das war etwas, das sie verband. Von ihrer Vergangenheit getrennt, mussten sie sich in der Welt zurechtfinden, ohne sich dabei auf die Sicherheiten und Annehmlichkeiten ihres wahren gesellschaftlichen Standes berufen zu können. Stattdessen mussten sie auf ihren Mut, ihren Verstand und ihren Instinkt vertrauen.

Das war es, was sie außer ihrer gegenseitigen Anziehung gemein hatten. Ebenso das Klare und Entschlossene, das ein solches Leben mit sich brachte.

Sie wusste nicht, wie er sie einschätzte, aber er dürfte sie besser kennen als jeder frühere Verehrer es je getan hatte: Er kannte die Frau, nicht die Dame. All die anderen hatten in ihr vor allem eine Möglichkeit gesehen, in bessere Kreise einzuheiraten und gesellschaftlich voranzukommen.

Dagegen war er der erste Mann, den sie ernstlich in Betracht zog, den sie mit all seinen Fehlern und Vorzügen wahrnahm. Und ihn dennoch, oder gerade darum, wollte. Wenn sie ehrlich war, hatte es sie noch nie nach einem Mann verlangt, nicht ein einziges Mal in all den Jahren, die sie, vermeintlich auf der Suche nach einem Ehemann, auf den Bällen und Soireen des *ton* vertan hatte.

Aber was war mit seiner Vergangenheit? Eine Vergangenheit, die seine Seele bis in alle Ewigkeit verdammt hatte, wenn sie ihn richtig verstand … Reichlich melodramatisch kam es ihr vor, aber er schien davon überzeugt. Da sie indes seine Neigung kannte, sich selbst schlechtzureden, würde sie nicht zu viel darauf geben, zumal sie an die Kraft der Versöhnung glaubte. Sie war nämlich davon überzeugt, dass Menschen sich ändern und vergangene Fehler, welcher Art sie auch sein mochten, wiedergutmachen konnten.

Wenn sie sich denn aufrichtig darum bemühten. Und an Einsatz ließ er es nun wahrlich nicht mangeln. Sein Verhalten ihr und den Kindern oder den Gattings gegenüber bezeugte doch nur, wie sehr er versuchte, Gutes zu tun. Er hatte ihr sogar die zarten Spitzenhandschuhe geschenkt, um sie dafür zu entschädigen, dass er und Homer sich einen schönen Tag gemacht hatten, während sie arbeiten musste.

Kleine Gesten nur, die aber viel über sein Wesen verrieten.

Um seine Vergangenheit rankte sich noch immer ein Geheimnis, und vielleicht war sie tatsächlich so düster, wie er sie gezeichnet hatte. Aber es war ja nicht so, als hätte Rose selbst keine Geheimnisse, und was weitaus wichtiger war:

Sie mussten sich beide dem Hier und Jetzt der Gegenwart stellen, als der Mann, der er nun war, und als die Frau, die sie geworden war.

Eine Frau von neunundzwanzig Jahren, die sich nach etwas sehnte, das sie nie erfahren hatte.

Und das sie, wenn sie irgendwann in ihr altes, ihr eigentliches Leben zurückkehrte, wohl auch nicht mehr erfahren würde.

Eine ganze Weile spürte sie so ihren Gefühlen nach, erlaubte sich, all den Sehnsüchten und Wünschen Raum zu geben, die sie sich jahrelang versagt hatte, all den Träumen, die sie hatte aufgeben müssen, um den Kindern beizustehen. Natürlich würde sie ihre Entscheidung nie bereuen, doch …

Aber Träumereien brachten sie nicht weiter, und so richtete Rose ihre Gedanken erneut auf die anstehende Entscheidung.

Im Grunde hatte sie nur eine Wahl. Die beiden Männer, die heute Morgen da gewesen waren, dürften erst der Anfang sein. Wahrscheinlich waren sie bloß die Vorhut, Kundschafter. Irgendwann stünden noch mehr vor der Tür, und dann wäre es zu spät. Das bedeutete, dass sie und die Kinder bald von hier verschwinden mussten – wenn auch nicht heute und nicht morgen, so doch in absehbarer Zeit. Thomas' Wege und ihre würden sich dann trennen.

Sie hoffte natürlich, dass es dazu nicht kommen würde, aber danach sah es derzeit nicht aus.

Was also hielt sie davon ab, die Gelegenheit zu ergreifen und die körperliche Liebe zu erfahren – mit ihm, dem einzigen Mann, der sie in dieser Hinsicht je gereizt hatte? Kein anderer hatte je ein solches Verlangen in ihr zu wecken vermocht, dass selbst der Gedanke an ihn ihr wohlige Schauer über die Haut jagte.

Wenn sie jetzt nicht handelte, würde sie womöglich ihre einzige Chance verspielen und ihr Leben lang einer Erfahrung hinterhertrauern, die sie nie gemacht hatte.

Wenn die Vergangenheit sie eines gelehrt hatte, dann das: Da man sich nicht einmal des nächsten Tags sicher sein konnte, galt es immer, den Augenblick auszukosten. Denn wer wusste schon, was morgen war …

Tief holte Rose Luft und atmete langsam wieder aus. Sie spürte, wie tiefe Ruhe und Gewissheit sich in ihr ausbreiteten.

Wieder eine Entscheidung getroffen. Nein, Thomas sollte keine verpasste Gelegenheit werden, und was morgen sein würde, war ihr im Augenblick herzlich egal.

6. Kapitel

Nach der kleinen Episode auf dem Korridor hätte Thomas eine gewisse Verlegenheit im Umgang mit Rose erwartet. Doch weit gefehlt. Als er am Morgen zum Frühstück in die Küche kam, lächelte sie ihn an wie eh und je, und obwohl er den ganzen Tag darauf achtete, vermochte er doch nicht zu erkennen, ob dieser gelinde gesagt unkluge Kuss sie in irgendeiner Weise in Bedrängnis brachte.

Wenn er ehrlich war, wusste er nicht recht, was er davon halten sollte.

Als er sich abends auf sein Zimmer und zu Bett begab, sann er noch immer über die unergründlichen Launen der weiblichen Natur nach.

Während er auf den Schlaf wartete, versuchte er sich von diesem Mysterium abzulenken und richtete die Gedanken lieber auf jene andere, weit wichtigere Erkenntnis, die der Kuss ihm beschert hatte: Rose und die Kinder waren seine Bestimmung. Sie waren der Grund, warum Gott oder das Schicksal oder alle beide ihn verschont hatten. Was auch immer ihr Problem sein mochte, es zu lösen und die drei zu beschützen schien ihm als Buße auferlegt worden zu sein.

Welche Ironie des Schicksals, ihm das Gesuchte einfach so vor die Nase zu setzen und stillvergnügt abzuwarten, bis er von selbst darauf kam!

Jetzt, da er es endlich gemerkt hatte – und es fühlte sich so richtig an, dass er keine Sekunde daran zweifelte –, wollte er sich ganz auf die vor ihm liegende Aufgabe konzentrieren. Denn nur so würde er seinen Frieden finden.

Als Erstes musste er herausfinden, worin das Problem genau bestand. Nach dem gestrigen Auftauchen der beiden Ermittler ging er vermutlich am besten vor, wenn er Rose ganz direkt danach fragte. Vielleicht wäre sie ja ganz froh, ihm alles erzählen zu können.

Die Tür zu seinem Schlafzimmer öffnete sich.

Verwundert hob er den Kopf und schaute durch das Dunkel des Zimmers zur Tür.

Dort stand Rose, die die Tür leise hinter sich zuzog und jetzt in Nachthemd und Morgenrock mit einer Kerze in der Hand sein Bett ansteuerte, die Hand schützend vor die Flamme gelegt, mit einer Selbstverständlichkeit und Ruhe, als käme sie jede Nacht zu ihm.

In ihrem vom Kerzenschein erhellten Gesicht lag eine ruhige Gewissheit, unter der er jene eiserne Entschlossenheit zu erkennen glaubte, die er vom ersten Moment in ihr gespürt hatte.

Er reagierte sofort, mit Körper, Seele und Geist, so stark, dass er sich nicht dagegen wehren konnte. Er wollte Rose, wollte sie mit einem solch alles verzehrenden Hunger, einem solchen Verlangen, dass ihm der Atem stockte.

Wie hatte es so weit kommen können? Wie hatte dieses Begehren so übermächtig werden können, dass er ihm hilflos ausgeliefert war?

Weder willens noch fähig, die Lust in seinem Blick zu verbergen, sah er ihr entgegen. In seinem Geiste taten sich Möglichkeiten auf, an die er kaum zu denken wagte, während er stumm abwartete, was geschehen würde.

Rose wusste genau, was sie tat, und ließ sich nicht davon abbringen. Am Bett angelangt, stellte sie die Kerze auf den Nachttisch, blickte in Thomas' verheißungsvoll schimmernde Augen, ehe sie sich flugs herabbeugte und die Kerze ausblies.

Obwohl ihre Nerven doch plötzlich flatterten, schnürte sie mit einer ruhigen, gefassten Bewegung ihren Morgenmantel auf und streifte ihn sich von den Schultern, ließ ihn zu Boden fallen, griff nach der Bettdecke aus und hob sie an. Er lag genau in der Mitte des Betts. »Rutsch mal ein Stück rüber«, sagte sie und schlüpfte zu ihm hinein.

Er machte ihr etwas Platz, aber nicht viel. Als sie mit der Schulter an seine stieß, drehte er sich auf die Seite und sah sie an, noch immer ungläubig, vielleicht auch ein wenig bestürzt.

Fast meinte sie seinen inneren Aufruhr zu sehen, diesen Widerstreit, ob er sie nun fortschicken oder den Dingen ihren Lauf lassen sollte.

Letztlich rang er sich mit gepresster Stimme ab: »Was hast du vor?«

Nun drehte auch sie sich auf die Seite, damit sie ihm in die Augen schauen konnte, und erwiderte ruhig: »Das, woran wir beide den ganzen Tag gedacht haben – du, indem du alle Gründe dagegen aufgefahren hast, und ich, indem ich sämtliche Argumente aufgebracht habe, die dafür sprechen.«

»Moment.« Er fasste sie bei den Schultern, wohl um den Abstand zu wahren, aber die Berührung ließ ihn innehalten. Dann ruhten seine Hände warm auf ihren Schultern, und seine Arme versagten ihm den Dienst. Statt Rose fernzuhalten, zogen sie sie näher.

Dergestalt ermutigt, lächelte sie sanft und setzte ihren Vorstoß fort. Sie legte den Arm um seine Schulter, umfing mit der Hand seinen Nacken und schmiegte sich an ihn, bis nur noch beider Nachtkleider zwischen ihnen waren. Schon diese im Grunde doch keusche Berührung jagte solche Schauer freudiger Erwartung durch Roses ganzen Körper, dass die Spitzen ihrer Brüste hart wurden. Tief in ihr begann ein Verlangen zu schwelen, das nur auf seine Berührung wartete, um zu voller Stärke zu erwachen.

Auch er konnte sich diesem süßen Sehnen nicht verwehren; tief holte Thomas Luft und kniff die Augen zusammen, runzelte die Stirn, seine Lippen so schmal, als flehe er um Kraft und Beistand, der Versuchung zu widerstehen. Doch als er die Augen wieder aufschlug, stand darin alles andere als Zurückweisung.

In ihrer Überzeugung bestärkt, sah sie ihn an. »Warum? Warum sollten wir uns versagen, was wir beide wollen? Wir schaden doch niemandem damit, wenn wir unseren Bedürfnissen nachgeben und unser Verlangen stillen.«

Von ihrer Berührung entflammt, von dem Versprechen, das darin lag, dass sie in sein Bett gekommen war und ihren warmen, weichen Leib an seinen schmiegte, geschah es zum ersten Mal in Thomas' Leben, dass sein Kopf wie leergefegt war. Ganz und gar. Sein Verstand hatte die Segel gestrichen, hatte sich überwältigen lassen von seinem Verlangen, von Lust und Leidenschaft und einem wahren Sturm der Gefühle.

Einige davon waren ihm so fremd, dass es ihm durchaus zu denken hätte geben können, aber nichts – kein Zögern, kein Zaudern, keine Zerstreuung und kein Zweifel – war stark genug, um gegen das Toben und Tosen in seiner Brust anzukommen.

Seine Empfindungen trieben Thomas vorwärts; Empfindungen, die sämtlich nach ihr verlangten, nach Erfüllung und Erlösung.

Nach allem, was sie verhieß.

Durch das Dunkel war ihr Blick suchend auf ihn gerichtet, und er hätte nicht sagen können, was sie in seinen Augen sah, doch entlockte es ihr ein feines Lächeln, das von weiblichem Triumph kündete. Im nächsten Moment streckte sie sich ihm entgegen und suchte seine Lippen mit den ihren.

Als nur noch ein Atemhauch sie voneinander trennte, flüsterte sie: »Ich will dich. Ich will deine Leidenschaft, dein Verlangen – ich will alles, was du für mich empfindest. Halt es nicht länger zurück.«

Dann küsste sie ihn.

Nicht fordernd. Nicht einmal sonderlich fest. In beiden Fällen hätte er vielleicht noch widerstehen können.

Doch sie ließ sich fallen in diesen Kuss, dieses innige Verschmelzen der Münder, und zog ihn mit sich.

Warm und sinnlich lockte sie ihn, und er folgte ihr. Ohne Eile, doch mit unverkennbarer Absicht verführte sie ihn, und er gab ihr alles, was sie wollte. Alles, was ihr Herz begehrte.

Fester schloss er seine Arme um Rose und zog sie an sich, dann ließ er sich auf den Rücken fallen und nahm sie mit sich, strich über ihren Rücken, das Tal ihrer Wirbelsäule, die schmale Kurve ihrer Taille, den sanften Schwung ihrer Hüften.

Mittlerweile waren ihre beiden Nachthemden hochgerutscht; sie schlangen die Beine umeinander; und als er ihre nackte Haut an seiner zu spüren vermochte, erschauerte Thomas vor Wonne.

Ihre Finger gruben sich in sein Haar, wühlten darin und ließen wieder ab, um sanft über sein Gesicht zu streicheln, über seine Narben.

Sie zögerte nicht, und ihre Berührung hatte nichts Zaghaftes. Sie erkundete seine Verletzungen mit derselben Unbefangenheit, die sie jeder anderen Körperpartie zuteilwerden ließ. Als gehörten seine Narben so selbstverständlich zu ihm wie alles andere auch, das sie zu erkunden und zu liebkosen gedachte.

Dieses Unerschrockene ihrer Berührung ließ Thomas endgültig die Beherrschung verlieren.

Er rollte sie auf den Rücken und beugte sich über sie, sodass sie auf keine Sekunden innigen Körperkontaktes verzichten mussten. Die neue Stellung erlaubte ihm, ihren zarten Hals zu liebkosen, sich langsam abwärts zu tasten und ihre Brust zu umfangen, die kleine harte Knospe zwischen zwei Fingern zu stimulieren.

Keuchend bäumte sie sich unter ihm auf und löste ihre Lippen gerade lang genug von seinen, um zu hauchen: »Mehr, Thomas – gib mir alles.«

Er war nicht davon ausgegangen, dass sie sich mit weniger zufriedengeben würde, aber ihre unmissverständliche Forderung brachte auch noch seine letzten Zweifel zum Schweigen, und er machte sich daran, ihrem Wunsch nachzukommen.

Mit jedem hungrigen Kuss, jeder zunehmend verzweifelten Liebkosung fielen sie mehr den Flammen ihrer Leidenschaft anheim, die zu mächtig war, zu gewaltig, um sich ihr zu versagen.

Zu sengend die Glut, um sich ihr zu entziehen, und so überließen sie sich dem lodernden Brand, der jeden Gedanken daran auslöschte, sich dagegenzustellen.

Selbst wenn sie es gewollt hätten, sie kamen nicht an gegen die Kraft, die in ihnen wuchs, eine Urgewalt, die sich ihrer bemächtigt hatte und sie vorantrieb, dem einen, einzigen Ende entgegen.

Leise gemurmelte Worte, aufreizend und anspornend, erklangen im Dunkel, während sie sich hingaben mit allen Sinnen und gemeinsam suchten und fanden, wonach sie beide strebten.

Thomas liebkoste jede Stelle ihres Körpers, jede sanfte Rundung, jede kleine Vertiefung. Nie war er so hingerissen, so verzaubert gewesen, so völlig gebannt.

Alles an Rose, ihr Körper, das Versprechen in ihren dunklen Augen, nahm ihn gefangen, und nie war er so willens gewesen, sich gefangen nehmen zu lassen.

Leidenschaftlich und unerschrocken erwiderte sie, was er ihr schenkte, alles Glück, das er bereitete; ihre Bewegungen ein Spiegel, ein Echo der seinen, und ihre wachsende Erregung nährte die seine noch.

Lustvolle Erwartung hatte sie beide gepackt.

Ließ nicht mehr los.

Bis aller Hunger gestillt war, würde dieser wilde Wunsch nicht nachlassen, und so folgte Thomas blind dem Ruf jener Triebe, die sie beide in ihren Fängen hatten.

Ein kurzes Ringen mit den Feinheiten ihres Nachthemds, ehe er es ihr, mit ihrem Zuspruch, ihrem Zutun, ausgezogen hatte, dann hielt er inne, fast hilflos in seinen Empfindungen, und erfuhr noch einmal ganz neu, was sich seinen Sinnen bot. Ihren Körper nicht nur zu spüren, sondern auch zu sehen, erlaubte ihm ein noch innigeres Erkunden, eine völlige Hingabe.

Jeder Blick, jede Berührung war eine Huldigung.

Mit seinen Lippen fuhr er die Wölbung ihrer nackten Brüste nach, schmeckte ihre Haut, machte sich jede Erhebung, jede Senke zu eigen, umfangen von ihrer Wärme, berauscht von ihrem Duft.

Rose spürte ihren Atem dahinfliegen, sie war wie blind vor Verlangen, als würden ihre Sinne sich auf einen einzigen Punkt konzentrieren: auf das Hier und Jetzt, auf ihn, auf sie beide und ihre gemeinsame Reise. Vor ihr erstreckte sich weit das Land der Leidenschaft. Thomas erweckte ihr Verlangen zum Leben und ließ es in den sattesten Farben schillern, ein funkelndes Netz der Empfindungen, fein gesponnen vom Streicheln seiner Hände auf ihrer erhitzten Haut, dem sanften Druck seiner Lippen, der rauen Berührung seiner Zunge, der sengenden Hitze seines Mundes, als er sich um ihre Brust schloss.

Sie bäumte sich auf und seufzte vor Wonne. Wie meisterlich er ihre Sinne zu reizen, mit ihr zu spielen verstand! Wie ein Maestro, der eine Sinfonie sinnlicher Freuden dirigierte. Von Freuden und Wonnen, die sie erfüllten, sie quälten und erregten.

Begierig nahm sie jede Empfindung mit all ihren Sinnen in sich auf: die Hitze seines harten Leibes; das Andächtige seiner Berührungen; den Hunger, den sie in seinen Augen brennen sah.

Doch trotz der schier unerträglichen Spannung, die sie beide ergriffen hatte, die ihr Blut pulsieren und jeden Nerv zitternd erbeben ließ, war er so umsichtig und zärtlich, dass es sie in tiefster Seele berührte.

Zwischen ihnen war mehr – so viel mehr – als sie sich je hätte erträumen können.

So viel mehr war in allem, was er ihr zeigte, sie lehrte.

Über sich selbst, aber auch, und vielleicht ja noch mehr, über ihn.

Über die Hingabe, die er ihr mit jeder Berührung bezeugte, mit der er sie erregte, sie liebte.

Das Bedürfnis, diese Gunst zu erwidern, wuchs und wurde immer größer in ihr, bis sie sich nicht mehr dagegen wehren konnte.

Sie brauchte, wollte mehr – sie wollte ihn lieben.

Es bedurfte einiger Anstrengung, all ihren Willen zusammenzunehmen, aber die wollte sie gern aufbringen, um ihm zurückzugeben, was er ihr bot – und mehr. Die Finger tief in seinem Haar vergraben, schob sie ihn sanft von sich, bis er den Kopf hob und seine Lippen von ihrem Bauch löste. Ihre Blicke trafen sich.

»Jetzt ich.«

Thomas wusste nicht, ob das eine so gute Idee war. Seine Selbstbeherrschung hing jetzt schon an einem straff gespannten seidenen Faden, der, wenn sie seine Leidenschaft nun anfachte, ganz schnell reißen könnte.

In dem Versuch, sie mit weiteren Zärtlichkeiten abzulenken, beugte er sich über sie und suchte ihre Lippen, aber nach einem kurzen, leidenschaftlichen Austausch gab sie ihm mit einigen gewagten Worten zu verstehen, dass er nicht der Einzige war, der sich seine Wünsche erfüllen durfte. Mit weiblicher List beharrte sie darauf, insistierte mit jeder Berührung, bis er sich ihrem Wunsch nicht länger versagen konnte. Tief holte er Luft, hielt inne, zügelte seine Leidenschaften – und zog sich mit einer raschen Bewegung das Nachthemd über den Kopf.

Er hatte sich geschworen, fortan immer ehrlich und aufrichtig zu sein, und nichts war ehrlicher, als sie seine Narben sehen zu lassen.

Ein gewisses Maß an Zurückhaltung hatte er erwartet, vielleicht gar stille Abscheu.

Doch er fand nicht einen Hauch von Zurückweisung in ihren Augen. Ruhig ließ sie ihren Blick über die geschundene Haut unterhalb seiner rechten Schulter und die verwachsenen Narben wandern, die seine linke Seite überwucherten wie ein Geflecht. Dann betrachtete sie die Sammlung dunklerer Narben über seiner linken Hüfte, die in gezackten Graten sein lahmes Bein hinab verliefen. Ruhig nahm sie alles erst in Augenschein, dann streckte sie die Hand aus und spürte den Linien nach.

Die Wunden waren so tief gewesen, dass er manche der Stellen für immer taub geglaubt hatte, doch jetzt jagte jede noch so leichte Berührung ihrer Fingerspitzen glühende Schauer durch seinen Körper.

Mit angehaltenem Atem wartete er ab, ließ es geschehen, dass sie, unverhohlen und unbeirrt, selbst das von ihm in Anspruch nahm, was er für immer verloren geglaubt hatte.

Dann beugte sie sich vor und küsste ihn, zeichnete mit den Lippen liebevoll all die Narben und Verletzungen nach …

Thomas glaubte, das Herz müsste ihm aus der Brust springen. Er schloss die Augen und erbebte am ganzen Leib.

Behutsam setzte sie ihr Werk fort, und er wusste weder ein noch aus. Sein Verstand wurde überschwemmt von den Empfindungen, die sie ihm bereitete, alle Besinnung rauschte davon in einem wilden Aufruhr der Gefühle, wurde fortgespült von der hereinbrechenden Flut.

Eine Flut, die sie beschworen hatte, die sich speiste aus ihnen beiden.

Noch nie hatte er etwas Ähnliches erlebt, aber er war auch noch nie als Thomas Glendower mit einer Frau zusammen gewesen. Er hatte sich nie zuvor geöffnet für dieses Wunder.

Diesem tiefen Verstehen. Dieser ursprünglichen Vertrautheit, die an seine Seele rührte.

Nie hätte er sich träumen lassen, dass es solche Herrlichkeit auf Erden gäbe.

Bis ihr beiderseitiges Verlangen schließlich zu hell aufloderte, um sich noch länger hinhalten zu lassen; bis beider Blut zu heiß wallte, um noch weiteren Aufschub zu dulden.

Früher war es eine ganz einfache Angelegenheit gewesen, doch seine steife Hüfte machte ihn ungelenk. Ohne ein Wort, nur mit einer leichten Berührung und einer kleinen Bewegung glich sie seine Schwäche aus, indem sie ein Bein um seine Schenkel legte und ihn dann weiter drängte.

Kaum noch fähig, einen Atemzug zu tun, geschweige denn einen klaren Gedanken zu fassen, drang er in sie ein, in die feste Umarmung ihres Schoßes.

Er merkte kaum, was er da tat, konnte sich nicht mehr rechtzeitig bremsen und brach durch die Schwelle, mit der er überhaupt nicht gerechnet hatte.

Was ihm von seinem Verstand noch geblieben war, hielt in stummer Bestürzung inne, während sie sich unter ihm aufbäumte, sich verkrampfte und so fest um ihn schloss, dass ihm fast die Sinne schwanden. Den Kopf zurückgeworfen, entfuhr ihr ein kleiner Schmerzenslaut, und ihre Fingernägel gruben sich in seine Arme.

Rose konnte nicht mehr denken, konnte kaum atmen – konnte nur fühlen. Sie war vollkommen überwältigt. Sie hatte angenommen … aber egal, was sie angenommen hatte, offensichtlich hatte sie sich getäuscht. Jetzt zählte nichts mehr, als ihn zu spüren.

Seinen Körper zu spüren, seine nackte Haut auf ihrer, war wie ein Schock gewesen, aber ein so herrlicher, dass sie den ersten Schreck in einem atemlosen Rausch der Erwartung schnell verwand. Ihn dann auf sich zu spüren, warm und schwer, hatte sich auch noch richtig angefühlt, vielleicht gar gut. Auf jeden Fall verheißungsvoll.

Sie liebte diese Nähe, diese fiebrige Hitze, die sich über ihre Wahrnehmung legte, die seine und die ihre.

Was den harten Schaft seiner erregten Männlichkeit anging, so hatte sie sich wie eine Göttin gefühlt, als sie die Hand darum geschlossen und Thomas' Stöhnen gehört hatte.

Und sie hatte ihn in sich spüren wollen, hatte endlich dieses wilde Bedürfnis verstanden, das Frauen dazu trieb, Männern beizuwohnen, dieses tiefe, innige Sehnen, das sich plötzlich mit einer so vernichtenden Leere auftat und nur darauf brannte, ganz erfüllt zu werden.

Rose hatte es kaum noch erwarten können, hatte nachgeholfen, als der Augenblick fast gekommen war, so groß und verzweifelt war ihr Hunger, den nur er stillen konnte.

Und er hatte es getan.

Sie hatte ihn befeuert, und dann war er mit einem mächtigen Stoß in sie eingedrungen und hatte sie ausgefüllt. Ganz und gar.

Die Wucht des Eindringens, das schwere, fremde Gefühl, der stechende Schmerz …

Nichts davon hatte sie erwartet, schon gar nicht diese sengende, alles vernichtende Intimität – jetzt verstand sie das Wort, wie sie es nie zuvor getan hatte. Diese Intimität in all ihren Schattierungen war es, die sie wie eine Flutwelle übermannt hatte und sie jetzt in ihrem Bann hielt.

Der Schmerz ließ nach, wandelte sich und wurde von etwas völlig anderem, Unvergleichlichem fortgespült.

Von einem anderen Begehren, einem deutlicheren, drängenderen Verlangen, von dem Gefühl, dass sie so kurz vor der Erfüllung all ihres Sehnens und Strebens stand.

Sie konnte ihn in sich spüren, hart und unnachgiebig, und fühlte, wie seine Wärme, seine Körperkraft sie umfing.

Eins wurde mit ihr.

Zwei pulsierende Herzschläge verstrichen, dann gab sie ihm nach – ein bisschen.

Dann, in staunender Verwunderung, gab sie noch etwas weiter nach, entspannte ihre Muskeln.

Thomas verharrte reglos über ihr. Jeder Muskel in seinem Körper zitterte vor Anspannung, aber er versagte sich jede Bewegung. Während er auf sie hinabblickte, konnte er nicht einmal klar genug denken, um zu wissen, was genau er gerade empfand.

Sie löste ihren eisernen Griff um einen seiner Arme, legte ihm die Hand an die Wange und flüsterte mit vor Verlangen rauer Stimme. »Denk später nach. Bitte …«

Er wusste, worum sie ihn bat und konnte es ihr nicht versagen. Konnte dem pochenden Verlangen in seinen Adern nicht länger widerstehen.

Er beugte sich über sie und streifte ihre Lippen mit den seinen. »Später«, flüsterte er, dann zog er sich langsam aus ihr zurück und drang erneut in sie ein, riss sie beide hinab ins Feuer.

In die Hitze der Leidenschaft und der hell auflodernden Lust.

In einen Taumel der Sinnenfreuden, wie er ihn nie erlebt hatte, und plötzlich wusste er, dass es einzig daran lag, dass die Frau in seinen Armen Rose war.

Nie war ihm Intimität so fassbar und innig erschienen, von einer solchen Kraft, dass sie sein ganzes Bewusstsein vereinnahmte und bis in die finstersten Ecken seiner Seele vordrang. Aller Schein und alle Mauern, die er zu seinem Schutz aufgebaut hatte, brachen zusammen, er war bis auf die Knochen entblößt, so offen und verletzlich, so verzweifelt in seinem Verlangen … einem Verlangen, dem sie sich hingab und es anfachte mit ihrer Leidenschaft, ihrer Offenheit, ihrer schlichten Ehrlichkeit, mit der sie ihm seine Aufrichtigkeit vergalt.

Ohne den Blick von ihm zu nehmen, hob sie die Arme, verschränkte die Hände in seinem Nacken, streckte sich empor und ließ ihre Lippen mit den seinen verschmelzen. Befeuerte seine Leidenschaft mit der ihren, ein stetes Geben und Nehmen, in dem sie jede seiner Bewegungen, jeden Vorstoß freigebig erwiderte. Rose stimmte ein in seinen Rhythmus, wurde eins mit ihm, teilte jeden Augenblick der Lust und Verzweiflung mit ihm, trieb ihn an und eilte ihm unerschrocken voraus.

Sie hüllte seine nackte Begierde in ihre Leidenschaft, nährte seinen verzehrenden Hunger mit ihrem Verlangen.

Und er tat dasselbe für sie, offen und ehrlich, gab ihr ohne Vorbehalte alles, was er zu geben hatte.

Mit immer größerer Hingabe schenkten sie einander ihr Begehren, ihre Sehnsucht, ihre Berührungen.

Bis das das Donnern ihres Herzschlags sie alles andere vergessen ließ.

Bis die Verzweiflung überhandnahm und sie einander keuchend vorantrieben.

Bis der Gipfel sich vor ihnen auftat und sie hinaufjagten, einig in ihrem Streben und alle Sinne durchdrungen von dieser Herrlichkeit, ihr ganzes Sein überwältigt und getrieben von ihrer alles verzehrenden Lust.

Mit einem letzten Stoß, einem letzten tiefen Eindringen fanden sie zur Ekstase, die über ihnen hereinbrach wie eine gleißend helle Welle und alle Sinne blendete.

Er nahm ihren Schrei der Erfüllung in sich auf, hörte sein eigenes heiseres Stöhnen.

Und dann fielen sie in eine wortlose Leere, in unbeschreibliches Glück, wo es nichts mehr gab außer dem Schlag ihrer Herzen.

Sie erschauerten, erbebten im letzten Nachhall der Ekstase, die langsam, so langsam verklang. Augenblicke verstrichen, erfüllt nur von ihrem schweren Atem und dem wilden Pochen in ihren Adern.

Schließlich löste Thomas sich mit einem bebenden Seufzer von ihr und ließ sich neben sie fallen. Sie schmiegte sich an ihn, und er zögerte nur kurz, ehe er die Arme um sie legte.

Und so ließen sie sich ein weiteres Mal fallen und verloren sich in ihrer tiefen Zufriedenheit.

Später erwachte sein Verstand langsam wieder, und Thomas spürte, dass sie noch immer schlief, selig ermattet, noch immer an ihn geschmiegt lag in tiefem Vertrauen.

Rose.

Seine Rose.

So sann er vor sich hin, als sich plötzlich ein ganz anderer Gedanke in seinen träge schweifenden Geist verirrte: Gehörte das etwa auch zu seiner Buße?

Sollte das – und er war nicht so töricht, sich darüber zu täuschen, was genau zwischen ihnen war, welches Gefühl sich ihrer bemächtigt und ihr Beisammensein mit einer solch vernichtenden und erlösenden Kraft versehen hatte – alles Teil seiner Aufgabe sein?

Bestand seine Wiedergutmachung darin, Rose zu lieben?

Eine Schlussfolgerung, die ihm auf den ersten Blick reichlich vermessen und eigennützig vorkam. Und doch …

Nun da er sie liebte, nun da er wusste, dass er sie liebte … was würde geschehen? Wie würde er sich fühlen, wenn seine Aufgabe erfüllt war und Gott oder das Schicksal oder wer auch immer ihr Urteil über ihn sprachen?

Aus den Tiefen ihres Schlummers trieb Rose gerade so weit ins Bewusstsein zurück, dass sie die Wärme und Geborgenheit spürte, die sie umfingen. Eine Weile lag sie so da und schwelgte in diesen Empfindungen, aber allmählich regte sich auch ihr Verstand und tauchte aus dem schläfrigen Dämmerzustand auf. Plötzlich wusste sie wieder, wo sie war … und in wessen Armen sie lag.

Und warum.

Eine Flut der Gefühle durchströmte sie, ein silbern und golden schimmernder Fluss, glasklare Erinnerungen an jene Augenblicke, die sie geteilt hatten – vieles davon so zart und zerbrechlich, dass sie kaum daran zu rühren wagte, dabei so reich an Gefühl, dass es sie erneut mit Staunen erfüllte, mit Demut und einem unbeschreiblichen Glück, wenn sie nur daran dachte.

Wie hätte sie ahnen können, dass so viel Gefühl, eine solch tiefe Verbundenheit zwischen zwei Menschen möglich war?

Nun hatte sie es selbst erlebt, hatte es spüren können in seinen Berührungen und in den ihren, hatte es in seinen

Augen gesehen. Die Gefühle zwischen ihnen hatten sie erst langsam, dann ganz und gar in Besitz genommen; mit jedem lustvollen Seufzer, jedem Atemzug, der zwischen ihnen dahinflog, ein Stückchen mehr.

Sie waren eins geworden, hatten sich verbunden auf eine Weise, die sich nun weder leugnen noch lösen ließ.

Rose horchte in sich hinein, empfand jedoch kein Bedauern, im Gegenteil. Sie hatte es nur ihrer Entscheidung zu verdanken, in sein Zimmer zu kommen, dass sie solches Glück erfahren hatte, und bei der Erinnerung daran stahl sich schon wieder ein Lächeln auf ihr Gesicht.

Aber jetzt, da sie ihn berührt hatte, mit ihm zusammen gewesen war und dadurch all jene Gefühle geweckt hatte, die wohl schon immer zwischen ihnen gewesen waren … Jetzt, da diese Gefühle endlich Gestalt angenommen hatten und plötzlich wahr geworden waren, greifbar und von einer solchen Stärke, dass sie, davon war sie überzeugt, in ihnen beiden Bestand hätten und ihr eine ganze neue Gewissheit gaben, eine innere Kraft …

Jetzt, da sie all das erfahren hatte, würde sie ganz sicher nicht mehr davon lassen. Schon gar nicht von ihm.

Zu lieb war er ihr geworden – zu kostbar dieses Wunder, das zwischen ihnen war.

Instinktiv schloss sie die Arme fester um Thomas.

Als er sich bewegte, merkte sie, dass er wach war. Sie spürte, wie er den Kopf neigte und sie ansah. Schließlich schlug sie die Augen auf und begegnete im nächtlichen Dunkel seinem Blick.

Eine Weile betrachtete er sie schweigend, dann fragte er: »Wessen Kinder sind Homer und Pippin?«

Mit einem Schlag war Rose hellwach. »Was … oh.« Sie merkte, wie sie rot wurde, und war froh um die Dunkelheit. Plötzlich musste sie sich zwingen, seinen Blick zu erwidern.

»In Anbetracht meines Alters bin ich nicht davon ausgegangen, dass es so offensichtlich wäre …«

Seine Brauen hoben sich langsam. »Dass du noch Jungfrau warst?« Als sie die Lippen zu einer schmalen Linie zusammenpresste, lachte er leise. »Offensichtlich genug.« Wieder betrachtete er sie schweigend, ehe er meinte: »Nun, da wir mit den gegenseitigen Enthüllungen so weit gekommen sind, wäre es, glaube ich, an der Zeit, dass du mir auch den Rest anvertraust.«

Rose sah ihn an und wartete darauf, dass ihr Beschützerinstinkt den Kindern gegenüber sich regen würde, dass sie Thomas von sich stoßen und ihn ausschließen würde. Stattdessen stellte sie fest, dass sie ihm recht gab. Er hatte sich um die beiden gesorgt und so viel für sie getan, oft kleine Dinge, manchmal auch mehr. Erst gestern hatte er das Blaue vom Himmel heruntergelogen, um sie zu beschützen. Sie hatte keinen Zweifel, dass sie und die Kinder ihm wichtig waren, sie vertraute ihm. In dieser Nacht hatte sie ihm ihren Körper anvertraut, und ihr Herz vertraute ihm schon viel länger, auch wenn er sich dessen vielleicht nicht bewusst war. »Also gut.«

Sie überlegte, wo sie anfangen sollte. Thomas wartete.

Schließlich ließ sie sich wieder in die Kissen sinken und begann. »Die beiden sind die Kinder meiner Mutter und meines Stiefvaters.« Sie schaute ihm in die Augen. »Meine Mutter und mein Stiefvater leben nicht mehr – sie wurden ermordet, auch wenn Letzteres vermutlich nicht allgemein bekannt sein dürfte.«

Thomas merkte, wie es plötzlich ganz still in ihm wurde. »Erzähl am besten alles von Anfang an«, schlug er behutsam vor. »Wie heißt du wirklich, wer waren deine Eltern, wo wurdest du geboren? Wann hat deine Mutter erneut geheiratet?«

Zwar seufzte sie, kam seiner Bitte aber nach. »Mein richtiger Name ist Rosalind Mary Heffernan. Meine Eltern hießen Gareth und Corinne. Beide entstammten dem Landadel. Ich war ihr einziges Kind, und wir lebten glücklich und zufrieden auf dem Anwesen der Familie in Ashby Folville in Leicestershire, als mein Vater plötzlich und unerwartet an einem Fieber starb, als ich fünfzehn war. Meine Mutter trauerte um ihn, aber sie war noch jung. Vier Jahre später verliebte sie sich wieder und heiratete Robert Percival, Viscount Seddington, von Seddington Grange in Lincolnshire. Ich mochte Robert, und wir verstanden uns gut.« Sie hielt inne. »Mehr gibt es da eigentlich nicht zu erzählen.«

»Und wie lange ist das her? Oder vielmehr, wie alt bist du jetzt?«

Diesmal fiel ihr Seufzen schon etwas vernehmlicher aus. »Neunundzwanzig. Und bevor du fragst – natürlich machte ich mein Debüt als Lord Seddingtons Stieftochter und wurde auf sämtlichen Bällen und Soireen präsentiert. Allerdings habe ich recht schnell gelernt, dass der Makel meiner Geburt – Landadel statt Aristokratie – in diesen Kreisen bedeutete, dass meine Verehrer in mir lediglich die Möglichkeit sahen, in ein Vermögen einzuheiraten und familiäre Bande zu den Percivals zu knüpfen. Wie man sich denken kann, hielt meine Begeisterung sich in Grenzen.«

Thomas merkte, dass sie nicht mehr darüber erzählen wollte, und kam daher auf die weit drängendere Frage zurück. »Warum glaubst du, dass deine Mutter und dein Stiefvater ermordet wurden?«

Ihr Blick schien in weite Fernen gerichtet, als versuche sie, etwas aus den Tiefen ihrer Erinnerung zu holen. »Robert war ein begeisterter Segler, und er war mit Mama für einen Tag nach Grimsby gefahren. Mama hatte eine ziemlich schwache Konstitution. Williams Geburt – William ist Homers richtiger Name – hatte sie schon ziemlich mitgenommen, und mit Alices, Pippins, Geburt drei Jahre später wurde es nicht besser. Robert versuchte alles, um sie aufzuheitern, und nahm sie oft mit auf kleinere Ausfahrten. Dass sie an jenem Tag nach Grimsby fuhren, war also keine Überraschung – dass Mama mit an Bord ging, allerdings schon.« Rose schaute kurz zu Thomas. »Mama litt an Seekrankheit. Sie brauchte nur den Fuß auf ein Boot zu setzen, und schon wurde ihr unwohl. Sobald ich erfahren habe, dass man die beiden auf der gekenterten Segeljacht gefunden hätte, ertrunken und in die Takelage verstrickt, wusste ich, dass etwas nicht mit rechten Dingen zugehen konnte. Aber der Schock war zu groß, dazu kam meine Trauer und die beiden kleinen Kinder, die es zu trösten galt … Ich habe die Sache damals nicht weiter verfolgt und erst recht keine Fragen gestellt. Und wer hätte denn, nachdem Mama und Robert nicht mehr da waren, überhaupt auf mich gehört? Man hätte mir höchstens gesagt, ich sei vor lauter Kummer hysterisch geworden.«

Thomas schwieg, und nach einem kurzen Moment fuhr Rose fort: »Aber dann, am Abend der Beerdigung, nachdem man William unter die Vormundschaft von Richard Percival gestellt hatte, dem jüngeren Bruder meines Stiefvaters, habe ich heimlich mit angehört, wie Richard einem seiner Freunde erzählte, dass er meine Mutter und meinen Stiefvater vergiftet und ihren Tod wie einen Unfall habe aussehen lassen.« Sie stockte. »Als Roberts Bruder – sein einziger Bruder – ist Richard Williams Erbe. Und dann hörte ich Richard sagen, wenn er auch William aus dem Weg räumen würde, dann würde der ganze Besitz ihm zufallen.«

Deutlich spürte Thomas, wie viel Kraft es sie kostete, davon zu erzählen.

Sie schluckte, ehe sie den Faden wieder aufnahm. »Sonst war niemand mehr im Haus – zumindest niemand, dem ich mich hätte anvertrauen können, der mir geglaubt und es nicht einfach Richard zugetragen hätte. Seine Worte haben keinen Zweifel daran gelassen, dass er nicht allzu lange warten, sondern William bei der nächsten Gelegenheit umbringen würde. Also habe ich mich mit den Kindern aus dem Staub gemacht. Ich bin nach oben geeilt, habe mir die beiden geschnappt – William war damals fünf und Alice gerade mal zwei – und bin mit ihnen noch in derselben Nacht auf und davon. Ich wusste nicht, was ich sonst hätte tun sollen. Ich wusste nur, dass ich William retten musste – ihn und Alice, denn auch sie wird einmal sehr vermögend sein.«

Thomas hatte aufmerksam zugehört, sich jede Einzelheit gemerkt und versuchte nun, alles wie ein Puzzle zusammenzusetzen. »Was ist mit dir?«

»Mein Vater war vermögend – das heißt, ich habe genug eigenes Geld zur Verfügung –, aber da Richard nach uns suchte, konnte ich das Risiko nicht eingehen, darauf zurückzugreifen. Die Finanzen der Familie werden sämtlich durch einen Anwalt in London verwaltet, einen Mr. Foley. Da ich bislang nie mit ihm zu tun hatte, musste ich annehmen, dass er sich auf Richards Seite schlagen würde. Es wäre in Anbetracht aller Umstände verwunderlich, wenn er sich anders verhalten würde.«

»Und die Namen? Warum Homer und Pippin?«

Sie lachte trocken. »William Randolph Percival, vierter Viscount Seddington von Seddington Grange nahe Market Rasen und Alice Eileen Percival – so heißen die beiden mit vollem Namen. Mir war klar, dass wir eine Weile untertauchen mussten – zumindest so lange, bis William alt genug ist, die Ausmaße der gefährlichen Situation zu begreifen, in der er steckt, und sich entweder selbst vorzusehen oder wenigstens jemanden zu seinem Schutz anzuheuern. Ich wusste, dass Richard keine Ruhe geben würde, bis er uns gefunden hat, also habe ich William und Alice gefragt, wie sie ab jetzt heißen wollten. Williams Wahl fiel auf seinen damaligen Helden, den Dichter Homer, und Alice … sie war noch ziemlich klein, aber Äpfel hat sie schon damals geliebt, und sie hatte gerade die Sorte Pippin kennengelernt. Es war zu der Zeit eines ihrer Lieblingsworte, als haben wir uns einfach dafür entschieden.«

Noch einmal ließ Thomas sich durch den Kopf gehen, was sie ihm erzählt hatte. »Die Männer, die gestern hier waren und nach euch gefragt haben, haben behauptet, ihr kämt aus Leicestershire, aber Seddington Grange liegt in Lincolnshire …«

Rose nickte. »Richard nahm zweifelsohne an, dass es mich nach Hause ziehen würde oder doch zumindest in die Gegend, in der ich aufgewachsen bin und die ich am besten kenne – das Anwesen meines Vaters lag ja in Leicestershire.«

Thomas betrachtete sie aufmerksam. »Aber dafür warst du zu clever.«

Die Andeutung eines Lächelns spielte um ihre Lippen. »Ich wusste, dass er dort zuerst suchen würde, dort und entlang der Strecke nach London, also schlug ich genau die entgegengesetzte Richtung ein, auf Umwegen gen Westen. In der ersten Nacht kamen wir bis Doncaster, dann weiter nach Manchester und bald darauf Chester. Etwas Geld hatte ich, sodass ich unsere Unterkünfte zahlen konnte, aber mir war klar, dass wir nicht immer weiter umherziehen konnten. Irgendwann wäre mir das Geld ausgegangen, deshalb habe ich mich nach einer Arbeit umgesehen – eine anständige und passende Arbeit, bei der ich die Kinder ständig um mich haben könnte. Von Chester aus sind wir weiter in den Süden gereist, haben uns aber von den größeren Ortschaften ferngehalten. Es hat Monate gedauert, aber irgendwann hatten wir bei Porthleven die Südküste erreicht. Zu dem Zeitpunkt hatte ich bloß noch ein paar Shilling übrig und war ziemlich verzweifelt. Aber es war gerade Markttag und auf dem Markt bin ich Elsie begegnet, Mrs. Gattings Schwester. Sie hatte gehört, wie ich mich nach Arbeit erkundigte, und meinte, ihre Schwester und deren Mann könnten Hilfe gebrauchen auf irgendeinem Anwesen.«

Rose atmete tief durch. »Das war unser großes Glück. Elsie hat mir den Weg nach Breage Manor erklärt, und dann habe ich mich mit den Kindern auf den Weg gemacht. In dem Moment, als ich das Haus sah …« Sie seufzte. »Es war einfach perfekt. Abgeschieden, aber nicht völlig aus der Welt. Ein sicheres Nest für uns. Ich hätte alles getan, um mit William und Alice dort bleiben zu können … Die Gattings waren wirklich unsere Rettung. Es schien, als hätten wir für eine Weile ein Zuhause gefunden.«

Thomas schloss seine Arme ein wenig fester um sie und schmiegte seine Wange an ihr Haar. »Als ich Breage Manor das erste Mal sah, ging es mir genauso. Ich kam die Straße herauf und dachte: Das ist es. Ich hatte nie ein Haus kaufen wollen, aber das hier habe ich noch am selben Tag erstanden, nur aus diesem Gefühl heraus.« Und wenn er es nicht getan hätte? Wenn er damals diesem Impuls – so untypisch für ihn – widerstanden hätte?

Bruder Roland hatte recht gehabt. Die Wege Gottes – oder des Schicksals – waren unergründlich.

Hätte Thomas noch mehr Überzeugung gebraucht, dass es seine Bestimmung war, Rose und die Kinder vor der Bedrohung durch Richard Percival zu retten – dass darin die ihm zugedachte Aufgabe lag, derentwegen er verschont worden war –, so hätte er in Roses Geschichte die Bestätigung gefunden.

Und ob es Teil seiner Bestimmung war, sie zu lieben … Nun, die Frage stellte sich im Grunde gar nicht. Es war einfach passiert. Er hatte es sich gestattet, seinen Gefühlen nachzugeben, war ihrer Liebe ohne jeden Hintergedanken erlegen. Und nun vertraute sie ihm ihre Geschichte an, vertraute ihm auch ihr Leben und das der Kinder an.

Alles schien so stimmig, dass es bloß vom Schicksal so gefügt sein konnte.

Rose wandte den Kopf und sah ihn an. »So kamen wir dann also hierher.«

Und du? Sie brauchte es gar nicht laut zu sagen, Thomas konnte ihr die Frage von den Augen ablesen.

Er zögerte. Aber nachdem sie ihm ihr Vertrauen geschenkt hatte, war es da nicht das Mindeste, es ihr gleichzutun? Er würde es einfach darauf ankommen lassen müssen. »Ich … Nun, ich war früher einmal jemand anders.«

Ihre Brauen schnellten in die Höhe. Fragend schaute sie ihn an und drehte sich ganz zu ihm herum. »Erzähl.«

Und das tat er. Er erzählte ihr alles, die ganze unrühmliche Geschichte seines vorherigen Lebens, alle Sünden und Verfehlungen, derer er sich schuldig gemacht hatte. Er erzählte von seinem Stolz und seiner Anmaßung, schließlich von der Erkenntnis, was für ein Unmensch er geworden war, und von seinem Niedergang – wie auch von dem Aufschub, den das Schicksal ihm gewährt hatte.

»Es war … als wäre ich plötzlich aufgewacht und könnte zum ersten Mal mit offenen Augen sehen. Wirklich sehen, worauf es ankommt … Vielleicht, weil ich den beiden im Laufe der Zeit nähergekommen war. Ich habe mich in ihm wiedererkannt oder vielmehr in ihm den Mann erkannt, der ich hätte werden können, und so konnte ich ihre Reaktionen nachvollziehen und mich mit ihren Augen sehen. Den Mann, der ich war, und der, wenn auch nicht vorsätzlich, jene fatale Verkettung von Ereignissen in Gang gesetzt hatte. Sie haben mir geholfen, mich selbst zu erkennen als das, was ich geworden war. Und sobald mir das klar geworden war … Ich konnte gar nicht anders, als zu tun, was mir als das einzig Richtige erschien.« Er hielt inne und fuhr dann ruhiger fort: »Ich konnte so nicht weitermachen.«

Seinen Worten folgte Schweigen, doch Rose drang nicht weiter in ihn. Schließlich atmete er tief durch. Da sie ihn als Thomas Glendower kannte, einen Mann, der die letzten fünf Jahre im Kloster verbracht hatte, schien es ihm geraten, dort anzusetzen und ihr seine Geschichte in umgekehrter Reihenfolge zu erzählen. Wie das Abwickeln eines dicken Wollknäuels kam es ihm vor, seine eigene Lebensgeschichte so aufzurollen – bis alles klar vor ihm lag.

Er hatte nichts Wesentliches ausgelassen, und die Zeit im Kloster hatte ihn auch gelehrt, nicht dem sündigen Bedürfnis anheimzufallen, sich selbst in seiner Erzählung besser dastehen zu lassen. So hielt er sich an die Wahrheit und stellte sich nicht als wichtiger oder gar schlimmer dar, als er gewesen war. Wichtig war ihm, Rose begreiflich zu machen, dass er wohl verantwortlich für den Tod einiger Menschen war, selbst aber nie den tödlichen Streich gegen jemanden geführt hatte. Dass es vor allem nie seine Absicht gewesen war, dass jemand zu Schaden kam.

»Ich war nie in der Lage, Richtig von Falsch zu unterscheiden, wie andere Menschen es fast instinktiv tun. Vermutlich fehlte mir einfach das moralische Rüstzeug dazu, was wiederum an meinem Vormund gelegen haben dürfte, der die Obhut über mich hatte, seit ich meine Eltern mit nur sechs Jahren verlor. Mein Vormund hat mir beigebracht, dass ich alles haben konnte, was ich wollte, und dass es mein gutes Recht ist, es mir zu nehmen – auf welchem Wege auch immer. Er hielt es genauso und ging mir darin mit schlechtem Beispiel voran.«

»Was ist aus ihm geworden?«

»Man hat ihn für schuldig an schrecklichen Verbrechen befunden, und da hat er sich eine Kugel in den Kopf gejagt.« Thomas hielt kurz inne. »Aber das ist alles keine Entschuldigung. Selbst unter seinem Einfluss wusste ich – oder ahnte es doch zumindest –, dass meine Art, durchs Leben zu gehen und immer nur auf meinen eigenen Gewinn zu zielen, nicht ganz … nun, nicht ganz dem entsprach, wie man sein Leben führen sollte. Dass es weder moralisch noch gesellschaftlich akzeptabel war. Eine alte Dame durchschaute mich und erkannte mich als das, was ich war – sie hatte meine Eltern gekannt und war damit natürlich besser in der Lage, meinen Charakter einzuschätzen als andere. Sie hat mich gewarnt, aber ich dachte, ich wüsste es besser, und habe ihren Worten keine Beachtung geschenkt – weise Worte, die ich als solche hätte erkennen sollen, aber ich habe leider nicht auf sie gehört.«

Von diesen frühen Anfängen schlug er einen Bogen zurück und erklärte ihr, wie es zum Entstehen von Thomas Glendower gekommen war. Der Vollständigkeit halber berichtete er auch kurz von seiner derzeitigen Anlagetätigkeit, die ganz darauf zielte, sein einzig wahres Talent dafür einzusetzen, seine früheren Verfehlungen so weit wie möglich wiedergutzumachen.

Ihr das alles zu erzählen, brachte eine unerwartete Erleichterung mit sich. So ausführlich hatte er noch niemandem von seiner Vergangenheit erzählt, doch es fühlte sich gut und richtig an, sich ihrer Gnade auszuliefern. Ihr zu vertrauen.

Als er mit seiner Schilderung schließlich am Ende war, betrachtete sie ihn einen Moment schweigend. Dann meinte sie lediglich: »Du hast mit diesem anderen Mann wirklich nichts mehr gemein.«

Vergebung – und noch dazu von einer Art, die er nie zu erlangen geglaubt hatte.

Er schloss kurz die Augen. Obwohl er noch etliche Fragen zu ihrer derzeitigen Situation hatte, konnte das bis morgen warten. Fürs Erste hatte er genug zu verarbeiten, zu überdenken, aber … Er sah Rose an und meinte ruhig: »Ich hoffe, dass du nun, da du meine Geschichte kennst, verstehst, wie wichtig es mir ist, dir und den Kindern zu helfen – warum ich gar nicht anders kann, als diese Bedrohung gegen Williams Leben aus der Welt zu schaffen.«

Dir und den Kindern zu helfen, ist mein Schicksal. Bitte versage mir nicht, was meine letzte Rettung, meine Erlösung sein könnte.

Rose schaute ihm tief in die Augen. Bis auf den Grund seiner Seele konnte sie blicken und dort alles sehen, was er war, was ihn ausmachte. Sie nickte, erst ganz instinktiv, dann noch einmal, entschlossener. »Ja, das habe ich verstanden.«

Und wie viel besser sie ihn jetzt verstand! So kompliziert seine Geschichte, so kompliziert er selbst auch sein mochte.

Er war kein Heiliger, hatte das aber auch nie vorgetäuscht. Er war, wie er war – und er war nun einmal der Mann, mit dem sie sich eine gemeinsame Zukunft vorstellen konnte. Eine Zukunft, die noch mehr als ungewiss war, für die zu kämpfen sie aber bereit waren. Sie beide, zusammen.

Oh ja, das klang doch gleich viel besser! Damit konnte Rose sehr gut leben.

Als könnte er ihr ihre Entscheidung von den Augen ablesen, meinte er: »Ich müsste manches noch etwas genauer wissen, damit wir uns überlegen können, welche Möglichkeiten ihr habt. Aber das kann bis morgen warten.«

»Einverstanden«, meinte sie und kuschelte sich in seine Arme. »Morgen reden wir in Ruhe weiter, aber bis dahin …« Sie schaute auf und strich sanft über die versehrte Seite seines Gesichts. Jetzt, da sie wusste, woher seine Narben stammten, hatten sie für sie eine ganz eigene Schönheit gewonnen.

Sie streckte sich und hauchte ihm einen zärtlichen Kuss auf die Lippen. »Bis dahin würde ich gern in deinen Armen schlafen.«

Vertrauensvoll schmiegte sie sich wieder an ihn und schloss die Augen.

Und der Anblick rührte so tief an Thomas' Herz, dass er kaum wusste, wohin mit sich.

Schließlich schloss auch er die Augen und gab sich diesem Gefühl hin – ihr, dem Schlaf, seinem Schicksal. Der Liebe, die sie in sein trostloses Leben gebracht hatte.

Dem Versprechen auf Vergebung.

7. Kapitel

Am nächsten Vormittag tat Thomas sich etwas schwer, seine üblichen Aufgaben zu erledigen. Er musste sich in Erinnerung rufen, dass außer Rose und den Kindern auch andere Anspruch auf die Früchte seiner Arbeit hatten.

Da er und Rose früh aufgewacht waren und sich beim Frühstück beeilt hatten, war er um kurz nach zehn auch schon fertig und räumte seine Papiere zusammen. Nachdem er nach Homer beziehungsweise nach William geschaut hatte – ein Name, der viel besser zu ihm passte – und sich vergewissert hatte, dass der Junge noch genügend Mathematikaufgaben hatte, mit denen er eine Weile beschäftigt sein würde, machte Thomas sich auf die Suche nach Rose.

Rosalind, aber für ihn würde sie immer Rose bleiben.

Er fand sie in der Küche und überzeugte sie davon, dass sie sich besser in der Bibliothek unterhalten sollten.

Wieder hätte er mit einer gewissen Verlegenheit gerechnet – oder dass aufgrund ihrer neuen Vertrautheit ein Knistern in der Luft liegen würde, eine Spannung zwischen ihnen beiden, aber nichts dergleichen. Er sah Rose an, und sie erwiderte seinen Blick so offen und direkt, wie sie es immer tat – und diesmal waren sie sich einig. Sie wussten, woran sie beim anderen waren und was sie aneinander hatten. Sie konnten völlig offen miteinander sein. Fast kam es ihm vor, als habe die körperliche Nähe sie einander auch auf einer anderen, weit tieferen Ebene nähergebracht.

Was die Sache natürlich ungemein erleichterte.

Er deutete auf den Sessel, den er für sie an den Schreibtisch gerückt hatte, dann lehnte er seinen Stock gegen den Tisch und setzte sich an seinen Platz. »Wir sollten uns überlegen, welche Möglichkeiten wir haben und wie wir jetzt vorgehen wollen.«

Rose musste sich ein Lächeln verkneifen. Dreimal »wir« in einem Satz? Nichts hätte sie seines ernsthaften Engagements mehr versichern können. Auch schien ihm klar, dass es eilte und er die Sache voller Tatkraft angehen sollte. Sie nickte und rückte näher an den Schreibtisch heran. »Die Männer, die gestern hier waren – wenn sie nicht selbst zurückkommen, so werden es andere an ihrer Stelle.«

»Das sehe ich auch so.« Thomas nahm sich ein frisches Blatt Papier und griff zum Bleistift. »Aber da sie nicht sofort kehrtgemacht haben, gehe ich in Anbetracht dessen, was ich ihnen erzählt habe und wie wenige Menschen euch hier in der Gegend überhaupt kennen, davon aus, dass uns durchaus ein paar Tage bleiben, wenn nicht gar ein paar Wochen, ehe sich wieder jemand blicken lässt.« Über den Schreibtisch hinweg sah er sie an. »In einer solchen Situation tun wir am besten daran, zunächst so viel wie möglich über unseren Gegner in Erfahrung zu bringen. Der erste Schritt besteht darin, eine Liste anzulegen mit allen Fragen, die sich uns stellen – mit allem, was wir über sie in Erfahrung bringen müssen, um ihnen aus dem Weg zu gehen und gegen die Bedrohung vorzugehen, die sie darstellen. Dann können wir daran arbeiten, diese Bedrohung aus der Welt zu schaffen.«

Rose beugte sich vor und stützte die Arme auf dem Tisch auf. »Ich glaube, wir sollten uns auf Richard Percival konzentrieren. Er steht hinter alledem, auf ihn läuft alles hinaus.«

Zustimmend nickte Thomas und notierte sich den Namen. »Was weißt du über ihn?«

Sie runzelte die Stirn. »Weniger, als mir lieb wäre. Meine Mutter und mein Stiefvater haben ihn nicht gerade ermutigt, uns zu besuchen.«

»Sie hatten Vorbehalte gegen ihn?«

Rose zögerte. »Ich habe mir nie groß Gedanken darüber gemacht, aber so scheint es. Damals habe ich es immer seinem Ruf als Wüstling zugeschrieben, dass er nicht gern gesehen war bei uns. Ein Frauenheld, ein Spieler – nicht gerade der beste Umgang für die junge Dame des Hauses.« Trocken fügte sie an: »Die noch dazu nicht mal eine ordentliche Mitgift zu bieten hatte.«

»Dann braucht er also Geld?«

Bedächtig legte sie den Kopf zur Seite. »Bei seinem Lebenswandel läge die Vermutung natürlich nahe, aber ich muss gestehen, dass ich über seine finanzielle Situation nicht im Bilde bin. Allerdings habe ich nie mitbekommen, dass er Robert um mehr Geld gebeten hätte.« Sie hielt inne. »Was nichts heißen muss. Es kann mir ja auch einfach entgangen sein.«

Thomas lehnte sich zurück und las sich seine Notizen noch einmal durch.

Rose betrachtete ihn, und zum ersten Mal seit ihrer Flucht von Seddington Grange, damals in jener sturmgepeitschten Nacht in Lincolnshire, empfand sie echte Hoffnung. Die Hoffnung, dass sie William unbeschadet durch diese Gefahr bringen würde und sehen könnte, wie er als vierter Viscount Seddington in die Fußstapfen seines Vaters trat.

Sie hatte ihrer Mutter geschworen, nach ihrem Tod für die Kinder zu sorgen. Als William geboren wurde, war Rose zwanzig gewesen, und da es ihrer Mutter nach der Geburt sehr schlecht gegangen war, hatte Rose einspringen müssen. Im Grunde war sie ihm wie eine Mutter gewesen. Bei Alice war genau dasselbe geschehen. Sie liebte beide Kinder von ganzem Herzen, und das Versprechen, das sie ihrer Mutter gegeben hatte, verstärkte diese Gefühle noch. Die beiden waren alles, was Rose von ihrer Mutter geblieben war – und von Robert Percival, ihrem Stiefvater, den sie sehr bewundert hatte. Er hatte sie in sein Herz geschlossen und ohne alle Vorbehalte als Tochter angenommen.

Thomas legte das Blatt wieder vor sich auf den Tisch und begegnete ihrem Blick. »Warst du dabei, als das Testament deines Stiefvaters eröffnet wurde?« Als sie nickte, fragte er weiter: »Und Richard Percival wurde als alleiniger Vormund für William eingesetzt?«

Rose stutzte. »Ja … oder nein, warte.« Seufzend schloss sie die Augen, um sich wieder in jene schwere Zeit zurückzuversetzen, zu jenem Abend, da man sich nach der Beerdigung in der Bibliothek zusammengefunden hatte. »Mr. Foley, der Anwalt«, begann sie, die Augen noch immer geschlossen, »er stand beim Schreibtisch und verlas das Testament … Richard wurde genannt, als … Moment … als *erster* Vormund.« Sie runzelte die Stirn. »Daran erinnere ich mich noch, aber was er unmittelbar danach gesagt hat, weiß ich nicht mehr, weil William mich am Ärmel gezupft hat und ich mich zu ihm umgedreht habe – er wollte wissen, was ein Vormund ist.« Noch einmal dachte sie konzentriert nach, dann schüttelte sie den Kopf und schlug die Augen wieder auf. »Tut mir leid, den Rest der Vereinbarung habe ich nicht mitbekommen.«

Thomas verzog das Gesicht und richtete sich auf. »Immerhin ergeben sich daraus schon zwei wichtige Fragen, die wir als Erstes beantworten sollten.« Den Bleistift gezückt, sah er sie an. »Natürlich müssen wir bei unserer Suche nach Antworten Vorsicht walten lassen. Zum gegenwärtigen Zeitpunkt dürfte niemand aus dem Umfeld Richard Percivals mit Sicherheit wissen, wo ihr euch aufhaltet. Wenn man den beiden Männern, die gestern hier waren, glauben darf, dann vermutet er euch ›in Cornwall‹, was doch ein recht weites Feld ist. Um nun Ermittlungen anzustellen, werde ich mich wohl ebenfalls an eine der einschlägigen Agenturen wenden. Zunächst dürfte man keinen Bezug zu dir herstellen, aber wenn Richard Percival erfährt, dass jemand Erkundigungen über ihn einholt, so wüsste ich an seiner Stelle ziemlich genau, wie ich die Spur der Ermittlungen zu ihrem Ursprung zurückverfolgen könnte. Er käme also bald auf mich. Und damit auf dich und die Kinder.«

»Du willst also sagen, dass es ein Risiko birgt, an die Informationen zu gelangen, die wir brauchen, um gegen Richard Percival vorzugehen.«

Thomas nickte.

Rose dachte kurz nach. »Aber wenn ich das richtig sehe, werden die Kinder irgendwann in noch größerer Gefahr sein, wenn wir nichts unternehmen, wenn wir nicht versuchen, gegen Richard vorzugehen. Da Richard nun einmal Williams Vormund ist, und vermutlich auch der von Alice, werden mir die Hände gebunden sein, sobald er uns findet. Er kann die beiden in seine Obhut nehmen und sonstwohin bringen. Ohne sein Einverständnis kann ich nicht bei ihnen bleiben – und das dürfte er mir kaum gewähren, wenn ich die Situation richtig einschätze.«

Schweigend schaute Thomas sie an.

Rose deutete auf seine Notizen. »Schreib die ersten beiden Fragen auf. Wir sollten keine Zeit verschwenden, wenn wir William vor Richard Percivals Machenschaften bewahren wollen.«

Sie wartete, bis Thomas sich die ersten beiden Punkte notiert hatte, auf die ihre Ermittlungen zielen sollten. »Wie lauten sie überhaupt, diese zwei wichtigen Fragen?«

Ohne dabei aufzublicken, huschte ein Lächeln um seine Lippen. »Die erste und drängendste Frage wäre, ob die Uhr bereits tickt, das heißt, ob jemand offiziell darum ersucht hat, William für tot erklären zu lassen, damit die Besitzverhältnisse neu geregelt werden können. Wenn ja, dann hätten wir die Bestätigung, dass jemand – vermutlich Richard Percival – auf das Erbe aus ist und es ihm hauptsächlich darum geht.« Er machte eine Pause, dann erklärte er: »Es ist jetzt über vier Jahre her, dass du mit William geflohen bist. Falls dieser Prozess gleich damals in Gang gesetzt worden sein sollte, bleiben euch damit jetzt weniger als drei Jahre. Aber die Zeit ist gar nicht der springende Punkt, sondern die Frage, ob überhaupt ein solches Ersuchen eingereicht wurde, und wenn ja, von wem. Wenn wir das wissen, sind wir schon einen großen Schritt weiter.«

Er lehnte sich zurück und las sich seine Notizen noch einmal durch. »Unsere zweite Frage ist, wer genau die Vormundschaft für William hat. ›Erster Vormund‹ legt nahe, dass dein Stiefvater so klug war, die Verfügungsgewalt seines Bruders über William dahingehend einzuschränken, dass er ihm einen oder mehrere Mitvormünder zur Seite gestellt hat, ohne gleich zu drastischen Maßnahmen zu greifen. Hätte er Richard nicht zum Vormund ernannt, hätte er ihm damit ein Recht verwehrt, welches ihm in den Augen der Gesellschaft ganz selbstverständlich zufallen musste.«

Thomas schaute auf und sah sie an. »Sähe ein solch diplomatisches Vorgehen deinem Stiefvater ähnlich? Im besten Sinne seiner Kinder zu handeln, dabei aber den Bruder nicht brüskieren zu wollen, indem er sein Misstrauen ihm gegenüber öffentlich machte?«

Rose nickte. »Ja, genau so etwas muss Robert sich gedacht haben. Er war stets sehr auf den guten Ruf der Familie bedacht.«

Thomas beugte sich vor und schrieb weiter, entwarf bereits in Stichworten die beiden Briefe, die er nachher schreiben wollte. »Wenn ein weiterer Vormund bestellt wurde – wer könnte das sein?«

Bedauernd verzog Rose das Gesicht. »Der Einzige, der mir einfällt, wäre Marmaduke Percival, Roberts Onkel. Wie du dir sicher denken kannst, ist er allerdings nicht mehr der Jüngste und hat sich auch nie für die Kinder interessiert. Ansonsten … Obwohl ich mit den Percivals nicht sonderlich vertraut bin, habe ich doch immerhin all jene Familienmitglieder kennengelernt, die bei Mamas und Roberts Hochzeit zugegen waren, und natürlich bei ihrem Begräbnis. Aber bei entfernteren Verwandten, irgendwelchen Cousins und Cousinen müsste ich passen. Die meisten müssten allerdings auch schon älter sein, und keiner davon stand uns wirklich nahe.«

Thomas hielt im Schreiben inne und sah zu Rose. »Mit deiner Einwilligung würde ich mich auch gern danach erkundigen, ob Williams Vermögen überhaupt noch intakt ist.«

Bestürzt sah sie ihn an. »Wäre das denn möglich? Ich bin davon ausgegangen, dass niemand darauf Zugriff hat, solange …«

»Theoretisch ja, aber … ein gesetzlicher Vormund kann durchaus darum ersuchen, zumindest die Kosten für die Verwaltung des Erbes aus selbigem zu bestreiten.« Er hob die Schultern. »Es dürfte nicht sonderlich schwer sein, einen legitimen Vorwand zu finden, und dann hängt alles von dem zuständigen Anwalt ab – diesem Foley, dem du nach eigenem Bekunden nicht wirklich vertraust. Wenn wir Pech haben, bedient sich jemand schon seit Jahren an dem Vermögen.«

Rose wirkte ehrlich erschüttert. »Das hätte ich niemals für möglich gehalten …« Dann gab sie sich einen Ruck und sah ihn entschlossen an. »Sollte dem so sein, können wir irgendwie dagegen vorgehen?«

Ruhig erwiderte er ihren Blick. »Nur, indem wir William wieder als rechtmäßigen Erben einsetzen.«

Einen Moment sah sie ihn schweigend an, dann deutete sie auf seine Notizen. »Bitte tu alles, was dazu nötig ist.«

Thomas konnte sich ein Grinsen nicht verkneifen, wurde indes schnell wieder ernst, als er sich sein Aufgeschriebenes noch einmal durchsah. Dann nahm er sich ein frisches Blatt Papier, legte den Bleistift beiseite und griff zur Feder. »Gut. Ich werde zuerst meinem Verwalter schreiben, dann meinem Anwalt. Beide arbeiten sehr solide und sind daran gewöhnt, meine Anfragen mit absoluter Diskretion zu behandeln. Sie wissen, dass ihre Arbeit keine Wellen schlagen darf.« Er schaute zur Uhr, dann zu Rose. »Ich werde die Briefe jetzt schreiben und sie nach dem Lunch nach Helston zur Post bringen. Morgen müssten sie in London eintreffen, und dann … Nun, das werden wir dann sehen.«

Rose nickte und stand auf.

Einen Moment blieb sie noch stehen und blickte auf Thomas' gesenkten Kopf. Ein Wort des Dankes lag ihr auf den Lippen, aber … wenn sie ihm nun dafür dankte, würde sie eine Grenze ziehen zwischen sich und den Kindern und ihm, und das wollte sie nicht.

Sie arbeiteten jetzt zusammen und er gehörte zu ihnen, ganz einfach.

Mit einer Zuversicht, wie sie sie seit der Nachricht vom Tod ihrer Mutter und ihres Stiefvaters nicht mehr empfunden hatte, wandte sie sich zum Gehen und ließ Thomas in Ruhe arbeiten.

»Also, was ist?«, fragte Richard Percival.

Curtis ließ sich von dem herrischen Tonfall nicht aus der Ruhe bringen. »Es könnte sein, dass wir sie gefunden haben. Allerdings bräuchten wir jemanden, der sie identifizieren kann – die Frau und wenn möglich auch den Jungen.« Die bislang grimmige Miene seines Auftraggebers hellte sich auf. »Könnten Sie uns vielleicht jemanden schicken, nach Möglichkeit jemanden, der zuverlässig und diskret ist?«

»Das sollte kein Problem sein.« Richard Percival erwiderte seinen Blick. »Der Kammerdiener meines Bruders. Obwohl ich seiner Dienste nicht bedarf, habe ich ihn weiterbeschäftigt. Die Frau dürfte er sofort erkennen, und bei dem Jungen bin ich – trotz der Jahre, die seitdem vergangen sind – ebenfalls recht zuversichtlich.«

»Ausgezeichnet«, befand Curtis. Wie jedes Mal, wenn eine Fahndung kurz vor dem Abschluss stand, spürte er ein Prickeln im Nacken. Zumal diese Suche sich außergewöhnlich langwierig gestaltet hatte, nachdem ihr Zielobjekt sich doch weitaus schlauer angestellt hatte als erwartet. Er betrachtete Percival und dachte nach. Vielleicht sollte er mit seiner Gewohnheit brechen, Klienten keine verfrühten Hoffnungen zu machen. Der Mann war praktisch sein bester Kunde und hatte eine unglaubliche Beharrlichkeit bewiesen, die, so schien es, jetzt belohnt würde. »Ohne Ihnen falsche Hoffnungen machen zu wollen – aber mein Gespür sagt mir, dass wir sie bald haben. Die Spur ist heiß, und es kann bloß noch eine Frage von Wochen, wenn nicht gar Tagen sein.«

Richard Percival erwiderte seinen Blick und schien sichtlich bewegt. »Bei Gott, das will ich hoffen.« Etwas von der alten Verzweiflung und einer ganz neuen Erschöpfung schlich sich in seinen Ton. »Ich weiß bald nicht mehr, wie ich die Geier noch länger abwehren soll.«

Zehn Tage vergingen, ehe die Antworten auf Thomas' erste Anfragen eintrafen. Sie wurden von dem jungen Burschen gebracht, der jetzt jeden Nachmittag die Post aus Helston nach Breage Manor brachte.

An der Haustür nahm Thomas die Sendungen in Empfang, gab dem Kurier seinen üblichen Lohn und schaute ihm noch einen Moment hinterher, wie er wieder davonpreschte, ehe er ins Haus zurückkehrte. Als er die Tür schloss, sah er, dass Rose aus der Küche gekommen war. Sie stand am Ende der Halle, wischte sich rasch die Hände an der Schürze ab und wartete, was es Neues gäbe.

Thomas warf einen Blick zur offenen Tür des Speisezimmers, wo Homer – Rose und Thomas waren übereingekommen, dass es sicherer wäre, wenn William weiter diesen Namen benutzte – am Esstisch über seiner Lektüre saß.

Stumm deutete er hinüber zur Bibliothek, folgte Rose hinein und schloss die Tür hinter ihnen.

Sie drehte sich um und blickte auf die Briefe in seiner Hand. »Antwort aus London?«

»Ich gehe davon aus.« Er trat an den Schreibtisch, lehnte seinen Stock dagegen, besah sich die Briefe, legte dann den von Drayton, seinem langjährigen Verwalter, beiseite und öffnete den von Marwell. »Der ist von meinem Anwalt.« Er faltete das Schreiben auseinander, überflog den Inhalt und reichte es Rose. Während sie noch las, fasste er zusammen: »William wurde bald nach seinem Verschwinden als vermisst gemeldet – man nahm an, dass er nicht mehr am Leben sei. Soweit Marwell es in Erfahrung bringen konnte, geschah das binnen eines Monats nach seinem Verschwinden – und deshalb müssen wir davon ausgehen, dass Percival es nachdrücklich auf das Erbe abgesehen hat.«

Als Rose beim Ende des Briefes angelangt war, schaute sie auf. »Aber das wird er erst bekommen, wenn William offiziell für tot erklärt ist, also sieben Jahre nach der Vermisstenmeldung.« Sie runzelte die Stirn. »So ist es doch, oder?«

Thomas nickte und ließ sich auf der Kante seines Schreibtischs nieder. »Jetzt sind noch knapp drei Jahre davon übrig.

Was aber nicht heißt, dass Richard Percival nicht alles daran setzt, William zu finden und dafür zu sorgen, dass er nicht mehr lebend auftaucht. Im Grunde bleibt ihm gar nichts anderes übrig, denn sollte William später, nachdem Richard das Erbe bereits angetreten hat, doch wieder auftauchen, fiele das Vermögen – oder was davon noch übrig wäre – natürlich wieder an William als den rechtmäßigen Erben. Solche Fälle sind selten, aber Richard wird sicherlich kein Risiko eingehen.« Er richtete seinen Blick eindringlich auf sie. »Und wenn Richard Percival in großen Geldnöten wäre, dürfte ihm daran gelegen sein, dass man Williams Leichnam so bald wie möglich findet, denn dann kommt er umgehend in den Genuss des Erbes und braucht die vollen sieben Jahre nicht abzuwarten.«

Rose verzog keine Miene ob seiner offenen Worte; er brauchte sie nicht vor der Wirklichkeit zu schützen. Ihr Blick war schon wieder auf den Brief gerichtet. »Dein Anwalt, Mr. Marwell, schreibt, dass Marmaduke Percival sich die Vormundschaft mit Richard teilt.« Sie runzelte die Stirn. »Ich wage zu bezweifeln, dass es irgendetwas bringt, sich an Großonkel Marmaduke zu wenden. Er ist nicht gerade der Klügste, und Richard ist zudem die stärkere Persönlichkeit. Marmaduke ist ein unglaublicher Schwätzer, aber gegen Richard könnte er sich nicht behaupten. Er ist ihm einfach nicht gewachsen.«

Der letzte Absatz des Briefes entlockte ihr einen stummen Seufzer. »Und Foley ist noch immer mit den Finanzen der Familie betraut, was wohl heißt, dass er noch immer die Hand auf meinem Geld hat.«

Thomas betrachtete sie nachdenklich. »Gibt es einen konkreten Grund für dein Misstrauen gegenüber Foley oder ist das bloß eine Ahnung?«

Sie schürzte die Lippen. »Gut, ich gebe es zu, es ist bloß ein Gefühl, schließlich hatte ich kaum etwas mit ihm zu tun.

Aber er ist ein schrecklicher Pedant und ausgesprochen konservativ in seinen Ansichten. Ich kann mir vorstellen, dass jemand wie er alles tun würde, um den Namen der Familie – seiner Mandanten – aus einem Skandal herauszuhalten. Oder dass Richard sich seine unverbrüchliche Loyalität für seine eigenen Zwecke zunutze machen könnte.«

Einen Moment dachte Thomas über ihre Worte nach, dann nahm er sich den zweiten Brief vor und öffnete ihn. Nachdem er ihn rasch überflogen hatte, teilte er ihr die frohe Kunde mit: »Mein Verwalter Drayton schreibt, soweit er es herausfinden konnte, gibt es keine Hinweise darauf, dass jemand auf das Vermögen zugegriffen hat.«

Erleichtert atmete Rose auf. »Dass er sich die Vormundschaft mit Marmaduke teilen muss, wird Richard davon abgehalten haben, sich vorschnell am Erbe seines Neffen zu vergreifen.«

Thomas widersprach nicht. Er nahm Rose den Brief seines Anwalts aus der Hand, stand auf und ging um den Schreibtisch herum. »Ich werde jetzt zurückschreiben, und«, während er sich setzte, warf er einen Blick auf die Uhr, »die Briefe morgen nach Helston bringen.«

Rose nahm wieder auf dem Lehnstuhl vor seinem Schreibtisch Platz. »Welche Fragen stehen jetzt an?«

»Zunächst werde ich Drayton bitten, ein paar Erkundigungen zu Richard Percivals Finanzen einzuholen.« Thomas schaute auf und begegnete Roses gespanntem Blick. »Wir brauchen Beweise, dass er tatsächlich ein Motiv hatte, seinen Bruder und dessen Frau zu ermorden, und es jetzt auf William abgesehen hat. Geldnot ist ein recht überzeugender Grund, weshalb er auf das Erbe erpicht ist.« Einen Moment betrachtete er sie schweigend, dann setzte er fast beiläufig nach: »Und Marwell werde ich bitten, Foleys Leumund zu überprüfen.«

Rose hob die Brauen, doch dann nickte sie und stand auf. »Sehr gut. Dann kümmere ich mich jetzt um das Abendessen und störe dich nicht weiter bei deiner Arbeit.«

Kurz schaute Thomas ihr hinterher, dann nahm er sich Marwells Brief erneut vor und las noch einmal den Abschnitt, in dem Foley erwähnt wurde. Rose traute dem Mann nicht, aber zwischen den Zeilen meinte Thomas herauszulesen, dass sein Anwalt den Kollegen in einem ganz anderen Licht sah als Rose. Mit keinem Wort, auch nicht indirekt, warnte Marwell vor Foley. Sicher war es besser, wenn Thomas nachhakte und herausfand, wer denn nun mit seiner Ansicht recht hatte. Wenn er es richtig verstanden hatte, war Rose Foley nur ein paar Mal begegnet, zuletzt, als sie fünfundzwanzig war, und dabei stets in Begleitung von männlichen Familienmitgliedern wohl auch schon reiferen Alters. Bei diesen Gelegenheiten dürfte Foley, wenn er denn wirklich so konservativ war, wie sie ihn darstellte, sie kaum zur Kenntnis genommen und über ihren Kopf hinweg geredet haben – was Rose kaum für ihn eingenommen haben dürfte.

Als Williams Anwalt kam dem Mann indes eine wichtige Rolle in dem ganzen Drama zu, und Thomas wusste immer gern im Vorfeld über alle Mitspieler Bescheid, um sich die passende Strategie zurechtzulegen.

Also griff er zur Feder und begann zu schreiben.

Am nächsten Morgen ritt Thomas, die beiden Briefe mit den neuerlichen Anfragen in der Tasche, nach Helston, um sie zur Post zu bringen. Kurz vor elf erreichte er den Ort und ließ Silver im Schritt die lange Steigung der Coinagehall Street hinaufgehen, an deren Ende er in den Hof des Angel Hotels einbog. Nachdem er Silver wie gewohnt in der Obhut der Stallburschen zurückgelassen hatte, ging er zurück zur Straße und wollte weiter zum Postamt, das schräg gegenüber lag.

Vor der Post indes sah er nun eine kleine Gruppe Männer beisammenstehen, die sein geübtes Auge sogleich als Ermittler erkannte.

Ohne sich etwas anmerken zu lassen, lief Thomas einfach geradeaus weiter und bog dann auf den Vorplatz des Hotels ein, als habe er von Anfang an dorthin gewollt. Er ging die paar Stufen zur überdachten Veranda hinauf, von wo aus man die kleine Versammlung auf der gegenüberliegenden Straßenseite gut im Blick hatte. Mindestens zehn Agenten scharten sich um einen Mann, der sich in seiner Kleidung und in seinem Verhalten merklich von den anderen unterschied. Thomas wandte sich ab und ließ den Blick über die lange Veranda schweifen, wo er zwei ältere Männer entdeckte, die oft im Angel anzutreffen waren, wo sie sich bei einem Krug Bier die Zeit vertrieben. Beide verfolgten ebenfalls das ungewohnte Treiben auf der anderen Straßenseite.

Auf seinen Stock gestützt, ging Thomas zu den zweien hinüber.

Die beiden Herren kannten ihn längst und nickten ihm höflich zu. Thomas hatte es sich angewöhnt, bei seinen Besuchen in der Stadt immer mal wieder einen kleinen Plausch mit den Einheimischen zu halten – eine alte Gewohnheit, die ihm damals wie heute gute Dienste leistete.

Freundlich grüßte er zurück und blieb so stehen, dass er den beiden nicht den Ausblick versperrte. An die Balustrade gelehnt gesellte er sich einen Moment schweigend dazu, ehe er mit dem Kopf hinüber zu den Ermittlern deutete. »Sie wissen nicht zufällig, was da drüben los ist?«

»Sieht so aus, als wären sie zurückgekommen, um die Suche nach dieser jungen Frau und ihren beiden Kindern fortzusetzen«, meinte der eine. »Vor einer Woche waren ja schon mal zwei da, mussten aber unverrichteter Dinge wieder abziehen. Der Trupp da drüben ist heute Morgen angerückt, und wenn man Fred glauben darf, haben sie diesen schmächtigen Burschen extra mitgebracht, weil er die Frau und den Jungen kennen soll.«

Fred brummte. »Verdammt viel Aufwand, den die sich leisten. Muss ja was Schlimmes angestellt haben, das Mädel.«

»So sieht's aus«, pflichtete der andere bei. »Aber wer auch immer hinter ihr her ist, lässt sie damit nicht durchkommen. Kann ja eigentlich bloß irgend so ein Lord sein, unsereins könnte sich das gar nicht leisten.«

Wahre Worte ... und bei der Erwähnung dieses Lords wurde Thomas plötzlich klar, wer dieser »schmächtige Bursche« sein musste, den die Ermittler eigens eingespannt hatten. Er nahm den Mann genauer ins Visier, der die typische Diskretion, das Umgängliche und adrett Gepflegte seines Standes ausstrahlte, und prägte sich sein Äußeres ein. Später würde er ihn Rose beschreiben und mit ihr abgleichen, ob sie den Mann kannte.

Die Ermittler begannen sich zum Aufbruch zu rüsten, doch ihre Aufmerksamkeit schien nicht gen Breage, sondern nach Osten gerichtet.

»Weiß man, wohin sie wollen?«, wandte Thomas sich an Fred.

Ohne den Blick von der Straße zu nehmen, nickte der Alte bedächtig. »Vorhin habe ich was von Lizard Point reden gehört. Für die Nacht haben sie Zimmer im Angel reserviert und wollen die Suche morgen Richtung Westen fortsetzen, wenn sie vorher nichts gefunden haben.«

Was sollte Thomas jetzt tun? Zwar konnte er die beiden Ermittler von letzter Woche nicht unter den Männern entdecken, aber vielleicht waren sie ja gerade im Postamt. Dass sie ihm jetzt über den Weg liefen, ihn wiedererkannten und sich daran erinnerten, dass seine Haushälterin und deren Kinder doch ziemlich genau der Beschreibung der Gesuchten entsprachen, hatte gerade noch gefehlt. Thomas kleine Lügengeschichte, die er ihnen damals aufgebunden hatte, half da auch nicht viel.

Die Briefe konnte er genauso gut später aufgeben.

Er richtete sich auf und griff nach seinem Stock. »Na, da ist ja richtig was los hier«, meinte er und nickte seinen beiden Informanten zum Abschied zu, ehe er wieder im Hotel verschwand, den Schankraum durchquerte und durch die hintere Tür zurück auf den Hof und zu den Stallungen gelangte.

Pünktlich zum Mittagessen war Thomas wieder auf Breage Manor und setzte sich mit Rose und den Kindern an den Küchentisch.

Von den beunruhigenden Neuigkeiten aus Helston erzählte er nichts und versuchte stattdessen, sich seine Anspannung nicht anmerken zu lassen.

Nach dem Essen überließ er es Rose, den Tisch abzuräumen, und ging mit Homer ins Speisezimmer, wo er dem Jungen ein paar Übersetzungsaufgaben in Latein heraussuchte. Als Homer sich daran machte und er ihn eine Weile beschäftigt wusste, kehrte Thomas in die Küche zurück.

Rose stand an der Spüle und beobachtete Pippin, die im Garten mit ihren Puppen spielte. Thomas trat zu ihr und schaute über ihre Schulter – Pippin saß ihren beiden Puppen gegenüber im Gras und reichte kleine Teetassen herum.

Gedankenverloren legte er seine Hand an Roses Rücken.

Kurz lehnte sie sich an ihn, dann richtete sie sich seufzend auf und drehte sich zu ihm um. Ruhig und klar war ihr Blick auf ihn gerichtet. »Was hast du in Helston herausgefunden, das du mir verschweigst?«

War er etwa so leicht zu durchschauen? Er sah sie an, zögerte, dann meinte er: »Es sind weitere Ermittler eingetroffen, diesmal gleich ein ganzes Dutzend. Heute wollen sie die Gegend um Lizard Point absuchen, dann ziehen sie vermutlich weiter nach Westen.« Er ließ seinen Blick auf ihr ruhen. »Sie haben jemanden mitgebracht, einen Mann, der seinem Äußeren nach Kammerdiener sein könnte.« Er beschrieb den Burschen kurz.

Rose unterdrückte ihre aufkeimende Panik. Das würde weder ihr noch den Kindern nützen. Außerdem waren sie diesmal nicht auf sich allein gestellt: Sie hatten Thomas an ihrer Seite. Sie zog sich einen Stuhl heran und ließ sich darauf sinken. »Das klingt nach Roberts Kammerdiener.«

Thomas setzte sich ihr gegenüber und stellte den Stock zwischen seinen Beinen ab. »Er könnte dich also identifizieren?«

Rose nickte. »Vermutlich. Nein, ganz sicher. William wahrscheinlich auch.« Sie sah Thomas an. »Du meintest, sie wollten heute nach Lizard Point …?«

»Abends werden sie nach Helston zurückkehren und – falls sie nicht fündig geworden sind, was sehr wahrscheinlich ist –, ihre Suche morgen gen Westen fortsetzen.«

Allen Vorsätzen zum Trotz wurde sie nun doch von Panik erfasst. Sie musste sich wirklich beherrschen, nicht sofort aufzuspringen, sich die Kinder zu schnappen und … Nachdem sie tief durchgeatmet hatte, sagte sie, so ruhig sie es vermochte: »Dann dürfen wir keine Zeit mehr verlieren. Wie müssen von hier verschwinden.«

Sie schaute Thomas an, der ihren Blick ernst und gefasst erwiderte. »Ja, das müssen wir. Wir fahren nach London, um diese Angelegenheit endlich zu klären.«

Sie blinzelte. *Wir?* In diesem Punkt würde sie ganz gewiss nicht widersprechen. Aber … »Nach London?«

Entschieden nickte er – er war sich seiner Sache ganz sicher. »Du kannst mit den Kindern nicht länger davonlaufen.

Solange ihr auf euch allein gestellt wart, solange euch die Möglichkeiten fehlten, die mir zur Verfügung stehen, war die Flucht eine gute Methode, William von Richard Percival fernzuhalten – zumindest bis William alt genug wäre, um für sich selbst zu sprechen und sich Gehör zu verschaffen. Unter den damaligen Umständen hättet ihr gar nichts Besseres tun können, aber die Umstände haben sich geändert. Ich kann euch helfen, gegen Richard Percivals Plan vorzugehen – sein Vorhaben aufzudecken, einschließlich der Morde an deiner Mutter und deinem Stiefvater, und diese Bedrohung gegen William ein für alle Mal zu beseitigen.«

In der Tiefe von Thomas' braunen Augen sah Rose nichts als Gewissheit. »Du scheinst dir deiner Sache sehr sicher.«

»Das bin ich.« Er machte eine Pause. »Damit will ich nicht behaupten, dass es ein Kinderspiel wird; aber wenn wir klug vorgehen, können wir Richard seiner Taten überführen und William aus seiner misslichen Lage befreien. Doch dazu müssen wir nach London.«

Nach allem, was er ihr von seinem früheren Leben erzählt hatte, sah Rose keinen Anlass, an seiner Einschätzung der Lage zu zweifeln. Und doch zögerte sie, fragte sich … »Du bist dir sicher bewusst, was es nach sich ziehen würde, wenn Richard auf diese Weise entlarvt wird.« Sie atmete erneut tief durch und musste sich fast zwingen zu der Frage: »Bist du dir sicher?«

Unerschütterlich ruhte sein Blick auf ihr. »Ja, ich bin mir sicher. Und wenn du mich nicht in deinem Leben haben wolltest – wenn du nicht gewollt hättest, dass ich mich in dieser Sache engagiere –, hättest du in jener Nacht nicht zu mir kommen dürfen.«

Oder in all den Nächten seither. Rose brauchte keine weiteren Erklärungen; seine Gefühle standen ihm deutlich ins Gesicht geschrieben.

Seine Liebe erfüllte sie mit Demut und überwältigte sie zugleich.

Vermutlich konnte er die Gefahren eines solchen Unternehmens weit besser einschätzen als sie, und doch hatte er sich dafür entschieden. Jetzt schien ihn nichts mehr von dem eingeschlagenen Weg abzubringen. Ihrem gemeinsamen Weg.

Auf dem er ihr und den Kindern zur Seite stand.

Sie wusste, dass er in dieser Rolle als ihr Fürstreiter irgendeine Art von Buße, von Wiedergutmachung sah, aber das sollte sie nicht kümmern. Deshalb würde sie sich nicht abwenden von ihm und all dem Guten, das er tat und das sie in ihm sah. Von allem, was er ihr zu bieten hatte.

Also nickte sie, wenn auch verhalten. »Gut, dann also auf nach London.« Sie hob den Blick und schaute zum Fenster, um sich zu vergewissern, dass Pippin noch immer stillvergnügt im Garten spielte. »Wenn zurzeit eine nicht unbeträchtliche Zahl von Fahndern die Gegend zwischen Helston und London absucht und wir nicht einmal sicher wissen, ob es nicht noch mehr sind als das Dutzend, das du gesehen hast, dürfte es allerdings etwas heikel sein, eine Kutsche zu mieten und mit den beiden Kindern den ganzen Weg nach London …« Sie brach ab und sah Thomas an. »Wenn sie noch mal herkommen und dann feststellen, dass wir verschwunden sind, werden sie eins und eins zusammenzählen und die Verfolgung aufnehmen. Wir würden es niemals nach London schaffen, ehe sie uns einholen.«

Zu ihrer Überraschung nickte Thomas zustimmend, wirkte jedoch kein bisschen entmutigt. Ganz im Gegenteil. Er schien selbst vom Jagdfieber befallen, und seine Augen strahlten, als er sie ansah. »Allerdings. Und wäre ich Richard Percival, oder wer immer diese Suche in seinem Namen in Auftrag gegeben hat, würde ich meine Männer entlang der

Straße nach London positionieren, um genau dem Fall vorzubeugen, dass die Gesuchten – also wir – von der hiesigen Fahndung Wind bekommen und die Flucht nach vorn antreten.« Er lächelte mit einer gewissen Genugtuung. »Deshalb werden wir auf anderem Wege nach London reisen.« Sein Blick ruhte auf ihr, klar und zuversichtlich. »Vertrau mir. Ich weiß genau, wie wir seinen Fängen entkommen.«

Rose runzelte die Stirn. »Und wie?«

Noch immer lächelnd griff er nach seinem Stock und stand auf. »Wir nehmen eine Route, mit der er nicht rechnen wird, geschweige denn sie observieren lassen; eine Route, auf der er uns, selbst wenn er begriffen hat, welche Strecke wir genommen haben, kaum mehr einholen kann.«

8. Kapitel

Mitten in der Nacht verließen sie Breage Manor.

Nachdem Thomas ihr seinen Plan kurz umrissen hatte, waren er und Rose noch die Details durchgegangen, dann hatte Rose die Kinder zum Tee gerufen und gemeinsam hatten sie Homer und Pippin erklärt, was sie vorhatten.

Den Kindern war es natürlich wie ein großes Abenteuer erschienen.

Den Rest des Nachmittags hatten sie damit zugebracht, alles für die Abreise bereit zu machen und so viel ihrer Habe einzupacken, wie sich zu Pferde transportieren ließ. Als sie mit Packen fertig waren, tischte Rose das Abendessen auf. Danach schickte sie die Kinder nach oben, wo sie sich in ihre Betten legen und versuchen sollten, ein wenig vorzuschlafen.

Sie und Thomas hatten die Küche aufgeräumt und im Haus nach dem Rechten geschaut, dann hatte Thomas sich in die Bibliothek zurückgezogen, um seinen Verwalter und seinen Anwalt über die neue Entwicklung ins Bild zu setzen und beide entsprechend zu instruieren. Die Briefe wollte er dann morgen zusammen mit den beiden aufgeben, die er heute nicht hatte verschicken können. Rose hatte derweil noch einmal eine Runde durchs Haus gemacht und überprüft, dass auch wirklich alle Fenster und Türen geschlossen und die Vorhänge zugezogen waren. Im Geiste war sie dabei alles durchgegangen, was sie vor ihrer Abreise noch erledigen mussten.

Um ein Uhr früh hatten sie die Kinder geweckt und waren dann mit Sack und Pack hinüber zu den Stallungen gelaufen.

Thomas und Homer, der nach seinem Nickerchen wieder hellwach zu sein schien, sattelten Silver und das Pony. Rose nahm das Pony, dem außerdem so viel Gepäck aufgeladen wurde, wie das Tier zu tragen vermochte. Thomas setzte sich auf Silver und legte dem Pferd die verbliebenen Satteltaschen über das breite Kreuz. Pippin hob er vor sich in den Sattel, während Homer hinter ihm aufsprang und die Arme um ihn legte.

Im Schein des Mondes ritten sie hinaus auf den Hof, und Thomas fing Roses Blick auf. »Wir brauchen uns nicht zu beeilen. Es sind nur fünfzehn Meilen, und selbst wenn wir die Tiere den ganzen Weg im Schritt gehen lassen, liegen wir gut in der Zeit.«

Rose nickte. »Reite du voraus, ich folge dir einfach.«

Thomas sah sie noch einen Moment an, dann ließ er Silver gemächlich lostraben, erst ein Stück die Auffahrt hinunter, dann querfeldein über Wiesen und Feldwege, immer weiter in nordöstlicher Richtung durch die stille, mondbeschienene Nacht.

Als sie Falmouth erreichten, lag die Stadt noch in friedlichem Schlummer. Sie waren so gut vorangekommen, dass Thomas noch vor vier Uhr früh an die Tür des Hotels Seven Stars klopfte.

Hier hatte er früher schon übernachtet. Es war ein teures Hotel, dessen Personal zuverlässig und diskret war und dem Reisenden jeden Wunsch erfüllte, solange er bereit war, dafür die doch recht überzogenen Preise des Hauses zu zahlen.

Genau wie erwartet, setzte sofort emsige Betriebsamkeit ein, und die Bedienten eilten sich, ihre Betten zu beziehen und den Kindern eine warme Milch zu kochen. Die Pferde wurden in den Stall gebracht und versorgt; Thomas nahm den Stallmeister kurz beiseite und vereinbarte, dass beide

Tiere so lange hier bleiben konnten, bis er sie wieder abholen käme, auch wenn er noch nicht sagen konnte, wann genau das sein würde.

Thomas meldete sie als Familie an, ein Ehepaar mit zwei Kindern, und schon kurz darauf konnten sie eine Suite im vorderen Teil des Hauses beziehen, mit Blick auf den Hafen.

Nachdem Thomas alles zu seiner Zufriedenheit vorgefunden hatte, schickte er die Bedienten mit einem fürstlichen Trinkgeld fort. Rose brachte die Kinder in das kleinere der beiden Schlafzimmer. Von der Tür aus sah er zu, wie sie den zweien, die nun doch recht schläfrig waren, beim Ausziehen half und sie in ihre Betten steckte.

Noch ehe sie das Zimmer verlassen hatte, schienen die beiden auch schon eingeschlafen zu sein.

Leise zog Rose die Tür hinter sich zu, und Thomas folgte ihr durch das Empfangszimmer der Suite zum anderen Schlafzimmer.

Als er die Tür hinter sich schloss, suchte Rose bereits aus einer der Satteltaschen ihr Nachthemd und eine Haarbürste heraus.

Beides legte sie auf den Anziehtisch und begann die Nadeln aus ihrem Haar zu lösen, bis es ihr lang und schimmernd über die Schultern fiel.

Langsam kam er näher. Ihrer verheißungsvollen Wärme konnte er nicht länger widerstehen. Sie tat einen tiefen Seufzer und schaute kurz zu ihm auf. »Ich bin schrecklich müde, aber vor lauter Aufregung werde ich bestimmt kein Auge zubekommen.« Nachdem auch die letzte Nadel gelöst war, schüttelte sie ihr Haar aus.

Thomas griff nach der Bürste, ehe sie es tun konnte. »Mach dir nicht so viele Gedanken.« Er stellte seinen Stock beiseite, setzte die Bürste oben an ihrem Scheitel an und zog sie sacht nach unten. »Schließ einfach die Augen und lass mich dein Haar bürsten, dann ziehen wir uns um, gehen zu Bett und ruhen uns ein wenig aus.«

Rose schloss die Augen und überließ sich der beruhigenden Gleichförmigkeit der steten Bürstenstriche.

Schließlich folgte sie auch seinen restlichen Ratschlägen, schlüpfte geschwind in ihr Nachthemd und zwischen die frischen Laken, kuschelte sich in seine Arme und ließ sich einfach von ihm halten.

Draußen zog bereits das erste Licht der Morgendämmerung über den Horizont, aber Thomas hatte die Vorhänge geschlossen. Sie lag in seinen Armen geborgen, ihr Kopf ruhte an seiner Brust, und der stete, ruhige Schlag seines Herzens war wie ein leises Wiegenlied, das sie langsam einlullte.

Sie war kurz davor einzuschlafen, als sie spürte, wie er den Kopf wandte und ihre Stirn sacht mit seinen Lippen streifte. »Du und die Kinder werdet bei mir immer sicher sein. Schlaf jetzt«, flüsterte er.

Und genau das tat sie.

Am späteren Morgen bestellte Thomas ein opulentes Frühstück, das er auf ihre Suite bringen ließ, wo sie ungestört und sicher vor neugierigen Blicken waren.

Nachdem die Bedienten das Geschirr wieder abgeräumt und den kleinen Tisch herausgetragen hatten, zog er sich seinen Mantel über, griff nach seinem Stock und sah Rose an. »Ich werde gleich als Erstes zum Schifffahrtsbüro gehen.« Wenn sie Glück hatten, kamen sie noch auf einem Schiff unter, das heute ablegte.

»Kann ich mitkommen?« Homer, der mit Pippin zusammen auf dem Boden gespielt hatte, sprang eifrig auf.

Thomas schaute zu Rose. Sie hatten das alles gründlich durchgesprochen, alle Gefahren in Betracht gezogen, und waren übereingekommen, dass sie mit den Kindern auf dem Zimmer bleiben und die beiden hier beschäftigen sollte, während er sich um alles Nötige kümmerte.

Das Seven Stars hatte er vor allem aus Gründen der Sicherheit gewählt. Hier kam niemand unbemerkt hinauf zu den Zimmern, und erkundigte sich jemand nach den Gästen des Hauses, ließ man ihn mit einem bedauernden Lächeln auflaufen. Zudem käme wohl niemand auf die Idee, nach der jungen Haushälterin, die Hals über Kopf mit zwei Kindern geflüchtet war, in einem derart teuren Etablissement zu suchen.

Rose wandte sich an Homer. »Ich habe Spielkarten eingepackt, Homer. Du darfst dir auch aussuchen, was wir spielen sollen.«

Kurz schaute Homer zu ihr hinüber, dann kehrte sein Blick zu Thomas zurück. »Aber …«

Thomas sah die wache, lebhafte Neugier in den Augen des Jungen und verstand sie nur zu gut, aber … Er setzte sich zu Rose aufs Sofa, damit er mit Homer von Angesicht zu Angesicht sprechen konnte. »Wir versuchen, den Männern zu entkommen, die nach dir, Rose und Pippin suchen. Mich werden sie wohl kaum erkennen, aber sie haben jemanden bei sich, der dich erkennen könnte. Außerdem wissen wir nicht, ob sie uns nicht doch bis hierher gefolgt sind oder zufällig in dieser Gegend unterwegs sind. Deshalb ist es sehr wichtig, dass du hier bei Rose bleibst, auf dem Zimmer, wo ihr in Sicherheit seid.« Einer plötzlichen Eingebung folgend, richtete er seinen Blick kurz auf Pippin, die vom Boden aus alles aufmerksam verfolgte, ehe er wieder Homer ansah. »Wir brauchen dich, damit du Rose helfen kannst, einverstanden?«

Mit einem tiefen Seufzer erklärte Homer sich einverstanden. »Aber nachher kann ich mir die Schiffe noch angucken, oder?«

Thomas lächelte und erhob sich wieder. »Wenn ich noch eine Passage mit der abendlichen Flut für uns bekomme, wirst du sämtliche Schiffe im Hafen sehen.«

Damit gab Homer sich zufrieden und ließ sich fast schon wieder vergnügt auf dem Teppich nieder, um weiter mit Pippins Murmeln zu spielen.

Thomas wechselte einen kurzen Blick mit Rose. »Ich will versuchen, mich zu beeilen, allerdings muss ich danach noch zur Post.«

Sie nickte. »Viel Glück.«

Als er die Suite verließ, sah er, wie sie sich zu den Kindern auf den Boden setzte.

Auf dem Weg hinab zum Hafen kostete Thomas die frische Meeresbrise und den salzigen Geschmack der Luft aus, die seine Lungen füllte. Er war früher schon in Falmouth gewesen und wusste, wohin er musste.

Nachdem er zwei Reedereien vergeblich abgeklappert hatte, wurde er im Büro der dritten schließlich fündig.

»Aber ja, Sir.« Die Augen des Mitarbeiters waren auf die Geldscheine gerichtet, die Thomas bereits in der Hand hielt. »Da haben Sie Glück – die Achterkajüte auf der *Andover* wäre frei. Wir hatten die Hoffnung ehrlich gesagt schon aufgegeben, sie so kurzfristig überhaupt noch vergeben zu können. Das Schiff legt heute Nachmittag ab, sobald die Flut es zulässt. Wäre es Ihnen und Ihrer Familie möglich, bis dahin an Bord zu kommen?«

»Das sollte sich einrichten lassen.« Thomas blätterte noch einige zusätzliche Banknoten hin. »Und wie lange wird die *Andover* bis Southampton brauchen?«

»Morgen früh wird sie die Solent-Meerenge erreichen, und von da an sind es vermutlich vier Tage, Sir.«

»Hervorragend.« Thomas schlug ein und verließ das Büro der Reederei mit vier Fahrkarten nach Southampton; zudem waren die große Achterkajüte sowie eine kleinere, daran anschließende Kabine für ihn und seine Familie reserviert.

Während er stadteinwärts lief, um die Briefe zur Post zu bringen, hielt er Ausschau nach weiteren Ermittlern, konnte aber keine entdecken. Den meisten Menschen wären sie ohnehin nicht aufgefallen, aber er hatte ein Gespür für Leute ihres Schlags. Bei der Post angelangt, wähnte er sich daher recht zuversichtlich, dass ihnen niemand bis hierher gefolgt war.

Einen Tag Vorsprung hatten sie sich so verschafft. Aber wie lange würde der halten? Sicher konnte Thomas sich nicht sein, dass die Ermittler die Hufspuren Silvers und des Ponys nicht zumindest ein Stück weit verfolgen konnten. Je belebter die Straßen wurden, desto schwerer wäre es natürlich, und da sie so früh am Morgen in Falmouth eingetroffen waren, hatte sie außer dem diskreten Personal des Seven Stars Hotel wohl auch kaum jemand gesehen. Wenn sie Glück hatten, gelangten sie heute Nachmittag ebenso unbemerkt an Bord.

Und wenn das Glück ihnen gänzlich hold sein sollte, würden noch Tage vergehen, bis die Ermittler ihre Flucht entdeckten. Bis dahin wären er, Rose und die Kinder – seine kleine Familie – schon längst in der Anonymität der Hauptstadt untergetaucht.

Im Postamt ergänzte er die beiden Briefe, die er am Abend zuvor geschrieben hatte, noch um ein paar Anmerkungen, versiegelte sie dann und schob sie mit den Briefen zusammen, die er eigentlich schon in Helston hatte aufgeben wollen, in ihre Umschläge. Mit seiner Sendung begab er sich zum Schalter.

Nachdem er das Porto gezahlt und die vier Schreiben in die Hände des Postmeisters gegeben hatte, griff er nach seinem Stock und schlenderte wieder hinaus, als kenne er keine

Eile der Welt. Draußen auf den Stufen blieb er einen Moment stehen und blickte über den Hafen, auf die vielen Schiffe, die dort vor Anker lagen. Schließlich setzte er seinen Weg fort und kehrte, ausgesprochen zufrieden mit der Arbeit dieses Morgens, zum Hotel zurück.

Das größte Risiko des Tages barg der Weg vom Hotel auf die *Andover*.

Obgleich die Strecke nur kurz war, bestand Thomas darauf, dazu eine der hoteleigenen Kutschen zu mieten, und bestach den Fahrer mit einem fürstlichen Trinkgeld, damit er sie bis an die Gangway der *Andover* fuhr.

Ein solcher Auftritt zog unweigerlich die Blicke auf sich, allen voran die der Hafenarbeiter, die schimpfend und fluchend mit ihren schweren Lasten dem heranrollenden Gefährt ausweichen mussten.

Homer und Pippin drückten sich derweil die Nasen am Kutschenfenster platt und konnten sich kaum sattsehen.

Rose wirkte weit weniger erfreut, und der Blick, den sie Thomas zuwarf, barg eine deutliche Frage. *War das wirklich eine gute Idee?* Doch er schenkte ihr nur ein ermutigendes Lächeln und drückte ihre Hand. »Vertrau mir. Bei einem solchen Auftritt denken alle sofort an ein Mitglied der Aristokratie, nicht an eine Haushälterin, die mit ihren beiden Kindern auf der Flucht ist.«

Als die Kutsche gleich darauf ruckelnd zum Stillstand kam, riss Thomas den Schlag auf und trat hinaus auf den Kai. Hier schaute er sich einen Moment mit kühler Miene um, dann reichte er Rose seine Hand und half ihr hinaus, wobei er Homer und Pippin zuraunte: »Bestes Benehmen, ihr beiden.«

Die Kinder nickten verständig und kletterten hinter Rose aus der Kutsche.

Rose raffte ihre Röcke und ließ sich von Thomas mit, wie sie fand, bewundernswerter Noblesse zum Schiff hinaufführen, ohne ihrer Umgebung weiter Beachtung zu schenken. Ihr Mantel und die Kleider der Kinder konnten kritischen Blicken durchaus standhalten; nichts sprach dagegen, dass sie Thomas' Frau und seine Kinder sein könnten, die Familie irgendeines nachrangigen Adelssprosses – und wenn sie seine Geschichte richtig verstanden hatte, war er das ja auch.

Während also weder sie noch er noch die Kinder sich groß verstellen mussten, sondern sich im Grunde so verhalten konnten, wie es ihrem eigentlichen Stand entsprach, bedeutete es doch für sie alle, jene Rollen wieder anzunehmen, die sie vor Jahren abgelegt hatten.

Sie musste ein wenig nachdenken, um sich wieder genau des passenden Tons zu entsinnen, den man dem Captain gegenüber anschlug, einem stattlichen, jovialen Mann, der oben an der Gangway stand, um sie zu begrüßen.

Nachdem er auch Thomas und die Kinder an Bord willkommen geheißen hatte, verneigte er sich erneut vor Rose. »Wenn ich Sie hier entlang bitten dürfte, Ma'am, dann wird der Steward Sie jetzt zu Ihren Kabinen bringen.«

»Haben Sie vielen Dank, Captain.« Mit einem huldvollen Nicken begab sie sich hinüber zu der Treppe, wo ein adretter junger Mann in der Uniform der Reederei sie erwartete.

Die Achterkajüte war eine angenehme Überraschung, weit geräumiger als vermutet. Durch eine Verbindungstür gelangte man von dort in die kleinere Kabine mit einem schmalen Stockbett. Die Kinder liefen sofort ans Fenster, kletterten auf den Fenstersitz und schauten hinaus auf den Hafen, aber dann entdeckte Pippin das Bett, jauchzte in heller Freude und warf sich auf die untere Koje, die ihre sein sollte.

Homer schaute zwar hinüber, blieb aber am Fenster sitzen. »Ich hätte sowieso die obere genommen«, meinte er und wandte sich wieder den Schiffen draußen im Hafenbecken zu.

Sowie die Gepäckträger ihre Taschen gebracht, sich wieder entfernt und die Tür hinter sich geschlossen hatten, tat Rose einen tiefen Seufzer. Sie hielt einen Moment inne, spürte in sich hinein, dann schaute sie auf und begegnete Thomas' Blick. »Ich hatte ein wenig Sorge, dass ich Mamas Neigung zur Seekrankheit geerbt haben könnte, aber bislang fühle ich mich sehr wohl.«

Thomas lächelte. »Und die Kinder scheinen auch recht fidel.«

Homer grinste ihn an und wollte sich gerade wieder zu den Schiffen umdrehen, als ihm eine bessere Idee kam. »Können wir nach oben an Deck gehen und uns alles anschauen?«

Nach kurzem Zögern meinte Thomas: »Wenn wir abgelegt haben und ein Stück vom Kai entfernt sind. Der Captain lässt uns sicher aufs Achterdeck.« Er deutete an die Decke der Kajüte. »Das befindet sich direkt über uns, und von der Reling aus kannst du den ganzen Hafen überblicken und sehen, wie wir Falmouth immer weiter hinter uns lassen.« Er schaute zum Fenster hinaus. »Jetzt am Nachmittag dürften wir fantastische Sicht haben.«

Wenig später lehnte Rose an der hinteren Reling des Achterdecks, Homer zur einen und Pippin zur anderen Seite, während Thomas vor ihnen stand, um Pippin und Rose vor den peitschenden Winden zu schützen. Und so sah sie Falmouth – und damit auch das Risiko, dass sie verfolgt wurden – in immer weiterer Ferne verschwinden.

Schweigend blickten sie zurück, bis der Küstenstreifen bloß noch ein Schemen am Horizont war und schließlich ganz in einem diesigen Schleier versank.

Thomas richtete sich auf und sah Rose an. »Ich habe veranlasst, dass uns das Dinner in der Kabine serviert wird. Wollen wir hinuntergehen?«

Da nun außer Wasser nichts mehr zu sehen war und die Luft empfindlich kalt und feucht wurde, hatten auch die Kinder nichts mehr dagegen einzuwenden. Schon liefen sie voraus, während Rose sich bei Thomas unterhakte. Etwas gemächlicher folgten sie den beiden zurück zu der Stiege, die unter Deck führte.

Sein Arm war fest und stark, verlässlich. Thomas an ihrer Seite zu wissen, die Kraft und Wärme zu spüren, die er ausstrahlte, machten ihr Gefühl der Sicherheit und Geborgenheit vollkommen. Für den Augenblick war alle Angst von ihr abgefallen. Auch die damit einhergehende Anspannung löste sich langsam, so wie die Stadt Falmouth sich allmählich im Dunst verloren hatte und schließlich ganz verschwunden war.

»Danke«, sagte sie und legte all ihre Gefühle in dieses eine Wort. Sie schaute zu ihm auf und begegnete seinem Blick, als er gerade etwas erwidern wollte. »Nein, sag jetzt nichts.« Ruhig sah sie ihn an. »Für den Augenblick … einfach nur danke.«

Dabei beließ sie es. Dann nahm sie den Arm von seinem, damit er vor ihr die Treppe hinabsteigen konnte.

Für den Augenblick. Sie wagte zu bezweifeln, dass er ihre Absicht verstanden hatte; welcher Gedanke ihr gekommen war, wie sie ihm später danken konnte.

Sowie die Idee einmal da war, schien sie ihr immer verlockender.

Sie wartete bis zum Einbruch der Dunkelheit. Bis sie die Kinder, die vor Müdigkeit gähnten und kaum noch die Augen offen halten konnten, in ihre Kabine gebracht hatte und beide in ihrer Koje lagen – Homer oben und Pippin unten.

Die Aufregung des Tages und die Seeluft ließen beide sofort einschlafen, kaum dass ihr Kopf das Kissen berührte.

Als sie in die Achterkajüte zurückkehrte, schloss sie leise die Tür hinter sich. Thomas stand auf der anderen Seite des Raums neben dem großen, an der Kabinenwand befestigten Kojenbett. Sein Stock lehnte an der Fensterbank, er selbst zog gerade seinen Rock aus und legte ihn beiseite.

Bis er auch die Weste abgestreift hatte, war sie bei ihm und fuhr mit zarten Berührungen über seine Krawatte. »Wenn du gestattest.«

Er hielt inne, und sein Blick suchte still den ihren. Als sie vor ihn trat, um den einfachen Knoten zu lösen, zog er sie zu sich heran, griff um ihre Taille und begann, ihr Kleid aufzuschnüren.

Sie hatte ihm derweil das lange Linnen vom Hals gewickelt und ließ es zu seinem Rock und seiner Weste fallen. Die Narben, die sich sowohl über die linke Seite seines Gesichts als auch, wenngleich größtenteils von seinem dichten, hellbraunen Haar verdeckt, über den Schädel zogen, reichten auch seinen Hals hinab. Der Anblick rührte sie immer wieder aufs Neue, und Rose konnte einfach nicht widerstehen. Vorsichtig hob sie die Hand und strich sacht über die leicht erhabenen Linien.

Thomas hielt sie fester und zog sie an sich.

Sie legte die Hand in seinen Nacken und streckte sich empor, bis ihre Lippen sich berührten.

Der Kuss war lang und innig, souverän und bestimmt. Beide wussten sie, was sie wollten, und kosteten es voll aus.

Seit jener ersten Nacht, da sie fest entschlossen zu ihm gekommen war, hatte sie jede Nacht in seinem Bett geschlafen. Und obwohl sie jedes Mal merkte, wie hin- und hergerissen er war, ob er es ihr nun erlauben sollte oder besser nicht, war er ihrem Wunsch bislang doch immer entgegengekommen.

Ausnahmslos jedes Mal war er der Verlockung erlegen, die sie, wie ihr bald bewusst wurde, für ihn darstellte.

Eine Erkenntnis, die sehr ermutigend war und ihr Selbstvertrauen gab – Rose fand sich in ihrer Entscheidung, in all ihrem Tun bestätigt.

So wie jetzt, als sie, ganz mit ihm im Einklang, langsam der Leidenschaft nachgab, ihr Verlangen in sich aufsteigen spürte, das ihr Blut in Wallung brachte. Kleider fielen beiseite, wurden abgestreift, glitten zu Boden wie ein Hauch. Sie hatten alle unnötige Scham längst überwunden und waren an dem Punkt angelangt, wo sie den Körper des anderen kannten wir ihren eigenen und sich wohlfühlten in ihrer Haut.

Doch als sie beide nackt waren, in leidenschaftlicher Umarmung umschlungen, und er schließlich den Kopf hob und sie mit sich ziehen wollte zum Bett, hielt sie ihn zurück, indem sie ihm fest die Hand an die Brust legte. »Nein, jetzt bin ich dran.«

Mit fragend gehobenen Brauen blickte Thomas auf sie hinab.

Sie schenkte ihm ein sinnliches, betörendes Lächeln. »Heute bestimme ich die Spielregeln.«

Er wusste nicht recht, was er davon halten sollte; doch wie er so fragend in ihre Augen blickte, schien ihm, dass sie etwas ganz Bestimmtes mit ihm vorhatte. Heute Nacht waren sie sicher; das sanfte Schaukeln des Schiffbodens unter ihren Füßen war ihnen stete Erinnerung, dass sie die nächsten Tage nichts zu fürchten hatten, dass sie außer Reichweite aller Bedrohung waren.

Ein paar Tage des Innehaltens waren ihnen vergönnt, die Ruhe vor dem Sturm, denn sobald sie London erreichten, fänden sie sich zwangsläufig wieder mitten im Geschehen, und es war völlig ungewiss, was dann passieren würde.

Heute Nacht jedoch und die nächsten Tage waren sie sicher, waren sie frei.

Frei, all das zu tun, wonach ihnen der Sinn stand und worauf sie Lust hatten.

Mit einem kaum merklichen Nicken willigte er ein. »Und was«, flüsterte er an ihren Lippen, die weich und rosig waren von ihren Küssen, »hast du Schönes vor?«

Sie lächelte still und blieb ihm die Antwort schuldig.

Zumindest fasste sie sie nicht in Worte.

Unter schweren Lidern hervor sah sie ihn an, eine glühende Leidenschaft in ihrem Blick, die sie nie zu verbergen gesucht hatte, auch wenn ihre langen Wimpern sie bisweilen verhüllten, und drängte sich an ihn, ließ ihn zarte, glatte Haut spüren und weiche Rundungen, die einen Mann um den Verstand bringen konnten. Ihr Griff wurde fester, entschlossener, Finger strichen über seine Narben, dann beugte sie sich vor und drückte ihre Lippen an seine Schulter, fuhr die Linie seines Schlüsselbeins nach, küsste, verwöhnte ihn, bis sie schließlich einen heißen Kuss auf seine Brust hauchte.

Die Hände an ihren Hüften, schloss er die Augen und gab sich den sinnlichen Freuden hin, die sie ihm bereitete. Mit ihren Küssen und Liebkosungen, ihren Berührungen, die mal sanft waren und zart, mal fordernd und verlangend, öffnete sie ihm die Augen für eine ganz neue Dimension dessen, was zwischen ihnen gewachsen war und ganz offensichtlich immer noch wuchs.

Sie zeigte ihm ihre Leidenschaft, ihren Anspruch an ihn.

Zeigte ihm, dass ihr Verlangen dem seinen in nichts nachstand.

Sein Begehren wuchs ins Unermessliche. Seine Reaktion auf ihre Hingabe, auf ihre Anerkennung und den unverhohlenen Hunger, den sie ihn mit jeder Berührung spüren ließ, verbrannte ihn schier, es erwischte ihn heiß und kalt, überwältigte ihn und erfüllte ihn ganz, raubte ihm den Verstand. Thomas war von ihrer Hand, von ihrem Herzen gezeichnet.

Als sie vor ihm auf die Knie sank, war er längst nicht mehr in der Lage, einen klaren Gedanken zu fassen oder gar Einspruch zu erheben.

Kein einziger Gedanke kam ihm, als er ihren Atem warm und verheißungsvoll auf sich spürte.

Beide Hände um ihren Kopf gelegt, die Finger in ihrem Haar vergraben, ließ er sich auf der Welle puren Glücks treiben, die sie mit einem trägen, doch absichtsvollen Fingerstreich, mit einer quälend zärtlichen, flüchtigen Berührung ihrer Lippen immer höher steigen ließ, ein Toben und Tosen der Gewalten, die ihn ihm ausbrachen.

Rose schloss die Finger um ihn, spürte ihn schwer und erregt in ihrer Hand; sie wagte kaum zu atmen und war wie gebannt von diesem Moment, von dem Zauber der Leidenschaft, den sie gewirkt hatte, indem sie ihn berührte und liebkoste.

Auch er verharrte still, wagte sich kaum zu rühren, gebannt in dem sinnlichen Netz, das sie gesponnen hatte.

Sie verspürte den reinen Triumph, und in diesem Augenblick fühlte sie sich ganz als Frau.

Dergestalt ermutigt, ließ sie langsam die Zunge über seine Spitze gleiten, spürte seinen salzigen Geschmack. Wie heißes Feuer schossen die neuen Sinneseindrücke in ihre Adern.

Sie senkte den Kopf, schloss ihre Lippen um die weiche, samtene Haut und saugte, leckte, sog ihn tiefer.

Er keuchte und erbebte, ließ den Kopf zurückfallen und grub die Finger fester in ihr Haar. Jeder Muskel seines Körpers spannte sich, und die Hitze breitete sich in seinen Adern aus.

Mit einem stillen Lächeln und dem befriedigenden Gefühl, einen Triumph der Weiblichkeit errungen zu haben, konzentrierte Rose sich wieder auf ihr Vorhaben.

Ihm mit Worten zu danken, reichte eben nicht. Nachdem sie ihm einen kleinen Vortrag darüber gehalten hatte, dass es sich einfach gehörte, Dank auch anzunehmen, ließ er sie ihren Dank zwar aussprechen und hörte wohl auch zu, aber wirklich zu ihm durchdringen konnte sie auf diese Weise nicht. Er wollte einfach nicht glauben, dass er ihres Dankes würdig war, da doch alles, was er Gutes tat – so meinte er zumindest – nur von seinem Bedürfnis geleitet war, für seine Vergangenheit zu büßen.

Sie wusste, dass dem zum Teil tatsächlich so war. Aber sollte das wirklich die ganze Wahrheit sein? Seine Wahrheit?

Oder stammte nicht etwas von seinem Wunsch, sie und die Kinder zu beschützen und für sie zu sorgen, aus einer anderen, reineren Quelle?

In der Tiefe ihres Herzens, im Grund ihrer Seele war sie sicher, dass Letzteres der Fall war, weshalb sie nun alles daran setzte, ihm jenen Dank zu bezeugen, der ihm in ihren Augen gebührte für all das Gute, das er tat.

Für all die Kleinigkeiten, auf die es scheinbar nicht ankam, von denen auch nicht abhing, ob sie William würden retten können, an die Thomas aber dennoch dachte, immer wieder, jeden Tag.

Für die er bisweilen wohl auch über seinen Schatten sprang.

Weil sie ihm etwas bedeuteten.

Weil er sie liebte.

Dafür dankte sie ihm, auf eine Weise, der er sich nicht versagen konnte, die er spüren würde bis ins Mark und vielleicht, endlich, annahm.

Als er schließlich ein gequältes »Genug« hervorstieß, ihre Lippen mit seinem Daumen löste und sie sanft von sich schob, richtete sie sich mit einer fließenden Bewegung auf, nahm seine Hand, die er ihr reichte, und folgte ihm zum Bett.

Sie fanden zusammen in heißer Leidenschaft, mit einem stetig brennenden Verlangen, einem Hunger, der längst nicht mehr so drängend und ungeduldig war, dafür in seiner Zwangsläufigkeit tiefer und anhaltender.

In vertrautem Einvernehmen nahmen sie souverän die immer höher steigenden Wellen der Lust, ließen sich von ihnen hinauftragen zum Gipfel des Glücks und zur Ekstase.

In jene Glut, die sie miteinander verschmolz, die ihnen die Sinne schwinden ließ, die Welt entzweibrach und sie wieder neu zusammenfügte.

Danach ließen sie sich gemeinsam ins Leere fallen, bis die goldene See verebbender Wonnen sie gemächlich ins Paradies trug.

Wo sie einfach nur Mann und Frau waren, vereint in der innigen Umarmung seliger Ermattung, vollkommen eins mit sich und der Welt.

Am frühen Abend erreichten sie London. Von den Winden begünstigt, hatte die *Andover* schneller als erwartet den Hafen von Southampton angelaufen. Für die Weiterreise hatte Thomas einen Vierspänner gemietet, und auch auf den Straßen kamen sie gut voran.

Die Tage auf See waren herrlich ruhig und vor allem ohne Zwischenfälle verlaufen. Pippin war glücklich und zufrieden damit gewesen, in der Kabine mit ihren Puppen Schiffsreise zu spielen. Rose und Thomas hatten sich, von unmittelbaren Sorgen befreit, entspannen können, waren ein wenig an Deck spaziert und hatten sich den frischen Wind um die Nase wehen lassen, hatten geredet und für sich das Beste aus dieser geschenkten Zeit herausgeholt. Homer war völlig in seinem Element gewesen. Mit seinen interessierten Fragen und guten Umgangsformen hatte er sich bei der Mannschaft schnell beliebt gemacht und die meiste Zeit auf der *Andover* damit verbracht, sich das A und O der modernen Seefahrt anzueignen.

Das letzte Stück die Meerenge hinauf und durch Southampton Water, eine der befahrensten Schifffahrtsstraßen der Welt, steckte er dann alle mit seiner Begeisterung an. Es war unglaublich, wie viele Schiffe dort unterwegs waren, so viele verschiedene Typen und Takelagen, deren Segel sich in strahlendem Weiß abhoben gegen die graublaue See, auf der das Licht des frühen Morgens funkelte.

Nachdem sie von Bord gegangen waren – verabschiedet von dem jovialen Captain höchstselbst –, hatte Thomas sie zu einem Hotel in der Nähe gebracht, das ähnlich teuer und exklusiv war wie jenes in Falmouth. Er kümmerte sich um die Kutsche, die sie später nach London bringen sollte, und überraschte Rose damit, dass er ein Zimmer gemietet hatte, in dem sie ihr Gepäck verwahren konnten, während er sie, Homer und Pippin in die Stadt begleitete, um ein paar Einkäufe zu tätigen.

Da sie sich in der eleganten Londoner Gesellschaft bewegen würden, und früher oder später ihre wahre Identität wieder annehmen wollten, brauchten sie – so Thomas' Argumentation – eine Garderobe, die diesem Anspruch gerecht wurde. Daran hatte Rose überhaupt nicht gedacht, er hingegen schon.

So kam es, dass Rose nun, sehr apart gekleidet in eine neue tiefbraune Pelisse mit goldenem Besatz, auf die prachtvollen Häuser entlang der Kensington High Street und die gegenüberliegenden Bäume des Hyde Parks blickte, die man vom anderen Kutschenfenster aus sehen konnte. *London.* Sie hatten das Ziel ihrer Reise sicher und sehr komfortabel erreicht, ohne sich unterwegs auch nur einer einzigen Gefahr stellen zu müssen.

Und das verdankten sie Thomas.

Sie schaute zu ihm hinüber, wie er neben ihr saß und sich leicht mit den schaukelnden Bewegungen der Kutsche wiegte. Auch er trug neue Kleider, einen gut geschnittenen Rock in hellem Grau zu Hosen in einem dunkleren Farbton, dazu eine silbern und grau gestreifte Weste.

Als sie ihn gefragt hatte, wie es in London weitergehen würde, hatte er ihr erklärt, dass er in den von Falmouth aus verschickten Briefen darum gebeten hatte, Zimmer für sie in einem Londoner Hotel zu reservieren. Welches Hotel oder wo genau, hatte er nicht gesagt.

Da Rose die Stadt nicht sonderlich gut kannte – sie hatte bloß ihre beiden Saisons dort verbracht und damals in Seddington House in Mayfair gewohnt –, hatte sie nicht weiter nachgefragt. Zumal sie nach den letzten Monaten, ganz zu schweigen von der letzten Woche, darauf vertraute, dass er die für sie in jeder Hinsicht besten Arrangements getroffen hatte.

Wenig später dann fuhr die Kutsche die Park Lane hinab und in die ruhigeren Straßen Mayfairs. Nachdem sie den Grosvenor Square passiert hatten, bogen sie links in die Duke Street ein, wo sie schließlich vor zwei großen verglasten Türen hielten. Goldene Lettern wiesen darauf hin, dass sich hier der Eingang des Pevensey Hotels befand.

Das Hotel entsprach genau dem, was sie mittlerweile fast schon von Thomas erwartete. Die gediegene Eleganz des Foyers, die dicken Teppiche auf dem Parkett und die gedämpfte Ruhe, die über allem lag, wiesen es als ein erstklassiges, exklusives Haus aus.

Ohne Pippin und Homer allzu sehr aus den Augen zu lassen, schaute Rose sich um, während Thomas die Anmeldung unterschrieb und von dem ausgesprochen verbindlichen Direktor den Schlüssel für die reservierte Suite ausgehändigt bekam.

Sehr zufrieden mit Draytons Arrangements – er wusste, dass er sich auf seinen Verwalter verlassen konnte –, nahm er zudem die beiden Briefe entgegen, die bereits für ihn eingetroffen waren, nickte dann den Hotelpagen zu, die darauf warteten, ihre neuen Taschen und Koffer hinauf auf die Suite zu bringen, und legte den Arm um Rose, um sie und die Kinder zur Treppe zu führen. Der Hoteldirektor überließ die Rezeption einem Kollegen und schloss sich ihnen an.

Ihre Suite lag im ersten Stock und ging hinaus auf die Duke Street. Thomas sah sich kurz um und fand alles zu seiner Zufriedenheit. Unter Roses Aufsicht stellten die Pagen das Gepäck in den jeweils angewiesen Räumen ab und entfernten sich mitsamt dem Direktor unter beflissenen Verbeugungen.

Die Tür schloss sich hinter ihnen. Thomas schaute zu Rose und hob fragend eine Braue.

Sie lächelte und zupfte sich die nagelneuen Handschuhe von den Fingern. »Nun, ich habe an unserer Unterkunft nichts zu bemängeln.«

Er zögerte und warf einen Blick zur Tür des kleineren Schlafzimmers, in dem Homer und Pippin bereits verschwunden waren, bevor er wieder Rose ansah. »Das Haus rühmt sich seiner Diskretion, was heißt, dass du und die Kinder hier sicher sein müsstet. Oder doch zumindest so sicher, wie es nur möglich ist. Eure Namen stehen auch nicht im Gästebuch. Wenn also nicht zufällig jemand dich oder Homer erkennt, gibt es keinen Grund, warum man hier nach euch suchen sollte.«

Beruhigt ließ Rose sich auf das Sofa sinken und schaute vielsagend zu den beiden Briefen in seiner Hand. »Was gibt es Neues?«

Thomas setzte sich neben sie; den einen Brief legte er vorerst beiseite, den anderen öffnete er. »Der ist von Drayton –

er hat uns diese Suite organisiert.« Thomas überflog das Schreiben. »Anscheinend hat er sich Richard Percivals Finanzen vorgenommen, aber bislang noch nichts Nennenswertes gefunden. Aber das muss nichts heißen, da er erst am Anfang seiner Erkundigungen steht.«

Den Brief beiseitelegend, nahm Thomas sich den nächsten vor, brach das Siegel, las und sagte: »Der hier ist von Marwell, meinem Anwalt.« Er las schweigend weiter, ehe er wieder Bericht erstattete. »Wie du dich vielleicht erinnerst, habe ich ihn um eine Einschätzung von Foleys Leumund gebeten.«

Rose fing Thomas' flüchtigen Blick auf und nickte. »Was schreibt er?«

»Dass Foley unbedenklich ist, ein unbeugsamer Vertreter einer strengen Rechtsauslegung. In Marwells Augen ist Foley zu einhundert Prozent vertrauenswürdig.«

Als Thomas sie ansah und fragend die Brauen hob, verzog Rose das Gesicht. Sie dachte einen Moment nach und rief sich ihre wenigen Begegnungen mit dem alten Anwalt der Familie in Erinnerung, aber am Ende schüttelte sie den Kopf. »Vertrauenswürdig mag er sein, aber deshalb kann er trotzdem alles, was Richard Percival ihm sagt, für bare Münze nehmen, und nicht auf den Gedanken kommen, Percival könne Böses im Schilde führen.«

Thomas betrachtete sie lange, dann neigte er den Kopf. »Damit könntest du leider recht haben. Es kommt meiner Erfahrung nach nicht gerade selten vor, dass Schurken sich von völlig rechtschaffenen Männern vertreten lassen.«

Rose wusste, dass er von sich selbst sprach, und griff nach seiner Hand.

Ungeduldiges Fußgetrappel ließ sie beide aufmerken, als Homer und Pippin aus ihrem Zimmer gerannt kamen. »Wann gibt es Abendessen?«, wollte Homer wissen.

Nach dem Essen packten sie ihre Sachen aus und richteten sich geradezu häuslich ein. Das Hotel erwies sich als genauso komfortabel, wie Rose es sich vorgestellt hatte.

Die Kinder hatten diesmal getrennte Betten, was längst nicht so aufregend war wie auf dem Schiff. Wieder waren sie im Nu eingeschlafen, kaum dass Rose sie zugedeckt hatte.

Leise schloss sie die Tür hinter sich und ging durchs Wohnzimmer, um sich mit Thomas hinüber in das große Schlafzimmer zu begeben.

Sie begannen sich beide auszuziehen, sie auf der einen Seite des Bettes, er auf der anderen. Im Nachthemd trat sie an den Toilettentisch, und während sie ihre Haare ausbürstete, musste sie still lächeln: Ein wenig rechnete sie noch immer damit, dass der Boden unter ihren Füßen vom Seegang schwankte.

Als sie die Bürste schließlich weglegte und sich zum Bett wandte, sah sie Thomas mit bis zur Brust hochgezogener Decke und hinter dem Kopf verschränkten Armen bereits darin liegen. Sein Blick war ruhig und ein wenig nachdenklich auf sie gerichtet.

Mit einem leichten Lächeln auf den Lippen ging sie zum Bett, löschte die Nachttischlampe und schlüpfte unters Plumeau.

Sie wandte sich ihm zu, er öffnete ihr seine Arme und sie kuschelte sich an ihn. Dann hob sie ihm ihr Gesicht entgegen, seine Lippen fanden ihre, und zusammen gaben sie sich den nie versiegenden Freuden des Küssens hin … Doch diesmal merkte sie, wie jene leichte Zurückhaltung, die sie von Beginn an bei ihm gespürt hatte, stärker wurde.

Wie sie die Oberhand zu gewinnen drohte.

Als sie nach mehr verlangte, wich er zurück. Obwohl sie einander in den Armen lagen, tat sich sofort eine Distanz zwischen ihnen auf.

Er schaute ihr in die Augen; sie spürte seinen Blick selbst im nächtlichen Halbdunkel des Zimmers schwer auf sich. Nachdem er tief durchgeatmet hatte, meinte er: »Wir sollten über … das hier reden.« Er hielt inne und schaute ihr tief in die Augen, ehe er fortfuhr. »Ich will dich, das weißt du. Aber …« Seine Stimme klang fester. »Ich kann dir keine Zukunft bieten, keine Gewissheit.« Er strich ihr eine Haarsträhne aus dem Gesicht. Seine Finger streiften ihre Wange, seine Hand umfing ihr Gesicht. »Ich würde dir gern eine gemeinsame Zukunft versprechen, dass wir für immer zusammen sein können, aber … ich kann es nicht. Ich kann es einfach nicht, denn ich weiß nicht, was das Schicksal für mich bereithält. Und was, wenn du ein Kind erwarten solltest?«

Etwas in ihr tat einen Sprung. Ihr wurde ganz weit ums Herz und dabei seltsam bang, doch dann … Eine Flut von Gefühlen stürmte auf Rose ein, die ihr Mut und Entschlossenheit gaben. Ruhig erwiderte sie seinen Blick und hielt sein Gesicht mit beiden Händen umfangen, damit er ihr nicht wieder ausweichen konnte. »Damit eines klar ist«, begann sie und ließ ihre Entschlossenheit in jedem Wort mitklingen. »Das kümmert mich nicht.« Sie machte eine Pause, um das Gesagte nachwirken zu lassen. »Was für mich zählt, sind wir beide – und das, was zwischen uns entstanden ist.« Sie atmete tief durch, ehe sie weitersprach. »Nein, auch ich kann nicht sagen, wohin es uns führen wird, aber ich bin bereit, es darauf ankommen zu lassen und es herauszufinden – und das Beste aus allem zu machen, was kommt. Und wenn das heißt, dass unsere Wege sich am Ende trennen werden – versteh mich nicht falsch, ich werde alles daran setzen, dass es nicht so weit kommt –, aber wenn uns keine andere Wahl bleibt und wenn das Schicksal es so will, dass ich ein Kind bekomme, unser Kind, dann werde ich dieses Kind lieben und für es sorgen bis ans Ende meiner Tage.«

Erneut hielt sie inne. Ihre Worte, mit solcher Überzeugung gesprochen, hallten im Halbdunkel des Zimmers nach. Noch immer hielt sie seinen Blick, und als könnte sie seine Gedanken lesen, fügte sie an: »Ich verfüge über genügend Vermögen, dass du dir keine Sorgen zu machen brauchst. Sobald ich meine wahre Identität wieder angenommen habe, werde ich sehr behaglich leben und auch für ein Kind sorgen können, sollten wir eines bekommen.«

Er versuchte nicht einmal, ihrem Blick auszuweichen. »Aber du wirst auf dich allein gestellt sein.«

Die Antwort fiel ihr nicht schwer. »Das war ich eigentlich immer, bis du kamst.«

Thomas hörte ihre Worte, aber er hörte auch all das, was sie ungesagt ließ. Ihren Wunsch, ihr Leben mit ihm zu verbringen, und ihre Entschlossenheit, darum zu kämpfen, soweit es ihr möglich war. Dem war er überhaupt nicht abgeneigt, ganz im Gegenteil. An ihrer Seite zu leben, mit ihr alt zu werden – mit ihr Kinder zu haben –, war mittlerweile sein sehnlichster Traum.

Ein Traum indes, den er nicht mehr erleben würde, da war er sich sicher. So oder so würde dieser Traum niemals wahr werden und Thomas könnte sich ihm niemals ganz verschreiben.

Den Blick noch immer fest auf ihn gerichtet, griff Rose nach seiner Hand, verschränkte die Finger mit seinen und hielt ihn, ganz fest. »Gib mir dein Heute.« Sie beugte sich über ihn, blickte hinab auf sein Gesicht, in seine Augen, und flüsterte: »Und wenn das Schicksal dir dein Morgen nimmt, dann haben wir wenigstens … das hier gehabt.« Sanft streiften ihre Lippen die seinen, dann ließ sie sich fallen in ihren Kuss.

Er folgte ihr.

Hielt sie, liebte sie und folgte ihrem Beispiel, das auszukosten, was sie hatten, und das Morgen in den Händen des Schicksals zu belassen.

9. Kapitel

Vier Tage später stand Thomas an einen Zaun in der Albemarle Street gelehnt und beobachtete das Haus schräg gegenüber.

Während er müßig seinen Stock in der Hand drehte, als warte er hier auf jemanden, ging er in Gedanken erneut die Ereignisse der letzten Tage durch – oder vielmehr das völlige Fehlen sichtbarer Erfolge. Obwohl Drayton wirklich ganze Arbeit geleistet hatte, ließ sich in den Finanzen Richard Percivals beim besten Willen nichts finden, aus dem sich ein hinreichendes Mordmotiv ableiten ließe. Das Einzige, was sich bestätigt fand, war – zumindest, wenn man, wie Thomas es getan hatte, an den richtigen Stellen nachfragte –, dass Percival seit Jahren alles daransetzte, seinen Neffen ausfindig zu machen.

Das war unbestritten, und es hieß, dass William nach wie vor in Gefahr war.

Wen Richard Percival mit der Suche beauftragt hatte, hatte Thomas indes noch immer nicht in Erfahrung bringen können. Wenn er jene, die er suchte, nicht aufschrecken wollte, waren seinen Nachforschungen gewisse Grenzen gesetzt. Und er hatte es damit auch nicht eilig. In der jetzigen Situation wäre das Risiko weit größer als der Nutzen. Sollte man argwöhnisch werden und ihn verfolgen, würde er Percivals Leute direkt zu William führen. Natürlich sah er sich stets vor, aber Fehler konnten jedem passieren.

Auch von rechtlicher Seite war man nicht weitergekommen, obgleich Marwell sich seit Tagen bereithielt, die von Thomas gewünschten Schritte einzuleiten.

Derzeit wünschte Thomas bloß, dass es nie so weit gekommen wäre, aber spätestens seit er die Notwendigkeit erkannt hatte, nach London zu fahren, war es wohl zwingend darauf hinausgelaufen.

Er stieß sich vom Geländer ab, schaute nach rechts und nach links und überquerte die Straße. Nachdem er die Stufen zum Haus mit der Nummer 24 hinaufgestiegen war, sammelte er sich einen Moment, dann läutete er.

Ein untersetzter, etwas korpulenter Mann öffnete ihm. Thomas nahm mit routiniertem Blick den Aufzug des Mannes in Augenschein und kam zu dem Schluss, dass er es nicht mit einem Butler, sondern eher mit einem Majordomus zu tun hatte. Höflich fragend sah der Mann ihn an. »Sie wünschen, Sir?«

»Ist Mr. Adair zu Hause?«

Der Mann verzog keine Miene. »Ich bin mir nicht sicher, Sir, aber ich kann gern fragen. Wen darf ich melden?«

Thomas hatte es so eingerichtet, dass er genau um zehn Uhr vorstellig wurde, zur frühestmöglichen Stunde für Besuche dieser Art und früh genug auch, um den Herrn des Hauses mit großer Wahrscheinlichkeit noch daheim anzutreffen. Er zückte eine seiner Visitenkarten. »Er wird wissen, wer ich bin.«

Der Majordomus nahm die Karte entgegen und runzelte beim Anblick des zweiten Namens, den Thomas per Hand dazugeschrieben hatte, leicht die Stirn. Doch dann trat er beiseite und hielt ihm die Tür weit auf. »Wenn Sie im Vestibül warten würden, Sir. Ich will eben nachfragen.«

Ein »Honourable« auf der Visitenkarte genügte in aller Regel, einem zumindest Zutritt in die Eingangshalle zu verschaffen. Mit einem höflichen Nicken trat Thomas ein und wartete an der Längsseite des eleganten Raumes. Der Majordomus entfernte sich mit einer knappen Verneigung und verschwand in einem Korridor, der in den hinteren Teil des Hauses führte.

Die Hände auf den Knauf seines Spazierstocks gelegt, ließ Thomas den Blick müßig schweifen, wobei ihm nicht nur die Eleganz des Interieurs ins Auge fiel, sondern auch die kleinen persönlichen Noten, die eindeutig eine weibliche Handschrift trugen und vermutlich Adairs Gattin zu verdanken waren. Als ihre Wege sich vor fünf Jahren gekreuzt hatten, war Adair, der dritte Sohn des Earls of Cothelstone, noch unverheiratet gewesen. Mittlerweile hatte er aber Penelope Ashford zur Frau genommen, Tochter des vorigen Viscount Calverton, Schwester des derzeitigen Titelträgers und durch die Eheschließungen zweier ihrer Geschwister mit dem mächtigen Cynster-Clan verschwägert.

Es waren indes nicht Adairs gesellschaftliche Verbindungen, die Thomas zu ihm geführt hatten, sondern seine guten Beziehungen zu Inspektor Basil Stokes von Scotland Yard. Thomas hatte nicht nur darauf geachtet, sich in allen Finanzfragen auf dem Laufenden zu halten, sondern auch über die Leben all derer Bescheid zu wissen, die er einst gekannt hatte – vor allem, damit er ihnen aus dem Weg gehen konnte. Aber wie bei so vielem in diesem Fall hatte das Schicksal seine Pläne gründlich auf den Kopf gestellt.

Um Richard Percival zu entlarven, William vor der Bedrohung durch seinen Onkel zu schützen und so jene Aufgabe zu erfüllen, für die das Schicksal Thomas verschont hatte, brauchte er jene Art von Unterstützung, zu der er selbst keinen Zugang hatte. Wenn man den Zeitungen glauben wollte, dann konnte Adair ihm weiterhelfen.

Sollte Thomas noch Zweifel gehabt haben, ob Adair sich überhaupt an ihn erinnerte, so wurden sie von den kräftigen Stiefelschritten ausgeräumt, die nun den Korridor hinabkamen – die leichteren Schritte, die ihnen folgten, kamen hingegen unerwartet.

Adair – älter und reifer, die Züge abgeklärter, aber mit seinem blonden Haarschopf und der ranken, schlanken Gestalt im Grunde noch genauso, wie Thomas ihn in Erinnerung hatte – trat mit Thomas' Karte in der Hand in die Halle.

Sein ungläubiger Blick richtete sich sofort auf den Besucher.

Ruhig und gelassen erwiderte Thomas ihn.

Als Adair näherkam, stutzte er und blieb kurz stehen, schaute auf die Karte, dann zu Thomas. Nach der ersten Verwunderung fragte er schließlich: »Mr. Thomas Glendower, nehme ich an?«

Er hatte Adair gut genug gekannt, um sich sicher zu sein, dass der andere ihn wiedererkennen würde. Thomas verbeugte sich so tief, wie es ihm möglich war, ohne aus dem Gleichgewicht zu geraten. »Der bin ich.«

Eine dunkelhaarige Dame jenes Typs, den man gemeinhin als »zierlich« bezeichnete, war mittlerweile zu Adair aufgeschlossen. Sie blieb neben ihm stehen und legte die Hand auf seinen Arm, eine Geste, die Thomas weniger beschwichtigend erschien denn ein Zeichen, dass sie mit von der Partie sein wollte. Nach einem kurzen Blick auf Adair richtete sie ihr Augenmerk auf Thomas, ließ den Arm ihres Gatten los und trat gemessenen Schrittes auf ihn zu. »Guten Morgen, Mr. Glendower.« Sie reichte ihm die Hand. »Ich bin Mrs. Adair.«

Thomas schaute fragend zu Adair, der ihn noch immer anstarrte, wenn nun auch weniger perplex und stattdessen derart konzentriert, als könne er nicht auch noch einen Gedanken an Höflichkeiten verschwenden. Also wandte Thomas sich wieder Penelope Adair zu, erwiderte den Blick ihrer dunklen Augen, nahm die zierliche Hand, die sie ihm bot, und beugte sich darüber. »Es ist mir ein Vergnügen, Mrs. Adair. Aber eigentlich bin ich gekommen, um Ihren Gatten zu sprechen.«

Penelope Adair lächelte, und spätestens jetzt wurde Thomas klar, dass er sie unterschätzt hatte. Ihr Lächeln war freundlich, doch unerbittlich. »Das dachte ich mir. Aber wenn Sie sich mit meinem Mann beratschlagen wollen, werden Sie mit uns beiden sprechen müssen.« Beherzt griff sie nach Thomas' Arm und deutete zu einer Tür zu seiner Linken. »Lassen Sie uns in den Salon gehen und in aller Ruhe reden. Danach entscheiden wir, ob wir etwas für Sie tun können.«

Den angedeuteten Vorbehalt nahm Thomas schweigend hin und ließ sich von der Dame des Hauses in den Salon und zu einem der Sessel am Kamin führen.

Adair war zurückgeblieben, um sich mit dem Majordomus zu besprechen. Thomas konnte sich schon denken, welcher Art die Anweisungen waren, die Adair ihm gab. Dann kam auch er in den Salon, und in seinen Augen stand noch immer ein leises Fragezeichen, was Thomas nicht weiter wunderte. Immerhin war gerade ein Mann, den er längst tot geglaubt hatte, in seinem Haus aufgetaucht. Ein Mann, der zwar etwas angeschlagen, aber ohne jeden Zweifel noch am Leben war.

Sowie sich seine Frau unter dem Geraschel ihrer modischen Röcke auf dem Sofa niedergelassen hatte, ließ sich Adair in den Sessel daneben sinken, Thomas direkt gegenüber.

Er tippte mit der Ecke von Thomas' Karte auf die Armlehne und kam gleich zur Sache. »Warum sind Sie hier?«

Thomas' erwiderte den Blick aus Adairs unglaublich blauen Augen und antwortete schlicht: »Um Sie um Gnade anzuflehen.«

Sein Gegenüber schien erneut irritiert. »Wieso?«

»Weil ich Ihre Hilfe brauche. Nicht um meinetwillen, sondern für ... drei Menschen, die mir sehr am Herzen liegen.« Dieses Eingeständnis war ihm nicht leichtgefallen, zeigte es doch eine Schwäche und machte ihn angreifbar. Aber es schien ihm geraten, mit offenen Karten zu spielen und nichts, auch das nicht, zurückzuhalten.

Penelope Adair beugte sich vor und richtete ihre dunklen Augen auf ihn. »Erzählen Sie.«

Thomas sammelte sich einen Moment, dann begann er. »Die letzten fünf Jahre habe ich in einem Kloster an der Bridgewater Bay verbracht, wo ich mich von meinen Verletzungen erholte.« Er deutete auf sein Gesicht und die versehrte linke Körperhälfte hinab. »Vor zwei Monaten bin ich dann in das Haus zurückgekehrt, das ich einst als Thomas Glendower gekauft habe, ein bescheidenes Herrenhaus in Breage in Cornwall, ein Stück westlich von Helston. Damals hatte ich auch ein älteres Ehepaar angestellt, das sich all die Jahre um Haus und Garten gekümmert hat, sich zwischenzeitlich jedoch zur Ruhe gesetzt hat. Als ich Breage Manor erreichte, fand ich dort eine neue Haushälterin vor, eine Witwe mit zwei Kindern. Im Laufe der nächsten Wochen erfuhr ich dann, dass die Witwe gar keine Witwe war, sondern eine Dame von Stand namens Rosalind Heffernan, Stieftochter des verstorbenen Robert Percival, Viscount Seddington. Und die Kinder sind auch nicht ihre Kinder, sondern ihre Halbgeschwister – der Junge, William Percival, vierter Viscount Seddington, ist neun, seine Schwester Alice sechs Jahre alt.«

Penelope Adair hörte gebannt zu. »Faszinierend. Warum haben sie sich denn in Cornwall versteckt?«

Thomas nickte anerkennend, denn um diese Frage drehte sich ja tatsächlich alles. »Vor vier Jahren brachen Robert

Percival und seine Frau Corinne, die in einem geschwächten Zustand war, mit der Kutsche von Seddington Grange nahe Market Rasen in Lincolnshire zu einem Tagesausflug nach Grimsby auf. Percival, ein begeisterter Segler, hatte dort eine kleine Jacht liegen. Am Tag darauf fand man Percival und seine Frau ertrunken auf ihrem Boot, das angeblich vor Grimsby gekentert war. Ihr Tod galt als tragischer Unfall.« Er machte eine kurze Pause, ehe er weitersprach. »Rose – Rosalind – ist zwanzig Jahre älter als William. Da ihre Mutter sich von der Geburt des Sohnes nie so recht erholt hatte und nach Alices Geburt nur noch schwächer geworden war, fiel es größtenteils Rose zu, sich um die Kinder zu kümmern. Mit der Nachricht vom Tod ihrer Mutter und ihres Stiefvaters gesellte sich zu ihrem eigenen Kummer noch die Sorge um die beiden Kinder, die es zu trösten und zu bemuttern galt. Doch es kam noch schlimmer: Am Abend des Begräbnisses hörte Rose zufällig mit an, wie Robert Percivals jüngerer Bruder Richard sich vor einem Freund brüstete, Roberts und Corinnes Tod vorsätzlich herbeigeführt zu haben. Er sagte außerdem, dass er vorhatte, auch William bei nächster Gelegenheit aus dem Weg zu räumen, damit das gesamte Familienvermögen ihm zufallen sollte.«

»Das ist ja allerhand!« Penelope lehnte sich wieder zurück und schaute kurz zu Adair, der nicht minder aufmerksam zugehört hatte. Im Gegensatz zu seiner Frau ließ er sich dabei jedoch keinerlei Regung anmerken. »Das«, beschied Penelope, »klingt auf jeden Fall nach einer lohnenden Ermittlung.«

Adairs Blick blieb unverwandt auf Thomas gerichtet. »Was hat Rose daraufhin unternommen?«

»Niemand aus der Familie lebte zu dem Zeitpunkt noch auf Seddington Grange, schon gar niemand, den Rose gut genug kannte, um sich ihm anzuvertrauen. Als junge Frau von gerade einmal vierundzwanzig Jahren und selbst keine Percival glaubte sie auch nicht, dass sie den Anwalt der Familie auf ihre Seite bringen könnte. Ihr Wort hätte gegen das von Richard Percival gestanden, der im Testament seines Bruders zu Williams Vormund ernannt wurde. Kurzum, sie fürchtete, William und Alice zu verlieren, für die zu sorgen sie ihrer Mutter versprochen hatte – sie an eben jenen Mann zu verlieren, der ihre Eltern auf dem Gewissen hatte. Denn Percivals Geständnis räumte mit einer Ungereimtheit auf, die Rose von Beginn an bei dem vermeintlichen Unfall ihrer Eltern gesehen hatte. Ihre Mutter Corinne litt an schwerer Seekrankheit und hätte niemals einen Fuß an Bord der Jacht gesetzt, ohne sofort ganz krank und elend zu werden.«

»Wenn ich es recht verstanden habe, war Corinne ohnehin kränklich«, warf Penelope ein. »Warum sollte ihr Mann also überhaupt einen Bootsausflug vorgeschlagen haben?«

»Ganz genau.« Thomas legte eine kurze Pause ein, ehe er sich an Adair wandte, dessen blaue Augen noch immer auf ihn gerichtet waren. »Noch in derselben Nacht flüchtete Rose mit den Kindern. Sie hatte genügend Geld, um sich eine Weile durchzuschlagen, doch war ihr bewusst, dass Richard nach ihnen suchen würde. Natürlich tat er das auch. Indem sie die größeren Städte und all jene Gegenden mied, von denen sie wusste, dass er dort zuerst suchen würde, schaffte sie es in den nächsten Monaten bis nach Cornwall. Wie das Glück es wollte, fand sie dort eine Stelle in meinem Haushalt, um meinen beiden schon etwas in die Jahre gekommenen Bedienten unter die Arme zu greifen. Als das ältere Paar sich zwei Jahre später zur Ruhe setzte, blieb sie als Haushälterin. Breage Manor war das perfekte Versteck für sie – es liegt ruhig und abgeschieden, und da ihre Vorgänger sich all die Jahre gut um alles gekümmert hatten und alles Nötige regelmäßig ins Haus geliefert wurde, brauchten weder Rose noch die Kinder sich im Dorf sehen zu lassen. Zwar wusste man im Dorf, dass ›droben im Herrenhaus‹ eine junge Frau und zwei Kinder lebten, aber die Menschen in diesem Landstrich sind recht verschlossen. Jeder kümmert sich um seine eigenen Angelegenheiten.«

»Ein perfektes Versteck – bis Sie aufgetaucht sind.«

Schweigend erwiderte Thomas Adairs Blick, dann meinte er: »Selbst dann konnten sie ihre Geschichte nach außen hin wahren und waren in Sicherheit – bis Richard Percivals Männer auftauchten und anfingen, Fragen zu stellen.«

Penelope setzte sich auf. »Dann hat er sie also gefunden?«

»Noch nicht, nein. Wie es aussieht, hat er private Ermittler beauftragt.« Thomas sah zu Adair. »Sie wissen, was für Leute ich meine.« Als Adair nickte, fuhr Thomas fort: »Ich habe in der Vergangenheit selbst solche Männer engagiert und die zwei, die eines Tages vor der Tür standen, sofort als Vertreter ihrer Zunft erkannt. Nachdem ich sie mit einer recht passablen Lüge wieder ihres Weges geschickt hatte, die uns zumindest etwas Aufschub verschafft hat, hat Rose sich mir anvertraut. Dank meiner alten Kontakte konnte ich ihre Geschichte auch leicht überprüfen. Der Tod ihrer Eltern hat sich genauso zugetragen, wie sie es mir geschildert hat. Sie und die Kinder sind tatsächlich am Abend nach der Beerdigung verschwunden. Percival lässt seit Jahren nach ihnen suchen, und ihm wurde zusammen mit Williams Großonkel die Vormundschaft für den Jungen übertragen. Wobei besagter Großonkel schon recht betagt ist und seiner Verantwortung nicht weiter nachzukommen scheint.« Thomas machte eine kurze Pause, ehe er weitersprach. »Als ich gerade mit der Überprüfung von Percivals Finanzen begonnen hatte, in der Hoffnung, dort das Motiv für die Morde zu finden, sind weitere Ermittler in Helston aufgetaucht, diesmal gleich ein ganzes Dutzend. Sie hatten Robert Percivals Kammerdiener mitgebracht – laut Rose könnte der Mann sowohl sie als auch William eindeutig identifizieren.«

»Ach du liebe Güte!« Penelope hielt es kaum noch auf ihrem Sitz. »Wie konnten Sie fliehen? Ich nehme doch stark an, genau das haben Sie getan, oder?«

Thomas nickte. »Es war Glück, dass ich die Ermittler früher bemerkt habe als sie mich. Zudem war uns ein Tag Aufschub gewährt, da sie zunächst in einer ganz anderen Gegend suchen wollten. Rose und ich haben beschlossen, dass es an der Zeit ist, nach London zu fahren, sich der Herausforderung zu stellen und die Sache ein für alle Mal zu klären. Nur wenn wir Richard Percivals Pläne entlarven und seine Schuld am Tod von Robert und Corinne Percival beweisen können, ist auch die Gefahr für William gebannt.«

»Ich muss schon sagen – zwei Morde und ein dritter in Planung, das ist wirklich allerhand.«

In der Tür des Salons stand ein recht stattlicher Mann mit düsterer Miene. Thomas war Stokes nie persönlich begegnet, und so griff er nach seinem Stock, um aufzustehen, aber Stokes bedeutete ihm, sitzen zu bleiben. Thomas sank in seinen Sessel zurück und fand sich taxiert von schiefergrauen Augen, die ihn kühl und unerbittlich musterten.

Schließlich neigte Stokes mit noch immer unergründlicher Miene den Kopf. »Mr. Glendower.« Er trat ein und schloss die Tür wieder hinter sich. »Bei ungeklärten Todesfällen und Gefahr für Leib und Leben sind Sie bei mir genau an der richtigen Adresse. Und mir scheint, Sie können meine Hilfe gebrauchen.«

Penelope und Adair bedachte Stokes mit einem kurzen Nicken und setzte sich dann, sichtlich ein Freund des Hauses, zu Penelope aufs Sofa. Weder Adair noch Stokes hatten Thomas die Hand gegeben, was in Anbetracht der Umstände aber auch kaum anders zu erwarten war.

»Ehe Sie mit Ihrer Geschichte fortfahren«, meinte nun Adair, »würde ich Stokes gern auf den neuesten Stand bringen.«

Thomas neigte den Kopf und lehnte sich zurück, um zuzuhören, wie Adair kurz und knapp zusammenfasste, was er ihnen bislang erzählt hatte.

Unterdessen stand Penelope Adair auf und trat zum Klingelzug, und als der Majordomus sich kurz darauf einstellte, bat sie darum, dass man ihnen Tee bringen möge.

Es war schon eine gute Weile her, seit Thomas in einem Salon des *ton* seinen Tee genommen hatte. Vielleicht erklärte das seine leicht zynische Belustigung, mit der er sich von der Dame des Hauses bedienen ließ – eine Belustigung, die vor allem ihm selbst galt, versteht sich –, aber so handhabte man die Dinge nun mal in den Kreisen der Adairs: mit dem gebührenden Anstand und formvollendeter Höflichkeit.

Als er zum Ende seines Berichts gelangt war, schaute Adair mit fragend gehobener Braue zu Thomas, als wolle er sich vergewissern, dass er auch nichts vergessen hatte. Thomas nickte. »Das ist im Wesentlichen alles, ja.« Er wandte sich an Stokes und brachte seine Erzählung mit knappen Worten zu Ende. »Nachdem wir uns entschlossen hatten, nach London zu fahren, haben wir das Nötigste gepackt, das Haus zugesperrt und sind mit den Kindern mitten in der Nacht aufgebrochen. In den frühen Morgenstunden haben wir zu Pferd Falmouth erreicht, von wo ich noch für denselben Tag eine Schiffspassage nach Southampton ergattern konnte. Am späten Nachmittag sind wir an Bord gegangen, und die Überfahrt gestaltete sich ebenso ereignislos wie die nachfolgende Kutschfahrt nach London, wo wir vor einigen Tagen angekommen sind.«

»Dann weiß Percival also nicht, dass Sie, Rose und die Kinder in London sind?«

Thomas verzog das Gesicht. »Sicher kann ich mir da nicht sein, aber von dem Augenblick an, als wir Falmouth erreicht hatten, habe ich alles daran gesetzt, dass wir nach außen ein Bild abgeben, das in genauem Gegensatz zu der Beschreibung steht, welche die Ermittler von den Gesuchten haben.« Er begegnete Stokes' Blick. »Ich bin ziemlich gut darin, Identitäten zu verschleiern und mich als jemand anderes auszugeben.«

Stokes schnaubte. Einen Moment erwiderte er Thomas' Blick schweigend, dann fragte er: »Was genau hat Sie hierher geführt?« Er machte eine knappe Bewegung mit dem Kinn. »Zu Adair.«

Jetzt bewegte Thomas sich auf unsicherem Terrain. Aber nachdem er sich einmal für völlige Offenheit entschieden hatte, wollte er auch dabei bleiben. Es war seltsam, aber damit schien ihm in letzter Zeit am besten gedient. »Weil mir klar geworden ist, dass ich, ganz gleich, was ich über Percival herausfinden mag – über seine Motive, seine bisherigen Taten und seine künftigen Absichten bezüglich William – aufgrund meiner Vergangenheit nicht in der Lage sein werde, ihn zu überführen und so die Bedrohung zu beseitigen, die er für Rose und die Kinder darstellt.« Ruhig erwiderte er Stokes' unerbittlichen Blick. »Denn das ist mein Ziel – dafür zu sorgen, dass Rose und die Kinder in Sicherheit sind. Um das zu erreichen wäre ich bereit, mich … den Mann, der ich einst war, den Behörden auszuliefern.« Er hielt inne und setzte nach: »Ich möchte Sie einzig darum bitten, mit meiner Verhaftung zu warten, bis die Bedrohung durch Percival abgewendet ist und Rose und die Kinder tatsächlich in Sicherheit sind.«

Stokes betrachtete den Mann, von dem er geglaubt hatte, er würde ihn nie mehr wiedersehen. Sein Verstand überschlug sich, ließ das Vergangene Revue passieren, versuchte zu begreifen, was hier gespielt wurde. Vielleicht wehrte er sich ja auch ein wenig dagegen, was von ihm verlangt wurde, und wollte es gar nicht verstehen. Verstohlen schaute er zu Adair und fand den Blick des Freundes auf sich gerichtet. Herrje, welch ein Schlamassel, welch eine Wendung der Ereignisse!

Es waren nämlich Adair und Stokes gewesen, die nach Malcolm Sinclairs Leichnam gesucht und den Brief gefunden hatten, den er in jenem Haus zurückließ, das er damals bewohnte. Sie waren seiner Spur gefolgt, die sie indes zu dem eigentlichen Mörder führte, den er ihnen gefesselt und geknebelt wie auf dem Silbertablett zurückgelassen hatte. Indem sie seinen Anweisungen gefolgt waren, hatten sie schließlich auch das von ihm verfasste Testament gefunden, welches bei einem Anwalt in Somerset hinterlegt war … Aber das alles war Jahre her.

Stokes und Adair kannten den Inhalt besagten Testaments. Adair hatte dafür Sorge getragen, dass sämtliche Verfügungen genauso ausgeführt wurden – ein Unterfangen, für das er seine Beziehungen in beste Kreise hatte spielen lassen müssen. Aber niemand, ohne Ausnahme, hatte sich seinem Ansinnen widersetzt. Alle hatten das Richtige tun wollen.

Und Stokes hatte seinen Teil beigesteuert, indem er die Beweise zusammentrug, die seine offizielle Stellungnahme untermauern sollten, dass niemand überlebt haben könnte, was Sinclair für sich geplant und in die Tat umgesetzt hatte; Stokes' Aussage, dass der Honourable Malcolm Sinclair ohne jeden Zweifel nicht mehr am Leben sei, hatte es überhaupt erst ermöglicht, das Testament zu eröffnen.

Sowohl Stokes als auch Adair – und später hatte auch Penelope davon erfahren – wussten somit, wie weit Malcolm Sinclair gegangen war, um jene Verfehlungen wiedergutzumachen, die er sich mehr oder minder unwissentlich zuschulden hatte kommen lassen.

Wenn er sich den Mann jetzt so anschaute, der ihm hier gegenübersaß – etwas angeschlagen, doch alles in allem ganz gesund und munter –, hätte Stokes am liebsten die Hände über dem Kopf zusammengeschlagen. Einen Totgeglaubten zu verhaften, war wirklich das Letzte, was er gerade gebrauchen konnte! Aber das brauchte Thomas Glendower ja nicht jetzt gleich zu erfahren.

Tief atmete Stokes durch, dann nickte er Glendower zu. »Gut. Die Frage Ihrer Verhaftung heben wir uns für später auf und konzentrieren uns jetzt erst mal auf Richard Percival und seine Machenschaften. Als Erstes müsste ich diese Rose befragen … Miss Heffernan. Wo haben Sie sie und die Kinder untergebracht?«

Diesmal zögerte Thomas nicht. »Im Pevensey Hotel. Wir haben die Suite Nummer fünf.«

Stokes' Brauen schossen in die Höhe.

Adair hingegen nickte anerkennend. »Eine ganz vorzügliche Wahl.« Als er merkte, wie Stokes ihn ansah, fügte er erklärend an: »Sicherer könnten sie nirgends sein. Diskretion dürfte in diesem Fall die beste Lebensversicherung sein.«

»Nun denn.« Mit einem verständigen Nicken richtete Stokes sein Augenmerk wieder auf Thomas. »Wenn ich Miss Heffernans Aussage habe und sie mir bestätigt, was Sie uns eben erzählt haben, gibt mir das schon eine solide Basis für meine Ermittlungen.« Stokes überlegte. »Wenn ich es recht verstanden habe, konnten Sie bislang noch nicht in Erfahrung bringen, warum Percival hinter dem Erbe her ist?«

Thomas schüttelte den Kopf. »Dieser Punkt steht ganz oben auf der Liste der Dinge, die ich herausfinden will.«

»Wir könnten das Ganze vielleicht ein wenig forcieren.« Adair wechselte einen Blick mit Penelope, ehe er meinte:

»Montague von Montague & Sons steht uns bei manchen Fällen mit seiner Expertise zur Seite.«

Beeindruckt hob Thomas die Brauen. »*Der* Montague? Der sich um die Geschäfte der Cynsters kümmert?«

Adair nickte. »Genau der. Er ist dem Ermitteln auch nicht ganz abgeneigt.«

»Gemeinsam mit Violet – seiner Frau.« Als Thomas sie erstaunt ansah, grinste Penelope. »Stokes' Gattin Griselda und Violet – nun, wir«, sie machte eine vage Geste, »tragen gern auch unseren Teil zu den Ermittlungen bei. Das kann beispielsweise so aussehen, dass ich heute Nachmittag Ihrer Rose und den Kindern einen Besuch abstatten werde, um sie wissen zu lassen, dass sie mich oder eine der anderen jederzeit aufsuchen kann, wenn Sie Rat oder Hilfe braucht.«

Damit hätte Thomas nun gar nicht gerechnet, aber nachdem er kurz darüber nachgedacht hatte, nickte er zustimmend. »Das wäre sehr nett, danke.«

Ihr Lächeln war nun sichtlich erfreuter als zuvor.

Seinen Blick wieder auf Adair gerichtet, fuhr Thomas fort: »Ich habe bereits Drayton, meinen Verwalter, auf Percivals Finanzen angesetzt. Weit ist er noch nicht gekommen, und vermutlich kann Montague dank seiner zahlreichen Beziehungen deutlich mehr erreichen. Ich werde Drayton am besten sagen, dass er sich mit Montague abstimmen soll.« Nach einer kurzen Pause fügte er hinzu: »Draytons Fachgebiete könnten eine sehr gute Ergänzung zu denen Montagues darstellen – wenn die beiden zusammenarbeiten, kommen wir sicher bald dahinter, welche Hinweise sich aus Percivals Finanzlage ergeben.«

Adair nickte und wandte sich an Stokes. »In einem solchen Fall dürfte dort mit ziemlicher Wahrscheinlichkeit auch das Motiv zu finden sein. Der Hauptanreiz des Erbes dürfte für Percival darin bestehen, dass er uneingeschränkten Zugriff auf das Familienvermögen bekommt.«

»Der einzig andere Grund wäre der Titel.« Penelope runzelte die Stirn. »Und der wäre eigentlich nur dann von Belang, wenn er sich mit Heiratsabsichten trüge, doch in der Richtung ist mir bislang nichts zu Ohren gekommen.« Sie sah erst Stokes an, dann Thomas. »Aber ich will mich gern umhören.«

Stokes nickte. »Tu das – wenn das als Motiv wegfiele, bräuchten wir uns schon mal nicht weiter drum zu kümmern. Und derweil … Ich könnte wohl ein paar Konstabler und einen Sergeant erübrigen, um diesen Richard Percival observieren zu lassen.« Er schaute zu Thomas und hob fragend eine Braue. »Sie wissen nicht zufällig, wo er wohnt?«

Thomas schüttelte den Kopf.

Stokes nahm es gelassen. »Macht nichts. Dann hat der Sergeant gleich etwas zu tun, denn der darf es herausfinden.«

Adair nickte zustimmend. »Da William noch immer zwischen ihm und dem Erbe steht und William jetzt in der Stadt ist, könnte es sich gleich in mehrfacher Hinsicht auszahlen, Percival sehr genau im Auge zu behalten.« An Stokes gewandt ergänzte er: »So ließe sich auch herausfinden, mit welchen Ermittlern Percival zusammenarbeitet, was uns gleich noch einige Zeugen seines Vorgehens gegen Rose und William an die Hand gäbe.«

»In der Tat. Zeugen, die uns seinen Vorsatz bestätigen können, dürften unerlässlich sein.« Stokes runzelte die Stirn. »Ansonsten fiele mir im Augenblick bloß ein, dass wir wohl auch den Anwalt der Familie befragen sollten.« Sein Blick richtete sich fragend auf Thomas.

»Foley«, antwortete der. »Er gehört zu Gray's Inn. Rose traut ihm nicht, allerdings kennt sie ihn auch bloß flüchtig. Mein Anwalt hingegen hat mir versichert, dass Foley absolut integer ist, wenn auch ausgesprochen konservativ. Das mag Roses Eindruck von ihm vielleicht erklären.«

Stokes nickte. »Ich werde eine richterliche Verfügung brauchen, um Foley dazu zu bringen, etwas über seinen Klienten auszuplaudern, aber wenn ich erst mal mit Rose gesprochen habe, dürfte ich dafür genügend Gründe beisammen haben.«

»Ich könnte dich zu Foley begleiten«, bot Adair ihm an. »Von der Befragung einmal abgesehen, dürfte allein meine Anwesenheit hilfreich sein.«

Stokes brummte zustimmend.

Thomas stellte seine Tasse beiseite. »Eines noch. Mir ist klar, dass wir erst am Beginn unserer Ermittlungen stehen, aber angenommen, wir können beweisen, dass Richard Percival all die Jahre hinter William her war und ihn wegen irgendwelcher finanzieller Nöte aus dem Weg haben will, damit er an das Erbe kommt. Dazu Roses Aussage über das, was sie ihn vor vier Jahren über den mutmaßlichen Mord an seinem Bruder und seiner Schwägerin sagen hörte …« Thomas sah der Reihe nach Adair, Penelope und Stokes an. »Würde das denn reichen?«

Als keiner sogleich antwortete, fuhr Thomas fort: »Wir hätten dann zwar ein Motiv, aber außer Roses Aussage haben wir meines Erachtens nichts in der Hand, womit wir Richard Percival eines Verbrechens überführen könnten. Und Roses Aussage ließe sich leicht entkräften – eine junge Dame von vierundzwanzig Jahren, von Trauer überwältigt, glaubt etwas gehört zu haben, von dem Percival abstreiten wird, es jemals gesagt zu haben. Ihr Wort stünde gegen seines. Und welcher Richter würde ihn aufgrund einer so dürftigen Beweislage verurteilen?«

Grimmig verzog Stokes das Gesicht. »Wir werden in Lincolnshire nach weiteren Zeugen suchen müssen, die ihn mit den Morden auf dem Segelboot in Verbindung bringen können.«

»Falls es dafür überhaupt Zeugen gab«, hielt Thomas dagegen.

Adair atmete tief aus. »Da haben Sie leider recht, fürchte ich. Zumal sich nach vier Jahren kaum noch eine heiße Spur finden wird.«

»Aber«, meldete Penelope sich zu Wort, »wenn wir diese beiden Morde mal hintenanstellen, dann ist das derzeit viel drängendere Problem, dass Richard Percival sein Ziel noch immer nicht erreicht hat, weil William ihm im Weg steht.« Sie richtete ihren Blick auf Thomas. »Auf William hat er es jetzt abgesehen, ihn aus dem Weg zu räumen, ist sein nächster Zug – was heißt, dass wir notfalls William als Lockvogel einsetzen müssten, um Richard in die Falle gehen zu lassen.« Mit großen Augen sah sie ihn an. »Das dürfte die einfachste Methode sein, um Richard Percival zu überführen.«

»Nein«, sagte Thomas entschieden. »Das könnte ich niemals zulassen. William mag ein kluger und aufgeweckter Junge sein, aber er ist erst neun.«

Zu seiner Überraschung bedachte Penelope ihn mit einem milden Lächeln. »Natürlich, da haben Sie recht. Es wäre undenkbar, William einer solchen Gefahr auszusetzen. Ich dachte auch eher an eine Attrappe. Wir lassen es so aussehen, als sei William, Percivals Ziel, dort, und locken ihn auf diese Weise in die Falle.« Sie wandte sich an Stokes. »Das wäre in meinen Augen die effektivste Methode.«

Stokes schüttelte den Kopf. »Ganz so einfach ist es nicht, aber … Wenn wir alle Indizien zusammengetragen haben und damit nicht weiterkommen, könnte es darauf hinauslaufen, ja.« Sein Blick huschte hinüber zu Thomas. »Wenn Percival tatsächlich so intensiv nach dem Jungen sucht, wie es derzeit den Anschein hat, könnte ihn die Nachricht, dass man William an einem bestimmten Ort gesehen hat, auf den Plan rufen.«

Adair seufzte. »Den Verdächtigen zur Tat zu provozieren, kann immer nur das letzte Mittel sein. Aber ich muss Stokes recht geben – wir sollten uns diese Möglichkeit offenhalten«, meinte er zu Thomas. »Wenn man die Sache korrekt angeht und Percivals Absichten vor Zeugen deutlich machen kann, wird jeder Richter das bei der Urteilsfindung berücksichtigen.«

Thomas ließ sich wohl anmerken, wie wenig diese Vorstellung ihm behagte, aber schließlich erklärte er sich, wenn auch recht widerstrebend, einverstanden. »Meinetwegen. Dann gehen wir so vor, wie Sie es eben dargelegt haben, und tragen erst alle Indizien zusammen, derer wir habhaft werden können. Sollte das nicht genügen, sehen wir weiter.«

Er griff nach seinem Stock und stand auf. Die anderen erhoben sich ebenfalls. Thomas schaute sie der Reihe nach an, dann neigte er den Kopf. »Danke.«

Die drei nickten zurück und begleiteten Thomas hinaus.

Nachdem sie sich abgesprochen hatten, wann man im Hotel vorbeischauen könne, um mit Rose und den Kindern zu sprechen, wollte Thomas sich gerade zum Gehen wenden, als – sehr zu seiner Überraschung – Stokes ihm die Hand reichte.

»Dann bis später«, meinte der Inspektor.

Thomas ergriff sie und versuchte, sich seine Verwunderung nicht anmerken zu lassen. »Bis später, ja.«

Kaum hatte Thomas Stokes' Hand losgelassen, reichte Adair ihm die seine. »Außer Stokes werden auch Penelope und ich kommen, ebenso Montague, wenn er es einrichten kann. Nur damit Sie Miss Heffernan vor diesem Überfall warnen können. Aber keine Sorge, wir beißen nicht.«

»Natürlich nicht«, wies Penelope ihn etwas irritiert zurecht, strahlte dann Thomas an und streckte ihm gleichfalls die Hand hin.

Als Glendower ihre Finger fasste und sich galant darüber beugte, bemerkte Penelope, wie Stokes sich von Mostyn, dem Majordomus, seinen Hut bringen ließ. »Stokes, einen Moment bitte, ich habe da noch etwas für Griselda.«

Stokes nickte und schickte sich an zu warten.

Als sie ihre Hand zurückzog, bedachte Penelope ihren Gast mit einem herzlichen Lächeln. »Dann sehen wir uns heute Nachmittag, Mr. Glendower.«

Mit einer letzten Verbeugung wandte Glendower sich nun wirklich zum Gehen, nickte Mostyn höflich zu, der ihm die Tür aufhielt, und lief leicht hinkenden Schrittes die Treppe hinab.

Noch immer lächelnd schaute Penelope ihm nach, dann bedeutete sie Mostyn, die Tür wieder zu schließen.

Einen Moment blieb sie so stehen und schwelgte in der Aussicht auf diesen neuen und allem Anschein nach ausgesprochen interessanten Fall, genoss die leise Aufregung, die sie bereits im Salon verspürt hatte.

Stokes trat zu ihr. »Du meintest, du hättest noch etwas für Griselda?«

Penelope blinzelte, als sei sie ganz weit weg gewesen. »Ach, das habe ich nur so dahingesagt, um dich noch einen Moment aufzuhalten und mich zu vergewissern, ob euch beiden – also dir und Barnaby – eigentlich klar ist, wer dieser Thomas Glendower ist.«

Barnaby lehnte sich an den Türrahmen des Salons, schob die Hände in die Hosentaschen und lächelte milde. »Und, wer ist er?«

»Er ist …« Sie hob die Hände und ließ sie wieder sinken. »Ich weiß kaum, wo ich anfangen soll. Er gilt als unglaublich vermögend, führt aber ein sehr zurückgezogenes Leben. Man sieht ihn praktisch nie in der Öffentlichkeit – nun, jetzt wissen wir vermutlich, warum. Aber er hat einen Fonds für das Waisenhaus aufgelegt, dem wir ein Drittel unserer Einkünfte verdanken. Da bin ich seinem Namen das erste Mal begegnet. Später habe ich dann erfahren, dass er genau dasselbe für das neue Krankenhaus im Süden der Stadt getan hat, und …« Sie begann, an den Fingern einer Hand eine Stiftung und Institution nach der anderen abzuzählen, musste dann die Finger der anderen Hand dazunehmen und schließlich wieder mit denen der ersten anfangen, ehe sie zum Ende kam. »Außerdem ist er der wichtigste Privatmäzen des Britischen Museums«, schloss sie.

In dem nachfolgenden Schweigen wechselten Stokes und Barnaby einen kurzen Blick, und der Inspektor bemerkte trocken: »Nun, jetzt wissen wir, was er die letzten fünf Jahre so getrieben hat.«

Barnaby, dem sein gönnerhaftes Lächeln vergangen war, stieß sich vom Türrahmen ab. »Nun, das ist ziemlich beeindruckend«, fand er. Dann hielt er inne und hob eine steil geschwungene Braue. »Mal sehen, was Montague von ihm hält.«

»Spätestens heute Abend wirst du es erfahren«, verkündete Penelope. »Um sieben Uhr zum Dinner bei uns, Gentlemen – ich schicke Griselda und Violet gleich eine Nachricht, und Montague auch. Also seid bitte pünktlich.«

Um drei Uhr nachmittags öffnete Thomas auf ein höfliches Klopfen die Tür der Suite und trat beiseite, um Penelope, Adair, Stokes und einen gediegen gekleideten Mann eintreten zu lassen, von dem Thomas annahm, dass es sich bloß um den großen Montague handeln konnte.

Er hatte Rose von dem ersten Treffen erzählt und sie bereits vorgewarnt, dass einige von ihnen nachher vorbeikommen wollten. Seit einer Stunde hatte Rose wartend auf einem der beiden Sofas gesessen; jetzt sprang sie beinahe erleichtert auf und strich sich nervös die Röcke glatt.

Penelope Adair eilte in ihrer, wie Thomas annahm, üblichen beherzten Art auf Rose zu und schenkte ihr ein warmes, aufrichtiges Lächeln. »Es ist mir eine solche Freude, Sie kennenzulernen, Miss Heffernan. Und wenn Sie mir die Bemerkung erlauben, aber ich kann Ihnen gar nicht sagen, wie dankbar ich Ihnen bin, dass Sie und Mr. Glendower«, sie deutete zu Thomas hinüber, »uns einen so spannenden Fall beschert haben. Ich zumindest bin froh um die Zerstreuung.«

Über den Raum hinweg wechselte Rose einen kurzen Blick mit Thomas, dann griff sie nach Penelopes ausgestreckter Hand und meinte: »Bitte nennen Sie mich doch Rose.«

Penelope strahlte sie an. »Und ich bin, wie Sie sich sicher schon gedacht haben, Penelope Adair.«

Thomas schloss die Tür, und es blieb ihm erspart, die anderen einander vorzustellen, denn das hatte Penelope flugs für ihn erledigt. Dann nahm sie sich die Kinder vor, die an dem Tisch am Fenster über ihren Büchern saßen, doch nun alles gespannt verfolgten. »Und das müssen ...«

Hier war sie nun mit ihrem Latein am Ende, und Thomas sprang ein.

»Wenn ich vorstellen darf ...«, eilte er beflissen zur Hilfe und winkte die Kinder zu sich heran, »Miss Pippin und Master Homer.«

Pippin machte einen ungelenken Knicks, Homer einen schon recht geübten Diener.

Penelope grinste die beiden an. »Macht ihr gerade eure Schulaufgaben?«

»Ja, Ma'am«, kam es im Chor zurück.

»Allerdings.« Rose dirigierte die Kinder zurück zu ihren Büchern. »Thomas und ich haben ihnen versprochen, nachher noch etwas zusammen zu spielen. Aber nur, wenn sie bis dahin fertig sind.«

An ihre Belohnung erinnert, trabten die Kinder an ihren Tisch zurück und beugten sich wieder über die Bücher.

Penelope wandte sich zu Rose und hob vielsagend eine Braue.

Rose nahm wieder auf dem Sofa Platz und bedeutete Penelope, sich zu ihr zu setzen. Während Penelope Hut und Tasche ablegte und ihre Röcke um sich breitete und die Herren es sich in den Sesseln und auf dem anderen Sofa bequem machten, erklärte Rose mit gesenkter Stimme: »Wir hielten es für besser, dass sie weiterhin die Namen benutzen, die sie sich vor vier Jahren ausgesucht haben, als wir Seddington Grange verließen.« Sie sah Stokes an. »Ihre wahren Namen zu verwenden, könnte uns verraten. Außerdem haben sie sich mittlerweile an die neuen gewöhnt.«

Stokes nickte und holte ein schwarzes Notizbuch aus seiner Manteltasche. »Im Augenblick sähe ich auch keinen Nutzen darin, zu ihren alten Namen zurückzukehren.« Er schaute kurz in die Runde, dann zu Rose. »Wenn Sie nun so freundlich wären, Miss Heffernan …«

»Bitte – einfach nur Rose.« Rose lächelte matt. »Auch ich habe mich mittlerweile an diesen Namen gewöhnt.«

Stokes nickte ganz selbstverständlich und schenkte ihr einen ermutigenden Blick. »Rose. Ich würde gerne noch einmal die Ereignisse durchgehen, die sich vor vier Jahren in Lincolnshire zugetragen haben. Allerdings wäre es hilfreich, wenn wir etwas früher ansetzen könnten – vielleicht ab dem Zeitpunkt, da Ihre Mutter Robert Percival geheiratet hat und Sie nach Seddington Grange gezogen waren.«

In leiser Verwunderung hob Rose die Brauen. Ihr war durchaus klar, warum Thomas diesen Schritt gegangen war, und auch wenn sie sich der ganzen Tragweite noch nicht bewusst war, so sah sie doch, dass es ein kluger Zug war, sich die Unterstützung von Stokes zu sichern, ebenso die von Adair und Montague. Natürlich war sie bereit, das Ihre dazu beizutragen, und so nickte sie und versetzte sich in Gedanken zurück in jene Zeit. »Ich war fünfzehn, als mein Vater an einem Fieber starb, und neunzehn, als meine Mutter erneut geheiratet hat. Robert hatte mehrere Monate um sie geworben, und ich mochte ihn. Er war ein freundlicher, fürsorglicher Mann, und ich habe mich für Mama gefreut, dass sie jemanden gefunden hatte, der sie aufrichtig liebte.«

»Die Heirat machte Ihnen demnach keine Sorgen.«

»Nein, im Gegenteil. Ich war erleichtert.« Sie hielt kurz inne. »Mama war schon immer etwas kränklich gewesen, und als nun Robert auftauchte und sich unserer annehmen wollte, war aus meiner Sicht ein unglaublicher Glücksfall.«

»Sie waren zu dem Zeitpunkt neunzehn«, mischte sich Penelope ein. »Haben Sie debütiert?«

Rose wandte sich zu ihr um und nickte. »Im Jahr darauf. Ich war für zwei Saisons in London, aber …« Ein müdes Lächeln spielte um ihre Lippen. »Man könnte wohl sagen, dass ich kein sonderlicher Erfolg war.« Wieder an Stokes gewandt, fuhr sie fort: »Und dann kam William zur Welt, und Mama hat sich von der Geburt nie mehr ganz erholt. Ich habe ihr geholfen und mich um ihn gekümmert, und wenn ich ganz ehrlich bin, kam mir das ganz recht, denn ich konnte den Vergnügungen der Londoner Gesellschaft, der Saison und dem Heiratsmarkt nur wenig abgewinnen. Also habe ich William – und später dann Alice – als Ausrede benutzt, um mich vor meinen gesellschaftlichen Verpflichtungen zu drücken.«

»Könnte man dann sagen«, hakte Stokes nach, »dass sie, die Kinder, Ihre Mutter und Ihr Stiefvater zur Zeit des Unfalls sehr glücklich und einvernehmlich zusammengelebt haben und es keinerlei Spannungen zwischen Ihnen gab?«

»Ja.« Rose nickte entschieden. »Genauso war es. … bis zu jenem Tag, der alles veränderte.« Es Thomas zu erzählen, war einfacher gewesen; da hatte sie nicht auf jedes Detail achten und so tief in ihren Erinnerungen kramen müssen. Man musste es Stokes zugutehalten, dass er ihr Zeit ließ und sie nicht drängte, aber Rose wusste genau, was er hören wollte. »Mama ging es schon lange nicht gut, und sie verbrachte oft ganze Tage im Bett. Doch an jenem Morgen hatte sie einen ihrer guten Tage, weshalb Robert vorschlug, eine Ausfahrt zu machen – frische Luft tat ihr immer gut. Sie ließen sich von der Köchin ein Picknick packen, und dann haben wir drei …«, Rose deutete mit dem Kinn zu den Kindern, »uns vor dem Haus aufgestellt und ihnen zum Abschied hinterhergewinkt. Robert fuhr selbst, und Mama lachte vor Freude.«

Über sein Notizbuch gebeugt, schrieb Stokes eifrig mit. Ohne davon aufzuschauen, fragte er: »Wann haben Sie das erste Mal geahnt, dass etwas nicht stimmte?«

»Als sie zum Abendessen noch nicht zurück waren.« Sie versuchte sich zu erinnern. »Fisk, unser Butler, schickte einen der Burschen zu Pferd nach Grimsby. Robert hatte erwähnt, dass sie in diese Richtung wollten.«

»Und dann …?«, fragte Penelope sanft.

Zitternd holte Rose Luft und schüttelte den Kopf. »Nichts. Erst am nächsten Morgen gegen elf hat der Polizeimeister aus Grimsby uns die Nachricht gebracht. Fischer, die an diesem Morgen ausgefahren waren, hatten die Jacht draußen in der Bucht gefunden und darauf die … die Leichen.« Als Stokes aufschaute, erwiderte sie seinen Blick und fuhr mit festerer Stimme fort: »Spätestens da wusste ich, dass etwas nicht mit rechten Dingen zuging. Zumindest Mama konnte unmöglich ertrunken sein – sie hätte niemals auch nur einen Fuß an Bord gesetzt. Aber …« Sie holte tief Luft. »Ich musste William und Alice trösten.« Ihr Blick wanderte zu den beiden hinüber, die nun wieder ganz in ihre Schulaufgaben vertieft waren. »Wirklich verstanden hatten sie es nicht, aber es war, als wüssten sie auch so, dass sie ihre Eltern niemals wiedersehen würden, dass sie fort waren, für immer, und … Die beiden waren untröstlich.« Sie stockte, verschränkte die Finger miteinander und atmete tief durch. »Es war eine schwierige Zeit.«

Eine maßlose Untertreibung. Rose hatte selbst mit ihrem eigenen Kummer zu kämpfen gehabt, hatte weder aus noch ein gewusst. Zusätzlich musste sie sich um die Kinder kümmern, allen voran Alice, die erst zwei war und die Welt nicht mehr verstand, die heulte und schrie und sich überhaupt nicht beruhigen ließ … Rose versuchte, die Erinnerung zu verdrängen. Sie spürte, wie Penelope kurz ihre Hand drückte, und schenkte ihr ein mattes Lächeln.

»Was ist mit der Kutsche passiert?«

Adair hatte die Frage gestellt, und sie half Rose, sich wieder zu fassen und auf ihren Bericht zu konzentrieren. »Man hat den Einspänner weit draußen auf der Landzunge gefunden, aber das Pferd musste schon eine Weile umhergeirrt sein, weshalb sich schwer sagen ließ, wo sie ursprünglich gehalten hatten. Aber ihren Proviant hatten sie schon aufgegessen.«

»Hat denn jemand gesehen, wie sie mit dem Boot hinausgefahren sind?«, fragte Adair weiter.

Rose schüttelte den Kopf. »Aber das wäre nicht weiter verwunderlich. Wenn sie nach Mittag hätten hinausfahren wollen, wären die Fischer noch mit ihren Booten draußen gewesen, und als die Männer in der Abenddämmerung zurückkehrten, wird ihnen die gekenterte Jacht nicht aufgefallen sein.«

»Hmm«, brummte Stokes und blätterte in seinen Notizen. »Und dann … dann kam die Beerdigung.« Er richtete seinen Blick wieder auf Rose. »Irgendetwas Auffälliges während der Trauerfeierlichkeiten?«

Sie überlegte, schüttelte dann aber den Kopf. »Nein. Die Stimmung war schrecklich gedrückt. Niemand hatte mit ihrem Tod gerechnet, alle standen unter Schock. Beide waren sehr beliebt gewesen, und Robert hatte natürlich sein ganzes Leben dort verbracht.«

»Wer war denn von der Familie zugegen?«

»Die Percivals – Roberts jüngerer Bruder Richard, Roberts Onkel Marmaduke und Marmadukes Sohn Roger Percival. Ansonsten sehr viele Freunde und Bekannte und etliche entfernte Cousins und Cousinen, aber«, ratlos hob sie die Schultern, »niemand, den ich näher gekannt hätte. Außer Richard und Marmaduke hat niemand im Haus übernachtet.«

»Dass die beiden über Nacht blieben, lag durchaus nahe«, warf Thomas an dieser Stelle ein. »Richard und Marmaduke wurde die Vormundschaft für William und Alice übertragen. Wenngleich Richard zum Hauptvormund bestellt wurde, werden er und Marmaduke einiges zu besprechen und zu entscheiden gehabt haben.«

Stokes nickte, während er sich alles notierte, dann schaute er wieder auf zu Rose. »Erzählen Sie mir jetzt bitte so ausführlich wie möglich, was dann passiert ist. Was haben Sie getan, nachdem die Gäste gegangen waren?«

Rose setzte sich auf und versuchte sich alles so genau wie möglich in Erinnerung zu rufen. »Die nächsten Stunden habe ich oben bei den Kindern verbracht. Ich weiß nicht, wer zum Essen blieb – ich wollte die Kinder nicht allein lassen und bin nicht nach unten gegangen. Danach … Es fiel mir schwer, zur Ruhe zu kommen. Mittlerweile war es etwas später am Abend, aber an Schlaf war nicht zu denken, weshalb ich schon mal anfangen wollte, Mamas entfernteren Bekannten zu schreiben und sie über ihren Tod in Kenntnis zu setzen.« Sie schluckte und fuhr fort. »Ihr Adressbuch hat sie immer in der Schreibtischschublade in dem kleinen Zimmer verwahrt, das an den Salon grenzte und bei uns das Arbeitszimmer genannt wurde. Robert zog die Bibliothek vor, da man jedes Wort, das in dem kleinen Zimmer gesprochen wurde, bis in den Salon hören konnte. Beide Räume teilen sich einen Kamin, der den Schall unglaublich verstärkt. Ich bin also hinunter in den Salon gegangen und wollte gerade weiter ins Arbeitszimmer, als ich Stimmen hörte.« Sie sah Stokes an. »Sie kamen aus dem Arbeitszimmer.«

Als Stokes ermutigend nickte, erzählte sie weiter. »Durch den Rauchfang klangen die Stimmen etwas verzerrt, aber nicht sehr. Ich konnte jedes Wort deutlich verstehen.« Sie atmete tief durch, bevor sie zum Wesentlichen ihres Berichts kam: »Ich habe Richard sagen hören, dass er …« Ihre Stimme wurde fester, als sie die Worte von damals plötzlich wieder deutlich zu hören meinte. »Er sagte, dass er sie beide umgebracht hätte, Mama und Robert. Er hat sich damit gebrüstet, wie schlau er es angestellt hat, es so aussehen zu lassen – *aussehen zu lassen!* –, als wären sie ertrunken. Dann hat er beschrieben, wie er beide Körper in die Takelage gewickelt hat, damit man sie auch fand …« Sie brach ab und suchte Thomas' Blick. »Damals war die Bedeutung dessen mir nicht klar, aber jetzt verstehe ich es. Er musste sichergehen, dass man ihre Leichen fand, denn sonst hätte er sieben Jahre warten müssen, bis man Robert für tot erklärte.«

Nach einem Moment des Schweigens gestikulierte Stokes

mit seinem Bleistift. »Gehen wir noch einmal zu diesem Augenblick zurück – was genau haben Sie gehört?«

»Wenn ich kurz eine Frage stellen dürfte«, warf Adair ein und wandte sich an Rose. »Mit wem hat Percival gesprochen?«

Sie runzelte die Stirn. »Das weiß ich nicht. Aber es waren etliche seiner Freunde zur Beerdigung aus London gekommen. Da ich nicht beim Abendessen zugegen war, kann ich nicht sagen, wer danach noch geblieben ist.«

»Zurück zu besagtem Augenblick«, griff Stokes den Faden wieder auf. Als Rose ihn ansah, hatte er den Blick auf seine Notizen geheftet. »Sie hörten, wie Richard damit prahlte, dass er die Toten so drapiert hatte, dass man sie auch fand. Was kam dann?«

»Dann«, sagte sie, die Worte nach all den Jahren noch überdeutlich im Gedächtnis, »meinte er, jetzt müsse er bloß noch William aus dem Weg schaffen, und der gesamte Besitz ginge an ihn. Deshalb wollte er die Sache nicht unnötig auf die lange Bank schieben, sondern bei der nächsten Gelegenheit zuschlagen. Sein Freund hat nur gelacht und ihm viel Glück gewünscht.« Rose blinzelte und richtete den Blick dann wieder auf Stokes. »Wollten sie das Arbeitszimmer verlassen, mussten sie durch den Salon. Ich konnte das Risiko nicht eingehen, dass sie mich dort antrafen. Also habe ich kehrt gemacht und mich leise davongeschlichen. Da keiner von beiden mir hinterherkam, nahm ich an, dass sie mich weder bemerkt hatten noch ahnten, dass sie belauscht worden waren.«

Stokes schrieb und bedeutete ihr, kurz zu warten, dann schaute er auf und sah sie an. »Wie gut kennen Sie Richard Percival?«

»Eigentlich kaum. Mama hatte mich gewarnt, dass ich mich von ihm fernhalten sollte, und Robert – er war bei dem

Gespräch anwesend – pflichtete ihr bei. Und es schien ihm ziemlich ernst damit, war mein Eindruck. Damals dachte ich, sie hielten mich für zu jung und leicht zu beeindrucken und wollten nicht, dass ich seinem leichtfertigen Charme erlag. Er war ein ziemlicher Schürzenjäger und ist es wohl immer noch. Aber im Nachhinein denke ich, dass die Warnung vielleicht allgemeinerer Art war.« Sie runzelte die Stirn und sah zu Stokes. »Aber wie dem auch sei, da ich im Haus der beiden lebte und nie dazu geneigt habe, mich gegen sie aufzulehnen, verbrachte ich sehr wenig Zeit mit Richard – weder bei Zusammenkünften der Familie noch während meiner Zeit in London. Im Gegenzug hat er mich auch nie groß beachtet.«

Etwas ließ Thomas stutzen, doch dann fragte Stokes schon weiter. »Aber wie können Sie sich so sicher sein, dass es Richard war, den Sie hörten, wenn Sie ihn nach eigenem Bekunden doch kaum kannten? Gesehen haben Sie ihn ja nicht, und wie Sie eben meinten, waren die Stimmen durch den Rauchabzug zudem etwas verzerrt.«

Man musste Rose zugutehalten, dass sie einen Moment in sich ging, ehe sie antwortete. »Das stimmt, aber es ist eher ein … ein Hall, der die Stimme wohl etwas verzerrt, aber nicht völlig verfremdet. Ich hätte niemals Marmaduke für Richard gehalten, und die beiden waren wie gesagt die einzigen Familienmitglieder, die über Nacht bleiben wollten. Und als Roberts Bruder ist Richard nach William der nächste Erbe. In Anbetracht dessen, was ich gehört habe – dass er bloß noch William aus dem Weg schaffen müsste, um an den Besitz zu kommen –, *kann* es bloß Richard gewesen sein.« Sie hob die Brauen und schaute Stokes an.

Stokes Miene hellte sich auf und er lächelte mit fast diebischer Genugtuung. »Sie haben völlig recht. Es kann niemand außer Richard gewesen sein, der diese Worte sagte.« Mit einem zufriedenen Nicken lehnte er sich zurück und klopfte mit dem Bleistift auf sein Notizbuch. »Den Rest brauchen Sie nicht mehr ganz so ausführlich zu erzählen – wenn ich etwas wissen will, frage ich einfach nach. Was haben Sie als Nächstes getan?«

In groben Zügen fasste Rose alles zusammen, und Thomas hörte zu, wie sie ihre Flucht von Seddington Grange schilderte und wie sie sich mit den Kindern durchgeschlagen hatte. Im Grunde deckte es sich mit dem, was sie auch ihm schon erzählt hatte.

Am Ende ihres Berichts klappte Stokes sein Notizbuch zu. »Sehr schön. Damit haben wir doch schon einige gute Ansatzpunkte. Ich kann zudem berichten«, er blickte in die Runde, »dass Richard Percival in der Hertford Street lebt, in einem der Häuser am östlichen Ende. Ich habe drei Männer abbestellt, um das Haus rund um die Uhr observieren zu lassen. Sie haben Anweisung, ihm zu folgen, sobald er das Haus verlässt.«

Rose war sichtlich erleichtert.

Dann war es an Montague, Fragen zu stellen. Zuerst wollte er wissen, ob die beiden anderen für den Fall relevanten Mitglieder der Familie Percival – Marmaduke und dessen Sohn Roger – ebenfalls in London lebten. Nachdem das geklärt war, wandte er sich an Thomas. »Ich habe meine Mitarbeiter bereits auf Richard Percivals Finanzen angesetzt, aber wenn ich es recht verstehe, haben Sie Ihrerseits auf diesem Gebiet Erkundigungen eingeholt?«

Thomas nickte.

Stokes und Adair hatten derweil die Köpfe zusammengesteckt und besprachen, wie sie bei der Befragung des Anwalts der Familie vorgehen wollten. Als er Montagues Frage hörte, schaute Adair auf. »Wenn wir mit Foley gesprochen haben, können wir dem vielleicht noch etwas hinzufügen.

Wir werden versuchen, so viel wie möglich aus ihm herauszubekommen – vor allem die Information, wer den Besitz der Familie zusammenhält.« Für Montague fügte er erklärend an: »Glendowers Agent hat herausgefunden, dass der Nachlass bislang intakt zu sein scheint. Wenn Richard Percival denn hinter dem Geld her ist, dann hat er noch keinen Zugriff darauf gehabt, und das wiederum legt nahe, dass jemand anderes – vermutlich Marmaduke Percival, eventuell mit Hilfe von Foley – seine schützende Hand darauf hält.« Er schaute zu Thomas. »Sollte sich das bestätigen, würde es natürlich unsere Theorie über das Motiv stützen.«

Stokes brummte zustimmend. »Es würde auch erklären, warum Percival so versessen darauf ist, seinen verschwundenen Neffen zu finden. Wenn er die anderen Nachlassverwalter nicht dazu bekommt, das Vermögen freizugeben, braucht er Williams Leichnam, so schrecklich das auch klingt.«

»So ist es«, kam es von Adair.

Thomas fing Montagues Blick auf. »Ich werde meinen Verwalter – Drayton aus der Threadneedle Street – gleich nachher bitten, Ihnen sämtliche seiner Berichte zu schicken. Es scheint mir besser, wenn wir unsere Anstrengungen bündeln, als wenn jeder für sich arbeitet und wir so womöglich kostbare Zeit verlieren.«

»Das sehe ich auch so.« Montague nickte zustimmend. »Es wird mir eine Ehre sein, mit Mr. Drayton zusammenzuarbeiten.« Er wandte sich an die anderen. »Die Finanzen eines Gentlemans wie Richard Percival zu sichten, dürfte selbst mit vereinten Kräften einige Tage in Anspruch nehmen.«

Derweil unterhielt sich Rose mit Penelope Adair. Da die Frauen häufig zu dem Tisch am Fenster blickten, schloss Thomas, dass es wohl um die Kinder ging. Und kaum waren die Männer verstummt, wandte sich Penelope auch schon zu ihnen um. »Rose und ich sprachen gerade darüber, wie schwierig es für die Kinder ist, ständig hier oben eingesperrt zu sein. Natürlich können wir das Risiko nicht eingehen, einfach mit ihnen draußen herumzuspazieren, aber ich hatte mir überlegt, ob wir nicht meine Kutsche nehmen könnten, damit sie mal wieder ein bisschen herauskommen.«

Hier richtete sich ihr Blick fragend auf Adair.

In Erwiderung hob er lediglich die Brauen. »Die Kutsche steht dir zur freien Verfügung, einschließlich der Wachen.«

Penelope strahlte ihn an. »Wunderbar.« Sie wandte sich wieder an Rose. »Es kann überhaupt nichts passieren – außer dem Kutscher bringe ich noch zwei Burschen mit, und alle drei sind so etwas wie meine Leibgarde. Wie wäre es, wenn ich morgen Vormittag vorbeikäme?« Über die Schulter schaute sie zu den Kindern. »Bis dahin dürften die beiden hier die Wände hochgehen, und dann könnten wir ein wenig in der Stadt herumfahren, halten, wenn uns gerade der Sinn danach steht oder wenn die zwei sich irgendetwas anschauen wollen, und flugs wieder weiter.« Mit einem Blick auf Thomas fügte sie hinzu: »Natürlich alles unter Aufsicht meiner Männer.«

Ein solcher Ausflug erschien Thomas nicht gerade ratsam, aber die drei anderen Herren fanden wohl nichts dabei und nahmen Penelopes Zusicherung für bare Münze. Natürlich kannten sie sie besser, und vielleicht sollte er ihr ebenfalls vertrauen.

Zudem hatte er einige Wortfetzen vom Gespräch der beiden Frauen aufgeschnappt und festgestellt, wie gut Rose die Gegenwart von Penelope Adair zu tun schien, wie sehr sie sich entspannte aufgrund der herzlichen und überschwänglichen Art der anderen. Eigentlich konnte er Adairs Gattin nur dankbar sein, dass sie ihre Freundschaft und Unterstützung so großzügig anbot. Also behielt er seine Bedenken für sich, auch wenn sein Beschützerinstinkt sich sehr vernehmlich meldete und ihm die Brust mit bangen Befürchtungen zuschnürte.

Diese Empfindung war ihm vor den letzten Wochen noch völlig fremd gewesen, und vielleicht erklärte das seine übersteigerte Reaktion.

Nachdem alles einvernehmlich geklärt war, die drängendsten Fragen beantwortet und die nächsten Schritte abgesprochen waren, erhob man sich und rüstete zum Aufbruch.

Stokes ging als Erster, dann Montague. Während Rose Penelope verabschiedete, wandte Adair sich an Thomas und lächelte beruhigend. »Es sind tatsächlich Leibwächter. Kutscher, Stallbursche und Lakai – alle Mann von mir persönlich auf Herz und Nieren geprüft.«

Thomas las noch mehr aus dem Blick dieser strahlend blauen Augen heraus. »Ihre Frau begibt sich des Öfteren in Gefahr?«

»Zu oft für meinen Geschmack.« Adair schaute kurz hinüber zu seiner Gattin. »Aber würde sie es nicht tun, wäre sie nicht Penelope, und so gesehen …« Er zuckte mit den Schultern, dann verabschiedete er sich. »Wir halten Sie auf dem Laufenden.«

Thomas neigte den Kopf und sah, wie Adair zum Abschied Rose zulächelte, dann seine Frau beim Ellbogen fasste und sie zur Tür dirigierte.

Rose öffnete sie ihnen lächelnd und schloss sie hinter ihnen. Als sie sich umdrehte, begegnete sie Thomas' Blick und seufzte vor Erleichterung; ihr Lächeln strahlte nun tiefe Dankbarkeit aus. »Das lief noch viel besser als erhofft.«

Er zögerte, dann deutete er mit dem Kopf zur Tür, durch die ihre Gäste soeben verschwunden waren. »Du magst sie.«

Keine Frage – oder zumindest klang es nicht so.

Rose verstand genau, was er meinte, und nickte. »Sie ist die Tochter eines Viscounts, beteiligt sich aber regelmäßig an solchen Ermittlungen, und sie scheint auch sonst sehr umtriebig zu sein. Sie korrespondiert mit Wissenschaftlern in aller Welt, übersetzt aus den alten Sprachen, und einen kleinen Sohn haben sie und Adair auch.« Rose hielt inne und schaute hinüber zu den Kindern. »Ich glaube, mehr Zeit mit ihr zu verbringen, kann mir und den Kindern nur guttun.«

10. Kapitel

»Thomas Glendower ist eine lebende Legende«, teilte Montague den anderen mit, die sich an diesem Abend im Speisezimmer der Adairs in der Albemarle Street eingefunden hatten. »Er verwaltet die Gelder einer Vielzahl gemeinnütziger Einrichtungen, und das sehr einträglich, aber von dieser philanthropischen Anstrengung abgesehen, ist es sein finanzielles Fingerspitzengefühl, das er jedem von uns voraushat. In seinen Händen vermehrt sich das Geld wie von selbst.«

»Wie stellt er das denn an?«, wollte Violet – Montagues Frau – wissen. »Ich nehme an, wir gehen von legalen Geschäften aus.«

»Natürlich. Alles im Rahmen des Gesetzes und moralisch einwandfrei. Seine Transaktionen lassen sich leicht überprüfen, und ich weiß von vielen Kollegen und Investoren, die seine Schritte auch ausgiebig nachverfolgen, um sich noch etwas abzuschauen, aber hier kommt sein Genie ins Spiel. Er hat einfach den richtigen Riecher – er weiß, wann er in ein Geschäft einsteigen und wann er verkaufen muss. Meist handelt es sich um kurzfristige Anlagen, und wenn er an einer Investition doch mal länger festhält, dann aus gutem Grund. Er ist wirklich brillant, und ich muss gestehen, dass wir bei Montague & Sons – und ich weiß, dass es bei meinen Kollegen nicht anders ist –, einen Fonds aufgelegt haben, der sich genau an seinen Anlagestrategien orientiert. Es ist unser erfolgreichster Fonds, aber da wir immer einen Schritt hinterherhinken, erzielen wir niemals dieselben Gewinne wie er.«

Barnaby wechselte einen Blick mit Stokes, ehe er sich an

Montague wandte. »Sie erinnern sich, dass ich mich vor Jahren bei Ihnen nach einem Malcolm Sinclair erkundigt habe? Es hatte etwas mit Eisenbahn-Anleihen zu tun.«

Montague legte die Stirn in Falten, sichtlich darum bemüht, die Erinnerung aus den Tiefen seines Gedächtnisses auszugraben. Schließlich fiel es ihm wieder ein. »Ah ja. Ein sehr cleverer Investor, aber etwas dubios, wenn ich mich recht entsinne. Moralisch fragwürdig; man hat ihn mit einigen unsauberen Deals in Verbindung gebracht.«

»So ist es.« Barnaby wartete einen Moment, ehe er die Katze aus dem Sack ließ. »Thomas Glendower ist Malcolm Sinclair.«

Montague sah ihn ungläubig an. »Nein …« Jeder Ausdruck wich aus seinem Gesicht, und nachdem erst eine Sekunde verstrichen war, dann noch eine, meinte er leise, wie zu sich selbst: »Aber ja, natürlich.« Er blinzelte und schien sich einen Ruck zu geben, schüttelte dann den Kopf. »Es hätte mir auffallen müssen – nicht ganz dieselbe Handschrift und eine völlig andere Anlageklasse, aber dasselbe Gespür, derselbe kluge Kopf. Jetzt, da Sie es sagen – natürlich.« Montague schaute von Barnaby zu Stokes. »Aber so ganz begreife ich es dennoch nicht.« Er runzelte die Stirn. »Wie stellen Sie sich das vor … dass wir jemandem wie ihm helfen?«

Stokes hob beschwichtigend die Hände. »So direkt würde ich das nicht sagen, aber …« Er schaute zu Barnaby. »Wir …«, hier ging sein Blick zu Penelope und Griselda, um die Frauen in die Entscheidung mit einzubeziehen, »sind zu dem Schluss gelangt, dass niemandem geholfen wäre, wenn wir Malcolm Sinclair und seine Vergehen wieder aufleben ließen. Es würde bloß für Unruhe sorgen und zu einer allgemeinen Verunsicherung führen, ganz zu schweigen von vermutlich herben finanziellen Einbußen bei jenen, die von seinem Testament bis heute profitieren. Mit anderen Worten:

Alles, was er mit seinem Tod wiedergutzumachen gedachte, wäre dahin.«

»Mit seinem Tod?« Montague schien nun restlos verwirrt. »Malcolm Sinclair ist *tot*?«

»Ich muss gestehen, dass ich auch nicht mehr ganz folgen kann.« Violet legte ihre Serviette beiseite und schaute fragend in die Runde. »Welcher Vergehen hat Malcolm Sinclair sich schuldig gemacht? Und wie kommen Sie zu der Annahme, er sei tot?«

Barnaby erklärte es ihnen, und Stokes und Penelope ergänzten seine etwas trockenen Ausführungen. Penelope hob die besondere Beziehung Sinclairs zu Charles und Sarah Morwellan hervor, jetzt Earl und Countess of Meredith und gute Freunde von Barnaby und Penelope, und wie Sinclair durch diese Verbindung Einsicht in seine Fehler erlangt und versucht hatte, zumindest einen Teil wiedergutzumachen, ehe er seinen eigenen Tod inszenierte. Das war das Stichwort für Barnaby, und jetzt beschrieb er jene Brücke, die über den Wasserfall bei Will's Neck in Somerset führte – den Ort, den Sinclair sich für sein Ableben ausgesucht hatte. Er schloss mit den Worten: »Es grenzt an ein Wunder, dass er diesen Sturz überlebt und sich so weit von seinen Verletzungen erholt hat – deren Ausmaß wir nur erahnen können –, dass er wieder Herr seiner Sinne und Fähigkeiten ist und anderen zu helfen vermag.«

Schweigen senkte sich über den Tisch, bis Stokes sich vorbeugte und alle Blicke sich auf ihn richteten. Er schaute in die Runde und stellte klar: »Malcolm Sinclair wurde für tot erklärt. Der Mann, mit dem wir es jetzt zu tun haben, ist Thomas Glendower. Er ist es, über den wir uns ein Urteil bilden müssen.«

»Sie haben seine Verletzungen ja selbst gesehen«, wandte Barnaby sich an Montague. »Er dürfte einen hohen Preis für die Taten seiner Vergangenheit gezahlt haben – und ich würde darauf wetten, dass es ihn noch immer einiges kostet, sich jeden Tag erneut den Herausforderungen des Lebens zu stellen.«

»Auch das grenzt an ein Wunder.« Penelope sah die anderen an. »Dass er dieses Leben auf sich genommen hat, meine ich.«

Stokes nickte düster. »Diesmal scheint er sich auf die Seite des Guten geschlagen zu haben – fast könnte man meinen, er habe himmlischen Beistand. Und wer sind wir, uns dagegenzustellen?«

»Außerdem«, ergänzte Penelope, »ist ja ganz offensichtlich, dass er das alles nicht zu seinem eigenen Nutzen unternimmt, sondern um Rose und den Kindern zu helfen. Sein Motiv ist völlig selbstlos, denn er gewinnt nichts dadurch …« In ihren Augen funkelte etwas, und sie setzte lächelnd nach: »Zumindest nicht finanziell.«

Barnaby warf ihr einen stummen Blick zu und klopfte dann mit seinem Messer auf den Tisch. »Gut. Wir sollten jetzt den Fall besprechen und ob noch mehr zu unternehmen ist als das, worauf wir uns bislang geeinigt haben.«

Eine lebhafte Diskussion brach aus, aber am Ende einigte man sich darauf, die Ergebnisse der ersten Runde ihrer Ermittlungen abzuwarten, die morgen beginnen sollten.

Nur Penelope hatte ihren Plänen noch etwas hinzuzufügen. »Die alten Damen, die ich bei solcher Gelegenheit gern zu Rate ziehe, haben sich leider gerade nach Somerset zurückgezogen, um sich von den Strapazen der laufenden Saison zu erholen. Aber ich will mal schauen, wen ich sonst noch auftreiben kann und was man mir Schönes über Richard Percival erzählen wird.« Sie verzog das Gesicht. »Mich hat er nie sonderlich interessiert, deshalb weiß ich praktisch nichts über ihn.«

Stokes nickte. »Tu das. Du hast aus solchen Quellen ja schon öfter nützliche Informationen gewonnen.«

Sie erhoben sich vom Tisch und begaben sich hinüber in den Salon. Nachdem sie es sich dort gemütlich gemacht hatten und der Tee serviert war, brachte Stokes noch einmal zur Sprache, was ihm schon den ganzen Abend keine Ruhe gelassen hatte. »Ich werde den Gedanken nicht los, dass wir, obwohl der Fall ganz eindeutig zu liegen scheint, einiges Geschick brauchen werden, um Richard Percival so gründlich zu überführen, dass er keine Bedrohung mehr für den Jungen darstellt.«

Barnaby runzelte die Stirn, dann nickte er bedächtig. Die anderen, jeder für sich in eigene Betrachtungen über den Fall versunken, murmelten ihre Zustimmung.

Als man sich schließlich voneinander verabschiedet hatte und die anderen beiden Paare nach Hause aufgebrochen waren, griff Barnaby nach Penelopes Hand, verschränkte seine Finger mit den ihren, und zusammen gingen sie die Treppe hinauf.

Oben angekommen, führte ihr Weg sie wie immer zuerst ins Kinderzimmer. An den Türrahmen gelehnt, beobachtete Barnaby, wie Penelope sich über ihren schlafenden Sohn beugte. Vorsichtig zog sie sein Deckchen zurecht, gab ihm einen Kuss auf seinen blonden Schopf, drehte das Nachtlicht herunter, bis es bloß noch einen ganz schwachen Schein abgab, und kehrte zu Barnaby zurück.

Als sie hinaus auf den Flur traten, zog er sacht die Tür hinter ihnen zu, dann blickte er auf Penelope hinab und wartete, bis sie, seinen Blick auf sich spürend, zu ihm aufschaute.

Einen Moment sah sie ihn forschend an, dann hob sie fragend eine Braue.

Er erwiderte ihren Blick und sagte leise: »Wenn du morgen mit Rose und den Kindern ausfährst, wirst du dich gut vorsehen, ja?«

Denn für mich und unseren Sohn bist du der wichtigste Mensch auf Erden.

Penelope hörte auch das, was Barnaby nicht laut sagte, und sie lächelte, legte die Hand an seine Wange und reckte sich empor, um ihm einen zarten Kuss zu geben. Dann nahm sie seine Hand und zog ihn mit sich, zur Treppe und zu ihrem Zimmer. »Natürlich sehe ich mich vor.« Wie er so neben ihr herging, warf sie ihm einen verschmitzten Blick zu und grinste, als sei seine Sorge ganz unbegründet. »Außer meinen drei Leibwächtern werde ich für alle Fälle auch meine hübsche kleine Derringer mitnehmen.«

Barnaby lächelte, auch wenn er innerlich den Kopf schüttelte, und ließ sich von ihr zum ehelichen Bett ziehen.

Später am Abend schaute Rose, sicher und geborgen im gediegenen Luxus ihrer Suite im Pevensey Hotel, noch ein letztes Mal nach den Kindern. Nachdem sie sich vergewissert hatte, dass beide tief und fest schliefen, drehte sie im Wohnzimmer das Licht herunter und ging hinüber in das große Schlafzimmer, das sie sich mit Thomas teilte.

Er hatte die Tür offen gelassen; sie trat ein und schloss sie hinter sich. Thomas war schon dabei, sich auszuziehen und hängte gerade seinen Rock, dann die Weste über den Kleiderständer auf seiner Seite des Betts.

Während sie hinüber zum Ankleidetisch ging, hob Rose die Hände an ihr Haar und begann die Haarnadeln herauszuziehen. Sie legte die Nadeln auf den Tisch und schüttelte ihre Locken aus, bis sie ihr lang und wallend den Rücken hinabfielen. Dann jedoch zögerte sie, und statt wie sonst nach ihrer Bürste zu greifen, hielt sie inne und drehte sich nach Thomas um.

Er war gerade dabei, seine Manschettenknöpfe zu öffnen, doch als er bemerkte, dass sie zu ihm kam, hielt auch er inne. Langsam ließ er die Hände sinken und richtete sich auf.

Sie blieb erst stehen, als sie Brust an Brust waren und das Mieder ihres Kleides den feinen Stoff seines Hemdes berührte. Den Kopf in den Nacken gelegt, richtete sie ihren festen Blick auf ihn. »Wie hast du das angestellt?«, wollte sie von ihm wissen. »Was musstest du tun, um dir die Unterstützung von Stokes und Adair zu sichern?«

Es hatte sich noch keine Gelegenheit ergeben, darüber zu reden, aber sie kannte ihn mittlerweile, und sie war weltläufig genug, dass es ihr recht unwahrscheinlich vorkam, dass er bloß um einen Gefallen dieses Ausmaßes zu bitten brauchte und diesen ohne Weiteres gewährt bekam.

Thomas sah ihr in die Augen, deren Braun nun eher stürmisch denn sanft schien. Wie so oft zögerte er, unsicher, was er jetzt tun, wie er sich verhalten, wie viel er ihr sagen sollte. Doch …

Bislang war er immer ehrlich zu ihr gewesen, und insgeheim hatte er sich geschworen, sie niemals anzulügen oder wissentlich zu täuschen. »Ich … habe mich angeboten, den Mann, der ich einst war. Ich werde mich der Justiz stellen und über die Verbrechen, die ich begangen habe, Rechenschaft ablegen. Dafür werden sie uns dabei helfen, William zu schützen und ihn wieder in seinen rechtmäßigen Stand zu erheben.«

Ohne den Blick von ihm zu wenden, ließ sie seine Worte in sich nachhallen. »Dann kanntest du Stokes von früher?«

Er schüttelte den Kopf. »Ich kannte Adair. Er war damals noch nicht verheiratet und hielt sich in Somerset auf, um sich auf Bitten Charlie Morwellans der seltsamen Vorkommnisse anzunehmen, hinter denen ich steckte … die ich in Gang gebracht hatte. Adair hatte schon damals den Ruf eines guten Ermittlers. Später habe ich erfahren, dass Adair und Stokes in den letzten Jahren öfter zusammengearbeitet haben und ein eingespieltes Team waren. Soweit ich weiß, hat Adair Stokes am Ende zu dem Fall in Somerset hinzugezogen, weshalb Stokes über sämtliche Vorgänge Bescheid wissen dürfte – auch über den Mann, der ich einst war.« Sein Blick hielt den ihren, und nach kurzem Schweigen fügte er hinzu: »Stokes war sich sofort darüber im Klaren, was mein Angebot bedeutete. Er und Adair haben es angenommen.«

Rose wusste nicht, was sie darauf sagen, wie sie reagieren sollte. Ihr war, als bliebe ihr das Herz stehen. Aber sie brauchte Gewissheit. »Das heißt … sobald Richard überführt und die Gefahr für William gebannt ist, wirst du, Thomas Glendower … Ja, was geschieht dann mit dir? Wirst du einfach von der Bildfläche verschwinden, aufhören zu existieren?«

Er schaute ihr in die Augen und nickte. »In einem Wort – ja. Darauf läuft es hinaus.«

In stummem Entsetzen sah sie ihn an. Sie war fassungslos, hätte toben und wüten wollen, ihn fragen, wie er so etwas hatte tun können. Warum er den Mann, den sie zu lieben gelernt hatte, der ihr Herz erweckt und sie berührt hatte und dem sie sich hingegeben hatte mit Haut und Haar, so seelenruhig der Vernichtung ausgeliefert hatte … Aber sie kannte die Antwort.

Er gab sich keine Mühe, seine Absichten vor ihr zu verbergen, und sie konnte die Wahrheit klar in seinen Augen erkennen. Rose fasste sich ein Herz und sagte: »Wahrscheinlich erwartest du jetzt von mir, dass ich das«, – *dein Opfer*, sagte sie bei sich –, »einfach so hinnehme, nicht wahr?«

Seine Miene war reglos geblieben, ernst, aber unnachgiebig, doch ihre Worte drangen zu ihm durch; ein feines

Zucken der Lippen verriet ihn. Kurz wich er ihrem Blick aus, doch dann sah er sie wieder an, schaute ihr in die Augen, ehe er den Kopf neigte wie ein reuiger Sünder. »Diese Überlegung war mir gekommen, ja.«

Das hätte sie sich denken können. Rose versuchte, sich ihre Wut nicht anmerken zu lassen. Nachdem sie ihn eine Weile schweigend betrachtet, sich in seinen Augen verloren hatte, tat sie einen tiefen Seufzer. »Gut. Aber damit eines klar ist.« Ihre Stimme wurde fester, und sie wartete, bis er ihr in die Augen blickte. »Ich werde dich oder das, was zwischen uns entstanden ist, nicht kampflos aufgeben.«

Er runzelte die Stirn, doch sie gebot ihm zu schweigen. »Nein, sag jetzt nichts. Es steht dir nicht zu, mir das zu verwehren oder zu versuchen, mich umzustimmen. Genauso wie ich es hinnehmen muss, dass du dein Seelenheil in der Rettung Williams zu finden hoffst, auch wenn es anscheinend dazu gehört, dass du dich den Behörden stellst – genauso wirst du auch meine Haltung akzeptieren müssen.«

Unnachgiebig hielt sie seinen Blick fest. »Nichts, was du sagst, wird mich davon abhalten, dafür zu beten und zu hoffen, dass du verschont bleibst, was immer auch geschieht. Du kannst es mir nicht verwehren, dankbar für jeden Tag zu sein, der uns vergönnt ist – und dich zu lieben, in jeder Stunde, in jedem Augenblick, der uns bleibt. Nichts kann etwas daran ändern, dass ich auf dich warten werde und dass ich für immer dein bin, selbst wenn es bis in alle Ewigkeit dauert, bis wir wieder vereint sind.«

Diesmal zögerte Thomas nicht, und die Worte kamen geradewegs aus seinem Herzen. »Ich wünschte, ich könnte dich umstimmen.« Er griff nach ihren Händen und drückte sie sanft. »Um deinetwillen wünschte ich es.«

Sie hielt seinen Blick, dann neigte sie den Kopf. »Das kann ich verstehen. Aber es ändert nichts.«

Er wartete, bis sie ihn wieder ansah, schaute suchend in ihre Augen, in ihr Gesicht, dann holte er zitternd Luft. »Wie es aussieht, sind wir wirklich ein Paar.«

Und zum Untergang verdammt.

Rose hörte die unausgesprochenen Worte, aber sie hatte nicht all die Herausforderungen ihres Lebens gemeistert, um sich jetzt in die Rolle der tragischen Heldin zu fügen. »Das sind wir – und bis die Würfel endgültig gefallen sind und wir wissen, was das Schicksal für uns bereithält, bringt es wenig, sich darüber Gedanken zu machen.«

Kaum merklich hob er die Brauen, gab aber keine Antwort.

Sie hatte auch weder damit gerechnet noch wollte sie seine Zustimmung abwarten. »So«, meinte sie, entzog ihm sanft ihre Hände und legte sie an seine Brust, schob sie langsam hinauf zu seinen Schultern und spürte, wie seine Muskeln sich spannten unter ihrer Berührung. Dann umfing sie seinen Nacken und ließ sich in seine Arme sinken, an seine Brust.

Er schloss die Arme um sie und ließ zu, dass sie seinen Kopf zu sich herabzog.

Kurz bevor ihre Lippen sich trafen, hauchte sie an den seinen: »Jetzt bleibt mir bloß noch, dir für dein Opfer gebührend zu danken.«

Ihr Kuss war eine unmissverständliche Einladung, die Thomas auch sogleich annahm, denn auf einmal stellte er fest, wie groß sein Begehren war, wie sehr er nach ihr verlangte.

Die Ereignisse des Tages hatten auch ihn nicht unberührt gelassen. Sein Verstand mochte das Opfer, das es zu bringen galt – so fern es noch sein mochte –, als unabdingbar erkennen, aber etwas in ihm, jener Teil seiner selbst, der tief verschüttet war, den Rose jedoch mühelos hervorbrachte, hatte sich mit aller Macht gegen diesen Entschluss gewehrt.

Sie schmiegte sich noch einmal fest an ihn, dann schlüpfte sie aus seinen Armen und zog sie beide aus, und er ließ sie gewähren.

Als sie ihn zum Bett zog, folgte er ihr, genauso hungrig wie sie, sich genauso verzehrend nach der Wärme und dem Trost dieser unbeschreiblichen Nähe …

Diese Nähe – diese wahre Intimität – erschütterte ihn, sie bewegte ihn zutiefst; sie gab ihm Halt, hielt jeden Gedanken und all seine Sinne im Hier und Jetzt und machte ihn zum willigen Gefangenen dieses Spiels zwischen ihnen beiden, dieser Augenblicke atemberaubenden Wunders.

Dieser reinsten aller Freuden.

Überall liebkosten sie einander, mit Lippen, Zungen und fiebrig suchenden Händen.

Ließen den anderen spüren, wie sehr sie einander liebten.

Sie setzte sich über ihn und nahm ihn in sich auf, umfing ihn mit der Hitze ihres Schoßes.

Sanft fasste er sie bei den Hüften und hielt sie, während sie sich im Einklang bewegten, in jenem sinnlichen Tanz, der ihnen mittlerweile so vertraut war und sie immer näher an ihr heiß ersehntes Ziel brachte.

Ihre Herzen schlugen im selben Takt; dasselbe Verlangen erhitzte ihre Körper, verzehrte sie wie eine Flamme, die sie immer weiter anfachten. Geborgen von dieser Pracht und Herrlichkeit strebten sie der Verheißung entgegen.

Hoch hinauf und über den Grat, sie überflogen den Gipfel und ließen sich fallen in das Nichts, wo alles Unwichtige sich auflöste, wo nur noch blendende Lust ihre Sinne überflutete.

Die Ekstase funkelte und leuchtete zwischen ihnen wie eine immerwährende Wahrheit. Und als ihr Strahlen langsam verblasste, fühlten sie sich nicht beraubt, sondern geborgen.

Rose sank auf seine Brust, und er schloss die Arme um sie.

Der Funken, der dieses Glück entzündet hatte, erlosch

nicht; er fand zurück in ihre Körper und nistete sich ein in ihren Herzen.

Beide brauchten sie kein Wort zu sagen – sie spürten, dass es da war, über ihnen und um sie herum in der Luft schwebte.

Es würde immer Teil von ihnen sein, sie würden es nicht mehr leugnen können.

Schließlich lösten sie sich voneinander und lagen Seite an Seite, die Arme locker umeinander gelegt.

Er zog die Decke über sie, ließ den Kopf wieder aufs Kissen fallen, schloss die Augen und wartete, dass der Schlaf ihn übermannte.

An ihn geschmiegt, betrachtete Rose durch das Halbdunkel sein Gesicht, schaute zu, wie die Linien, die das Schicksal eingegraben hatte, sich langsam entspannten, je näher der Schlaf ihm kam.

Sie wartete noch ein wenig, dann legte sie die Wange an seine Brust und hauchte einen Kuss darauf. »Ganz gleich, was geschieht, Thomas Glendower – ich werde dich lieben bis ans Ende meiner Tage.«

Die Worte waren bloß ein Flüstern gewesen, aber an der Art, wie er ganz still wurde und kurz innehielt, merkte sie, dass er sie gehört hatte.

Sie schloss die Augen und gab sich dem schlichten Glück hin, in seinen Armen zu liegen.

Was immer das Schicksal mit ihnen vorhaben mochte, Rose würde es durchstehen.

Es war fast Mitternacht, als Richard Percival in sein Haus in der Hertford Street zurückkehrte und dort Curtis antraf, der auf einem Stuhl in der Eingangshalle saß und auf ihn gewartet zu haben schien.

Sowie er die Tür hinter sich geschlossen hatte, kam Percival gleich zur Sache: »Sie haben Neuigkeiten?«

Curtis erhob sich schwerfällig. Er war fast genauso groß wie Percival, aber deutlich kräftiger gebaut. »Gewissermaßen.«

Aus Percivals Miene ließ sich schließen, dass ihm diese Antwort wenig gefiel, aber nachdem er Hut, Handschuhe und Spazierstock abgelegt hatte, deutete er den Korridor hinab. »Gehen wir in die Bibliothek.«

Curtis folgte ihm. Wie üblich war er über den Hintereingang ins Haus gelangt. Ein solches Vorgehen war bei diesem Auftrag vermutlich nicht nötig, aber alte Gewohnheiten wurde man schwer wieder los.

Keine Minute später saßen sie sich an Percivals Schreibtisch gegenüber; das gedämpfte Licht der Lampe, die Percival zu einem schwachen Schein heruntergedreht hatte, ließ den Rest des Raums im Dunkel.

Percival versuchte, in Curtis' regloser Miene zu lesen, gab es schließlich auf und fragte etwas brüsk: »Was haben Sie herausgefunden?«

»Ich glaube«, begann Curtis und erwiderte den Blick Percivals tiefblauer Augen, »und ich möchte betonen, dass es wirklich nur eine Vermutung ist, aber ich glaube zu wissen, welche Identität die junge Dame über all die Jahre angenommen und wo sie sich mit den Kindern versteckt hat.«

Percival wusste mittlerweile, dass an Curtis' sogenannten Vermutungen meist etwas dran war. »Wo?«, fragte er.

»Meiner Vermutung nach nennt sie sich Mrs. Sheridan und hatte zuletzt eine Stelle als Haushälterin auf einem abgelegenen Landgut in der Nähe von Breage, an der Küste Cornwalls.«

»Wem gehört das Haus?«

»Einem Mr. Thomas Glendower, der es aber bis vor Kurzem nicht selbst bewohnt hat. Über Jahre hat er sich auf dem Anwesen nicht sehen lassen, bis er vor ein paar Monaten wie aus dem Nichts wieder aufgetaucht ist. Seither hat er auf Breage Manor gelebt.«

Percival runzelte die Stirn. »Wenn Sie also wissen, wo sie und die Kinder sich aufhalten …«

»Nein, das weiß ich eben nicht. Ich nehme es nur an. Sowohl die Haushälterin als auch die Kinder entsprechen aufs Haar der Beschreibung, die Sie mir gaben. Als allerdings zwei meiner Männer Mr. Glendower nach ihnen fragten, hat er behauptet, sie stammten dort aus der Gegend und die Familie sei seit Generationen nicht aus Cornwall herausgekommen.«

Percival wirkte irritiert. »Wie kommen Sie dann darauf, dass sie es sein könnten?«

»Als meine Männer mit dem Kammerdiener Ihres Bruders zurückkamen, um sich Gewissheit zu verschaffen, haben sie keine Menschenseele mehr angetroffen und fanden das Haus verschlossen vor.«

»Keine Menschenseele? Aber … Wenn sie mit den Kindern fort ist, wo steckt dann dieser Glendower?«

»Deshalb bin ich hier. Er ist nämlich auch verschwunden. Meine Männer sind am nächsten Tag noch mal hin, haben in der ganzen Gegend herumgefragt, aber seit jenem Tag hat niemand ihn mehr gesehen. Er muss in Helston gewesen sein, als meine Leute im Dutzend auf der Hauptstraße standen, um ihre Suche auf der Lizard-Halbinsel abzusprechen. Da wird er sie gesehen haben, so viel ist sicher.«

Percival musterte Curtis mit schmalen Augen. »Sie gehen also davon aus, dass er ins Herrenhaus zurückgekehrt ist – und dann? Sollte er etwa mit ihr und den Kindern geflohen sein?«

Curtis nickte. »Es hat ein paar Tage gedauert, aber schließlich haben wir sein Pferd und ein Pony, das zum Herrenhaus gehört, in Falmouth gefunden – in den Ställen des besten

Hotels der Stadt. Er soll dort in den frühen Morgenstunden desselben Tages eingetroffen sein, an dem meine Männer sich auf den Weg nach Breage Manor machten. Vormittags hat er eine Überfahrt nach Southampton gebucht, für sich, seine Frau und zwei Kinder, und am Nachmittag sind sie an Bord gegangen.« Mit grimmiger Miene fügte Curtis hinzu: »Meine Männer haben diese ganze Aktion über Wochen vorbereitet, und er schlüpft uns einfach so durch die Maschen, aalglatt.«

Schweigend betrachtete Percival ihn. »Vielleicht nicht ganz Ihre übliche Klientel«, meinte er schließlich.

»Gut möglich. Auf jeden Fall hat er einen kühlen Kopf und viel Geistesgegenwart bewiesen.« Er sah Percival an. »Deshalb bin ich hier – um Sie zu warnen.«

Percival hatte sein Kinn auf die Krawatte sinken lassen, doch jetzt hob er den Kopf und sah Curtis hellwach an. »Wovor?« Dann runzelte er die Stirn. »Was ich nicht verstehe, ist, warum dieser Glendower – so er es denn ist – ihr hilft. Vorausgesetzt, es handelt sich überhaupt um sie und die Kinder.«

Curtis schnaubte. »Das dürfte bei der ganzen Sache unsere einzige Gewissheit sein. Die Beschreibung der Haushälterin und des Jungen – und das, was wir über das kleine Mädchen wissen – passen einfach zu gut, als dass es anders sein könnte. Und Glendower hatte vor Jahren einen schweren Unfall, er hat Narben davongetragen und geht am Stock, weshalb auch er leicht zu erkennen ist. Deshalb sind wir uns so sicher, dass sie es waren, die sich in Falmouth nach Southampton eingeschifft haben. Natürlich habe ich meine Leute losgeschickt, um ihre Spur dort aufzunehmen, aber ohne Erfolg. Mittlerweile dürfte Glendower sich samt ›Frau und Kindern‹ nach London abgesetzt haben, und Sie wissen ja selbst, wie leicht es ist, hier unterzutauchen.«

Bedächtig nickte Percival. »Das steht zu vermuten, ja. Mir ist allerdings immer noch nicht klar, warum er ihr hilft.«

Curtis seufzte leise. »Das war es, wovor ich Sie warnen wollte. Vielleicht sollten Sie sich nicht fragen, warum er ihnen hilft, sondern *ob* er ihnen hilft.«

Jede Regung wich aus Percivals Gesicht, und seine Stimme klang kühl, als er fragte: »Wie meinen Sie das?«

Curtis fuhr sich mit der Hand über seinen kurz geschorenen Schädel. »Damit meine ich, dass Glendower ihr Geheimnis durchschaut haben könnte und daraus vielleicht seinen eigenen Vorteil schlagen will.« Ernst blickte er Percival an. »Die junge Dame und die Kinder könnten freiwillig mit ihm gegangen sein – oder auch nicht.« Nach einer vielsagenden Pause setzte er nach: »Ich halte es nicht für ausgeschlossen, dass er sich demnächst mit Ihnen in Verbindung setzen wird.«

Einen Moment herrschte Schweigen, dann meinte Percival: »Um ein Lösegeld von mir zu erpressen?«

Curtis erwiderte seinen Blick. »Um Ihnen einen Handel vorzuschlagen.«

11. Kapitel

Am nächsten Morgen konnte Montague es kaum erwarten, hinunter in sein Büro zu kommen. Sobald er dort war, rief er seine Mitarbeiter zusammen.

Nachdem er sich an seinem Schreibtisch niedergelassen hatte, schaute er lächelnd in die Runde. »Wir dürfen wieder einmal in einem Fall ermitteln.«

In den letzten Monaten hatten sie bereits einige Male mit Stokes und Adair zusammengearbeitet, und der erste dieser Fälle hatte Violet in Montagues Leben gebracht – und nicht nur in seines, wenn er es recht bedachte. Als er jetzt über den Schreibtisch schaute, trafen sich ihre Blicke. Sichtlich gespannt wartete sie darauf, dass er ihnen erklärte, worum es diesmal ging. Drei Tage die Woche arbeitete Violet als seine Sekretärin, den Rest der Woche als Assistentin von Penelope Adair.

Sie nickte ihm kurz zu als Zeichen, dass er anfangen konnte. Montague räusperte sich, schaute in die erwartungsvollen Gesichter und begann.

Alle arbeiteten sie schon lange für ihn oder waren zumindest, wie Pringle, der jüngste Neuzugang, erfahren genug, um die Tragweite der Geschehnisse und die Zusammenhänge sofort zu begreifen.

»Verstehe ich das richtig?«, meldete sich Frederick Gibbons, sein Assistent, zu Wort und trat von dem Bücherregal weg, an dem er gelehnt hatte. »Wir suchen nach Schulden von einem solchen Umfang, dass Richard Percival sich zum Handeln gezwungen sah, und das alles vor ungefähr vier Jahren.«

Foster, Montagues Juniorassistent, schnaubte. »Wenn die Schulden so groß waren, dass er deswegen vor vier Jahren zwei Morde begangen hat, dürften sie mittlerweile gigantisch sein.«

»Hmm«, machte Montague und klopfte mit dem Finger vor sich auf den Schreibtisch. »Ich weiß nicht, ob wir da nicht die falschen Schlüsse ziehen.« Er wandte sich an Foster und Gibbons. »Es könnte auch sein, dass Percivals Finanzen sich ständig in den Miesen befinden – gerade genug, um einen Anreiz zu schaffen, dem abzuhelfen, eine ständige Sorge sozusagen, aber keine Schuld von so gewaltigem Ausmaß, dass es Außenstehenden auffallen würde.«

Gibbons nickte. »Chronischer Geldmangel statt einer akuten Krise.« Er fing Fosters Blick auf. »Könnte aber ein ebenso zwingendes Motiv sein wie ein einziger großer Schuldenberg – vielleicht sogar noch mehr.«

»Ganz genau.« Montague schaute in die Runde: Slocum, sein langjähriger Büroleiter; Pringle, der vor ein paar Monaten zu ihnen gestoßen war, als Montague mit den anderen den Mord an Pringles ehemaligem Chef untersucht hatte; Slater, der Bürogehilfe und nicht zuletzt Reginald Roberts, der Laufbursche. »Hat sonst noch jemand etwas anzumerken?«

Zu seiner Überraschung war es Violet, die sich meldete. »Ja, es gibt da einen Punkt, den ich etwas verwirrend finde.« Als Montague ermutigend nickte, fuhr sie fort: »Es heißt, dass Richard Percival private Ermittler beauftragt hat, und das auch schon seit Jahren. Kürzlich erst hat Mr. Glendower zwei dieser Ermittler gesehen, und bei anderer Gelegenheit gleich ein ganzes Dutzend.« Violet hielt inne und meinte dann, den Kopf ein wenig zur Seite geneigt: »Würde das nicht darauf hindeuten, dass Percival über beträchtliche Mittel verfügt? Ich könnte mir vorstellen, dass solche Fahnder nicht gerade billig sind.«

Montagues Augen weiteten sich, dann lehnte er sich langsam zurück und nickte. »Eine mehr als berechtigte Frage. Allerdings glaube ich, die Antwort darauf zu wissen.« Er schaute zu Gibbons und merkte, dass diesem Ähnliches zu dämmern schien. Wieder an Violet gewandt erklärte er: »Wie in diesen Bereichen am Rande der Legalität üblich, dürfte das Honorar der Fahnder sich an ihrem Erfolg bemessen.«

Violet runzelte die Stirn. »Soll das heißen, dass keiner dieser Leute bezahlt wird, solange sie den Jungen nicht gefunden haben?«

Seiner Sache nun ziemlich sicher, nickte Montague.

Foster warf ein: »Das würde auch erklären, warum sie so scharf darauf sind, ihn zu finden.«

Gibbons nickte düster. »Wenn man sie jahrelang mit der Aussicht auf ihren Lohn hingehalten hat, dann Gnade dem Jungen, wenn sie ihn finden …« Er schüttelte den Kopf und wandte sich zum Gehen. »Ich muss wieder an die Arbeit. Aber wenn ich mit meinen heutigen Terminen durch bin, will ich mich mal bei der Konkurrenz umhören.« Er schaute zurück zu Montague. »Sie wissen nicht zufällig, wer sich um Percivals Geschäfte kümmert?«

Montague schüttelte den Kopf und schaute zu Slocum.

Der nickte und meinte: »Ich will versuchen, es herauszufinden, während Mr. Gibbons in seiner Besprechung ist.«

Montague nickte und besprach sich dann mit Pringle, Slater und Reginald, um sicherzustellen, dass das Tagesgeschäft dennoch wie gewohnt weiterging. Als sie an ihre Schreibtische zurückgekehrt waren, drehte er sich zu Violet um und stellte fest, dass sie die Stirn noch immer in nachdenkliche Falten gelegt hatte. In Gedanken schien sie ganz weit weg zu sein. »Was hast du?«, fragte er besorgt.

Sie hatten jüngst erst erfahren, dass sie ihr erstes Kind erwartete, und jedes Mal, wenn sie auch nur das leiseste Zeichen von Unwohlsein zeigte, blieb ihm schier das Herz stehen.

Ihr Blick richtete sich auf ihn, klärte sich, und sie schenkte ihm ein sanftes Lächeln. »Nichts – oder nichts, was damit zu tun hat. Es geht mir hervorragend, und wenn dem nicht so wäre, würde ich es dir sagen.« Hier runzelte sie erneut die Stirn. »Ich habe nur gerade über diesen neuen Fall nachgedacht. Um was für Leute handelt es sich eigentlich bei diesen Privatermittlern? Bestünde nicht die Möglichkeit, dass wir sie auf unsere Seite ziehen könnten?« Sie gestikulierte vage. »Könnten wir sie nicht dazu bringen, gegen Percival auszusagen oder uns zumindest zu bestätigen, welchen Auftrag genau er ihnen gegeben hat?«

Nun, da er ihrer Gesundheit und der seines Kindes versichert war – sein *Kind*, ein Wort, von dem er nie auch nur zu hoffen gewagt hatte, er könnte es sagen –, konnte Montague sich wieder auf den Fall konzentrieren. Nach kurzem Nachdenken schüttelte er den Kopf. »Ich verstehe, was du meinst, aber nein, das halte ich für eher unwahrscheinlich. Das Ganze könnte zudem nach hinten losgehen. Will sagen: Eher werden sie Percival Bescheid geben, dass jemand Fragen zu dem Fall stellt, als dass sie uns helfen würden.« Er sah Violet an. »Private Ermittler sind für Aufträge auf einen Ruf absoluter Diskretion angewiesen. Wer sich da einen Ausrutscher leistet, wird nicht mehr angeheuert. Leider sind die meisten ohnehin auf eher zwielichtige Angebote angewiesen, um im Geschäft zu bleiben.«

Violet seufzte. »Na ja, eine Überlegung war es wert. Und jetzt«, sie schlug den Kalender auf, der die ganze Zeit schon auf ihrem Schoß gelegen hatte, »hast du erst einmal zwei wichtige Termine anstehen, um die du heute leider nicht herumkommen wirst.«

Lächelnd ließ Montague seinen Tag von seiner kundigen Frau planen.

Eine Stunde später bog Stokes in die Hertford Street ein und schlenderte bis ganz hinunter ans östliche Ende, wo die Straße sich auf einen kleinen Platz hin öffnete.

Dort saßen zwei Männer auf dem Trottoir, dem Aufzug nach Bettler, den buckligen Rücken an den schmiedeeisernen Gartenzaun eines der vornehmen Stadthäuser gelehnt.

Ab und an wechselten sie ein paar Worte miteinander und wären wohl nicht weiter aufgefallen, sah man von dem Umstand ab, dass sie schon eine ganze Weile dort saßen und bislang nicht von den Streifenpolizisten des Viertels vertrieben worden waren.

Das musste einen nicht weiter verwundern, wenn man wusste, dass es sich bei den beiden um Konstabler handelte.

Stokes blieb vor ihnen stehen, warf einen Blick auf ihre glänzenden schwarzen Stiefel und nickte grimmig. »Die würde ich aber mal ganz schnell aus dem Blickfeld verschwinden lassen.«

Die Männer zogen wie ertappt die Beine an und versteckten die Dienstschuhe unter den Schößen ihrer zerschlissenen Wollmäntel.

Betont beiläufig schaute der Inspektor die Straße hinunter. Er ließ seinen Blick nirgends länger verweilen, doch das genügte schon, um sich einen Eindruck von Richard Percivals Haus zu verschaffen, an dem nichts Besonderes war – ein Reihenhaus, wie es für dieses Viertel typisch war. Er schaute wieder hinab auf die beiden Männer. »Wo ist Philpott?«

»Macht gerade Pause«, erwiderte Sergeant O'Donnell. »Müsste aber gleich zurück sein, und dann stelle ich mich wieder an die Ecke und gebe den Straßenkehrer.«

Stokes nickte. »Was haben wir bislang herausgefunden?«

»Er ist gestern Abend kurz vor Mitternacht nach Hause gekommen, hat sich dann eine Weile in einem der unteren

Zimmer aufgehalten, ehe er nach oben ging, in das vordere Zimmer, von uns aus links der Tür. Kurz darauf ging das Licht aus. Heute Morgen wurden die Vorhänge um zehn zurückgezogen. Seitdem kein Lebenszeichen mehr.«

Stokes wandte sich an den jungen Konstabler. »Was wissen wir über den Haushalt?«

Mit seinem jungenhaften Charme hatte Morgan ein Händchen dafür, Spül- und Küchenmägde und selbst gestandene Köchinnen zum Reden zu bringen. Diesmal jedoch musste er passen. »Ich hatte mich auf die üblichen Geschichten gefasst gemacht, aber nichts. Die Dienerschaft scheint nicht besonders zahlreich und vor allem diskret zu sein. Ein sehr ruhiges Haus, meinte man nebenan.«

Stokes runzelte die Stirn. »Keine wilden Partys, wüste Orgien, so was in der Art?«

Morgan, der älter war, als seine Unschuldsmiene vermuten ließ, war damit nicht in Verlegenheit zu bringen und schüttelte ungerührt den Kopf. »Nichts dergleichen. Nach allem, was man so hört, hat er den soliden Lebenswandel eines Landpfarrers.«

Das war nun wirklich nicht, womit Stokes gerechnet hatte, doch er ließ sich nichts anmerken. »Halten Sie weiter die Stellung. Sie wissen, was zu tun ist, wenn er das Haus verlässt?«

»Aye.« O'Donnell rappelte sich schwerfällig auf. »Zwei Mann hinter ihm her und der Dritte verständigt erst die Wache und dann Sie.«

Stokes überlegte. »Wenn sich hier nichts weiter tut und er bloß abends wieder ausgeht, komme ich morgen noch mal vorbei, um unser weiteres Vorgehen abzusprechen.«

Um ein Haar hätten die beiden salutiert, besannen sich aber gerade noch eines Besseren.

»Aye, Sir«, kam es stattdessen im Chor.

Damit schlenderte Stokes weiter, drehte eine kleine Runde um den Platz und machte sich auf der anderen Straßenseite auf den Rückweg.

Unterwegs sann er über das Bild Richard Percivals nach, das seine Kollegen soeben gezeichnet hatten.

Es entsprach so gar nicht der Vorstellung, die Stokes sich gemacht hatte.

»Andererseits«, sagte er sich, »mag seine finanzielle Misere ihn zu einem so soliden Lebenswandel zwingen. Und heute sitzt er wie auf heißen Kohlen und wartet auf neue Nachrichten – deshalb rührt er sich nicht aus dem Haus.« Das wäre doch auch eine Erklärung, und eine völlig plausible noch dazu. Zufrieden hob Stokes den Kopf und machte sich forschen Schrittes auf den Weg zurück ins Büro.

Etwas später an diesem Morgen stieg Thomas die Treppe zu Draytons Büro hinauf, das im ersten Stock eines schmalen Gebäudes an der Threadneedle Street lag.

Draytons Büro ging hinaus auf die Straße. Als er am Ende des Korridors angelangt war, öffnete Thomas die Tür und trat ein. Da er sein Kommen angekündigt hatte, sprang Draytons Sekretär mit einer freundlichen Begrüßung auf den Lippen sogleich von seinem Schreibtisch auf, um seinen Vorgesetzten zu holen.

Obwohl sie regelmäßig miteinander korrespondierten, hatte Thomas seinen Verwalter seit über zehn Jahren nicht mehr persönlich gesprochen. Dennoch erkannte Thomas den Mann, der dem Angestellten nun aus dem hinteren Büro folgte, sofort wieder. Auf den ersten Blick mochte Drayton etwas durchschnittlich wirken, aber Thomas hatte ihn auch nicht wegen seines Äußeren engagiert. Draytons Verstand arbeite ganz ähnlich wie sein eigener, und auch in wesentlichen Ansichten stimmten sie überein. Gute Umgangsformen und ein umgängliches Wesen zeichneten ihn aus, dazu ein scharfer Verstand und eine fast schon zwanghafte Gründlichkeit, vereint mit absoluter Diskretion sowie der Bereitschaft, seinem Klienten zu vertrauen und Anweisungen auch ohne lange Erklärungen auszuführen. Mit diesen Eigenschaften hatte Drayton sich als Verwalter für Mr. Thomas Glendower bewährt.

Auch musste man es Drayton hoch anrechnen, dass er, obwohl er von dem Unfall und der langen Genesungszeit wusste, Thomas' Gebrechen nur flüchtig in Augenschein nahm und ihm dann mit einem herzlichen Lächeln die Hand reichte. »Sir! Welch eine Freude, Sie wiederzusehen.«

Thomas schüttelte ihm die Hand und lächelte verbindlich. »Die Freude ist ganz meinerseits. Ich bin sehr froh, dass wir Gelegenheit haben, uns wieder mal persönlich auszutauschen.« Etwas überrascht stellte er fest, dass die Worte der Wahrheit entsprachen. Drayton war eine der wenigen Konstanten in seinem Leben, einer der wenigen Kontakte, der von den Umtrieben seines früheren Selbst unberührt geblieben war.

»Aber bitte, kommen Sie doch herein.« Drayton winkte Thomas in sein Büro. »Vermutlich möchten Sie diese Angelegenheit besprechen, um die ich mich für Sie kümmern sollte.«

»Ja.« Thomas wartete, bis er vor Draytons Schreibtisch Platz genommen, Drayton die Tür geschlossen und sich ebenfalls gesetzt hatte. »Was meine persönlichen Geschäfte angeht, dürften wir auf dem aktuellen Stand sein. Wenn Sie in dieser Hinsicht nichts Neues für mich haben, würde ich vorschlagen, das vorerst hintenanzustellen.«

Drayton nickte. »So wie ich es sehe, gibt es derzeit keinen dringenden Handlungsbedarf. Sämtliche Anlagen entwickeln sich wie erwartet, und Ihre letzten Anweisungen haben wir ausgeführt – wie immer waren Sie sehr vorausschauend und haben den perfekten Zeitpunkt gewählt. Ihre Geschäfte könnten gar nicht besser laufen.«

Thomas erwiderte Draytons Lächeln. »Das hört man gern. Dann also zu dieser anderen Sache. Es gibt einige neue Entwicklungen.« Seine Miene wurde ernst. »Ich hatte Sie gebeten, sich Richard Percivals Finanzen näher anzusehen, weil wir dort das Motiv für seine Taten vermuten. Wir gehen davon aus, dass Percival sich in finanziellen Nöten befindet, denen abgeholfen werden könnte, wenn er das Vermögen seines verstorbenen Bruders erben würde. Wir haben zudem guten Grund zu der Annahme, dass Percival zu eben diesem Zweck seinen Bruder und dessen Frau hat ermorden lassen. Im Augenblick steht ihm bloß noch sein Neffe im Weg.« Zunehmend fassungslos lauschte Drayton seinen Ausführungen. »Der Junge – Viscount Seddington – befindet sich derzeit in meiner Obhut. In Anbetracht des Ernsts der Lage habe ich Mr. Barnaby Adair und, durch seine Vermittlung, Inspektor Stokes von Scotland Yard um Unterstützung gebeten.«

Drayton setzte sich auf, und seine Bestürzung war nun regem Interesse gewichen.

Thomas hielt kurz inne, um seine Gedanken zu ordnen und die richtigen Worte zu finden. »Auf die eine oder andere Weise sind wir alle in die Ermittlungen eingebunden. Zu den Beratern von Adair und Stokes zählt auch Montague von Montague & Sons, den Sie vermutlich kennen, und er hat uns ebenfalls seine Hilfe zugesichert. Ziel von Montague und seinen Mitarbeitern sowie mir – und somit auch Ziel von Ihnen und Ihren Mitarbeitern –, ist es, Percivals Motiv zu finden. Warum ist er so erpicht auf dieses Erbe?« Thomas überlegte einen Moment. »Es könnte andere Gründe geben als nur Geld – eine Möglichkeit, der bereits nachgegangen wird –, wenngleich mir solche Gründe weit weniger wahrscheinlich scheinen als eine finanzielle Notlage.« Er schaute auf und begegnete Draytons Blick. »Sie haben bereits erste Nachforschungen zu Percivals Finanzen angestellt, und ich war so frei, die Ergebnisse an Montague weiterzugeben. Ich nehme an, er wird seine Kontakte nutzen, um bei den Banken nachzufragen, bei Percivals Verwalter und an der Börse. Ich denke, wir können uns in dieser Hinsicht auf Montague verlassen. Wenn dort etwas zu finden ist, wird er es aufspüren.«

»Aber wenn es dort nichts zu finden gibt?« Drayton, der nun sichtlich Blut geleckt hatte, beugte sich vor und stützte die Arme auf den Schreibtisch. »Sein Motiv könnte völlig anders geartet sein.«

»In der Tat.« Thomas wechselte einen wissenden Blick mit Drayton. »Auch wenn wir selbst die Finger davon gelassen haben, mussten wir doch oft nachforschen, ob mögliche Geschäftspartner Beziehungen in jene Sphären unterhielten. Im Falle Percival möchte ich Sie daher bitten, wie gehabt Nachforschungen anzustellen, die auf … sagen wir, eher zwielichtige Geschäfte zielen. Versuchen Sie herauszufinden, ob man seinen Namen mit riskanten Geldanlagen, mit Glücksspiel, fragwürdigen Spekulationsgeschäften und dergleichen in Zusammenhang bringt. Irgendwo muss es etwas geben, auch wenn es schon vier Jahre oder länger zurückliegen kann. Zu bedenken wären auch geringfügigere, dafür andauernde Verluste, ein Umschichten von Schulden, panische Wechsel von Geldanlagen und so weiter und so fort. Spannen Sie Ihr Netz in alle Richtungen und schließen Sie keinen Zusammenhang von vornherein aus.«

Drayton nickte bedächtig. »Soll ich jetzt gleich anfangen oder abwarten, was Montague herausfindet?«

»Nein, fangen Sie sofort an. Eigentlich sollten die Ermittlungen aufeinander aufbauen, sollten wir uns vom legalen

Bereich in den weniger regulierten vorarbeiten, aber in diesem Fall kann ich beim besten Willen nicht sagen, wie viel Zeit uns bleibt. Wenn Percival sich vor vier Jahren zu zwei Morden getrieben sah und seither beharrlich seinen Neffen zu finden versucht, dürfte seine Verzweiflung groß sein. Wir können es uns nicht leisten, weiter Zeit zu verschwenden, denn an jedem weiteren Tag, den er auf freiem Fuß ist, befindet der Junge sich in Gefahr.« Thomas griff nach seinem Stock und stand auf. »Ich werde Montague informieren, wie wir vorgehen.«

Drayton erhob sich ebenfalls. »Ja, natürlich. Dann machen wir uns unverzüglich an die Arbeit.« Er kam hinter dem Schreibtisch hervor, schüttelte Thomas die Hand und begleitete ihn hinaus. An der vorderen Tür blieb er stehen und fragte: »Wohin soll ich meine Berichte schicken?«

Thomas erwiderte seinen Blick. »Schicken Sie sie gleich an Montague. Es ist am besten, wenn er diese Untersuchungen koordiniert. Sein Büro befindet sich meines Wissens am Chapel Court.«

Drayton nickte. »Ja, das ist richtig. Nun«, er lächelte ein wenig verlegen, »im Finanzgeschäft gilt Montague ja fast als eine ebensolche Legende wie Sie.«

Thomas lachte. »Wenn Sie das sagen, Drayton.« Drayton öffnete ihm die Tür, und Thomas trat hinaus, wandte sich dann aber noch einmal um. »Ich sage Montague, dass Sie ebenfalls an dem Fall dran sind, damit er weiß, dass er in den nächsten Tagen von Ihnen hören wird.«

Mit einer Verneigung seitens Draytons und einem Nicken von Thomas verabschiedeten sie sich.

Langsam ging Thomas die Treppen hinunter. Draußen angelangt, winkte er sich eine Droschke heran, nannte dem Fahrer die Anschrift und stieg ein.

In seinen Sitz zurückgelehnt, nutzte er die kurze Fahrt

nach Lincoln's Inn, um über seine Verfassung nachzudenken – dieses Gefühl, mit allen Sinnen hellwach zu sein und am Leben teilzuhaben. Es war schon geraume Zeit her, dass er sich so gefühlt hatte. Wenn er ein Ziel verfolgte, fühlte er sich viel kraftvoller und energiegeladener. Wenn er wusste, dass das, was er tat, einen Sinn hatte.

Wenn er sich einer Sache vollständig verschreiben und so handeln konnte, dass er sein Ziel erreichte.

Einige Minuten sann er über diese Veränderung nach, die da in ihm vorging, dann richtete er seine Gedanken wieder auf den nächsten Termin.

Wie Drayton würde auch Marwell, sein Anwalt, sich freuen, ihn zu sehen, und alles in seiner Macht Stehende tun, um ihm zu helfen. Mit Marwell wollte Thomas gleich mehrere Fragen besprechen, und nicht alle drehten sich um Richard Percival. Aber davon abgesehen – und sonderlich aufwendig dürfte das alles nicht sein –, wollte er Marwells Einschätzung Foleys aus erster Hand hören. Danach würde er ihm, ähnlich wie bei Drayton, seine Sicht auf den Fall Richard Percival darlegen und dann Marwell bitten, sämtliche juristische Winkelzüge auszuloten, derer Percival sich bedienen könnte, um ihnen Steine in den Weg zu legen und selbst seinem Ziel näherzukommen.

Es konnte sicher nicht schaden, sich an allen Fronten zu wappnen, wollten sie Percival zur Strecke bringen und William zu seinem Geburtsrecht verhelfen.

Kurz vor Mittag trafen Barnaby und Stokes in Mr. Foleys Kanzleiräumen in Gray's Inn ein. Den Morgen hatten sie damit zugebracht, einen Richter dazu zu bringen, ihnen eine Verfügung auszustellen, die Foley von seiner Schweigepflicht entband, damit sie ihn zum Familienbesitz der Percivals befragen konnten. Nach allem, was sie bislang über ihn gehört hatten, brauchten sie bei Foley ohne eine solche Verfügung gar nicht erst aufzukreuzen.

Foleys Kanzlei erfreute sich einer hervorragenden Lage in dem altehrwürdigen Gebäudekomplex der Anwaltskammer. Ein pedantisch wirkender Büroschreiber ließ sie herein. Er bat sie, im Foyer zu warten, und zog sich mit Adairs und Stokes Karten ins Innere des Heiligtums zurück, um seinem Vorgesetzten ihr Anliegen zu unterbreiten.

Sie sahen den Mann an eine Tür klopfen, die von einem Korridor am Ende des Empfangsbereichs abging, und kurz darauf eintreten, jedoch nicht so bald wieder herauskommen.

Barnaby schaute sich mit gehobenen Brauen um. »Vermutlich überlegt er, weshalb wir hier sind.«

Stokes lachte trocken. »Jemand wie er dürfte nicht allzu oft Besuch von der Polizei bekommen. Man sollte meinen, er würde brennen vor Neugier.«

Bedauernd schüttelte Barnaby den Kopf. »Sollte man meinen. Aber wahrscheinlich sieht er uns als bloßes Ärgernis.«

Die Tür tat sich auf und der Schreiber kam zurück. Den Blick leicht verwundert auf die Karten gerichtet, die er noch immer in der Hand hielt, trat er wieder zu ihnen und gab sie ihnen zurück. »Mr. Foley lässt ausrichten, dass er ein paar Minuten für Sie erübrigen kann – aber wirklich nur ein paar Minuten.«

Stokes steckte seine Karte wieder ein und ließ sein unerbittlichstes Lächeln sehen. »Das wird sich dann zeigen.«

Der Mann warf ihm einen verunsicherten Blick zu, öffnete aber dennoch die Pforte in der niedrigen Holzbalustrade und winkte sie durch. Er musste sich etwas eilen, um ihnen wieder voranzugehen und sie zu seinem Vorgesetzten zu führen. Bei Foleys Büro angelangt, riss er die Tür weit auf, trat beiseite und verkündete: »Der Honourable Barnaby Adair und Inspektor Stokes von Scotland Yard, Sir.«

Im Vorbeigehen bedachte Stokes den beflissenen Kerl mit einem resignierten Blick. Barnaby, der hinter dem Inspektor eintrat, grinste den Schreiberling an und musste sich die Bemerkung verkneifen, dass eine solche Inszenierung selbst den Butler seiner Mutter mit Stolz erfüllt hätte.

Kein Grund indes, sich am Personal abzuarbeiten; sie hatten es ja auf Foley abgesehen.

In strenges Schwarz gekleidet, erhob Foley sich von dem Stuhl hinter seinem ausladenden Schreibtisch, der ebenfalls schwarz gebeizt war. Das große Erkerfenster hinter ihm hatte kleine rautenförmige Scheiben, die das einfallende Sonnenlicht in flirrende Rhomben zerteilten. Die Wände waren von Regalen gesäumt, in denen sich sämtliche juristische Standardwerke fanden. Doch was den gediegene Ruhe ausstrahlenden Raum beherrschte, waren der Schreibtisch und der Mann dahinter.

Der Tisch stand weit genug in den Raum gerückt, dass man nicht vom Gegenlicht geblendet wurde und Foleys Züge gut erkennen konnte. Die dunklen Augen unter dichten, etwas struppigen weißen Brauen waren nicht gerade erfreut auf sie gerichtet. Foleys Wangen waren eingefallen, seine Lippen schmal. Nachdem er sie einen Moment schweigend betrachtet hatte, deutete er auf die beiden Besucherstühle vor seinem Schreibtisch. »Meine Herren, bitte setzen Sie sich.«

Er sah davon ab, ihnen zur Begrüßung die Hand zu reichen, und begnügte sich mit einem reservierten Nicken für Barnaby und einem etwas forscheren für Stokes.

Sie setzten sich, und auch Foley nahm wieder auf seinem Stuhl Platz. Die Hände vor sich auf dem Schreibtisch verschränkt, sah er erst Stokes an, dann Barnaby. »Sie wünschen mich zu sprechen, Gentlemen – dürfte ich fragen, in welcher Angelegenheit?«

Foleys Ton war kühl und distanziert, was indes nicht arrogant wirkte, sondern seinem steifen und korrekten Auftreten geschuldet schien.

Von solchen Finessen unbeeindruckt, erwiderte Stokes: »Wir sind wegen des Percival-Vermögens hier und hätten ein paar Fragen an Sie.« Als Foley den Mund öffnete, hob Stokes die Hand, um jeden Einspruch sofort zu unterbinden. Er zog das Schreiben aus seiner Jackentasche. »Da wir uns des Anwaltsgeheimnisses bewusst sind, haben wir eine richterliche Anordnung erwirkt, die sich auf die für uns relevanten Bereiche erstreckt.« Stokes faltete das Blatt auseinander, warf einen kurzen Blick darauf und reichte es dann über den Schreibtisch.

Leise irritiert runzelte Foley die Stirn, als er das Dokument entgegennahm. Mit einer Hand tastete er nach seinem Kneifer, klemmte ihn sich auf die Nase und vertiefte sich in das amtliche Schreiben.

Foley las es sich Zeile für Zeile durch. Bis er am Ende angelangt war, hatte seine Miene einen deutlichen Ausdruck der Missbilligung angenommen. Er legte das Schreiben vor sich, betrachtete es noch einen Moment und hob den Blick dann zu Stokes. »Gut, Inspektor, dann fragen Sie.« Sein Kinn schob sich kaum merklich vor, als hoffte er so dem Ansturm juristischer Indiskretion zu trotzen. »Allerdings bitte ich um Verständnis, dass ich keine Angaben machen kann, die über die hier aufgeführten Belange hinausgehen. Auch werde ich mich nicht zu Spekulationen hinreißen lassen, weder über die Familie noch über den Nachlass oder Seddington Grange.«

Absolut integer, wenn auch ausgesprochen konservativ. Barnaby fielen Thomas' Worte ein, mit denen er Foleys Ruf beschrieben hatte. Was Barnaby bislang gesehen hatte, von der Kanzlei über den beflissenen Gehilfen hin zu Foleys

Büro und seiner Person, schien diesen Eindruck zu bestätigen.

Stokes reagierte nicht sogleich, sondern musterte den Mann mit dem ruhigen, immer etwas durchdringenden Blick aus seinen grauen Augen. Langsam hob er eine Braue und meinte fast beiläufig: »Meinen Informationen zufolge wird der Erbe des Familienvermögens – William Percival, Viscount Seddington – vermisst, seit er am Abend des Begräbnisses seiner Eltern spurlos von Seddington Grange verschwand.«

Damit hatte er Foley am Haken. Die Miene des Mannes gab zwar wenig preis, aber seine angespannte Haltung ließ vermuten, dass er wie gebannt an Stokes' Lippen hing.

»Unsere derzeitigen Ermittlungen«, fuhr Stokes gelassen fort, ohne Foley dabei aus den Augen zu lassen, »drehen sich vor allem um die Frage, welche Umstände zum Verschwinden des Jungen geführt haben und welche Mächte, wenn man es denn so nennen kann, gegen seine Rückkehr arbeiten.«

Foley runzelte in ehrlichem Unverständnis die Stirn, dann schüttelte er den Kopf. »Mir ist nicht ganz klar, was Sie damit meinen.« Sein Blick richtete sich wieder auf Stokes. »Wollen Sie damit sagen, dass William lebt und jederzeit zurückkehren könnte, aber ...«, Foley war nun sichtlich verwirrt, »... dass es jemanden gibt, der dies zu verhindern sucht?«

Stokes neigte zur Erwiderung nur den Kopf.

Foley setzte sich auf. »Ich kann Ihnen versichern, Inspektor«, sein Blick wanderte kurz hinüber zu Barnaby, »und Ihnen, Mr. Adair, dass wir alle – und damit meine ich sowohl mich und meine Mitarbeiter als auch sämtliche Mitglieder der Familie Percival – Williams Rückkehr sehr begrüßen würden, ja dass wir alles in unserer Macht Stehende tun würden, um genau das zu ermöglichen.«

Stokes erwiderte Foleys Blick, der nun längst nicht mehr so kühl und distanziert war, und neigte respektvoll den Kopf. »Wenn dem so ist, Mr. Foley, würde ich in aller Bescheidenheit vorschlagen, dass Sie uns nun, da die Polizei ebenfalls darum bemüht ist, Williams Verschwinden aufzuklären, in Ihrem und dem Interesse der Familie, dabei unterstützen, soweit es Ihnen möglich ist.«

Foley fand sich sichtlich in einem Dilemma. Sollte er etwas über seinen Mandanten enthüllen und so eventuell die Rückkehr des jungen Erben ermöglichen oder aber an seinen Prinzipien festhalten und …?

»Dürfte ich vielleicht noch etwas anmerken?«, warf Barnaby ein.

Fast dankbar sah Foley ihn an. »Ja, bitte.«

»Wenn William wieder auftaucht, dann wird *er* – obwohl noch minderjährig – Ihr Mandant und Herr über Seddington Grange und das Familienvermögen sein.«

Das war eine simple Feststellung der Tatsachen, aber da Foley William zuletzt als kleines Kind gesehen hatte, dürfte er sich diesen Umstand kaum bewusst gemacht haben. Spätestens jetzt wurde es ihm klar. Nach kurzer Bedenkzeit entspannte sich seine Miene. Er sah Barnaby an und nickte. »Danke, Mr. Adair. Das ist ein in der Tat nicht ganz unwichtiger Punkt.«

Den Blick wieder auf Stokes gerichtet, faltete Foley die Hände vor sich. »Gut, Inspektor, dann stellen Sie Ihre Fragen. Ich will versuchen, Ihnen bestmöglich Auskunft zu geben, ohne dabei die Privatsphäre meiner Mandanten zu verletzen. In dieser Hinsicht sind mir nach wie vor die Hände gebunden, da ich sämtliche Percivals vertrete, nicht nur die Hauptlinie und besagten Nachlass.«

»Das dürfte zum gegenwärtigen Zeitpunkt kein Problem sein. Unsere Fragen beziehen sich heute auf William

Percival und den Seddington-Nachlass.« Stokes blätterte in seinem Notizbuch, das er aufgeschlagen auf seinen Knien liegen hatte. »Als Erstes würden wir gern wissen, ob es stimmt, dass Richard Percival als Williams Hauptvormund bestellt wurde, und man ihm Marmaduke Percival, den Onkel des verstorbenen Viscounts, als Nebenvormund zur Seite stellte.«

Foley nickte. »Ja, das ist korrekt.« Er schaute zu Barnaby. »Allerdings hätten Sie da nicht mich zu fragen brauchen – das ist allgemein bekannt und öffentlich einzusehen.«

»Dem ist wohl so«, fuhr Stokes ungerührt fort, »allerdings würden wir gern wissen, warum man einen Haupt- und einen Nebenvormund bestellt hat.«

Foley rang mit sich, versuchte sich dann aber doch an einer Erklärung, auch wenn sie sehr diplomatisch daherkam. »Robert Percival, der verstorbene Viscount, war sich gewisser Marotten mancher Familienmitglieder wohlbewusst und bestand – klugerweise, wie ich finde – darauf, die Vormundschaft aufzuteilen.«

»Die Bestellung zweier Vormünder«, hakte Barnaby nach, »rührte also daher, dass Robert Percival einem der beiden nicht oder doch zumindest nicht völlig vertraute?«

Den Blick schweigend auf Barnaby gerichtet, spitzte Foley erst die Lippen, dann schüttelte er den Kopf. »Derartige Aussagen kann ich weder über Richard Percival noch über Marmaduke Percival treffen. Beide sind meine Mandanten.«

Barnaby nickte verständig und übergab wieder an Stokes.

»Unsere zweite Frage«, fuhr Stokes fort, »bezieht sich auf den Nachlass. Wir lassen gerade überprüfen, ob das Vermögen noch intakt ist – bislang scheint alles darauf hinzudeuten. Könnten Sie diesem vorläufigen Ergebnis vielleicht noch etwas hinzufügen?«

Wieder zögerte Foley und wählte seine Worte mit großem Bedacht. »Meines Wissens ist das so, ja. Der Nachlass wurde bis heute in genau der Form bewahrt, wie er sich zum Zeitpunkt von Robert Percivals Tod darstellte. Zwar darf ich Ihnen, was die Zuständigkeiten angeht, keine Auskunft geben, aber ich kann Ihnen versichern, dass Robert Percivals Entscheidung, zwei Vormünder zu bestellen, die beide ihr Einverständnis für etwaige Änderungen der Besitzverhältnisse geben müssen, ausgesprochen klug war und maßgeblich dazu beigetragen hat, das Vermögen zusammenzuhalten.«

Barnaby und Stokes wechselten einen Blick. Das war bereits deutlich mehr, als sie zu erfahren gehofft hatten.

»Danke«, sagte Stokes und meinte es ganz ehrlich. »Das bringt uns auch schon zu unserer letzten Frage.« Er schaute auf und suchte Foleys Blick. »Besteht für den Nachlass ein Fideikommiss?«

Foley nickte. »Bedauerlicherweise ja, und in der Praxis betrifft das quasi alle Vermögenswerte.«

»Das heißt«, schloss Barnaby, »sollte William sterben, würde der gesamte Besitz an Williams nächsten männlichen Anverwandten übergehen.«

Mit leicht resignierter Miene nickte Foley. »Genauso ist es.«

Barnaby und Stokes wechselten erneut einen bedeutungsvollen Blick, ehe beide sich erhoben und Foley dankten. Er hatte alle Fragen beantwortet, die sie gegenwärtig an ihn hatten, und auch wenn ihm nach eigenem Bekunden die Hände gebunden waren, so hatten sie doch mehr von ihm erfahren als erhofft.

Barnaby konnte es denn auch kaum erwarten, hinauszukommen auf den sonnenbeschienenen Innenhof, um sich mit Stokes zu besprechen und auf diese Weise alles, was sie gehört hatten, noch einmal zu vergegenwärtigen. Unter einem der alten Bäume blieben sie stehen. »Lass uns kurz klären, ob wir in etwa dasselbe verstanden haben.«

Stokes seufzte und hob sein Gesicht in den Wind. »Sehr diplomatisch, der gute Mann – seine Worte zu deuten erinnerte ein wenig daran, einen Code zu knacken.«

Barnaby grinste. »Juristen verklausulieren nun mal sehr gern.« Er warf sich seinen Mantel über die Schultern. »Aber halten wir fest: Erstens wissen wir jetzt, dass Robert Percival der Person misstraute, die normalerweise Williams erster und einziger Vormund geworden wäre, namentlich Roberts Bruder und Williams nächster männlicher Angehöriger Richard Percival.«

Stokes nickte. »Wir wissen zudem, dass Foley, solide und anständig wie er ist und bestens vertraut mit der Familie, die geteilte Vormundschaft für eine sehr kluge Entscheidung hält, da es wohl Versuche gegeben hat, Geld aus dem Nachlass abzuziehen, die so aber vereitelt werden konnten.«

»Das zeigt uns, dass Richard Percival tatsächlich dringend Geld benötigt und versucht hat, auf diese Weise daran zu gelangen. Aber da es der Zustimmung beider Vormünder bedarf – worauf Foley explizit hingewiesen hat –, wurde ihm der Zugriff auf den Nachlass verwehrt.«

»Dank seines Onkels Marmaduke Percival«, setzte Stokes nach. »Es passt alles ins Bild.«

»Allerdings. Und zu guter Letzt«, schloss Barnaby, »hat Foley uns soeben bestätigt, dass im Falle von Williams Tod der gesamte Besitz an Richard Percival gehen wird, worauf er es, wie Rose also ganz richtig vermutet hat, von Beginn an abgesehen hatte.«

Stokes stand im Halbschatten eines Baumes und dachte den Fall noch einmal durch. Mit einem bedächtigen Nicken sah er Barnaby an. »Was uns fehlt, ist eigentlich bloß noch ein Beweis für sein Motiv – warum Richard Percival so versessen darauf ist, Alleinerbe des Seddington-Vermögens zu werden.«

Barnaby verzog das Gesicht. »Stimmt. Und der durchaus verständliche Wunsch nach materiellem Reichtum genügt hier leider nicht als Nachweis.«

Stokes schnaubte. »Eben, denn wer würde sich das nicht wünschen. Dann mache ich mich mal wieder auf den Weg und schaue, ob meine Männer bei der Observation des Hauses etwas Neues zu berichten haben.«

»Und ich«, sagte Barnaby, »werde ein wenig durch die Clubs ziehen und mich umhören, was man sich so über Richard Percival und sein schier unersättliches Verlangen nach dem schnöden Mammon erzählt.«

Einvernehmlich schlenderten sie hinaus auf die Straße, wo sie sich zwei Droschken heranwinkten und dann beide ihrer Wege fuhren.

Auf dem üppig grünenden Rasen von Kew Gardens musste Thomas eine gewisse Vorsicht walten lassen. Wenn er nicht aufpasste, sank die Spitze seines Spazierstocks zu tief ins dichte Gras und das weiche Erdreich darunter, was ihn aus dem Gleichgewicht und sogar zu Fall bringen konnte.

Trotz Adairs Zusicherung, was die Qualität seiner selbsternannten Leibwächter betraf, hatte Thomas' Beschützerinstinkt doch nicht eher Ruhe gegeben, bis er sich quasi selbst einlud, an der von Penelope und Rose geplanten Ausfahrt teilzunehmen. Sehr zu seiner Erleichterung hatte Penelope dann auch von ihrem ursprünglichen Plan Abstand genommen, einfach querbeet durch die Stadt zu kutschieren und zu halten, wo den Kindern gerade der Sinn danach stand. Stattdessen hatte sie einem richtigen Tagesausflug nach Kew Gardens den Vorzug gegeben, wo man neben reichlich Grün auch die frische Luft genießen konnte.

Während er nun also hinter den Damen herhinkte und gleichzeitig versuchte, nicht zu fallen und die Aussicht zu genießen, musste er die Wahl des Ausflugsziels doch loben. Es war mehr als unwahrscheinlich, dass Richard Percival oder einer seiner Helfershelfer ihnen hier begegnen würde, zwischen den säuberlich angelegten Beeten und Rabatten, den weiten Rasenflächen und gewundenen Pfaden. Selbst vorhin, als sie sich länger im neuen Wintergarten aufgehalten und die exotischen Pflanzen bewundert hatten, waren sie immer in Gesellschaft Dutzender anderer Damen und deren Kindern gewesen.

Als wäre der botanische Garten nicht schon sicher genug, taten auch die Leibwächter ihren Dienst, wie es sich gehörte: Conner, der Stallbursche der Adairs, lief den Damen voraus, James, der Lakai, hielt sich stets an Penelopes Seite, während Phelps, der Kutscher, hinter Thomas die Nachhut bildete.

Im Schatten eines Baumes blieb Thomas stehen. Ein Stück voraus hatten die Damen eine freie Bank gefunden und ließen sich darauf nieder, ihre Sonnenschirme über sich gespannt, um den blassen Teint zu schützen. Die Kinder – außer Homer und Pippin noch Oliver, der kleine Sohn von Penelope und Adair, der allerdings noch recht wackelig auf seinen pummeligen Beinchen stand – hatten sich mit Olivers Kindermädchen Hettie vor der Bank ins Gras gesetzt.

Während Thomas diese idyllische Szene beobachtete, zauberte Hettie ein paar Murmeln aus ihrer Schürzentasche, und Homer und Pippin stürzten sich darauf. Als die beiden merkten, dass Oliver auch mitspielen wollte, taten sie ihm den Gefallen, und bald hatten alle drei ihren Spaß, wobei die beiden Älteren sich allerlei Unfug einfallen ließen, um den Kleinen bei Laune zu halten.

Die Hände auf den Griff seines Stocks gelegt, stand Thomas als stiller Zuschauer da. Plötzlich merkte er, wie ein glückliches Lächeln sich auf sein Gesicht geschlichen hatte.

Phelps gesellte sich zu ihm und deutete mit dem Kinn zu dem kleinen Grüppchen hinüber. »Klingt, als hätten sie ihren Spaß.«

»Ja, den haben sie.« Erst jetzt fiel Thomas auf, dass er die Kinder noch nie so ausgelassen hatte lachen hören. Selbst an Bord der *Andover*, als sie oben an Deck gewesen waren, hatten sie immer eine gewisse Zurückhaltung an den Tag gelegt und hatten vorsichtig auf ihre Umgebung geachtet. Hier, umgeben von Penelopes Leibwächtern, der patenten Hettie sowie Rose und Penelope, wo außer anderen Müttern und Kindern niemand weit und breit war, wähnten die beiden sich endlich so sicher, dass sie sorglos lachen konnten.

Thomas beschloss, Penelope den schiefen Blick zu verzeihen, mit dem sie ihn vorhin im Hotel bedacht hatte, als er seine Absicht kundtat, sie alle zu begleiten.

Nach einer Weile, als die Kinder allmählich die Lust an ihrem Spiel verloren, erhob man sich wieder und schlenderte weiter. Homer, der die Gesellschaft der Frauen und des Babys langsam leid war, ließ sich zurückfallen, um dann neben Thomas herzutrotten.

»Was ich nicht verstehe …«, begann er, »wie kriegt man den Wintergarten so warm?« Fragend schaute er zu Thomas auf. »Irgendwie müssen sie doch heizen, aber Kamine habe ich nirgends gesehen.«

Thomas blickte lächelnd zu ihm hinab. »Dampf. Ich habe irgendwo gelesen, dass es eigens ein patentiertes System aus Kupferspiralen gibt, über die der Wasserdampf ins Innere des Gebäudes geleitet wird.«

»Ah!«, machte Homer und nickte. Ein paar Schritte weiter meinte er: »Eigentlich fand ich das ganze Gebäude ziemlich beeindruckend.«

Thomas grinste. »Du hast einen guten Blick für solche Dinge. Es ist tatsächlich sehr beeindruckend. Entworfen hat es John Nash, der königliche Architekt. Ursprünglich war es einer von zwei Pavillons, die Nash für Buckingham House entworfen hatte, aber der König ließ einen davon in den Gärten aufstellen. Vermutlich zu Ehren seines Vaters, der sehr gern hier spazieren ging. Sir Jeffry Wyatville, ein weiterer berühmter Architekt, hat dann den ursprünglich als Gartenpavillon gedachten Bau zu einem Gewächshaus umgebaut.«

Sie gingen ein paar Schritte, dann schaute Homer wieder zu ihm hoch. »Woher weißt du das denn alles? Das mit dem Dampf und den Bauten?«

»Das meiste habe ich in der Zeitung gelesen. Außerdem habe ich ein gutes Gedächtnis.«

Homer schaute wieder nach vorn. Sie waren fast am Tor und bei der weiten Zufahrt angelangt, wo die Kutsche auf sie wartete. »Ein gutes Gedächtnis habe ich auch. Vielleicht sollte ich auch anfangen, Zeitung zu lesen?«

Thomas fing Homers gespannten Blick auf und zögerte nur kurz, ehe er meinte: »Wenn du möchtest, kannst du dir meine nehmen, sowie ich morgens damit fertig bin.«

Homer strahlte. »Danke!« Dann griff er nach Thomas' Hand, und zusammen marschierten sie zur Kutsche.

Flotten Tempos ging es zurück nach London. Wie sie so neben Penelope saß, Thomas gegenüber, der wiederum Homer und Pippin neben sich hatte, fühlte Rose sich so entspannt und zufrieden wie schon seit Jahren nicht mehr.

Einen ganzen Nachmittag lang hatte sie sich keine Sorgen zu machen gebraucht. Auch die Angst, die während der letzten vier Jahre ihre ständige Begleiterin gewesen war, schien während der Stunden, die sie in den botanischen Gärten verbracht hatten, merklich von ihr genommen, wenn auch nicht ganz verschwunden.

Diese Last legte sich nun wieder auf sie, da sie nach Mayfair zurückkehrten, wo hinter jeder Ecke Richard Percival oder einer seiner Freunde lauern konnte oder jemand, der sie erkannte und Richard ihren Aufenthaltsort verriet. Umso größer erschien ihr das Geschenk der letzten Stunden, die sie frei und unbeschwert hatte durchatmen können. In dieser kurzen Zeit war es ihr fast vorgekommen, als hätte sie überhaupt keine Sorgen mehr.

Obwohl es Penelope gewesen war, die den Ausflug vorgeschlagen hatte, und ihre Leibwächter, die für ihren Schutz gesorgt hatten, galt Roses Dank für diese Stunden des Glücks doch vor allem Thomas. Dass er sie begleitet hatte und sie ihm – mehr als jedem anderen – vertraute, wenn es darum ging, sie und die Kinder zu beschützen, hatte letztlich den Ausschlag gegeben und ihr die Freiheit geschenkt, loszulassen und sich einfach an diesem Tag zu erfreuen, an den neuen Eindrücken und Zerstreuungen.

Aus dem Augenwinkel sah Penelope Rose lächeln; ein Blick hinüber zu Thomas bestätigte ihr, dass er das Lächeln erwiderte. Sie gab vor, es nicht bemerkt zu haben, und schaute flüchtig zum Fenster hinaus, fand sich aber von einer tiefen Genugtuung erfüllt.

Die beiden waren so … verbunden. Da sie selbst eine solche Verbundenheit mit Barnaby teilte, wusste sie die Zeichen zu deuten, und nichts war verräterischer als dieses stille, einvernehmliche Lächeln. Oder dass Thomas darauf beharrte, sie zu begleiten, wo doch jeder Mann, der seine sieben Sinne beisammen hatte, dankend auf einen solchen Ausflug verzichtet hätte.

Allerdings versuchte sie, sich ihre Freude nicht anmerken zu lassen, denn eine Kupplerin war sie nun wirklich nicht. Zumindest sagte sie sich das, aber sie stammte nun mal von einer langen Reihe Frauen ab, die den Sinn ihres Lebens primär darin gesehen hatten, Ehen zu arrangieren, weshalb ihr eigenes Interesse daran nicht allzu überraschend war. Als die Kutsche vor dem Hotel hielt, lehnte sie Roses Einladung, noch zum Tee hinaufzukommen, daher dankend ab. »Ein andermal gern, aber ich muss weiter.«

Die Dankesworte von Rose, Homer, Pippin und nicht zuletzt Thomas nahm sie hingegen mit allem gebührenden Großmut entgegen, und nachdem sie noch einen Moment gewartet hatte, bis die vier im Hotel verschwunden waren, ließ sie sich zurücksinken und wirkte auf einmal sehr nachdenklich.

»Ma'am?«, rief Phelps durch die Luke im Kutschendach. »Wohin soll's gehen?«

Penelope betrachtete Oliver, der in Hetties Armen tief und fest schlummerte, dann setzte sie sich auf und rief leise zurück: »Setzen Sie mich am St. Ives House ab, Phelps. Sie und Conner können Hettie und Oliver dann zurückfahren. James wird mich später zu Fuß nach Hause begleiten.«

Phelps haderte merklich, fügte sich aber schließlich ihrem Wunsch. »Aye, Ma'am«, erwiderte er und schloss die Luke.

Penelope lehnte sich wieder zurück, doch sie merkte, wie ihre Anspannung wuchs. St. Ives House lag gleich um die Ecke, und wenn sie Glück hatte, käme sie da nicht bloß zu ihrem mehr als verdienten Nachmittagstee, sondern auch an ein paar Informationen.

Nachdem der unfehlbare Webster sie in St. Ives House eingelassen und sie sich in aller Form erkundigt hatte, ob sie der Dame des Hauses beim Tee Gesellschaft leisten könne, fand Penelope sich wie erhofft und ohne weitere Umschweife zum hinteren Salon verwiesen.

Dort saßen bereits drei Damen beisammen. Honoria, Duchess of St. Ives, gab die Gastgeberin für die Ehefrauen zweier Cousins ihres Gatten: Patience, der Frau von Vane Cynster, und Alathea, die mit Gabriel Cynster verheiratet war. Da die Kinder der drei entweder aufs Internat gingen oder schon in Oxford studierten, konnten den Damen die Tage etwas lang werden, und sie sahen sich recht oft. Nachdem auch die letzte Cynster-Tochter an den Mann gebracht und die nächste Generation noch zu jung war für den Heiratsmarkt, gab es derzeit keinen Anlass, von einer Geselligkeit zur nächsten zu hetzen. Zwar musste man in der Stadt bleiben, um den Gatten bei politischen und beruflichen Verpflichtungen den Rücken freizuhalten, als Gastgeberin zu fungieren oder ihnen bei Diners, Soireen und sonstigen Feierlichkeiten zur Seite zu stehen, aber tagsüber herrschte längst nicht mehr die hektische Betriebsamkeit von einst.

Umso gespannter wandten sich die drei denn auch Penelope zu, als diese den Salon betrat.

Mit einem erfreuten Lächeln hießen die drei Matronen diese unerwartete Abwechslung willkommen.

»Wie schön, dich hier zu sehen, Penelope.« Honoria streckte ihr die Hand entgegen.

Penelope nahm sie und beugte sich herab, um Honoria auf die Wange zu küssen. »Danke.« Sie richtete sich wieder auf und begrüßte die beiden anderen auf dieselbe Weise. »Ich hatte gehofft, wenigstens euch drei anzutreffen.«

»Ah!« Patience grinste, als sie Penelopes Hand wieder freigab. »Du hast Fragen an uns. Dann lass hören, womit wir dir helfen können.«

Lächelnd nickte Penelope und setzte sich zu Alathea auf die Chaiselongue. »Ihr seid meine letzte Rettung, nachdem die älteren Herrschaften sich ja allesamt aufs Land verzogen haben. Selbst Mama ist derzeit auf Calverton Chase, um mit Luc und Amelias Kindern zu spielen, und Amanda und

Martin sind mit den Jüngsten ebenfalls dort – Mama möchte die Zeit, da die Kinder noch so klein sind, auskosten, und wer bin ich, ihr das nicht zu gönnen. Deshalb wende ich mich an euch und hoffe auf euren Rat.« Sie zog ihre Handschuhe aus und warf einen prüfenden Blick auf das Angebot an Kuchen und Sandwiches.

Alathea lachte. »Wir wollen versuchen, dir den Rat der Alten zu ersetzen, aber über deren allumfassendes Wissen verfügen wir natürlich nicht.«

Honoria, die Penelope gerade Tee eingoss, schnaubte. »Wahrscheinlich wird keine von uns es je mit Therese Osbaldestone aufnehmen können. Oder mit Helena.« Als sie Penelope die Tasse reichte, hielt sie einen Moment inne und setzte lächelnd nach: »Außer vielleicht du, Penelope.«

Sichtlich belustigt über Penelopes zweifelnden Blick, lehnte Honoria sich zurück. »Schieß los, meine Liebe. Wir wollen versuchen, einen halbwegs passablen Ersatz für die Grandes Dames abzugeben.«

Penelope nickte und nahm einen Schluck Tee, bevor sie ihre Tasse abstellte und zur Sache kam. »Es geht um die Percivals – genauer gesagt um die Viscounts Seddington von Seddington Grange in Lincolnshire. Robert, der vorige Viscount Seddington, kam vor vier Jahren bei einem Bootsunglück ums Leben, sein Sohn und Erbe verschwand am Abend des Begräbnisses.«

»Oh ja, an die Geschichte erinnere ich mich.« Patience sah sie gespannt an. »Einen ziemlichen Wirbel hat das seinerzeit gemacht, aber wenn ich mich recht entsinne, ist es im Sommer passiert, und bis im September alle wieder in der Stadt waren, krähte schon kein Hahn mehr danach.«

Penelope nickte grimmig. »Ich wüsste gern mehr über Richard Percival, den jüngeren Bruder des verstorbenen Viscounts.«

»Hmm«, kam es von Alathea, aber alle drei Damen hatten angestrengt die Stirn gerunzelt.

Honoria meldete sich als Erste zu Wort. »Ich bin ihm hier und da bei gesellschaftlichen Anlässen begegnet, kenne ihn aber allenfalls flüchtig. Vom Alter her müsste er irgendwo zwischen uns sein – Mitte dreißig, würde ich sagen.« Sie richtete den Blick auf Penelope. »Er scheint mir im selben Alter wie Barnaby. Kennen die beiden sich denn nicht?«

Gleich nachher würde sie ihren Mann danach fragen, aber … »Ich glaube nicht, dass sie in denselben Kreisen verkehren.«

Patience gab einen unbestimmten Laut von sich. »Klingt plausibel. Richard Percival gehört zu jenen Männern, vor denen alle vernünftigen Mütter ihre Töchter warnen – damit sie nicht ihr törichtes Herz an ihn verlieren.«

»So ist es.« Alathea wandte sich Penelope zu. »Ich erinnere mich vage an Robert Percival. Er war älter als wir, aber ein ausgesprochen attraktiver Mann. Sein jüngerer Bruder hat in der Hinsicht noch mehr Glück gehabt – geradezu *gefährlich* gut aussehend.«

Penelope horchte auf. »Gefährlich in welchem Sinne?«

Honoria winkte ab. »Ach, das Übliche: schwarze Haare, blaue Augen – noch blauer als die von Richard oder Alasdair –, das Gesicht eines gefallenen Engels mit markanten Zügen und kantigem Kinn, dazu die ranke, schlanke Figur des versierten Reiters.« Honoria sah Penelope an. »Tanzt wie ein junger Gott, hat gute Umgangsformen, kleidet sich elegant, aber immer eine Spur nachlässig und wickelt alles um den kleinen Finger, was nicht bei drei auf den Bäumen ist. Diese Art von gefährlich.«

»Glaub mir«, sagte Patience mit einem verschmitzten Lächeln, »wir wissen, wovon wir reden.«

Alle vier lachten, aber nachdem sie sich mit einem weiteren Schluck Tee gestärkt hatte, wurde Penelope wieder ernst und lenkte das Gespräch auf ihre eigentlichen Ermittlungen. »Ich wüsste gern, ob er eine … dunklere Seite hat. Irgendwelche Abgründe.«

Alathea sah sie mit funkelnden Augen an. »Du meinst, ob er nicht bloß ein Schuft, sondern ein Schurke ist?«

Penelope nickte. »Allerdings möchte ich nicht sagen, was uns zu dieser Vermutung führt, da ich mir ein möglichst objektives Bild von ihm machen will.«

Die drei Damen verstummten und kramten in ihrem Gedächtnis nach Erinnerungen an Richard Percival. Penelope tat sich derweil am Kuchen gütlich und wartete.

Schließlich fasste sich Honoria ein Herz, wechselte einen kurzen Blick mit Patience, dann mit Alathea und meinte: »Ich weiß nicht, was dich zu der Annahme führt, er könnte in irgendetwas … Ehrenrühriges verstrickt sein, aber wenn du mich fragst: Nein. Dafür ist er nicht der Typ.« Honoria sah nun Penelope an. »Die Risiken seiner Bekanntschaft sind anderer Art. Denkt an Devil oder einen der anderen – so in etwa.«

Alathea nickte. »So wie Chillingworth früher war, oder meinetwegen auch Luc, ja sogar Martin.«

»Dem kann ich nur beipflichten.« Patience setzte sich auf. »Gerade ist mir noch etwas eingefallen, das mir wichtig erscheint. Vor etlichen Jahren, vor dem Tod von Robert Percival, besuchten Vane und ich über den Sommer die Dearnes – Christian und Letitia Allardyce – auf ihrem Landgut in Lincolnshire. Robert Percival und seine Frau …«, Patience überlegte kurz, »Corinne, wenn ich mich recht erinnere, waren ebenfalls unter den Gästen. Es war eine dieser Landpartien, und wir blieben gleich mehrere Wochen. Nach ein paar Tagen stieß auch Richard Percival dazu – er hatte eine Nachricht für Robert aus London. Nachdem Richard sie ihm überbracht hatte, überredete Letitia ihn, doch ein paar Tage zu bleiben. Natürlich verbrachte er die meiste Zeit mit den Gentlemen, aber – und deswegen erzähle ich das Ganze – dabei fand ich dennoch reichlich Gelegenheit, ihn im Kreis unserer Männer zu beobachten. Und ihr wisst ja, wie sie sind: nicht sonderlich begabt darin, Gefühle gegenüber ihren Mitmenschen zu verbergen. Zumindest uns können sie da nichts vormachen.«

Penelope lauschte gebannt. »Wie haben sie sich Richard gegenüber verhalten?«

»Sie haben ihn wie einen der ihren behandelt.« Ruhig erwiderte Patience ihren Blick. »Vom Alter her waren Robert und Richard recht weit auseinander, zehn Jahre ungefähr, aber sie standen sich wirklich nah und waren einander sehr zugetan. Und was die anderen angeht – Christian, Vane und wer damals noch alles da war –, sie hießen Richard willkommen und haben ihn ohne Vorbehalte in ihre Reihen aufgenommen.« Patience machte eine Pause, ehe sie anfügte: »Darauf bin ich vor allem durch deine Frage gekommen, ob Richard Percival etwas Böses zuzutrauen wäre. Wenn ich jetzt zurückschaue und mich an all das erinnere, was ich von ihm gehört und gesehen habe, würde ich dem ganz klar widersprechen.«

Honoria ließ ihren Blick einen Moment auf Patience ruhen, dann wandte sie sich wieder an Penelope. »Ohne die Feinfühligkeit unserer Ehemänner überschätzen zu wollen, aber ich kann mir auch nicht vorstellen, dass sie jemanden, der ›eine dunkle Seite hat‹, wie du es ausdrückst, in ihren Reihen dulden würden.«

»Bei Richard Percival sehe ich nicht einmal die Andeutung eines Abgrunds«, pflichtete Alathea bei.

Mit einer gewissen Verwunderung vernahm Penelope dieses Urteil. Langsam setzte sie ihre leere Tasse ab und runzelte die Stirn. »Nun, ich muss sagen, das ist wirklich sehr aufschlussreich, auch wenn es meine schönen Überlegungen wieder zunichtemacht.«

Die anderen lachten.

»Nachdem wir dir nun nach Kräften bei der Lösung deines Problems geholfen beziehungsweise alles noch mehr verkompliziert haben, sind wir aber auch neugierig. Was gibt es Neues zu berichten? Irgendwelche Skandale, auf die wir uns freuen können?« Mit einer flüchtigen Geste bezog Patience die zwei anderen mit ein. »Wir dürsten geradezu nach ein bisschen Abwechslung.«

Penelope spitzte die Lippen. »Wie wäre es damit, dass ich den mysteriösen Thomas Glendower kennengelernt habe?«

»Der geheimnisvolle Philanthrop?«, fragte Alathea, und als Penelope nickte, meinte sie: »Ich fasse es nicht! Roscoe, Gabriel und Gerrard und wer nicht noch alles – sie würden sich darum reißen, dem Mann vorgestellt zu werden. Wo hast du ihn kennengelernt? Ist er hier, in London?«

Penelope zögerte, wie viel sie verraten sollte. »Ja, er ist im Augenblick in der Stadt.« *Und er wohnt gleich um die Ecke*, aber das behielt sie dann doch lieber für sich. »Er verkehrt allerdings nicht in Gesellschaft.« Sie neigte den Kopf ein wenig zur Seite, als überlege sie. »Sollte sich das ändern, gebe ich euch Bescheid, allerdings gehe ich nicht davon aus – er lebt wirklich sehr zurückgezogen und gibt nicht viel auf den *ton*.«

Damit nahm sie ihre Handschuhe und ihre Tasche und stand auf. »Vielen Dank für die Einsichten, meine Damen.« Ihre Miene verdüsterte sich ein wenig. »Ob es mir weiterhilft, kann ich noch nicht sagen, aber im Grunde kann man ja gar nicht genug wissen.«

Die anderen blieben für ihre Abschiedsworte sitzen.

Als Penelope schon fast an der Tür war, rief Honoria: »Und nicht vergessen: Wenn Mr. Glendower es sich anders überlegen und uns die Ehre geben sollte, gebe ich ein Dinner für ihn – gern auch im kleinsten Kreis, wenn er es so wünscht.«

Penelope drehte sich noch einmal um. »Ich werde es ihm ausrichten«, versprach sie.

Dann suchte sie rasch das Weite.

12. Kapitel

Zwei Tage später sah Montague sich morgens in seinem Büro die Ergebnisse ihrer Nachforschungen zu den Finanzen Richard Percivals durch. Violet saß ihm gegenüber und betrachtete seine konzentrierte Miene. Sie musste lächeln über diese völlige Versenkung, die so typisch für ihn war. Als er indes auch nach mehreren Minuten noch immer nichts sagte und sich stattdessen eine steile Falte immer tiefer zwischen seine Brauen grub, warf sie einen Blick auf die über den Schreibtisch gebreiteten Dokumente. »Und? Was haben wir herausgefunden?«

»Nichts«, brummte Montague merklich verstimmt. »Alles scheint in bester Ordnung zu sein.« Mit einem schweren Seufzer lehnte er sich zurück und deutete auf die Papiere. »Drayton, Glendowers Agent, hat uns alles geschickt, was er bislang zusammengetragen hat, und Marwell, Glendowers Anwalt, hat sich ebenfalls gemeldet und das bestätigt und ergänzt, was Stokes und Adair von Foley erfahren haben. Natürlich war das auch sehr hilfreich, aber es scheint uns nicht weiterzubringen. Das muss nichts heißen – in Fällen wie diesem steckt der Teufel oft im juristischen Detail. Aber alles in allem«, Montague atmete tief durch, »zeigt sich uns das Bild eines Gentlemans, der zumindest derzeit ein ruhiges und gesetztes Leben führt und auch finanziell nicht über die Stränge schlägt. Das passt zu dem, was Stokes' Leute zu berichten haben, die Percival observiert haben. Er geht kaum aus, führt einen kleinen Haushalt und ein ruhiges Leben.«

Violet beugte sich vor und überflog die Unterlagen. »Aber

gibt es denn gar nichts, was auffällig wäre? Etwas, das irgendwie aus dem Rahmen fällt?«

Montague runzelte die Stirn und griff nach seinem Kneifer. »Eines will sich mir tatsächlich nicht so recht erklären.« Er zog einige der Blätter heran, breitete sie vor sich aus und zeigte auf die betreffenden Stellen. »Hier. Und da. Und hier noch mal. Es handelt sich um keine großen Summen, aber es sind regelmäßige Ausgänge an einen unbekannten Empfänger. Die Bank konnte uns lediglich bestätigen, dass sie jeden Monat per Zahlungsanweisung getätigt werden. Die Regelmäßigkeit lässt vermuten, dass sie jedes Mal an denselben Empfänger gehen, aber darüber konnte die Bank leider keine Auskunft geben, da es sich um Baranweisungen handelt. Dass die Höhe der Zahlung jedes Mal variiert, spricht eigentlich gegen das Abbezahlen einer größeren Schuld, andererseits ziehen sich diese Ausgaben über den gesamten Zeitraum, den wir überprüft haben, werden also seit mindestens vier Jahren getätigt.« Er ließ sich wieder in seinen Stuhl sinken. »Rechnet man alles zusammen, kommt man so auf ein kleines Vermögen, das Percival da gezahlt hat.«

Er schob die Blätter zusammen und nahm sich die nächsten vor. »Andererseits verfügt er über ein gutes Anlageportfolio – etwas konservativ, aber es beschert ihm ganz ordentliche Einkünfte. Und soweit Gibbons, Foster und ich das bis jetzt überblicken können, lebt er nicht über seine Verhältnisse.«

»Aber wohin geht dieses Geld – dieses kleine Vermögen –, das jeden Monat von seinem Konto ausgezahlt wird?«

Montague nickte grimmig. »Das ist in der Tat die Frage.«

»Vielleicht spielt er ja«, überlegte Violet.

Montague wollte sogleich widersprechen, hielt dann aber nachdenklich inne. Nachdem er das Für und Wider abgewogen hatte, erwiderte er im selben fragenden Ton: »Das halte ich für ausgeschlossen, da er ja ein ziemlich zurückgezogenes Leben zu führen scheint, aber … Wenn er sich alle paar Wochen an den Spieltisch setzt, würde da wohl schon eine Summe zusammenkommen.« Blinzelnd schaute er auf die zusammengetragenen Beweise, als sehe er sie nun mit anderen Augen. »Das könnte erklären, warum die Beträge teils erheblich voneinander abweichen. Er spielt auf Kredit des Hauses und zahlt tags darauf die Verluste zurück.«

Er hob den Kopf und sah Violet an. »Es wäre tatsächlich eine Möglichkeit – die sich zudem leicht überprüfen ließe.«

Schon begann er die Papiere zusammenzuschieben. Violet stand auf und half ihm, die Unterlagen auf einer Seite des Schreibtischs zu stapeln.

Montague nahm sich ein frisches Blatt Papier und griff zur Feder. »Und ich weiß auch schon, wer mir in dieser Frage weiterhelfen kann.«

Am späten Nachmittag betrat Thomas Montagues Büro.

Den Tag zuvor hatte er Rose, Penelope und die Kinder wieder auf einen Tagesausflug begleitet. Diesmal hatten sie sich die Fleet Street angesehen, St. Paul's Cathedral und den Tower, ehe es über die Brücke und am Fluss entlang nach Greenwich ging. Den Nachmittag hatten sie im Park verbracht, wo Homer und Pippin einiges fanden, um sich die Zeit zu vertreiben. Etwas erstaunt hatte Thomas zugesehen, wie Conner und James den Kindern verschiedene Methoden beibrachten, mit denen sie sich zur Wehr setzen und aus den Fängen eines Entführers befreien konnten.

Nachdem sie den Dreh einmal raus hatte, konnte Pippin gar nicht genug davon bekommen und wollte ihre Verteidigungskünste an Thomas demonstrieren – und das nicht nur einmal. Er müsse sie in den Schwitzkasten nehmen, hatte sie verlangt, den Arm ganz fest um ihre schmalen Schultern legen, und dann machte sie sich ganz schlaff und ließ sich langsam nach unten sacken, entglitt ihm sozusagen wie ein nasser Fisch, und schon war sie weg wie der Blitz! Beim letzten Durchlauf war Thomas aus dem Gleichgewicht geraten und recht ungelenk auf dem Rasen gelandet, woraufhin Rose sofort zu ihm geeilt war. Die Sorge um ihn hatte ihr im Gesicht gestanden, die Augen geweitet vor Schreck.

Er war selbst kurz erschrocken, aber ihr Anblick hatte seinen peinlichen Sturz mehr als wettgemacht. Rasch hatte er sie beruhigt und auch den anderen versichert, dass ihm nichts passiert sei – kein Grund zur Aufregung, wirklich nicht.

Als Penelope dann heute nach dem Lunch die anderen abgeholt hatte, um erst in die Kensington Gardens zu fahren und dann ein wenig in den Läden an der Regent Street zu bummeln, ehe man weiter ins British Museum wollte – anscheinend hatte sie Zugang zu Bereichen, die der Öffentlichkeit nicht zugänglich waren –, hatte Thomas beschlossen, dass er nicht mehr mitzufahren brauchte. Penelope hatte zwar versucht, ihn umzustimmen, aber er hatte nur lächelnd abgewinkt. Durch ihre guten Kontakte zum Museum wusste sie, dass er einer der größten Sponsoren war, und hatte ihn den Direktoren vorstellen wollen – eine Vorstellung, bei der ihm nachgerade schauderte. So hatte er das Angebot höflich, doch entschieden abgelehnt.

Penelope hatte etwas verschnupft reagiert, weshalb er vorgab, am Nachmittag einen Termin mit Montague zu haben, um ein paar finanzielle Fragen zu klären. Dagegen hatte Penelope nun nichts einwenden können, und so hatte sie ihn, wenn auch widerstrebend, in Frieden gelassen.

Als er nun Montagues Büro betrat, hatte er gar keine spezielle Frage oder Ermittlungstaktik im Sinn, sondern wurde eher von einem gewissen Pflichtgefühl und einer rein professionellen Neugier getrieben.

Er reichte einem nüchtern und routiniert wirkenden

Herrn seine Karte und bat darum, Montague zu sprechen. Der Mann hatte ihn wohl an seinen kaum zu übersehenden Blessuren erkannt und vergewisserte sich bloß mit einem flüchtigen Blick auf die Karte, ehe er sich verneigte und höflich murmelte: »Einen Moment bitte, Mr. Glendower.« Dann trat er zu einer Tür im hinteren Teil der Geschäftsräume, die vermutlich zu Montagues Büro führte.

Keine Minute verging, bis er mit seinem Chef auf den Fersen zurückkehrte.

»Glendower.« Montague kam auf ihn zu. »Immer eine Freude, Sie zu sehen, Sir.«

Diesmal war es an Thomas, ihm die Hand zu reichen.

Montague schüttelte sie kräftig und deutete mit großer Geste nach hinten. »Kommen Sie mit in mein Büro, dann können wir uns in Ruhe besprechen.«

»Danke.« Thomas ließ sich Zeit, ihm nach hinten zu folgen. Manchmal waren seine Gebrechen doch von Nutzen, konnte er sich so doch in aller Ruhe umsehen, beobachten und die stille, doch stete Betriebsamkeit des Finanzgeschäfts auf sich wirken lassen.

Es war ein Umfeld, in dem er sich sofort heimisch fühlte, vielleicht, weil es seinen wahren Neigungen und Talenten entsprach.

In seinem Büro wies Montague auf einen der Besucherstühle vor seinem Schreibtisch. Thomas ließ sich darauf sinken, fing Montagues Blick auf und lächelte. »Ihre Geschäfte«, er deutete mit dem Kopf zur Tür, die Montague offen gelassen hatte, »scheinen genauso prächtig zu laufen, wie ich mir das vorgestellt hatte.«

Montague erwiderte das Lächeln und schien die Bemerkung als das Kompliment zu nehmen, als das sie gemeint war. »Danke. Wir können nicht klagen und freuen uns natürlich, dass wir so gut ausgelastet sind.«

»Umso mehr weiß ich es zu schätzen, dass Sie sich Zeit für diese Ermittlungen nehmen.«

Montague winkte ab. »Keine Ursache. Ich mag die Herausforderung bei solchen Fällen, zeigen sie einem doch, was alles schiefgehen kann.« Er sah Thomas an. »Verständlicherweise ziehe ich es vor, finanzielle Malheurs an Fällen durchzuexerzieren, die keinen meiner Klienten betreffen.«

»Das kann ich sehr gut nachvollziehen«, meinte Thomas lachend und richtete den Blick auf einen Stapel Unterlagen, den Montague von einer Seite des Schreibtischs heranzog. »Sind das unsere bisherigen Erkenntnisse?«

»Zu Richard Percival? Ja, das sind sie.« Montague begann aus dem Stapel einzelne Papiere herauszusuchen. »Und es trifft sich sehr gut, dass Sie hier sind, denn ich würde gern Ihre Einschätzung hören. Meiner Ansicht nach haben wir nämlich herzlich wenig gegen ihn in der Hand, und das schließt bereits die Ergebnisse ein, zu denen Drayton und Marwell gekommen sind.«

Nachdem er Thomas eine vorläufige Zusammenfassung ihrer Untersuchungen gereicht hatte, verschränkte Montague die Hände vor sich auf dem Schreibtisch. »Allein ein einziger Kostenpunkt scheint mir etwas ungewöhnlich – aber am besten, Sie schauen es sich selbst an. Vielleicht fällt Ihnen noch etwas auf, das uns entgangen ist.«

Das bezweifelte Thomas, aber er suchte dennoch. Rasch hatte er jene Posten aufgespürt, die Montague gemeint hatte, überflog den Rest und kam zu dem Schluss, dass er einen ziemlich fundierten Überblick über sämtliche Kontenbewegungen in den Händen hielt.

Nachdem er sich alles ein zweites Mal durchgelesen hatte, warf Thomas den Bericht seufzend auf Montagues Schreibtisch, lehnte sich zurück und sah sein Gegenüber an. »Außer diesen wiederkehrenden Auslagen findet sich tatsächlich nichts. Die aber summieren sich ganz schön, wenn ich das so sagen darf. Ein Muster kann ich allerdings nicht erkennen. Bei den, zumindest aus unserer Sicht, ersten dieser Posten vor vier Jahren waren die Beträge ausgesprochen hoch und blieben über Monate auf diesem Niveau, nahmen dann rapide ab, eigentlich kaum noch der Rede wert, stiegen dann wieder und nahmen erneut ab.«

Nun nahm auch Montague sich den Bericht noch einmal vor und nickte. »Und so ging es im Laufe der Jahre weiter, ein steter Zyklus – bis zur Zahlung von letztem Monat, die wieder recht hoch ausfiel.« Er legte die Stirn in Falten. »Ich habe die Zahlen gedreht und gewendet, habe nach verborgenen Stückkosten gesucht und die Kollegen gefragt, ob sie in den Beträgen irgendein System erkennen, aber nichts. Diese Zahlungen scheinen mir, mit Verlaub, recht beliebig zu sein.«

»Das sehe ich auch so«, musste Thomas widerwillig beipflichten.

»Es sei denn …«, Montague legte den Bericht zurück auf den Stapel und schob ihn beiseite, »Violet hat mich heute Morgen auf einen Gedanken gebracht: Wenn Percival regelmäßig auf Pump spielen würde und mit einem der einschlägigen Häuser, Clubs, Casinos ein Arrangement getroffen hätte, seine Spielschulden monatlich zu begleichen, könnte das diese stets wechselnden Beträge erklären.«

Thomas hob die Brauen. »Ich muss gestehen, dass Glücksspiel eines der wenigen Laster ist, das mich nie gereizt hat. Geld zu verlieren, ist einfach nicht mein Stil.«

Montague schnaubte. »Wem sagen Sie das. Trotzdem habe ich Kontakte in dieses Milieu, und …« Draußen betrat jemand das Vorzimmer, und Montague beugte sich kurz vor, um einen Blick aus seiner offenen Bürotür zu werfen. Sichtlich erleichtert, lehnte er sich wieder zurück und fuhr fort: »Was ich sagen wollte: Ich habe einem meiner Kontakte heute Morgen eine Nachricht geschickt, und wenn mich nicht alles täuscht, ist die Antwort soeben eingetroffen.«

Montague schob seinen Stuhl zurück und stand auf.

Thomas konnte eine joviale Männerstimme grüßen und Schritte nahen hören, also griff er nach seinem Stock und erhob sich ebenfalls.

Kurz darauf kam ein Mann zur Tür hereinspaziert, den Thomas auf Ende dreißig schätzte. Mit seinem hohen Wuchs und dem dunklen Haar war er durchaus attraktiv, zudem sehr ordentlich, wenngleich eher schlicht gekleidet. Kein Gentleman, sagte ihm sein Instinkt, doch das sichere Auftreten, seine offene Miene und das entspannte Lächeln ließen vermuten, dass der Besucher im Umgang mit dieser Schicht dennoch versiert war und sich in besseren Kreisen mühelos zu bewegen wusste.

»Montague.« Der Mann streckte die Hand aus.

Montague ergriff sie in aller Freundschaft. »Jordan. Danke, dass Sie kommen konnten.« Er wies auf Thomas. »Wenn ich Ihnen Mr. Thomas Glendower vorstellen dürfte. Er ist an unseren jüngsten Ermittlungen beteiligt.«

Nachdem er Thomas' Narben bloß mit flüchtigem Blick gestreift hatte, nickte der Mann ihm freundlich zu und reichte auch ihm die Hand. »Sehr angenehm, Mr. Glendower. Ich bin Jordan Draper.« Während er Thomas die Hand schüttelte, ging sein Blick wieder zu Montague. »Freunden von Montague sind wir doch gern behilflich.«

Er nahm sich den Stuhl neben Thomas, und als sie sich wieder gesetzt hatten, fuhr Montague fort: »Jordan arbeitet für Neville Roscoe.«

Thomas stutzte einen Moment, dann nickte er. »Der Name ist mir ein Begriff.«

»Bevor wir hier weitermachen«, wandte Jordan ein, »gehe ich recht in der Annahme, dass ich vor Mr. Glendower offen sprechen kann?«

Montague nickte. »So ist es. Mr. Glendower hat uns diesen Fall zugetragen.«

»Oh.«

In dem nachfolgenden Schweigen betrachtete Jordan ihn mit großen Augen, als habe es ihm tatsächlich die Sprache verschlagen.

Schnell fasste Jordan sich wieder. »Verzeihen Sie, aber ... mir fiel nur gerade ein, woher ich Ihren Namen kenne. Sie sind *der* Thomas Glendower! Mein Chef will Sie schon seit Ewigkeiten kennenlernen.« Er richtete seinen Blick auf Thomas. »Wenn Sie ohnehin in der Stadt sind, könnten Sie ihm doch sicher den Gefallen tun, oder? Er und Miranda – das ist seine Frau – würden es mir niemals verzeihen, wenn ihnen diese Gelegenheit durch die Lappen ginge.«

Verwundert schaute Thomas zu Montague.

Der konnte sich nur mit Mühe ein Grinsen verkneifen. »Ihr nobler Ruf eilt Ihnen voraus.«

»Oh, gewiss tut er das«, beeilte Jordan sich, ihm beizupflichten. »Sie müssen wissen, Mr. Glendower, dass Roscoe nicht nur Londons Glücksspielkönig ist – da können sie mir vertrauen, schließlich führe ich seine Bücher –, sondern auch eines der Gründungsmitglieder der Philanthropischen Gilde. Ich weiß nicht, ob die Ihnen ein Begriff ist, aber Roscoe und seine Mitstreiter unterstützen zahlreiche wohltätige Projekte im ganzen Land, und das schon seit mittlerweile fünfzehn Jahren.« Er schaute Thomas direkt an. »Ihm und den anderen Mitgliedern der Gilde wäre wirklich sehr daran gelegen, Sie einmal persönlich kennenzulernen.«

Thomas zögerte. »Wenn dieser Fall abgeschlossen ist und ich dann noch in der Stadt sein sollte, können wir gern darauf zurückkommen.« Mehr konnte er nicht versprechen, wusste er doch nicht einmal, ob es Thomas Glendower danach noch gäbe. Wobei die Aussicht, einem philanthropisch gesinnten Glücksspielkönig zu begegnen, durchaus ihren Reiz hatte.

»Hervorragend.« Jordan strahlte ihn an und wandte sich dann an Montague. »Und Ihnen ist vermutlich klar, dass Sie den Boss – und damit auch mich – um nahezu alles bitten können?«

Montague lächelte. »Ich werde es mir merken. Um aber zu den laufenden Ermittlungen zurückzukehren – könnten Sie vielleicht etwas Licht auf die Spielschulden oder laufenden Kredite von Richard Percival werfen?«

»Ohne die Sache spannender machen zu wollen, als sie ist, lautet die Antwort darauf Ja und Nein.« Jordan lehnte sich zurück und legte die Fingerspitzen aneinander, und seine Miene zeigte plötzlich eine gewisse Härte. »Natürlich kennen wir Richard Percival, er ist regelmäßiger Gast in unseren Häusern, allerdings einer der unproblematischen Art. Bisweilen verliert er auch, das bleibt nicht aus, aber man muss ihm zugutehalten, dass er sehr besonnen spielt und seine Verluste in überschaubaren Grenzen hält. Wie man hört, geht er nie aufs Ganze – das ist nicht sein Stil. Er ist das, was wir gemeinhin einen Amateur nennen, also jemand, der nur zum Spaß und der Geselligkeit wegen spielt. Amateure verfallen nur selten der Spielsucht, da es ihnen eigentlich gar nicht darum geht, zu gewinnen.«

»Schön für ihn«, bemerkte Montague, »aber für uns eher nicht so vielversprechend, oder?«

Bedauernd hob Jordan die Hände. »Falls Sie darauf gesetzt haben, dass Percival sich gründlich verzockt hat, kommt es sogar noch schlimmer. Ich habe Ihre Anfrage natürlich an den Boss weitergeleitet, und auch er hat, gelinde gesagt, verwundert reagiert. Obwohl wir Percival als solide und zuverlässig kennen, meinte er jedoch, da die Frage von Ihnen kommt, lieber Montague, solle ich mir die Sache mal genauer anschauen. Ich sollte mich an Symonds wenden.« Erklärend fügte er hinzu: »Symonds hat Gallaghers Revier übernommen, nachdem der Alte das Zeitliche gesegnet hat.«

Thomas hob die Brauen. »Und wer bitte war Gallagher?«

»Der Mann, an den man sich gewandt hat, wenn man etwas über die unschöneren Seiten der Stadt wissen wollte – der König der Unterwelt, wenn Sie so wollen. Gallagher hatte seine Finger allerdings nie selbst mit im Spiel, seine Währung war Information.« Jordan hielt kurz inne, als gedenke er des verflossenen Königs der Unterwelt. »Jedenfalls habe ich Symonds aufgesucht.«

»Und?«, drängte Montague.

»So auf die Schnelle wusste er da nichts, aber weil ich es war, der fragte – und damit der Boss –, hat Symonds ein wenig Aufwand betrieben und sich umgehört. Auch bei den Geldverleihern, zu denen er gute Kontakte hat. Vor einer Stunde kam dann sein Bericht. Wie es aussieht, hat Richard Percival nirgends Schulden. Allerdings soll er ab und an in einem der weniger guten Häusern gespielt haben, und das mit weit größerem Einsatz, als er es in unseren Häusern tut. Dennoch scheint er nirgends Schulden gemacht zu haben. Aus einer dieser Spielhöllen war sogar zu erfahren, dass er vor einigen Wochen an einem einzigen Abend satte fünfzehntausend Pfund gewonnen hat.«

Jordan sah Montague an. »Nur falls Sie sich gefragt haben sollten, woher der unerwartete Geldsegen kam – jetzt wissen Sie es. Aber wenn Sie nach fortlaufenden Schulden suchen, sind Sie am Spieltisch an der falschen Adresse. Mein Eindruck ist, dass der Mann sehr genau weiß, was er da tut.«

Montague seufzte. »Danke. Dann wissen wir jetzt wenigstens, dass wir in der falschen Richtung suchen.«

Mit einem bedauernden Schulterzucken stand Jordan auf, und Thomas und Montague erhoben sich ebenfalls von ihren Plätzen. Man gab sich die Hand und wünschte sich alles Gute – und an Thomas erging die Erinnerung, sich in naher Zukunft mit der Philanthropischen Gilde zu treffen –, dann machte Jordan sich wieder auf den Weg.

Die beiden anderen Männer blieben stehen. Als sie hörten, wie sich die vordere Tür schloss, sah Thomas Montague an. »Wo sind die fünfzehntausend Pfund hingekommen?«

Montague erwiderte seinen Blick. »Allem Anschein nach nicht auf seine Konten.«

Thomas fasste seinen Stock fester. »Fünfzehntausend Pfund würde man doch aber kaum unter der Matratze aufbewahren.«

Montague gab einen unverbindlichen Laut von sich und klopfte auf den Stapel Unterlagen, den sie zu Percivals Finanzen zusammengetragen hatten. »Es würde mich nicht wundern, wenn diese fünfzehntausend Pfund, oder vielmehr deren Verschwinden, mit den steten, bislang ungeklärten Vermögensverlusten zu tun haben, die wir auf seinen Konten beobachten können.«

»Er zahlt für irgendetwas.« Thomas runzelte die Stirn. »Aber wofür?«

»Das ist die Frage.« Montague kehrte an seinen Platz zurück. »Ich werde weitersuchen. Manchmal hilft nichts anderes als sture Beharrlichkeit.«

Thomas nickte zerstreut, dann fiel es ihm wieder ein. »Ehe ich es vergesse, Penelope hat uns heute Abend zum Dinner in die Albemarle Street beordert. Ihre Frau dürfte die Nachricht schon erhalten haben.«

Mit einem resignierten Blick sah Montague ihn an und

nickte. »Gut. Dann sprechen wir heute Abend weiter.«

»Zweifelsohne.« Thomas nickte ihm zum Abschied zu und ging.

Unten an der Straße angelangt, blieb er einen Moment stehen und ließ sich noch einmal alles durch den Kopf gehen, was er soeben erfahren hatte. Dann kam ihm ein Gedanke, und er wandte sich mit neuer Entschlossenheit Richtung Threadneedle Street. Draytons Büro lag praktisch gleich um die Ecke, und es wäre wirklich dumm, dem nicht nachzugehen und einen letzten Versuch zu starten, dieser ominösen Schuld, die Richard Percival allem Anschein nach zu begleichen hatte, auf die Spur zu kommen.

Am frühen Abend begab Percival sich zum Umkleiden nach oben. Als er sein Schlafzimmer betrat, hörte er eilige Schritte hinter sich auf der Treppe und ließ die Tür offen.

Keine Sekunde später kam Wilkes, sein Diener, hereingestürmt, fuhr in – man konnte es nicht anders sagen – unziemlicher Hast herum und schloss die Tür hinter sich.

Percival runzelte die Stirn, doch ehe er fragen konnte, was zum Teufel das nun wieder sollte, wandte Wilkes sich auch schon aufgeregt strahlend zu ihm um. »Sir, ich habe sie gesehen! *Hier*, in London!«

Percival blinzelte. »Wie bitte?«

»Ich habe sie gesehen, Sir, so wahr ich hier stehe – in der Conduit Street. Ich habe Ihren braunen Rock zum Schneider gebracht, und auf dem Rückweg wäre ich fast in sie hineingerannt. Sie sind mit ein paar Leuten in eine Kutsche gestiegen.«

Ihm stockte der Atem. *Hier?* Er wagte kaum zu hoffen. Sprachlos und noch immer ungläubig betrachtete er Wilkes. »Bist du sicher?« Noch während er es fragte, fiel ihm ein, dass Wilkes es ja wissen musste.

Die strahlende Gewissheit in Wilkes Gesicht ließ nicht nach, und er nickte bekräftigend. »Ich habe sie ganz deutlich gesehen, Sir. Sie war es, mit dem Jungen. Da bin ich mir absolut sicher.«

Wilkes hielt es vor Eifer kaum auf der Stelle.

Percival konnte es ihm nachfühlen. Er hatte so lange gewartet … Langsam griff Wilkes' Erregung auch auf ihn über. Und plötzlich wurde er von einer Euphorie erfasst, die weit über die seines Dieners hinausging, und er lächelte. »Na, da schau einer an … Wer hätte gedacht, dass Rosalind sich das traut. Hier in London, direkt vor den Augen ihrer Familie.«

Und es war auch höchste Zeit. Der Grund, warum er William aus der Welt schaffen musste, wurde mit jedem Tag dringlicher, doch wie es aussah, schien die Rettung nah.

»Allerdings, Sir – und es kommt noch besser!« Wilkes brachte die Worte kaum heraus in seinem Eifer. »Ich glaube, ich weiß sogar, wo sie wohnen!«

Percival richtete den Blick auf Wilkes. »Ach ja?« Sein Lächeln wurde breiter. »Dann mal raus mit der Sprache.«

Kaum dass sie sich im Salon in der Albemarle Street zusammengefunden hatten, begannen sie, ihre neuesten Erkenntnisse über Richard Percival auszutauschen. Bis sie dann hinüber ins Speisezimmer wechselten, waren sie alle auf dem neuesten Stand, hatten ihre Ergebnisse aber in gemeinsamem Einverständnis noch nicht diskutiert. Während die verschiedenen Gänge auf- und abgetragen wurden, gab es für alle mehr als das vorzügliche Essen zu verdauen.

Manchmal genügte eine Bemerkung, ein lautes Nachdenken oder eine Nachfrage, weil etwas doch nicht ganz verstanden wurde, um die Gedanken wieder in Gang zu bringen. Rose fand es beruhigend und ein wenig wunderlich zugleich, sich in dieser kleinen Gruppe zu finden, die sie in ihrem Bemühen, Richard Percival zu Fall zu bringen, derart tatkräftig unterstützte und an solchen Spekulationen sichtlich Spaß zu haben schien.

Dennoch verlor keiner von ihnen aus den Augen, worum es wirklich ging: Percival zu entlarven und die Bedrohung für Williams Leib und Leben auszuschalten.

»Also dann«, meinte Penelope nach dem Dessert und legte ihre Serviette beiseite. »Wenn die Herren noch einen Brandy wünschen, so würde ich vorschlagen, ihn im Salon zu trinken, dann könnten wir nämlich schon mal anfangen, den Fall zusammenzufassen und uns zu überlegen, wie wir weiter vorgehen wollen.«

Niemand hatte etwas dagegen einzuwenden, und die Herren – denen zudem wenig der Sinn danach stand, sich den Verstand mit Spirituosen zu trüben – folgten den Damen in den Salon.

Nachdem sich alle gesetzt hatten, schaute Penelope erwartungsvoll in die Runde. »Wo wollen wir anfangen?«

»Vielleicht sollten wir uns noch einmal die bisherige Beweislage vergegenwärtigen«, schlug Stokes vor, sammelte sich einen Moment und fing an. »Zum einen wären da Robert Percival und seine Frau, die man vor Grimsby tot an Bord ihrer Jacht fand. Beide waren in die Segel des Bootes verstrickt, was sich bei einem Unfall schwerlich erklären ließe. Zudem wissen wir, dass die Viscountess wegen ihrer Seekrankheit niemals freiwillig einen Fuß an Bord gesetzt hätte. Das war unser erstes Indiz, dass es sich um ein Verbrechen handeln muss. Der zweite Hinweis war das Gespräch, das Rose am Abend der Beerdigung zufällig mit angehört hat.« Stokes ging noch einmal die ihnen bekannten Fakten durch, von Roses Flucht bis zu den Ermittlern, die auf Breage Manor aufgetaucht waren. »Es deutet alles darauf hin, dass unser Hauptverdächtiger Richard Percival nach Rose und den Kindern suchen lässt, und zwar durch professionelle Fahnder.« Stokes' Augen funkelten, als er zum Schluss kam. »Heute hat die Observation seines Hauses auch endlich Früchte getragen. Bislang ist er allenfalls abends ausgegangen, und dann auch bloß in seinen Club. Heute jedoch ist er am Vormittag in die Stadt gefahren, zum Büro eines Mannes namens Curtis.«

Barnaby nickte. »Dann sind die Fahnder vermutlich auch Leute von Curtis.«

Thomas runzelte die Stirn. »Ich habe früher selbst gelegentlich mit Curtis gearbeitet. Sein Ruf ist tadellos, soweit man das in dieser Branche sagen kann. Er hat eine hohe Erfolgsquote und hält sich stets an geltendes Recht.«

Montague nickte ebenfalls. »So habe ich es auch gehört. Curtis und sein Detektivbüro sind schon lange im Geschäft und weithin bekannt.«

Stokes nahm das ohne größere Gefühlsregung hin. »Nun, dorthin wollte Percival also. Er hielt sich eine gute halbe Stunde in Curtis' Büro auf und fuhr dann direkt wieder nach Hause.«

Penelope reichte das alles nicht. »Was wissen wir denn sonst so über diesen Curtis, über seine Arbeitsweise, seine Leute?«

»Sein Büro hat sich auf Fahndungen spezialisiert«, gab Barnaby Auskunft. »Sie spüren Leute auf, machen sie aber nicht dingfest – das würde er im Zweifelsfall der Polizei überlassen. Wenn der von ihnen Gesuchte gefunden ist, ist ihr Job erledigt. Ein Großteil ihrer Aufträge besteht darin, säumige Schuldner aufzuspüren. Aber natürlich gibt es auch andere Gründe, warum Menschen untertauchen oder plötzlich verschwinden.«

Stokes nickte zustimmend. »Dazu muss man auch wissen, dass Curtis meines Wissens noch nie jemanden aufgespürt hat, der es nicht verdient hätte, aufgespürt zu werden.«

»Ein Mann mit Gewissen«, bemerkte Thomas mit leisem Spott. »Wäre es andersherum und Curtis würde Unschuldige aufspüren und sie Kriminellen ans Messer liefern, würden Sie denn überhaupt davon erfahren?«

Stokes verzog das Gesicht. »Nun, da könnten Sie natürlich recht haben.«

»Es müssten zudem Kriminelle eines gewissen Kalibers sein«, warf Montague ein, »denn die wenigsten dürften sich Curtis' Honorare leisten können – oder wollen. Der Mann lässt sich seine Dienste ziemlich gut bezahlen.«

»Auch wissen wir nicht, ob Percival schon die ganze Zeit mit Curtis gearbeitet hat oder erst seit Kurzem«, gab Barnaby zu bedenken.

»Das stimmt«, räumte Stokes ein. »Wobei Curtis' Agentur geradezu prädestiniert für die Suche nach einem verschollenen Erben scheint.«

»Nicht zu vergessen«, meinte Thomas und streckte sein lahmes Bein aus, »dass es Percival als Williams gesetzlichem Vormund recht leicht gefallen sein dürfte, Curtis davon zu überzeugen, dass er, Percival, rechtschaffene Absichten verfolgte.«

Stokes schaute von Thomas zu Montague. »Wie weit sind wir denn hinsichtlich Percivals Motiv?«

Montague lächelte matt und berichtete dann, was er, Drayton und Marwell zusammengetragen hatten. »Aus allen uns zugänglichen Quellen, von den rechtlich einwandfreien bis zu den zweifelhaften, ergibt sich das Bild eines Gentlemans, der über ein geregeltes Auskommen verfügt, gelegentlich spielt, sich aber nicht verschuldet. Wenn er doch mal höher pokert, dann in Häusern mit schlechtem Ruf, gerade so, als wolle er sich den seinen nicht ruinieren. Allerdings hat auch er ein Leck in der Kasse: Wir haben auf seinen Konten monatliche Zahlungsausgänge gefunden, die sich im Laufe der Jahre zu einer recht stattlichen Summe addieren. Diese Zahlungen laufen seit mindestens dem Zeitpunkt der beiden Morde und könnten eine Schuld abtragen, die vor diesem Verbrechen entstanden ist. Das ist allerdings bloß eine Vermutung. Auffällig ist, dass die Beträge stark variieren – es fing an mit sehr hohen Summen, dann wurde es immer weniger, schoss irgendwann wieder deutlich nach oben, fiel erneut in den Keller und so weiter und so fort. Die letzten Zahlungen fielen wieder recht hoch aus, mit steigender Tendenz. Nachverfolgen lassen sie sich nicht, es sind sämtlich Baranweisungen. Zudem wissen wir aus sicherer Quelle, dass Percival kürzlich fünfzehntausend Pfund beim Glücksspiel gewonnen hat, doch dieses Geld ist auf keinem seiner offiziellen Konten aufgetaucht.«

Montague machte eine Pause, um seine Gedanken zu sortieren, dann schloss er: »Aus alledem lässt sich folgern, dass es tatsächlich eine Geldschuld zu geben scheint, die aus der Zeit vor den Morden datieren muss, eine Schuld, die Percival noch Jahre später abbezahlt. Damit wäre sehr wohl ein Motiv gefunden, aber worum genau es sich handelt oder ob es handfeste Beweise für eine solche Verbindlichkeit gibt …« Er sah Stokes an. »Tut mir leid, da muss ich passen. Bislang haben wir nicht wirklich etwas in der Hand.«

Stokes runzelte finster die Stirn, dann beugte er sich vor, stützte die Arme auf die Knie und verschränkte die Hände. »Das heißt, Sie haben Beweise für Zahlungen, die auf eine große und langfristige Schuld hindeuten, können diese Schuld selbst aber nicht nachweisen.«

Thomas meldete sich zu Wort. »Was das angeht, habe ich meinen Verwalter Drayton gebeten – ganz diskret, versteht sich –, sich bei den weniger gut beleumundeten Geldverleihern der Stadt umzuhören.« An Montague gewandt, setzte er nach: »Geldverleiher, von denen vermutlich nicht einmal Symonds weiß.«

Stokes nickte mit grimmiger Miene. »Die wahren Blutsauger.«

»Dieses seltsame Zahlungsmuster hat mich auf die Idee gebracht, Percival könnte ihnen in die Hände gefallen sein«, fuhr Thomas fort. »Manche von ihnen verlangen statt fester Raten von ihren Schuldnern Monat für Monat ein Prozent von deren Einkünften.«

Nun nickte auch Montague. »Davon habe ich auch gehört. Ja, etwas in der Art könnte es tatsächlich sein.«

»Allerdings«, gab Thomas zu bedenken, »werden wir die Sache sehr behutsam angehen müssen, da weder ich noch Drayton – und vermutlich auch dieser Symonds nicht – direkte Kontakte in dieses Milieu haben. Es könnte daher eine Weile dauern, bis wir Antworten bekommen.«

»Trotzdem sollten wir es nicht unversucht lassen«, fand Penelope und sah Stokes an. »Wenn ich es recht verstanden habe, müssen wir ihm entweder ein belastbares Motiv nachweisen oder aber Vorsatz; sprich, ihn auf frischer Tat ertappen.«

Zunehmend verdrossen nickte Stokes. »So, wie sich die Sache entwickelt, dürfte es darauf hinauslaufen.«

»Hmm«, machte Penelope und wirkte nun selbst nicht gerade begeistert. Ungewohnt verhalten schaute sie in die Runde. »Ich habe ja bereits erwähnt, dass ich vor ein paar Tagen, nach einem unserer Ausflüge, noch einigen Damen einen Besuch abstatten wollte. Da sie alle ein paar Jahre älter sind als ich, dachte ich mir, sie könnten mir vielleicht etwas über Richard Percival erzählen. Die alten Damen, auf deren Einsichten ich normalerweise vertraue, weilen derzeit gerade auf dem Land, weshalb ich mit der jüngeren Generation vorliebnehmen musste. Aber die drei Damen, mit denen ich gesprochen habe, wussten tatsächlich etwas über ihn, auch wenn keine direkt mit Percival bekannt ist.« Sie holte einmal tief Luft, und schon ging es weiter. »Und jetzt haltet euch fest, denn ihrer einhelligen Ansicht nach ist Percival … *kein* Schurke, geschweige denn ein Mörder. Sie halten es für ziemlich ausgeschlossen, dass er dunkle Abgründe haben oder zu Verbrechen fähig sein könnte. Natürlich bin ich mir bewusst, dass das subjektive Einschätzungen sind und die drei sich täuschen können. Andererseits liegen die Damen in ihrem Urteil selten völlig daneben.«

Barnaby, der neben ihr in einem der Sessel saß, wandte sich ihr zu. »Sie glauben, er sei nicht zu Verbrechen fähig. Weil es nicht seinem Wesen entsprechen würde?«

»Ganz genau.« Penelope seufzte. »Ich bin in der festen Erwartung zu ihnen gegangen, dass ich mir anhören darf, welch ein verkommener Charakter Richard Percival ist, dass ihm nicht über den Weg zu trauen, dafür alles zuzutrauen sei und so weiter. Stattdessen haben sie ihn zwar ›verwegen‹ oder ›gefährlich‹ genannt, aber eher im galanten Sinne, wie ihre Gatten und deren Freunde – ein Schuft, aber kein Schurke, nicht mehr und nicht weniger. Bezeichnenderweise haben sie es aus erster Hand, dass ihre Gatten ihn im selben Lichte sehen, nämlich als einen von ihnen.«

Barnaby nickte bedächtig. »In den Clubs habe ich auch nicht viel erfahren – seit dem Tod seines Bruders scheint Percival dort eher selten zu verkehren. Aber das, was ich erfahren habe, deckt sich im Grunde damit. Die Ansicht, dass er ein durch und durch ehrenwerter Gentleman sei, scheint sehr verbreitet.«

Griselda, die Frau von Inspektor Stokes, die das Geschehen bislang schweigend verfolgt hatte, meldete sich zu Wort. »Dann steht die allgemeine Meinung also unserer Vermutung entgegen, dass er der Täter ist.«

Stokes schnaubte. »Das mag ja sein, aber wie zuverlässig ist die Meinung der Allgemeinheit? Die Kriminalgeschichte ist doch reich an Beispielen, bei denen sich hinter einem ansprechenden Gesicht und guten Manieren die schlimmsten Abgründe aufgetan haben.«

Barnaby nickte. »Das stimmt allerdings. Im Allgemeinen mag man mit solchen Beobachtungen richtig liegen, aber es gibt eben immer Ausnahmen.« Als er Penelopes verdrießliche Miene sah, lächelte er matt. »Ohne diese Ausnahmen würde dem *ton* doch einiges an Drama verloren gehen.«

»Dem kann ich nur beipflichten«, kam es trocken von Thomas.

Jeder verstand die Anspielung auf seine eigene Vergangenheit – und war nicht gerade er das beste Beispiel dafür, dass die Gesellschaft sich in ihrem Urteil bisweilen täuschte?

Schließlich musste sich auch Penelope damit abfinden, dass zumindest in diesem Fall ihre Informationen nicht der Weisheit letzter Schluss waren.

Griselda räusperte sich und lenkte so die Aufmerksamkeit der anderen auf sich. »Eine Möglichkeit scheinen wir noch gar nicht in Betracht gezogen zu haben.« Sie wandte sich an Montague und Thomas. »Könnten diese wechselnden Beträge, die Percival jeden Monat von seinem Konto zahlt, nicht einfach Curtis' Honorar sein?« Fragend schaute sie in die Runde. »Wenn diese Zahlungen bald nach den Morden eingesetzt haben, dann heißt das auch, dass es bald nach Roses Flucht mit den Kindern war. Wenn Percival Curtis gleich danach beauftragt hätte, wäre das erste Honorar vermutlich in diesem Zeitraum fällig geworden.«

»Und«, setzte Stokes nach, der sichtlich Gefallen an dieser Idee fand, »die wechselnden monatlichen Beträge ließen sich dann damit erklären, wie viele Leute Curtis gerade ausgeschickt hat, auf welche Gegenden die Suche sich erstreckte und andere Faktoren.«

Nachdenklich schaute Rose Griselda an. Vermutlich ging

ihnen allen gerade dasselbe durch den Kopf: Konnte es wirklich so einfach sein?

Griselda blieb von der plötzlichen Aufmerksamkeit unbeeindruckt. »Das wäre sicher eine Möglichkeit, oder?«

Thomas lachte kurz auf. »Aber ja, natürlich.« Er fing Griseldas Blick auf und neigte den Kopf vor ihr. »Sie sind unsere unbeteiligte Beobachterin, die Einzige, die nicht an den laufenden Ermittlungen teilhat, und sehen den Fall dadurch viel klarer als wir. Sie haben recht, das wäre tatsächlich eine Möglichkeit. Aber wenn dem so ist«, hier wandte er sich wieder an Montague und Stokes, »bliebe uns überhaupt kein Motiv mehr.«

Schweigen senkte sich über den Raum, während jeder diesen Gedanken verarbeitete.

»Ich weiß nicht, wie es den anderen geht«, meinte Barnaby schließlich, »aber mir bereitet es zunehmend Sorge, dass wir kaum vorankommen. Und was Griseldas Vermutung angeht, greifen wir vielleicht etwas voraus. Bislang haben wir im Grunde keinen Anlass zu glauben, dass Percival Curtis nicht erst kürzlich beauftragt hat – nämlich kurz bevor die ersten Ermittler in Cornwall aufgetaucht sind. Das war der erste konkrete Hinweis, dass jemand von Curtis' Kaliber mit der Suche betraut ist. Was davor war«, er hob die Schultern, »wissen wir nicht.«

»Wir können es bloß vermuten«, nahm Violet den Faden auf und sah Montague an. »Es gäbe noch eine weitere Möglichkeit, die wir bislang nicht in Betracht gezogen haben. Nach allem, was wir gerade von Penelope erfahren haben, scheint Richard Percival, so er denn unser Täter ist, nach außen ganz anders zu wirken, als er tatsächlich ist, weshalb wir nicht so viel auf Äußerlichkeiten geben sollten. Denn was, wenn er tatsächlich hoch verschuldet ist, diese Schulden jedoch unter einem anderen Namen angehäuft hat?«

Montague erwiderte Violets Blick, ohne eine Miene zu verziehen. Dann seufzte er und wandte sich recht ernüchtert an Stokes. »Sollte das der Fall sein, und ich halte es für durchaus denkbar, dann stehen unsere Chancen, eine vielleicht schon vor zehn Jahren angefallene Verbindlichkeit aufzuspüren …«

»Nicht gerade bei null, aber doch so schlecht, dass es auf dasselbe hinausläuft?«, schlug Stokes vor.

Montague betrachtete ihn schweigend, dann nickte er. »So ungern ich es auch zugebe – ja.«

Mit einem Räuspern unterbrach Rose das nachfolgende Schweigen. »Mir ist bewusst, wie glücklich wir uns schätzen können, dass es seit unserer Ankunft in London noch zu keinen Zwischenfällen oder gar einem Angriff auf William gekommen ist. Aber wenn ich ehrlich bin …« Sie holte tief Luft und merkte, wie Thomas näher rückte und seine Hand sacht auf ihre legte. Mit neuem Mut schaute sie auf und fuhr fort: »Ich werde mit jedem Tag unruhiger, da ich mich frage, wie lange unser Glück wohl noch währt.«

Statt ihre Sorge abzutun, neigte Barnaby ernst den Kopf. »Mir geht es genauso. Ich werde das Gefühl nicht los, dass uns die Zeit davonläuft.«

Stokes stimmte mit einem brüsken Nicken zu; Griselda schenkte ihr einen mitfühlenden Blick.

Violet lehnte sich zurück und meinte: »Ich kann bloß erahnen, wie Sie sich fühlen. Zu wissen, dass jederzeit etwas passieren könnte und ständig auf den Moment zu warten, da es tatsächlich passiert.«

»Genau«, sagte Rose.

Penelope, die zu ihrer anderen Seite saß, in die Ecke des Sofas geschmiegt, wo sie die letzten Minuten mit abwesender Miene vor sich hingeblickt hatte, tat nun zu ihrer Überraschung einen tiefen Seufzer. Dann setzte sie sich jäh auf und schaute die anderen an. »Was das angeht, bin ich mir nicht sicher, ob es nicht längst einen Zwischenfall gab.«

»Wie bitte?«, fragte Stokes scharf.

Beschwichtigend hob Penelope die Hand. »Es war heute Nachmittag, und ich kann wirklich nicht sagen, ob es von Bedeutung ist. Ein seltsamer Zwischenfall, als wir aus dem Kurzwarenladen in der Conduit Street kamen – es war unser letzter Halt, die Kutsche hat direkt an der Straße gewartet.« Sie richtete ihren Blick von Rose auf Stokes. »Ein Mann, dem Äußeren nach Kammerdiener, aber ich möchte mich nicht festlegen, kam zu Fuß aus Richtung der Savile Row. Als er in die Conduit Street einbog, sah er uns, und vermutlich wäre er mir gar nicht aufgefallen, wenn er nicht jäh stehengeblieben wäre und uns angestarrt hätte – erst Rose, dann Homer und Pippin. Wir standen ja alle zusammen bei der Kutsche und wollten gerade einsteigen. Als er Conner und James bemerkte, hat er auf dem Absatz kehrtgemacht und ist rasch davongegangen.« Sie wandte sich wieder an Rose. »Ich hätte schwören können, dass er Rose und Homer erkannt hat.« Und mit einem Blick zu Stokes schloss sie: »Aber es geschah alles so schnell, dass ich mir nicht mal sicher bin, ob ich den Mann wiedererkennen würde, sollte ich ihm noch einmal über den Weg laufen.«

Ihrem Bericht folgte betretenes Schweigen, dann atmete Stokes tief aus und lehnte sich zurück. »Na bitte, jetzt haben wir den Salat. Früher oder später musste es ja so kommen. Aber wenigstens bestand keine unmittelbare Gefahr.«

»Ich fürchte«, unterbrach Barnaby in weit schärferem Tonfall, »wir müssen jetzt davon ausgehen, dass Percival weiß, dass Rose und die Kinder in der Stadt sind.«

»Immerhin weiß er nicht, wo sie wohnen«, bemerkte Griselda.

Während um sie her lebhaft diskutiert wurde, wandte

Rose sich an Penelope. »Warum haben Sie denn heute Nachmittag nichts gesagt?«

Penelope sah sie bloß an. »In Gegenwart der Kinder wollte ich es nicht erwähnen. Und später … Nun, ich dachte, das kann bis heute Abend warten. Der Schaden war ja bereits angerichtet – wie groß er ist, wird sich vermutlich in den nächsten Tagen zeigen –, und da ich wusste, dass Sie abends mit Thomas und den Kindern zu uns kommen würden und hier in Sicherheit sind …« Penelope zuckte mit den Schultern. »Hätte ich es Ihnen gleich gesagt, hätten Sie sich nur unnötig Sorgen gemacht.«

Dem konnte Rose nichts entgegensetzen, und so akzeptierte sie die Erklärung mit einem müden Lächeln. Als Penelope nach ihrer Hand griff und sie drückte, erwiderte sie die Geste kurz, ehe sie sich beide der regen Diskussion zuwandten, die derweil ausgebrochen war. Wie es schien, hatte dieses Gespräch bereits zu einem einvernehmlichen Ende gefunden.

»Dann sind wir uns also einig«, hielt Barnaby fest. »Im Eifer des Gefechts haben wir ein wenig aus den Augen verloren, dass Rose mit eigenen Ohren angehört hat, wie Percival sich der Morde an seinem Bruder und dessen Frau rühmte und William zum nächsten Opfer erklärt hat. Diese Aussage, an der es überhaupt nichts zu deuten gibt, hat die ganze Folge der Ereignisse in Gang gesetzt, die uns hierhergeführt hat. Da es sich als unerwartet langwierig oder gar unmöglich erweist, sein Motiv für die ersten beiden Morde herauszufinden, geschweige denn nachzuweisen, täten wir gut daran, auf unsere andere Strategie auszuweichen und Percivals Schuld zu belegen, indem wir ihn des tätlichen Vorsatzes gegenüber William überführen.«

Stokes widersprach nicht, schien aber nicht so recht glücklich damit. »Das klingt leichter, als es ist«, brummte er.

»Wenn wir ihm eine Falle stellen, um ihn auf frischer Tat zu ertappen, müssen wir ja nicht bloß die Sicherheit des Jungen bedenken, sondern es auch so anstellen, dass Percivals Handeln eindeutig ist und er sich nicht irgendwie herausreden kann.«

Alle acht verfielen sie in Schweigen und überlegten, welche Szenarien sich für dieses Vorhaben wohl anböten.

Es war Stokes, der schließlich einen Vorschlag machte. »Am besten, wir richten es so ein, dass Percival sich zu einer bestimmten Zeit an einem bestimmten Ort einfindet, in der Erwartung, den Jungen dort angreifen zu können. Zusammen mit dem, was Rose ihn da vor vier Jahren hat sagen hören, sollte das vor Gericht reichen.«

»Im Prinzip ja«, sagte Thomas in einem so harten, unerbittlichen Ton, wie Rose ihn noch nie bei ihm gehört hatte. »Nur dass in diesem Fall der Zweck wohl kaum die Mittel heiligt. Wir können unmöglich Homers – Williams – Leben aufs Spiel setzen, auch wenn das Ganze letztlich dazu dienen soll, selbiges zu retten.« Niemand widersprach. Gemeinsam mit Rose warteten alle ab, ob er einen besseren Vorschlag hätte.

Thomas schien tief in sich hineinzuhorchen, dann richtete er seine Aufmerksamkeit wieder auf die Anwesenden und schaute mit einem spöttischen Lächeln in die Runde. »Dank meiner Vergangenheit verstehe ich mich ausgesprochen gut darauf, solche Pläne zu schmieden. Wie wäre es also damit …«

Der Plan, den er im Folgenden kurz umriss, war im Grunde ganz simpel und leicht durchzuführen. Selbst Rose musste einsehen, dass er perfekt mit Richards niederen Instinkten spielte, ihn quasi in die Falle lockte, statt ihn hineinzutreiben.

Stokes, Barnaby und Montague konnten es nun kaum

erwarten, ihren Worten Taten folgen zu lassen; auch Violet und Penelope waren plötzlich wieder hellwach und ergänzten das sich entwickelnde Szenario um den ein oder anderen Vorschlag, um das Ganze glaubwürdiger zu machen.

Schließlich gab auch Griselda mit einem zustimmenden Nicken dem Vorhaben ihren Segen.

Thomas wandte sich an Rose und griff sanft nach ihrer Hand. »Wir können noch so viel planen und vorbereiten, aber am Ende musst du entscheiden.« Sein Blick war suchend auf sie gerichtet, fragend hob er eine Braue. »Traust du es uns zu, diese Sache durchzuziehen?«

Mit einem tiefen Seufzer schaute sie in die gespannten Gesichter der anderen, die auf ihre Antwort warteten, dann sah sie wieder Thomas an, schaute ihm in die Augen und rang sich ein Lächeln ab. »Ja, natürlich tue ich das.«

Im Grunde war ihr die Entscheidung nicht schwergefallen. Rose vertraute Thomas – in jeder Hinsicht. Sie würde ihm ihr Leben anvertrauen und das der Kinder.

Als sie dann schließlich, nachdem ihr Plan ausgearbeitet war und alle Vorbereitungen getroffen waren, von der Albemarle Street aufbrachen, hatte Pippin so tief und fest geschlafen, dass sie die Kleine nicht hatten wecken wollen. Thomas hatte sie getragen. Rose war sich nicht sicher gewesen, ob er das schaffen würde, aber er hatte sich Pippin einfach in die Armbeuge gesetzt und sie an seiner Brust gehalten, während er, den Stock in der anderen Hand, die drei Stufen zur Straße genommen hatte. Vermutlich war er mittlerweile einfach so geübt mit seinem Handicap, dass er sie beide sicher und wohlbehalten in Penelopes Kutsche bekommen hatte.

Beim Hotel angelangt, trug er das schlafende Kind hinauf zu ihrer Suite und ins Schlafzimmer der Kinder. Rose folgte mit einem schon recht schläfrigen Homer.

Gemeinsam brachten sie beide Kinder zu Bett; und noch ehe Rose Thomas aus dem Zimmer folgte und die Tür leise hinter ihnen schloss, waren die zwei auch schon eingeschlafen.

Sie folgte Thomas hinüber in ihr Schlafzimmer. Jetzt, da sie nicht mehr von anderen Dingen abgelenkt war – den Kindern, den Gesprächen des Abends –, kam ihr Geist langsam zur Ruhe, und sogleich meldete sich die Angst zurück.

Weniger um William; er würde nicht mal in die Nähe einer Gefahr kommen und wäre die ganze Zeit in Sicherheit – darauf hatte Thomas bei seinem Plan geachtet.

Nein, ihre Sorge galt vielmehr Thomas, seiner Sicherheit.

Rose hatte furchtbare Angst, ihn zu verlieren.

Als er sich umdrehte und sie ansah, lächelte sie und ging zu ihm, ließ sich in seine Arme sinken.

Er war ein wenig überrascht und schien sich zu fragen, was sie vorhatte; normalerweise zogen sie sich getrennt voneinander aus. Nun aber schloss er die Arme um sie und blickte hinab auf ihr Gesicht.

Betrachtete es einen Moment, fing ihren Blick auf und hob die Brauen.

Sie schaute in seine Augen, in diese klaren Tiefen aus Braun und Gold, und sah ihn, sein wahres Ich, sah den liebevollen und fürsorglichen Mann, als den sie ihn kannte, und meinte bloß: »Mir ist nicht nach Reden zumute.«

Mit beiden Händen umfing sie sein Gesicht, legte ihre Hände an seine Wangen, die eine glatt und makellos, die andere von Narben überzogen. Mittlerweile liebte sie beide, weil sie einzigartig waren und ihn zu etwas Besonderem machten. »Egal worüber.«

Sie streckte sich empor und küsste ihn, labte sich an seinen Lippen und ließ all die Sehnsucht, die in ihr war, alle Gefühle, die in ihr wallten und wogten, durch diese Liebkosung in ihn fließen.

Geliebt hatte sie ihn schon zuvor, doch erst jetzt war ihr die Tiefe ihrer Empfindungen bewusst geworden; die Macht, die er über sie hatte, und was er ihr bedeutete.

Er gab ihr Sicherheit und Geborgenheit, er schenkte ihr Lust und Leidenschaft.

Er machte sie staunen; er machte sie glücklich.

Der Kuss wurde tiefer, inniger, und sie ermutigte ihn, lockte ihn, wirkte den Zauber, damit er sie beide mit sich riss.

Und er folgte ihr, wie er ihr immer folgte, willens und bereit, sich von ihr entführen zu lassen, wohin ihre Leidenschaft und ihr Verlangen sie tragen würden.

Rose löste sich von der Glut ihres Kusses, spürte das Verlangen wie warme Wogen unter ihrer Haut, ihre Lust ein pochendes Streben, das ihr Blut in Wallung brachte. Sie trat zurück und zog sich aus … für ihn.

Er stand reglos da, nur seine Brust hob und senkte sich schwer, während er ihr zusah, wie sie die Hüllen fallen ließ. Das Gold seiner Augen loderte so verzehrend wie die Flammen unter ihrer Haut.

Dann stand sie vor ihm, nackt, umhüllt nur vom warmen Schimmer ihres Verlangens und des seinen, erfüllt von der Macht, die sie in sich spürte; und so trat sie wieder zu ihm, legte die Hände an seine Brust, streckte sich empor und legte ihre Lippen auf seine.

Der Kuss verzehrte sie beide; jede Berührung ihrer Zungen war ein neues Auflodern der Flammen; ihr Verlangen immer heißer, drängender und zwingender.

Sie löste sich von ihm, wich aus seinen Armen, trat einen Schritt zurück.

Mit einem Laut des Unmuts wollte er sie wieder an sich ziehen, doch sie gebot ihm Einhalt und sah ihn mit festem Blick an. »Nein, lass mich.«

Er zögerte, schwankte … Schließlich tat er einen tiefen

Atemzug und nickte. Kurz und knapp, als sei er zu mehr nicht imstande.

Mehr verlangte sie auch nicht von ihm, sondern machte sich daran, ihn auszuziehen. Stück für Stück, langsam und genüsslich.

Kostete jeden Moment aus.

Denn niemand konnte ihr sagen, ob es nicht das letzte Mal war, die letzte Gelegenheit, die das Schicksal ihr bot, ihn so zu berühren, seine warme Haut und die Kraft seiner Muskeln unter ihren Händen zu spüren. Seine Verletzungen hatten entstellt, was einst männliche Vollkommenheit gewesen sein musste; das perfekte Ebenmaß war dahin, doch in ihren Augen machte ihn das nur schöner.

Er war ein echter Mann aus Fleisch und Blut. Kein makelloser Gott, kein Götzenbild. Alles an ihm war wahrhaftig. Stark und aufrichtig, unverfälscht. Das liebte sie so an ihm.

Sie liebte und verehrte ihn – so, wie er war.

Und so wie er ihr aus freien Stücken alles gegeben hatte – seine Freiheit, seine Zukunft, gar sein Leben, wenn es denn sein musste –, um William zu retten und sie zu befreien, so wollte auch sie sich ihm jetzt geben.

Rückhaltlos und bedingungslos.

Ohne Garantien.

Ohne dabei an morgen zu denken.

Sie schob ihre Ängste beiseite und verschrieb sich ganz diesem einen Augenblick und ihnen beiden.

So wie sie sich darein gefunden hatte, tat auch er es, wenngleich eher von seinem Instinkt geleitet, als dass eine rationale Überlegung oder ein klarer Gedanke dahintergestanden hätte.

Zu Gedanken war Thomas längst nicht mehr fähig, zu überwältigt war er von seinen Empfindungen, seinen Gefühlen.

Es war weniger Begierde oder Leidenschaft, so verzehrend sie auch waren, sondern etwas, das tiefer reichte, inniger war und das er noch immer nicht mit Namen zu nennen wagte, geschweige denn, es sich einzugestehen. Denn wie konnte er wissen, ob es ihm vergönnt war, dieses Glück zu behalten?

Dieses Gefühl war es, das ihn erfüllte, das ihm Sinn und Verstand raubte und ihm keine andere Wahl ließ, als ihr zu folgen, als sie ihn bei der Hand nahm und zum Bett führte.

Sie sanken sich in die Arme; sahen einander an mit großen, fast ungläubigen Augen, konnten den Blick und die Hände nicht voneinander lassen und wussten, was sie vielleicht schon immer gewusst hatten.

Einmal mehr erfuhren sie all die Freuden, die sie zuvor schon gefunden hatten, gaben sich ihnen hin. Mit wachsender Lust und Leidenschaft, einem verzehrenden Hunger und ungestillter Begierde gaben und nahmen sie und teilten miteinander, was sie empfanden.

Sie kamen zusammen in einem Rausch wilden Entzückens, getragen von einer so überwältigenden Leidenschaft, dass es ihm den Atem raubte.

Er beugte sich über sie, und ihre Lippen fanden einander in einem innigen Kuss; sein Leib ein stürmisches Drängen, der ihre sinnlich erblühend.

Ineinander verschlungen preschten sie voran, drangen vor ins Herz der Leidenschaft, stürmten hinauf und hinüber in helle Ekstase.

In den Glorienschein unausweichlichen, unermesslichen Glücks, das ihnen die Sinne schwinden ließ, bis ihre Seelen entzweibrachen und zu einer einzigen verschmolzen.

Wo die Erfüllung tiefen Glücks auf sie wartete, um sie aufzufangen und in ihrem Schoß zu bergen, sie tröstend zu wiegen und die schmerzliche Leere zu füllen.

Wo Nähe und Geborgenheit schier überflossen und die Einsamkeit zweier einst getrennter Herzen auslöschten.

Später, nachdem sie sich voneinander gelöst, das Licht gelöscht und die Decke über sich gezogen hatten, lag Rose in Thomas' Armen und lauschte dem langsamen Schlag seines Herzens, während er schlief.

Eine ganze Weile lag sie einfach nur so da und schwelgte im Nachklang ihrer Wonnen.

Ganz ohne ihr Zutun, als wollten sie ihn sich instinktiv bis ins letzte Detail einprägen, strichen ihre Hände sacht seine versehrte Seite hinab, spürten mit den Fingerspitzen seinen Narben nach, den Knoten und Wirbeln, die ihr längst so vertraut waren.

Seine Narben zeichneten ihn auf eine Weise aus, die ihm selbst wohl nicht bewusst war. Sie unterschieden ihn von dem Mann, der er einst gewesen war, und bewiesen nur, wie sehr er sich verändert hatte. Sie waren Zeichen seiner Entwicklung, der Reise, die ihn hierher, zu ihr, geführt hatte. Stumme Zeugen, die belegten, wie weit er gekommen war, wie sehr er sich entfernt hatte von seiner früheren Identität, die nun drohte, ihn einzuholen. Vielleicht musste er für die Sünden seiner Vergangenheit zahlen, indem er Thomas Glendower auslöschte.

Und was war mit ihr?

Würde auch von ihr ein Preis verlangt?

Wenn sie Thomas verlor, wäre das ein hoher Preis. Und sollte es so weit kommen, würde sie ihn zahlen.

Wenn das Schicksal sie zwang, ihn freizugeben, so würde sie das tun. Nicht dem Schicksal zuliebe, sondern um seinetwillen.

Weil sie wusste, wie er dachte und wie er sich selbst sah; weil sie wusste, dass sie ihn freigeben und einer ungewissen Zukunft überantworten musste – damit er selbst ins Dunkel gehen und herausfinden konnte, was ihn dort erwartete.

Darum würde sie es tun.

Aber solange sie nicht sicher war, dass keinerlei Hoffnung bestand, keine Aussicht, und sei sie noch so gering, das Unausweichliche abzuwenden, würde sie mit Klauen und Zähnen kämpfen und festhalten an dem, was sie hatte – an der Aussicht auf eine gemeinsame Zukunft, an ein Versprechen.

An ihrer Liebe.

13. Kapitel

Am nächsten Morgen setzten sie ihren Plan in die Tat um. Was immer es mit diesem Mann auf sich gehabt haben mochte, der Rose und William erkannt hatte – das Risiko, Percival könne längst erfahren haben, dass William in London war, ließ ihnen gar keine andere Wahl, als jetzt zu handeln.

Wenn Richard Percival als Williams Vormund den Jungen erst mal in seine Fänge bekäme, standen die Chancen mehr als schlecht, ihn wieder zu befreien. Allein mit Roses Aussage kämen sie zudem nicht weit – zu leicht ließe sich das, was sie vor vier Jahren mit angehört haben wollte, abtun als das Hirngespinst einer hysterischen, von ihrer Trauer überwältigten jungen Frau.

Kurz vor acht traf Stokes in der Hertford Street ein und gesellte sich zu seinem Kollegen an der Ecke South Audley Street. In seinen ältesten Mantel gekleidet, um zwischen seinen Männern nicht aufzufallen, nickte er O'Donnell zu. »Und, tut sich schon was?«

»Nein, Sir, noch nicht.« O'Donnell, der wieder den Straßenkehrer gab, stand auf seinen Besen gelehnt. »Morgan ist kurz vor Tagesanbruch rüber, um Ihre Nachricht unter der Tür durchzuschieben. Die Bedienten müssten sie schon gefunden haben.«

Stokes nickte. Im Grunde war es ganz simpel: Sie warfen Percival einen Köder hin, und wenn er anbiss und alles nach Plan lief, hatten sie eine hinreichende Beweislast gegen ihn in der Hand. Die Nachricht, von der soeben die Rede war, hatten sie von Phelps, Barnabys Kutscher, in dessen ungeübter Handschrift verfassen lassen, und sie lautete wie folgt:

Es heißt, Sie wollen diesen Jungen – William Percival – verschwinden lassen. Kommen Sie heute Vormittag um elf Uhr mit eintausend Pfund zu den Salisbury Stairs und wenden Sie sich an den Mann mit der karierten Schiebermütze. Kann sein, dass wir Ihnen helfen können.

Den genauen Wortlaut hatte Thomas mit Hilfe von Barnaby und Montague ausgearbeitet. Als Stokes, nachdem er den Entwurf gelesen hatte, recht skeptisch schien, wies Thomas darauf hin, dass Richard Percival, sollte er ein unbescholtener Mann sein, sich beim Erhalt einer solchen Nachricht direkt an Scotland Yard wenden würde. Tauchte er stattdessen mit dem Geld an den Salisbury Stairs auf, dürfte seine Absicht klar sein.

Dem hatte Stokes schließlich beipflichten müssen. Wenn Percival das Haus verließ und sein Weg ihn geradewegs zu den Salisbury Stairs führte, einem Treppenabgang am Ufer der Themse; wenn er dem Mann mit der karierten Schiebermütze eintausend Pfund übergab … Gut, das schien alles recht eindeutig. Zusammen mit Roses Aussage dürfte es zumindest reichen, um ihn in Polizeigewahrsam zu nehmen. Und wenn er erst mal in Haft saß, würden sie auch noch den Rest aus ihm herauskriegen. Zudem war dann reichlich Zeit, auch seine Bediensteten sowie Curtis und seine Männer und mit wem Percival sonst noch Umgang pflegte, als Zeugen zu befragen.

Thomas. Stokes hielt kurz inne, als ihm bewusst wurde, dass er den Mann in Gedanken gerade bei seinem Vornamen genannt hatte, statt wie sonst ›Glendower‹. Er hätte nicht genau sagen können, wann genau es passiert war, dieser Umschwung zum Persönlichen, der ihn den Mann als *Menschen* sehen ließ. Doch nach dem gestrigen Abend, als Stokes gesehen hatte, wie Thomas die kleine Pippin zur Kutsche trug, oder das Lächeln, mit dem er William aufgefordert hatte, ihm mit Rose zu folgen – nach alledem konnte Stokes nicht mehr an der Aufrichtigkeit der Gefühle zweifeln, die dieser Mann seinen Schützlingen entgegenbrachte. Schützlinge, um die sich zu kümmern niemand ihn gezwungen hatte, und doch hatte er es ohne zu zögern getan.

Diese Gefühle, die Thomas so deutlich im Gesicht gestanden hatten, konnte Stokes durchaus einordnen, denn sie waren ihm nur zu gut vertraut. Dass Griselda, die man nicht so leicht für sich einnahm und die, wie Stokes nicht entgangen war, Thomas zunächst mit äußerst kritischem Blick beäugt hatte, sich dazu hatte bewegen lassen, den Mann vorbehaltlos zu akzeptieren – nicht seines Rangs oder seiner Taten wegen, sondern weil sie ihn schätzte, als Menschen –, hatte letztlich dazu beigetragen, dass Stokes sich in seinem Urteil bestätigt sah.

Wie genau das alles enden sollte, wusste Stokes zwar selbst nicht, aber er hegte keinen Groll gegen Thomas. Der Mann hatte für seine Fehler in vielerlei Hinsicht bezahlt. Wenn das Schicksal ihm eine zweite Chance gewährte, wer war dann Stokes, dass er sich ihm in den Weg stellen sollte?

O'Donnell neben ihm wurde langsam unruhig. »Vermutlich tut sich hier erst was, wenn der Herr aufzustehen geruht.«

Stokes verzog das Gesicht. »Das will ich nicht hoffen. Nachdem wir ›Dringend!‹ auf die Nachricht geschrieben haben, sollte man doch meinen, sein Personal besäße die Geistesgegenwart, ihm den Brief aufs Frühstückstablett zu legen und ihm das Ganze so bald wie möglich zu servieren.«

Er warf einen Blick auf seine Taschenuhr und sah, dass es bereits Viertel nach acht war. »Spätestens um halb elf muss er sich auf den Weg machen, wenn er es noch rechtzeitig zu den Salisbury Stairs schaffen will.«

O'Donnell ließ seinen Blick über die Straße schweifen und richtete sich auf. »Wenn man vom Teufel spricht! Morgan hat gerade das Zeichen gegeben, dass bei Percival die Vorhänge aufgezogen wurden.«

»Na bitte.« Stokes steckte seine Uhr wieder ein und schaute die Straße hinunter. Auf den ersten Blick war der junge Kollege nirgends zu sehen. »Wo steckt Morgan denn?«

»Zwei Häuser weiter im Kellerabgang. Das Haus steht gerade leer und eignet sich perfekt als Beobachtungsposten. Die Dienstboten aus den Nachbarhäusern halten uns für Stadtstreicher, die ein ruhiges Plätzchen zum Schlafen suchen, und machen keinen Ärger.«

»Wenn das so ist«, meinte Stokes, »will ich mal rübergehen und mit Morgan die Aussicht bewundern. Wo ist Philpott?«

O'Donnell deutete mit dem Kinn Richtung South Audley Street. »Er hält an der Gasse hinter den Häusern Wache, falls Percival den Hinterausgang nimmt.«

»Gut. Und die anderen?« Stokes hatte noch zwei weitere Männer angefordert, einen Konstabler und einen Runner.

»Philpott war vorhin auf der Wache, und der Diensthabende meinte, die beiden würden sich um halb neun bei mir zum Dienst melden.«

Stokes nickte. »Dann behalten Sie die zwei erst mal hier. Wenn Percival nachher das Haus verlässt, entscheiden wir je nach Lage, ob wir uns aufteilen. Er darf auf keinen Fall merken, dass ihm jemand folgt.«

»Aye, Sir.«

Damit ließ er O'Donnell auf seinem Wachposten zurück, überquerte die Straße und schlenderte ein Stück die Hertford

Street hinab. Stokes gab sich müßig, ließ dabei aber den Blick über die Häuser auf der anderen Straßenseite schweifen. Bei Morgans Versteck angelangt, vergewisserte er sich, dass niemand ihn beobachtete, und schlug sich dann seitlich am Haus entlang, wo ein paar Stufen zum Dienstboteneingang führten. Ganz unten hockte Morgan auf seiner Position. Von der Straße aus war er nicht zu sehen, hatte aber Percivals Haus bestens im Blick.

»Sir.« Er schenkte Stokes ein erwartungsfrohes Grinsen. »Sieht aus, als würde es bald losgehen.«

»Das wollen wir hoffen.« Stokes ging ebenfalls in Deckung. Kaum dass er sich hingehockt hatte, wusste er wieder, warum ihm die Observation seit jeher als einer der leidigsten Aspekte seines Berufs erschienen war.

Immerhin konnte man von hier unten geradewegs hinüber zu Percivals Schlafzimmerfenster schauen. Es dauerte nicht lang, bis dort rege Betriebsamkeit zu erkennen war. Der wechselnde Lichteinfall hinter der Scheibe ließ erkennen, wie mehrere Personen sich geschäftig durch das Zimmer bewegten.

»Na bitte«, murmelte Stokes. »Sieht aus, als hätte unsere Nachricht ihn ordentlich auf Trab gebracht.« Er schwieg einen Moment. »Jetzt bleibt bloß abzuwarten, in welcher Richtung er das Haus verlässt.« Ob als Unschuldiger gen Scotland Yard oder mit mörderischerer Absicht Richtung Themse.

Doch zu seiner Überraschung tat Percival weder das eine noch das andere. Als um kurz nach neun die vordere Eingangstür aufging und Percival in Breeches, Rock und Stiefeln herauskam – statt einer Krawatte einen Schal lose um den Hals geschlungen, das dunkle Haar so zerzaust, als sei er bloß kurz mit der Hand durchgefahren – und mit grimmiger, entschlossener Miene die Stufen hinunterging, wandte er sich nach rechts und schritt zügig in Richtung South Audley Street.

Morgan runzelte die Stirn. »Bisschen früh, um jetzt schon zum Treffpunkt zu gehen, oder?«

»Allerdings«, brummelte Stokes. Nicht zu früh indes, um Scotland Yard aufzusuchen.

Kaum dass ihm der Gedanke gekommen war, hatte Percival die Kreuzung Hertford und South Audley Street erreicht, passierte die Gebäude und die drei an der Straßenecke herumstehenden Männer – O'Donnell mit der Verstärkung – und wandte sich nach Norden.

Fort von Scotland Yard. Aber auch weg vom Fluss.

»Wo zum Teufel will er hin?« Stokes stand auf und schaute zu Morgan. »Auf, ihm nach.«

Sie schafften es gerade rechtzeitig zur South Audley Street, um zu sehen, wie Percival, schon ein ganzes Stück die Straße hinunter, eine Droschke anhielt. Auf die Entfernung war nicht zu verstehen, welches Fahrtziel er dem Kutscher nannte, doch deutete er dabei grob nach Nord-Nordost.

Stokes winkte sofort ebenfalls eine vorbeifahrende Droschke heran. »Morgan und Davies, Sie kommen mit mir.« Davies war der junge Runner, der schon darauf brannte, die Verfolgungsjagd aufzunehmen. »O'Donnell, Sie holen Philpott, nehmen sich dann ebenfalls eine Droschke und kommen so schnell wie möglich nach.«

Morgan hatte sich schon zum Kutscher auf den Bock geschwungen und deutete auf den Wagen, der mit Percival in nördlicher Richtung verschwand. Stokes sprang in die Droschke, Davies ihm hinterher. Kaum dass der Schlag geschlossen war, setzte der Wagen sich in Bewegung.

Da er Morgan zutraute, Percival im Blick zu behalten und den Kutscher so zu instruieren, dass sie dem anderen Wagen möglichst unbemerkt folgten, lehnte Stokes sich zurück und ließ Häuser und Straßen an sich vorbeiziehen. Im Geiste zeichnete er die Route nach und überlegte, wohin um alles in der Welt Percival jetzt wollte.

Als sie rechts in die Oxford Street bogen und zügigen Tempos gen Osten fuhren, beugte Davies sich vor, schaute an den vorbeiziehenden Fassaden hinauf und fragte nicht minder verwundert: »Was glauben Sie, wohin er fährt, Sir?«

Das hätte Stokes auch gern gewusst. »Vielleicht hat er einen Komplizen. Die Möglichkeit haben wir bislang nicht in Betracht gezogen, aber auszuschließen ist es nicht.«

Als sie eine Viertelstunde später St. Giles Circus und High Holborn passierten, kurz darauf an der Chancery Lane und Gray's Inn Road vorbeiratterten, ging Stokes ein Licht auf. »Er fährt zu Curtis.« Nun beugte auch er sich vor und schaute zum Fenster hinaus und die Straße hinunter. »Sein Büro ist gleich da vorn, noch vor Holborn Circus.«

Tatsächlich verlangsamte die Droschke ihre Fahrt und hielt gleich darauf am Straßenrand. Stokes und Davies stiegen aus; Morgan bezahlte erst noch den Kutscher und gesellte sich dann zu ihnen.

An Stokes gewandt, deutete er mit dem Kopf hinter sich. »Habe ihn da vorne rechts in dem Gebäude verschwinden sehen.«

»Das ist Curtis' Büro.« Stokes sondierte kurz die Lage und machte einige geeignete Punkte aus, von denen aus seine Männer das Gebäude beobachten konnten. »Nehmen Sie Davies mit und kundschaften Sie die Rückseite aus«, wies er Morgan an. »Überprüfen Sie, ob es einen Hinterausgang gibt. Ich warte hier auf die anderen, Sie melden sich bei mir zurück, und dann teilen wir uns auf, um alle Eingänge zu überwachen.«

Morgan nickte und bedeutete Davies, mitzukommen, ehe beide im Strom der Passanten verschwanden.

Stokes wartete einen Moment, dann warf er einen Blick auf seine Uhr. Kurz nach halb neun. Er steckte die Uhr wieder weg und schaute die Straße hinunter zu Curtis' Büro. Wenn Percival sich Verstärkung für das Treffen am Fluss organisieren wollte, könnte das hier eine längere Sitzung werden. Stokes und seinen Leuten bliebe dann genügend Zeit, sich günstig in Position zu bringen.

Eine weitere Droschke fuhr vor und brachte auch den Rest ihrer kleinen Truppe. Weit konnten die Männer nicht hinter ihnen zurückgeblieben sein, waren sie ihnen doch auf Sicht gefolgt, aber der Verkehr hatte sie wohl etwas aufgehalten.

Morgan und Davies kamen von ihrem Erkundungsgang zurück. Morgan schüttelte den Kopf. »Hinten geht's nicht raus, Sir. Das Gebäude grenzt direkt an ein anderes, und das ist ein Lagerhaus – wir haben das überprüft. Da gibt es keinen Durchgang.«

Wäre es nicht Morgan gewesen, hätte Stokes seine Zweifel gehabt, denn er konnte sich kaum vorstellen, dass sich jemand wie Curtis in seinen Geschäftsräumen keinen zweiten Fluchtweg freihielt. Aber letztlich waren sie ja hinter Percival her, und wenn sie es klug angestellt hatten – was zu hoffen war –, hatte der Mann keinen Grund zu glauben, dass er unter Beobachtung stand. »Also gut«, meinte Stokes und schaute die Straße hinunter. »Dann sichern wir nur diese Seite, aber das möglichst unauffällig. Curtis ist kein Idiot, und seine Leute sind auch nicht gerade auf den Kopf gefallen. Deshalb wäre es gut, wenn sie uns gar nicht erst bemerken. Verstanden?«

Reihum wurde verständig genickt. Stokes hatte seine Mannschaft handverlesen aus den besten Leuten, die Scotland Yard für solche Aufgaben zu bieten hatte. Davies war neu und noch etwas zu übereifrig, um ihn allein losziehen zu lassen, aber auf den Rest, das wusste Stokes, war hundertprozentig Verlass.

Ohne dass er groß Anweisungen geben musste, schwärmten sie aus und nahmen ihre Beobachtungsposten dort ein, wo es ihnen günstig schien.

Stokes trat unter die Markise eines Tabakladens und lehnte sich ans raue Mauerwerk, als warte er auf jemanden. Davies hatte er wohlweislich bei sich behalten, denn der junge Mann war gespannt wie eine Feder.

Nachdem einige Minuten schweigend vergangen waren, raunte Davies: »Der Bursche, der gerade Curtis' Büro verlassen hat, war ein Kurier.«

Noch während Stokes einen flüchtigen Blick die Straße hinab warf, kam schon ein zweiter Bursche aus der Tür geschossen und in ihre Richtung gerannt. »Interessant«, meinte Stokes, als der Junge, ohne sie auch nur eines Blickes zu würdigen, an ihnen vorbeihastete, »Percival kommt vorbei, und zehn Minuten später schickt Curtis Kuriere aus. Wenn es da mal keinen Zusammenhang gibt.«

Der vorbeisprintende Junge schien Davies' Rastlosigkeit nur noch verstärkt zu haben. Unruhig trat er von einem Bein aufs andere. »Ich könnte schnell loslaufen und unseren Leuten unten am Fluss Bescheid sagen, wo unser Zielobjekt sich gerade aufhält«, schlug er vor. »Bis sich hier was tut, bin ich längst zurück.«

»Nein«, beschied ihm Stokes und milderte seinen harschen Tonfall sogleich ein wenig ab. »Wir können nicht wissen, was geschieht. Bevor Sie davonlaufen, brauchen wir Gewissheit, dass Percival sich wirklich auf den Weg zu den Salisbury Stairs macht, und müssen wissen, ob er noch Verstärkung mitnimmt.«

Dann würde er Davies losschicken, um die Kollegen zu warnen, die sich am Fluss bereithielten. Und danach sollte der Junge gleich weiterlaufen zu Scotland Yard, um Bescheid zu geben, dass ihr Plan aufzugehen schien und man sich auf einen Zugriff gefasst machen sollte … Stokes zog den Kopf ein, als ein großer, stämmiger Mann mit einem etwas schmächtigeren Begleiter forschen Schrittes an ihnen vorbeiging.

Mit einem flüchtigen Blick schaute Stokes den zweien hinterher und sah sie in Curtis' Büro verschwinden.

Man musste es Davies zugutehalten, dass er keine Miene verzog und mit überzeugend leerem Blick vor sich hinstarrte, während er murmelte: »Waren das Curtis' Leute? Ermittler?«

Stokes nickte. Wie Thomas hatte auch er einen siebten Sinn für solche Leute. Sie strahlten stets eine erhöhte Wachsamkeit aus, die bei ihm alle Alarmglocken schrillen ließ.

Natürlich musste das nicht heißen, dass Privatermittler, die für Männer wie Curtis arbeiteten, gefährlich waren. Meist machten sie auch einfach bloß ihren Job, und Stokes hatte bislang keine schlechten Erfahrungen mit ihnen machen müssen.

Als er indes immer mehr Agenten, die vermutlich alle von den ausgeschickten Kurieren herbeigetrommelt worden waren, durch Curtis' Tür verschwinden sah, fragte Stokes sich schon, ob er heute an diese früheren Erfahrungen anknüpfen könnte. Alles in allem waren es sechs Männer, die auf Geheiß von Curtis herbeigeeilt waren.

Stokes zückte seine Uhr: Es war zwanzig nach zehn. Sein Blick huschte wieder zu Curtis' Büro. Wollte Percival es noch rechtzeitig zu den Salisbury Stairs schaffen, müsste er sich langsam in Bewegung setzen.

Genau zehn Minuten später schwang die Tür des Ermittlerbüros erneut auf, und Percival trat heraus. Auf dem Trottoir blieb er stehen und wartete, bis Curtis sich ihm anschloss. Nach einem Blick über die Schulter marschierte Percival los und überquerte die Straße. Curtis folgte ihm.

Die sechs Ermittler, die Curtis' Ruf gefolgt waren, strömten nun gleichfalls aus dem Gebäude, taten sich jeweils zu zweit zusammen und folgten in loser Formation.

Davies hielt es kaum noch auf der Stelle. »Soll ich jetzt loslaufen?«

»Nein.« Stokes stieß sich von der Hauswand ab. »Ehe wir Sie losschicken, brauchen wir Gewissheit.« Die Hände in den Manteltaschen vergraben, den Kopf gesenkt, marschierte Stokes los und heftete sich an die Fersen der beiden Ermittler, die das Schlusslicht bildeten.

Sicherheitshalber hielt er genügend Abstand und versuchte, in der Menge der Passanten unterzutauchen, nur für den Fall, dass einer von Curtis' Leuten Augen am Hinterkopf hatte.

Seine eigenen Leute schlossen langsam auf, wie ein Netz, das sich um die kleine Gruppe der Verfolgten legte, um jeden einzufangen, der aus der Spur tanzte. Diesen Fehltritt machte jedoch keiner. Recht zügig ging es voran, erst nach Süden, dann ein wenig westwärts, und bald war klar, dass Percival und Curtis die Salisbury Stairs ansteuerten.

An der Fleet Street wandten die beiden sich mit ihrem Trupp gen Westen; Stokes schlenderte gemächlich hinterher. Sonderlich eilig schien es niemand zu haben, doch lag eine Entschlossenheit in ihren zielgerichteten Schritten. Insbesondere Percival marschierte voran wie ein Mann mit einer Mission. Er schien niemanden um sich her wahrzunehmen, sein Blick war starr geradeaus gerichtet.

Curtis hielt zwar mit ihm Schritt, wirkte aber weitaus gelassener, vielleicht auch abgebrühter. Oder er war einfach Profi genug, sich nichts anmerken zu lassen.

Schließlich erreichten sie die Straße, und als Percival mit seinen Männern dort, wo die Straße sich um St. Clements gabelte, die südliche Abzweigung wählte, konnte Davies kaum noch an sich halten. Er zappelte wie ein Jagdhund an einer zu kurzen Leine. Stokes deutete mit dem Kinn zur nördlichen Abzweigung. »Nehmen Sie die andere Route, dann können Sie sie überholen, ohne dass man Sie sieht. Erst sagen Sie Adair und Sergeant Wilkes Bescheid, dass es jetzt losgeht, dann laufen Sie weiter zum Büro von Scotland Yard und erstatten dem Diensthabenden Ferguson Bericht, der wird Sie schon erwarten.«

»Aye, Sir!« Und damit hechtete Davies los. Flink zu Fuß war er ja wirklich, wie er da die Straße hinabfegte, sich zwischen den Passanten durchfädelte und geschickt jedem Hindernis auswich. Binnen Sekunden war er außer Sichtweite.

Stokes verkniff sich ein grimmiges, räuberisches Lächeln und nahm Richard Percivals Fährte wieder auf.

Die Salisburys Stairs waren der erste Treppenabgang nach der Waterloo Bridge und lagen am Ende der Salisbury Street, einer um diese Tageszeit ruhigen Straße, die zu beiden Seiten von alten Häusern gesäumt war. Unten am Kai, wo der Fluss verlief, glänzten die Mauersteine in einem dunkel durchnässten Grau, das oberhalb der Wasserlinie von Flechten überzogen war. Darunter hatte sich moderiger Schlick abgelagert.

Am Fuß der Treppe saß Thomas in einem Ruderboot, das sacht auf den Wellen dümpelte und nur ab und an mit einem Ruderschlag in Position gehalten werden musste. Währenddessen blieb ihm reichlich Zeit, die Aussicht und die Gerüche des Flusses auf sich wirken zu lassen. Man vergaß so leicht, welche ungeahnten Freuden London einem zu bieten hatte.

Gekleidet war er wie ein Fährmann, seine Straßenkleidung völlig bedeckt von einem Cape aus Ölzeug, das Gesicht verschattet von der Kapuze, die er sich tief in die Stirn gezogen hatte. Der Umhang war so groß, dass er sein ausgestrecktes lahmes Bein und seinen Stock darunter verbergen konnte.

Vor ihm im Bug des Bootes lag ein verschnürtes Bündel aus Kissen und Decken, das William darstellen sollte. Penelope und Rose hatten ganze Arbeit geleistet und seine Gestalt ganz gut hinbekommen.

Die Kinder waren derweil in Sicherheit und wurden rund um die Uhr bewacht, während Penelope und Rose – mit zunehmender Ungeduld, wie er vermutete – sich zusammen mit Montague auf der Wache von Scotland Yard bereithielten. Für den Fall, dass Percival ihren Köder schluckte, wollten sie beim nachfolgenden Verhör dabei sein.

Violet hielt in Montagues Büro die Stellung, sollten doch noch weitere Hinweise zutage kommen. Griselda hatte, sehr zu ihrem Leidwesen, mit ihrer und Stokes' kleiner Tochter zu Hause bleiben müssen, da Megan sich just heute eine Erkältung eingefangen hatte.

Plötzlich waren eilige Schritte auf dem Straßenpflaster zu vernehmen, und schon kam ein junger Mann aus der dunklen Häuserschlucht der Salisbury Street geschossen. Er hielt geradewegs auf Barnaby zu, der den Part des Mannes mit karierter Schiebermütze übernommen hatte. In einem alten Wollmantel über groben Arbeitshosen lungerte Barnaby oben am Kai herum und schien unverkennbar auf jemanden zu warten.

Mit knapper Not bremste der Mann vor ihm ab und stieß völlig außer Atem hervor: »Sie sind unterwegs. Ich soll Ihnen vom Chef sagen, dass es jetzt losgeht.« Er schaute sich um. »Wo ist Sergeant Wilkes?«

»Hier bin ich, mein Junge.«

Davies spähte die schmale Gasse hinter Barnaby hinab, entdeckte den älteren Sergeant, der wie ein Trunkenbold ausstaffiert an einem Hauseingang kauerte, nickte ihm kurz zu und reckte den Daumen, ehe er auf dem Absatz kehrtmachte und Barnaby über die Schulter zurief: »Dann gebe ich jetzt im Yard Bescheid.« Und schon war er wieder weg, sprintete mit langen Beinen am Themseufer entlang, ehe er in dem Gewirr kleiner Gassen verschwand, die weiter westwärts führten.

Barnaby schaute zum Sergeant, der kurz die Hand hob, ehe er sich wieder in seinen Hauseingang verzog.

Sodann drehte er sich nach Thomas um. »Sind Sie bereit?«

Thomas nickte nur. Zu dieser Tageszeit waren nicht viele Fährleute unterwegs. Mit einem Blick über den Fluss vergewisserte er sich, dass niemand sonst auf die Treppe zusteuerte, dann zog er sein Boot mit dem Ruder an den Anleger heran, bis der Bug an den steinernen Sims stieß.

Von fern hörte man das Getrampel schwerer Schritte rasch näherkommen. Das war nicht nur ein Mann, sondern gleich mehrere.

Mit fragendem Blick schaute Thomas hinauf zu Barnaby, der ganz still geworden war, während er angestrengt in den dunklen Schlund der Salisbury Street starrte. Es dauerte einen Moment, ehe er sich wieder nach Thomas umdrehte und fünf Finger der einen Hand und drei der anderen hochhielt. Acht Mann also.

Mit so vielen hatten sie nicht gerechnet.

Eine Flut von Empfindungen stürmte auf Thomas ein. Da waren die konzentrierte Anspannung, der Nervenkitzel, die ihm beide noch aus seiner fernen Vergangenheit vertraut waren; die Genugtuung, wenn ein wichtiges Geschäft kurz vor dem Abschluss stand oder ihm ein besonders einträglicher Coup gelungen war; aber diesmal mischten sich auch andere Gefühle mit darunter – Gefühle, die sich erstaunlich stark und deutlich bemerkbar machten. Allem voran war da Wut.

Ein schwelender Zorn, der mit dem leisesten Funken auflodern würde wie Zunder, der sich Bahn brach bei der Aussicht, dass Thomas gleich dem Mann gegenüberstehen würde, der hinter den kaltblütigen Morden steckte. Dieser Mann hatte die Mutter von Rose und den Kindern auf dem Gewissen, den Vater von William und der kleinen Alice. Dieser Mann hatte den dreien so viel genommen, ihnen so viel Leid gebracht und Rose keine andere Wahl gelassen, als auf ihr Leben in der höheren Gesellschaft zu verzichten, um William zu retten und ihre Halbgeschwister in Sicherheit zu bringen.

Um selbst zu überleben. Thomas gab sich keinen Illusionen hin, was Percival mit Rose gemacht hätte, hätte er sie in die Finger bekommen.

Von diesem gerechten Zorn fand er sich erfüllt, und er ließ ihn zu, begrüßte ihn gar. Überrascht stellte er fest, dass er dergleichen nur einmal zuvor empfunden hatte, und zwar damals, als Charlie Morwellan sich so standhaft geweigert hatte, die bedingungslose Liebe seiner Frau anzunehmen und sich einzugestehen, dass er genauso empfand wie sie.

Aber damals war sein Zorn vor allem der Ohnmacht und Enttäuschung geschuldet. Diesmal jedoch war da dieses andere Gefühl, das Rose und in gewisser, wenn auch anderer Weise, die Kinder in ihm weckten.

Das war es, warum sein Zorn heute so viel heller loderte als in der Vergangenheit.

Die Glocken der Stadt schlugen die volle Stunde, und plötzlich kam Thomas die Erkenntnis. Plötzlich wusste er, was es mit seinen Gefühlen auf sich hatte, warum sie so viel stärker waren.

Weil die drei ihm so viel bedeuteten.

Weil er sie liebte.

Ein Gentleman kam die Salisbury Street hinabmarschiert. Hinter ihm erklangen schwere Stiefelschritte, die langsamer wurden. Von seinem Platz auf dem Wasser konnte Thomas sechs Männer sehen, allesamt Privatermittler, die sich so verteilten, dass sie den Zugang zur Straße blockierten.

Richard Percival – denn nur er konnte es sein – trat entschlossenen Schrittes vor und musterte Barnaby mit seiner karierten Schiebermütze, ehe sein Blick weiter zu Thomas wanderte und schließlich an dem Bündel in dem Boot zu seinen Füßen hängenblieb.

Eine Armeslänge von Barnaby entfernt blieb er stehen; sein Blick blieb auf die Attrappe gerichtet, die William darstellen sollte.

Auf Thomas wirkte sein Gesichtsausdruck gehetzt und voller Gram.

Hinter Percival tauchte ein stämmiger Mann mit kurz geschorenem Haar und der Statur eines Boxers auf. Er trug einen einfachen Anzug von guter Qualität, und die Gelassenheit seines Auftretens hatte schon so manchen getäuscht.

Curtis. Thomas hielt den Kopf ein wenig gesenkt, damit die Kapuze sein Gesicht verbarg. In seinem früheren Leben hatte er verschiedentlich mit Curtis zu tun gehabt, weshalb nicht auszuschließen war, dass der Mann, dessen Geschäft es war, sich nichts und niemanden entgehen zu lassen, ihn trotz seiner Narben erkannte.

Tatsächlich nahm Curtis ihn, wenn auch eher beiläufig, zur Kenntnis, schätzte die Entfernung zum Boot ab, richtete sein Augenmerk dann aber auf Barnaby.

Thomas ließ den Blick zu Percival zurückkehren und fand, dass er …

Dass er gequält aussah, wäre vielleicht zu viel gesagt, und doch war es das Erste, was ihm in den Sinn kam. Dabei hatte Thomas keinerlei Mitleid mit dem Kerl, im Gegenteil. Sein Zorn loderte hell in ihm auf, und er musste sich sehr beherrschen, seinen Gefühlen keine Luft zu machen.

Percival derweil hatte Barnaby ins Visier genommen, mit dem eine wundersame Wandlung vonstattengegangen war. Selbst Thomas erkannte ihn kaum mehr. Kleiner wirkte er auf einmal, seltsam geduckt, eine verschlagene, zwielichtige Gestalt.

Percivals Blick blieb an der karierten Schiebermütze hängen, die sich Barnaby auf die großzügig mit Asche bestaubten Locken gedrückt und tief in die Stirn gezogen hatte. »So.« Percivals Stimme schnitt hart und beherrscht durch die Stille. »Sie meinten, dass Sie den Jungen hätten.«

Barnaby tat einen flüchtigen Blick auf das verschnürte Bündel zu Thomas' Füßen. »Elende kleine Rotznase, der Bengel.«

»Lebt er?«

Thomas wäre beinah zusammengezuckt, als er die Verzweiflung in Percivals Stimme hörte.

Barnaby nickte bedächtig. »Doch, tut er – zumindest noch. Haben Sie das Geld? Tausend Pfund, oder mein Freund hier legt gleich wieder ab.« Er ließ seinen Worten ein raues, kehliges Lachen folgen.

Percival fluchte und wandte sich an Curtis, der lässig ein Bündel Banknoten aus seiner Jackentasche zog und es Percival reichte, ohne dabei auch nur einmal den Blick von Barnaby zu nehmen.

»Hier, da haben Sie Ihr Geld.« Percival warf es ihm verächtlich vor die Brust. »Und jetzt geben Sie mir den Jungen.« Er machte einen Schritt vor und schaute wieder auf das verschnürte Bündel im Bug des Bootes. »Und Gnade Ihnen Gott, wenn er nicht mehr lebt.«

Der gepresste Klang von Percivals Stimme und seine gequälte Miene wollten nicht recht in das Bild passen, das Thomas sich von ihm, von der Situation gemacht hatte. Er schaute zu Barnaby, doch der ging ganz in seiner Rolle auf, zählte das Geld und nickte. »Den bringen wir Ihnen gleich hoch. Ich will nur eben schauen, dass Sie uns nicht übers Ohr gehauen haben.«

Während er die Scheine durchblätterte, wandte Barnaby sich leicht ab, schob die linke Hand in die Tasche seines grässlichen Mantels und holte eine silberne Trillerpfeife heraus. Mit einem bedeutsamen Blick zu Thomas setzte er sie an die Lippen und pfiff.

Der schrille Ton zerschnitt den Morgen.

Percival fuhr zusammen, als habe ein Hieb ihn getroffen. »Was zum …?«

Curtis wandte sich zur Salisbury Street, doch schon kam Sergeant Wilkes aus der Gasse gerannt und wollte sich auf Percival stürzen. Curtis fuhr herum und fing den recht robusten Sergeant locker ab, hielt ihn mit einer Hand in Schach.

Curtis' Männer fackelten nicht lange und stürmten auf den Kai.

Mit ihnen kam auch der Rest von Stokes' Männern aus den dunklen Hauseingängen und winzigen Gassen, wo sie, in Zivil getarnt, auf ihren Einsatz gewartet hatten.

Schon machten Curtis' Männer kehrt und gingen mit wild fliegenden Fäusten auf sie los.

Flink wie ein Wiesel flitzte Barnaby die Treppe hinunter und sprang zu Thomas ins Boot, der sich mit dem Ruder vom Anleger abstieß.

Jetzt fuhr Richard Percival herum, der von Sergeant Wilkes' vereiteltem Angriff und dem darauf ausbrechenden Handgemenge abgelenkt gewesen war, und sobald er begriff, was geschah, stürmte er unter wütendem Gebrüll die Treppe hinunter.

Thomas holte mit dem Ruder aus und wehrte Percival ab, dann wurde das Boot auch schon von der Strömung erfasst und trug sie außer Reichweite.

»Bringen Sie ihn zurück, Sie Hundsfott!«, fluchte Percival. »Was zum Teufel wollen Sie mit dem Jungen?« Dann fiel sein Blick erneut auf das Bündel, und als er es aus einem anderen Blickwinkel sah, schien er aus allen Wolken zu fallen. »Hatten Sie ihn denn überhaupt?«, setzte er leiser, kaum noch hörbar nach.

Wieder hörte man eine Trillerpfeife gellen, zwei kurze, scharfe Pfiffe, gefolgt von Stokes' bellender Stimme: »Polizei!«

Das tat seine Wirkung. Curtis' Männer erstarrten.

»Was?«

»Polizei?«

Eben noch hatten sie den Gegner in die Mangel genommen, jetzt ließen sie mit einem Schlag von ihm ab und traten zurück. Sichtlich verwundert vom Anblick der Stadtstreichergestalten, die ihnen gegenüberstanden, ließen sie die Fäuste sinken.

Nachdem sie sich halbwegs gefasst hatten, schauten alle sechs fragend zu Curtis.

Der hatte nun seinerseits von Wilkes abgelassen. Obwohl der Sergeant sich noch immer an Curtis' Arm klammerte, ließ er ihn gewähren und schaute über den plötzlich totenstillen Kai zu Stokes. Dann wanderte sein Blick zu Thomas und Barnaby draußen im Ruderboot und schoss jäh zurück zu Richard Percival. Seine Verwirrung stand ihm ins Gesicht geschrieben. »Was geht hier vor?«

Dasselbe Unverständnis zeichnete sich auf Percivals Gesicht ab.

Stokes drängte sich zwischen den Männern durch, die den Kai versperrten. Sein Blick ging zu Thomas und Barnaby, die in ihrem Boot träge auf den Wellen schaukelten, dann stieg er die schlüpfrigen Stufen hinunter zu dem schmalen Sims, auf dem Richard Percival noch immer wie vom Donner gerührt stand. »Inspektor Stokes von Scotland Yard«, sagte er und ließ seine Hand schwer auf Percivals Schulter sinken. »Richard Wyman Percival, ich verhafte Sie wegen des dringenden Tatverdachts, ihr Mündel William Percival, Viscount Seddington, ermorden zu wollen, sowie des Mordes oder der Anstiftung zum Mord an ihrem Bruder Robert Percival, Viscount Seddington, und dessen Frau Corinne.«

Percivals Miene zeigte nichts außer völliger Fassungslosigkeit. »Wie bitte?«, flüsterte er und musste schlucken, ehe er bestimmter erwiderte: »Nein, so ist es nicht. Sie verstehen das völlig falsch!«

Er wollte Stokes' Hand abschütteln, aber schon war ein beflissener Konstabler dem Inspektor zu Hilfe geeilt und hielt die Handschellen bereit.

Entsetzt starrte Percival darauf, doch dann fasste er sich und fügte sich in sein Schicksal. »Na gut«, sagte er in scharfem Ton und warf einen kühlen Blick hinüber zu Barnaby und Thomas. »Ich weiß weder, wer Sie sind, noch welches Spiel Sie spielen, aber Sie täuschen sich, wenn Sie mich dieser Verbrechen für schuldig halten.«

Barnaby sah ihn bloß an und schüttelte den Kopf. »Das sagen alle Verbrecher.«

»Allerdings«, sagte Stoke. »Am besten, Sie und Ihre Helfershelfer kommen jetzt mit aufs Revier – da können Sie uns alles in Ruhe gestehen.«

Percival schickte noch einen langen, vernichtenden Blick zu Barnaby und Thomas, dann ließ er sich, die Lippen zu einer schmalen Linie zusammengepresst, abführen.

14. Kapitel

Thomas gefiel das alles nicht, und das tat er auch kund, während er und Barnaby hinter dem kleinen Polizeigeschwader hertrotteten, das Percival, Curtis und seine sechs Agenten westwärts durch das Gewirr enger Gassen zum Büro von Scotland Yard geleitete. »Zu vieles passt einfach nicht zusammen.«

Er hatte das Ölzeug abgelegt und trug das Cape jetzt über dem Arm. Das Ruderboot war wieder bei seinem Besitzer an den Adelphi Stairs, und Barnaby schleppte das verschnürte Bündel mit einer Hand hinter sich her.

Mit der anderen zog er sich die karierte Schiebermütze vom Kopf, stopfte sie in seine Jackentasche und fuhr sich mit der Hand durchs Haar, dass die Asche nur so rieselte. »Ich wünschte, ich könnte Ihnen widersprechen. Es hätte eine klare Sache sein sollen, nur leider erscheint es auch mir reichlich sonderbar.« Sein Blick ruhte auf den Männern, die ihnen vorausliefen. »Angefangen damit, wie Curtis und seine Leute sofort jeden Widerstand aufgegeben haben, als sie das Wort ›Polizei‹ hörten.«

»Man hätte meinen können«, bemerkte Thomas trocken, »sie wähnen sich auf der Seite des Rechts und halten uns für die Bösewichte.«

Barnaby nickte. »Wobei Percival es genau darauf angelegt haben könnte, um Curtis Sand in die Augen zu streuen.«

»Aber sicher«, erwiderte Thomas. »Und im Himmel ist Jahrmarkt.«

Den Blick gesenkt, tat Barnaby einen ernüchterten Seufzer. »Ich habe selbst keine Erfahrungen mit Curtis, aber sobald sein Name ins Spiel kam, habe ich ihn überprüfen lassen. Seine Reputation scheint, seit Sie zuletzt mit ihm gearbeitet haben, unverändert zu sein. Er gilt als harter Hund, aber ehrlich und gesetzestreu.«

»Genau das habe ich auch gehört. Noch aufschlussreicher fand ich persönlich allerdings Percivals Reaktion – ihm ist nicht nur daran gelegen, William zu finden, er will ihn *lebend* finden. Sie haben vermutlich selbst gemerkt, wie verzweifelt er war.«

Barnaby nickte und schaute wieder voraus. »Allerdings. Und ich werde den Eindruck nicht los, dass in unserer Theorie ein gewaltiger Denkfehler steckt. Aber wo genau, vermag ich beim besten Willen nicht zu sagen.«

Schließlich gelangte der Zug aus Gefangenen und Polizei bei Great Scotland Yard an und lief im Gänsemarsch in das Gebäude hinein, in dem das Hauptquartier der Metropolitan Police untergebracht war. Von Davies alarmiert, hatte der Diensthabende Ferguson bereits einige der Arrestzellen und das Vernehmungszimmer für ihren Einsatz bereit gemacht. Thomas und Barnaby hielten sich diskret im Hintergrund, während Stokes seine Anweisungen gab. Curtis' Leute wurden zusammen in eine große Zelle gesteckt, Curtis' selbst bekam eine kleine für sich. Dann winkte Stokes mit einer Handbewegung Thomas und Barnaby zu sich, und sie folgten dem Inspektor, der einen ausnehmend stillen und gefügigen Richard Percival, der noch immer in Handschellen steckte, den Gang hinab zu einem der größeren Verhörräume brachte.

Als er von Stokes hineingeführt wurde, fiel Percivals Blick sofort auf die bereits Anwesenden. Penelope, Rose und Montague saßen hinter dem Vernehmungstisch auf einer Reihe von Stühlen an der Wand. Seine Miene ließ eher mildes

Interesse erkennen, doch plötzlich schoss sein Blick zurück und heftete sich an Roses Gesicht.

Wie vom Donner gerührt stand Percival da. Selbst als er sich schließlich auf den Stuhl des Angeklagten sinken ließ, blieb sein Blick in ungläubiger Verwunderung auf Rose gerichtet. »Rosalind?«

Sein Ton drückte völliges Unverständnis aus. Entgeistert schaute er Rose an, und sie erwiderte seinen Blick in kaltem Schweigen.

Stokes trat um den Tisch herum. »Miss Heffernan kennen Sie ja. Ihr zur Seite sitzen Mr. Montague und Mrs. Adair, die uns gemeinsam mit Miss Heffernan bei den Ermittlungen unterstützt haben.« Nachdem er auf dem mittleren der drei Stühle, die Percival gegenüberstanden, Platz genommen hatte, winkte er Thomas zu sich und zog den Stuhl rechts von sich heran. »Und diese Herren sind Mr. Glendower und«, er deutete auf Barnaby, der sich ohne großes Zeremoniell links von Stokes niedergelassen hatte, »Mr. Adair. Beide sind ebenfalls mit dem Fall vertraut.«

Als Stokes seinen Stuhl an den Tisch heranrückte, richtete sich Percivals Blick wieder auf ihn. »Mein Neffe William Percival und seine Schwester Alice – was ist mit ihnen? Sind sie in Sicherheit?«

Stokes erwiderte seinen Blick mit unbeweglicher Miene.

Auch Thomas ließ Percival nicht aus den Augen, doch konnte er in dessen Miene nichts außer aufrichtiger Sorge erkennen, wenn nicht gar Angst.

Schließlich ließ Stokes sich zu einer Antwort herab. »William und Alice Percival sind wohlauf und in Sicherheit.«

Die Anspannung wich von Percival. Der Reihe nach sah er Stokes, Barnaby und Thomas an, und seine Sorge wich zunehmender Ungehaltenheit. »Dürfte ich dann wohl erfahren, wo sie sind und was das Ganze hier soll?«

Diese Frage, vor allem aber der anmaßende Ton, in dem sie gestellt wurde, passten schon eher in das Bild des Aristokraten-Sprosses, das sie sich von ihm gemacht hatten.

Stokes gab sich unbeeindruckt und wartete, bis Sergeant O'Donnell, der eben noch hereingekommen war, sich mit seinem Notizbuch in der hinteren Reihe niedergelassen hatte, und Morgan, der O'Donnell gefolgt war, die Tür leise hinter sich schloss. Dann stützte Stokes die Arme vor sich auf den Tisch, verschränkte locker die Hände und ließ den Blick seiner grauen Augen erneut auf Richard Percival ruhen. »Fangen wir am besten ganz von vorn an. Vor vier Jahren, an dem Tag, als Ihr älterer Bruder Robert Percival und seine Frau Corinne verschwanden, wo waren Sie da?«

Percival blinzelte. »Ich war in London.« Er schaute von Stokes zu Barnaby und von Barnaby zu Thomas. Seine Miene drückte wachsendes Unverständnis aus. »Ich verstehe nicht, worauf Sie …«

»Mr. Percival«, unterbrach ihn Stokes. »Wir haben einiges zu klären. Wenn Sie uns unsere Fragen in der Reihenfolge stellen ließen, die uns zielführend erscheint, dürften wir schneller zum Ende gelangen.«

Ungerührt erwiderte Percival Stokes' Blick, schaute kurz hinüber zu Rose und nickte knapp. »Wie Sie wünschen, Inspektor.« Er setzte sich auf seinem Stuhl zurecht. »Was möchten Sie wissen?«

»Kann jemand bezeugen, dass Sie an jenem Tag in London waren?«

Percival dachte nach. »Doch, einige Personen.« Er nannte vier Namen, allesamt Gentlemen von Rang und Einfluss. »Und noch ein paar andere. Wir haben uns privat zum Lunch im Kings in St. James getroffen und sind bis zum frühen Abend geblieben. Danach habe ich mich mit Ffyfe, Montgomery und Swincombe direkt auf den Weg zum Dinner bei Lady Hammond gemacht. Dort blieben wir bis Mitternacht.«

Stokes nickte. »Wann haben Sie vom Tod Ihres Bruders erfahren, und was haben Sie daraufhin unternommen?«

Percival runzelte die Stirn. »Ich habe es am Tag darauf erfahren, am späteren Nachmittag. Daraufhin habe ich eine kurze Nachricht an Foley geschickt, unseren Anwalt, für den Fall, dass er noch nicht informiert war. Er wusste es bereits und teilte mir mit, dass er am nächsten Tag nach Lincolnshire reisen wollte. Natürlich habe ich auch meinen Onkel und meinen Cousin verständigt – Marmaduke und dessen Sohn Roger. Allerdings habe ich deren Antwort nicht abgewartet, sondern bin sofort aufgebrochen. Mit meinem Zweispänner habe ich die Hertford Street gegen sechs Uhr abends verlassen und fuhr die ganze Nacht durch.«

»Und was taten Sie, als sie Seddington Grange erreichten?«, fragte Stokes.

Nachdenklich blickte Percival auf seine gefesselten Hände, die er nun ebenfalls vor sich auf dem Tisch verschränkt hielt. »Der gesamte Haushalt war verständlicherweise ziemlich in Aufruhr. Rosalind und die Kinder habe ich nur kurz gesehen. Sie waren … überwältigt von ihrer Trauer.« Percival hielt inne, als hinge er seinen Erinnerungen nach, dann verfinsterte sich seine Miene wieder. »Ich konnte mir beim besten Willen keinen Reim auf das machen, was die Bediensteten mir erzählt haben, also bin ich selbst nach Grimsby gefahren.«

Kurz blickte er auf zu Stokes. »Alle Percivals segeln, selbst mein Onkel Marmaduke, und der ist nun wahrlich kein Athlet. Es liegt den Männern unserer Familie einfach im Blut, und am Jachthafen in Grimsby kennt man uns gut.« Erneut setzte Percival sich zurecht. »Ich bin also hingefahren und habe mich ein wenig umgehört. Niemand konnte sich erklären, was geschehen war – ebenso wenig wie ich.« Ruhig und gefasst erwiderte Percival Stokes' Blick. »Robert war ein erfahrener Segler, er verstand mit seinem Boot umzugehen, auch bei widrigen Witterungsverhältnissen. Indes war das nicht der Fall – der Tag, an dem es passierte, war sonnig und klar, die See spiegelglatt, kein starker Wind, nichts. Dass sie gegen die Klippen gefahren und gekentert sein sollten, schien mir mehr als unwahrscheinlich.« Er zögerte und wählte seine nächsten Worte mit Bedacht. »Ich habe mich mit den Fischern unterhalten, die das Boot draußen in der Bucht entdeckt hatten. Man fand meinen Bruder und meine Schwägerin in die Segel verwickelt – regelrecht darin eingehüllt, was allein schon schwer zu begreifen ist. Um die Leichen zu bergen, musste man die Segel losschneiden, und kaum dass das geschafft war, begann das Boot zu sinken – was natürlich sehr gelegen kam, hätte man es doch sonst einfach an Land ziehen können für weitere Untersuchungen. Vielleicht wüssten wir dann längst, was wirklich geschehen war.«

Percival hob seine gefesselten Hände in einer unbewussten Geste, als wolle er sich damit durchs Haar fahren, und ließ sie entmutigt wieder sinken. »So mussten wir uns damit abfinden, dass Robert, routinierter Segler, der er war, in einem Gewässer, das ihm seit Kindertagen vertraut war, mit seiner eigenen Jacht, die er in- und auswendig kannte, an einem klaren, windstillen Tag gekentert sein sollte.« Er sah erst Stokes an, dann Barnaby und Thomas. »Seltsam fand ich zudem, dass niemand sie hatte ablegen sehen. Niemand konnte mir sagen, wann sie hinausgefahren waren. Dazu muss man wissen, dass Robert ein sehr geselliger Mensch war. Auf dem Weg zum Anleger hätte er mit jedem ein paar Worte gewechselt, der ihm unterwegs begegnet wäre. Und es waren eigentlich immer Leute am Hafen. Ich habe herumgefragt, aber niemand wusste etwas – ja, niemand wollte bemerkt haben, dass die Jacht nicht mehr vor Anker lag, bis man sie dann draußen in der Bucht fand.«

Thomas entging nicht, dass Stokes die Stirn in Falten legte, als falle nun auch ihm auf, wie plausibel alles klang, wie ehrlich und aufrichtig Percivals Schilderung schien.

Schließlich räumte er ein: »Aufgrund von Informationen, die wir Miss Heffernan verdanken, wissen wir mittlerweile, dass der Unfall, so es denn einer war, sich nicht so zugetragen haben kann, wie es den Anschein haben sollte – da haben Sie völlig recht.«

Percival schaute hinüber zu Rose. »Was für Informationen? Und warum zum Henker weiß ich nichts davon? Warum hast du mir nichts gesagt?« Dabei klang er weit leidenschaftsloser, als man vermuten mochte.

Rose, die Percival sichtlich misstraute, erwiderte seinen Blick kühl und mit Argwohn. »Du weißt genau, dass es Mama nicht gut ging und wie leicht sie seekrank wurde. Sie hätte niemals einen Fuß an Bord der Jacht gesetzt.«

Percival blinzelte und meinte dann beinahe sanft: »Vor allem hätte Robert es in Anbetracht von Corinnes kränkelnder Verfassung niemals vorgeschlagen, geschweige denn zugelassen.« Er wandte sich wieder an Stokes und verzog das Gesicht. »Dass sie zu starker Seekrankheit neigte, wusste ich indes nicht. Allerdings bezweifle ich, dass es einen Unterschied gemacht hätte. Bei der Beerdigung habe ich mit dem Lordleutnant gesprochen und erneut auf Ermittlungen gedrängt, aber er war der festen Überzeugung, dass kein Verbrechen vorläge und weitere Untersuchungen bloß einen unnötigen Skandal für die Familie auslösen würden.« Percival schüttelte bedauernd den Kopf. »Mir wäre ein Skandal herzlich egal gewesen, aber der Rest der Verwandtschaft – und selbst Foley – waren von der Vorstellung mehr als entsetzt.« Percival holte tief Luft und atmete langsam wieder aus. »Und so wurden Robert und Corinne zu Grabe getragen, und man ließ die Sache auf sich beruhen.«

Die Falten auf Stokes' Stirn wurden immer deutlicher sichtbar. »Was uns zu den Stunden nach der Beerdigung bringt. Wer blieb an jenem Abend noch zum Dinner oder über Nacht?«

Percivals Miene wirkte abwesend, während er sich zu erinnern versuchte. »Außer mir waren noch Marmaduke und Roger da, und ein paar Freunde von Roger, sowohl aus der näheren Umgebung als auch aus London. Meine Londoner Freunde sowie die von Robert und Corinne waren bereits wieder gefahren, aber zwei Gentlemen aus der Nachbarschaft, mit denen ich ebenfalls gut bekannt bin, blieben noch zum Dinner. Außerdem paar entfernte Cousins und Cousinen, die aber gleich nach dem Essen aufbrechen wollten. Und Foley war natürlich auch noch da.«

»Miss Heffernan hat uns erzählt, nur Sie und Ihr Onkel wären über Nacht auf Seddington Grange geblieben.« Stokes schaute zu Percival, um sich zu vergewissern.

Der nickte. »Ja, das stimmt. Uns war beiden die Vormundschaft für William und Alice übertragen worden, womit auch die treuhänderische Verwaltung des Familienbesitzes einhergeht. Wir wussten bereits, dass Robert sein Testament dahingehend abgefasst hatte, und planten einen Aufenthalt von mehreren Tagen ein, um alles in seinem Sinne zu regeln.« Percival schaute zu Rose, und sein Blick wurde hart. »Aber dann hat Rosalind sich mit den Kindern aus dem Staub gemacht und Roberts sorgsame Vorkehrungen über den Haufen geworfen.« Seine Worte klangen missbilligend.

Rose hielt Richards vorwurfsvollem Blick stand und erwiderte ihn kühl. »Ich habe dich gehört, Richard.« Als er sie daraufhin bloß verständnislos ansah, wurde sie deutlicher. »An jenem Abend, nach dem Essen. Nachdem alle anderen gegangen waren. Du warst im Arbeitszimmer und hast mit einem deiner Freunde gesprochen. Du hast dich damit gebrüstet, wie du Robert und Mama umgebracht hast und es so aussehen ließest, als wäre ihr Tod ein Unfall gewesen. Außerdem hast du erzählt, dass jetzt bloß noch William zwischen dir und dem Titel, dem Vermögen steht und du auch ihn so bald wie möglich aus dem Weg schaffen willst.«

Mit offenem Mund starrte Percival sie an. Als er sich halbwegs wieder gefasst hatte, wandte er sich an Stokes. »Das ist …« Offensichtlich fehlten ihm die Worte, und er schüttelte den Kopf. »Das ist absoluter Unsinn«, stieß er schließlich hervor. »Wie hätte ich so etwas sagen können?« Er breitete die Hände aus, soweit die Handschellen es zuließen. »Mal davon abgesehen, dass es nicht stimmt, war ich zu dem Zeitpunkt überhaupt nicht mehr im Haus.«

Stokes stutzte. »Sie waren nicht mehr im Haus?«

Percival fixierte ihn mit einem durchdringenden Blick. »Nein. Gleich nach dem Abendessen, das recht früh serviert wurde, so gegen sechs, fuhr ich Foley nach Newark-on-Trent, damit er noch die Postkutsche zurück nach London nehmen konnte.«

Stokes vergewisserte sich mit einem Blick zu O'Donnell, dass sein Sergeant alles eifrig mitschrieb und ihnen kein Wort dieser Aussage entging. Dann wandte er sich wieder an Percival, ließ einen Moment verstreichen und fragte: »Foley ist doch nicht nur der Anwalt der Familie, sondern auch mit Ihren privaten Angelegenheiten betraut, nicht wahr?«

Als Percival das mit einem knappen Nicken bestätigte, fuhr Stokes fort: »Hat sonst noch jemand Sie in Newark-on-Trent gesehen? Oder haben Sie unterwegs irgendwo Halt gemacht, wo jemand Sie gesehen haben könnte?«

Percival runzelte die Stirn. »Wir haben unterwegs keinen Halt gemacht. Foley wollte die Postkutsche auf keinen Fall verpassen, und mir war daran gelegen, so bald wie möglich zurückzufahren – hin und zurück braucht man gut vier Stunden, und ich war erst um Mitternacht wieder auf Seddington Grange, was die Stallknechte Ihnen bestätigen können.« Seine Miene hellte sich jäh auf. »Moment, es gibt außer Foley doch noch jemanden, der meine Anwesenheit an jenem Abend in Newark-on-Trent bezeugen kann. Als wir die Poststation erreichten, wurde im Hof gerade eine andere Kutsche angespannt, ein privates Gefährt, das einem Richter gehörte … Hennessy. Richter Hennessy. Er hat Foley erkannt und ihm angeboten, ihn nach London mitzunehmen, was Foley dankend annahm.« Percival sah erst Stokes an, dann Barnaby und Thomas. »Foley hat mich dem Richter vorgestellt. Hennessy müsste also bezeugen können, dass ich an jenem Abend gegen zehn in Newark-on-Trent war.«

Mit einem Blick zu Rose schloss Percival: »Was heißt, dass ich unmöglich derjenige gewesen sein kann, den Rose im Arbeitszimmer gehört hat.«

Nachdem er Rose einen Moment betrachtet hatte, wandte Percival sich direkt an sie. »Wo warst du, als du das Gespräch mit angehört hast? Im Salon?«

Als sie – noch immer mit leisem Argwohn – nickte, führte Percival erklärend aus: »Ich bin in diesem Haus aufgewachsen. Das Problem mit der mangelhaften Akustik des Arbeitszimmers war mir ebenso bekannt wie Robert. Wäre ich so dumm gewesen, mich vor einem Freund mit einem Doppelmord zu brüsten, hätte ich es ganz gewiss nicht in diesem Raum getan.«

»Aber …« Rose wollte das nicht einleuchten. »Ich kenne doch deine Stimme! Und ich habe dich reden hören. Marmaduke war es ganz sicher nicht – er klingt völlig anders. Und davon mal abgesehen«, zweifelnd war ihr Blick auf ihn gerichtet, »wer außer dir hätte denn sonst sagen können, dass jetzt bloß noch William zwischen ihm und dem Titel steht?«

Aller Ausdruck wich aus Percivals Miene. Langsam, den Blick noch immer starr auf Rose gerichtet, gerade so, als würde er sie gar nicht wahrnehmen, setzte er sich auf. »Verstehe.« Er wandte sich wieder an Stokes, Thomas und Barnaby. »Daher rührt also dieser Verdacht gegen mich. Sie denken, ich wäre Williams Erbe.«

Barnaby war es, der das Offensichtliche fragte: »Sind Sie es denn nicht?«

Schweigend erwiderte Percival seinen Blick, dann meinte er ruhig: »Robert Percival war nicht mein Bruder – er war mein Halbbruder. Ich wurde unehelich geboren, deshalb auch der große Altersunterschied zwischen uns. Unser Vater hat sich mit meiner Mutter eingelassen, lang nachdem Roberts Mutter gestorben war. Meine Mutter war Witwe und nicht an einer weiteren Heirat interessiert. Sie starb kurz nach meiner Geburt. Meinem Vater und meinem Bruder waren die Umstände meiner Geburt egal, für sie war ich der Sohn meines Vaters – Roberts kleiner Bruder.« Er schaute zu Rose. »Außer den nächsten Angehörigen wusste niemand davon, auch Rosalind nicht.« Wieder an Stokes gewandt, fuhr er fort: »Aber als unehelicher Sohn kann ich weder den Titel noch den Familienbesitz erben. Im Falle von Williams Tod geht alles an unseren Onkel Marmaduke über, weshalb es Robert auch so wichtig war, mich zum ersten Vormund seines Sohnes zu bestellen. Eigentlich wollte er mich zum alleinigen Vormund machen, aber darauf hat Marmaduke etwas … nun ja, verschnupft reagiert. Das Angebot der Mitvormundschaft hat ihn jedoch rasch beschwichtigt, weshalb Robert sich dafür entschieden hat, wohlwissend, dass er sich im Fall der Fälle auf mich und Foley verlassen konnte. Wir sollten dafür Sorge tragen, dass weder sein Sohn noch das

Familienvermögen Schaden nehmen, bis William volljährig ist und sein Erbe antreten kann.« Percival machte eine kurze Pause. »Robert und ich standen uns sehr nah«, fuhr er schließlich fort. »Er wusste, dass ich mich um William und Alice kümmern würde, und um Rosalind auch, sollte ihm etwas zustoßen. Ich habe ihm mein Wort darauf gegeben.« Sein Blick ging hinüber zu Rose. »Und um dieses Wort zu halten, habe ich die letzten vier Jahre darauf verwandt, wie ein Verrückter nach den dreien, nach William, Alice und Rosalind zu suchen.«

Rose fand seinen Blick auf sich gerichtet. Sie erkannte nichts darin, das ihr ausweichend oder unaufrichtig vorgekommen wäre. Irritiert runzelte sie die Stirn. »Aber wen habe ich denn dann gehört? Ich könnte schwören, dass ich alles genau so gehört habe, wie ich es bereits zu Protokoll gegeben habe.«

Kurz kniff Percival die Augen zusammen, dann nickte er. »Deshalb bist du geflohen.« Ein entschlossener Zug trat um seinen Mund. »Weil du dachtest … dass ich William umbringen wollte.«

»Ich wusste nicht, dass du Robert und Mama geschworen hattest, sie zu beschützen.« Rose hielt inne, ehe sie nachsetzte: »Ehrlich gesagt wäre ich nicht mal auf den Gedanken gekommen. Mir hatte Mama dasselbe Versprechen abverlangt, und ich habe mich gezwungen gesehen, zu handeln – sofort, noch in derselben Nacht.«

Percival verzog das Gesicht und seufzte. »Im Nachhinein betrachtet, haben Robert und Corinne hier einen Fehler gemacht.« Er schaute zu Thomas, Stokes und Barnaby. »Die beiden hatten Angst, dass ich – ohne böse Absicht, einfach nur wegen meiner leichtfertigen Art – Rosalind den Kopf verdrehen könnte. Deshalb baten sie mich, mich von ihr fernzuhalten, was ich natürlich tat. Nach dem Tod der beiden«, hier wanderte sein Blick erneut zu Rose, »sollte sich rächen, dass ich Rosalind kaum kannte. Ich konnte mir nicht erklären, warum sie Hals über Kopf und ohne jeden erkennbaren Grund mit den Kindern verschwunden war. Umgekehrt hatte auch sie wenig, wodurch sie sich ein Urteil über mich bilden konnte. Um einander zu vertrauen, kannten wir uns schlichtweg nicht gut genug.«

Stokes ließ einen Moment verstreichen und klopfte dann vor sich auf den Tisch. »Gut, aber jetzt zurück zu unserer eigentlichen Frage – wenn es nicht Sie waren, den Rose an jenem Abend gehört hat, wer war es dann?«

Percival schaute zu Rose. »Marmaduke kann es nicht gewesen sein – seine Stimme hättest du nicht mit meiner verwechselt, das hast du ja bereits erklärt.« An Stokes gewandt fügte er an: »Marmaduke hat eine ziemlich … durchdringende Stimme.«

Rose schüttelte den Kopf. »Nein, Marmaduke war es ganz sicher nicht.«

Percival betrachtete Rose nachdenklich, dann verhärteten sich plötzlich seine Züge. »Roger!«, stieß er hervor und wandte sich an Stokes. »Er muss es gewesen sein. Wir klingen beide recht ähnlich – zumindest, wenn man unsere Stimmen durch den Rauchfang verfremdet hört. Dazu muss man wissen, dass Marmaduke Williams direkter Erbe ist, aber … nun ja, Onkel Marmaduke ist kein sonderlich starker Charakter und leicht zu beeinflussen. Roger ist sein einziger Sohn und hat ihn völlig in der Hand. Das war übrigens der Hauptgrund, warum Robert mich zu Williams Vormund bestellt hat.«

»Und das«, meldete sich Penelope zu Wort, die zwar die ganze Zeit geschwiegen, aber alles aufmerksam verfolgt hatte, »könnte erklären, warum Roger behaupten konnte, nur William stünde zwischen ihm und dem Vermögen.«

Triumphierend wandte sie sich an die anderen. »Roger braucht gar nicht selbst zu erben. Wenn er seinen Vater so völlig in der Hand hat, reicht es, wenn sein alter Herr Zugriff auf das Vermögen hat.«

Barnaby setzte sich auf. »Als wir mit Foley sprachen, hat er angedeutet, dass einer der beiden Treuhänder versucht habe, an das Erbe zu gelangen. Das waren demnach nicht Sie?«

Percival schüttelte den Kopf. »Das war Marmaduke, vermutlich auf Geheiß Rogers. Foley wird Ihnen das bestätigen. Unsere Aufgabe war es, genau das zu verhindern, und das haben wir auch getan.«

»Wir haben zudem erfahren«, sagte Thomas, »dass jemand unmittelbar nach Williams Verschwinden rechtliche Wege eingeleitet und den Jungen vermisst gemeldet hat.« Fragend hob er die Brauen und sah Percival an.

Der nickte. »Auch das ging von Marmaduke aus. Foley und ich wollten erst einmal abwarten und die Sache so lange wie möglich unter Verschluss halten, aber Marmaduke ist nun mal der rechtmäßige Erbe, und nachdem er darauf beharrte, konnten wir es ihm nicht verwehren.«

Montague räusperte sich. »Wir haben recht weiträumig ermittelt, und dabei ist uns aufgefallen, dass von einem Ihrer Konten seit Jahren ein steter Geldfluss abgeht. Zudem sollen Sie kürzlich fünfzehntausend Pfund beim Spiel gewonnen haben, die gleich wieder über unbekannte Kanäle verschwunden sind.«

Percival sah Montague schweigend an, dann neigte er resigniert den Kopf. »Curtis und seine Leute haben ihren Preis.«

»Verdammt«, murmelte Stokes. »Dann hatte Griselda also doch recht.«

Als Percival fragend zu ihm aufschaute, winkte er ab. »Tut nichts weiter zur Sache, aber da wir gerade von Curtis und dieser ja nicht ganz billigen Suche sprechen: Warum sind Sie denn nicht zu uns – zur Polizei – gekommen, nachdem Rose mit den Kindern verschwunden war?«

Percival verzog das Gesicht und schaute entschuldigend zu Rose. »Wie ich bereits sagte, kannte ich Rosalind kaum. Von dem, was sie an jenem Abend mit angehört hatte, wusste ich nichts – ich wusste nur, dass sie den Verlust ihrer Mutter und Roberts zutiefst betrauerte und die Kinder abgöttisch liebte. Als wir am nächsten Morgen feststellen mussten, dass sie und die Kinder fort waren, habe ich angenommen, dass sie die beiden mitgenommen hat, weil sie fürchtete, von ihnen getrennt zu werden. Nachdem ich Robert und Corinne versprochen hatte, für sie zu sorgen, konnte es kaum in Rosalinds Sinne sein, mit der ganzen Macht des Gesetzes gegen sie vorzugehen.«

Er hob den Blick zur Decke und seufzte. »Wir – Foley, Marmaduke und ich – dachten, sie hätte so eine Art Nervenzusammenbruch. Wir waren uns ziemlich sicher, dass sie den Kindern nichts antun würde, und ich nahm an, wenn ich Curtis mit der Suche nach ihnen beauftragte, würden wir sie rasch finden und sie und die Kinder wären wieder in Sicherheit. Wir dachten nicht an ein Verbrechen – wir gingen davon aus, dass sie Hilfe braucht.« Wieder wanderte sein Blick zu Rose, und diesmal lag eine gewisse Anerkennung darin. »Aber sie war uns immer einen Schritt voraus – bis jetzt kürzlich in Cornwall, wo wir zum ersten Mal eine heiße Spur hatten.«

Rose, die seinen Ausführungen gefolgt war, wenn auch etwas zerstreut, nickte nun, schien aber noch immer nicht restlos überzeugt. »Ich verstehe nur nicht, wie es Roger gewesen sein soll, den ich an jenem Abend hörte.« Sie erwiderte Percivals Blick. »Er ist nicht über Nacht geblieben.«

»Nein«, sagte Percival. »Aber als Foley und ich losfuhren,

war er noch auf Seddington Grange, zusammen mit einem seiner Freunde. Die beiden wollten später zusammen nach London fahren. Atwood … nein, Atwell, Ambrose Atwell. Das war sein Name«, fügte Percival erklärend an. »Die beiden kennen sich seit der Schulzeit und waren schon immer unzertrennlich. Daher wundert es mich nicht, dass Roger meinte, sich vor ihm mit seiner Tat brüsten zu können.«

Aller Ausdruck wich aus Stokes' Gesicht. Dann schaute er zu Sergeant O'Donnell.

Der hatte aufgehört zu schreiben und schaute seinerseits zu Stokes.

»Ambrose Atwell«, wiederholte Stokes. »Denken Sie das, was ich denke, O'Donnell?«

»Wenn Sie die Sache vor zwei Jahren meinen, dann ja, Sir – meines Wissens war das der Name.«

Mit düsterer Miene wandte Stokes sich wieder an Percival. »Ambrose Atwell wurde vor zwei Jahren erschlagen in einem Waldstück bei Exeter gefunden. Der Mord ist bis heute ungeklärt. Es war einer meiner Fälle. Atwell hatte eine ziemliche Pechsträhne und schuldete vielen Menschen ziemlich viel Geld – wir sind dem Täter aber nie auf die Spur gekommen. Atwells Tod haben wir als einen der Fälle zu den Akten gelegt, wo das Opfer sich mit den falschen Gläubigern eingelassen hat.«

Eine Weile schwieg Percival, dann seufzte er. »Sollte es tatsächlich Atwell gewesen sein, demgegenüber Roger sich mit seiner Tat brüstete, dann könnte ich mir gut vorstellen, dass Atwell später, als er knapp bei Kasse war, versucht hat, ihn zu erpressen.«

Unverwandt sah Stokes Percival an. »Würden Sie es Ihrem Cousin zutrauen, dass er seinen Freund erschlagen hat?«

Wieder ließ Percival sich mit seiner Antwort Zeit. »Wenn wir mit unserer Vermutung richtig liegen, dann hatte Roger zu dem Zeitpunkt bereits Robert und Corinne umgebracht, die ihm beide nie etwas zuleide getan haben. Ob er noch einen Mord begehen würde, um diese Taten zu vertuschen?« Percival nickte düster. »Ja, ich würde es ihm zutrauen.«

Mit einem grimmigen Gesichtsausdruck lehnte Stokes sich zurück und winkte Morgan heran. »Nehmen Sie ihm die Handschellen ab.«

Morgan zückte den Schlüssel und trat vor, Percival streckte ihm seine Hände hin. Während Morgan die Handschellen öffnete und sie ihm abnahm, betrachtete Rose Percival nachdenklich. Dann meinte sie: »Ich habe die letzten vier Jahre geglaubt, du hättest meine Mutter und Robert auf dem Gewissen und willst auch William umbringen, aber du bist unschuldig.«

Percival warf ihr einen zerknirschten Blick zu. »Und ich habe die letzten vier Jahre geglaubt, du hättest den Verstand verloren und die Kinder entführt, aber dem war nun ganz offensichtlich nicht so.«

Rose konnte das Gefühl der Erleichterung kaum beschreiben, das sie auf einmal überkam. Zaghaft erwiderte sie Percivals Lächeln.

Ein Klopfen an der Tür ließ alle aufschauen. Morgan sprang, die Fesseln noch in der Hand, zurück an seinen Posten und öffnete.

»Ich habe eine Nachricht für Inspektor Stokes, die ich ihm persönlich überbringen möchte.«

Alle erkannten sie sofort Violets klare Stimme. »Lassen Sie die Dame herein«, forderte Stokes seinen jungen Kollegen auf.

Schon kam Violet hereingerauscht. Sie musterte alle Anwesenden kurz und richtete den Blick dann auf Richard Percival. Nachdem sie ihn einen Moment betrachtet hatte – was er stoisch über sich ergehen ließ –, wechselte sie einen

Blick mit Montague, ehe sie sich an Stokes wandte. »Sollte es sich bei diesem Herrn um Richard Percival handeln, so ist nicht er es, der bei seinen Gläubigern in der Kreide steht, sondern sein Cousin *Roger* Percival.« Violet reichte Thomas die Nachricht, die sie in der Hand hielt. »Das hat Ihr Agent Drayton vor einer Stunde geschickt. Ich dachte, Sie sollten es sich sofort ansehen.«

Thomas faltete das Schreiben auseinander und überflog es. »Drayton teilt uns mit, dass Roger Percival unter zunehmendem Druck steht, seine aufgelaufenen Schulden zurückzuzahlen. Wie es aussieht, hat er sich mit einigen der übelsten Geldverleiher von Seven Dials eingelassen.«

Mit einem Lächeln für Violet schaute Thomas auf. »Danke.« Dann reichte er das Schreiben weiter an Stokes.

Mit einem grimmigen Lächeln nahm der es entgegen, überprüfte den Inhalt und gab es dann weiter an Barnaby, ehe er sich wieder an Percival und an Rose wandte. »Obwohl wir mit unserer Vermutung danebenlagen und einer falschen Fährte gefolgt sind, haben wir letztlich doch die Wahrheit herausgefunden. Das«, er deutete auf das Schreiben, das mittlerweile bei Montague angelangt war, »ist der Beweis, den wir brauchen, um im Fall Roger Percival Nägel mit Köpfen zu machen.«

Stokes schob seinen Stuhl zurück und stand auf. »Also dann«, meinte er und blickte hinab auf Richard Percival. »Wo kann ich Ihren Cousin finden?«

Percival warf einen Blick auf seine Uhr. »Es ist noch nicht mal eins. Wenn Sie sich beeilen, müssten Sie ihn eigentlich noch zu Hause antreffen.«

Auch die anderen waren aufgestanden. Stokes trat vom Vernehmungstisch zurück. »Und wo wohnt er?«

»Im Haus meines Onkels in Mayfair – Albemarle Street Nummer fünf.«

Der Schreck stand allen so deutlich ins Gesicht geschrieben, dass Percival verwundert innehielt.

»Oh nein!«, entfuhr es Penelope.

Alle Blicke richteten sich auf sie; das Blut war ihr in blankem Entsetzen aus den Wangen gewichen.

»Was?«, fragte Barnaby scharf.

Penelope sah ihn an. »Der Diener, der uns in der Conduit Street gesehen hat – der Rose und William erkannt hat. Ich bin mir ganz sicher, dass er auch mich erkannt hat!«

Einen Moment sah Barnaby sie nur schweigend an, dann wandte er sich an Richard Percival: »Beschäftigen Ihr Onkel oder Ihr Cousin einen Kammerdiener?«

Richard Percival nickte. »Marmadukes Kammerdiener ist schon alt und verlässt nur selten das Haus. Aber Rogers' Diener ist ein ziemlich umtriebiger Charakter.« Er sah Penelope an. »Eher klein von Statur, etwas korpulent, braunes, sich lichtendes Haar, ein rundes Gesicht von ungesund blasser Farbe und eine Vorliebe für bunt gemusterte Westen.«

Penelope schluckte; mit schreckensweiten Augen nickte sie. »Das ist er.«

Schweigen senkte sich über den Raum, während jeder seine eigenen Schlussfolgerungen zog.

Richard Percival begann zusehends unruhig zu werden. Sein Blick wanderte vom einen zum anderen. »Wo sind die Kinder?«, fragte er schließlich.

Stokes sah ihn bloß an, schob seinen Stuhl zurück an den Tisch und wandte sich zum Gehen. »Kommen Sie. Wir haben sie unter Aufsicht der Dienstboten in Adairs Haus gelassen – Albemarle Street Nummer vierundzwanzig.«

Rose stieß einen erstickten Laut aus und lief zur Tür. Thomas kam ihr zuvor, hielt ihr die Tür auf und folgte ihr dann mit grimmig entschlossener Miene hinaus.

15. Kapitel

Sie stürzten aus dem Polizeihauptquartier, rannten die Treppe hinunter und hinaus auf die Straße, wo stets einige Droschken bereitstanden. In dem Gebäude herrschte so reges Kommen und Gehen, dass die Fahrer nie lange auf Kundschaft warten mussten.

Thomas lief zum ersten Wagen und riss den Schlag auf. »Albemarle Street – so schnell Sie es schaffen«, rief er dem Kutscher zu, während Rose ihn schon eingeholt hatte, ihre Röcke raffte und in den Wagen kletterte.

Nachdem er hinter ihr eingestiegen war, wollte Thomas gerade die Tür zuziehen, als Richard Percival sie von außen festhielt.

Ihre Blicke trafen sich, dann schaute Percival zu Rose. »Bitte. Ich will Gewissheit, dass William nichts geschehen ist.«

Rose zögerte nur kurz, dann nickte sie.

Thomas gab die Tür frei, damit Percival einsteigen konnte.

Sowie alle im Wagen waren, ließ der Kutscher die Peitsche knallen und fuhr zügig los.

Richard Percival ließ sich Rose und Thomas gegenüber in den Sitz fallen. Als er sich zurücklehnte, fing er Roses Blick auf, verzog kurz das Gesicht und schaute beiseite, zwang sich dann aber doch, sie anzusehen. »Es tut mir leid. Ich habe das Gefühl, dass ich nicht nur die Kinder im Stich gelassen habe, sondern auch dich und vor allem Robert und Corinne.« Er schüttelte den Kopf. »Dass Roger Geld brauchte, wusste ich – dass er nie genug kriegen konnte –, aber ich hätte mir nie vorzustellen gewagt …« Mit einer hilflosen Geste wandte er sich ab.

Rose setzte sich auf. »Was Roger getan hat, ist genauso wenig deine Schuld, wie es meine ist.« Sie wartete, bis Percival sie wieder ansah. »Meines Erachtens ist alles, was bislang geschehen ist, eine unglückliche Verquickung von Rogers Taten und den Vorkehrungen, die Robert und Mama in bester Absicht getroffen haben. Wenn sie mich nicht vor dir hätten schützen wollen, wenn sie deine uneheliche Geburt nicht vor mir verheimlicht hätten, dann hätte ich gewusst, dass nicht du es sein konntest, den ich an jenem Abend gehört habe. Aber ich wusste es nicht – und dementsprechend habe ich gehandelt.«

Percival fröstelte. »Ein Glück, kann ich im Nachhinein nur sagen. Seit Jahren verfluche ich dich für all den Ärger, den du mir gemacht hast, aber wenn du dich nicht gleich mit den Kindern aus dem Staub gemacht hättest, wer weiß, was dann noch in jener Nacht geschehen wäre. Nicht auszudenken.«

»Das stimmt. Aber was ich damit sagen will, ist, dass wir beide so gehandelt haben, wie es uns von unserer jeweiligen Warte aus richtig erschien. Beide hatten wir bloß das Wohl der Kinder im Sinn. Dafür braucht keiner von uns sich zu entschuldigen, finde ich.«

Einen Moment sah Percival sie schweigend an, dann neigte er den Kopf. »Danke. Und lass mich dir im Gegenzug versichern, dass ich dich in keinster Weise für die Umstände und Schwierigkeiten der vergangenen vier Jahre verantwortlich mache.«

Rose nahm seine Versicherung mit einem Nicken entgegen.

Thomas richtete seinen Blick auf die draußen vorbeiziehenden Fassaden. Der Kutscher hatte ihn beim Wort genommen und kurvte recht abenteuerlich durch den dichten Verkehr auf der Cockspur Street. Als er dann reichlich rasant auf den Waterloo Place einbog, wurden Thomas und Rose auf ihren Sitzen hin und her geschaukelt, und ihre Schultern berührten sich.

Percival, der ebenfalls bedenklich in Schieflage geraten war, setzte sich wieder auf, als es weiter geradeaus die Regent Street hinaufging, und sah Rose mit düsterem Blick an. »Ich muss gerade daran denken, wie Roger sich ins Zeug gelegt hat, um sich bei den Kindern einzuschmeicheln. Erinnerst du dich?«

Thomas schaute zu Rose, die erschauerte.

»Ja.« Sie verstummte, doch als sie Thomas' Blick auf sich spürte, führte sie den Gedanken näher aus. »Wenn er zu Besuch war, kam er jedes Mal auch ins Kinderzimmer herauf, um Zeit mit ihnen zu verbringen. Es schien ihm Spaß zu machen, mit ihnen zu spielen und sie zum Lachen zu bringen. Ein netter Onkel eben.«

Thomas zögerte, sprach dann aber doch aus, was ihm durch den Kopf ging. »Das heißt, sie würden auch jetzt einen guten Freund in ihm sehen.«

Rose nickte. »Falls sie sich noch an ihn erinnern. Aber ja, William dürfte sich ganz sicher an ihn erinnern – als jemanden, der zur Familie gehört und den sie mochten.« Sie holte zitternd Luft und meinte: »Wenn er sie fragen würde, ob sie mit ihm kommen wollen … würden sie es vermutlich tun. Wenn er will, kann er unglaublich charmant sein.«

Percival lehnte sich vor und stützte die Arme auf die Knie. Das zum Fenster hereinfallende Licht offenbarte die wachsende Anspannung in seinen Gesichtszügen. »Wenn Roger ihnen auch nur ein Haar krümmt«, sagte er mit nur mühsam beherrschter Stimme, »drehe ich ihm eigenhändig den Hals um.«

Thomas ließ seinen Blick einen Moment auf dem Mann ruhen, dann schaute er wieder zum Fenster hinaus. Wenn Roger Percival den Kindern etwas angetan hatte, würden alle anderen sich hinten anstellen müssen.

Trotz des wachsenden Gefühls, die Seinen beschützen zu müssen – ein Gefühl, das stärker, mächtiger und besser war als alles, was ihn jemals angetrieben hatte –, versuchte er einen klaren Kopf zu bewahren und sich nicht in müßigen Überlegungen zu ergehen, was geschehen sein mochte und was nicht. Es hatte keinen Sinn. Sie würden erst herausfinden müssen, ob den Kindern überhaupt etwas geschehen war, und wenn ja, was, ehe sie Pläne schmiedeten.

Den Blick auf das vorüberziehende Straßenbild gerichtet, wartete er ab, was das Schicksal ihm offenbaren würde.

Die anderen waren in zwei weiteren Droschken gefolgt, die kurz darauf vor Adairs Haus hielten. Percival sprang aus dem Wagen und bezahlte den Fahrer, Thomas folgte und reichte Rose die Hand.

Barnaby lief derweil schon im Eilschritt die Treppe zum Haus hinauf und ließ sich mit seinem Schlüssel selbst ein. Die anderen folgten schweigend, denn allen graute davor, was sie wohl gleich erfahren würden.

In der Halle angelangt, spitzten sie die Ohren und lauschten, aber nichts war zu hören außer der gedämpften Betriebsamkeit der Bedienten, die aus den Tiefen des Hauses zu ihnen drang.

Leise schloss Montague die Haustür.

Barnaby bedeutete ihnen, sich ruhig zu verhalten und zu warten. Dann verschwand er im Salon, kam aber fast umgehend wieder heraus.

Eine Sekunde später kam Mostyn, vom Salon aus herbeigeklingelt, durch die Schwingtür am Ende der Halle geeilt.

Als er die versammelte Mannschaft sah, blieb er wie angewurzelt stehen.

Rasch fasste er sich wieder in der Würde seines Amtes, trat gemessenen Schrittes vor und verbeugte sich. »Sir, Madam – Sie müssen entschuldigen, ich hatte Sie nicht kommen hören.«

»Ist alles in Ordnung, Mostyn?«, fragte Penelope ruhig.

Mostyn runzelte die Stirn und warf einen verstohlenen Blick zu Barnaby. »Davon gehe ich aus, Ma'am.«

Die allgemeine Anspannung ließ merklich nach.

Rose fiel geradezu ein Stein vom Herzen. »Wo sind die Kinder? Homer und Pippin?«

Mostyns Miene blieb gelassen. »Sie sind mit Mr. Roger Percival ausgefahren. Er meinte, er sei der Cousin von Mr. Richard Percival, und Master Homer hat ihn sogleich erkannt, weshalb wir ...«

Als er reihum die entsetzten Mienen sah, hielt er leicht irritiert inne und schaute fragend zu Barnaby. »Ich dachte, Mr. Richard Percival sei der Schurke – oder etwa nicht?«

Barnaby tat einen tiefen Seufzer und deutete auf Richard. »Das ist Mr. Richard Percival, und er ist *nicht* der Täter. Wir haben leider einen riesigen Fehler gemacht. Die Gefahr geht in diesem Fall von Roger Percival aus.«

»Wahrscheinlich hat er das Haus durch seinen Diener beobachten lassen«, brummte Stokes. »Dann wusste er auch, dass die Kinder heute Morgen gebracht worden sind und wir kurz darauf alle das Haus verlassen haben und William und Alice in der Obhut der Dienstboten zurückblieben.«

»Und jetzt hat er sie in seiner Gewalt.« Die stille Verzweiflung in Roses Stimme ging allen bis ins Mark.

Thomas griff nach ihrer Hand und drückte sie.

»Nun«, meinte Mostyn, »nicht ganz.«

Alle Blicke richteten sich wieder auf ihn.

»Soll heißen?«, hakte Barnaby nach.

»Soll heißen, dass wir in Anbetracht dessen, wie sehr Master Homer und auch Miss Pippin sich über seinen Besuch freuten, keinen Grund sahen, ihn nicht mit den Kindern im Salon spielen zu lassen. Selbstverständlich ist James die ganze Zeit bei ihnen geblieben.«

»Wollen Sie damit sagen, dass unsere Wachen mitgefahren sind?«, brachte Penelope die Sache auf den Punkt.

Mostyn nickte. »Das sind sie, Ma'am. Die Kinder machen eine Ausfahrt mit Mr. Percival, aber in Ihrer Kutsche und unter der Aufsicht von Phelps und Conner. Zudem war es nicht Mr. Percivals Idee, sondern die der Kinder. Sie hatten es sich plötzlich in den Kopf gesetzt, bei Gunter's ein Eis zu essen, und da fragte Mr. Percival, ob es in Ordnung wäre, zumal er ja auch bereit sei, die beiden zu begleiten. Vereinbart war, dass sie erst bei Gunter's Halt machen und danach vielleicht noch eine Runde durch den Park drehen, ehe sie wieder zurückkommen wollten.« Mostyn warf einen Blick zur Uhr auf dem Tisch im Entrée. »Ich würde meinen, dass sie binnen der nächsten Stunde zurück sein müssten.«

Blicke wurden gewechselt. Niemand wusste so recht, was man davon halten sollte.

Schließlich sprach Violet aus, was wohl allen durch den Kopf ging. »Und was machen wir jetzt? Sollen wir im Salon auf ihre Rückkehr warten oder …?«

Richard Percival schüttelte den Kopf. »Nein. Wir müssen sie finden, jetzt sofort.« Er fing Roses Blick auf und sah dann zu Thomas. »Diese Idee, zu Gunter's zu fahren – es mag so aussehen, als wären die Kinder von selbst darauf gekommen, aber ich wette, Roger hatte seine Finger im Spiel. Er versteht sich sehr gut darauf, andere Menschen zu manipulieren, sie vor seinen Karren zu spannen. Den Kindern eine solche Idee in den Kopf zu setzen, dürfte für ihn ein … nun, ein Kinderspiel gewesen sein.«

»Warum sollte er das tun?«, überlegte Penelope laut und winkte sogleich ab. »Es ist mir natürlich klar, dass er sie aus dem Haus locken wollte. Aber warum lässt er sich darauf ein, unsere Kutsche zu nehmen und in Begleitung zweier Diener zu fahren, die strikte Anweisungen haben, die Kinder nicht aus den Augen zu lassen?«

Barnaby wandte sich an Mostyn. »Hat Roger Percival Sie zu überreden versucht, ihn mit den Kindern allein fahren zu lassen, ohne die Diener? Stattdessen eine Droschke zu nehmen?«

Mostyn zögerte. »Nicht so direkt, nein – aber …« Er schaute zu Penelope. »Ich hatte den Eindruck, dass er sich das so vorgestellt hatte – mit der Droschke, nur er und die Kinder. Aber als James und ich ihm erklärt haben, dass er unsere Kutsche samt unseren Leuten nehmen müsse und wir die Kinder nicht ohne Aufsicht aus dem Haus lassen dürfen, zeigte Mr. Percival sich schnell einsichtig.«

»Ich denke Folgendes«, begann Thomas und richtete seine Worte an Stokes. »Wenn wir uns die Morde an Robert und Corinne Percival ansehen, dürfte Roger sehr kurzfristig davon erfahren haben, dass sie an jenem Tag einen Ausflug machen wollten. Gleichwohl waren diese Morde sehr sauber ausgeführt, haben keine Spuren hinterlassen, die auf ihn gedeutet hätten – und das, obwohl er seinen Plan fortlaufend den Gegebenheiten anpassen musste. Bei dem Mord an Atwell wird es ähnlich gewesen sein. Wieder fanden sich keine Spuren oder Beweise, und auch hier wird Roger Percival die Gunst der Stunde genutzt und seine Tat spontan ausgeführt haben.« Sein Blick richtete sich nun auf Richard Percival. »Und wie Richard soeben meinte, versteht Roger es sehr gut, auf Menschen und Gegebenheiten rasch zu reagieren, sie sich für seine eigenen Zwecke zunutze zu machen, bis er an sein Ziel gelangt ist.«

Rose nickte zustimmend. Sie fasste Thomas beim Arm und sah Stokes eindringlich an. »Thomas und Richard haben recht. Es mag den Anschein haben, die Kinder seien in Sicherheit, aber das täuscht. Sie sind nicht in Sicherheit. Sie befinden sich in Begleitung eines Mannes, der sie aus dem Weg schaffen will – zumindest William. Und er wird eine Möglichkeit finden, seinen Plan in die Tat umzusetzen. Er wird warten, bis sich die Gelegenheit bietet, und dann zuschlagen. Da helfen die Leibwächter wenig, fürchte ich.«

Mit einer ungeduldigen Bewegung fuhr sich Richard durchs Haar. »Das dürfte den Reiz sogar noch erhöhen. Eine zusätzliche Herausforderung, die es zu überwinden gilt – er gegen alle Widrigkeiten des Schicksals. Es wird ihm Spaß machen, sich die Situation seinen eigenen Zwecken gemäß zurechtzubiegen.«

Thomas war auf einmal ganz still geworden. Richards Worte hallten wie ein Echo in ihm wider, ein Ruf der Vergangenheit – und er wusste, was die Stunde geschlagen hatte. Er schaute Barnaby an. »Richard hat recht. Wir müssen die Kinder finden, jetzt sofort.«

Barnaby erwiderte seinen Blick in stummem Einverständnis.

Stokes nickte bedächtig. »Ich könnte jetzt natürlich schnell bei Gunter's vorbeifahren, aber vermutlich sind sie gar nicht dort.«

Barnaby wandte sich an Mostyn. »Wie lange sind sie schon weg?«

Mostyn schaute wieder zur Uhr. »Sie sind gegen Viertel nach zwölf aufgebrochen, also seit knapp einer Stunde.«

»Zeit genug, um kurz Halt bei Gunter's zu machen und dann weiterzufahren.« Penelope kniff die Augen zusammen. »Aber wahrscheinlich gibt keiner von uns sich der Illusion hin, dass sie gerade eine Runde durch den Park drehen.« Sie schaute die Männer der Reihe nach an, erst Barnaby, dann Stokes und Richard, schließlich Thomas. »Wohin also wird er sie bringen? Wie wird er sich die Gelegenheit verschaffen, die er braucht?«

Nach einigen Momenten des Schweigens meinte Richard: »Wenn er die ganze Zeit nur darauf aus war, William aus dem Weg zu schaffen, wird er jetzt, da er die Kinder gefunden hat und es ihm gelungen ist, sie aus dem Haus zu locken, nicht so kurz vor seinem Ziel aufgeben. Die Gelegenheit ist einfach zu günstig, das wird er sich nicht entgehen lassen.«

Alle Farbe wich aus Roses Gesicht.

Besänftigend legte Thomas seine Hand auf ihre. Dann wandte er sich wieder an die anderen. »Wir müssen so denken wie er, alle Hindernisse und Herausforderungen aus seiner Sicht betrachten.« Das war etwas, worauf Thomas sich ausgesprochen gut verstand. »Was immer er vorhat, es muss am Ende so aussehen, als sei es ein Unfall gewesen oder – wie im Falle Atwells oder bei Robert und Corinne – als bestünde kein Zusammenhang zwischen ihm und der Tat, da er zu dem Zeitpunkt nicht mit dem Opfer zusammen war.«

Barnaby nickte düster. »Sie haben recht. In diesem Fall bedeutet das wohl – denn wir wissen ja, dass er bei den Kindern ist –, dass er Williams Tod wie einen Unfall aussehen lassen wird. Und dazu muss er die Wachen irgendwie loswerden.«

»Beispielsweise«, spann Thomas den Faden weiter, »indem er einen Ort aufsucht, zu dem Phelps mit seiner Kutsche und Conner als Pferdeknecht keinen Zutritt haben.«

»Und der ihnen auch nicht gefährlich erscheint«, ergänzte Violet. »Weshalb ihnen gar nicht in den Sinn käme, die Kinder nicht mit Roger dorthin gehen zu lassen.«

»Genau.« Thomas schaute in die Runde. »Also wohin wird er mit den beiden gegangen sein?«

Alle dachten angestrengt nach, schließlich meinte Penelope: »Zur Börse vielleicht?«

Thomas überlegte kurz, dann schüttelte er den Kopf. »Nein, zu öffentlich. Ansonsten wäre es durchaus eine Möglichkeit, aber es herrscht zu viel Betrieb dort. Meines Wissens gibt es auch bloß einen einzigen Eingang.« Nachdem niemand sonst eine Idee hatte, führte er seine Überlegungen weiter aus. »Wir könnten die Bedingungen also noch dahingehend eingrenzen, dass der Ort möglichst verlassen sein sollte – und wenn die Kinder von sich aus Interesse daran zeigen, würde er gleich zwei Fliegen mit einer Klappe schlagen.« Er schaute erst zu Rose, dann zu Richard. »Wenn Roger die Kinder dazu gebracht hat, Gunter's vorzuschlagen, benutzt er vielleicht dieselbe Masche noch einmal. Er wird in William und Alice den Wunsch nach einem ganz bestimmten Ort wecken, bis sie dann von sich aus fragen, ob man nicht dorthin fahren könnte. Roger braucht es nicht selbst vorzuschlagen. Weil er so ein netter Onkel ist, wird er ihrem Drängen nachgeben und sich großzügig erbieten, die beiden dorthin mitzunehmen, womit er Phelps und Conner einmal mehr in falscher Sicherheit wiegt.«

Die anderen nickten. Die Logik dieses Szenarios war bezwingend.

Thomas schaute von Richard zu Rose und drückte ihre Hand fester. »Wo könnten sie also sein? Denkt nach – wohin könnten die Kinder unbedingt wollen, ein Gebäude, das verlassen steht oder fast verlassen und in das die Wachen sie mit Roger alleine gehen ließen?« Thomas machte eine Pause und setzte dann nach: »Es muss in der Nähe sein – in Mayfair oder der unmittelbaren Umgebung.«

»Richtig«, warf Barnaby ein, »Phelps und Conner würden sich niemals mehr als ein, zwei Stunden vom Haus entfernen, und jetzt sind es schon …«

»Seddington House!«, rief Richard Percival plötzlich. Er sah erst Rose an, dann Thomas. »Es ist ganz in der Nähe, in der Tilney Street. Seit vier Jahren steht es leer, aber Roger hat sicher einen Schlüssel – oder sagen wir, ich weiß, dass Marmaduke einen hat, und damit auch Roger.«

»Aber ja!« Rose schloss ihre Hand fest um Thomas' Arm und schaute ihm in die Augen. »William wird sich an das Haus noch erinnern – er war fünf, als er das letzte Mal dort war.«

»Und jetzt gehört es ihm«, schloss Richard trocken. »Für jemanden wie Roger dürfte es ein Leichtes sein, Williams Neugier zu wecken. Der Rest geschieht dann schon fast von selbst.«

»Oh ja.« Thomas wechselte einen Blick mit Barnaby. »Das kann ich mir sehr lebhaft vorstellen.«

Penelope schien noch nicht ganz überzeugt. »Aber würden Phelps und Conner die Kinder denn allein mit ihm in ein leer stehendes Haus gehen lassen?«

Thomas betrachtete sie einen Moment. »Aber wissen Sie denn, dass es leer steht?« Fragend schaute er zu Richard.

Der hatte die Lippen aufeinandergepresst und schüttelte den Kopf. »Wohl kaum. Sowohl die Wachen als auch die Kinder könnten das nur wissen, wenn Roger es ihnen sagt, was er natürlich nicht tun wird. Um keine Einbrecher anzulocken, haben wir dafür Sorge getragen, dass das Haus bewohnt wirkt. Es kommen regelmäßig Gärtner, die Vorhänge sind nicht zugezogen. Ab und an schicke ich ein paar meiner Bediensteten vorbei, damit sie die Räume putzen.« Richard schaute zu Rose. »Insgeheim hatte ich mich immer gefragt, ob du nicht irgendwann dort Zuflucht suchen würdest.«

»Mit anderen Worten«, fuhr Stokes barsch dazwischen, »nichts würde Phelps und Conner auf den ersten Blick Verdacht schöpfen lassen, dass Roger Percival sich mit den Kindern in ein menschenleeres Haus begibt.«

Richard nickte. »So ist es.« Seine Züge nahmen einen entschlossenen Ausdruck an. »Wir sollten uns auf den Weg machen.« Er wandte sich zum Gehen.

»Halt, warten Sie.« Stokes packte Richard beim Arm und hielt ihn zurück. »Wir können da nicht einfach so hereinplatzen. Wenn wir richtig liegen und Roger dort ist, hat er William bei sich, und wir können nicht wissen, wie Roger reagieren wird. Nicht auszudenken, wozu er fähig wäre, wenn wir ihn derart überrumpeln.«

»Das stimmt.« Penelope nickte. »Roger klingt wie jemand, der nicht lange fackelt, wenn sich eine Gelegenheit bietet. Er könnte William in dem plötzlichen Aufruhr die Treppe hinunterstoßen und später behaupten, der Junge sei vor Schreck gestolpert.« Hinter ihren Brillengläsern richtete Penelope den Blick auf Richard. »Und ein solches Szenario wollen wir ja gerade vermeiden.«

Richards kampfbereite Anspannung ließ ein wenig nach, und er nickte knapp. Als Stokes ihn losließ, zog er seine Manschetten zurecht und musterte die anderen mit düsterem Blick, bis er bei Rose anlangte. Einen Moment lang betrachtete er sie schweigend, dann sah er Thomas an. »Wir können nicht einfach abwarten, was passiert – wir müssen jetzt los und William und Alice vor Roger in Sicherheit bringen. Sie länger als irgend nötig in seiner Gewalt zu lassen, könnte fatal sein.«

Thomas neigte den Kopf. »Das sehe ich auch so.« Selbst er hörte, wie scharf und bestimmt seine Stimme auf einmal klang. »Aber es wäre töricht, das Haus einfach so zu stürmen. Wir brauchen einen Plan, eine zumindest halbwegs durchdachte Strategie, wie wir William und Alice möglichst unversehrt aus seiner Gewalt befreien können.« Nun richtete er seine gesamte Konzentration einzig darauf. »Roger weiß nicht, dass wir ihn verdächtigen. Es gibt keinen Anlass für ihn zu vermuten, wir könnten über die früheren Morde Bescheid wissen, von seinen jetzigen Absichten ganz zu schweigen.«

Er ging das Szenario in Gedanken durch und erklärte dann weiter. »Roger kann zudem nicht wissen, wie Rose zu Richard, Foley oder seinem Vater steht – er hält es für wenig wahrscheinlich, dass ihr euch heute Morgen getroffen und die Sache längst unter euch geklärt habt. Was er indes sicher weiß, ist, dass Rose und die Kinder sich seit ein paar Tagen in London aufhalten, sich nicht verstecken und gern gesehene Gäste in diesem Haus sind. Daher dürfte es ihm auch nicht seltsam erscheinen, wenn Rose bei einem Spaziergang die Kutsche der Adairs vor Seddington House stehen sieht und, nachdem sie es mit Phelps und Conner besprochen hat, das Haus betritt, um sich zu Roger und den Kindern zu gesellen und ihrem früheren Zuhause einen Besuch abzustatten. Vielleicht ja mit der Absicht, es wieder zu beziehen.« Hier warf Thomas einen fragenden Blick zu Richard.

Der nickte. »Sehr gut. Dann gehe ich zusammen mit Rose hinein und …«

»Nein«, beschied ihm Thomas in einem Ton, der keinen Widerspruch zuließ. Als ihn Richards verärgerter Blick traf, brachte er seine Ausführungen rasch und etwas ungehalten zu Ende, denn die Zeit drängte. »Roger kann eine Bedrohung in Ihnen sehen. Wir wissen nicht, welche Situation wir im Haus vorfinden werden, wo Roger sich aufhält und wo William und Alice. Wir dürfen auf keinen Fall riskieren, dass er sich zu einer Kurzschlussreaktion hinreißen lässt.«

Thomas schaute alle der Reihe nach an – Penelope, Barnaby, Stokes, Montague und Violet. »Rose wird ins Haus gehen, das steht außer Frage, aber der Einzige von uns hier anwesenden Männern, der sie dabei begleiten kann, bin ich. In mir wird Roger keine Bedrohung sehen, sondern einen körperlich Versehrten, der in keiner Beziehung zu den Percivals steht und keinen Verdacht gegen ihn hegt. Er wird mich mit einem Blick abtun und sich ganz auf Rose konzentrieren.«

Penelope war es, die ihn von allen am kritischsten betrachtete, mit kühl distanziertem Blick. Doch jetzt nickte sie, und das sehr entschieden. »Dem kann ich nur beipflichten. Mit Ihnen haben William und Alice eine reelle Chance, das Haus lebend zu verlassen.«

Nach kurzem Zögern schloss Barnaby sich dem Urteil seiner Frau an. »Das sehe ich auch so.« Er wühlte in den Taschen des alten Mantels, den er noch immer trug. »Fürs Erste muss das reichen. Wir brauchen Roger Percival nicht gleich heute zu verhaften – Hauptsache, wir machen ihm erst mal einen Strich durch die Rechnung.« Auch er sprach mit zunehmender Dringlichkeit. »Williams Leben zu retten und die Kinder aus Rogers Gewalt zu befreien, hat im Augenblick oberste Priorität.«

»Genau«, schloss Stokes sich an und nickte. »Um Roger Percival kümmern wir uns später. Der Rest von uns hält sich im Hintergrund, außer Sichtweite des Hauses. Wir warten erst mal ab. Niemand betritt das Haus, bevor die Kinder nicht in Sicherheit sind.«

»Hier.« Barnaby reichte Rose seine Trillerpfeife. »Wenn Sie unsere Hilfe brauchen, pfeifen Sie.«

»Aber erst, wenn William nicht mehr unmittelbar in Gefahr ist«, setzte Stokes nach. »Bis Sie William und Alice sicher in Obhut haben.«

Rose nahm die Pfeife und steckte sie in ihre Tasche.

Wie ihr Gatte hatte auch Penelope derweil nach etwas gesucht und fischte jetzt eine kleine Pistole aus ihrem Retikül. Nachdem sie sie routiniert überprüft hatte, reichte sie sie Thomas mit dem schlichten Kommentar: »Ist bereits geladen.«

Er nahm die Waffe und steckte sie in seine Jackentasche.

Etwas ratlos schaute Richard Percival von Rose zu Thomas und dann zu den anderen. »Ich mag kaum glauben, dass ich mich darauf einlasse, aber …« Er reichte Rose einen Schlüssel, den er von seinem Schlüsselbund gelöst hatte. »Hier, der Schlüssel zu Seddington House, falls Roger von innen abgesperrt hat. Es könnte ja auch plausibel sein, dass du ihn all die Jahre behalten hast.«

Rose nahm den Schlüssel entgegen und steckte auch ihn ein. »Danke. Wir werden unser Möglichstes tun, die beiden unversehrt zurückzubringen.«

»Nicht nur unser Möglichstes«, stellte Thomas klar, nahm ihre Hand und wandte sich mit zum Gehen. »Wir *werden* sie zurückbringen, sicher und wohlbehalten.«

»Na dann.« Stokes öffnete die Haustür. »Wir nehmen die Droschken bis Ecke Tilney und South Audley Street – ab da laufen wir.«

Arm in Arm mit Rose schlenderte Thomas die Tilney Street hinab, leichten Schrittes und entspannter Miene, als ob beide sich bloß ein wenig die Beine vertreten wollten. Ihr Ziel hätte der Hyde Park sein können, dessen grüne Weiten sich gleich hinter der Park Lane auftaten. Doch da fiel Thomas Penelopes Kutsche ins Auge, die vor einem der prächtigen alten Häuser am Ende der Straße stand.

Er wies mit seinem Spazierstock darauf, und nach einer erfreuten Bemerkung von Rose überquerten sie die Straße, um sich die Sache genauer anzusehen.

Richard hatte recht gehabt. Nach außen wirkte Seddington House bewohnt und gut in Schuss. Die Fenster glänzten, die Hecken waren getrimmt, die Wege gekehrt. Ein schmiedeeiserner Zaun trennte den gepflegten Garten von der Straße. Das Haus hatte zwei volle Stockwerke und ein

Mansardengeschoss unter dem steil abfallenden Dach, in das sich kleine Gaubenfenster schmiegten. Das Erdgeschoss lag etwas erhöht, und die schmalen Fenster darunter ließen vermuten, dass die Hauswirtschaftsräume sich im Souterrain befanden. Die Umgrenzung des Balkons über dem großen Erkerfenster im Erdgeschoss fand ihre Entsprechung in den Dachbalustraden.

Bei der Kutsche angelangt, wandte Thomas sich lächelnd an Phelps, der abgestiegen war und neben den Pferden stand. Als der Mann sie kommen sah, verbeugte er sich höflich. »Irgendein Lebenszeichen?«, fragte Thomas in leichtem Plauderton.

Da Barnaby, noch immer in seiner Arbeiterkleidung, die Vorhut gebildet und einen kleinen Plausch mit Phelps gehalten hatte, der dann wiederum Conner über den Ernst der Lage informiert hatte, trafen sie den Kutscher der Adairs den Umständen entsprechend angespannt, doch gefasst an. »Nein, Sir«, gab Phelps Auskunft. »Nichts. Habe sie auch an keinem der Fenster gesehen, soweit man das von hier aus überblicken kann.«

»Danke.« Thomas schaute zu Rose, die versonnen das Haus betrachtete. Es gelang ihr ziemlich gut, sich ihren Aufruhr nicht anmerken zu lassen. Mit noch immer mildem Lächeln fing Thomas ihren Blick auf. »Sollen wir hineingehen?« Er unterlegte seine Worte mit einer Geste, die genügen sollte, um Roger Percival, sollte er sie vom Haus aus beobachten, ihre Absicht deutlich zu machen.

Rose warf einen neuerlichen Blick auf das Haus, brachte dann ein strahlendes Lächeln zuwege und nickte. Ihre Finger schlossen sich zwar etwas zu fest um seinen Arm, aber in ihren Augen stand Entschlossenheit, als sie ihn ansah. »Ja, lass uns hineingehen.«

Gerade so, als machten sie sich zu einem erfreulichen kleinen Abstecher auf, spazierten sie durch das Tor, das Phelps ihnen aufhielt, und den ordentlich geharkten Kiesweg entlang zum Haus. Am Fuß der Freitreppe stand Conner und neigte höflich den Kopf, als er sie kommen sah. »Sir. Ma'am.« Nur das kurze Flackern seines Blicks verriet seine Anspannung.

»Haben Sie irgendetwas gehört?«, erkundigte Thomas sich mit gesenkter Stimme.

»Ich bin mir ziemlich sicher, dass sie nach oben gegangen sind, habe sie bislang aber nicht wieder herunterkommen hören. Die Kinder sind gerannt, das war nicht zu überhören.«

Thomas bewahrte eine ruhige Miene, auch wenn es ihm schwerfiel. »Wann sind sie nach oben gegangen?«

»Ungefähr vor zehn Minuten.« Conner straffte sich und hob das Kinn. »Geben Sie Bescheid, wenn Sie uns brauchen.«

»Das werden wir.« Thomas führte Rose die Stufen hinauf, denn zumindest ihm wurde immer deutlicher, wie sehr die Sorge um die Kinder ihr doch zusetzte.

Sie fanden die Haustür unverschlossen, was Thomas indes keineswegs beruhigte. Roger Percivals dreistes Vorgehen war vielmehr überaus alarmierend. Er hatte die Tür offen gelassen, damit Conner, sollten aus dem Haus verdächtige Geräusche kommen, ein Schrei oder dergleichen, hineinstürmen konnte, statt vor verschlossener Tür zu stehen und sich zu wundern, was das sollte. Eine verschlossene Tür würde Roger erklären müssen, so aber hätte er gleich einen Zeugen für einen vermeintlichen Unfall.

Der Mann kombinierte zweifelsohne schnell und verstand sich auf Details, auf jene scheinbaren Nichtigkeiten, die einen Geringeren zu Fall gebracht hätten.

Während er sie vor sich her ins Haus schob, beugte Thomas sich zu Rose hinab und flüsterte. »Denk an deine Rolle.« Es war wichtig, dass sie die Fassade wahrte, sich den Anschein gab, dass sie Roger keiner bösen Absichten verdächtigte.

Er folgte ihr hinein, schaute sich mit allenfalls mildem Interesse um und schloss die Tür hinter ihnen.

Nach ein paar Schritten blieb Rose in der Mitte der Halle stehen. Sie lauschte, spitzte die Ohren, aber nichts. Kein Kichern von Pippin, keine Schritte von Homer, die rasch über die Dielen huschten. Seit sie das Haus betreten hatte, war eine Stille über sie gekommen, als habe ihr Körper sämtliche Funktionen eingestellt und sich einzig aufs Abwarten verlegt. Sie drehte sich nach Thomas um, der langsam auf sie zukam.

Er fing ihren Blick auf, lächelte ermutigend und sagte in ganz normaler Lautstärke: »Ich frage mich, wo sie wohl stecken.«

Sein Blick blieb auf sie gerichtet, gab ihr Kraft und Zuversicht und ermahnte sie, sich an das Szenario zu halten, das sie sich auf dem Weg hierher noch rasch zurechtgelegt hatten.

So wandte sie sich wieder zur Treppe, erhob die Stimme und rief: »William? Alice? Roger, bist du hier?« Kurz hielt sie inne und hob dann erneut an. »Ich bin es – Rose. Rosalind. Thomas und ich sind gerade vorbeigekommen und haben die Kutsche draußen stehen sehen. Ich weiß gar nicht, wann ich das letzte Mal hier war … Aber bestimmt wart ihr beiden auch dabei. Erinnert ihr euch? Das ist lange her. Wo steckt ihr denn?«

Mit angehaltenem Atem horchten sie und Thomas hinauf, warteten auf eine Antwort, irgendein Lebenszeichen – und tatsächlich, von ganz weit weg war das Scharren eines Schuhs zu hören.

Sie sah Thomas an; er hatte es auch gehört und bedeutete ihr, dass sie weitermachen sollte.

Nachdem sie tief Luft geholt hatte, versuchte sie, ihre Stimme so fröhlich und unbeschwert wie möglich klingen zu lassen. »Ihr spielt doch nicht etwa Verstecken, oder? Sollen wir euch suchen kommen? Na schön. Ihr wisst ja, dass Thomas nicht so schnell laufen kann, es könnte also ein bisschen dauern. Aber wir finden euch schon!«

Thomas nickte anerkennend und folgte ihr, noch immer mit diesem milden Lächeln auf den Lippen, zur Treppe. »Geh ruhig vor«, flüsterte er. »Aber keine Eile. Ganz gleich, was passiert, bloß nicht rennen.«

Sie begannen die Treppe hinaufzugehen; Thomas musste jede Stufe einzeln nehmen.

Auf dem ersten Treppenabsatz wartete Rose auf ihn, ehe sie die restlichen Stufen zum ersten Stock nahmen. »Halte dich so lange wie möglich an deine Rolle«, flüsterte Thomas, als sie fast oben angelangt waren. »Du darfst sie erst fallen lassen, wenn du die Kinder in den Armen hältst und nach Verstärkung gepfiffen hast.«

Sie drückte nur seinen Arm zum Zeichen, dass sie verstanden hatte.

Auf der Galerie im ersten Stock blieben sie stehen und schauten sich um.

Thomas war schon in einigen verlassenen Häusern gewesen. Seine Instinkte waren noch immer hellwach, nach dem Unfall vielleicht noch schärfer als zuvor, und sie sagten ihm, dass dieses Haus nicht menschenleer und verlassen war. Das Geräusch, das sie gehört hatten, kam allerdings nicht aus dieser Etage.

Er fing Roses bangen Blick auf. »Gibt es ein Kinderzimmer?«, fragte er leise.

Sie nickte und deutete die Galerie hinab zu einem Durchgang, hinter dem schemenhaft eine schmale Treppe auszumachen war, die zum Mansardengeschoss führte.

Ganz nah trat er an sie heran und senkte die Stimme. »Beschreib mir die Räumlichkeiten da oben, so gut du dich erinnerst.«

Sie sah ihn an und senkte die Stimme ebenfalls zu einem Flüstern. »Die Treppe hat drei kurze Abschnitte. Du kommst praktisch direkt über uns heraus.« Sie hob den Blick zur Decke. »Es gibt einen Gang, der genau über dieser Galerie verläuft und sich vom vorderen Teil des Hauses bis ganz nach hinten erstreckt. Wenn du nach vorn läufst«, sie wies in die Richtung, »gelangst du erst zu den Kammern für die Zimmermädchen und den Räumen der Kinderfrau. Die letzten vier, zwei auf jeder Seite, sind die Kinderzimmer. William und Alice hatten die beiden Zimmer, die direkt ans Schulzimmer grenzen – das ist der langgestreckte Raum ganz am Ende des Korridors, und er erstreckt sich über die gesamte Vorderseite des Hauses.«

Thomas nickte. »Fang jetzt wieder an zu reden. Sag ihnen, dass wir sie jetzt suchen kommen – rede einfach immer weiter und geh dabei langsam bis in den vorderen Teil des Hauses.« Er zeigte geradeaus. »Tu so, als würdest du in den vorderen Zimmern auf dieser Etage suchen.«

Ihre Miene verdüsterte sich. »Und du …«

Er nahm ihre Hand und drückte sie kurz, aber fest. »Jetzt nicht, wir haben keine Zeit. Sie sind oben, und es ist verdächtig ruhig. Ich gehe jetzt hinauf, und ich will, dass du sie ablenkst. Sie sollen glauben, dass wir hier unten nach ihnen suchen.«

Einen Moment sah sie ihn schweigend an, dann trat sie vor ihn, umfing sein Gesicht und küsste ihn. Ganz kurz nur.

»Sei vorsichtig«, murmelte sie und schaute ihm in die Augen.

Dann ließ sie ihn los, drehte sich rasch um und ging die Galerie entlang. Laut rief sie: »Wir suchen jetzt hier oben nach euch. Pippin? Wo steckst du denn? Versteckst du dich vielleicht in Mamas Zimmer?«

Thomas lief zu dem Durchgang, der nach oben führte, warf noch einen letzten Blick zurück und hörte, wie Rose ihre Suche fortsetzte. Dann umfasste er seinen Stock fester und begab sich, so schnell es ihm auf den steilen Stufen möglich war, nach oben.

Trotzdem dauerte es quälend lang, aber dann, endlich, hatte er es geschafft. Auf der obersten Treppenstufe blieb er stehen. Unten hörte er Rose noch immer in regelmäßigen Abständen ihre Suche von Zimmer zu Zimmer kundtun. Immer, wenn sie kurz aussetzte, lauschte er und meinte plötzlich ein seltsam schleifendes, scharrendes Geräusch zu hören. Dann drangen auch gedämpfte Stimmen zu ihm.

Aus der Richtung des Schulzimmers.

Vorsichtig wagte er sich aus der Deckung des Treppenhauses, achtete darauf, seinen Stock nicht auf den dünnen Teppich aufzusetzen und eilte rasch zur Tür des Schulzimmers.

Sie stand halb offen; das Zimmer dahinter war von hellem Tageslicht erfüllt. An keinem der hohen Gaubenfenster hingen Vorhänge.

Die Stimmen waren jetzt näher und deutlicher. Auch wenn Thomas noch immer kein Wort verstehen konnte, erkannte er doch Homers helle Jungenstimme, dann, zu seiner Erleichterung, auch ein kurzes Glucksen von Pippin – das sofort von einer tiefen, tödlich lockenden Männerstimme übertönt wurde.

Roger, Homer und Pippin mussten irgendwo hinter dieser Tür sein.

Verborgen im Schatten der Tür suchte Thomas jene Seite des Zimmers ab, die er einsehen konnte, doch da war nichts, was ihm Aufschluss gegeben hätte, wo die drei waren. Vorsichtig streckte er die Hand aus und schob die Tür etwas weiter auf. Immerhin quietschte sie nicht, und während er noch erleichtert aufatmete, versuchte sein Verstand schon zu begreifen, was er vor sich sah.

Eines der Fenster stand weit offen. Roger hatte beide Kinder mit auf das Dach genommen, hatte sie nach draußen gezwungen – mit vorgehaltener Pistole.

Nur wenige Schritte vom offenen Fenster entfernt hielt der Schuft Pippin mit einer Hand umfangen. Viel Kraft musste er nicht aufwenden, denn da er ihr mit der anderen Hand die Pistole ans Kinn hielt, wehrte die Kleine sich nicht. Vor Schreck war sie wie versteinert.

Vermutlich diente Pippin ihm als Druckmittel, mit dem er Homer als Ersten hinaus aufs Dach gezwungen hatte. Es konnte einem das Herz brechen, wie der Junge da stand, tapfer und aufrecht, die kleinen Fäuste geballt, das Kinn gereckt – und doch auf verlorenem Posten. Er stand weiter entfernt vom Fenster, fünf Schritte mochten zwischen ihm und seinem vermeintlich netten Onkel sein – der seine kleine Schwester mit einer Pistole bedrohte.

Der Abschnitt des Dachs, auf dem sie sich befanden, war ein schmaler Vorsprung, gut einen halben Meter breit, der zwischen der flach umlaufenden Brüstung und dem steil aufragenden Schindeldach lag, in das die Fenster eingelassen waren.

Conner stand zu dicht am Haus, um überhaupt bemerken zu können, welches Drama sich zwei Stockwerke über ihm abspielte. Thomas schaute zur Straße, wo Phelps mit der Kutsche wartete, und musste feststellen, dass die dichte Krone eines alten Baums dem Kutscher die Sicht auf den oberen Teil des Hauses versperrte.

Rogers gesamte Aufmerksamkeit war auf Homer gerichtet, und der erwiderte seinen Blick, ohne mit der Wimper zu zucken. »Denk dran«, raunte Roger dem Jungen zu, »wenn du nicht tust, was ich von dir verlange, oder um Hilfe schreist, könnte ich mich erschrecken und versehentlich den Abzug drücken – und das willst du doch nicht, oder?«

Nachdem einige Momente lastenden Schweigens verstrichen waren, lächelte Roger. »Sehr gut. Und jetzt pass auf, Folgendes wirst du tun …« In diesem Ton sprach er weiter, leise und beschwörend, um sich sein Gegenüber gefügig zu machen …

Thomas sah rot. Er war kurz davor, sich auf Roger zu stürzen und dem Spuk ein Ende zu machen. Nur mit knapper Not behielt er die Beherrschung.

Mit einem tiefen Atemzug, den Blick auf das Geschehen vor sich gerichtet, unterdrückte er jene Gefühle, die ihn zu überwältigen drohten und nach raschem, unbedachtem Handeln verlangten. Stattdessen horchte er in sich hinein, suchte und fand sein altes Ich, das längst vergessen und begraben schien, nun jedoch mühelos wieder zum Vorschein kam.

Er hieß es willkommen und hüllte sich darin ein wie in einen alten, abgetragenen Mantel.

Malcolm Sinclair hatte keine Gefühle gekannt. Keine Empfindungen, keine Skrupel, die ihm in die Quere gekommen, ihn abgelenkt hätten von seinen Plänen.

Um Homer und Pippin zu retten, musste er wieder Malcolm Sinclair werden.

Sein Blick klärte sich, sein Verstand arbeitete wie eine gut geölte Maschine.

Die Frage war, wie nah ans Fenster er gelangen konnte, ohne dass Roger oder eines der Kinder ihn bemerkte und ihn mit einer unbedachten Reaktion verriet.

Er lehnte seinen Stock an den Türrahmen und glitt lautlos ins Zimmer. Ein Schritt. Noch einer. Sein lahmes Bein hinderte und quälte ihn, doch er wusste den Schmerz auszublenden, der ihn jedes Mal scharf durchfuhr, wenn er sein Hinken unterdrückte.

Es ging nicht um ihn, sondern um Homer und Pippin.

Was war sein Leid gegen ihr Leben?

»Das werde ich nicht!«, schleuderte Homer Roger ruhig, doch unversöhnlich entgegen. »Wir dachten, Sie wären nett – wir mochten Sie. Aber Sie sind ein Monster!« Mit dem Kinn deutete er auf Pippin. »Lassen Sie sie los!«

Roger lächelte charmant und völlig gelassen. »Ich lasse sie los, sobald du gesprungen bist – großes Ehrenwort.«

»Ehrenwort?« Für einen Neunjährigen brachte Homer reichlich gerechten Zorn auf. »Was soll Ihr Ehrenwort schon wert sein? Ich weiß genau, was Sie vorhaben: Sie werden sie nach mir hinunterstoßen, denn wenn Sie sie gehen lassen, könnte sie erzählen, was Sie getan haben.«

Rogers Lächeln nahm einen hässlichen, spöttischen Zug an. »Wie du meinst. Soll ich sie dann als Erste hinunterwerfen?«

Homer erbleichte.

Malcolm war beim offenen Fenster angelangt.

Homer sah ihn – und seine Augen weiteten sich.

Roger entging es nicht, und er schaute sich kurz um.

Geriet in Panik, fuhr herum und nahm die Pistole von Pippins Kinn.

Malcolms Blick war nicht auf die Waffe gerichtet, sondern auf Pippin. Eindringlich, beschwörend sah er das Mädchen an. »Pippin – *lass dich fallen!*«

Sie riss die Augen weit auf.

Dann machte sie sich schlaff und ließ sich zu Boden sacken.

Roger versuchte sie festzuhalten, doch sie entglitt ihm wie ein nasser Fisch.

Fluchend starrte er zu Malcolm. Mit einer verächtlichen Geste ließ er von der Kleinen ab, die zu Homer hinüberrobbte, so schnell sie konnte. Der Junge zog sie hinter sich, und sie kauerte sich hinter ihm zusammen.

Eine Sekunde lang erwiderte Roger Malcolms Blick, dann drehte er sich um und richtete die Pistole auf Homer.

Damit war die Sache entschieden.

Malcolm stützte sich auf beiden Seiten des Fensters ab, sprang heraus und stürzte sich auf Roger Percival.

Mit voller Wucht krachte er gegen den Mann, packte seinen Arm und riss ihn zur Seite.

Percival fluchte, Malcolm packte fester zu und drehte Percivals Arm nach oben.

Ein Schuss löste sich und verhallte harmlos am Himmel.

Percival brüllte vor Wut. Mit seiner freien Hand stieß er Malcolm von sich.

Und taumelte selbst einen Schritt zurück.

Stieß mit den Kniekehlen gegen die flache Brüstung.

Mit weit aufgerissenen Augen und wild rudernden Armen fiel Percival langsam hintüber.

Malcolm, von dem Stoß ebenfalls aus dem Gleichgewicht gebracht, stolperte haltlos hinterher, versuchte sich zu fangen und gleichzeitig zurückzuweichen.

Percival schlug in blinder Verzweiflung um sich, bekam Malcolms Mantel zu fassen und klammerte sich daran.

Dann verlor er den Halt und stürzte in die Tiefe.

Und riss Malcolm mit sich.

Er fiel.

Stürzte wieder hinab in unendliche Tiefen.

Und wieder schien die Zeit stehen zu bleiben.

Aber diesmal sah er nicht schlaglichtartig sein Leben an sich vorbeiziehen, sondern durchlebte mit allen Sinnen das, woran er bislang keinerlei Erinnerung gehabt hatte. Das tosende Donnern des Wasserfalls, die eisigen Fluten, die über ihm zusammenschlugen. Vor allem aber erinnerte er sich an das blanke Entsetzen, als er im freien Fall auf die zerklüfteten schwarzen Felsen zugestürzt war …

Das Bild verblasste.

Diesmal empfand er nur Frieden.

Ein Gefühl der Endgültigkeit.

Der Vollendung.

Das Ende.

Ein Schrei durchbrach die Stille.

Rose. Seine Rose.

Seine geliebte Rose.

Sein Weg zum Frieden, seine Erlösung.

Etwas traf hart gegen seine Rippen; ein trockenes Knacken hallte durch die Luft.

Er konnte nichts mehr sehen, die Welt verschwamm ihm vor Augen.

Sein Körper taumelte im freien Fall, ein scharfer Schmerz durchfuhr ihn, überwältigte ihn.

Mit einem dumpfen Laut schlug er auf. Auf weicher Erde statt auf zerklüfteten Felsen.

Aber kam es darauf an?

Das war sein Ende.

Langsam schloss er die Augen und fügte sich in das Schicksal.

Auf dem halbrunden Balkon über dem großen Erkerfenster stand derweil Rose, blind und benommen vor Tränen und schwach ums Herz, und blies aus Leibeskräften in die Trillerpfeife, um Hilfe herbeizurufen.

16. Kapitel

Er hörte leise flüsternde Stimmen, undeutliches Gemurmel, konnte aber nicht verstehen, was gesagt wurde oder wer da sprach.

Vielleicht war es der Heilige Petrus, der an der Himmelspforte über sein Schicksal zu befinden hatte? Wohin sollte er ihn schicken? Aber da Thomas nicht an Gott glaubte, waren es vielleicht die Göttinnen des Schicksals, die über das seine verhandelten.

Komme, was da wolle – er hatte alles in seiner Macht Stehende getan. Und jetzt war sein Leben vorbei.

Er dämmerte wieder weg. Hier konnte der Schmerz ihm nichts mehr anhaben, in jenen Sphären, wo nichts mehr existierte.

Aber *er* war doch noch hier … oder? Er lebte … oder nicht?

Fragen, die seinen benommenen Geist überforderten; zu dicht war der Nebel, der ihn einhüllte.

Und so ließ er sich wieder fallen, hörte auf, Fragen zu stellen, ließ sich einfach treiben.

Als er das nächste Mal zu Bewusstsein kam, stellte er fest, dass er wieder Herr seiner Sinne war, und auch sein Verstand schien zu funktionieren.

Bei seinem Körper war er sich nicht ganz so sicher.

Bevor er Letzteres prüfte, ließ er seine Sinne weiterschweifen, machte sich ein Bild der Lage.

Er lag … vermutlich in einem Bett, unter dem Kopf ein

dickes Kissen und über sich eine daunenweiche Decke, die ihn warm umhüllte.

Damit hatte er nun gar nicht gerechnet.

Er versuchte, die Augen zu öffnen, doch seine Lider waren bleischwer. Als es ihm schließlich doch gelang, schaute er blinzelnd um sich.

Auf einem Stuhl am Bett saß Rose und hatte den Kopf über eine Näharbeit gebeugt.

In der Küche von Breage Manor hatte er sie so oft so sitzen sehen, dass er zunächst dachte, sein Gedächtnis spiele ihm einen Streich … dass sie es gar nicht war, sondern eine bloße Erinnerung an sie.

Doch dann, als spüre sie seinen Blick auf sich, schaute Rose auf – und sah ihn an.

»Gott sei Dank!«, stieß sie in heller Erleichterung aus. Ein Lächeln voller Liebe und Dankbarkeit ließ ihr Gesicht erstrahlen.

Sie legte ihr Nähzeug beiseite, stand auf und kam zu ihm.

Sacht legte sie ihre Hand auf seine, die reglos auf der Bettdecke lag, und erwiderte seinen still verwunderten Blick. »Ich liebe dich.«

Das Lächeln verblasste nicht; ihr Blick war fest und klar.

Er lebte.

Seine Gefühle überwältigten ihn, machten ihn schwanken, schwindelig, trunken vor aufwallendem Glück. Er betrachtete ihr Gesicht, ließ ihre geliebten Züge auf sich wirken, sog die Empfindungen auf, die er von ihren Augen ablesen konnte. Ein trockenes Lächeln spielte um seine Lippen. »Diesmal also nicht wieder im Kloster.«

Die Worte kamen ihm schwer über die Lippen, klangen rau und fremd in seinen Ohren. Sein Hals war wie ausgedörrt.

Rose lachte hell auf, wie berauscht vor Glück und Erleichterung. Sie nahm ein Glas Wasser vom Nachttisch, hielt es ihm an die Lippen und drängte ihn, etwas zu trinken.

»Wie fühlst du dich?«, fragte sie, nachdem er zwei Schlucke genommen hatte.

Er runzelte die Stirn, als müsse er selbst erst darüber nachdenken.

Sie stellte das Glas wieder beiseite, setzte sich zu ihm aufs Bett und nahm seine Hand in ihre – sie musste ihn einfach berühren, konnte nicht von ihm lassen, nun, da er wieder bei ihr war.

Ein Moment verstrich, dann hob er den Blick und sah sie an. »Ich weiß es nicht genau. Ich war mir sicher, dass ich sterben würde.«

In seinen letzten Worten schwang eine Frage mit, die sie ihm beantworten wollte. »Nein, nach Ansicht des Arztes war dein Leben nie in Gefahr. Der Baum hat dich gerettet. Du bist einige Male gegen die Äste geprallt, wodurch dein Sturz abgebremst wurde und du dich so gedreht hast, dass du in einem der Blumenbeete gelandet bist statt auf dem Kies oder dem Stein der Beetumrandung. Ein paar Rippen hast du dir gebrochen, aber die sind gerichtet und werden heilen. Der Arzt meinte zudem, dass du dir deine ohnehin schon lädierte Hüfte und das lahme Bein verrenkt hast; und eine Wunde am Rücken, wo der größte Ast dich getroffen hat, musste genäht werden, aber …« Sie atmete tief durch. »Er ist sehr zuversichtlich, dass mit der Zeit nichts weiter davon bleiben wird als eine Narbe am Rücken.«

Sie beobachtete ihn, wie er die Nachricht verarbeitete und sein unglaubliches Glück zu begreifen versuchte. »Der Arzt war gar der Ansicht, dass deine früheren Verletzungen dich in gewisser Weise geschützt haben – da dein Körper so viel ausgleichen musste, haben Muskeln und Gelenke eine unglaubliche Kraft entwickelt und der Belastung besser standgehalten, als sie es bei einem bis dahin unversehrten Mann getan hätten.«

Das schien zu helfen.

Er drehte seine Hand und verschränkte seine Finger mit den ihren, dann sah er sie direkt an. »Homer und Pippin – William und Alice. Wie geht es den beiden?«

Sie grinste und erwiderte den Druck seiner Finger. »Sie stecken das von uns allen bislang am besten weg. Natürlich war es für sie ein ebensolcher Schock wie für uns Erwachsene, aber sowie der Arzt meinte, du würdest wieder auf die Beine kommen, war der Schreck vergessen. Mittlerweile betrachten sie das Ganze als ein riesiges Abenteuer und erzählen jedem, der es hören will, wie sie mit knapper Not den Fängen eines ›echten Mörders‹ entkommen sind. Für sie ist Roger jetzt bloß noch ›dieser schlechte Mensch‹.«

»Kindermund tut Wahrheit kund – er ist ja auch ein schlechter Mensch.«

Thomas – denn der war er nun ohne jeden Zweifel wieder – entsann sich noch genau Rogers Stimme dort oben auf dem Dach. Wieder meinte er, diesen beschwörenden Singsang zu hören, das Dunkle, Abgründige, das in jedem Wort mitschwang, und er musste ein Schaudern unterdrücken. Als er aufschaute, begegnete er Roses Blick. »Ich bin in meinem Leben schon vielen schlechten Menschen begegnet«, sagte er. »Roger war nicht unbedingt der bemerkenswerteste unter ihnen, aber er war der schlimmste.«

Er versuchte, sich etwas aufzusetzen, und fragte fast nebenbei: »Was ist mit ihm geschehen?«

»Er liegt unter Polizeibewachung im Krankenhaus, hat aber kaum Überlebenschancen.«

Thomas fiel auf, dass in ihrer Stimme nicht die Spur von Mitleid oder Bedauern mitschwang. Roger war für sie so oder so gestorben.

Und er konnte es ihr nicht verdenken.

Langsam ließ er den Kopf wieder aufs Kissen sinken, schaute sich um, sah die Möbel, den Schrank, den Waschtisch und stellte fest, dass er sich in einem ganz gewöhnlichen Schlafzimmer befand. Durch das Fenster war ein Stück blauer Himmel zu sehen, und das Laub der Bäume bewegte sich leicht im Wind. »Wo bin ich eigentlich?«

Fragend schaute er zu Rose und sah sie lächeln.

»Im Haus von Barnaby und Penelope. Sie haben darauf bestanden, dass wir alle vier zu ihnen ziehen, bis du wieder so weit genesen bist, dass wir uns überlegen können, wie es weitergehen soll und wohin wir wollen.«

Er erwiderte ihren Blick schweigend. »Wir?«, vergewisserte er sich ruhig.

Sie nickte entschieden. »Wir.« Ihr Ton ließ keinen Zweifel daran, dass es ihr ernst war. Kaum merklich kniff sie die Augen zusammen, als fordere sie seinen Widerspruch geradezu heraus – und als wäre er damit schlecht bedient.

Wir. Sein Blick blieb auf sie gerichtet, doch er zögerte wie so oft, rang mit sich, das auszusprechen, was im Grunde unausweichlich schien, die Worte zu finden, um die Vorstellung Wirklichkeit werden zu lassen, aber am Ende gab er dem Moment nach, den Gefühlen, die er in sich spürte – und sagte nichts.

Er war sich nicht sicher, wie es weitergehen sollte. Was sein könnte.

Er würde sich das alles noch einmal gründlich durch den Kopf gehen lassen, aber … Mit einem tiefen Seufzer wurde ihm bewusst, dass er sich dazu noch zu schwach fühlte.

Die Lider wurden ihm schwer und fielen langsam zu. Er versuchte, dagegen anzukämpfen und bei ihr zu bleiben, aber dann spürte er, wie sie sacht über seine Hand strich, sich über ihn beugte und einen Kuss auf seine Stirn hauchte.

»Schlaf jetzt«, flüsterte sie. »Wir sind da, wenn du aufwachst.«

Ihre Worte schenkten ihm eine tiefe Gewissheit, und er ließ los und glitt hinüber in den Schlaf.

Über eine Woche verging, bis Thomas es wieder mühsam die Treppe hinunter und wieder hinauf schaffte. Gleich am Tag darauf beschloss Penelope, eine Dinnerparty zu geben.

»Komm«, sagte Rose, die sich bei ihm untergehakt hatte und ihn stützte, als er am oberen Ende der Treppe stehen blieb. »Die anderen warten schon im Salon.«

Es brauchte fünf weitere Minuten, bis sie es umsichtig, Schritt für Schritt nach unten geschafft hatten. Endlich in der Halle angelangt, richtete Thomas sich erleichtert auf und war froh, dass er den ersten Teil des Abends bewältigt hatte.

Rose lächelte ermutigend. Arm in Arm gingen sie zum Salon, wo ihnen ein strahlender Mostyn die Tür öffnete.

Als sie eintraten, erwartete sie ein wahres Fest.

Alle waren sie versammelt: Barnaby und Penelope, Stokes und Griselda, Montague und Violet, und auch Richard Percival – all die Menschen, die Thomas in den letzten Wochen kennen und schätzen gelernt hatte und die so viel dazu beigetragen hatten, William, Alice und Rose zu retten.

Die Kinder waren natürlich auch da, nicht nur William und Alice, die sich allmählich wieder an ihre alten Namen gewöhnten, sondern auch Oliver, der Sohn von Barnaby und Penelope, und die kleine Megan von Stokes und Griselda. Beide waren noch Säuglinge, die aber schon munter umherkrabbelten und ihre ersten wackeligen Gehversuche wagten – die Thomas, wenn er ehrlich war, ein wenig an seine eigenen unbeholfenen Schritte erinnerten. Mittlerweile war auch kaum noch zu übersehen, dass Violet und Montague ebenfalls Nachwuchs erwarteten, wenngleich es bei den beiden noch ein wenig dauern würde.

Die Erwachsenen waren, mit ihren Gläsern in der Hand, bei ihrem Kommen aufgestanden und sahen Thomas freudig lächelnd entgegen.

Leicht verwundert blieb er stehen. Er hatte angenommen, es würde eine Dinnerparty, wie sie schon öfter stattgefunden hatte; er hatte nicht damit gerechnet …

Barnaby hob sein Glas. »Auf unseren siegreichen Helden!«

»Auf unseren siegreichen Helden!«, schlossen die anderen sich an, hoben ebenfalls ihre Gläser und tranken auf sein Wohl.

Er blinzelte rasch und sah sich verlegen um. Es ließ sich nicht leugnen – er war tatsächlich wieder Thomas, mit all dessen teils irritierenden Gefühlen und Empfindungen und den daraus resultierenden Komplikationen.

Jemand drückte ihm ein Glas in die Hand.

Er schaute zu Rose und sah, dass sie bereits eines hatte und mit den anderen auf ihn anstieß.

Ihre Blicke trafen sich, und er sah das Glück in ihren Augen, und das ließ ihn innehalten, in sich gehen, wie er es so oft tun musste, um sich zu sammeln. Doch als Thomas wusste er – dank ihr –, was zu tun war.

Und so schaute er in die Runde, hob sein Glas und sagte: »Danke.« Ein Wort, das ihm aus tiefstem Herzen kam. Nach einer kurzen Pause setzte er nach: »Ohne die Unterstützung von Ihnen allen hätte ich es nicht geschafft, die Kinder zu befreien.«

Die anderen lächelten, lachten, machten launige Bemerkungen und neigten in ehrlicher Anerkennung den Kopf. Dann kehrten sie wieder an ihre Plätze zurück, damit man in Ruhe reden und sich über die neuesten Entwicklungen austauschen konnte.

Auf seinen Stock gestützt humpelte Thomas zu dem Zweiersofa, das man wohl für ihn und Rose freigehalten hatte, ließ sich etwas umständlich darauf nieder und lehnte sich mit einem stillen Seufzer zurück. Rose setzte sich neben ihn. Er sah sie an und empfand nichts als Glück, eine tiefe Dankbarkeit und die schlichte Freude, noch am Leben zu sein.

Die Unterhaltung hatte sich, wenig verwunderlich, den entscheidenden Momenten in Seddington House zugewandt.

Stokes und Barnaby, Penelope, Montague und Violet sowie Richard Percival hatten sich zu dem Zeitpunkt bereits am Haus oder doch in der Straße eingefunden und die dramatischen Minuten auf dem Dach aus nächster Nähe verfolgen können.

»Aber gesehen haben wir Sie erst ganz zuletzt«, erläuterte ihm Richard. »Erst dann, als Sie sich auf Roger gestürzt haben.«

»Es war furchtbar«, meinte Violet. »Wir wussten wirklich nicht, was wir tun sollten. Ob wir Phelps und Conner verständigen sollten, damit sie …«

»Oder ob es nicht besser wäre, selbst ins Haus zu stürmen«, unterbrach Stokes und schüttelte den Kopf. »Das waren die längsten Minuten meines Lebens.«

»So etwas möchte ich nie wieder erleben müssen«, beschied Penelope in fester Absicht.

Griselda hob die Brauen, als traue sie ihren Ohren kaum.

Penelope nahm es mit einem Schulterzucken. »Na ja … nicht, wenn es sich vermeiden lässt.«

Da lachte Griselda hell auf, und Barnaby fing den Blick seiner Frau auf und lächelte. Das klang doch schon viel mehr nach Penelope.

Kurz darauf begab man sich hinüber ins Speisezimmer, und eine Zeit lang wandten die Gespräche sich leichteren Themen zu.

Penelope hatte Richard Percival, den überzähligen Herrn in der kleinen Runde, neben Thomas gesetzt. Zwischen den Gängen nutzte Richard die Gelegenheit, um Thomas' Aufmerksamkeit auf sich zu ziehen: »Ich habe bereits mit Rose gesprochen, und natürlich auch mit William. Da ohnehin bald Sommerferien sind und die Schulen schließen, dachten wir uns – natürlich nur, wenn Sie nichts dagegen haben –, dass er seinen Unterricht erst einmal unter Ihrer Anleitung fortsetzen könnte, zumindest für die nächsten paar Monate. Bis dahin haben wir ja reichlich Zeit, uns verschiedene Schulen anzusehen und zu überlegen, welche am besten für ihn geeignet ist. Außerdem wäre es gut, wenn er sich mit den familieneigenen Gütern vertraut machen und mehr Zeit auf Seddington Grange verbringen würde.«

Damit hatte Thomas nun gar nicht gerechnet.

Richard versuchte Thomas' plötzlich wie erstarrte Miene zu deuten, doch es gelang ihm nicht. Etwas behutsamer meinte er: »Uns ist bewusst, was wir da von Ihnen verlangen, und wenn Sie eine solche Verantwortung nicht auf sich nehmen möchten, kann ich es auch so einrichten, dass Rose und die Kinder erst einmal in Seddington House leben. Dann stellen wir einen Hauslehrer an und …«

»Nein.« Das Wort brach förmlich aus Thomas heraus, eine Reaktion, die allein dem Impuls, seinem Gefühl geschuldet war. Aber konnte er wissen, was in ein paar Tagen, Wochen wäre? Er schaute über den Tisch zu Stokes, der in ein ernstes Gespräch mit Montague vertieft war und bislang nicht hatte erkennen lassen, dass er sich ihrer Abmachung überhaupt noch entsann, aber Thomas mochte nicht glauben, dass er sie einfach so vergessen hatte. »Es wäre vielleicht das Beste«, sagte Thomas ruhig und wandte sich wieder an Richard, »wenn wir alles erst einmal so beließen, wie es ist, bis ich weiß, wie die Dinge stehen.«

Richards Blick ging an Thomas vorbei zu Rose, die auf seiner anderen Seite saß. Mit einem Lächeln nickte er. »Ja, natürlich. Wie gesagt, es sind noch einige Monate hin, ehe wir über Williams weiteren Lebensweg entscheiden müssen.«

Thomas' Verhältnis zu Rose galt es natürlich mit in die Waagschale zu werfen. Wobei das ebenso ungeklärt war wie alles andere – und bislang sah es nicht so aus, als würde das Pendel hier zu seinen Gunsten ausschlagen.

Da Thomas von diesen Fragen gerne ablenken wollte, fragte er: »Was ist denn jetzt mit Marmaduke? Ich gehe davon aus, dass er noch immer Williams Mitvormund ist?«

Richard nickte. »Das ist er. Aber seien wir ehrlich – er hat nie großes Interesse daran gezeigt, sich um den Familienbesitz zu kümmern. Weder Foley noch ich können uns vorstellen, dass er jetzt, da William wieder aufgetaucht ist, auf einmal regen Anteil am Leben des Jungen nehmen sollte. Ach ja, das Rechtliche hat Foley zwischenzeitlich geklärt: Die Gerichte wissen Bescheid, dass William am Leben und gesund und munter ist.«

Richard schwieg einen Moment. »Marmaduke persönlich geht es im Übrigen sehr schlecht. Im Augenblick sitzt er Tag und Nacht an Rogers Bett. Als er von den Umtrieben seines Sohnes erfahren hat, war er schockiert – geradezu entsetzt. Erst wollte er es gar nicht glauben, aber seit er die Wahrheit kennt, ist er ein gebrochener Mann. Ich gehe nicht davon aus, dass wir – oder William – noch irgendwelche Einmischungen von seiner Seite zu befürchten haben.«

Thomas schaute über den Tisch zu William, der Alice an seiner Seite sitzen hatte. Beide Kinder waren ganz aus dem Häuschen, weil sie heute mit den Erwachsenen essen durften. »Was ist mit der Öffentlichkeit?«, fragte Thomas. »Wie viel weiß der *ton*?«

Richard war seinem Blick gefolgt und verstand, worauf er hinauswollte. In Kreisen der feinen Gesellschaft war niemand wohlgelitten, der einen Verbrecher wie Roger in der Familie hatte. »Wir haben versucht, die Sache so diskret wie möglich zu handhaben, und dank der Adairs ist uns das auch weitestgehend gelungen. Natürlich wissen eine ganze Menge Leute Bescheid, das ließ sich kaum vermeiden, aber zum Großteil wissen diese Leute den Wunsch nach Diskretion zu schätzen.«

Thomas nickte erleichtert. »Das ist gut.«

Nun verlangte Rose nach seiner Aufmerksamkeit, und so wandten er und Richard sich wieder dem allgemeinen Tischgespräch zu.

Als sämtliche Gänge abgetragen waren, der Nachtisch verspeist war und auch die eingelegten Feigen ganz hervorragend gemundet hatten, begab man sich wieder hinüber in den Salon. Die Unterhaltung begann sich um allgemeinere Themen zu drehen, und auf Thomas' Bitte hin berichteten Adair und Montague ihm, was ihm in den Tagen entgangen war, die er im Bett hatte verbringen müssen.

Bald begannen die Kinder zu gähnen und Rose meinte, nun sei aber langsam Zeit fürs Bett.

Mit einem verschlafenen Lächeln, einer Verbeugung und einem etwas wackeligen Knicks verabschiedeten die zwei sich von den Erwachsenen und trotteten vorbei an Mostyn, der gerade den Teewagen hereinrollte, zur Tür und Richtung Bett.

Stokes setzte sich in seinem Sessel zurecht. »Ich wollte es nicht in Gegenwart der Kinder erwähnen«, begann er. »Die beiden haben schon mehr als genug gehört – geschweige denn erlebt –, und das Wesentliche kann man ihnen immer noch später erklären, sollte dazu überhaupt die Notwendigkeit bestehen.« Er schaute in die Runde. »Heute Nachmittag ist Roger Percival wie erwartet seinen Verletzungen erlegen, hat vorher aber noch ein vollumfängliches Geständnis abgelegt.«

»Moment!« Penelope hieß ihn warten. »Lass mich erst den Tee servieren, dann können wir uns alle entspannt zurücklehnen und sind ganz Ohr.«

Dankend nahm Thomas seine Tasse entgegen und fing Stokes' Blick auf. »Ehe Sie anfangen, könnten Sie mir vielleicht noch kurz schildern, was passiert ist, nachdem Roger und ich vom Dach gestürzt sind. Leider sind mir die genauen Ereignisse nicht mehr ganz so präsent.«

Stokes musterte ihn einen Moment schweigend, ehe er zu seinem Bericht ansetzte. »Weil Roger Sie mit sich gerissen hat, sind Sie mit dem Gesicht voraus gefallen, praktisch kopfüber, zudem näher am Haus und mehr zur Gartenseite – dort, wo der Baum steht, der Ihnen das Leben gerettet haben dürfte. Durch die Baumkrone sind Sie hinabgestürzt, dabei gegen etliche Äste geschlagen, was Ihren Fall bereits ziemlich gebremst hat, und schließlich in dem Blumenbeet an der Vorderseite des Hauses aufgekommen. Roger ist rücklings über die Dachbrüstung gestürzt, in einem weiteren Bogen, der ihn vom Haus wegtrug. Er schlug halb auf dem Kiesweg auf, halb im Blumenbeet. Die steinerne Einfassung des Beetes hat ihm das Kreuz gebrochen und einen Lungenflügel verletzt. Er hätte sich nie von seinen Verletzungen erholt, hat aber bis heute durchgehalten.«

Thomas nickte knapp. »Danke.«

Stokes nahm seine Tasse von Griselda entgegen, trank einen Schluck und blickte dann in die gespannten Gesichter. »Wir von Scotland Yard gehen mittlerweile davon aus, dass Marmaduke Percival über die Pläne seines Sohnes zu keiner Zeit im Bilde war. Wie Richard bereits meinte, ist Marmaduke … vielleicht nicht gerade schlichten Gemüts, aber doch sehr leicht zu beeinflussen. Sein Sohn wusste das und hat es schamlos ausgenutzt.«

Stokes stärkte sich mit einem weiteren Schluck Tee, ehe er fortfuhr. »Roger hatte horrende Schulden. Noch während seiner Schulzeit hat er gemeinsam mit seinem Freund Atwell angefangen, sich Geld zu leihen. Die beiden gaben gern vor, reicher zu sein, als sie waren, und lebten ständig über ihre Verhältnisse. Dabei haben sie sich noch gegenseitig angestachelt und sind schon früh an jene skrupellosen Geldverleiher geraten, die Jungen aus gutem Hause ihren kostspieligen Lebenswandel vorschießen. Seinen Vater hat Roger überhaupt nie um Geld gebeten, denn bis ihm klar wurde, wie tief er gesunken war, und bis er seine aufgelaufenen Schulden begleichen wollte, hatte er längst erfahren, dass Marmaduke kaum eigenes Vermögen hatte und es niemals reichen würde, um Rogers Schulden zu tilgen. Und so hat Roger sich immer tiefer in Verbindlichkeiten verstrickt. Früher hatte er immer noch seine Verbindungen zu den Seddingtons ausspielen können, aber nach Williams Geburt begann es für Roger eng zu werden. Schließlich musste er etwas unternehmen, um seine zunehmend unduldsamen Gläubiger zu beschwichtigen. Also hat er den Mord an seinem Cousin Robert und dessen Frau Corinne geplant, um danach auch noch William aus dem Weg zu schaffen. Auf diese Weise würde Rogers Vater den gesamten Besitz erben, und das hätte erst mal gereicht, um Rogers Haut zu retten.

Roger hat sich ein starkes Schlafmittel besorgt, das ausreichte, um Robert, Corinne und auch William ins Jenseits zu befördern. Er ist nach Seddington Grange gefahren, um seinen Plan in die Tat umzusetzen, doch kurz bevor er dort ankam, hat er gesehen, wie Robert und Corinne im Zweispänner aus der Auffahrt kamen. Sie fuhren nicht in seine Richtung, sondern nach Norden, und er ist ihnen unbemerkt gefolgt. Auf den Klippen über Grimsby sah er, wie sie hielten und sich einen Platz zum Picknicken suchten. Er hat sich rasch ein Wirtshaus gesucht, eine Flasche Wein gekauft und sich zu ihnen gesellt. Heimlich gab er das Schlafmittel in ihre Gläser, doch war er so schlau, ihnen nicht zu viel zu geben. Sie schliefen davon ein, starben aber nicht daran.«

Mit düsterer Stimme fuhr Stokes fort: »Roger hat bis zum Einbruch der Dunkelheit gewartet, dann fuhr er sie in seinem Wagen hinunter zum Jachthafen. Er brachte sie an Bord von Roberts Segelboot und fuhr dann hinaus in die Bucht, wo er die reglosen Körper – noch waren Robert und Corinne am Leben – in die Segel schnürte und das Boot zum Kentern brachte. Getragen von den Segeln würden sie lange genug über Wasser bleiben, dass man sie finden würde. Dann ist er an Land geschwommen und zurück nach London gefahren.«

Stokes wandte sich an Rose. »Am Abend der Beerdigung haben Sie Roger gehört, der sich vor Atwell damit brüstete, wie er sich aus dem Schlamassel befreit hatte. Dem armen Atwell indes stand das Wasser noch immer bis zum Hals. Und Sie haben ganz recht daran getan, sofort zu handeln, denn Roger hatte geplant, William gleich am nächsten Tag ebenfalls ein Schlafmittel zu verabreichen. Als Sie und die Kinder dann verschwunden waren, sagte sich Roger, dass es darauf nicht wirklich ankam. Sein Cousin und dessen Frau waren tot, das war die Hauptsache; und der einzige Seddington, der noch zwischen ihm und dem Erbe – oder vielmehr seinem Vater und dem Erbe – stand, war ein Fünfjähriger, der spurlos verschwunden war. Roger gab seinen Gläubigern zu verstehen, dass William wohl auch nie mehr auftauchen würde, und er, Roger, ungehinderten Zugang zum Familienvermögen hätte, sobald die sieben Jahre verstrichen waren, die es brauchte, um William offiziell für tot zu erklären. Auf dieser Grundlage hielten seine Gläubiger ihn wieder für kreditwürdig. Für Roger war Williams Verschwinden lediglich eine vorübergehende Verzögerung.«

Seinen Blick auf Richard richtend, fuhr Stokes fort: »Und dann hat Roger mitbekommen, dass Sie nach William suchten, was die Sache in seinen Augen noch viel einfacher machte. Über Marmaduke hielt er sich über Fortschritte auf dem Laufenden und behielt auch Curtis und seine Leute im Blick. Roger nahm an, dass ihm noch reichlich Zeit zum Handeln bliebe, sollte William tatsächlich gefunden werden. Und wenn man ihn nicht fand – auch gut. Er war in jedem Fall ganz unbesorgt. Nur dass die Zeit natürlich nicht stehenblieb und seine Schulden weiter wuchsen, was seine Gläubiger immer mehr verstimmte. Man begann Forderungen an ihn zu stellen, ihn unter Druck zu setzen. Das ist aber erst kürzlich passiert. Zwei Jahre zuvor jedoch fand Atwell – sein alter Schulfreund und Vertrauter – sich bereits mit dem Rücken zur Wand. Da er sich nicht anders zu helfen wusste, versuchte er sein Wissen über die Morde an Robert und Corinne zu Geld zu machen und erpresste Roger. Der hat sich Atwell daraufhin vom Hals geschafft, womit auch dieser Mordfall geklärt wäre.«

Einen Moment lang sammelte Stokes sich, ehe er weitersprach. »Aber um wieder in die Gegenwart zurückzukehren: Auch für Roger begann es langsam brenzlig zu werden. Er musste William finden, ihn töten und dafür sorgen, dass man seine Leiche fand – anders ließen seine Gläubiger sich nicht mehr besänftigen. Sie verlangten Garantien, dass er eines Tages, und das möglichst bald, alles zurückzahlen könnte. Roger nahm Curtis' Leute ins Visier. So wusste er, dass Richard durch Curtis auf die Spur von Rose und den Kindern gekommen war. Jetzt musste er bloß noch abwarten, um im entscheidenden Moment zuschlagen zu können. Als sein

Diener dann William, Rose und Alice in Penelopes Kutsche steigen sah, hätte Roger am liebsten sofort gehandelt, denn je eher William tot war, desto besser für ihn. Doch er war mehr als zuversichtlich, dass sich bald eine Gelegenheit bieten würde. Er hat mit allem gearbeitet, was sich ihm bot, da war er sehr erfinderisch.« Stokes hielt inne, sah Thomas an und neigte den Kopf. »Und fast wäre es ihm ja auch gelungen, aber glücklicherweise nur fast.«

»Jetzt ist er also tot«, schloss Richard Percival, und dass sie alle recht froh darum waren, brauchte er gar nicht laut auszusprechen.

Stokes nickte. »Meine Vorgesetzten sind natürlich hocherfreut, dass gleich mehrere alte Fälle aufgeklärt werden konnten. Keine offenen Fragen mehr, alles kann zu den Akten, so hat man es gern.«

Thomas schaute zu Stokes, doch der Inspektor trank gerade den Rest seines Tees aus und schien seinen Blick nicht zu bemerken. Vermutlich, sagte sich Thomas, war seinen Worten auch gar keine besondere Bedeutung beizumessen.

Penelope, Griselda und Violet stiegen in das Gespräch ein und schnitten andere Themen an, die ein wenig das Dunkel vertrieben, das sich mit Roger Percival über sie gesenkt hatte.

Unter der entschlossenen Führung der Damen hellte die Atmosphäre sich allmählich wieder auf, bis schließlich alle wieder lächeln und lachen konnten.

Thomas schaute sich in dem kleinen Kreis um, lauschte den kleineren und größeren Vorhaben der anderen und ertappte sich bei dem Gedanken, dass auch er eine Zukunft haben wollte, die er planen, auf die er sich freuen, an der er seine Freunde Anteil haben lassen konnte. Stattdessen saß er stumm dabei, hörte den Ausführungen der anderen zu und umschiffte elegant alle an ihn gerichteten Fragen. Niemand störte sich daran. Vielleicht dachten sie, er sei noch nicht ganz genesen und daher noch nicht dazu gekommen, langfristigere Pläne ins Auge zu fassen. Und so drang niemand weiter in ihn – nicht mal Penelope.

Er ließ sich umfangen von der Herzenswärme aller Anwesenden, dem Gefühl der Verbundenheit, und wie er sie so der Reihe nach ansah, hatte er keinen Zweifel daran, dass er auf ihre Freundschaft würde zählen können – es schon jetzt konnte, wenn er nur bereit wäre anzunehmen, was sie ihm so großzügig anboten. Er hatte sie gut genug kennengelernt in den letzten Tagen und Wochen, um zu dieser Einsicht zu gelangen.

Und so wusste er auch, dass ihre Worte von Herzen kamen und ernst gemeint waren, als sie am Ende des Abends hinaus in die Halle gingen, um sich zu verabschieden, und ein jeder von ihnen sich der Reihe nach an ihn wandte, ihm alles Gute und weiterhin eine rasche Genesung wünschte, ihm die Hand schüttelte und die Wange küsste in der Gewissheit, dass man einander bald wiedersähe.

Er hingegen hätte nicht sagen können, ob sie einander jemals wiedersehen würden.

Das lag allein in der Hand von Stokes und der Polizei. Sie waren es, die über sein Schicksal entschieden.

Sie würden darüber befinden, wie seine Zukunft aussah.

Er hatte sich auf einen Handel eingelassen und würde jetzt nicht von seinem Teil der Abmachung zurücktreten. Stokes und Adair hatten den ihren mehr als erfüllt – jetzt war es an Thomas, den vereinbarten Preis zu zahlen.

Stokes und Griselda gingen zuletzt.

Nachdem er sich von Barnaby, Penelope und Rose verabschiedet hatte, wandte Stokes sich an Thomas und streckte ihm die Hand hin. Als Thomas einschlug, sah Stokes ihn an und nickte anerkennend. »Ich komme morgen früh vorbei.

Es wird Zeit, dass wir Sie auch im Fall Malcolm Sinclair auf den aktuellen Stand bringen.«

Thomas spürte, wie ein eisiger Hauch seine Seele berührte, aber er ließ sich nichts anmerken. Ruhig erwiderte er Stokes' unergründlichen grauen Blick und neigte den Kopf. »Ich werde hier sein und Sie erwarten.«

Mit einem knappen Nicken zog Stokes seine Hand zurück und wandte sich zu Griselda, der er die kleine Megan abnahm. Keine Minute später waren sie schon draußen in ihre Kutsche gestiegen und in die Nacht verschwunden.

Mostyn schloss die Haustür. Rose und Penelope, die ihnen voraus die Treppe hinaufgingen, hatten die Köpfe zusammengesteckt und schienen wieder irgendeinen Ausflug zu planen. Mit einem vielsagenden Grinsen schloss Barnaby sich Thomas an, und zusammen folgten sie ihren Frauen nach oben.

Er hatte gewusst, dass sie in dieser Nacht zu ihm kommen würde. Da er wenig Vertrauen in seine Zukunft setzte, hatte er längst alle nötigen Vorkehrungen getroffen, hatte vor Wochen schon sein Testament geändert. Sollte ihm etwas zustoßen, wäre für Rose und ein Kind, das sie möglicherweise erwartete, gut gesorgt. Er wusste nicht, was der morgige Tag bringen würde, und wollte im Hinblick auf ihr künftiges Wohlergehen kein Risiko eingehen.

Er lag bereits im Bett, die Arme hinter dem Kopf verschränkt, als sie zur Tür hereinschlüpfte. Im gedämpften Kerzenschein schimmerte ihr Nachthemd weiß, ihr Morgenrock in einem warmen Rosé.

Als sie an sein Bett trat und sah, dass er noch wach war, lächelte sie.

Mehr als bloße Freude schien in ihren Augen auf, und wenngleich er es für unklug hielt, gerade heute, sagte er doch kein Wort, als sie ihre Kerze auf dem Nachttisch abstellte und sich den Morgenrock von den Schultern streifte.

Stattdessen betrachtete er sie, konnte sich kaum sattsehen an ihr, wie sie sich über die Kerze beugte, ihr Haar mit einer Hand zusammenfassend, und die Flamme ausblies.

Dunkelheit umfing sie, aber der Mond schien hell genug, dass er die freudige Erwartung in ihrem Gesicht sehen konnte, als er die Bettdecke anhob und sie rasch darunter schlüpfte, wo er ein wenig zur Seite gerutscht war, um ihr neben sich Platz zu machen.

Sie drehte sich zu ihm um, legte ihre Hände an seine Brust und schaute ihm in die Augen, sah ihn suchend an und neigte dann fragend den Kopf. »Wie – nicht einmal *ein* Versuch, mir klarzumachen, dass du keine Zukunft hast und ich das hier lieber lassen sollte?«

Nein, sie hatte es nicht vergessen.

Genauso wenig wie er.

Er legte seine Hand auf ihre, hob sie an seine Lippen und streifte sacht ihre Finger, dann drehte er sie um und drückte, ohne den Blick von ihren Augen zu wenden, einen heißen Kuss auf ihre Handfläche. »Ich habe aufgehört, mir etwas vorzumachen.« Durch das Zwielicht ließ er seinen Blick wandern über ihr schimmerndes Haar, ihr Gesicht, ihre Schultern. »Ich habe aufgehört, so zu tun, als würde ich dich nicht wollen.« Er sah sie wieder an. »Als würde ich dich nicht lieben. Als wärst du nicht so unerlässlich für mich wie Sonne und Mond und Wind und Regen.«

Einen Moment schaute sie ihn bloß an, dann legte sie ihm die Hand in den Nacken und zog ihn an sich. »Gut. Dann lass mich dich lieben.«

Und so ließ er ihr ihren Willen – oder ließ sie zumindest in dem Glauben. Erwiderte ihren Kuss, der sich rasch verselbstständigte und immer leidenschaftlicher wurde. Hungrig, heiß und verlangend, bis er sie beide in seiner Gewalt hatte, sie befeuerte und verzehrte.

Ein Sturm der Leidenschaft und des aufgestauten Verlangens riss sie mit sich. Während der letzten Wochen hatten die Umstände ihnen so oft versagt, auf diese Art Zeit miteinander zu verbringen, jetzt aber konnten sie ihrer Begierde endlich freien Lauf lassen.

Ihre Hände suchten und fanden, tasteten und liebkosten und nahmen in Besitz, wonach sie verlangte. Lautlos flatterte Roses Nachthemd zu Boden. Mit einem wonnigen Seufzer ließ sie sich in seine Arme sinken und verlangte schamlos nach mehr, ließ ihre Hände und Lippen, ihren ganzen Leib zu ihm sprechen.

Und diesmal war es an ihm, ihr mehr zu geben, ihr alles zu geben. Alle Zurückhaltung aufzugeben, alle Zweifel zu vergessen und sie einfach nur – zu lieben.

Ihr seine Liebe zu beweisen.

Ihr alles zu zeigen, was er für sie empfand. Alle Gefühle, zu denen er fähig war. Alles, was sich in sein Herz geschlichen und dort Wurzeln geschlagen hatte.

All das legte er ihr zu Füßen, offenbarte sich ihr ganz.

Er wusste nicht, was der Morgen ihnen bringen würde, aber diese Nacht gehörte ihnen. Keiner konnte ihnen das nehmen.

Sie hatten einander.

Und ihre Liebe.

Fest legten sich ihre Hände auf seine, mit denen er ihre Hüften gepackt hatte und sie festhielt, während er sie schmeckte und sich labte an ihr, sie beide um den Verstand brachte.

Beide waren sie nackt, wie sie es noch nie gewesen waren, nackt und bloß; er hatte sich all dessen entledigt, was noch zwischen ihnen gestanden hatte, hatte sie sehen lassen, wie tief seine Gefühle für sie waren, hatte sie an seine Verletzlichkeit rühren lassen.

Hatte sie alles spüren lassen, was er empfand.

Für sie.

Seine Rose, die zu lieben ihm so viel mehr bedeutete, als er sich jemals zu erhoffen gewagt hatte.

Sie war nicht bloß seine Rettung, als die sie ihm zunächst erschienen war; sie war sein Ein und Alles. Für sie würde er alles geben, sich selbst, sein Leben.

Hier und jetzt, in dieser Nacht, fand er sich vor die Wahl gestellt, schien der Augenblick der Offenbarung gekommen.

Doch als er über sie kommen und sich mit ihr vereinen wollte, hielt sie ihn sanft zurück und drängte ihn auf den Rücken. »Nein«, sagte sie mit schwerer Stimme. »Du hast noch Schmerzen.«

Woher sie es wusste, hätte er nicht sagen können, aber als sie sich auf ihn setzte und ihn in sich aufnahm, ihn mit ihrem Schoß umfing und in sich barg, war er sogar willens ihr das zu geben – seine völlige Hingabe.

Sie ritt ihn, bis er nichts mehr wahrnahm als einen Mahlstrom von Lust und Leidenschaft, von Hunger und Begehren, und er folgte ihr, ließ sich mit ihr treiben, um jeden Moment des Glücks zu teilen, bis sich unweigerlich der steile Gipfel auftat vor ihnen, den sie so schnell erklommen, dass ihnen schwindelte und sie geblendet waren von der Kraft des Glücks, das sie oben empfing.

Für diesen einen, strahlend hellen Moment schien die Zeit stillzustehen, hielt die Ekstase sie in der Schwebe, glasklar und schimmernd wie der reinste Diamant.

Dann gingen sie entzwei. Sie beide, die gebannte Stille dieses Augenblicks – alles barst im goldenen Glanz eines neu geborenen Sterns.

Freude und Entzücken und unendliche Liebe erfüllten sie, das reinste Glück pulsierte in ihnen.

Sanft sanken sie hinab, ließen sich fallen in tiefer Erfüllung.

Er schloss sie in seine Arme und hielt sie fest, gab sich ihrer Freude hin, ihrem Glück.

Vor allem aber ihrer Liebe.

17. Kapitel

Als Stokes hereinkam, stand Thomas gerade am Fenster des hinteren Salons und schaute Rose, Penelope und Griselda zu, die mit allen vier Kindern im Garten spielten.

Thomas sah sich kurz um und wandte sich zum Gehen, da er annahm, der Inspektor wolle ihn in offiziellerem Rahmen sprechen, aber Stokes hielt geradewegs auf ihn zu und blieb, den Blick ebenfalls auf das häusliche Idyll gerichtet, bei ihm stehen.

Gut, ihm sollte es recht sein. Thomas schaute wieder hinaus.

Und wartete.

Schließlich meinte Stokes: »Um eines gleich klarzustellen: Das war nicht allein meine Entscheidung. Ich habe mich mit Adair besprochen, da er ja auch in die Sache verwickelt war. Sein Vater und der Chief Commissioner haben sich in der Frage ebenfalls Gedanken gemacht – schließlich haben wir es mit einem solchen Fall nicht alle Tage zu tun.«

Thomas erwiderte nichts. Er wusste nicht, was er hätte sagen sollen.

Er wartete weiter ab.

Aber Stokes schwieg.

Bis Thomas schließlich den Eindruck gewann, dass der Inspektor sich schwertat, die richtigen Worte zu finden – weshalb er ihm die Sache etwas erleichtern wollte. »Sie sind vermutlich hier, um mich zu verhaften«, sagte er ruhig.

Stokes verschränkte die Hände hinter dem Rücken und fasste sich ein Herz. »Nein.« Nach einer kurzen Pause fuhr er, den Blick noch immer aus dem Fenster gerichtet, fort: »Ich bin hier, um Ihnen mitzuteilen, dass von unserer Seite – also seitens der Metropolitan Police und aller an dem Fall Beteiligten – die Sache klar ist: Malcolm Sinclair ist vor fünf Jahren gestorben, als er von der Brücke am Will's Neck-Wasserfall in Somerset in die Tiefe stürzte, kurz nachdem er Charles Morwellan, Earl of Meredith, vor einem ähnlichen Schicksal bewahrt hat.«

Thomas blinzelte. »Aber das stimmt nicht.«

»Sie meinen, weil Sie gar nicht gestorben sind? Gut, Sie mögen noch am Leben sein, aber glauben Sie mir, Sinclair ist mausetot. Er wurde offiziell für tot erklärt – auf mein Anraten hin, möchte ich hinzufügen –, sein Testament wurde vollstreckt, und einige Gentlemen von Rang und Namen haben viel Zeit und Sorgfalt darauf verwandt, den Nachlass in seinem Sinne zu ordnen. Haben Sie eigentlich eine Ahnung, was es uns für Scherereien machen würde, Malcolm Sinclair jetzt von den Toten auferstehen zu lassen?« Stokes schob energisch das Kinn vor und schüttelte den Kopf. »Und wozu? Nur um Sie wegen eines Geständnisses, das Jahre her ist, zu hängen oder in die Strafkolonien zu verbannen?« Stokes schnaubte. »Nichts für ungut, aber Polizei und Gerichtsbarkeit haben wahrlich Besseres mit ihrer Zeit anzufangen.«

Thomas runzelte die Stirn. Das war nun wirklich nicht das, womit er gerechnet hatte. Er wusste nicht recht, wie er jetzt reagieren sollte, was tun – ob es richtig wäre, einfach seinem Gefühl zu folgen und die Sache so hinzunehmen, keinen Blick mehr zurück zu tun, oder ob er es sich damit nicht zu einfach machte. Hieße das nicht, dass er feige vor seiner Verantwortung zurückscheute, sich seiner gerechten Strafe entzog?

Als Stokes ihn schließlich ansah, las er ihm das Dilemma sofort vom Gesicht ab. Und er schien es zu verstehen. »Versuchen Sie einfach, es aus Sicht der Allgemeinheit zu betrachten«, riet er. »Das ist der Standpunkt, den wir einnehmen, wenn wir uns vor moralische Fragen wie diese gestellt sehen. Während Malcolm Sinclair durch sein Handeln menschlichen Tragödien, gar Verbrechen Vorschub geleistet hat, so muss man auch festhalten, dass sein Tod sehr vielen Menschen Gutes gebracht hat. Dafür haben die Verfügungen in seinem Testament Sorge getragen; und wie ich bereits erwähnte, haben nicht wenige Gentlemen von Rang und Namen viel Zeit und Sorgfalt darauf verwandt und mit ihrem guten Ruf dafür gebürgt, dass alles seine Richtigkeit hatte und in seinem Sinne umgesetzt wurde.« Stokes hielt kurz inne, um seine Worte wirken zu lassen. »Wenn Sie unter wahrer Gerechtigkeit ausgleichende Gerechtigkeit verstehen, dürften die Umstände von Malcolm Sinclairs Tod und die in seinem Testament getroffenen Verfügungen die Fehler seines Lebens ausbügeln. Er hat reichlich Wiedergutmachung geleistet, seine Bilanz ist damit ausgeglichen und seine Akte geschlossen.«

Stokes schwieg einen Moment. »Was uns nun zu Ihnen bringt – Thomas Glendower. Der Mann, der Sie jetzt sind, stellt für niemanden mehr eine Bedrohung dar. Vielmehr sind Sie ein Zugewinn für die Gesellschaft, und das in mehrfacher Hinsicht. Durch die von Ihnen getätigten Investitionen unterstützen Sie eine Vielzahl von gemeinnützigen Einrichtungen, angefangen von wohltätigen Zwecken, die den Bedürftigsten zugutekommen, bis hin zu den Wissenschaften und schönen Künsten.« Stokes räusperte sich. »Wäre die Polizei so töricht, etwas gegen Sie zu unternehmen, dürften ein Gutteil der Damen von Mayfair und wohl auch einige der Herren dem Chief Commissioner die Tür einrennen und Aufklärung darüber verlangen, was wir uns dabei bloß denken.«

Als wolle er einem Einwand zuvorkommen, hob Stokes die Hand, bevor er fortfuhr. »Glauben Sie nicht, dass wir einfach ein Auge zudrücken. Ich habe alles genau überprüfen lassen. Auch wenn sich für uns nicht ganz nachvollziehen lässt, wie Sie, Thomas, zu Ihrem Anfangskapital gekommen sind, so handelte es sich doch um eine vergleichsweise überschaubare Summe. Selbst wenn ein Teil davon unrechtmäßig erworben sein sollte, so ist doch jeder Zuwachs, der seither zu verzeichnen ist, allein Ihrer Anlagetätigkeit geschuldet, für die Sie anscheinend ein ziemliches Händchen haben. Das habe ich mit Montague abgeklärt, und er hat mir unter Eid versichert, dass trotz der hohen Renditen, die Sie einfahren, alles mit rechten Dingen zugeht. Die Summen, die Sie seither in wohltätige Zwecke investiert haben, lassen jene Beträge, mit denen Sie angefangen haben, praktisch bedeutungslos erscheinen.«

Stokes senkte den Blick und machte erneut eine Pause, die diesmal bedeutsamer, gewichtiger wirkte.

Thomas wartete. Er merkte, dass noch mehr kommen würde, wusste aber, dass er nicht drängen durfte. Trotz der Richtung, die Stokes' Ausführungen nahmen, mochte Thomas es sich noch nicht erlauben, zu hoffen.

»Es gibt Situationen«, fuhr Stokes etwas leiser fort, »in denen man sich als Polizist vor die Wahl gestellt sieht, sich strikt an die Vorgaben des Gesetzes zu halten, oder aber im Sinne der Allgemeinheit zu handeln, der zu dienen man sich verpflichtet hat. Solche Situationen sind selten, zugegeben. Allerdings sind sich Adair, dessen Vater, der Chief Commissioner und alle, die mit diesem Fall zu tun hatten, einig, dass wir es hier mit einer solchen Situation zu tun haben und vor eben dieser Wahl stehen. Und uns allen ist klar, in welche Richtung unsere Entscheidung gehen sollte.« Stokes schaute auf, und zum ersten Mal, seit er den Raum betreten hatte, sah er Thomas direkt an. Verständnis und Mitgefühl sprachen aus seinen schiefergrauen Augen, die sonst so kühl und unergründlich wirken konnten. »Malcolm Sinclair ist tot. Thomas Glendower lebt und ist eine Stütze der Gesellschaft.«

Thomas erwiderte Stokes' Blick – und plötzlich fühlte er sich seltsam schwach, losgelöst von der Wirklichkeit. So schwerelos, als würde seine Seele schweben …

Was er empfand, war Erleichterung. Eine so abgrundtiefe und bodenlose Erleichterung, wie er sie nicht für möglich gehalten hatte. Wenn er ehrlich war, hatte er nie ernsthaft geglaubt, dass dieser Augenblick seiner Vergebung, seiner Freiheit wirklich kommen würde.

»Danke.« Mehr konnte er nicht sagen.

Stokes deutete ein Lächeln an und wandte sich dann wieder der Szene im Garten zu. »Mir brauchen Sie nicht zu danken«, meinte er und wies hinaus. »Wenn Sie sich nicht bloß mir, sondern der Welt erkenntlich zeigen wollen – da haben Sie Ihre Aufgabe. Rose, William und Alice brauchen Sie. Sie brauchen jemanden, der ihre Geschicke in die Hand nimmt und es gut mit ihnen meint.«

Thomas war Stokes' Blick hinaus in den Garten gefolgt, wo Rose, William und Alice mit den anderen in wildem Spiel herumtobten. »Sie haben Richard Percival«, wandte er ein. »Er ist ihr nächster Angehöriger, er gehört zur Familie.«

»Das mag sein, aber sie trauen ihm nicht auf dieselbe Weise, wie sie Ihnen vertrauen. Und daran dürfte sich auch in Zukunft wenig ändern. Insbesondere Rose wird sich bei ihm niemals so sicher fühlen, wie sie es bei Ihnen tut. Und was William angeht … Nun, der Junge ist ein heller Kopf. Intelligenter vielleicht, als gut für ihn ist, aber damit kennen Sie sich ja aus. Wenn jemand weiß, wie man diesen Wissensdurst in konstruktive Bahnen lenkt, dann Sie.«

Thomas versuchte Stokes' Worte zu begreifen, sie in ihrer ganzen Bedeutung anzunehmen. Die Möglichkeiten, die sich vor ihm auftaten, waren mehr, als er sich je zu erhoffen gewagt hatte. Fast fühlte er sich von der Aussicht ein wenig erschlagen. Er kam sich vor wie ein Kind, dem am Weihnachtsmorgen die Erfüllung seines sehnlichsten Wunsches versprochen wird, und das sich dann kaum traut, die Hand danach auszustrecken aus Furcht, alles könne nur ein Traum gewesen sein … Er holte tief Luft und zwang sich, seine Befürchtung in Worte zu fassen. »Das heißt dann … was genau? Dass ich als Thomas Glendower weiterleben soll und …«

Diesmal schien Stokes blind für seine Gefühlslage, für die Zweifel und Unsicherheiten, die ihn in seinen Grundfesten erschütterten. Vielleicht wollte er sie auch nicht sehen. Den Blick auf das lebhafte Grüppchen im Garten gerichtet, zuckte Stokes mit den Schultern. »Leben Sie einfach Ihr Leben.« Er deutete hinaus. »Heiraten Sie Ihre Rose, helfen Sie ihr, William und Alice großzuziehen, bekommen Sie selbst Kinder.« Ein Grinsen huschte über Stokes' Gesicht. »Glauben Sie mir, es gibt nichts Besseres. Nichts verändert einen Mann so sehr, wie eigene Kinder zu haben – natürlich nur zum Guten. Und da wir gerade davon sprechen«, Stokes sah ihn von der Seite an, »ich glaube, ich werde mich dem bunten Treiben da draußen mal anschließen.«

Ehe Thomas wusste, wie ihm geschah, nickte er zustimmend. Er atmete noch einmal tief durch, fasste seinen Spazierstock fester und folgte Stokes durch die offene Flügeltür hinaus. »An Ihr Angebot … muss ich mich noch ein wenig gewöhnen«, meinte er entschuldigend.

Stokes lachte bloß. »Zu viel Zeit sollten Sie sich nicht lassen – schließlich sind Sie auch nicht mehr der Jüngste.«

Nachdem er auf die Veranda hinausgetreten war, wartete Stokes, bis Thomas zu ihm aufgeschlossen hatte. »Übrigens, sollten wir in künftigen Fällen auf knifflige Fragen wundersamer Geldschöpfung stoßen, wären wir – ich und meine Kollegen – Ihnen sehr verbunden, wenn wir auf Ihre Expertise zurückgreifen dürften.«

Da brauchte Thomas nicht lange zu überlegen. »Melden Sie sich einfach. Mein Wissen steht jederzeit zu Ihrer Verfügung.«

»Hervorragend.« Stokes rieb sich die Hände. »So … und worum zum Teufel soll es bei diesem Spiel denn gehen?« Er lief die Stufen hinunter und über den Rasen. »Ob es überhaupt um etwas geht?«

Eine berechtigte Frage, dachte Thomas, während er ihm etwas langsamer folgte.

Seine Gedanken hingegen rasten. So ganz hatte er noch nicht begriffen, dass ihm plötzlich alle Möglichkeiten offenstanden und er tun konnte, was immer sein Herz begehrte. Wie er so über den ordentlich gestutzten Rasen humpelte, fühlte er sich seltsam zaghaft und unsicher auf den Beinen, als würde er gerade die ersten Schritte in ein neues Leben machen … Vermutlich brachte das seine Situation ziemlich genau auf den Punkt.

Stokes war in einiger Entfernung zu dem munteren Grüppchen stehen geblieben. Die Frauen saßen im Gras, die Röcke um sich gebauscht, während die Kinder zwischen ihnen herumkrabbelten und eine Art Fangen mit Hindernisparcours zu spielen schienen.

Thomas blieb neben Stokes stehen und sah ebenfalls zu, aber in Gedanken war er noch anderswo. »Wenn ich jetzt zurückblicke«, meinte er leise, »hätte ich mir gewünscht, ich wäre in meiner Jugend Männern wie Montague und Barnaby oder Ihnen begegnet, die mich an Herausforderungen herangeführt hätten, die nicht allein auf meinen eigenen Vorteil zielen, wie mein verblichener und wenig vermisster Vormund es leider getan hat. Ich hätte Verbrechen bekämpfen können oder Geld für Bedürftige erwirtschaften, statt meine Jahre so sinnlos, ja fragwürdig zu vertun, wie ich es getan habe.«

Seinen Blick auf die Frauen und Kinder gerichtet, atmete er tief durch – und hatte plötzlich das Gefühl, damit auch die Vergangenheit loszulassen, sie endlich als das sehen zu können, was sie war – vergangen und kein Teil mehr seiner selbst. »Andererseits«, überlegte er weiter, »würde ich dann heute hier stehen?« Er deutete zu Rose und den Kindern. »Wäre ich ihnen dann überhaupt begegnet, stünde ich jetzt hier und würde meine Zukunft mit ihnen planen – hätte ich die Chance auf ein Leben mit ihnen?«

Stokes erwiderte Thomas' fragenden Blick und lächelte. »Die Wege des Schicksals sind bisweilen wirklich unergründlich.«

Damit wandte Stokes sich wieder den anderen zu, marschierte mit vergnügter Miene zu ihnen hinüber und fragte, ob er sich ihrem kleinen Kreis anschließen dürfe.

Man hieß ihn freudig willkommen.

Als sie zur Seite rückte, um Stokes Platz machen, schaute Rose sich um, begegnete Thomas' Blick und hob die Brauen.

Thomas lächelte. Er zögerte nur kurz, dann humpelte er los, willens und bereit und endlich auch frei, um seinen Platz einzunehmen.

Malcolm Sinclair war tot und vergangen. Thomas Glendower lebte.

Thomas war es, der Rose liebte und sie eines sonnigen Augustmorgens in der Kapelle von Seddington geheiratet hatte, unter den strahlenden Blicken von William und Alice, die wieder den ihnen gebührenden Rang einnahmen und ihre alten Namen trugen. In der Gesellschaft ihrer Londoner Freunde und Richard Percivals sowie der gesamten Dienerschaft von Seddington Grange. Bruder Roland war aus Somerset angereist, um dem Paar seinen Segen zu geben, und selbst Foley hatte es sich nicht nehmen lassen, für einen Tag heraufzufahren.

Trotz der zahlreichen Gäste hatte Thomas nur Augen für Rose – und sie für ihn.

Mit fester, klarer Stimme hatte er sein Eheversprechen gegeben und ein jedes Wort genauso gemeint – er würde sie lieben, achten und ehren.

Alle Tage seines Lebens. Bis dass der Tod sie schied.

Und darüber hinaus.

Es war ein prachtvoller Tag gewesen, und die Feierlichkeiten hatten sich über Tage hingezogen. Die Wärme, die Thomas von so vielen Menschen erfahren durfte, erfüllte ihn noch immer und war ihm stete Erinnerung daran, dass er nicht mehr der Mann war, der er einst gewesen war.

An dem Tag, als sie zwei Monate später nach London zurückkehrten, war die Luft schon recht herbstlich, und auf Thomas' Wunsch spazierten er, Rose und die Kinder die South Audley Street hinauf und bogen bei der Kapelle ab zum dahinter liegenden Friedhof.

Die Hand in seine Armbeuge gelegt, schlenderte Rose neben Thomas den gepflasterten Weg hinab. Er hatte sich von den Verletzungen, die er sich beim Sturz vom Dach von Seddington House zugezogen hatte, vollständig erholt und trug seinen Stock nun wieder mehr aus Gewohnheit, denn dass er ihn noch ständig brauchte.

William und Alice liefen zu beiden Seiten des Weges voraus, entzifferten die alten Namen auf den Grabsteinen und lasen sich die merkwürdigsten gegenseitig vor.

Rose – eigentlich wieder Rosalind, aber für Thomas würde sie immer seine Rose bleiben – schmiegte sich an seinen Arm und schaute zu ihm auf. »Weshalb sind wir hier?«

Als sie von Seddington House, in dem jetzt wieder die rege Betriebsamkeit eines ganzen und belebten Haushalts herrschte, zu einem kleinen Spaziergang aufgebrochen waren, hatte sie nicht weiter gefragt, wohin sie gingen, und Thomas hatte nur erklärt, es gebe einen Ort, den er gern noch besuchen wolle, ehe sie sich auf den Weg nach Cornwall machten. Dort würden sie ihre restlichen Sachen holen, ein neues Haushälterpaar einstellen und alles Nötige auf Breage Manor regeln, ehe sie dann über Weihnachten nach Seddington Grange zurückkehren wollten. Jetzt, umgeben von den Gräbern der Reichen und Vornehmen, fragte Rose sich, welchen Teil seiner bewegten Vergangenheit er wohl zur letzten Ruhe tragen wollte. Sie schaute sich um und fragte: »Wolltest du ein bestimmtes Grab besuchen?«

»Ja«, sagte er und schaute starr geradeaus. Nach kurzem Zögern – seine übliche Bedenkzeit, in der er überlegte, wie viel er von sich preisgeben sollte – schaute er zu ihr. »Ihr Name dürfte dir nichts sagen – sie war schon damals, als ich sie kannte, eine ziemlich betagte Dame, und das ist über zwanzig Jahre her. Aber ich wollte ihr noch einmal ... meinen Respekt erweisen.«

Dann blickte er wieder geradeaus und hielt sich, wie Rose fand, aufrechter als zuvor. Sehr gespannt, was es mit dieser alten Dame auf sich hatte, folgte sie ihm weiter den Weg hinab.

Er zeigte mit seinem Stock linkerhand voraus. »Dort drüben müsste es sein, wenn ich mich recht entsinne.«

Also betraten sie die schmalen Pfade, die zwischen den einzelnen Grabstätten hindurchführten, um in diese Richtung zu gelangen.

»Hier ist es.« Er wies auf ein elegantes Grab mit Marmorplatte. Über dem Grabstein erhob sich ein lautenspielender Engel. Der Stein war sauber, das Beet gepflegt, alles wirkte vornehm und gediegen, ohne falschen Prunk.

Bequem bei ihm untergehakt, blieb Rose mit ihm am Fuß des Grabes stehen. »Edith Balmain.« Fragend schaute sie zu Thomas – ihrem Ehemann –, und noch immer empfand sie diesen Kitzel des Glücks, dieses ungläubige Staunen darüber, dass sie ihn jetzt für immer an ihrer Seite wusste und sich alles zum Guten gefügt hatte. Seine Miene war ruhig und gefasst; seine Mimik war längst nicht mehr so verhalten wie einst, aber auch so vermochte sie wenig mehr von seinem Gesicht abzulesen, als dass er die alte Dame wohl recht sympathisch gefunden hatte. »Wer war sie?«, fragte sie. *Vor allem: Wer war sie für dich?*

Wie meist beantwortete er ihr auch die Frage, die zwar unausgesprochen geblieben, aber ihr die wichtigere war. »Eine alte Dame, die mich auf den ersten Blick als den erkannte, der ich wirklich war. Sie hat mir einen Rat gegeben, dem ich allerdings keine Beachtung geschenkt habe. In der Arroganz der Jugend habe ich geglaubt, sowieso alles besser zu wissen, aber im Laufe der Zeit habe ich ihre Worte immer mehr zu schätzen gelernt. Sie hat meine Schwächen ebenso wie meine Stärken und mein Potenzial erkannt. Niemand hat mich je so gut verstanden wie sie.« Er wandte seinen Blick zu ihr. »Niemand außer dir.«

Rose schaute in seine braunen Augen und sah die Liebe darin aufscheinen, sein größtes Geschenk an sie, diese tiefe, unerschütterliche Hingabe, derer sie sich immer gewiss sein konnte. Nach einem langen Augenblick wandten sie sich in stillem Einvernehmen wieder dem Grab zu.

»Rosalind!«

Das war William. Rose drehte sich um.

Sanft drückte Thomas ihre Hand. »Geh ruhig. Ich bleibe nicht mehr lang.« Er erwiderte ihren Blick. »Wenn ihr den Weg weitergeht, kommen wir durch das Tor am anderen Ende wieder hinaus. Ich hole euch dann schon ein.«

Sie erwiderte seinen Blick noch einen Moment, dann nickte sie, nahm ihre Hand von seinem Arm, wandte sich um und ging in die Richtung, wo William und Alice bei einem der alten Gräber wohl irgendetwas Interessantes entdeckt hatten.

Thomas schaute ihr nach. Das Schicksal hatte Stokes' Ratschlag wohl für gut befunden, denn Rose erwartete bereits ihr erstes Kind, ein wahrer Segen und ein Versprechen für die Zukunft. Allein bei dem Gedanken daran wurde ihm ganz schwach vor Glück.

Und vor einer solchen Fülle des Herzens, wie er sie nie gekannt hatte, bis zu jenem Tag, da er nach Breage Manor gekommen war, an seine eigene Tür geklopft hatte und Rose in sein Leben getreten war.

Als er, dieses tiefe Glücksgefühl noch immer in seinem Herzen, wieder auf Edith Balmains letzte Ruhestätte hinabblickte, lächelte er. »Ich glaube, Sie wären sehr erfreut damit, wie sich alles gefügt hat.« Die Worte kamen ihm leise, doch ohne seine übliche Zurückhaltung über die Lippen, ohne jene Distanz, die er meist zwischen sich und der Welt wahrte. »Sie haben mir vor langer Zeit die Wahrheit über mich gesagt – und Sie waren die Einzige, die das je getan hat. Sie waren die Einzige, die versucht hat, an mich heranzukommen, und die mich gleichzeitig gut genug durchschaut hat, um sich die Mühe zu machen. Aber ich war damals einfach noch zu jung, zu unreif, zu sehr von meiner eigenen Großartigkeit überzeugt, um Ihren Worten die Beachtung zu schenken, die sie verdient hatten.« Er hielt inne, ehe er einräumte: »Dabei wusste ich schon damals, dass Sie recht hatten. Doch es hat nun mal seine Zeit gebraucht – und auch das gute Beispiel einer Nachfahrin von Ihnen, Sarah, jetzt Countess of Meredith –, bis ich das erkannt habe und mir eingestehen konnte. Bis ich mich geändert habe.«

Den Blick vor sich auf das Grab gerichtet, faltete er die Hände über seinem Stock. »Ich habe mich geändert und gedacht, damit habe es nun sein Ende, aber dem war nicht so – im Gegenteil. Wie es aussieht, war das erst der Anfang. Trotz meines nun auch schon reiferen Alters habe ich erst kürzlich zu leben begonnen … das Leben, das mir bestimmt ist. Dass ich überhaupt noch am Leben bin … Nun, Sie würden sicher sagen, das müsse ein Zeichen sein, ein Wink des Schicksals, das mir den Weg weisen wollte. Gut. Hier bin ich also, und für die Zeit, die mir auf Erden gewährt wird, will ich mir Ihre Worte von einst zu Herzen nehmen und versuchen, das Beste aus meinem Leben zu machen.«

Er verstummte, während er der alten Dame mit ihrem hellen, klaren Blick gedachte, hörte wieder ihre klugen Worte. Dann schaute er wieder auf den Grabstein und lächelte. »In vielerlei Hinsicht verdanke ich alles Gute, das ich jetzt tue und im Laufe meines Lebens hoffentlich noch tun werde, Ihren Worten. Zu Ihren Lebzeiten habe ich Ihnen nie dafür gedankt, aber ich dachte mir, Sie würden sich freuen zu hören, welchen Einfluss diese Worte auf mich hatten und dass sie noch weit über Ihren Tod hinaus nachwirken.«

Nach einem Moment der stillen Kontemplation nahm er seinen Stock und wandte sich zum Gehen, als ihm noch etwas einfiel. »Eines indes haben Sie mir nicht gesagt, auch wenn ich annehme, dass Sie es wussten – nichts vermag einen Menschen so sehr zum Guten zu verändern wie die Liebe.«

Er drehte sich um und entdeckte Rose ein Stück voraus. Sie und seine Zukunft fest im Blick, machte er sich auf den Weg, um seine Lieben einzuholen.